D1823045

Das Buch

Fronicka von Odenwald lebt zu Beginn des 17. Jahrhunderts als Hofdame auf dem Heidelberger Schloss. Ihre erste große Liebe gilt Friedrich, dem zukünftigen Kurfürsten und Hoffnungsträger der deutschen Protestanten. Dieser aber heiratet die englische Prinzessin Elizabeth Stuart, der bald auch schon seine ganze Leidenschaft gilt. Froni wird als Begleiterin des Herrscherpaares in einen Strudel gesellschaftlicher Ereignisse gerissen, der die ganze politische Ordnung Mitteleuropas durcheinanderbringt. In Prag, wo Friedrich und seine schöne Gemahlin nach einem Aufstand zum neuen Königspaar gekrönt werden, trifft Froni auf einen Mann, der sie Friedrichs Zurückweisung endlich vergessen lässt.

Die Autorin

Ich bin gebürtige Tschechin, in München aufgewachsen und seit 2007 veröffentlichte Autorin. Den Traum vom Schreiben hatte ich schon mit 14, doch musste sehr viel Zeit vergehen, bis er wahr wurde.

Vorher ging ich brav zur Schule, studierte Sprachen, lebte einige Zeit im Ausland und schlug mich mehr oder weniger begeistert mit den verschiedensten Jobs durchs Leben. Doch der Drang zu schreiben ließ mich nicht los, so dass ich mich schließlich doch ernsthaft ans Werk machte - und dann viel schneller einen Verlag fand als angenommen.

Mein besonderes Interesse beim Schreiben gilt historischen Ereignissen, ungewöhnlichen Frauengestalten und der Begegnung von Menschen aus verschiedenen Kulturkreisen.

Ansonsten wohne ich wieder in München mit Mann, Stieftochter, vier Katzen und fünf Papageien.

TEREZA VANEK

Die Spionin des Winterkönigs

Historischer Roman

1. Auflage 2018

Tereza Vanek

Bayersdorferstrasse 8, 80637 München

www.tereza-vanek.de

Coverdesign

www.designomicon.de

Buchsatz

www.mybookMakeUp.com

Lektorat

Herr Dr. Rainer Schoettle

www.edelelements.de

ISBN: 978-3-7460-7353-8

Bibliografische Information der Deutschen Nationalbibliothek:
Die Deutsche Nationalbibliothek verzeichnet diese Publikation in der Deutschen
Nationalbibliografie; detaillierte bibliografische Daten sind im Internet über
http://dnb.dnb.de/ abrufbar.

Herstellung und Verlag: BoD – Books on Demand, Norderstedt

Besser als streiten, wie ein Feuer entstand, ist, es zu löschen.

Johann Amos Comenius

Wichtige Daten

Februar 1613
Heirat von Friedrich von der Pfalz und Elizabeth Stuart

23. Mai 1618
zweiter Prager Fenstersturz

4. November 1619
Krönung Friedrichs zum böhmischen König

8. November 1620
Schlacht am Weißen Berg

27. April 1622
Schlacht von Mingolsheim

Prolog

„Los, komm, hab keine Angst!"

Froni stemmte ihren Fuß auf die Astgabel und vertraute sich Friedrichs Händen an, die sie aufwärtszogen. Das Geäst der hohen Eiche zerkratzte ihr Gesicht, ihr einziges schönes Haarnetz blieb an einem Zweig hängen und auf einmal vernahm sie zu ihrem Entsetzen das scharfe Geräusch von Stoff, der zerriss. Ihre Mutter würde ihr niemals verzeihen, wenn sie nun ihr Kleid ruinierte. Aber für einen Rückzug war es bereits zu spät.

„Hier verstecke ich mich immer, wenn ich eine Weile meine Ruhe haben will", sagte Friedrich und zog sie weiter in das Reich von Ästen und Blättern empor. Froni meinte, die prachtvolle, aber enge Welt des Heidelberger Schlosses mit einem Mal verlassen zu haben, und hätte sich nicht gewundert, wenn plötzlich auf einem der Äste ein Gnom oder eine Elfe aufgetaucht wäre. Doch sie war allein mit Friedrich, als sie nebeneinander auf einem breiten Ast Platz fanden. Unter ihnen lag der Schlossgarten und hinter einem Scherenschnitt aus Blättern und Zweigen war das graue Gemäuer des fürstlichen Gebäudes zu erkennen. Froni verstand auf der Stelle, warum Friedrich so gern hierherkam. Es war, als könne man über der vertrauten Wirklichkeit schweben, sich sicher und doch gleichzeitig frei von allen Verpflichtungen fühlen, die das Leben an einem Fürstenhof mit sich brachte. Auf Friedrich, der nach dem frühen Tod seines Vaters bereits mit vierzehn Jahren Kurfürst von der Pfalz geworden war, lastete noch weitaus mehr Verantwortung als auf der Tochter einer unbedeutenden Hofdame.

„Es ist schön hier", sagte Froni spontan. „Es freut mich sehr, dass du mir diesen Ort gezeigt hast."

Sie freute sich tatsächlich so sehr, dass sie spürte, wie ihre Wangen glühten, doch lag dies nicht einfach daran, dass sie den Mut gehabt hatte, auf einen Baum zu klettern. Auf der Burg ihres Vaters, wo das Leben weniger streng reglementiert war, hatte sie oft mit den Kindern der Bediensteten herumgetollt und dabei so einige Dinge angestellt, von denen ihre Mutter zum Glück nie erfahren hatte. Was Froni wirklich mit Glück und Stolz erfüllte, war der Umstand, dass Friedrich ihr soeben sein größtes Geheimnis anvertraut hatte, jenes Versteck, das nur ihm allein gehörte.

Im Frühjahr letzten Jahres war Froni mit ihrer Mutter nach Heidelberg gekommen. Ihr Vater war gestorben, sodass der Familienbesitz in die Hände ihres ältesten Bruders übergegangen war. Leider vertrug die verwitwete Frau von Odenwald sich nicht mit ihrer Schwiegertochter, die sich nun als Hausherrin zu gebärden begann, sodass sie mit Froni, ihrem jüngsten Kind, die Flucht ergriffen hatte. Als junges Mädchen hatte Frau von Odenwald in den Diensten von Friedrichs Mutter, der Prinzessin Louise Juliana von Oranien-Nassau, gestanden und wurde von dieser großzügig am Heidelberger Hof aufgenommen. Für Froni wäre das nur von Vorteil, hatte die Mutter unterwegs gemeint, denn es war an der Zeit, dass ihre reichlich verwilderte Tochter zu einer jungen Dame erzogen wurde. Immerhin war sie schon zwölf.

Froni hatte die heimatliche Burg zunächst fürchterlich vermisst. Sie hatte es gehasst, jeden Tag steife, schwere Kleider zu tragen und sich ständig nach einem für sie völlig undurchschaubaren Geflecht von Vorschriften richten zu müssen, denen selbst Dinge wie das tägliche Aufstehen, Sichankleiden und der Verzehr von Mahlzeiten hier unterlagen. Die zahlreichen Ohrfeigen, die sie sich immer wieder von älteren Hofdamen einfing, wenn sie irgendetwas falsch machte, hatten dazu beigetragen, dass sie sich Nacht für Nacht in den Schlaf geweint hatte.

Aber dann war der junge Pfalzgraf von seiner Erziehung am Hof von Sedan heimgekehrt und alles hatte sich verändert. Froni konnte nicht genau sagen, woran es lag, dass er sie zu seiner auserwählten Gefährtin gemacht hatte. Vielleicht hatte er etwas von ihrer Einsamkeit und ihrem Unglück in ihrem Gesicht lesen können und so eine verwandte Seele erkannt. Denn trotz seines strahlenden Aussehens und all der gewinnenden Manieren, die der junge Pfalzgraf an den Tag legen konnte, neigte er tief in seinem Inneren zur Schwermut.

„In Sedan gab es keinen solchen Baum", erzählte er nun. „Da wurde ich tagaus, tagein von meinen Lehrern drangsaliert, die mich für meine verantwortungsvolle Aufgabe als Fürst und Beschützer der deutschen Protestanten vorbereiten sollten. Doch wenn ich hier oben sitze, da scheint es plötzlich nicht einmal mehr wichtig, ob irgendwo wieder die Katholiken das Sagen haben könnten und welcher Herrscher welches Bündnis mit wem eingeht. Da ist man einfach froh, leben und Gottes Schöpfung bewundern zu können."

Er sah Froni an und sie bemerkte, wie ernst, fast traurig sein Gesicht wieder einmal geworden war. Sie legte ihre Hand auf die seine und war überglücklich, als er sie nicht gleich wegzog, wie Jungen es allgemein taten, wenn ihnen weibliche Zuneigung zu aufdringlich wurde.

„Eure Hoheit!", drang eine Männerstimme in ihr heimliches Reich. „Wo seid Ihr? Es gibt wichtige Dinge zu besprechen!"

„Das ist Johann von Zweibrücken, mein Vormund und Lehrmeister", stellte Friedrich mit betrübter Stimme fest. Froni hatte dies bereits selbst erkannt. Der Calvinist war von Friedrichs Mutter entsprechend den Wünschen ihres verstorbenen Gemahls an den Hof geholt worden. Eigentlich wäre die Rolle des Vormunds dem nächsten männlichen Verwandten, Wolfgang Wilhelm von Neuburg, zugefallen, aber der war Katholik und daher nicht erwünscht. Der ebenfalls katholische Kaiser hatte die Entscheidung stillschweigend geduldet, sodass der befürchtete Konflikt zunächst einmal ausgeblieben war.

„Manchmal", begann Friedrich leise, „da überlege ich, dass ich einfach hier oben versteckt bleiben könnte. Niemand würde mich finden."

„Aber wie willst du auf einem Baum überleben?", fragte Froni erstaunt.

„Nun, ich könnte nachts herunterklettern und nach etwas Essbarem in den Vorratskammern suchen, so, wie Ratten oder streunende Katzen es tun. Vielleicht könnte ich mich sogar für ein paar Stunden in irgendeiner dunklen Ecke hinlegen, bevor ich in der ersten Morgendämmerung wieder in mein Versteck klettere."

Froni musterte ihn mit einer gewissen Verwirrung, denn er hatte todernst geklungen. Zog er tatsächlich einen derart närrischen Plan in Erwägung? Sein Gesicht, das ein Bildhauer nicht edler und klassischer hätte schaffen können, sah weiter melancholisch aus, ein Eindruck, der durch die leicht zerzausten braunen Locken verstärkt wurde.

„Ich würde dir das Essen bringen", versprach Froni, ohne weiter zu überlegen, „und dich rechtzeitig wecken, damit du nicht im Schlaf entdeckt wirst."

Nun blitzte der Schalk in seinen großen, dunklen Augen auf und Froni fürchtete, vor Scham auf den Boden zu stürzen, weil sie seine Albernheiten nicht sogleich durchschaut hatte. Ihre älteren Brüder hatten sie oft wegen ihrer Gutgläubigkeit gehänselt, die angeblich Mädchen eigen war, da sie von der harten Wirklichkeit viel zu wenig Ahnung hatten. Doch Friedrich drückte plötzlich von selbst ihre Hand.

„Du wärest für jeden Unsinn zu haben", meinte er anerkennend. „Aber ich fürchte, jetzt müssen wir wieder runterklettern, sonst fällt mein armer Vormund noch vor lauter Angst über mein Wohlergehen und die politischen Konsequenzen meines plötzlichen Verschwindens in Ohnmacht."

Froni nickte brav. Im Grunde war sie erleichtert, dass Friedrich nicht völlig den Sinn für die Notwendigkeiten des täglichen Lebens verloren hatte, obwohl die Vorstellung, seine einzige heimliche Verbündete zu sein, ihr durchaus gefallen hatte. Sie schob sich ein wenig vorwärts und versuchte, mit ihren Füßen einen tiefer liegenden Ast zu erreichen. Gern hätte sie Friedrich dadurch imponiert, dass sie selbst herunterklettern konnte.

„Nicht so übereifrig, Froni. Wir warten, bis der edle Johann von Zweibrücken sich weit genug entfernt hat, denn

er soll mich ja nicht vom Baum fallen sehen wie einen über-
reifen Apfel."

Froni kicherte und war gleichzeitig beeindruckt von
Friedrichs Weitblick. Darüber hinaus gefiel es ihr, noch eine
Weile neben ihm sitzen bleiben zu können, verborgen hinter
dichtem Geäst, als seien sie zwei heimliche Verschwörer.

„Wenn ich ein einfacher Ritter wäre …", begann er
plötzlich und wandte sein Gesicht ab, was Froni verstörte.
„Also dann würde ich auf die Burg deines Vaters reiten und
ihn fragen, ob er sich eine Verbindung zwischen meinem
Haus und dem seinen vorstellen kann."

„Aber mein Vater ist doch schon tot", meinte Froni
kleinlaut.

„Oh, das hatte ich leider vergessen. Dann eben deinen
Bruder, aber den magst du ja nicht gut leiden, nicht wahr?"

Froni nickte stumm. Das Herz hüpfte wie ein unruhiger Ball in ihrer Brust und sie war dankbar, dass dichtes Geäst das Tageslicht filterte, denn wieder brannten ihre Wangen. Aber das Gefühl, das sie dabei durchflutete, war durchaus angenehm. Sie kannte es aus ihrer frühen Jugendzeit,
wenn der Vater sie anstatt all ihrer Brüder auf seinen Schoß
gesetzt und sein Herzenskind genannt hatte.

„Aber du bist kein einfacher Ritter", fiel ihr ein und das
Gefühl wurde wie ein Windhauch ins Geäst geblasen.
„Sonst wäre ich mit dir davongerannt, wenn mein Bruder
dein Angebot abgelehnt hätte."

Sie erschrak, weil sie sehr laut gesprochen hatte. Friedrich zog seine linke Augenbraue hoch. Wieder sah sie den
Schalk in seinen Augen blitzen und fragte sich, ob sie ihn
ernster genommen hatte, als angebracht war.

„Ich bin der Kurfürst von der Pfalz, der Beschützer aller deutschen Protestanten. So auch deiner."

Leider gab es sehr viele andere junge Frauen, deren Beschützer er ebenso war. Froni wurde wieder bewusst, wie
unwichtig sie eigentlich war.

„Sobald ich mündig bin und keinen Vormund mehr
habe, kann ich tun, was mir gefällt", verkündete Friedrich
stolz. Dann griff er in den kleinen Lederbeutel, der an sei-

nem Gürtel hing, und zog eine Schnur heraus. Eine kleine Holzschnitzerei baumelte daran.

„Das ist ein Eulenküken", sagte er. Diese Erklärung war auch notwendig, denn Froni konnte nichts weiter als eine Art verwachsenen Gnom erkennen. Holzschnitzerei gehörte leider nicht zu Friedrichs Stärken.

„Als ich dich das erste Mal sah, in der Gefolgschaft meiner Mutter, und du dich hinter den Röcken der älteren Hofdamen versteckt hattest, aber gleichzeitig versuchtest, so viel wie möglich zu sehen zu bekommen, da kamst du mir vor wie eine aus dem Nest gefallene kleine Eule."

Froni schluckte. Sie wusste nicht, ob sie diese Beschreibung schmeichelhaft finden sollte.

„Ich war eben neugierig", erklärte sie verlegen.

„Und gleichzeitig schüchtern. Aber auch frech und neunmalklug. Ich habe gleich geahnt, dass du ein Mädchen bist, mit dem ein Mann Unsinn anstellen kann, ohne dass es gleich von Sünde und ewiger Verdammnis spricht oder einfach entsetzt davonläuft. Deshalb möchte ich dir diese Kette schenken."

Froni stieß ein nervöses Kichern aus. Zwar sah die missglückte Schnitzerei weiterhin nicht wie eine Eule aus, aber was machte das schon? Sie hätte über ein kostbares Juwel nicht glücklicher sein können. Vermutlich war dies der Augenblick, um einen geistreichen Scherz zu machen, denn Friedrich schätzte wortgewandte Menschen. Aber ihr wollte einfach nichts einfallen als ein schlichtes Wort des Dankes. Glücklicherweise sah Friedrich nicht enttäuscht aus.

„Wir gehören zusammen, Froni. Ganz gleich, was noch geschehen mag", versprach er. Zwar tanzte immer noch sanfter Spott in seinen wunderschönen Augen, aber seine Stimme klang ernst.

„Zusammen für immer", plapperte sie munter drauflos und neigte ihr Gesicht zu dem seinen. Er zögerte einen winzigen Augenblick, dann streiften seine Lippen ihre Wange. Froni schloss die Augen. Eine merkwürdige Unruhe fuhr durch ihren Körper, als krabbelten aufgebrachte Ameisen darin herum. Vielleicht würde Friedrich sie jetzt auch noch umarmen, wie ihr Vater es manchmal getan hatte.

Aber er wandte sich ab.

„Es ist Zeit, nach unten zu klettern, kleine Eule. Sonst löst mein vermeintliches Verschwinden noch den nächsten Konflikt zwischen Protestanten und Katholiken aus."

Mit einem geschickten Sprung gelangte Friedrich auf den Ast unmittelbar unter ihnen, doch geriet er gleich darauf ins Schwanken. Froni streckte ihre Hände aus, um seinen Absturz zu verhindern.

ERSTES BUCH

1. Kapitel

„Fronicka, was trödelst du denn wieder?", nörgelte die Stimme der Frau von Zwergenstein in ihrem Rücken. Froni, die sich aus dem Fenster gelehnt hatte, um die uralte, mächtige Eiche im Schlossgarten zu betrachten, wandte sich widerwillig um. Die Pfalzgräfin Louise Juliana brauchte stets die Hilfe mehrerer Hofdamen, um sich morgens anzukleiden. Leider kränkelte Fronis Mutter seit dem letzten Winter ständig, sodass sie nun ihre Aufgaben übernehmen musste. Im Geiste zählte sie alle Dinge auf, die vonnöten waren, um eine alte Frau in eine Pfalzgräfin zu verwandeln: Strümpfe und ein Reifrock, ein Mieder, danach mehrere Unterröcke und schließlich jene Robe, die Ihre Hoheit heute ausgewählt hatte. Allein das Frisieren konnte bis zur Mittagsstunde dauern. Sie hatte niemals geahnt, wie aufwendig es sein konnte, dünnes graues Frauenhaar zu einem mit Juwelen geschmückten, turmartigen Gebilde aufzurichten. Missmutig gesellte sie sich in die Reihe der Hofdamen, um ihren Aufgaben entgegenzugehen. Seit Friedrich nach England aufgebrochen war, schien ihr das Heidelberger Schloss wieder ein so freudloser, kalter Ort wie unmittelbar nach ihrer Ankunft, doch hoffte sie auf seine baldige Rückkehr. Noch am Tag seiner Abreise hatten sie sich kurz heimlich treffen können und er hatte ihr versichert, dass er diese hochnäsige englische Prinzessin nicht wollte, ganz gleich, wie vorteilhaft eine solche Verbindung für die protestantische Sache wäre. Zudem würde man ihn, einen gewöhnlichen Pfalzgrafen, auch niemals als königlichen Schwiegersohn akzeptieren, da verstieg sein Vormund Johann von Zweibrücken sich in unrealistische Träumereien, weil er auf Friedrichs Charme und sein blendendes Aussehen vertraute. „Aber ich werde mich von meiner unausstehlichsten Seite zeigen, damit sie mich gleich wieder nach Hause schicken!", hatte Friedrich lachend versprochen und Froni noch einmal an sich gedrückt, während die Stimme Johann von Zweibrückens vor der Tür zum Aufbruch drängte.

Die fünf Hofdamen betraten das Gemach der Pfalzgräfin, die bereits aufrecht im Bett saß, und sanken in eine tiefe Reverenz. Dann begannen sie alle zu tun, was sie jeden Morgen taten. Eine stellte der Gräfin die Pantoffeln hin, die nächste brachte Reifrock und Unterröcke, während Froni ein Paar Strümpfe über grauweiße, von blauen Adern durchzogene Beine rollte.

„Ich habe gestern Abend noch eine Nachricht von meinem Sohn erhalten", erzählte Louise Juliana mit glücklich strahlenden Augen. Froni ließ den zweiten Strumpf fallen, was zum Glück niemand bemerkte.

„Ich bin mir sicher, dass der junge Herr die Herzen der Engländer im Sturm erobert hat", zwitscherte sogleich die Frau von Zwergenstein, während sie die Schmuckkassette der Pfalzgräfin öffnete, um ein Collier mit Rubinen herauszuholen.

„Ja, so scheint es", stimmte Friedrichs Mutter sogleich zu. Froni unterdrückte den Wunsch, sie in ihre dünnen Waden zu kneifen. Aber daran, dass die alte Dame ihren Sohn für unwiderstehlich hielt, war eigentlich nichts Überraschendes. Sie hatte allen Grund dazu. Sie konnte ja nicht wissen, dass Friedrich …

„Er schreibt, dass diese Elizabeth Stuart tatsächlich so strahlend schön und geistreich ist, wie ihr allgemein nachgesagt wird. Damit hatte er nicht gerechnet." Louise Juliana stieß ein leises, nachsichtiges Lachen aus. „Mein armer Sohn fürchtete, dass wir ihn mit einer Vogelscheuche vermählen wollen, nur weil es der protestantischen Sache dient. Aber das hätte ich niemals zugelassen, ganz gleich, wie sehr sein Vormund mich gedrängt hätte."

Froni spürte, wie ihre Hände zu zittern begannen. Friedrich hatte das nur geschrieben, um seine Mutter zu besänftigen, sagte sie sich. Er war stets zögerlich, wenn es galt, die Erwartungen seiner Umwelt zu enttäuschen, als hätte er Angst, nur einen Krümel jener Bewunderung und Liebe, an die er gewöhnt war, auf immer verlieren zu können. Nachdem sie der Gräfin den zweiten Strumpf angezogen hatte, nutzte sie den kurzen Moment der Freiheit von Pflichten, um jene Stelle an ihrem Hals zu berühren, wo die geschnitzte Eule hing. Ihre Mutter hatte diese Vorliebe für so ein gewöhnliches, billiges Schmuckstück nie verstehen können, doch in den letzten Monaten war sie zu schwach und kränklich geworden, um der Tochter noch irgendwelche Vorschriften zu machen. Zu ihrem Staunen hörte Froni einen leisen Schluchzer in ihrem Rücken und wandte kurz den Kopf. Sophia von Falkenhagen, eine junge, blonde, bildhübsche Hofdame, wischte sich schnell die Augen trocken. Froni begriff nicht, warum dieses stets so sonnig gestimmte Mädchen auf einmal traurig war, doch konnte sie in diesem Moment auch nicht fragen.

Nachdem Louise Juliana angekleidet und frisiert war, ihren Schmuck angelegt hatte und mit Duftwasser besprüht worden war, fand ein Morgenmahl im Speisesaal statt. Froni trank zwei Becher süßen Gewürzweins und verzehrte gierig einen mit Speck überbackenen Brotfladen, denn sie hatte an diesem Tag bisher nichts gegessen.

„Ist Euch nicht wohl, Sophia?", hörte sie die unangenehme Stimme der Frau von Zwergenstein fragen. „Ihr esst nicht."

„Ich fürchte, ich habe gestern zu kräftig zugelangt", erwiderte das Fräulein von Falkenhagen leise. „Mein Magen ist noch voll."

„Nun, der Medikus kann Euch sicher einen Trank brauen, der Eure Verdauung anregt. Mir hat er kürzlich mit Schwedenbitter sehr geholfen, als ich so aufgebläht war, dass ich kaum gerade stehen konnte. Vielleicht sind Eure Körpersäfte durcheinandergeraten. Es tut einem jungen Mädchen auch nicht gut, zu lange unvermählt zu sein, denn ..."

„Vergebt mir, mir ist nicht wohl." Sophia von Falkenhagen hatte sich erhoben, knickste und als sie ein zustimmendes Kopfnicken der Pfalzgräfin erhalten hatte, eilte sie aus dem Raum.

„Die junge Dame sollte nicht allein bleiben, wenn sie krank ist", sagte Louise Juliana daraufhin. „Fräulein von Odenwald, seht doch nach, wie es ihr geht."

Froni stand erleichtert auf, denn das Geplapper der Frau von Zwergenstein hatte ihr alle Lust aufs Weiteressen genommen. Rasch eilte sie in den Korridor hinaus, wo sie Sophia von Falkenhagen auf einer Truhe hockend vorfand. Deren Hände ruhten aber auf keinem schmerzenden Unterleib, sondern verbargen ihr Gesicht, während sie von Schluchzern geschüttelt wurde.

„Was ist mit Euch?", fragte Froni und legte zaghaft ihre Hand auf den bebenden Rücken. Sie hatte Sophia stets für eitel und hochnäsig gehalten, doch nun tat sie ihr plötzlich leid, so echt und tief schien ihr Schmerz.

„Er hat mich geküsst", wimmerte Sophia in ihre Handflächen. „Er sagte, er hätte niemals eine Schönere als mich gesehen."

„Wer denn?", fragte Froni. Hatte Sophia sich leichtsinnigerweise auf ein Abenteuer eingelassen und war dann von ihrem Liebsten im Stich gelassen worden? Fronis Mutter hatte sie oft vor dieser Gefahr gewarnt, die allen jungen Mädchen drohte, die sich von ihren Trieben leiten ließen, anstatt Gottes Gebote zu achten.

„Na Friedrich, wer sonst?", kam es nun fast trotzig zurück. „Meint Ihr, von einem anderen hätte ich mich küssen lassen?"

Sophia hatte ihre Fassung allmählich wiedergewonnen und wischte sich mit einem Taschentuch die Augen trocken.

„Aber er will diese englische Kuh sicher nur, weil seine Mutter es sich so wünscht", sagte sie nun lächelnd. „Ein so wichtiger Mann wie er kann seine Gemahlin nicht frei wählen. Sobald er einen Erben gezeugt hat, wird er sich von ihr abwenden."

Sophia von Falkenhagen stand auf, strich ihr Kleid glatt und machte sich auf den Weg in ihr Gemach, ohne Froni eines weiteren Blickes zu würdigen. Froni starrte dem schlanken, stolzen Rücken, der aus dem Reifrock wuchs, hinterher. Der Tag begann sehr unerfreulich.

Friedrich hatte vor seiner Abreise die schönste aller Hofdamen geküsst, doch war dies sicher nur ein verzeihlicher Augenblick männlicher Schwäche gewesen, denn Sophia musste mit ihm kokettiert haben. Sie, Froni, war es, mit der er sein Geheimnis teilte und die ihn trösten würde, wenn er unter der Kälte seiner zweifellos sehr hochmütigen Engländerin litt, falls es überhaupt zu dieser Vermählung kam.

Sie nutzte den kurzen Moment des Alleinseins, um am Fenster nochmals die Eiche anzustarren und das unförmige Stück Holz an ihrem Hals zu streicheln. Wie sollte sie nur all die langen, leeren Tage aushalten, bis Friedrich endlich wieder zurückkam? Sie beschloss, sich gewissenhafter ihren Aufgaben zu widmen und so oft wie möglich nach ihrer Mutter zu sehen. Vielleicht würde Gott der Herr sie dafür belohnen, auch wenn sie wusste, dass ihr tiefster Herzenswunsch sündhaft war. Friedrich konnte sie niemals zu seiner Gemahlin machen, das war ihr stets klar gewesen. Aber fast alle Männer hohen Standes hatten Mätressen, die von ihnen manchmal lebenslang versorgt wurden, ebenso wie die Nachkommen aus einer solchen Beziehung. Froni war eine solche Zukunft allemal lieber, als die Frau eines unbekannten, einfachen Ritters zu werden, wie die Mutter es ihr immer wieder prophezeit hatte. Sie hoffte, dass Gott der Herr ihr vergeben würde, denn ihre Liebe zu Friedrich schien so stark und rein, dass nichts Schlechtes durch sie entstehen konnte.

Am 13. Juni des Jahres 1613 stand Froni mit ihrer Mutter, Sophia von Falkenhagen und den anderen Hofdamen hinter dem Tor des Schlosses und wartete. Anlässlich der Feierlichkeiten hatte Louise Juliana sämtlichen Einwohnern Heidelbergs freie Speisen und Getränke versprochen, so viel sie nur wollten. Bereits in den frühen Morgenstunden hatten die ersten Betrunkenen in den Gassen gelegen, wo Stadtbüttel sie später zur Seite traten, um dem höfischen Prunkzug Platz zu machen. Louise Juliana trug eine riesige Halskrause, die sogar über den Reifrock an ihren Hüften hinausragte. Froni fand, dass sie damit aussah wie eine in den Pranger gezwängte Verbrecherin, behielt diese Meinung aber für sich. Das unnatürlich weiß geschminkte Gesicht der Kurfürstin erinnerte zudem an einen aus dem Grab entstiegenen Geist und mit dem Übermaß an Edelsteinen auf dem goldbestickten Gewand lockte sie mehr Taschendiebe an als echte Bewunderer. Doch kein Opfer war groß genug, wenn es galt, Eindruck auf eine Schwiegertochter königlichen Geblüts zu machen.

Trompeten kündeten den unmittelbar bevorstehenden Einzug des Kurfürsten, seiner Gemahlin und ihres gemeinsamen Gefolges an. Froni stellte sich auf die Zehenspitzen, denn ein paar hochgewachsene Wachmänner versperrten ihr das Blickfeld.

„Ich bin ja mal gespannt, ob sie wirklich so schön ist, wie alle sagen", murmelte Sophia von Falkenhagen an ihrer Seite. „Wahrscheinlich sind das nur Schmeicheleien, weil sie eine Stuartprinzessin ist. Am Ende sieht sie aus wie eine englische Kuh, wundern würde es mich nicht."

Froni überlegte, ob Sophia jemals eine englische Kuh zu Gesicht bekommen hatte. Sie hielt es für unwahrscheinlich, wollte aber nicht fragen, da sie im Augenblick mit anderen Dingen beschäftigt war. Aus den Augenwinkeln musterte sie das Gewand des Fräuleins von Falkenhagen. Der steife Kragen war aus kostbarer Spitze, aber von bescheidenem Umfang, der den schlanken Hals seiner Trägerin betonte. Das Kobaltblau des Seidenkleids passte hervorragend zu Sophias Blondhaar und entsprach dem Farbton ihrer Augen, die dadurch noch mehr zu strahlen schienen. Sophia sah glücklich aus, seitdem sie mit einem wohlhabenden Grafen verlobt worden war, der zwar ihr Vater hätte sein können, sie aber anbetete wie ein schmachtender Jüngling. Froni verachtete sie ein wenig dafür, dass sie die Aussicht auf ein angenehmes Leben in Wohlstand der wahren Leidenschaft vorzog, die Friedrichs zukünftige Mätresse sicher erleben würde. Aber für eine ernsthafte Konkurrentin hatte sie diese eitle, oberflächliche Person ohnehin nicht gehalten. Friedrich war ein allzu tiefer, nachdenklicher Mensch, als dass er sich dauerhaft von einem hübschen Gesicht hätte blenden lassen.

„Meine Güte, so viele Leute!", schnatterte die alte Frau von Zwergenstein plötzlich drauflos. Da ihre Körpergröße ihrem Namen entsprach, hatte sie sich von einem Lakaien eine alte Obstkiste bringen lassen, um sich draufstellen zu können. Nun schwankte sie in besorgniserregender Weise und Froni trat an ihre Seite, um ein Unglück zu verhindern. Ehe sie sichs versah, war die alte Frau ihr in die Arme gefallen, krallte sich an ihrer einzigen guten Halskrause fest, wodurch diese einen winzigen Riss abbekam.

„Mir war schwindelig geworden", erklärte die Frau von Zwergenstein. „Es muss an der furchtbaren Hitze liegen. Ich werde den Medikus fragen, ob er mir nicht etwas dagegen geben kann."

Froni fragte sich, wie der arme Medikus das Wetter ändern sollte, und hielt die Frau von Zwergenstein noch eine Weile fest, da sie weiterhin unsicher auf den Beinen schien. Dabei atmete sie den verräterischen Geruch von Schnaps ein und bekam eine Ahnung, was den Schwindelanfall der alten Hofdame wirklich ausgelöst haben konnte, denn trotz strahlenden Sonnenscheins wehte an diesem Tag ein frischer Wind.

„Ich muss mich ein wenig ausruhen, fürchte ich. Das war ein Schock eben", sagte die Frau von Zwergenstein und winkte einen Lakaien heran. „Diese Gefolgschaft der Engländerin … ich meine, wir werden das einfache Gesinde aus der Stadt jagen müssen, um hier in Heidelberg überhaupt so viele Leute unterzubringen."

„Ich bin müde, Kind. So furchtbar müde. Ich kann kaum noch aufrecht stehen", hörte Froni plötzlich ihre Mutter klagen und schämte sich, weil sie sie vor Aufregung kaum beachtet hatte. Sie winkte dem Lakaien hinterher, der sich glücklicherweise noch einmal umgedreht hatte und die Frau von Odenwald ebenfalls an sich nahm, um sie in ihr Gemach zu bringen.

„Ich sehe so bald wie möglich nach dir", versprach

Froni schnell, doch ihre Mutter war zu erleichtert, von kräftigen Männerarmen gestützt zu werden, um ihr weitere Beachtung zu schenken.

Froni fiel ein, dass die Obstkiste nun frei war, und sie hastete los, um als Allererste ihre Füße daraufzusetzen. Ein giftiger Blick Sophia von Falkenhagens machte ihr klar, dass sie nicht als Einzige diese Idee gehabt hatte. Eine sehr gute Idee, wie sich gleich herausstellte, denn auf einmal konnte sie über die Köpfe der meisten Zuschauer hinweg einen direkten Blick auf die Eintreffenden werfen.

Es war tatsächlich ein sehr langer Zug, der sich da auf der Brücke über den Neckar bewegte und dann zum Schloss hochschlängelte. Fahnen flatterten im Wind, Helme und Brustpanzer glänzten silbern in der Sonne, Federn wippten auf Männerhüten im Rhythmus der Schritte der Pferde, auf denen ihre Träger saßen. Dahinter folgte eine Kette aus schwer beladenen Karren, die erst irgendwo am Horizont im Nichts endete. Fußvolk spazierte daneben einher, immer wieder mischte sich ein berittener Wachmann dazwischen, der wohl weniger für den Schutz der einfachen Leute zuständig war denn für die Sicherheit der aufgeladenen Truhen, Kisten und Möbel.

Froni erinnerte sich noch an Friedrichs Abreise, bei der etwa sieben Karren mit Gewändern und anderen Habseligkeiten mitgekommen waren. Nun schien es, als käme er mit allen Einwohnern einer mittelgroßen Stadt zurück, die auch noch ihr Hab und Gut mitgebracht hatten. Wollte diese englische Prinzessin gleich neben Heidelberg eine neue Stadt errichten?

Laute Jubelrufe erklangen, als die Spitze des Zuges sich endlich durchs Stadttor schob. Friedrich ritt voran, hinter ihm fuhr eine mit lila Samt bezogene, von sechs Pferden gezogene Kutsche, in der wohl die englische Königstochter sitzen musste. Man hatte mehrere Prunkbögen errichtet, um die neue Schlossherrin angemessen zu begrüßen. Der Rektor der Heidelberger Universität stand unter einem davon und stimmte eine lateinische Begrüßungsrede an. Ein älterer Herr stieg aus der Kutsche, um ebenfalls auf Lateinisch zu antworten, doch die englische Königstochter ließ sich nicht blicken. „Vielleicht aus gutem Grund", dachte Froni und genoss diese Bösartigkeit. Eine Frau, der der Ruf vorauseilte, die strahlendste Schönheit der Christenheit zu sein, hatte womöglich Angst, die Anwesenden zu enttäuschen, wenn sie ihrer wirklich ansichtig wurden. Indessen rollte die Kutsche weiter zum Schloss. Dort befand sich der prächtigste Prunkbogen und hinter ihm wartete die Gesellschaft des Hofes. Von der Kurfürstin bestellte Musikanten stimmten eine Begrüßungsmelodie an, Blumen wurden geworfen und Louise Juliana machte ein paar ungeduldige Schritte auf ihren Sohn und die unbekannte Schwiegertochter zu. Sobald Froni Friedrich erblickte, tat ihr Herz einen freudigen Sprung. Trotz der langen Reise, die zweifellos anstrengend gewesen sein musste, sah er entspannt und glücklich aus, als er sich vom Sattel seines Rosses schwang.

„Ich darf euch allen Colonel Schomberg vorstellen", verkündete Friedrich und wies auf den Herrn, der vorher mit dem Rektor gesprochen hatte. „Mein Schwiegervater gab ihn meiner verehrten Gemahlin großzügigerweise als Ratgeber mit."

Die kluge Engländerin kam also nicht allein zurecht, dachte Froni. Wie gut es manchmal tat, gehässig sein zu können! Noch bevor Friedrich seine Mutter begrüßt hatte, trat er zu der Kutsche und streckte seine Hand hinein, wie um etwas herauszuziehen.

Alle wussten, was es sein würde. Ein paar Hofdamen an Fronis Seite atmeten lauter. Sie selbst hielt vor Aufregung die Luft an.

Elizabeth Stuart, die begehrteste Braut Europas, steckte in einer zitronengelben, perlenbestickten Robe, die auch ohne Trägerin ein Kunstwerk gewesen wäre. Ihre Taille war schmal, der Hals grazil, die Schultern blieben unverhüllt, was einige der Anwesenden leise murren ließ. Sie trug keine Halskrause, nur einen weich fallenden Kragen. In dem hoch aufgetürmten rötlich braunen Haar schimmerten ebenfalls Juwelen. Friedrichs Gemahlin glitt leicht wie ein Vogel über den Erdboden, als besäße sie keinerlei Gewicht. Froni glaubte, Seide rascheln zu hören, und atmete einen süßen Duft ein, den der Wind ihr zuwehte. Dicht neben sich hörte sie Sophia einen leisen, hellen Ton des Staunens ausstoßen.

„Wenn englische Kühe so aussehen, dann werden die Seelen der englischen Kuhhirten ewig in der Hölle schmoren müssen, denn dieser Versuchung können sie sicher nicht widerstehen", spöttelte eine andere Hofdame, die Sophias abfällige Bemerkungen über Elizabeth Stuart auch mitbekommen haben musste. Sophia schwieg, sah aber aus, als hätte sie in einen sauren Apfel gebissen. Froni begriff sogleich den Grund für diesen Missmut. Neben Elizabeth Stuart wirkte selbst die schönste Dame des Heidelberger Hofes wie eine herausgeputzte Landpomeranze. Elizabeth bewegte sich, als sei sie von Gott allein dafür geschaffen worden, edle Gewänder zu tragen und sich bewundern zu lassen. Ihr Leib war schmal, aber dennoch wohlgeformt. Der rötliche Schimmer des Haars verlieh ihr einen Hauch von Sünde. Selbst an dem Gesicht vermochte Froni keinerlei Makel zu erkennen. Es war blass, vornehm und ebenmäßig, nur störte eine feine Falte zwischen den Brauen die Harmonie göttlicher Schöpfung.

„Ich bin sehr froh, meine neuen Untertanen begrüßen zu dürfen", verkündete die englische Prinzessin nun mit leicht gepresster Stimme. „Möge Gott der Herr uns beistehen, dem verderbten Geist des Papismus erfolgreich Widerstand zu leisten."

Sie sprach auf Deutsch, auch wenn sie aufgrund ihres Akzents schwer verständlich war. Allerdings klang sie dabei so melodisch und weich wie jene Demoiselle, von der Froni gemeinsam mit den anderen Hofdamen Französischunterricht erhalten hatte. Eigentlich hatte Froni erwartet, dass eine Engländerin sich etwas anders anhörte.

Das junge Paar trat der alten Kurfürstin gegenüber. Elizabeth Stuart knickste, auch wenn sie dabei eine widerwillige Miene zog. Sobald sie wieder aufrecht stand, erhellte aber ein charmantes Lächeln ihr Gesicht, von dem sogar die Kurfürstin nicht unberührt blieb. Sie legte ihre Hände auf die Schultern der Schwiegertochter und küsste sie rasch auf die Wange.

„Sei uns willkommen, mein Kind. Wir sind sehr froh, dich bei uns zu haben."

Elizabeth Stuart lächelte weiter, doch fiel Froni auf, dass der Blick ihrer Augen gelangweilt wirkte. Friedrich wandte sich nun zu seiner jungen Gemahlin und flüsterte ihr etwas ins Ohr. Sie sah ihn an, ihre Augen leuchteten kurz auf und zauberten so ein fast überirdisch glückliches Strahlen auf sein Gesicht.

„Ich habe die Ehre, die schönste Braut der Christenheit nach Hause zu führen!", rief er laut. Seine Untertanen stimmten begeistert ein, da sie sich nun wohl noch großzügigere Gaben erhofften.

Froni spürte eine Kälte, die sich von ihrem Herzen aus bis in alle Gliedmaßen zog. Selbst in ihren Fingerspitzen kribbelte es. Anders als Sophia hatte sie damit gerechnet, dass Elizabeth Stuart tatsächlich eine schöne Frau wäre, eine wahrhaft fürstliche Erscheinung, die eher himmlisch denn irdisch schien. Aber etwas an Friedrichs Strahlen ließ ihr das Blut gefrieren. Sie tastete nach der geschnitzten Eule, doch plötzlich fühlte diese sich nur noch an wie ein schäbiges, billiges Stück Holz, das sie ebenso gut wegwerfen konnte.

Selbst wenn Friedrichs Verbindung mit der englischen Königstochter nichts weiter als ein geschickter politischer Schachzug hatte sein sollen, ein Mann, der seine Braut so glücklich und verliebt ansah, würde keine Mätresse brauchen.

2. Kapitel

„À droite. J'ai dit à droite! Vous êtes sourdes, demoiselles?"

Froni schüttelte den Kopf, um den unfreundlichen Tonfall abzuwehren. Monsieur Cherbault, der neue Haushofmeister, musterte sie durch golden umrahmte Brillengläser. Ein weiterer französischer Wortschwall folgte. Die Frau von Zwergenstein stieß einen tiefen Seufzer aus.

„Da heiratet er die englische Königstochter, um der protestantischen Sache zu dienen, und wir müssen uns das affektierte Getue parfümierter Papisten anhören!", zischte im Hintergrund Sophia von Falkenhagen. Froni erschrak und warf dem Franzosen einen furchtsamen Blick zu. Erst gestern hatten ein paar Küchenmägde ihre Stellung verloren, weil sie in einen heftigen Streit mit zwei Mädchen aus Elizabeths Gefolgschaft geraten waren. Worum es genau gegangen war, wusste Froni nicht, aber die wesentliche Aussage des Gerüchts war eindeutig: Wer sich der Anhängerschaft der englischen Prinzessin in den Weg stellte, wurde kurzerhand aus dem Weg geräumt.

„Ich denke, er will, dass wir die Porzellanfiguren in den rechten Schrank räumen, weil die Möbel auf der linken Seite weggebracht werden sollen", teilte Froni ihren Gefährtinnen mit. Ihr war inzwischen klar, dass sie als Einzige wenigstens ein paar Worte von Monsieur Cherbaults Anweisungen verstehen konnte. Sie wusste nicht, woran es lag. Während der Unterrichtsstunden, die sie erhalten hatte, war ihr das Begreifen stets leichtergefallen als den meisten anderen Mädchen.

„Wenn du ein Junge wärest, dann könnten wir dich auf eine Universität schicken", hatte die Mutter einmal zu ihr gemeint und dabei ein unglückliches Gesicht gezogen. „Aber ein Mädchen sollte aufpassen, nicht zu klug zu wirken. Dann findet sie am Ende keinen Ehemann, denn Männer mögen das nicht."

Monsieur Cherbault schien es aber zu mögen, dass wenigstens eine der Hofdamen begriff, was er meinte. Als sie alle nach den Schäferinnen und Hirten aus Porzellan griffen, um sie von einem Ende des Raumes in das andere zu bringen, sah er zum allerersten Mal recht zufrieden aus. Er roch so stark nach Parfüm, dass einem in seiner Nähe fast übel wurde, und sein Gesicht war so ausladend bemalt wie das eines Gossenmädchens. Aber wenn es darauf ankam, wusste er, wie man Autorität ausstrahlte. Sein Blick konnte so scharf sein wie die Klinge eines Messers.

„Quel est votre nom, Demoiselle?", fragte er Froni kurz darauf. Sie stellte sich mit einem Knicks vor. Er versuchte, den Namen Odenwald nachzusprechen, was ihm sogar einigermaßen gelang.

„Vous comprenez. C'est bien", stellte er gleich darauf fest. Dabei gab es nun sehr viele Damen am Hof, die ihn viel besser verstanden. Elizabeth Stuart war mit einem ganzen Hühnerstall eingetroffen, doch hielt ihre Gefolgschaft sich meistens bei ihr in den Gemächern auf, wo gesungen, getanzt und Poesie gelesen wurde. Für das Herumschleppen von Einrichtungsgegenständen, die zu zart und kostbar für die Hände gewöhnlicher Domestiken waren, sollten sich nun die Zofen der alten Kurfürstin zuständig fühlen. Sie waren seit zwei Wochen ständig auf den Beinen, um Räume zu leeren und anschließend wieder zu füllen, ganz wie es den Wünschen der neuen Schlossherrin entsprach. Elizabeth hatte zwar auch Diener mitgebracht, aber diese sollten allein für ihre persönlichen Bedürfnisse zuständig sein. Ihr wichtigster Berater war Colonel Schomberg, der ihr aber bei der Verwaltung der Gelder zur Seite stand. Monsieur Cherbault sollte sich indessen darum kümmern, dem Schloss und seinen Bewohnern die nötige Eleganz zu vermitteln. Er erschien stets mit perfekt sitzendem Spitzenkragen und sauberen Hemden, um sie zu beaufsichtigen. Froni wusste, dass ihre beiden guten Kleider inzwischen unangenehm riechen mussten, weil sie jeden Abend völlig durchgeschwitzt war und keine Zeit mehr fand, sie zu waschen. Die Frau von Zwergenstein klagte über regelmäßige Schwindelanfälle und der sonst sehr strenge Franzose erlaubte ihr dann, sich zurückzuziehen. Mit den jüngeren Hofdamen hatte er aber deutlich weniger Erbarmen, vor allem nicht mit Froni. Sie bemühte sich stets, seinen Anweisungen rasch Folge zu leisten. Sonst kamen sie alle zu spät zu den Mahlzeiten und liefen Gefahr, kaum noch etwas abzubekommen. Das Schloss platzte seit der Ankunft des jungen Paares aus allen Nähten, sodass eine Versorgung aller Bewohner nicht mehr garantiert war. Die Gefolgschaft der englischen Prinzessin hatte immer den Vortritt und die alteingesessenen Bewohner mussten nehmen, was für sie übrig blieb.

Manchmal war es nichts. Aber ihr war es bisher immer gelungen, noch ein paar Streifen Speck, Brot und manchmal sogar einen Teller Suppe in das Zimmer ihrer Mutter zu tragen, die es nicht mehr schaffte aufzustehen.

Nun verkündete eine Glocke, dass im großen Gemeinschaftssaal zum Mittagsmahl aufgetischt wurde. Froni atmete erleichtert auf, denn sie hatten alle ihre Aufgaben erledigt und konnten sich daher jetzt zurückziehen.

Die Frau von Zwergenstein eilte sogleich los. Wenn es ums Essen ging, kehrten ihre Körperkräfte erstaunlich schnell zurück. Sophia und ein paar andere junge Frauen schlossen sich ihr sogleich an. Froni wollte es ebenfalls tun, da sah sie plötzlich, wie Monsieur Cherbault sie zu sich winkte.

„Venez, Demoiselle!"

Es war höflich formuliert, aber eindeutig ein Befehl. Froni fluchte innerlich. Ihre Beine schmerzten und in ihrem Magen gähnte ein großes Loch, das gefüllt werden wollte.

„Vous dinez avec la princesse."

Sie ging davon aus, dass sie sich verhört haben musste. Elizabeth und Friedrich nahmen ihre Mahlzeiten nun in separaten Gemächern ein, nur in Anwesenheit einiger Vertrauter, die allesamt mit der englischen Königstochter eingetroffen waren.

„Venez, Demoiselle. Venez!", wiederholte der Franzose unbeirrt. Froni blickte an sich hinab. An ihrem Kleid hingen Staubfäden, die sie rasch wegfegte. Trotzdem sah sie wenig besser aus als eine Küchenmagd. Aber das war ihr ganzes Leben lang so gewesen, daher würde sie auch weiterhin zurechtkommen.

Sie hastete dem Franzosen hinterher, da sie keine Wahl hatte. Vielleicht bekäme sie danach noch ein paar Brotkrumen in der Küche des Schlosses.

Es ging ins nächste Stockwerk hoch, wo Elizabeth Stuart gemeinsam mit ihren Hofdamen eingezogen war.

Monsieur Cherbault schob eine Tür auf, ließ sein melodisches Französisch erklingen und verneigte sich tief. Froni knickste mechanisch. Sie wusste nicht genau, in welchem Raum der weit gefächerten Anlage sie nun gelandet war. Das glockenhelle Gelächter von Frauenstimmen erklang. Irgendwo zupfte jemand an einer Harfe.

„Willkommen, Fräulein von Odenwald", sagte eine weibliche Stimme mit französischem Akzent. Froni stockte der Atem, als sie erkannte, wer die Sprecherin war. Sie knickste nochmals tiefer, wagte erst nach einer Weile, ihren Blick zu der jungen Kurfürstin zu erheben.

„Monsieur Cherbault schwärmt von Eurem Verstand", verkündete Elizabeth Stuart nun auf Französisch. Sie saß auf einem breiten, mit Samt bezogenen Kanapee und nippte an einem goldfarbenen Pokal. Um sie herum waren die englischen Hofdamen versammelt. Ihre Kleider leuchteten in allen Farben des Regenbogens, Schmucksteine blitzten in ihren Ohren und an ihren Fingern. Froni musste an einen Käfig voller Paradiesvögel denken.

„Kommt zu uns. Habt Ihr Hunger?"

Elizabeth winkte Froni heran, während Monsieur Cherbault sich zurückzog. Auf dem großen Tisch sah sie Platten mit Fleisch, gefüllte Pasteten, verschiedene Brotsorten und eine große Karaffe mit Wein. Die anderen Hofdamen schoben ununterbrochen Leckereien zwischen ihre rot bemalten Lippen. Froni lief das Wasser im Munde zusammen. Sie hatte noch niemals Speisen gesehen, die so appetitlich wirkten und verführerisch dufteten.

Sie nahm auf einem winzigen Hocker am Ende des Tisches Platz und ergriff eine mit Fleisch gefüllte Pastete. Ein starker Geschmack breitete sich auf ihrer Zunge aus. Zunächst war er herb, dann wurde er langsam aromatischer und schien in verschiedene Nuancen zu zerfließen. Sie hatte in ihrem Leben vieles gegessen, das lecker schmeckte, aber im Gemach der Kurfürstin wurden Speisen zu einer völlig neuen Erfahrung.

„Etwas Wein? Mathilde, fülle Sie das Glas meiner neuen Hofdame!", teilte Elizabeth einem schmächtigen Dienstmädchen mit. Gleich darauf hielt Froni ein blaues Gefäß in der Hand, das es durchaus mit dem Weinpokal der jungen Kurfürstin aufnehmen konnte. Es war aus hellem Kristall und die Flüssigkeit darin schimmerte dunkel.

Der Wein glitt sanft über ihre Zunge. Wärme machte sich in ihr breit, die Welt schien ein angenehmerer Ort und alle Sorgen fielen für einen Augenblick von ihren Schultern. Schwebten Frauen wie Elizabeth und ihre Schar von Hofdamen tagtäglich auf solchen Wolken des Wohlbehagens durchs Leben, ohne von Angst, Schmerz oder Enttäuschung niedergedrückt zu werden?

„Monsieur Cherbault lobt Euch tagtäglich, Fräulein von Odenwald", erzählte Elizabeth indessen wieder langsam auf Französisch. Ihr Deutsch beschränkte sich auf den einzigen Satz, den sie bei ihrer Begrüßung in Heidelberg gesprochen und vorher wohl auswendig gelernt hatte. „Er sagt, dass Ihr als Einzige unter den deutschen Tölpeln hier in Heidelberg über Verstand verfügt."

Froni verschluckte sich fast an dem köstlichen Wein. Wenn Monsieur Cherbault sich die Mühe gemacht hätte, die Landessprache zu lernen, wäre ihm sicher aufgefallen, dass auch die anderen Hofdamen nicht völlig unverständig waren. Aber sie wusste, dass sie diesen Gedanken nicht laut aussprechen durfte.

„Mein Französisch ist besser als das der anderen Hofdamen", gab sie schließlich zu. „Aber meine Gefährtinnen verfügen ebenfalls über viel Wissen und Erfahrung."

„Bien sûr. Ich zweifele nicht daran", erwiderte Elizabeth ohne besonderes Interesse. „Aber Euch hätte ich gern an meiner Seite, um mit dem Schloss etwas vertrauter zu werden."

Warum mit etwas vertraut werden, das sie komplett

umgestalten wollte? Aber auch das durfte Froni nicht fragen.

„Ich denke, es gibt sehr viele Leute in Heidelberg, die Euch das Schloss zeigen könnten. Allen voran Euer Gemahl."

Elizabeths Gesicht versteinerte kurz und Froni erschrak, denn ihr wurde klar, dass sie dreist gewesen war. Friedrich musste sich politischen Aufgaben widmen und hätte nicht immer Zeit, seine zauberhafte Gemahlin herumzuführen.

„Ich bitte um Vergebung, Euer Durchlaucht. Ich werde natürlich tun, was immer Ihr wünscht", stammelte Froni sogleich, denn ihr war aufgefallen, dass auch die anderen Damen in ihre Richtung starrten.

Elizabeth verzog das Gesicht.

„Nun benehmt Euch nicht wie ein Schoßhündchen! Ich biete Euch gerade an, Euch meinem Gefolge anzuschließen. Hier in diesem Raum befinden sich einige Töchter des englischen Hochadels, die mir freiwillig an einen kleinen Fürstenhof gefolgt sind. Dazu kommen deutsche Damen aus angesehenen Familien wie Amalie zu Solms-Braunfels."

Elizabeth wies auf eine junge, dralle Frau mit hübschen Gesichtszügen, die schweigsam dasaß.

„Als Teil meiner Gefolgschaft könntet Ihr ihnen nun ebenbürtig sein", betonte Elizabeth. Die Idee, dass jemand dieser Aussicht keine Freude abgewinnen konnte, lag offenbar jenseits ihres Vorstellungsvermögens. Abwartend, leicht ungeduldig sah sie Froni an.

Froni musterte die anwesenden Damen kurz. Sie ähnelten einander auf den ersten Blick, alle waren jung und elegant gekleidet. Die einzige Ausnahme bildete Lady Harrington, eine magere Gestalt von etwa vierzig Jahren, die dicht neben ihrer Tochter Lady Bedford saß. Die ältere Dame kannte Elizabeth schon seit deren Kindheit und kümmerte sich mit Hingabe um deren zahlreiche Hunde und Äffchen. Bei genauerem Hinsehen bekamen aber auch die Gesichter der jungen Frauen unterschiedliche Züge. Das Mädchen links neben Elizabeth war blond, etwas rundlich und hatte rosige Wangen. Dicht neben ihr saß eine schmale, hochgewachsene Frau, deren Körper ein wenig ausgemergelt wirkte. Sie waren nicht wirklich liebreizender als die Frauen auf dem Heidelberger Schloss. Nur fielen ein paar Schimmer von Elizabeths Strahlen auf sie und eben dadurch wurden sie besonders.

„Lady Marian Lacey", stellte Elizabeth das blonde Mädchen vor. Die Dunkelhaarige hieß Theodora Bryant. Alle sahen Froni für einen Moment an, verweigerten ihr aber jedes Lächeln.

„Ihr könnt Euch uns anschließen", flötete Elizabeth weiter. „Wir lehren Euch Englisch und besseres Französisch. Vielleicht könnt Ihr uns mit dem einen oder anderen deutschen Wort aushelfen."

Sie sagte etwas zu den Damen, das Froni nicht verstand. Gelächter erklang. Froni spürte, dass ihr der Schweiß über den Rücken perlte. Sie mochte diese eleganten, hochmütigen Kreaturen nicht, ein Gefühl, das offenbar auf Gegenseitigkeit beruhte. Elizabeth war ihr lieber als ihre Gefährtinnen, denn für deren Stolz gab es wenigstens gute Gründe.

„Es ist sehr edelmütig von Euch und ich weiß, dass ich Euch Dankbarkeit schulde", sagte sie schnell. „Aber … aber ich diene bereits der Mutter Eures Gemahls. Daher muss ich Euer großzügiges Angebot leider zurückweisen, Euer Durchlaucht. Es gibt viele andere junge Frauen an diesem Hof, die sich mit Freuden …"

„Aber ich hatte mich für Euch entschieden", unterbrach Elizabeth scharf. Ihr Gesicht wirkte verärgert und gleichzeitig sehr jung, als sei sie ein verwöhntes Kind, das zum ersten Mal nicht seinen Willen bekam. Dann aber glätteten sich ihre Züge sogleich.

„Ihr habt eine kranke Mutter, habe ich gehört."

Froni war ehrlich überrascht, denn sie war nicht davon ausgegangen, dass die junge Kurfürstin sich so ausführlich mit ihr befassen würde.

„Meine Hofdamen beziehen natürlich jeden Monat eine Entlohnung für ihre treuen Dienste", redete Elizabeth lächelnd weiter. Als sie die Summe nannte, blieb Froni fast der Mund offen stehen. Sie konnte sich nicht erinnern, jemals so viele Münzen auf einmal gesehen zu haben.

„Zudem bekämet Ihr ein eigenes Gemach, denn Eure Mutter würde das Geplauder anderer junger Frauen sicher stören. Mein Medikus wird regelmäßig nach ihr sehen, um ihre Leiden zu lindern."

Froni streckte eine Hand aus, um sich an der Tischkante festzuhalten. Wann würde sie erwachen und feststellen, dass all dies nur ein verrückter Traum gewesen war?

Aber alles um sie herum schien ganz und gar ein Teil von Gottes Schöpfung zu sein, kein bloßes Gespinst aus nächtlichen Fantasien. Ihre Mutter bekäme die bestmögliche Fürsorge, ein sauberes Zimmer mit genug Brennholz, sobald es kalt wurde, und tagtäglich jene köstlichen Mahlzeiten, wie sie hier auf dem Tisch standen. In den letzten Jahren ihres Lebens könnte die alte, kranke Frau ein besseres Leben haben als jemals zuvor. Froni wusste, dass sie nicht ablehnen konnte, auch wenn ein Teil von ihr sich immer noch dagegen sträubte, tagtäglich in Gesellschaft dieser englischen Damen leben zu müssen, die sie nicht unter sich wollten.

„Ich danke Euch, Euer Durchlaucht", sagte Froni schnell, bevor ihre Freude von Zweifel und Unbehagen verdrängt werden konnte. „Es ist mir eine Ehre, Euer Angebot anzunehmen."

Kurz sah Elizabeth überrascht aus, dann lächelte sie wieder. „Ihr Lächeln ist nicht ganz ehrlich", schoss es Froni durch den Kopf. „Fast nichts von dem, was sie sagt und tut, kommt direkt von ihrem Herzen."

„Das freut mich, Fräulein von Odenwald. Nun dürft Ihr gehen. Sobald ich eine passende Unterkunft für Euch gefunden habe, schicke ich Euch einen meiner Lakaien."

Froni erhob sich, versank nochmals in eine tiefe Reverenz und ging dann rückwärts nach draußen, um der neuen Kurfürstin den größtmöglichen Respekt zu zollen.

Als die Tür hinter ihr zugefallen war, vernahm sie das boshafte Kichern der anderen Hofdamen. Ihr Magen verkrampfte sich und kurz fürchtete sie, die soeben genossenen

Speisen erbrechen zu müssen.

Zwei Wochen später bezog Froni eine immer noch kleine, aber wesentlich wohnlicher ausgestattete Kammer in einem anderen Flügel des Schlosses. Ihre Nachbarinnen waren leider Theodora und Marian, deren Gemach deutlich größer war und die dort bis in die späte Nacht hinein lachten und musizierten. Aber das Bett, in dem sie nun mit ihrer Mutter schlief, verfügte über einen ausladenden Baldachin und war so weich, dass sie jeden Abend glaubte, in seinen Tiefen zu versinken wie in einem Ozean. Elizabeths Schneider, ein junger Franzose mit Kniebundhose und farbenfrohen Strümpfen, hatte sie aufgesucht, um neue Gewänder für sie zu entwerfen. Das ständige Ausmessen und Anprobieren war zwar ermüdend, aber als Froni in ein grünes Kleid mit einem seidenen Spitzenkragen schlüpfte, das an ihrem Körper entlangfloss wie Regen, verspürte sie erstmals in ihrem Leben Stolz, die Person zu sein, die sie war. Ihre Mutter hörte für eine Weile auf, zu seufzen und zu klagen.

„Wenn dein Vater dich sehen könnte!", rief sie, sobald sie sich in dem neuen Zimmer eingerichtet hatten. „Er war enttäuscht, als ich ein Mädchen auf die Welt brachte, aber nun bist du wichtiger als alle deine Brüder!"

Ihr anerkennender, vor Glück strahlender Blick allein war all dies wert, dachte Froni. Doch bekam sie in Gegenwart der anderen Hofdamen immer noch Schweißausbrüche und manchmal auch Bauchschmerzen, wenn deren hämische Bemerkungen zu tief in ihr Fleisch schnitten. Nachts schrillte das boshafte Gelächter in ihren Ohren und raubte ihr mitunter den Schlaf. Sie verstand inzwischen leidlich Französisch, aber kein Wort Englisch, war dem Getuschel hinter ihrem Rücken daher hilflos ausgeliefert. Elizabeth beteiligte sich zwar nicht an den Gemeinheiten, nahm Froni aber auch nie in Schutz. Zu sehr war sie damit beschäftigt, Bankette, Theateraufführungen und Musikabende zu organisieren. In den Sommermonaten war der Altan, eine großzügig angelegte Aussichtsterrasse des Schlosses, ihr liebster Aufenthaltsort. Dort saß sie mit ihren Damen beim Musizieren, Singen und Kartenspielen. Zudem wurde das Heidelberger Schloss komplett umgestaltet. In dem Dicken Turm, der einst für militärische Zwecke erbaut worden war, richtete man nun einen großen Festsaal ein, der eine wunderbare Aussicht auf die umliegenden Hügel ermöglichte. Ein neuer Hofgarten mit Statuen und Springbrunnen, der Hortus Palatinus, sollte zu Ehren der neuen Kurfürstin angelegt werden. Der ausschweifende Lebensstil der jungen Schlossherrin weckte Missfallen unter den alteingesessenen Bewohnern des Gebäudes. Froni konnte zwar die missbilligenden Blicke der Frau von Zwergenstein und der anderen älteren Hofdamen als unnötigen Starrsinn abtun, aber auch ihre anderen Gefährtinnen gingen ihr nun plötzlich aus dem Weg. Friedrichs Lehrer Hans Meinhard von Schönberg war häufig damit beschäftigt, aufgebrachte Gemüter von Domestiken zu schlichten, da Elizabeths Gefolgschaft sie von ihren angestammten Aufgaben verdrängt hatte.

Froni wusste, dass sie es gut getroffen hatte. Sie musste nicht mehr Porzellanfiguren herumtragen und sich dem Kommando von Monsieur Cherbault beugen. Sie aß tagtäglich köstliche Speisen, lauschte Sängern und Musikanten und vorgetragenen Gedichten, die sie meistens nicht verstehen konnte. Bei den endlosen Banketten, wo Elizabeths Hofdamen und Gefolgsmänner sich versammelten, redete sie meistens wenig, weil sie Angst hatte, als unwissend durchschaut zu werden. Vom Klatsch am englischen Königshof hatte sie keine Ahnung, die Namen der beliebten Dichter und Sänger waren ihr unbekannt. Ein gewisser Shakespeare wurde ständig erwähnt, denn Elizabeth schätzte offenbar seine Werke.

Vor dem Einzug der englischen Königstochter waren die Festlichkeiten auf dem Schloss wesentlich seltener gewesen und hatten sich auf ausgelassene Saufgelage beschränkt, denen anständige junge Frauen besser fernblieben. Nun wurde plötzlich über Nymphen und in sie verliebte Schäfer parliert, elegant getanzt und auf Französisch gesungen. Manchmal hatte Froni den Eindruck, dass hinter all diesen raffinierten Manieren letztendlich nur das Bedürfnis steckte, auf sich aufmerksam zu machen und zu kokettieren, wie auch in jedem Wirtshaus der Stadt. Nur bedurfte es hier besonderer Kenntnisse, um zu gefallen, über die sie nicht verfügte. Es störte sie aber nicht besonders, dass die jungen Herren ihr kaum Beachtung schenkten. Die Bemühungen mancher junger Hofdame um männliche Aufmerksamkeit schienen ihr fast erbarmungswürdig und sie hätte diese Frauen bemitleidet, wären sie nur etwas freundlicher zu ihr gewesen. Im Grunde saßen sie alle im selben Boot, ganz gleich, ob sie auffielen oder unscheinbar blieben. Sobald Elizabeth Stuart einen Raum betrat, hingen alle Augenpaare an ihr und andere weibliche Wesen verblassten zu grauen Schatten. Friedrich konnte nicht immer an den Festen teilnehmen, da die Staatsgeschäfte ihn in Anspruch nahmen, aber er erschien so oft wie nur möglich. Manchmal sank er vor seiner Frau in die Knie und trug ihr französische Gedichte vor, während der versammelte Hofstaat angeregt lauschte. In diesen Momenten verspürte Froni wieder jenen Schmerz, den sie hatte begraben wollen, indem sie sich einen schützenden Panzer schuf. Zwar hatte sie sich keine solche Verehrung von ihm gewünscht, aber zuzusehen, wie sie einer anderen Frau zuteilwurde, tat weh. Auch Marian und Theodora, ja fast alle anwesenden jungen Damen, erblassten jedes Mal vor Neid, wohl in der Ahnung, dass ein derart hingebungsvoller Verehrer ihnen niemals zustehen würde.

Sophia von Falkenhagen sprach Froni eines Tages im Korridor des Schlosses an und erkundigte sich durchaus freundlich, ob sie auch einmal an einem der Bankette teilnehmen dürfte. Dabei funkelten ihre Augen wie die einer hungrigen Straßenkatze. Froni fragte sich, was die junge Frau sich davon erhoffte, versprach aber, bei Elizabeth ein Wort für sie einzulegen. Die junge Kurfürstin nickte nur kurz, als Sophia ihr als mögliche neue Hofdame vorgeschlagen wurde.

„Sie ist doch schon vermählt. Das dürfte nicht einfach werden."

„Ihr Gemahl ist ein alter Mann, der es sicher begrüßen würde, wenn sie ein wenig Unterhaltung hat", erwiderte

Froni schnell. Sie wusste nicht, ob das stimmte. Aber kein Mann von Verstand und Ehrgeiz konnte etwas dagegen haben, wenn seine Gemahlin der wichtigsten Frau in diesem Schloss näherkam. Sie ging davon aus, Sophia einen guten Dienst erwiesen zu haben. Zwar nickte Elizabeth wieder nur kurz, aber Froni hatte inzwischen bemerkt, dass die Kurfürstin meistens aufmerksamer zuhörte, als es den Anschein hatte.

Eine Woche danach musste Sophia das Schloss verlassen, um sich auf die Burg ihres Gatten zurückzuziehen. Es hieß, der alte Edelmann fürchte, sie könnte bei den Festen der englischen Königstochter schlechtem Einfluss ausgesetzt sein. Froni kannte die genauen Hintergründe nicht, aber sie verspürte tiefes Mitgefühl für Sophia. Sich derart den engstirnigen Vorstellungen eines Mannes fügen zu müssen, konnte keine Freude sein.

Vielleicht würde sie niemals heiraten, überlegte sie. Sie konnte an Elizabeths Seite bleiben, bis sie alt und grau geworden war. Die Gehässigkeit der anderen Damen schien plötzlich harmlos im Vergleich zu der Tyrannei eines alten Mannes und ihr wurde erstmals bewusst, dass sie der Kurfürstin dankbar sein konnte. Indem sie in ihre Dienste getreten war, wurde sie von der Notwendigkeit befreit, möglichst schnell einen Ehemann zu finden.

Sophia suchte sie vor der Abreise noch einmal in ihrem Gemach auf. Sie hielt sich aufrecht, aber ihre Augen waren rot von vergossenen Tränen.

„Ihr habt mehr Glück, als Ihr verdient. Wisst es zu schätzen, denn vielleicht dauert es nicht ewig", zischte sie, wandte sich dann wortlos ab und ging.

Einen Monat nach Sophias Abreise saß Froni zusammen mit den anderen Damen in Elizabeths Gemach. Es war Winter geworden und das knisternde Kaminfeuer verbreitete eine angenehme Wärme, die nicht jedem im Schloss vergönnt war. Tagsüber hatte ein Jagdausflug stattgefunden und Froni hatte sich mühsam auf dem Pferd gehalten, weil sie das Reiten kaum gewöhnt war. Elizabeth hingegen liebte die Jagd und erwies sich dabei auch als unerwartet begabte Schützin, indem sie gleich mehrere Hirsche erlegte.

Die Tür ging auf und Colonel Schomberg trat ein. Sie hatte ihn schon etliche Male dabei beobachtet, wie er eine Unterhaltung mit Elizabeth suchte, aber immer wieder abgewiesen wurde. Nun stellte er sich entschlossen vor der Königstochter auf, verneigte sich kurz und begann dann zu reden.

„Ich habe Euch einige Vorschläge zu unterbreiten, Eure Hoheit. Ihr solltet besser auf eine sinnvolle Verwaltung Eurer Garderobe achten. Tragt ein Gewand erst, wenn es bezahlt wurde. Fertigt eine Liste jener Gewänder an, die Ihr besitzt, trennt Euch von jenen, die Ihr nicht mehr braucht, aber überlegt, ob es nicht vertretbar wäre, manchmal ein Kleid zweimal zu tragen."

Er warf Elizabeth einen mahnenden Blick zu. Sie lächelte desinteressiert und kraulte ihren Schoßhund.

Der Colonel räusperte sich.

„Was den Umgang mit Euren Dienern betrifft, so würde ich Euch raten, den Klatsch und Tratsch besser zu kontrollieren. Erlaubt Leuten nicht, durch Schmeichelei Eure Gutmütigkeit auszunutzen. Ich würde mir wünschen, dass Euer Verhalten mehr von Verstand und Ordnung geleitet wird."

„Ich danke Euch für Eure Ratschläge", erwiderte die junge Kurfürstin auf Französisch. „Ihr habt Euch große Mühe gegeben und das weiß ich zu schätzen. Nun wünsche ich Euch einen angenehmen Abend, Colonel."

Sie reichte ihm ihre Hand, die er ergeben küsste, dann verabschiedete er sich mit einer Verbeugung.

Kaum war die Tür hinter ihm zugefallen, stieß Elizabeth ein zartes Kichern aus, in das ihre Hofdamen folgsam einstimmten.

„Er macht sich so viele Sorgen, le pauvre", meinte die Königstochter. „Kein Wunder, dass er schon ganz graue Haare hat. Nun lasst uns mit dem Kartenspiel fortfahren."

Sie setzte den Schoßhund auf den Boden und beugte sich zum Tisch. Froni wusste, dass sie sich nun an dem Spiel beteiligen sollte, denn es war ihre Aufgabe, die neue Kurfürstin zu unterhalten.

Eine Stunde später verspürte sie bereits tiefe Müdigkeit und wäre gern zu ihrer Mutter schlafen gegangen, aber das stand ihr nicht zu, bevor die Kurfürstin sie entlassen hatte. Das ständige Geplauder um sie herum strengte sie an. Sie glaubte manchmal, sich in einer Blase zu befinden, die durch fremdes Gewässer schwebte. Platzte die Schutzschicht um sie herum, drohte sie zu ertrinken.

Das Kartenspiel konnte Fronis Aufmerksamkeit nicht wirklich fesseln. Sie hatte die Regeln noch nicht ganz begriffen und rechnete damit zu verlieren, was sie sich aber dank der großzügigen Entlohnung durch Elizabeth leisten konnte. Manchmal kraulte sie Elizabeths kleinsten, wuscheligen Schoßhund, der sie als Einziger unter der Hofgesellschaft wirklich ins Herz geschlossen hatte und sich gern unter ihren Röcken verkroch, wenn seine Herrin ihn gerade nicht beachtete. Die junge Kurfürstin hatte seit einigen Wochen auch ein kleines Äffchen, ein Geschenk ihres aufmerksamen Gemahls. Das Affenmädchen hieß Anne und hatte es in sehr kurzer Zeit geschafft, den armen Hund vom Schoß seiner Herrin zu verdrängen. Für Affen konnten hübsche Gewänder angefertigt werden und sie schienen sich sogar darüber zu freuen, dachte Froni und streichelte dem Hündchen tröstend über den Kopf, da es mit der menschenähnlichen Rivalin nicht mithalten konnte.

Als in ihrem Rücken die Tür aufschwang und Friedrich in klangvollem Französisch seine Frau begrüßte, fielen ihr vor Schreck fast die Karten aus der Hand.

Die anderen Hofdamen erhoben sich und knicksten, wie von unsichtbaren Schnüren gezogene Marionetten. Froni tat es ihnen gleich, auch wenn sie ein klein wenig später dran war und vermutlich nicht ganz so elegant dabei wirkte. Ihr fiel wieder auf, wie anziehend Friedrich aussah mit seinen dichten, dunklen Locken und dem strahlenden Gesicht. Seit seiner Vermählung mit Elizabeth hatte er keine Anflüge von Schwermut mehr gezeigt, sondern schwebte auf einer Wolke des Glücks durch die Korridore der Burg.

„Bonjour, ma chère!"

Er küsste seine Frau auf die Wange, bevor er die anderen Damen auch nur wahrgenommen hatte. Dann lächelte er sie der Reihe nach an, so, wie ein gütiger Herr Almosen an Bedürftige verteilte. Theodoras blasse Wangen bekamen ein wenig Farbe. Friedrichs Talent, die Herzen junger Frauen zu gewinnen, war mit seiner Vermählung nicht schwächer geworden.

Auf einmal spürte Froni seinen Blick auf sich ruhen. Es war das erste Mal seit seiner Rückkehr aus England, dass er sie nicht völlig übersah.

„Wie geht es Euch, Fräulein von Odenwald? Es freut mich, Euch unter den Damen meiner werten Gemahlin zu sehen. Sie ist stets voll des Lobes über Euch."

Er hatte auf Deutsch gesprochen, was bei den Versammelten ein leichtes Stirnrunzeln auslöste. Da Elizabeth keinerlei Bemühungen zeigte, die Sprache ihres Gatten zu lernen, hielten ihre Gefolgsdamen das auch nicht für nötig. Froni konnte sich nicht vorstellen, dass Elizabeth sie jemals ihrem Gemahl gegenüber erwähnt hatte. Aber allein der Umstand, dass Friedrich ihr nun Aufmerksamkeit schenkte, kam einer Auszeichnung gleich. Sie spürte, dass ihre Wangen zu glühen begannen.

„Ich danke Euch für Eure Fürsorge. Es könnte mir in Obhut Eurer Gemahlin nicht besser gehen", erwiderte sie mit züchtig niedergeschlagenem Blick. Ein Teil von ihr vermisste mit erneuter Heftigkeit die alte Vertrautheit, die früher zwischen ihnen geherrscht hatte. Aber das war nun nicht mehr möglich.

Elizabeth forderte Marian auf, dem Kurfürsten einen Becher Wein einzuschenken. Das Mädchen gehorchte mit vor Aufregung zitternden Händen, während Friedrich neben Elizabeth auf dem Kanapee Platz nahm.

„Ich habe aufregende Neuigkeiten für meine Astrée", sagte er nun wieder auf Französisch an Elizabeth gewandt. Froni wusste inzwischen, dass er auf eine Figur aus einem sehr beliebten Roman anspielte, auch wenn sie bisher nicht die Geduld und Zeit gehabt hatte, das Buch selbst zu lesen.

Astrée, eine Schäferin, und ihr Geliebter Céladon mussten darin viele Abenteuer bestehen, bevor sie endlich zusammenkamen. Friedrichs Vermählung war viel schneller vorangegangen, dachte sie spöttisch. Aber das hinderte ihn nicht daran, in seinen Briefen an Elizabeth stets mit Céladon zu unterschreiben.

Nun drehte er das Weinglas in der Hand und musterte die goldene Schraffur.

„Ich glaube, Euer ergebener Diener könnte seiner Angebeteten doch noch eine Krone aufs Haupt setzen, wie sie es verdient."

Friedrichs Augen leuchteten stolz. Froni stockte der Atem. Hoffte er, der neue deutsche Kaiser zu werden?

„Ihr wisst, dass allein Eure Liebe genügt, um mich glücklich zu machen", erwiderte Elizabeth schnell. Froni musste ein Kichern unterdrücken. Wessentwegen wurde denn das ganze Schloss gerade umgestaltet?

„Von welcher Krone redet Ihr?", fragte die junge Kurfürstin auch schon. Friedrich räusperte sich und schwieg einen Moment, wie um die Spannung zu steigern.

„Die Krone Böhmens. Mein Hofrat Christian von Anhalt, dessen diplomatischen Bemühungen ich auch das Glück meiner Ehe zu verdanken habe, hat mir soeben mitgeteilt, dass sie mir angeboten werden könnte."

Ein wenig klang er wie ein Schuljunge, der sogleich erzählen musste, dass er von seinem Lehrer gelobt worden war, befand Froni. Elizabeth blickte aufmerksam hoch.

„Anbieten? Wie kann eine Krone angeboten werden? Gott der Herr bestimmt in seiner Allmacht einen Herrscher."

Froni fiel ein, dass ihr Vater die Idee vom Gottesgnadentum einmal als typisches Papistengeschwafel bezeichnet hatte. Aber niemand im Raum schien etwas an Elizabeths Denken befremdlich zu finden.

„Bei den Böhmen gibt es traditionell ein Wahlkönigtum", erklärte Friedrich nun. „Ihr derzeitiger König ist unser Kaiser Matthias, ein Habsburger und erzkatholisch. Er kränkelt schon lange und hat keine Nachkommen. Es besteht guter Grund zu der Hoffnung, dass die Böhmen nun einen protestantischen Herrscher wollen werden, denn viele von ihnen gehören der reformierten Kirche an. So würde der Protestantismus in ganz Europa gestärkt werden, was in unser aller Sinne ist."

Er lehnte sich zufrieden zurück. Elizabeth lächelte nur, aber ihre Augen hatten aufgeregt zu funkeln begonnen.

„Wie ich sagte, allein Eure Liebe genügt mir, mein Gemahl."

Froni dachte nicht darüber nach, warum Elizabeth nicht offen zugeben wollte, wie sehr diese Aussicht ihr gefiel. Die Neuigkeiten nahmen ihre ganze Aufmerksamkeit in Anspruch. Bisher hatte sie nicht viel von Politik mitbekommen, weil ihre Mutter sie stets ermahnte, eine Frau solle sich in diese Angelegenheiten nicht einmischen. Aber all das klang überaus aufregend. Die Habsburger galten als Erzfeinde der reformierten Kirche, bemüht, alle protestantischen Glaubensrichtungen in ihren Ländereien auszurotten. Gleichzeitig waren sie eine überaus mächtige Dynastie. Wäre es tatsächlich möglich, einen von ihnen so einfach abzusetzen?

„Ich dachte, ich erzähle es Euch als Allererster", meinte Friedrich strahlend. „Nun muss ich wieder zu meinen Ministern. Ich hoffe, ich habe Euch eine Freude gemacht, ma chère Astrée."

Elizabeth nickte und schenkte ihm ein weiteres Lächeln, bevor er hinausging. Dann blieb sie eine Weile etwas verwirrt und nachdenklich sitzen, reichte dem Affen Zuckerstücke und drehte einen Ring an ihrem Finger. Die Hofdamen schnatterten unruhig, aber ihre Herrin schwieg. Zu Fronis Erstaunen forderte sie die Damen bald darauf auf, nun zu Bett zu gehen.

Obwohl die Mädchen es gewohnt waren, bis in die späten Nachtstunden bei der Kurfürstin zu sitzen, entfernten sie sich ohne Widerworte. Froni ging davon aus, dass sie sich als Einzige darüber freute. Sie sehnte sich nach ihrem weichen Bett, wo ihre Mutter bereits seit mehreren Stunden friedlich schlummerte. Doch als sie schon auf der Türschwelle stand, rief Elizabeth ihren Namen.

„Ich habe noch kurz mit Euch zu reden, Fräulein von Odenwald."

Ein paar giftige, neidische Blicke trafen Froni, die einen Seufzer unterdrücken musste. Elizabeth hielt ihr mit durchaus freundlicher Miene einen weiteren Becher hin. Der Hund watschelte sogleich mit wedelndem Schwanz an ihre Seite. Froni kraulte ihn zwischen den Ohren.

„Henry mag Euch sehr, scheint es", meinte Elizabeth. Froni erfuhr zum ersten Mal, dass das Hündchen einen Namen hatte.

„Ich bin mit Tieren aufgewachsen. Mein Vater hatte mehrere Hunde", erzählte sie, um nicht einfach stumm dazustehen. Es waren allerdings Jagdhunde gewesen, keine kleinen Wesen wie Henry, dessen einziger Daseinszweck darin bestand, mütterliche Empfindungen in vornehmen Damen zu wecken.

„Wenn Ihr wollt, könnte ich es zu Eurer Aufgabe machen, Euch um Henry zu kümmern", bot Elizabeth ihr plötzlich an. „Seit ich Anne habe, vernachlässige ich ihn ein wenig, fürchte ich."

Sie schob der Äffin Konfekt in den Mund. Immerhin war ihr aufgefallen, dass der Hund ihre Zuwendung vermisste. Aber war Froni nur zurückgehalten worden, weil die Kurfürstin eine Amme für ihr Schoßhündchen brauchte?

„Es wäre mir eine Ehre, Euer Durchlaucht", sagte sie schnell. Tatsächlich wäre sie froh über eine solche Aufgabe. Mit seinem treuherzigen, manchmal tieftraurigen Blick erinnerte Henry sie an sich selbst, nachdem Friedrich sich von ihr abgewandt hatte.

„Soll ich den Hund heute Nacht mit in mein Gemach nehmen?", fragte sie in der Hoffnung, gemeinsam mit Henry entlassen zu werden. Elizabeth antwortete nicht gleich, sondern nippte an ihrem Weinbecher.

„Wenn es Euch genehm ist. Ich erwarte ohnehin Besuch von meinem Gemahl."

Ihr Gesicht bekam ein wenig Farbe. In Fronis Magen entstand ein kurzer, heftiger Krampf. Sie hatte eine Ahnung von den Dingen, auf die Elizabeth anspielte, eben weil sie die Hunde ihres Vaters beobachtet hatte. Zunächst war die Vorstellung, dass Ähnliches zwischen Menschen stattfand, ihr unglaubwürdig, ja lächerlich vorgekommen. Aber in Friedrichs Nähe hatte sie manchmal die Sehnsucht nach einer möglichst innigen Vereinigung überkommen, die wohl den Zauber dieser Handlungen ausmachte.

Nun würde sie das niemals mit ihm erleben können, weil es Elizabeth vorbehalten war.

„Ich habe schon lange auf eine Gelegenheit für ein Gespräch unter vier Augen mit Euch gewartet", sagte die Kurfürstin überaus freundlich.

Froni murmelte, dass es ihr eine Ehre sei. Sie verstand nicht, warum Elizabeth deshalb hätte warten müssen. Als Schlossherrin konnte sie ihre Hofdamen selbst mitten in der Nacht zu sich bestellen, wenn ihr der Sinn danach stand. Vor allem aber begriff Froni nicht, worüber Elizabeth so unbedingt mit ihr reden wollte.

Die blauen Augen musterten sie über den Rand des Weinbechers hinweg mit erstaunlicher Aufmerksamkeit.

„Setzt Euch und erzählt mir bitte, ob Ihr die Mätresse meines Gemahls gewesen seid", begann die Kurfürstin völlig gelassen. „Er bestreitet es und bezeichnet Euch als sehr tugendhaft. Aber ich weiß, dass Männern niemals ganz zu trauen ist. Nicht einmal meinem süßen Céladon."

Froni war dankbar, dass sich ein Stuhl dicht neben ihr befand, sonst wäre sie in die Knie gesackt. Ihr ganzer Körper fühlte sich plötzlich schwach an, als hätte sie eine schwere Krankheit hinter sich. Wollte Elizabeth sie für etwas strafen, das nie geschehen war?

„Ich … ich habe nicht … ich würde nie …"

Sie konnte selbst hören, dass ihr Französisch auf einmal wieder so miserabel klang wie am Tag von Elizabeths Eintreffen. Das glockenhelle Lachen der jungen Kurfürstin kam ihr plötzlich so bedrohlich vor wie Donnergrollen.

„Schon gut, ich sehe, Ihr seid in der Tat das gutgläubige Zicklein, als das Friedrich Euch beschrieben hat. La petite chèvre", sagte Elizabeth nun durchaus freundlich. Fronis

Lippen formten Worte des Dankes, obwohl ihr nicht gerade geschmeichelt worden war. Aber Elizabeth hätte sie auch als Lügnerin beschimpfen und hinauswerfen können.

„Es wäre allerdings klüger gewesen, Ihr hättet Euch schwängern lassen", fuhr die Kurfürstin fort.

Froni befürchtete, mit offenem Mund dazusitzen.

„Aber ..."

„Das hätte Euch eine lebenslange Rente garantiert. Friedrich hat seine Flausen wie jeder Mann, aber im Grunde seines Herzens ist er anständig. Er würde keinen seiner Bastarde unversorgt lassen."

Das stimmte wahrscheinlich. Sämtliche Protestworte blieben in Fronis Kehle stecken, Trauer schwemmte ihr Tränen in die Augen. Vielleicht hätte sie tatsächlich Friedrichs Geliebte werden sollen, als noch eine Gelegenheit dazu bestanden hatte.

„Ma pauvre petite, er ist doch nicht der einzige Mann auf Gottes Erden", sagte Elizabeth und schob ihr ein Spitzentaschentuch zu, das Froni verlegen annahm.

„Er redete stets mit viel Zuneigung von Euch", erzählte die Kurfürstin weiter. „Er beschrieb Euch als eine vertrauenswürdige Person. Daher beschloss ich, Euch zu meiner Hofdame zu machen. Wer wie ich sein Leben an einem Königshof verbracht hat, weiß, wie selten Ehrlichkeit und Zuverlässigkeit sind, vor allem unter Frauen."

Mit einem Schluck Wein versuchte Froni, ihre Nervosität und aufsteigende Übelkeit zu bekämpfen. Sie kam sich vor wie Henry, der gerade ein paar Streicheleinheiten erhielt, um bald darauf wieder vergessen zu werden. Elizabeth sprach ohne jede Eifersucht, zeigte keinerlei Sorge, sich eine Rivalin in ihren vertrauten Kreis geholt zu haben.

Das tat sie, weil sie wusste, dass keinerlei Gefahr für sie bestand. Eine Frau wie Elizabeth konnte sich Großzügigkeit gegenüber ihren Geschlechtsgenossinnen erlauben, da sie jede von ihnen mühelos in den Schatten stellte. „Und in diesem Schatten werde ich bleiben, bis ich wirklich alt und grau geworden bin", dachte Froni bitter. Friedrich mochte nicht der einzige Mann auf Gottes Erden sein, aber für sie hatte er alle anderen verdrängt.

Elizabeth war aufgestanden und mit der Äffin auf dem Arm vor ihren Spiegel getreten. Dann setzte sie Anne auf dem Boden ab, um kurz ihr Haar zu richten.

„Wart Ihr jemals in Böhmen, Fräulein von Odenwald?"

Froni schüttelte den Kopf.

„Ich hoffe, meine Untertanen dort werden mich lieben, auch wenn es sicher Schwierigkeiten mit sich bringt, Friedrich auf den Thron zu setzen."

„Das werden sie zweifellos, Euer Durchlaucht!", sagte Froni schnell. Es war ehrlich gemeint gewesen, aber hatte bitterer geklungen als gewünscht.

3. Kapitel

„Nun seht her, ma chère!", rief Friedrich und forderte seine Gemahlin auf, die Binde von ihren Augen zu entfernen, während die anderen Hofdamen noch schlaftrunken herbeieilten. Sie alle waren ungewöhnlich früh geweckt worden, mit der Aufforderung, sich möglichst schnell nach draußen zu begeben, aber Elizabeth hatte man zusätzlich noch die Augen verbunden. Es war August, der Geburtstag der jungen Kurfürstin, daher gingen alle von einer Überraschung aus. Froni stand in ihrem feinsten Seidenkleid auf der Wiese außerhalb der Schlossanlage und war dankbar für die ersten Sonnenstrahlen, die warm ihre Haut streichelten. Henry ruhte in ihren Armen wie gewohnt. Im Lauf der letzten zwei Jahre hatte Elizabeth ihrem Gemahl einen Thronfolger namens Heinrich geboren, um den sich eine Schar von Ammen kümmerte. Sie selbst widmete sich weiterhin vor allem der Äffin Anne und zudem zwei weiteren kleinen Hunden, die Friedrich ihr zum Geschenk gemacht hatte. Daneben gab es noch weitere Tiere, die alle von Lady Bedford betreut wurden. Elizabeth besuchte sie manchmal, nicht besonders oft, aber auch nicht seltener als ihren Sohn. Der arme Henry, an dessen Schnauze schon ein paar graue Haare sichtbar wurden, war endgültig ins Abseits gedrängt worden. Allerdings schien Fronis Zuwendung zu reichen, um ihn mit diesem Schicksal zu versöhnen.

Um sie herum erklangen Ahs und Ohs der anderen Hofdamen, noch bevor sie den Grund für deren Bewunderung entdeckt hatte. Neugierig blickte Froni auf und entdeckte ein neues Tor an den Mauern der Anlage.

„Es ist Euch zu Ehren errichtet worden, meine Astrée. Als Erinnerung an Euren triumphalen Einzug in unsere bescheidene Stadt. Daher soll es fortan Elizabethtor heißen."

Friedrich verbeugte sich formvollendet vor seiner Gemahlin, die ihn strahlend anlächelte. Sie lächelte ständig, dachte Froni. Es machte ihr Gesicht noch liebreizender, musste auf Dauer aber anstrengend sein.

Das neue Tor war in der Tat ein elegantes Bauwerk, das in aller Eile über Nacht fertiggestellt worden sein musste, um die junge Kurfürstin wie geplant zu überraschen. Während Elizabeth ihrem Gemahl zum Entzücken der Hofdamen einen Kuss auf die Wange hauchte, kamen Musikanten mit Flöten und Lauten herbei. Eine junge Frau im Schäferinnenkostüm trug von ihnen begleitet ein französisches Liebeslied vor. Friedrich und Elizabeth tanzten vor versammeltem Hofstaat anschließend eine Volta, bei der Friedrich seine Liebste in die Luft schwang, sodass die in hauchzarten Strümpfen steckenden Beine sichtbar wurden. Ein paar männliche Mitglieder des Hofes kamen nun auch näher heran. „Wie deine Artgenossen, wenn sie einen Braten riechen", flüsterte Froni Henry ins Ohr. Mit dem Hund hatte Elizabeth ihr ein größeres Geschenk gemacht, als die Kurfürstin ahnen konnte. Es gab niemanden, dem Froni ihre Gedanken so offen anzuvertrauen wagte wie ihm.

Zu ihrem Entsetzen vernahm sie nun tiefes, brummendes Lachen hinter sich. Vor Schreck hätte sie den armen Henry fast auf den Boden plumpsen lassen.

„Sehr treffend beobachtet, mein junges Fräulein", sagte ein breitschultriger Mann, dessen dunkles Haar von grauen Strähnen durchzogen war, leise zu ihr. Froni war immer noch wie versteinert. Wie kam ein nicht mehr junger Mensch zu einem so feinen Gehör?

„Keine Angst, ich werde niemandem erzählen, worüber Ihr mit Eurem Hündchen plaudert."

Der Mann kam zwei Schritte näher. Da alle Augenpaare auf Elizabeth und Friedrich gerichtet waren, fiel es zum Glück nicht auf. Trotzdem war Froni nicht unbedingt erfreut. Sie konnte sich nicht erinnern, diesen Mann irgendwo auf einem von Elizabeths Banketten gesehen zu haben. Seiner Aussprache nach stammte er aus deutschen Landen. Seine Kleidung war dunkel und schlicht, sein Bart und Haar hätten einen Barbier vertragen können, um etwas zurechtgestutzt zu werden.

„Mein Name ist Karl von Waldeck. Ich bin Hauptmann der Schlosswache", stellte er sich mit einem kurzen

Kopfnicken vor.

Froni knickste, wie es die Etikette erforderte. Sie begriff nicht, was dieser Mann von ihr wollte.

„Mir hat Euer Gespräch mit dem Hundchen gefallen", erklärte Karl von Waldeck nun unaufgefordert. „Eigentlich wollte ich ja nur nach dem Rechten sehen, wie es meine Aufgabe ist. Ich hoffe, Ihr findet mein Verhalten nicht aufdringlich."

Ob er wohl gehen würde, wenn sie ihm sagte, dass sie ihn in der Tat aufdringlich fand? Froni wusste, dass Elizabeth niemals Schwierigkeiten hatte, Männer zurechtzuweisen, deren Verhalten ihr nicht gefiel. Die Zunge der jungen Kurfürstin konnte sich je nach Bedarf in eine Quelle von Geist und Witz, dann aber wieder in ein schneidend scharfes Messer verwandeln. Ihr selbst aber fehlten all diese Fertigkeiten. Zudem fand sie den zotteligen Militär nicht wirklich unangenehm, wusste nur nicht, was sie mit ihm anfangen sollte.

„Ihr seid also nicht hier, um die Kurfürstin zu bewundern?", flüsterte sie schließlich. Wieder erklang ein raues Lachen, wenn auch deutlich leiser als beim ersten Mal.

„Das ist mir auf Dauer ehrlich gesagt zu anstrengend. Seit sie hier ist, gibt es so vieles zu bewundern, dass meine alten Augen davon müde werden."

Froni musste widerwillig lächeln. Seine Worte erschreckten sie durch den völligen Mangel an Respekt, aber sie verstand, was er meinte. Die Tänze, Gesänge, die französische Konversation und all die elegant gekleideten, makellos frisierten Höflinge, all das schmeckte auf Dauer wie zu süßer Kuchen. Nach einiger Zeit sehnte man sich nach herzhafteren Speisen.

„Früher waren die Manieren auch auf dem Schloss ziemlich derb", wandte Froni ein, um Elizabeth nicht untreu zu werden. Die Gefolgsmänner des alten Kurfürsten hatten ausgelassen gezecht und geflucht, ohne Angst vor dem Missfallen der Schlossherrin zu haben. Anstatt Damen Liebeslieder vorzutragen, hatten sie Dienstmägde in den Hintern gekniffen.

„Man konnte aber davon ausgehen, dass Leute sagten, was sie dachten", erwiderte Karl von Waldeck. „Jetzt wird ständig nur gelächelt und geschmeichelt. Der ganze Hof ist ein endloser Maskenball. Hinter einem freundlichen Gesicht können sich die übelsten Absichten verbergen. Damit umzugehen, ist auf Dauer ganz schön anstrengend."

„Ja, das ist richtig", gab Froni zu, denn sie kannte solche Verhaltensweisen von den Damen der Königin zur Genüge. „Ich weiß offen gesagt nicht, ob es früher besser war oder heute. Der junge Kurfürst will jedenfalls nur Gutes für seine Familie und sein Volk."

„In der Tat."

Karl von Waldeck trat noch näher an sie heran. Die Hofgesellschaft hatte sich etwas zur Seite bewegt, da nun fast alle tanzten. Froni blieb, wo sie war. Sie wusste, dass sie ohnehin nicht so oft aufgefordert wurde wie die anderen Damen.

„Nur habe ich den Eindruck, dass an allererster Stelle seine Frau kommt", sagte der Hauptmann nun sehr leise. „Danach der gemeinsame Sohn Heinrich. Und erst dann das Volk. Was meint Ihr?"

Froni biss sich auf die Lippen.

„Zuallererst kommt seine Gemahlin, da habt Ihr recht", gestand sie. „Über die weitere Reihenfolge bin ich mir nicht sicher."

Der kleine Heinrich begann, in den Armen seiner Amme zu greinen, fast, als hätte er diese Aussage verstanden. Elizabeth, gerade in einer Tanzfigur gefangen, wandte den Kopf in seine Richtung. Sie sah so offensichtlich verärgert aus, dass die Amme sich rasch in das Schlossgebäude entfernte.

„Wer für die Kurfürstin an allererster Stelle kommt, ist jedenfalls schnell zu erkennen", flüsterte der Hauptmann ihr ins Ohr.

„Ihr meint ihren Gemahl?", fragte Froni leicht verwundert.

„Nein. Eine solche Frau denkt zuallererst an sich selbst. Aber sie braucht Bewunderung wie einen Spiegel, der ihr versichert, wie schön sie ist. Unser junger Kurfürst gibt ihr, wonach es ihr verlangt. Deshalb hängt sie an ihm."

Nun wurde es Froni ein wenig zu viel an Respektlosigkeit.

„Manche würden sagen, dass Ihr den Kurfürsten einfach nur um seine schöne Frau beneidet", meinte sie schnippisch. Elizabeth hatte ihr einmal anvertraut, dass es kaum nachtragendere Menschen gab als abgewiesene Verehrer.

Sein Blick wurde dunkel.

„Wer so redet, will alles einfach sehen. Aber die Wahrheit ist, dass mir eine Frau wie unsere Kurfürstin zu anstrengend wäre. Daher kann ich auch gut damit leben, dass sie mich niemals eines Blickes würdigt. Mit Euch hingegen ..."

Er sah sich kurz um. Erst als er merkte, dass immer noch alle mit Tanzen beschäftigt waren, trat er einen Schritt näher an Froni heran. „Mit Euch würde ich mich gern ab und an wiedertreffen, damit wir unsere Eindrücke über das Hofleben austauschen können."

Ob er als Hauptmann so viel vom Hofleben mitbekam?, überlegte Froni. Aber sie verspürte dennoch Freude, denn außer Elizabeths gelegentlicher Aufmerksamkeit gab es nur ihre Mutter, die ihr besondere Beachtung schenkte.

„Wenn Ihr es wünscht, so werde ich gern ab und an mit Euch plaudern", erwiderte sie auf jene nachsichtig-großzügige Weise, die sie von Elizabeth gelernt hatte. Karl von Waldeck verzog leicht das Gesicht, entfernte sich dann mit einer knappen Verbeugung.

Froni verspürte ein wenig Enttäuschung, als er fort war. Das Gespräch mit ihm war aufregender gewesen als alles, was sie in den letzten Wochen erlebt hatte.

„Habt Ihr nun einen Verehrer, Fräulein von Odenwald?", vernahm sie plötzlich Marian Laceys Stimme und wandte sich widerwillig um. Offenbar war Marian auch nicht zum Tanzen aufgefordert worden und deshalb sehr schlecht gelaunt.

„Es war nur der Hauptmann der Schlosswache, der kurz mit mir redete", erwiderte sie knapp. Marian kicherte.

„Für mich sah es wie ein längeres Gespräch aus. Macht Euch nichts vor, Ihr gefallt diesem Mann. Nur ist er leider schon alt und sieht auch nicht so aus, als könnte er einer Frau ein gutes Auskommen bieten. Aber was soll's. Wir können ja nicht alle wählerisch sein."

Sie schenkte Froni ein mitfühlendes Lächeln, klappte dann ihren Fächer auf und entfernte sich mit langsamen Schritten auf die Tanzenden zu. Nachdem sie mehreren der umstehenden Männer fast verzweifelte Blicke zugeworfen hatte, kam schließlich ein blasser Jüngling auf sie zu und reichte ihr die Hand zum Reigen, der gerade im Gange war. Froni spürte viele boshafte Worte auf ihrer Zunge brennen. Sie hätte Marian ins Gesicht schleudern können, dass sie als plumpe Blondine bisher von keinem Mann beachtet worden war, auch nicht von einem mittellosen Alten. Aber auf die Gemeinheit der anderen Mädchen mit ebenso boshaften Worten zu reagieren, schien ihr stets nur erbärmlich, weshalb sie darauf verzichtete.

Sie freute sich, Karl von Waldeck kennengelernt zu haben. Sie wollte kein Auskommen von ihm, nur gelegentliche Gespräche. Denn das gerade eben hatte ihr durchaus Vergnügen bereitet, wie sie im Rückblick feststellte.

Die Unterhaltungen mit Karl wurden schnell zu einem festen Bestandteil ihres Lebens. Er wartete nach den Abendgesellschaften manchmal geduldig im Korridor, bis sie Gelegenheit fand, zu ihm zu gehen. Während der Jagdausflüge der Kurfürstin ritt er oft an Fronis Seite, wenn er zum Schutz der Gesellschaft eingeteilt worden war. Froni schätzte seine Gegenwart, denn er hörte stets zu, wenn sie ihm Sorgen oder Ängste anvertraute. Ein wenig war er der Vater, den sie sich stets gewünscht hatte, und sie empfand es als Glück, ihn in ihrem Leben zu wissen. Die Spötteleien der anderen Hofdamen nahm sie gleichmütig hin. Elizabeth kommentierte ihre ungewöhnliche Freundschaft mit keinem Wort, obwohl die eifrig tratschenden Zungen der Hofdamen ihr sicher davon berichtet hatten. Wahrscheinlich begriff die Kurfürstin, dass ein großer Unterschied zwischen schwärmerischer Verliebtheit und schlichter Vertrautheit bestand. Karl bedrängte Froni nie, wie manche Männer es angeblich taten. Er versuchte nicht, sie zu berühren oder an einsame Orte zu locken. Sie ging davon aus, dass er vor allem eine angenehme Gesprächspartnerin in ihr sah, und war damit zufrieden. Je mehr Zeit verging, desto unwahrscheinlicher schien es ihr, dass sie jemals in einem Mann würde Leidenschaft wecken können. Sie würde den Rest ihres Lebens als Elizabeths Hofdame verbringen, ein Schicksal, das sie annahm.

Denn den einzigen Mann, der je ihr Herz berührt hatte, hatte sie ohnehin verloren.

In den folgenden drei Jahren gebar Elizabeth noch zwei weitere Kinder, einen Knaben namens Karl Ludwig und ein Mädchen, das nach ihr Elizabeth benannt wurde. Jedes Mal folgten aufwendige Feiern auf die Geburt und die junge Kurfürstin erhielt teure Geschenke von ihrem dankbaren Gemahl. Die Kinder des Fürstenpaares wanderten bald schon in die fürsorglichen Arme von Ammen, während Elizabeth sich einer wachsenden Schar von Hunden und Affen widmete. Nur für den armen Henry hatte sie kaum noch Aufmerksamkeit übrig. Seine Schnauze wurde immer grauer, aber er folgte Froni wie ein treuer Schatten. Die frühere Herrin vermisste er ganz offensichtlich nicht. Froni wünschte sich manchmal, Friedrich gegenüber ebenso gleichgültig werden zu können, aber es gab immer noch Momente, da sein bloßes Auftauchen ihr einen tiefen Stich mitten ins Herz versetzte.

Die Pläne, Friedrich auf den böhmischen Thron zu setzen, waren offensichtlich gescheitert, denn 1617 wurde Ferdinand von der Steiermark, Neffe des herrschenden habsburgischen Kaisers, zu dessen Nachfolger als böhmischer König ernannt. Die böhmischen Stände akzeptierten diese Wahl. Elizabeth meinte schulterzuckend, dass ohnehin kein Mensch sich für dieses winzige Stück Land interessierte. Nur eine Falte zwischen ihren Brauen machte deutlich, dass diese Aussage nicht ganz ehrlich war.

Dann ging das Leben in Heidelberg weiter wie bisher. Es wurde getanzt, gelacht, gejagt und musiziert. Elizabeth organisierte Theateraufführungen, bei denen sie als Nymphe oder Schäferin Astrée zu sehen war. Friedrichs Augen leuchteten stolz, sobald er ihrer ansichtig wurde, und die Bewunderung der anderen Männer schien ihn nicht zu stören. Weder er noch Elizabeth neigten zur Eifersucht. Sie schienen zu wissen, dass niemand ihnen das Wasser reichen konnte.

„Es könnte so bleiben", überlegte Froni in den wenigen freien Stunden, die ihr zur Verfügung standen. Dank der Gelder, die Elizabeth von ihrem königlichen Vater erhielt, konnte sie das Leben in Heidelberg in eine endlose Abfolge prächtiger Festivitäten verwandeln. Der Großteil ihrer Untertanen schien über diese Entwicklung erfreut. Im Schloss würden die Leute sich vergnügen, bis sie alle alt und grau geworden waren und daher der nächsten Generation Platz machen mussten. Vielleicht würde ein Nachfahre von Friedrich sich für die protestantische Sache einsetzen, während seine Eltern auf Banketten tanzten.

„Dein Vater hat immer gesagt, irgendwann gibt es Krieg", murmelte die alte Frau von Odenwald, als Froni sich wieder einmal neben ihr schlafen gelegt hatte.

„Weshalb denn Krieg? Hier werden vor allem Feste gefeiert", erwiderte Froni gelangweilt und zog sich die Decke über den Kopf. Sie war froh, dass es ihrer Mutter besser ging, hätte sich aber von der alten Frau etwas mehr Zurückhaltung gewünscht. So ausgelassen die Stimmung am Hof auch war, es mangelte nicht an Intriganten, die unliebsame Äußerungen gern weitertrugen.

„Aber in Deutschland gibt es Protestanten und Katholiken", beharrte ihre Mutter. Froni unterdrückte einen Seufzer. Dieser Umstand war sicher auch den Stallburschen und Küchenmägden auf dem Schloss bekannt.

„Und die wollen sich alle gegenseitig bekehren. Zur Not mit Gewalt. Deshalb wird es irgendwann Krieg geben. Das hat schon dein Vater immer gesagt", beharrte die alte Frau und hüstelte. Froni unterdrückte ein Murren.

Erst kurz vor dem Einschlafen wurde ihr bewusst, dass

diese Aussage nicht einmal so dumm war, wie sie zunächst klang.

„Wir haben aufregende Neuigkeiten", verkündete Elizabeth ihren Damen beim nächsten Morgenmahl. Froni lud sich ein paar Scheiben Speck auf den Teller. Vor ihr stand verdünnter Wein in einem kristallenen Krug und eine Dienstmagd trug gerade frisch gebackenes, köstlich duftendes Brot herein.

„Wir werden wohl doch bald nach Böhmen fahren", erzählte Elizabeth, während sie ihren Weinbecher füllte. „Friedrich macht sich bereits auf den Weg. Er muss nur auf die Schnelle ein Heer zusammenstellen, damit wir unseren Glaubensbrüdern zu Hilfe kommen können. Mein Gemahl weiß, dass es seine Bestimmung ist."

Sie lächelte. Tatsächlich sah sie nun noch zufriedener aus als bei der Planung ihrer zahlreichen Bankette.

Die Hofdamen um Froni herum begannen aufgeregt zu tuscheln.

„Wird der Hof nun nach Prag umziehen?", wagte Theodora Bryant zu fragen. „Meine Tante sagte mir, es sei eine schöne Stadt."

„Ja, das ist es wohl", erwiderte Elizabeth und kraulte in Gedanken versunken ihren neuesten Schoßhund. Anne, die Äffin, hatte ein rosafarbenes Kleid erhalten und knabberte auf dem Sofa an einer Banane, was sie damit versöhnte, nicht mehr das einzige Lieblingstier ihrer Herrin zu sein.

„Aber es gibt doch schon einen böhmischen König. Die Stände in dem Land haben der Ernennung zugestimmt", rief Froni spontan. Als eine Falte zwischen Elizabeths schön geschwungenen Brauen erschien, erschrak sie. Nach vier Jahren Hofleben hatte sie immer noch nicht gelernt, ihre Zunge im Zaum zu halten!

Marian Lacey musterte sie spöttisch aus den Augenwinkeln.

„Man könnte fast meinen, Ihr würdet den Böhmen keinen protestantischen Herrscher wünschen!", rief sie.

Froni spürte, wie ihr das Blut in die Wangen stieg. Sie

hätte ihr Gesicht gern in Henrys Fell vergraben, aber der saß gerade bei den anderen Hunden auf dem Boden.

„Sind die Böhmen denn Protestanten?", fragte Theodora Bryant zu Fronis Erleichterung. Wenigstens war sie nicht die einzige Unwissende hier.

„Teilweise, aber nicht alle", gab Elizabeth zu. „Der letzte Kaiser des Landes, der Habsburger Matthias, wurde von Aufständischen gezwungen, einen Majestätsbrief zu unterzeichnen, in dem er allgemeine Religionsfreiheit versprach. Daher ist die Lage im Land etwas unklar, denn es gibt alle möglichen Konfessionen."

Das klang in der Tat nach einem ziemlichen Durcheinander. Andererseits gefiel die Vorstellung Froni durchaus.

„In einer solchen Lage gibt es vielleicht nicht so schnell einen Krieg", dachte sie laut. „Weil doch jeder glauben darf, was er will."

Elizabeth runzelte nur die Stirn.

„Die englische Geschichte lehrt uns, dass ein solches Miteinander von Anhängern des richtigen und des falschen Glaubens stets zu Schwierigkeiten führt. Es wurde ein Katholik zum König gewählt. Und nun missfällt er seinen Untertanen, die echte Christen sind."

Er wäre vermutlich nicht der erste König gewesen, der nicht allen Untergebenen gefiel. Diesmal war Froni klug genug, ihren Gedanken nicht auszusprechen.

„Es hat wieder einen Aufstand gegeben. Zwei katholische Statthalter und ihr Sekretär wurden aus dem Fenster der Prager Burg geworfen", erzählte Elizabeth mit einem aufgeregten Leuchten in den Augen.

Froni fiel vor Schreck fast der Becher aus der Hand.

„Sind sie tot?"

„Nein. Sie landeten auf einem Misthaufen im Hof und überlebten daher."

Als Elizabeth fröhlich zu kichern begonnen hatte, stimmten ihre Hofdamen mit ein. Froni dachte, dass es trotz allem kein angenehmes Aufprallen gewesen sein konnte.

„Was hatten die zwei denn getan, um so behandelt zu werden?", wollte sie wissen.

Elizabeth machte eine abwehrende Handbewegung.

„So genau weiß ich das nicht. Sie trafen Entscheidungen, die den Protestanten missfielen, natürlich im Auftrag des katholischen Königs. Er will die Rechte der Protestanten einschränken und lässt ihre Kirchen schließen."

Das klang tatsächlich nach einer unschönen Lage, befand Froni.

„Auf jeden Fall ..."

Elizabeth lehnte sich auf ihrem Sofa zurück und ein Strahlen erhellte ihr Gesicht.

„Auf jeden Fall gibt es nun Bestrebungen, auch den neuen katholischen König Ferdinand, einen Habsburger, gleich wieder abzusetzen, da er die einst versprochene Religionsfreiheit missachtet. Mein Gemahl ist entschlossen, diese Gelegenheit nicht ungenutzt zu lassen."

Die Gelegenheit also, auf den Thron eines vertriebenen Königs zu springen. Vieles an dieser Geschichte hörte sich an, als würde man einen Käfig voller Raubtiere öffnen. In welchem Land konnten denn Könige nach Gutdünken gewählt und wieder abgewählt werden? Noch vor Kurzem hatte Elizabeth sich sehr missbilligend über eine solche Vorstellung geäußert. Jetzt gefiel sie ihr, weil sie ihren Wünschen entgegenkam. Aber sah die junge Kurfürstin denn nicht, dass ihr Friedrich ebenso würde abgesetzt werden können?

„Es klingt nach ... nach möglichen Unruhen", wagte Froni leise einzuwenden.

„Gott der Herr wird unseren Fürsten unterstützen, weil er in seinem Namen für den wahren Glauben kämpft!", rief Theodora Bryant voller Inbrunst. Nun wurde auch sie zur Zielscheibe eines der abfälligen Blicke von Marian Lacey.

„Mein Vater wird uns sicher eine Armee schicken, wenn es notwendig sein sollte", warf Elizabeth ein. Froni wurde etwas wohler zumute. Das klang wenigstens nach einer möglichen Lösung des Problems.

„Aber werden die Habsburger es denn dulden, wenn einer der ihren einfach so abgesetzt wird?", spann sie ihre Gedanken weiter.

„Es ist nicht an Euch, diese Fragen zu klären, Fräulein

von Odenwald", kam es nun in strengem Tonfall von Elizabeth. „Überlasst dies meinem Gemahl und seinen Hofräten, die ihr Handwerk verstehen. Ich jedenfalls freue mich auf unseren Einzug in meine neue Heimat."

Sie nippte nochmals an ihrem Becher. Froni überlegte, ob ein Mensch, dem stets alle Wünsche erfüllt worden waren, eine Änderung dieser Regel tatsächlich für unmöglich hielt.

Gleich darauf traten Musikanten ein, um für die Unterhaltung der Damen zu sorgen, und die Gespräche begannen um allgemeinen Hofklatsch zu kreisen. Ihre Gefährtinnen schienen damit zufrieden, aber Froni wartete ungeduldig auf den Moment, da sie alle entlassen würden, da die Kurfürstin sich vormittags gern für eine Weile zurückzog, um ihre Korrespondenz zu erledigen.

Sobald die Musikstücke beendet waren und das Geschirr abgetragen wurde, hastete Froni in den Schlosshof hinab. Sie wusste, dass Karl dort mit seinen Männern zur Bewachung des Eingangstores eingeteilt war, aber da zurzeit kein Angriff zu befürchten war, saßen sie meistens nur herum und spielten Würfel. Sie mussten nicht einmal vor dem äußeren Tor stehen, sondern hatten sich im Innenhof auf dem Boden platziert, ein Stück von den steinernen Skulpturen der Fassade des Palastes entfernt. Froni hörte ein paar Pfiffe, als sie den Soldaten entgegenlief, doch reichte jene hoheitsvolle Miene, die aufzusetzen sie von Elizabeth gelernt hatte, um übermütige Männer zur Räson zu bringen. Sie rückte ihre seidenen Röcke zurecht, die sie als königliche Hofdame kenntlich machten. Karl verbeugte sich, wie es der Anstand erforderte, aber seine Augen blitzten, als sei er höchst amüsiert über ihren Auftritt.

„Ich müsste einen Augenblick mit Euch reden, Herr von Waldeck. Es geht ... es geht um ein paar Fragen betreffend die Sicherheit der Kurfürstin."

Das klang nicht gerade sehr überzeugend, denn in einer solchen Angelegenheit hätte Elizabeth sich sicher zunächst an Friedrich gewandt. Froni war klar, dass sie gerade Gerüchten über ihre mögliche Liebschaft mit Karl neuen Nährboden verschaffte. Aber ihre Neugier war größer als alle Vorsicht. Es gab niemanden hier, mit dem sie sonst vernünftig reden konnte.

„Ich stehe Euch natürlich zur Verfügung", erwiderte Karl sogleich und schritt mit ihr über den Hof zu den Küchengebäuden, ohne auf das mühsam unterdrückte Gelächter seiner Männer zu achten. In einer kleinen Nebenküche, wo die Wachleute versorgt wurden, bekamen sie beide einen Krug Bier serviert.

„Habt Ihr schon gehört, dass es jetzt vielleicht nach Prag geht?", fragte Froni sogleich. Sie waren hier nicht allein, denn die dicke Köchin hockte mit vier Mägden am Nebentisch, wo sie die Überbleibsel des fürstlichen Morgenmahls verzehrten. Trotzdem wusste Froni, dass es unklug wäre, zu lange mit einem Mann bei einem vertraulichen Gespräch gesehen zu werden.

„Ja, auch unter den einfachen Soldaten hat es sich herumgesprochen. Wir warten schon auf den Marschbefehl", sagte er nun. Sein Gesicht war ernst. Das schelmische Funkeln seiner Augen war erloschen.

„Und? Seid Ihr nicht … aufgeregt?"

Sie nippte an ihrem Bierkrug. Karl schüttelte nach kurzem Überlegen den Kopf.

„Nein. Denn ich werde hierbleiben. Wenn es nicht anders geht, verlasse ich den Dienst des Kurfürsten."

Nun fiel Froni fast der Krug aus der Hand.

„Aber …"

„Mein älterer Bruder ist gestorben. Gestern erhielt ich die Nachricht. Das macht mich zum Erben der Burg meines Vaters. Sie ist nicht besonders groß, aber von den Ländereien rundherum lässt es sich leben."

Froni spürte die Enttäuschung wie ein schweres Tuch auf ihren Schultern.

„Das heißt also, Ihr geht fort? Aber Ihr hättet vielleicht Aussichten auf einen besseren Posten und guten Sold, wenn …"

„Wenn ich mich auf das Prager Abenteuer einlasse?"

Plötzlich schien sein Blick der eines alten, müden Mannes. Er beugte sich vor, sah kurz zu den Küchenmägden hinüber und redete erst weiter, nachdem er sich sicher fühlte, dass sie nicht lauschten.

„Wenn der Kurfürst das Angebot der Böhmen annimmt, dann wird es Krieg geben. Es könnte ein sehr langer, böser Krieg werden, denn auch andere Länder werden sich einmischen, um die protestantische oder katholische Seite zu unterstützen. Zwischen den Holländern und den Spaniern gärt es schon lange. Ich habe schon in einigen Schlachten gekämpft, mein Fräulein, und will nicht mehr durch Blut und Exkremente waten, um so vielleicht zu Ruhm und Ehre zu gelangen. Lieber bleibe ich auf meinen Ländereien." Er nahm einen tiefen Schluck von seinem Bier und wischte sich mit dem Handrücken den Mund ab. „Und? Haltet Ihr mich nun für einen Feigling?"

Die Frage hatte völlig ernst geklungen und er musterte Froni mit angespannter Miene.

„Nein, natürlich nicht", erwiderte sie schnell. Sie tat es tatsächlich nicht, war nur verwirrt und fröstelte leicht, als hätten seine Worte einen kalten Windhauch durch die Küche geblasen.

„Das freut mich."

Seine Augen leuchteten auf, was ihn wieder jünger aussehen ließ.

„Ich hatte es mir erhofft. Ihr habt einen zu klugen Kopf, um Euch nur vom Schein blenden zu lassen."

Froni war es nicht gewohnt, Komplimente zu erhalten, und spürte, wie ihre Wangen zu brennen begannen. Leider wusste sie keine angemessene Antwort, doch Karl wartete auch nicht darauf, sondern redete sogleich weiter: „Ich wollte ohnehin etwas mit Euch besprechen, Fräulein von Odenwald, und bin froh über diese Gelegenheit. Wir haben aber nicht viel Zeit, verzeiht mir daher, wenn ich allzu direkt bin."

Er räusperte sich und trank nochmals von seinem Bier, bevor er fortfuhr.

„Könntet Ihr Euch vorstellen, mich auf meine Ländereien zu begleiten? Als meine Gemahlin? Ich habe lange gezögert, mich zu vermählen. Aber nun wäre ich in der Lage, einer Frau ein Dach über dem Kopf und ein sicheres Leben zu bieten."

Er sah ihr offen ins Gesicht, nur das Flackern seiner Augenlider verriet ein wenig Unsicherheit. Froni fühlte sich, als sei sie plötzlich aus dem Hinterhalt überfallen worden. Nie wäre ihr in den Sinn gekommen, dass Karl mehr in ihr sehen konnte als eine gute Freundin.

„Ich bin natürlich geehrt, aber ..."

Sie wusste nicht, wie sie es sagen sollte. Karl malte ein durchaus schönes Bild, dem es nur an kräftigen Farben mangelte.

„Ich weiß, was Ihr mir nicht zu sagen wagt", unterbrach er mit einem nachsichtigen Lächeln. „Ihr träumt nicht jede Nacht von mir, wie Ihr es früher von Friedrich getan habt. Aber das hatte ich mir auch nicht eingebildet."

Froni war überzeugt, dass den Küchenmägden die tiefe Röte auf ihrem Gesicht nicht entgehen konnte. Innerlich verfluchte sie Karl, weil er sie derart in Verlegenheit gebracht hatte.

„Glaubt einem alten Mann wie mir, mein Fräulein. Die Liebe, von der in den Büchern unserer Kurfürstin geschwärmt wird, ist wie ein wilder Rausch, auf den aber bald schon ein qualvolles Erwachen folgen kann. Auf Dauer verursacht sie oft mehr Schmerz als Glück."

Ebendiese Erfahrung hatte Froni auch gemacht, aber es widerstrebte ihr, das Karl gegenüber zuzugeben.

„Ich bringe vielleicht nicht Euer Herz zum Rasen, aber ich könnte Euch ein eigenes Zuhause schenken, Sicherheit und Frieden. Vielleicht gelingt es mir ja doch mit der Zeit, mehr für Euch zu sein als nur ein Vertrauter. Aber ich werde Euch niemals zu etwas drängen, auch wenn ich natürlich gern noch Kinder hätte."

Sie begriff auf der Stelle, worauf er anspielte, und ihr Gesicht musste nun die Farbe von Purpur angenommen haben. Gleichzeitig aber sorgte ihr Verstand für ein wenig Beruhigung. Was Karl ihr vorschlug, schien weniger absurd, je länger sie darüber nachdachte. Sophia von Falkenhagen hatte ebenfalls einen viel älteren Mann geheiratet, der längst nicht so nett und klug gewesen war wie Karl. Trotzdem fühlte Froni sich in die Ecke gedrängt.

„Ich bin jetzt aber eine Dame der Königin und …"

„Ich verstehe. Aber auch königliche Damen heiraten irgendwann. Ich würde natürlich den üblichen Weg gehen, also versuchen, mit Eurer Familie zu verhandeln. Aber zunächst wollte ich wissen, ob dieser Vorschlag auch Euch genehm wäre."

Auch das sprach für ihn. Sophia war von niemandem nach ihren Wünschen gefragt worden, als über ihre Ehe entschieden wurde.

„Ich fühle mich natürlich geehrt, muss aber über Euren Vorschlag nachdenken", beschloss Froni schließlich. Ihre Wangen brannten nicht mehr und ihr Zorn auf Karl war verflogen. Sie spürte, dass sie ihn mochte und sich in seiner Gegenwart wohlfühlte. Vielleicht waren derart ruhige, solide Empfindungen tatsächlich eine bessere Grundlage für eine Ehe als die Stürme der Leidenschaft.

Aber etwas fehlte und sie ahnte, dass sie es auf Dauer vermissen würde.

„Ich werde Euch meine Antwort mitteilen, bevor der Aufbruch nach Prag stattfindet", versprach sie, erhob sich dann und knickste zum Abschied.

„Ich muss nun nach meiner Mutter sehen und mich für das Mittagsmahl mit der Kurfürstin vorbereiten."

Karl nickte ihr zum Abschied zu.

„Ich werde warten, Fräulein von Odenwald."

4. Kapitel

Die nächsten Wochen wurde Fronis Leben derart von politischen Neuigkeiten durcheinandergewirbelt, dass sie kaum Gelegenheit hatte, über Karls Angebot nachzudenken. Christian von Anhalt, Friedrichs langjähriger Vertrauter, hielt sich in der Nähe von Prag auf, um dort seine Interessen zu vertreten. Gleichzeitig hatte der Kurfürst bereits ein kleines Heer aufgestellt, das unter der Führung des Grafen Ernst von Mansfeld gen Böhmen marschierte und Pilsen belagerte. Friedrich durfte dennoch nicht offen für die Aufständischen Partei ergreifen, wie Elizabeth ihren Damen klagend mitteilte. Alle seine Hofräte mahnten zur Vorsicht, auch die anderen Fürsten der Protestantischen Union warnten vor übereilten Schritten, solange der alte Habsburger Kaiser Matthias noch lebte. Vielleicht würde die Lage sich ja wieder beruhigen.

Das hoffte Froni im Stillen ebenfalls. Ihrer Mutter, die nach dem Umzug in bessere Gemächer zunächst aufgeblüht war, ging es nun wieder schlechter. Auch der persönliche Leibarzt der Kurfürstin, den Elizabeth ihr großzügig zur Verfügung stellte, vermochte daran nichts zu ändern. Froni wollte der hustenden, fiebernden alten Frau keine längere Reise zumuten, konnte sich aber auch nicht vorstellen, sie vielleicht allein in Heidelberg sterben zu lassen, weil sie selbst mit dem Fürstenpaar nach Prag umgesiedelt war. Die Tage begannen allmählich wieder frostiger zu werden und sie war dankbar für den stets warmen Kamin, den sie ihrer Mutter nun bieten konnte.

Karl bekam sie seltener zu Gesicht als früher, da Elizabeth häufig nach ihren Damen verlangte. Die Unsicherheit, ob sie nun doch eine Königskrone würde tragen können oder nicht, schien die Kurfürstin nervös zu machen. Sie wollte ständig mit Musik oder dem Vorlesen von Romanen unterhalten werden. Allein, wenn Friedrich sie aufsuchte, war ihren Gefolgsdamen eine Ruhepause vergönnt. Froni nutzte sie meistens, um nach ihrer Mutter zu sehen. Henry, der Schoßhund, hatte nun auch ein sehr ausgeprägtes Bedürfnis nach Ruhe, sodass er der alten Frau gern die Füße wärmte. Froni flößte ihrer Mutter regelmäßig Kräuteraufgüsse ein und wartete auf ein Klopfen an der Tür, das sie wieder zur Kurfürstin rufen würde.

Eines Nachmittags, als Ende November der erste Schnee gefallen war, kam das Klopfen sogar nach dem Abendmahl, obwohl Elizabeth sich hatte allein zurückziehen wollen. Froni klappte seufzend das Buch zu, aus dem sie ihrer Mutter vorlas, und eilte zur Tür. Zu ihrem Erstaunen standen weder Theodora Bryant noch Marian Lacey im Korridor. Nur ein einsamer Lakai winkte ihr ungeduldig zu und sie folgte, obwohl sie nicht verstand, warum sie allein zur Kurfürstin gerufen wurde.

In einigen anderen Räumen wurde noch gefeiert und laut geredet, doch je näher sie dem Gemach der Kurfürstin kamen, desto stiller wurde es. Der Lakai öffnete die Tür und schob Froni herein, nachdem er sich kurz verbeugt hatte. Sie trat zögernd über die Türschwelle. Das Kaminfeuer prasselte noch, Anne, die Äffin, sprang auf dem Kanapee herum und die Schoßhündchen schliefen auf einem Teppich vor dem Bett. Elizabeth selbst saß auf einem Stuhl und hatte die Hände zum Gebet gefaltet, ein ungewöhnlicher Anblick. Auch ihr Gesicht wirkte erstaunlich ernsthaft, völlig frei von dem Bestreben, gefällig und bezaubernd auszusehen. Froni bekam das Gefühl, ein ungebetener Eindringling zu sein.

„Wie schön, dass Ihr noch kommen konntet, Fräulein von Odenwald", sagte Elizabeth, ohne sich zu ihr umzudrehen. „Ich möchte gern mit Euch reden, falls Eure Mutter Euch einen Augenblick entbehren kann."

„Meine Mutter schläft bereits", erwiderte Froni wahrheitsgemäß. Die bei Hofe jetzt so beliebten Liebesromane hatten bei ihrer Mutter meistens nur die Wirkung, sie schnell zum Schnarchen zu bringen. Dass sie sich selbst auch am liebsten schon niedergelegt hätte, ließ sie besser unerwähnt.

„Setzt Euch zu mir", forderte Elizabeth sie auf. „Mein Gemahl hat heute Abend ein längeres Gespräch mit seinen

Hofräten. Ich brauche jemanden, mit dem ich reden kann, und Ihr scheint mir vertrauenswürdig."

Froni begriff nicht ganz, womit sie diese Ehre verdiente, aber ihr blieb gar nichts anderes übrig, als zu gehorchen. So nahm sie der Kurfürstin gegenüber Platz. Elizabeths Gesicht wirkte ungewohnt müde. Schatten lagen unter ihren Augen und sie hatte rote Flecken am Hals, wie von ungewohnter Aufregung. Der Spitzenkragen ihres Kleides war zerknittert, ein noch die da gewesenes Zeichen der Nachlässigkeit.

„Ich habe heute ein Schreiben von meinem Vater, dem englischen König, erhalten", sagte Elizabeth ohne weitere Umschweife. Froni nickte. Was war daran so ungewöhnlich, dass sie spätabends noch herkommen musste?

„Ich hatte Friedrich gebeten, meinem Vater selbst als Erste von unseren Aussichten auf den böhmischen Thron berichten zu dürfen", erzählte Elizabeth weiter. „Ich war überzeugt, dass er sich für mich freuen und mir alle nötige Unterstützung versprechen würde."

Davon war Froni auch ausgegangen, aber Elizabeths unglückliches, fast kindlich empörtes Gesicht deutete auf eine andere Art von Antwort hin.

„Er rät mir ab!", rief Elizabeth auch schon und wedelte mit einem Schreiben, dessen königliches Siegel gebrochen war. „Er sagt, es wäre ein zu waghalsiger Schritt, einem bereits ernannten König seine Krone zu rauben. Wir würden die Ordnung in der Welt durcheinanderbringen und auch gegen den Willen Gottes verstoßen."

Froni schluckte, denn sie hätte sich nicht vorstellen können, dass ihr Vater oder auch irgendein anderer Mann so hart mit Elizabeth ins Gericht gehen würde. Zudem war sie wie die meisten der Hofdamen davon ausgegangen, der englische König würde die protestantische Seite unterstützen. Die Neuigkeiten verwirrten sie und sie hätte gern eine Weile in Ruhe darüber nachgedacht. Da Elizabeth aber begonnen hatte, aufgeregt im Raum herumzulaufen, war das kaum möglich.

„Mein Vater sagt, ich hätte einen Kurfürsten geheiratet,

keinen König. Also solle ich mich damit zufriedengeben, Kurfürstin zu sein. Als ob es allein darum ginge!"

Nun war Elizabeth so abrupt stehen geblieben, dass die Hunde erstaunt ihre Köpfe hoben und Anne einen beunruhigten Ruf ausstieß.

„Für mich waren der französische und der spanische König als mögliche Ehemänner im Gespräch", redete Elizabeth aufgebracht weiter. „Wenn es mir um eine Krone ginge, so hätte ich sie haben können. Aber ich wollte einen protestantischen Gemahl, um meinem Glauben treu bleiben zu können. Als ich Friedrich sah, da wusste ich, dass ich keinen anderen heiraten würde als ihn."

„In diesem Fall", wagte Froni leise einzuwerfen, „könntet Ihr doch auf den Rat Eures Vaters hören und zufrieden als Kurfürstin leben."

Es würde so viele Dinge erleichtern. Froni könnte bei ihrer Mutter bleiben und in Ruhe nachdenken, ob sie Karls Angebot annehmen wollte.

„Ich bin zufrieden als Kurfürstin!", erwiderte Elizabeth nun mit erstaunlicher Ruhe und setzte sich wieder auf ihren Stuhl. „Mir gefällt es in Heidelberg. Das Schloss ist inzwischen so umgebaut worden, dass es sich gut darin leben lässt. Aber Friedrich … ich wollte mit Euch reden, weil ich weiß, dass Ihr ihn ebenfalls gut kennt … also Friedrich glaubt an seine Bestimmung. Er will für die Sache der Protestanten kämpfen, versteht Ihr?"

Mit Unbehagen bemerkte Froni, dass sie tatsächlich verstand. Friedrich hatte stets zwei Seiten gehabt – wie eine Münze, die immer wieder neu geworfen wurde. Aus dem gefälligen Märchenprinzen, der seine wunderschöne Frau anbetete und ihr zu Ehren rauschende Feste feiern ließ, konnte ganz plötzlich ein todernster, fast schwermütiger junger Mann werden. Er hatte sich stets berufen gefühlt, den Anspruch der Protestanten auf freie Religionsausübung zu verteidigen, denn es war schwer genug gewesen, diesen im deutschen Reich durchzusetzen.

„Vielleicht sollte er abwarten, was die anderen Fürsten der Protestantischen Union meinen", schlug Froni nach kurzem Überlegen vor, denn einen besseren Rat wusste sie nicht. Die Lage wurde immer verworrener, je genauer man sie betrachtete. Elizabeth stieß einen tiefen Seufzer aus.

„Sie raten ihm ab. Alle raten ab."

„Nun, wenn alle dagegen sind …", begann Froni fast mit Erleichterung, dass wieder Ordnung in die Welt zurückkehrte. Welcher Sinn läge darin, wenn Friedrich es allein mit dem Habsburger Kaiser aufnahm?

„Aber er ist so überzeugt von seinem Vorhaben", unterbrach Elizabeth mit betrübter Miene. „Er sieht es als sein Lebenswerk an. Mein Vater sagt, ich soll meinen Einfluss als Gemahlin geltend machen, damit er davon Abstand nimmt. Ich weiß, dass Friedrich mir viele Wünsche erfüllen würde, aber bei diesem bin ich mir nicht sicher."

„Ihr könntet es versuchen", schlug Froni vor. Sie konnte sich nicht vorstellen, dass Friedrich seiner wunderschönen Gemahlin irgendetwas abschlagen würde. Dann fiel ihr wieder ein, wie todernst, fast verbissen sein Gesicht stets gewesen war, wenn er von seiner Verantwortung gesprochen hatte. Ihre Überzeugungen gerieten erneut ins Wanken.

„Zudem scheint es mir richtig, die Böhmen nicht im Stich zu lassen", erklang plötzlich wieder Elizabeths Stimme. „Friedrich und ich, wir sind ein protestantisches Herrscherpaar und haben unsere Aufgaben vor Gott zu erfüllen."

Ihr Gesicht begann von innen zu strahlen, was sie bezaubernd aussehen ließ, obwohl sie weder frisiert noch geschminkt war. Froni begriff, dass die junge Kurfürstin wirklich an diese Worte glaubte. Auch Elizabeth war mehr als nur eine schöne Puppe, die gefallen wollte. Mit Friedrich verband sie die Liebe zur Poesie und höfischen Lebensart, aber auch eine tiefe Überzeugung angesichts ihrer Bestimmung im Leben.

„Ich denke, Ihr solltet abwarten, Euer Durchlaucht", sagte Froni nur. „Vielleicht findet sich für alles mit der Zeit eine Lösung."

Eine bessere Antwort wusste sie nicht und die neuen Erkenntnisse hatten sie noch weiter ermüdet. Sie fühlte sich nicht in der Lage, Elizabeth einen hilfreichen Rat zu geben, zu stark war der Wunsch, einfach neben ihrer Mutter in dem weichen Bett liegen zu dürfen, das ihr als Hofdame zustand.

Noch lebte Matthias, deutscher Kaiser und böhmischer König, auch wenn er kränkelte. Bis zu seinem Tod konnte noch einige Zeit vergehen. Vielleicht würden die Böhmen sich mit dem katholischen Ferdinand arrangieren. Oder aber Friedrich würde mehr Leute finden, die ihn unterstützten. Auf die eine oder andere Weise konnte Gott ihm seinen Willen zeigen.

„Ja, Ihr habt wohl recht."

Elizabeth lächelte beinahe erleichtert und begann, eine Banane für Anne zu schälen. Diese alltägliche Beschäftigung half, ihre Verkrampfung zu lösen. Die Äffin hüpfte freudig herbei. Elizabeth kraulte ihr den Kopf, während sie sie fütterte.

„Bitte versprecht mir, dass Ihr an meiner Seite sein werdet, Fräulein von Odenwald", meinte sie dabei fast beiläufig, „wenn Friedrich den Weg geht, den Gott der Herr ihm vorgibt. Ihr versteht meinen Gemahl und er schätzt Euch. Ich selbst schätze Euch ebenfalls, denn Ihr seid als meine Hofdame stets umgänglich und einsichtig gewesen."

Froni staunte, wie sehr dieses Lob sie freute. Sie hatte Elizabeth niemals hassen können, obwohl sie ihr Friedrich genommen hatte. In diesem Augenblick wurde ihr bewusst, dass sie die wunderschöne, eitle, aber manchmal auch sehr ernsthafte Kurfürstin sogar ins Herz geschlossen hatte.

„Ich verspreche es", sagte sie mit völliger Überzeugung. Als Elizabeth bald darauf mit Anne weiterspielte, wurde ihr klar, dass sie endlich zu Bett gehen durfte.

Sie entfernte sich mit einem tiefen Knicks und hastete in ihr Gemach zurück. Erst unterwegs fiel ihr Karls Antrag wieder ein und sie hatte das Gefühl, durch ein Labyrinth zu irren. Kein Weg, den sie einschlug, schien mit Sicherheit auf ein klares Ziel zuzuführen.

Vielleicht würde Friedrich die böhmische Krone doch nicht bekommen und dann würde die Welt nicht in Aufruhr geraten. Als Froni sich umkleidete und ihr Haar bürstete, wünschte sie sich, es möge so sein.

In dem Moment, da sie sich schlafen legte, dachte sie weder an Karl noch an Friedrich. Henry lag grunzend zu ihren Füßen, ihre Mutter schlief wie ein Stein und ihr Atem rasselte etwas weniger als sonst in den letzten Nächten.

Froni wünschte sich nur Frieden für alle, die ihr nahestanden.

„Er ist tot! Kaiser Matthias ist tot!"

Der Lautenspieler verstummte, als hätte er begriffen, dass er nicht gegen das laute Rufen des Lakaien ankam. Elizabeth schubste Anne von ihrem Schoß und erhob sich.

„Wer schickt dich?", fragte sie den jungen Mann mit hochroten Wangen, der ihr geselliges Beisammensein gestört hatte.

„Euer Gemahl, der Kurfürst, Euer Durchlaucht. Er wünschte, dass Ihr die Neuigkeit baldmöglichst erfahrt."

Der Jüngling vollführte eine tiefe Verbeugung. Elizabeth musterte kurz ihre Damen, als wolle sie auf deren Gesichtern die allgemeine Stimmung ablesen.

„Nun, das ist bedauerlich", verkündete sie nach einer kurzen Pause. „Wir werden natürlich für das Seelenheil des Kaisers beten, auch wenn er ein Papist war. Ruf mir meinen Priester!"

Der Lakai verbeugte sich nochmals und trat rückwärts aus dem Zimmer.

Elizabeth richtete sich auf. „Unerwartete Neuigkeiten, meine Damen. Es scheint, als wäre endgültig ein Stein ins Rollen gekommen." Ihre Augen glänzten fiebrig, aber ihr Gesicht wirkte völlig gefasst.

Froni bewunderte ihre Selbstbeherrschung. In ihrem eigenen Kopf wirbelten die Gedanken herum. Ein Thron war frei geworden und die Welt geriet dadurch aus dem Gleichgewicht. „Ferdinand wird der Nachfolger seines Onkels sein", sagte sie zu Henry, der in ihrem Schoß grunzte. Das Leben musste einfach sein, wenn man ein Hund war. Man nahm nur jene Dinge wahr, die um einen herum geschahen, wusste nichts von weit entfernten Ereignissen und brauchte sich daher auch nicht den Kopf darüber zu zerbrechen, welche Folgen sie haben konnten. Das ersparte einem unnötige Sorgen. Denn die Möglichkeit, selbst irgendetwas zu beeinflussen, war ohnehin verschwindend gering.

„Nun müssen die Böhmen sich endgültig entscheiden", murmelte Theodora Bryant an ihrer Seite. „Ob sie uns wollen oder nicht."

„Wie könnte jemand unsere Elizabeth und ihren Gemahl nicht wollen?", erwiderte Marian Lacey unaufgefordert. Froni verstand diese Überlegung. Aber konnte man ein Land einfach dadurch beherrschen, dass man bezaubernd und kultiviert war? In Fronis Magen begann sich ein Ball aus Sorgen und bösen Ahnungen zu formen, der ein unangenehmes Stechen verursachte. Hier in Heidelberg hatte Friedrich seine Berater, nach deren Urteil er sich meistens richtete. Diese kämen natürlich auch nach Prag mit. Aber wären sie auch in der Lage, das Schiff zu lenken, wenn ein heftiger Sturm ausgebrochen war?

Froni griff nach einem Stück Gebäck auf dem Tisch und stopfte es sich hastig in den Mund. Der schwere, süße Geschmack auf ihrer Zunge wirkte beruhigend.

Sie war eine Dame der Kurfürstin. Ihre Aufgabe bestand darin, Elizabeth zu folgen und ihre Wünsche zu erfüllen. Wahrscheinlich sollte sie sich dies öfter in Erinnerung rufen.

Der anglikanische Priester in schwarzer Robe erschien, als Froni wieder angefangen hatte, Henry zu kraulen. Elizabeth hatte ihn aus ihrer Heimat mitgebracht, da sie sich nicht dem calvinistischen Ritus unterwerfen wollte. Sie falteten nun alle die Hände und sprachen ein englisches Gebet, denn die Franzosen waren Papisten, was ihre Sprache für religiöse Zwecke ungeeignet machte.

Elizabeths Hofstaat wünschte dem Habsburger Kaiser einen unbeschwerten Weg ins Himmelreich, nun, da er auf Erden Platz gemacht hatte. Die Stimmen der Damen klangen hell und heiter, als sie die Gebete sprachen, denn der Augenblick, auf den sie lange gewartet hatten, war eingetreten.

„Ich werde Friedrich aufsuchen", meinte Elizabeth, als

der Priester wieder gegangen war. „Er hat jetzt sicher wichtige Besprechungen, aber ich muss wissen, wann wir nach Prag aufbrechen, damit ich genug Zeit zum Packen habe. Meine Damen, macht Euch ebenfalls für die Reise bereit."

Sie lächelte und ihr Gesicht strahlte vor Glück. Die Böhmen wären sicher stolz auf ihre Königin, sobald sie ihrer ansichtig wurden, dachte Froni. Sie selbst würde von ihrer Mutter Abschied nehmen und Karl erst einmal vertrösten müssen. All das stimmte sie traurig, aber gleichzeitig raste das Blut aufgeregt durch ihre Adern. Eine neue Stadt. Ein neuer König. Sie würde dabei sein, wenn die Welt sich veränderte.

Wider Erwarten verbrachten sie den Sommer des Jahres 1619 noch in Heidelberg, da Christian von Anhalt seinem Fürsten riet, erst einmal die politische Entwicklung in Böhmen abzuwarten. Nachdem Ernst von Mansfeld Pilsen erobert hatte, war das Land endgültig unter protestantischer Herrschaft, doch sollte Friedrich nicht nach Prag reisen, bevor er gerufen worden war.

Das Warten machte Elizabeth unruhig. Sie lächelte etwas seltener als sonst, erhob manchmal die Stimme gegen ungeschickte Dienstboten und einmal erhielt sogar die arme Anne eine Kopfnuss, nachdem sie eine Schale umgeworfen hatte. Doch wenn Friedrich in ihren Gemächern erschien, verwandelte seine Gemahlin sich wieder in ein völlig liebenswürdiges, geistreiches Geschöpf in Gewändern aus raschelnder Seide. Zum ersten Mal begriff Froni, dass dieses gefällige Benehmen ein Ergebnis bewusster Anstrengung war und nicht immer dem Naturell der Kurfürstin entsprach. Die Mühe lohnte sich, denn Friedrich schien Kraft aus der Gegenwart seiner Gemahlin zu ziehen. Er suchte sie nun noch öfter auf als früher und allein ihr Anblick genügte, um alle Schatten von seinem Gesicht zu verjagen. Meistens wurden die Damen sofort hinausgeschickt, sobald er die Türschwelle überschritten hatte.

„Es würde mich nicht wundern, wenn sie wieder schwanger wird, noch bevor wir nach Prag reisen", murmelte Marian Lacey einmal, während sie gemeinsam hinausgingen. Theodora machte eine vorwurfsvolle Miene, aber Froni fand den Kommentar amüsant.

Marian sollte recht behalten. Im August begann Elizabeths Leib sich wieder zu wölben. Eben zu jener Zeit traf die Neuigkeit ein, dass die Böhmen Ferdinand von Habsburg den Thron aberkannt hatten. Im ganzen Schloss sorgte diese Nachricht für Jubel, selbst die Dienstboten tanzten, um den Sieg des Protestantismus über katholische Machtgier zu feiern. Froni wurde von Elizabeth in die Küche geschickt, um weitere Süßspeisen zu bestellen, und stieß dort auf eine ausgelassene Feier mit musikalischer Begleitung. Sie gesellte sich kurz dazu, denn sie hoffte, hier wieder auf Karl zu stoßen. Sie hatte ihn in den letzten Wochen bewusst gemieden, weil es ihr unangenehm war, ihn so lange hinhalten zu müssen. Nun hatten die Ereignisse ihr jede Entscheidung abgenommen. Sie würde mit ihrer Fürstin nach Prag reisen wie versprochen, konnte daher nicht die Gemahlin eines einfachen Ritters werden.

Die Luft in der Küche war stickig und voller Qualm, sodass Froni nach ihrem Eintreten sogleich husten musste.

„Hier, das wird Euch helfen", vernahm sie auch schon Karls Stimme. Er hielt ihr einen Humpen Bier hin, an dem sie dankbar nippte.

„Wollt Ihr ein wenig mit den gewöhnlichen Leuten feiern?"

Seine linke Augenbraue wölbte sich staunend.

„Ich muss eine Bestellung der Kurfürstin weitergeben. Aber ich bin mir nicht sicher, ob ich mir jetzt Gehör verschaffen kann", erwiderte Froni lachend. Karl kam ihr sogleich zu Hilfe, indem er die rundliche Köchin herbeiholte, die sich Fronis Wünsche geduldig anhörte, obwohl ihr Gesicht schon vor Wein und Hitze gerötet war.

„Wir bringen das gleich hoch. Wir haben genug vorbereitet", versprach sie und wies einige ihrer Mägde an, das Feiern kurz zu unterbrechen. Froni sah sich nun von der Pflicht befreit, sich selbst um alles zu kümmern.

„Ich kam auch, um Euch zu sehen", gestand sie Karl.

Noch bevor er etwas erwidern konnte, teilte sie ihm mit, dass sie Elizabeth begleiten würde.

„Ich habe es ihr versprochen", fügte sie hinzu. „Es ist daher meine Pflicht."

Sie war dankbar für die schlechte Beleuchtung, denn so konnte Karl das Unbehagen auf ihrem Gesicht nicht allzu deutlich sehen.

„Ja, das dachte ich mir schon", sagte er hart und laut, um gegen das allgemeine Singen und Lachen anzubrüllen. „Sie lässt Euch nicht gehen, denn sie weiß, dass sie kluge Ratgeber brauchen wird."

Froni riss staunend die Augen auf. „Ich glaube, die Minister des Kurfürsten sind in dieser Angelegenheit bessere Ratgeber."

„Mag sein." Karl ergriff ihren Ellbogen und schob sie in eine Ecke der Küche, wo es einigermaßen still war. „Ich habe bis zum letzten Augenblick gehofft, dass die Böhmen Vernunft annehmen", erklärte er dann. „Sie stehen allein gegen den gewaltigen Riesen, der sich Habsburg nennt. Es ist nur eine Frage der Zeit, bis er sie niedertrampelt. Es würde mir missfallen, Euch unter den Opfern zu wissen."

„Vielleicht seht Ihr diese Dinge auch zu schwarz!", widersprach Froni leicht pikiert. Hielt er Friedrichs Ratgeber denn allesamt für Idioten? „Man ist bereits auf der Suche nach Verbündeten. Der englische König wird seine Tochter sicher nicht im Stich lassen", fügte sie hinzu, bevor Karl etwas hatte erwidern können.

In diesem Augenblick vermochte sie auch an diese Worte zu glauben. Elizabeths Vater hatte sie gewarnt, sich vorsichtig zu verhalten, aber sobald seine wunderschöne Prinzessin in Not wäre, käme er ihr sicher zu Hilfe. Friedrichs Minister waren zudem eifrig bemüht, Bündnisse mit anderen protestantischen Staaten zu schließen. Es war eine Gelegenheit, katholischer Übermacht die Stirn zu bieten. Warum sollte man sie nicht nutzen, um durch Zusammenhalt stark zu werden?

„Ich wünsche Euch, dass sich all diese Erwartungen erfüllen", erwiderte Karl mit einer knappen Verbeugung.

„Aber für Menschen wie mich und Eure Mutter, die nur noch den Rest ihres Lebens in Frieden verbringen wollen, wünsche ich mir vor allem, dass ein Krieg vermieden werden kann."

„Das wird sicher möglich sein. Der Habsburger Kaiser muss sich nur einsichtig zeigen", entgegnete Froni. Es war im Grunde ganz einfach. Die Böhmen wollten nun einen protestantischen König und wenn der Rest der Welt Friedrich in dieser Rolle annahm, könnte alles ohne Blutvergießen vorübergehen. Gerüchten zufolge hatte Ferdinand, nun Kaiser des deutschen Reiches, genug andere Sorgen. Sein ältester Sohn lag im Sterben und die Protestanten begehrten auch in anderen Ländereien gegen seine Maßnahmen zur Rekatholisierung auf.

„Vielleicht täte Ferdinand von Habsburg gut daran, sich erst einmal um die Schwierigkeiten in seiner Heimat zu kümmern und die Böhmen in Ruhe zu lassen", erklärte sie Karl, der wieder eine Augenbraue hochzog.

„Ich würde diese Haltung ja auch vernünftig nennen, aber in meinem bisherigen Leben habe ich die Erfahrung gemacht, dass die Herrscher dieser Welt lieber den Tod einfacher Leute in Kauf nehmen, als nur einen winzigen Zipfel ihrer Macht einem anderen zu überlassen. Ich hoffe für Euch, dass es diesmal anders sein wird."

Seine Stimme war frei von Spott gewesen und Froni begriff, dass er keine Trennung im Streit von ihr wollte. Dadurch stieg er in ihrer Achtung noch ein wenig mehr. Sie verspürte sogar einen Stich von Trauer, weil sie sein Leben nicht würde teilen können. Dem Schmerz fehlte es aber an Tiefe, sie wusste, er würde vergehen wie ein leichtes Fieber.

Im Hintergrund wurde geklatscht und gesungen. Froni bewegte kurz die Hüften zu der fröhlichen Melodie. Die ausgelassene Stimmung ließ sie kurz daran glauben, es würde ebenso verlaufen, wie sie es sich wünschte. Friedrich und Elizabeth hätten einen glanzvollen Einzug in Prag, würden das Land in Frieden regieren und überall als Herrscher von Böhmen anerkannt werden. Die protestantische Fraktion wäre dadurch gestärkt, die Gefahr, die von einem übermächtigen Habsburg ausging, eingedämmt. Sie nahm einen Schluck Bier und begann, beim Gesang mitzusummen.

„Aber selbst wenn Eure Kurfürstin sich auf dem böhmischen Thron halten kann, so wird sie mit Euch verfahren, wie es ihr beliebt", meinte Karl plötzlich.

Froni runzelte die Stirn. „Elizabeth schätzt mich." Sie stellte fest, dass sie stolz darauf war.

„Das tut sie wohl, sonst wäre sie nicht bemüht, Euch an sich zu binden. Aber glaubt mir, Fräulein von Odenwald, eine Frau wie die Kurfürstin benutzt jeden Menschen. Gerade diejenigen, die sie für nützlich hält, denn sie haben mehr Wert als die Nutzlosen."

Froni nahm ein paar Schlucke Bier. Ihr wurde unwohl, denn Karls Worte klangen allzu überzeugend.

„Ich kenne meine Pflicht und werde sie erfüllen", sagte sie schnell.

„Das ehrt Euch." Er verbeugte sich nochmals, diesmal tiefer. „Ich bedauere es, dass ich keine tiefen Gefühle in Euch wecken konnte. Sonst wäre es mir vielleicht gelungen, Euch von diesem irrsinnigen Entschluss abzubringen. Nun bleibt mir allein die Hoffnung, dass es einem anderen gelingt. Aber freut Euch auf Prag. Es ist eine Stadt, die einen Besuch wert ist, habe ich mir sagen lassen."

Er stieß noch einmal mit ihr an, dann packte er eine der Küchenmägde und begann mit ihr zu tanzen. Froni begriff, dass dies sein Abschied sein sollte. Er litt nicht zu sehr unter ihrer Zurückweisung, was sie erleichterte. Da ihr Auftrag bereits weitergegeben worden war, konnte sie zur Kurfürstin zurückkehren und dort das freudige Ereignis weiterfeiern. Sie lächelte Karl noch einmal an, was er kaum wahrzunehmen schien, und machte sich auf den Weg.

Sie ahnte, dass sie ihn vor der Abreise nicht mehr unter vier Augen würde sprechen können, und war überrascht darüber, dass sie deshalb traurig war.

„Ferdinand hat nur ein Auge und selbst das soll nicht besonders gut sein", erzählte Elizabeth gerade ihren Damen, als Froni eintrat. „Er wird noch völlig verlausen, der arme

Kerl, denn er kann sich keine neuen Kleider leisten."

Fröhliches Gelächter erklang. Froni fröstelte, denn sie hatte die Kurfürstin bisher nicht derart gehässig erlebt.

„Kein Wunder, dass die Böhmen lieber Euren Gemahl wollen", flötete Marian Lacey. „Dann müssen sie sich in Gegenwart ihres Königs nicht die Nase zuhalten."

Froni überhörte ganz bewusst das allgemeine Kichern und teilte ihrer Fürstin mit, dass sie die Bestellung aufgegeben hatte.

„Das war sehr nett von Euch, Fräulein von Odenwald", erwiderte Elizabeth, die nur sehr selten gegen Gebote der Höflichkeit verstieß. „Wir haben nun einen weiteren Grund zum Feiern. Bethlen Gábor von Siebenbürgen will meinen Gemahl unterstützen, sobald er die böhmische Krone angenommen hat. Er stellt bereits ein Heer zusammen, um die Habsburger das Fürchten zu lehren."

Elizabeths Wangen waren vor Aufregung gerötet. Die blauen Augen strahlten wie Saphire.

„Bald ist Böhmen unser. Macht Euch fertig für die Reise", meinte sie zu Froni, die wieder an ihren üblichen Sitzplatz im Gemach der Fürstin ging. Der Lautenspieler stimmte eine neue Melodie an. Kammerdiener füllten die Weinbecher der Damen.

„Wir werden auch einen passenden Ehemann für Euch finden, Fräulein von Odenwald", meinte Elizabeth, als sie mit Froni anstieß. „Einen Adeligen aus Böhmen oder Siebenbürgen. Auf diese Weise bekommt Ihr eine angemessene Stellung und es wird ein Bündnis geschmiedet."

Froni krallte ihre Finger um den Weinbecher, damit er ihr nicht entglitt. Sie hatte sich eine Zukunft in Elizabeths Diensten erträumt, aber nicht als Figur auf einem Schachbrett, die nach Belieben herumgeschoben wurde. Karls Warnung fiel ihr wieder ein, aber als alle Damen gemeinsam ein Lied anstimmten, sang sie mit.

Die trübe Stimmung war wie eine Wolke, die rasch vorüberzog.

5. Kapitel

Es war bereits Herbst, als die Reise beginnen sollte. Vorher hatten sich die Fürsten der Protestantischen Union versammelt und Friedrich einstimmig davon abgeraten, die böhmische Krone anzunehmen. Er selbst hatte Ferdinand als deutschen Kaiser anerkannt und sollte ihm daher auch seine anderen Ansprüche nicht streitig machen. Bethlen Gábor hielt ihnen hingegen weiterhin die Treue und ließ seine Truppen österreichische Ländereien verwüsten, stellte aber gleichzeitig finanzielle Forderungen an Friedrich, um die Söldner bezahlen zu können. Froni kam nicht gegen das Gefühl an, dass er ein sehr unangenehmer Zeitgenosse sein musste. Zudem hatten sie die Unterstützung der Niederlande, wie Elizabeth ihren Gefolgsdamen regelmäßig versicherte. Der englische König würde ihnen letztendlich auch helfen, es war nur eine Frage der Zeit.

Je näher ihrer aller Aufbruch rückte, desto schlechter schlief Froni. Ihrer Mutter ging es zwar wieder besser und sie freute sich aufrichtig, dass ihre Tochter nun zur königlichen Hofdame werden sollte, aber die Vorstellung, die alte Frau allein im Heidelberger Schloss zurückzulassen, schien Froni falsch, wenn sie allein mit ihr im Dunkeln lag. Gleichzeitig wuchsen Ängste und Sorgen zu riesigen Schatten heran, die sie zu erdrücken drohten.

Sobald der Morgen graute, erwachte emsige Geschäftigkeit im Schloss, Dienstboten hasteten wie Ameisen herum und auch Froni zog los, um ihre Pflichten zu erfüllen. Nun gab es für sie viel mehr zu tun, als sich einfach an Tänzen, Gesang und Hofklatsch zu beteiligen, damit die junge Kurfürstin sich nicht langweilte. Elizabeths zahlreiche Habseligkeiten mussten gepackt und transportfertig gemacht werden. Das war zwar eigentlich Aufgabe der Kammerzofen, doch sollten diese dabei überwacht werden, damit nichts schiefging. Elizabeth verbrachte ganze Tage damit, ihre Garderobe zusammenzustellen. Als neue Königin musste sie Eindruck auf ihre Untertanen machen, wiederholte sie immer wieder. Mehrere Schneidermeister kamen, um ihr Vorschläge zu unterbreiten, wurden großzügig bewirtet, dann in lange Gespräche verwickelt, da die zukünftige Königin sehr genaue Vorstellungen von ihrer Garderobe hatte. Händler lieferten täglich neue Stoffe, Juweliere boten die Anfertigung passender Schmuckstücke an und all dies wurde von Elizabeth ausführlich inspiziert. Froni und die anderen Damen bekamen zusätzliche Gelder bewilligt, um sich ebenfalls entsprechend einkleiden zu können.

Fronis Mutter freute sich und half ihr, drei weitere Gewänder auszusuchen. Die alte Dame verbrachte mehr Zeit damit, die vorgeschlagenen Entwürfe anzusehen, als Froni selbst, was vielleicht daran liegen konnte, dass ihre Augen nicht mehr besonders gut waren. Froni staunte manchmal, wie gleichgültig ihr die Aussicht auf Kleider war, von denen sie früher nur hatte träumen können. Angesichts der gewaltigen Veränderungen in ihrem Leben schien es plötzlich nicht mehr wichtig, ob sie statt Wolle und Leinen nun Samt und Seide tragen konnte. Karl ging ihr aus dem Weg und sie vermisste die Gespräche mit ihm mehr als erwartet. Erst einen Tag vor der endgültigen Abreise konnte Froni ihn in einem Korridor abpassen und drückte ihm den Rest ihrer Ersparnisse in die Hand. Sie hatte auf Brokat am Rock und einen Kragen aus Taft verzichtet, damit genug übrig blieb.

„Bitte seht nach meiner Mutter, während ich fort bin. Jedenfalls, bis Ihr auf Euer Landgut zurückkehrt. Sobald Ihr es tut, fragt sie, ob sie Euch nicht vielleicht begleiten möchte."

Froni war inzwischen bewusst, dass die weiteren politischen Entwicklungen nicht vorauszusehen waren. Falls es wirklich zu einem Krieg kommen sollte, wäre eine alte Frau auf einem abgelegenen Landgut vielleicht sicherer.

„Ich fühle mich durch Euer Vertrauen geehrt", versprach Karl mit einer Verbeugung. „Darf ich dann auch auf einen Besuch von Euch hoffen?"

Etwas leuchtete in seinen Augen auf. Froni wusste nicht mit Sicherheit, ob es Hoffnung war. Hatte sie die Tiefe seiner Gefühle unterschätzt?

„Ich werde Euch selbstverständlich besuchen, sobald ich eine Gelegenheit dazu habe. Vor allem, wenn meine Mutter sich in Eurer Obhut befindet."

Er lächelte auf eine eher spöttische als glückliche Art. Froni überkamen plötzlich Schuldgefühle, weil sie ahnte, dass sie diesen Mann enttäuschen würde, ganz gleich, was sie sagte. Als Theodora Bryant verärgert nach ihr rief, war sie fast erleichtert, dieses Gespräch beenden zu können.

„Ich hoffe, Euch eines Tages wiederzusehen, Herr von Waldeck", meinte sie zum Abschied und lief los.

Die weiteren Stunden zogen wie im Flug an ihr vorbei. Sie war völlig erschöpft, als sie abends ins Bett fiel. Sie wusste, es sollte ihre letzte Nacht in Heidelberg werden, und ein Gefühl der Wehmut überrollte sie. Trotzdem schlief sie bald ein und wurde erst durch ein heftiges Klopfen an der Tür geweckt, damit sie sich rechtzeitig für die Reise nach Prag fertig machen konnte.

Es sollte ein prächtiger Triumphzug wie bei Elizabeths Eintreffen in Heidelberg werden. Das Gefühl, Teil dieser Entfaltung von Reichtum und Eleganz sein zu dürfen, ließ Fronis Sorgen wie Rauch in der Luft verschwinden. Sie saß in einem schweren Gewand aus Samt auf ihrem Pferd, wagte kaum, sich zu bewegen, weil sie bisher nur selten geritten war und nun durch ihre ganze Aufmachung in ihrer Bewegungsfreiheit eingeengt wurde. Der Damensattel zwängte ihre Beine in eine unbequeme, steife Haltung. Der Federhut auf ihrem Kopf kam ihr bereits nach zwei Stunden schwer wie ein Stein vor, der Schmerzen hinter ihrer Stirn verursachte. Zu allem Übel wärmte die Septembersonne stärker als erwartet. Der Stoff des kostbarsten Kleides, das sie je besessen hatte, wog unangenehm schwer und sie sehnte sich nach den Röcken aus Leinen, in denen sie ihre Jugend verbracht hatte. In einer Kutsche wäre diese Reise leichter zu ertragen gewesen, aber Elizabeth hatte entschieden, dass sie alle hoch zu Ross Richtung Prag ziehen sollten. Die zukünftige Königin ritt selbst an der Seite ihres Gemahls, obwohl sie bereits hochschwanger war. Froni war beeindruckt, wie aufrecht die verwöhnte Königstochter sich dabei hielt, wie selbstverständlich sie neugierige Zuschauer anlächelte und winkte, obwohl sie sicher nicht weniger erschöpft sein musste als ihre Damen. Sie ritten zwei Tage durch Städte und Dörfer, wurden meistens bejubelt, manchmal auch stumm angestarrt. Da Froni bisher kaum Reisen unternommen hatte, empfand sie all diese Eindrücke als aufregend, was aber nichts daran änderte, dass schon nach ein paar Stunden ihr Rücken zu schmerzen begann und sie sich mit beiden Händen an der Mähne ihres Pferdes festhalten musste, um nicht vor Erschöpfung aus dem Sattel zu rutschen.

Sie übernachteten in Herbergen, wobei stets ein ganzes Dorf von der Gefolgschaft des zukünftigen Königs mit Beschlag belegt wurde. Froni musste sich einen Raum mit sämtlichen Damen Elizabeths und auch mehreren Kammerzofen teilen. Da ständig getuschelt und gekichert wurde, hatte sie wenig Gelegenheit, sich auszuruhen. In Waldsassen, einem Ort an der böhmischen Grenze, wurde das angehende Königspaar von einer Delegation aus Prag begrüßt. Elizabeth bekam die Gelegenheit, eine ihrer prächtigen Roben zur Schau zu stellen, ihre Damen standen ein Stück hinter ihr und musterten neugierig die ernst dreinblickenden bärtigen Herren. Einer von ihnen trat vor und stellte sich mit einer Verbeugung als Baron Rupa vor. In makellosem Französisch teilte er mit, einer der wichtigsten Initiatoren des böhmischen Aufstandes gewesen zu sein.

„Ich danke Eurer Majestät, dass Ihr Euren Gemahl davon überzeugt habt, die Wenzelskrone unseres Landes anzunehmen", fügte er hinzu.

Elizabeth lächelte.

„Ich wünsche Euch eine lange Regierungszeit", sagte der Baron schließlich. Seine Begleiter nickten zustimmend. Das versammelte Volk applaudierte, weil wohl jemand übersetzt haben musste. Froni bemerkte überrascht, dass ihr angesichts der allgemeinen Begeisterung Tränen in die Augen gestiegen waren.

Am Morgen des nächsten Tages schmerzten ihre Beine und

ihr Rücken so sehr, dass sie fürchtete, nicht mehr in den Sattel zu kommen. Tatsächlich wurden plötzlich Kutschen bereitgestellt, die sie bis zum späten Nachmittag transportierten. Dann tauchten die Umrisse von golden glänzenden Kuppeln und spitzen Türmen am Horizont auf, die von einer breiten Mauer umschlossen waren.

„Das muss Prag sein", verkündete Theodora Bryant. Sie sah noch blasser aus als sonst und Schatten lagen unter ihren Augen. Die Reise musste sie angestrengt haben.

„Es sieht hübsch aus", fügte Marian Lacey hinzu und fächelte sich Luft zu. „Meine Mutter schrieb mir, die Stadt gilt als Hort der Sünde."

Ihre Augen leuchteten vor Aufregung. Theodora Bryant räusperte sich, wie um zu einer Ermahnung anzusetzen, da verkündete draußen ein Mann mit Federhut, dass sie nun wieder auf ihre Pferde zu steigen hätten.

Das Königspaar würde in seine neue Hauptstadt einziehen.

Die Gefolgschaft wurde entsprechend Elizabeths sorgfältiger Planung angeordnet. Froni sollte mit den anderen Damen ein Stück hinter ihrer Herrin reiten. Vor ihnen kam noch die Amme mit dem ältesten Sohn des Herrscherpaares, dem dunkelhaarigen, hübschen Heinrich. Seine zwei Geschwister waren bei der Großmutter in Heidelberg geblieben, aber ein Thronfolger sollte mitkommen, damit die Frauen unter den Zuschauern gerührt waren und die Männer wussten, dass ihre neue Königin fruchtbar war. Neben Friedrich saßen natürlich Christian von Anhalt und ein paar andere Hofräte, denen er die Krone letztlich zu verdanken hatte. Soldaten säumten den Triumphzug mit Musketen und Hellebarden, doch sollten sie wohl eher Macht demonstrieren als Angst machen, denn vor der Stadtmauer kamen bereits jubelnde Menschen herbeigeeilt, die mit Taschentüchern winkten und Blumen streuten. Sie sangen Lieder in einer harten, zischenden Sprache, die hierzulande wohl gesprochen wurde. Froni lächelte ihnen spontan zu. Es tat wohl, mit so viel Begeisterung begrüßt zu werden, und es gab ihr endlich wieder das Gefühl, die richtige Entscheidung getroffen zu haben, als sie Elizabeth folgte.

Dicht vor der Stadtmauer kam plötzlich eine große Gruppe junger Männer herbeigeeilt. Sie trugen die schlichte, aber farbenfrohe Kleidung der ansässigen Bauern, schwangen Äxte und Harken und machten mit Rasseln einen furchtbaren Lärm. Kurz darauf begannen sie, ein tschechisches, für Froni daher unverständliches Lied zu singen. Ihre Stimmen waren rau, von zu viel Alkohol lallend geworden, und sie trafen selten den Ton.

Elizabeth stieß ein helles Lachen aus und tuschelte mit Friedrich.

„Wenn alle Leute hier so wenig Sinn für Musik haben, stehen uns harte Jahre bevor", seufzte Theodora Bryant an Fronis Seite.

Gleich darauf kam ihnen ein dunkel gekleideter Mann mit strenger Halskrause entgegen. Ebenso wie die Herren in seiner Gefolgschaft verbeugte er sich vor dem Königspaar.

„Ich bin Großkanzler Baron Burka und es ist mir eine Ehre, Eure Hoheiten in unserer schönen Stadt zu begrüßen", verkündete er laut. Dann wies er auf die lärmenden Bauern.

„Sie wollen an die wilde Zeit der Hussitenkriege erinnern, indem sie deren Lieder vortragen. Der Geist von Stolz und Widerstand gegen Tyrannei wurde mithilfe unserer neuen Herrscher neu geweckt."

Elizabeth lachte nochmals, aber etwas leiser. Sie streckte dem Baron ihre behandschuhte Hand entgegen, die er ehrerbietig küsste. Froni gefiel die ganze Darbietung ausgesprochen gut und ihr Herz schlug vor Aufregung, denn nun sollten sie Prag betreten.

Sie näherten sich dem Stadttor und die jubelnde Menge wich zurück, um Platz zu machen. Nun entdeckte Froni ausgemergelte Gestalten auf dem Boden, die wimmernd ihre Hände ausstreckten. Elizabeth griff in einen Beutel und warf ihnen Münzen zu, um die sie sich so heftig balgten, dass die Soldaten sie verscheuchen mussten. Die Münzen waren auf

Elizabeths Geheiß geprägt worden und trugen die Inschrift: „Gott und die Stände gaben mir die Krone." Zunächst hatte Froni dies für eine passende Idee gehalten, nun fragte sie sich, wie viele Leute, deren Hände nach dem Silber griffen, dies überhaupt würden lesen können.

„Bettler. Die gibt es wohl überall", meinte Theodora Bryant naserümpfend. Froni überlegte, warum so viele von ihnen sich hier versammelt hatten, aber die Stadt, in deren Inneres sie nun Einzug halten durften, nahm bald schon ihre ganze Aufmerksamkeit gefangen.

Prag war größer als Heidelberg, lauter und belebter. Riesige Gebäude ragten überall empor, Menschen wurden aus Ecken und schmalen Öffnungen herbeigeschwemmt, als seien sie im Begriff, die Stadt zu überfluten. Froni verspürte keine Müdigkeit mehr und auch keinen Schmerz in ihren Beinen. Sie war nur noch damit beschäftigt, sich neugierig umzusehen. Wie reich diese Stadt sein musste, um sich derart prächtige Bauten leisten zu können! Wenn es einen Ort gab, der wie geschaffen für Friedrich und Elizabeth schien, dann war es dieser. Überall prangte Gold, Statuen glichen echten, zu ewiger Starre verdammten Menschen und die lebendigen Bewohner stellten stolz ihre prächtigen Gewänder und großen Kutschen zur Schau.

Mehrere Herren waren erschienen, um das Herrscherpaar zu begrüßen. Sie machten einen breiten, würdevollen Eindruck in pelzverbrämten Mänteln und breiten Federhüten, auf die sie trotz des warmen Wetters nicht verzichten wollten. Ihre vollen Wangen ließen auf Wohlstand und Liebe zu gutem Essen schließen. Sie verneigten sich vor Friedrich und seiner Gemahlin, die ihnen ihr liebreizendstes Lächeln schenkte. Elizabeths schwangerer Bauch wölbte sich unter den weich fallenden Samtröcken. Sie hatte geklagt, dadurch so reizvoll wie eine Tonne zu wirken, aber den Pragern schien ihr Zustand nur Respekt abzugewinnen. Froni verstand das. Wer jemals in seinem Leben hatte länger reiten müssen, konnte nichts als Bewunderung für eine Frau empfinden, die sich trotz Schwangerschaft nach einer weiten Reise noch aufrecht im Sattel halten und dabei frisch und liebreizend aussehen konnte. Man musste Elizabeth sehr gut kennen, um die Falten an ihren Mundwinkeln zu bemerken, die von Erschöpfung zeugten. Sie warf den Versammelten weiter Münzen zu, obwohl sie nicht mehr wie Bettler aussahen.

Froni fragte sich, ob diese Großzügigkeit nicht als Kränkung ausgelegt werden konnte. Aber das erwies sich als Irrtum. Zwei zerlumpte Kinder kamen wie flinke Wiesel aus der Menge geschossen, wollten sich durch die Beine der Pferde hindurchschlängeln, um ein paar bisher von niemandem beanspruchte Geldstücke einzusammeln. Froni erschrak, als eines von ihnen sich mitten ins Getümmel vordrängte, ohne auf das nervöse Tänzeln der Pferde zu achten. Unmittelbar dort, wohin ihr eigenes Reittier nun seinen Fuß setzen wollte, leuchtete eine Münze. Der Junge griff danach, wohl in der Hoffnung, schneller zu sein. Sie schrie auf und zerrte an den Zügeln des Tieres, das zu beherrschen sie nie gelernt hatte. Immerhin konnte sie verhindern, dass es auf die Hand des Jungen trat, aber es schnaubte verärgert und wich zur Seite, wodurch es mit einem anderen Pferd zusammenstieß. Unruhe entstand. Der Hauptmann der königlichen Garde warf Froni einen verärgerten Blick zu, da er sie wohl einfach für eine unbeholfene Reiterin hielt. Der Junge wollte sich mit seiner Beute davonmachen, als der Huf eines anderen Tieres seine Schulter traf und ihn dadurch zu Fall brachte. Er blieb hilflos auf dem Boden liegen, starrte mit weit aufgerissenen Augen zum Himmel empor. Da der Triumphzug keine Anstalten machte, nun stehen zu bleiben, drohten ihm weitere Tritte.

Froni sah sich ratlos um. Als niemand den Jungen beachtete, stieß sie einen lauten Schrei aus, um auf das Kind aufmerksam zu machen. Sollte der Einzug des Königspaares in Prag damit beginnen, dass ein hilfloses Wesen getötet wurde? Wieder sah der Hauptmann sie an wie ein lästiges Insekt, das störte. Aber auch Elizabeth drehte sich nun um.

„Geht es Euch nicht gut, Fräulein von Odenwald?"

„Sie macht sich nur Sorgen wegen eines Bettlerkindes, das hier zusammengebrochen ist", erklärte Theodora Bryant, noch bevor Froni etwas hatte sagen können. Elizabeth zog ein fassungsloses Gesicht. Froni kam sich selbst plötzlich dumm vor, aber sie wies auf den weiterhin reglos daliegenden Jungen. Warum versuchte er nicht zu flüchten? Der Triumphzug bewegte sich langsam genug, um ihm die Gelegenheit dazu zu geben.

„Jemand möge den Bettler entfernen", sagte Elizabeth leicht verärgert und wandte ihre Aufmerksamkeit dann wieder Friedrich zu, der sich gerade mit Christian von Anhalt unterhielt. Froni überlegte, ob sie den säuerlich dreinblickenden Hauptmann darum bitten konnte, da wurde ihr Problem auch schon gelöst. Ein junger Mann in dunkler Kleidung schubste mit lauten Rufen die Schaulustigen zur Seite und stürmte regelrecht auf den Jungen zu. Froni staunte, denn er sah nicht aus wie ein Bettler, sondern trug die schlichten, strengen Gewänder eines Priesters oder Gelehrten. Den weiten Umhang schlug er zurück, als er sich bückte, um den Jungen hochzuheben. Der Hauptmann hatte die Hand gehoben, um den Zug für einen Moment anzuhalten. Vielleicht lag es an Elizabeths Befehl, vielleicht an dem Umstand, dass der Retter des Jungen nicht völlig zerlumpt war. Das immer noch reglose Kind wurde in den Armen des jungen Mannes in Sicherheit gebracht, was Fronis Stimmung schlagartig wieder erhellte.

„Ich danke Euch, Ihr seid ein guter Mensch!", rief sie dem Unbekannten hinterher. Er wandte sich kurz um. Sie überlegte, ob er ihr Deutsch überhaupt verstanden hatte, aber er starrte für einen Moment neugierig zu ihr hoch. Er konnte kaum älter sein als sie selbst, sein Gesicht war glatt und bartlos, aber er hatte sehr ernste, kluge Augen, wie ein Mensch, der viele Bücher las. Was verband ihn wohl mit diesem verwahrlosten Bettlerkind?, überlegte Froni, während sie zum Gruß den Kopf neigte. Ihre beiden Blicke trafen sich kurz, dann verschwand er mit seinem Schützling in der Menschenmenge.

„Na endlich. Jetzt können wir weiterreiten", seufzte Marian Lacey erleichtert. „Seht her, da vorne kommt ein Fluss. Das muss die Moldau sein."

Die Straße führte sie tatsächlich auf ein Gewässer zu, das breit und gemächlich dahinfloss. Eine Brücke wölbte sich darüber. Am anderen Ufer ragte ein Hügel empor, auf dessen Gipfel ein großes steinernes Gebäude thronte.

„Das dürfte die Burg sein, wo wir alle wohnen werden", meldete sich nun wieder die neunmalkluge Theodora zu Wort. „Wahrscheinlich ist sie sehr altertümlich, nicht mit englischen Schlössern zu vergleichen, aber unsere Königin hat auch das Heidelberger Schloss gut hinbekommen."

Froni richtete ihren Blick aufgeregt auf das zukünftige Zuhause. Sie würde wieder ihr eigenes Gemach bekommen, hoffte sie, denn Theodoras Gerede wäre auf Dauer schwer auszuhalten. Die Brücke, die sie nun betraten, wurde von zahlreichen Statuen eingesäumt, die mit ernster Miene auf die Neuankömmlinge zu blicken schienen. Fast, als hofften sie ebenso wie die Bewohner Prags, nicht enttäuscht zu werden.

Auf der anderen Seite der Stadt ging das Jubeln, Singen und Lachen weiter, während sie den steilen Hügel erklommen. Froni merkte plötzlich, dass ihr Tränen der Rührung in die Augen stiegen, was in der festlichen Stimmung zum Glück niemandem auffiel. Sie hatte nicht damit gerechnet, mit solcher Begeisterung begrüßt zu werden, fast, als wolle ganz Prag die Neuankömmlinge herzlich in die Arme schließen. Friedrich und Elizabeth hatten eine schwere Aufgabe auf sich genommen, denn ein großer Teil der Welt war gegen sie. Aber die Bewohner dieser Stadt setzten all ihre Hoffnungen auf das junge, schöne protestantische Herrscherpaar. Froni spürte die alte Entschlossenheit in sich erwachen. Sie würde ihr Bestes geben, um dem Königspaar zu helfen, aus Böhmen ein freies Land ohne papistische Tyrannei zu machen. Denn dies musste auch der Wunsch ihres Gottes sein, der ihnen allen den Weg gewiesen hatte.

Es ging einen Hügel hoch bis zum Eingangstor des Hradschin, wie die Prager Burg hieß. Die Anlage schien groß, größer noch als das Heidelberger Schloss. Sie durchquerten zwei Tore, zogen an einer großen Kathedrale und etlichen anderen Gebäuden vorbei, bis sie vor dem Königspalast zum Stillstand kamen. Froni war erleichtert, vom Pferd steigen zu können. Ihr Rücken und ihre Beine schmerzten, aber angesichts der aufgeregten Erwartung, ihr neues Zuhause zu betreten, achtete sie kaum darauf.

„Es sieht besser aus, als ich gedacht hätte", gestand Theodora Bryant widerwillig, als sie den Palast betraten und auf diverse Gemächer verteilt wurden. Eine Unmenge an Lakaien war nötig, um die Besitztümer des jungen Königspaares zu transportieren, und aufgrund von Sprachschwierigkeiten brach schnell völliges Chaos aus. Froni hörte, wie die ansässigen Domestiken sich mit den Bediensteten stritten, die aus Heidelberg mitgekommen waren. Truhen wurden dahin und dorthin geschleppt, ein klarer Plan, wie vorzugehen wäre, fehlte. Froni erinnerte sich, dass es nach Elizabeths Eintreffen in Heidelberg ähnlich gewesen war. In ein paar Wochen hätte die englische Königstochter auch diesen Prachtbau ihren Wünschen entsprechend gestaltet. Bis dahin musste jeder sehen, wie er zurechtkam. Froni schubste sich daher durch das allgemeine Getümmel und fragte alle Umstehenden, die nicht zur Gefolgschaft des Königspaars gehörten, wo die königlichen Hofdamen untergebracht werden sollten. Einige wenigstens beherrschten die deutsche Sprache und so konnte Froni in ihre neuen Gemächer aufbrechen, während Elizabeth noch im Begriff war, das Verladen ihres Gepäcks zu überwachen. Theodora Bryant, Marian Lacey und ein paar andere junge Frauen folgten ihr dankbar, denn sie waren alle erschöpft von der Reise und konnten Elizabeth im Moment auch keine Hilfe sein. Es ging ein paar Treppen hoch, dann einen Korridor entlang, bis sie endlich am Ziel waren. Es gab nicht genug Räume, um jede Dame allein wohnen zu lassen, stellte Froni enttäuscht fest. Viel mehr Platz als im Heidelberger Schloss war hier auch nicht. Nach einigen hitzigen Diskussionen stimmte sie zu, ein blasses, meist schweigsames Mädchen namens Jane Wyatt als Zimmergenossin anzunehmen. Zu ihrer großen Erleichterung wurde Henry, der Schoßhund, bald darauf in seinem Korb hereingetragen. Sobald sie ihn befreit hatte, drehte er ein paar Runden durch sein zukünftiges Heim und schnupperte an den Möbeln. Froni warf sich indessen auf das schmale Bett, das ihr zur Verfügung stehen würde, und schloss erschöpft die Augen. In vier Tagen sollte Friedrichs Krönung stattfinden, ein Anlass, bei dem sie alle Eindruck machen sollten. Elizabeth hatte mit viel Sorgfalt die Gewänder für ihre ganze Gefolgschaft ausgesucht, damit sie farblich aufeinander abgestimmt waren und mit ihrem eigenen Kleid harmonierten. Es würde ein paar Stunden in Anspruch nehmen, sich für diesen Auftritt herzurichten. Zwar fand Froni diese öffentlichen Zurschaustellungen anstrengend, aber sie verstand inzwischen besser, worauf es ihrer Königin ankam. Trotz der unsicheren Lage musste das neue Herrscherpaar würdevoll und selbstsicher auftreten.

Sie würde ihr Bestes geben, ein Teil davon zu sein. Niemals in ihrem Leben wäre ihr auch nur der Gedanke gekommen, an Ereignissen teilnehmen zu dürfen, die die ganze Welt bewegten. Nun wäre es ihr vergönnt.

Die nächsten Wochen vergingen wie im Flug und schienen fast nur aus Festlichkeiten zu bestehen. Elizabeth veranlasste, dass die ganze Stadt mit blauen und silbernen Bändern geschmückt wurde. Ihre Wache wurde in den Kostümen des Hussitenführers Žižka eingekleidet, um an die wehrhafte protestantische Bewegung Böhmens zu erinnern. An mehreren Plätzen wurden Springbrunnen errichtet, aus denen bei Gelegenheit auch Wein sprudeln konnte, Speisen wurden verteilt, Musikanten traten auf und bei jeder Gelegenheit wurde getanzt. Die neue Königin schien in Prag einen Ort gefunden zu haben, der ihr Bedürfnis nach Glanz und Pracht gänzlich erfüllte. Sie veranstaltete fast täglich Theateraufführungen auf der Burg, ließ Gedichte vortragen und empfing immer neue Gäste in den Gemächern, die ihren Weisungen gemäß hergerichtet worden waren. Froni und ihre Gefährtinnen waren daher den ganzen Tag auf den Beinen. Das Leben war eine ununterbrochene öffentliche Darbietung, bei der sie vor allem makellos aussehen und sich elegant bewegen mussten. Diese Anforderung konnte erschöpfend sein, gleichzeitig erfreute es das Auge, ständig blendende Schönheit um sich zu sehen. Elizabeths Liebe für ihre neue Stadt blieb nicht unerwidert, denn bei jedem ihrer Auftritte wurden sie bejubelt, mit Blumen beworfen und Lieder wurden zu ihren Ehren angestimmt. Elizabeth strahlte, winkte und warf weitere ihrer Silbermünzen in die Menge, um noch mehr begeisterte Rufe auszulösen. Selbst ihre Schwangerschaft schien sie nicht mehr zu behindern, als könne sie aus der Liebe ihrer neuen Untertanen genug Kraft ziehen, um unermüdlich von einem Fest zum nächsten zu eilen.

„Die Machtübernahme lief besser als erwartet", dachte Froni, als sie nach einer Feier auf den Stufen zur Hofburg wieder in ihre Gemächer zurückkehrten. Friedrich brachte viel Zeit mit dem böhmischen Direktorium zu, jenen Adeligen und Bürgern, die sich gegen ihren früheren katholischen König erhoben hatten. Elizabeth erwähnte einmal, dass er eine von ihnen aufgesetzte Verfassung hatte unterschreiben müssen, was ihrer Vorstellung von der gottgewollten Macht eines Königs widersprach.

„Aber wenn wir uns erst einmal gegen die Habsburger durchgesetzt haben, wird Friedrich auch hier Ordnung schaffen", meinte sie kurz darauf, bevor sie ihrer Zofe erklärte, wie ihr Haar zu frisieren sei. Froni, die indessen Henry mit Pastete fütterte, erstarrte in ihrer Bewegung. Die endlosen Feste und Tänze waren so berauschend gewesen, dass sie die Existenz Ferdinands von Habsburg fast vergessen hatte. Aber es gab ihn noch, den neuen Kaiser und abgesetzten böhmischen König. Er hatte sicher nicht geruht, während sie sich hier vergnügten. Die Ahnung einer unklaren Bedrohung ließ sie erschaudern.

„Wieso haben wir keinen Wein mehr?", fragte die Königin, nachdem ihre Frisur zu ihrer Zufriedenheit vollendet war und sie ihren Becher geleert hatte. Da im Augenblick keine Dienstmagd zugegen war, sprang Froni bereitwillig auf. Sie bewegte sich gern, das ständige Sitzen und Stehen am Hofe schien ihr anstrengend.

„Ich werde sehen, wo ich noch eine Karaffe auftreiben

kann", sagte sie und legte den schnaufenden Henry auf ein Kissen, bevor sie sich auf den Weg machte.

Das Labyrinth aus Gängen und Räumen der Burg kannte sie inzwischen. Sie wusste auch, wo sich die Küche befand. Daher ging sie langsam und entspannt, genoss die Gelegenheit, sich in Ruhe umzusehen. Lakaien, Würdenträger und Boten eilten an ihr vorbei. Sie durchquerte den großen Wladislaw-Saal, wo eine feierliche Begrüßung des neuen Königspaares stattgefunden hatte, und erreichte die Räume der böhmischen Hofkanzlei. Aus deren Fenster waren die katholischen Statthalter geworfen worden, als der Aufstand begann. Nun vernahm sie dort Friedrichs Stimme.

„Aber wir brauchen die Gelder, um unsere Armee zu finanzieren! Ich kann auf solche Befindlichkeiten keine Rücksicht nehmen", erklärte er gerade mit mehr Entschlossenheit, als Froni je bei ihm gehört hatte.

„Im Übrigen sind diese Heiligenbilder ein Relikt des Papismus und widersprechen der reinen Lehre unseres Herrn", fügte der Hofprediger Abraham Scultetus hinzu. „Es ist unsere Christenpflicht, sie zu zerstören."

Froni drängte sich möglichst unauffällig in eine Ecke und tat, als würde sie aus einem Fenster in den Burghof hinausblicken. Sie wollte weiter zuhören, denn bei all den Festlichkeiten hatte sie nicht mitbekommen, welche politischen Entscheidungen gerade getroffen wurden.

„Es ist möglich, dass es in der Stadt zu Unruhen kommt", wandte ein unbekannter Mann mit slawischem Akzent ein. „Die Prager lieben ihre Heiligenbilder. Sie sind seit Jahrhunderten Teil dieser Stadt. Außerdem sind die meisten Protestanten hier Utraquisten, nicht Anhänger Calvins. Sie lehnen die Verehrung von Heiligen daher nicht ab."

„Dann müssen die Leute hier begreifen, dass die Dinge sich geändert haben", erwiderte der Hofprediger mit Nachdruck. „Dies ist nun ein wahrhaft protestantisches Land. Die letzten Spuren des Papismus müssen ausgerottet werden."

„Unter den Mitgliedern des Direktoriums befinden sich sogar Katholiken", protestierte der Tscheche, worauf ein unverständlicher Wirrwarr von Stimmen folgte.

Froni dachte an die vielen prächtigen Kirchen und Statuen, die sie bei ihrem Einzug in Prag bewundern durfte. Plante man denn nun, all dies zu zerstören, um auf diese Weise einen Krieg zu finanzieren? Ihr wurde unwohl. Trotz ihrer protestantischen Erziehung empfand sie die Vernichtung von Werken, die aus Liebe, Sorgfalt und Begeisterung entstanden waren, wie ein Verbrechen.

In diesem Moment kam ihr eine ganze Truppe schnatternder Dienstmägde entgegen. Sie konnte hier nicht weiter herumstehen, ohne zu sehr aufzufallen, daher machte sie sich auf den Weg in die Küche. Sie überlegte, ob sie ihre Königin auf eine geplante Plünderung der Kirchen ansprechen sollte, verwarf den Gedanken aber bald darauf wieder. Elizabeth mochte es nicht, wenn Friedrichs Entscheidungen hinterfragt wurden. Aber es bestand Hoffnung, dass sie selbst ihm davon abraten würde, die Pracht ihres neuen Regierungssitzes zu zerstören.

Froni kehrte mit dem Wein zurück und stellte fest, dass der Raum sich plötzlich gefüllt hatte. Die Königin war von einer ganzen Schar schlicht gekleideter Frauen mit Körben umgeben, die auf Tschechisch redeten. Sie trugen Kopftücher und hatten bunt bestickte Schals um ihre Schultern gelegt. Nach einem ehrerbietigen Knicks stellten sie die Körbe vor der Königin ab. Elizabeth sah überrascht aus.

„Ich glaube, das soll ein Geschenk an Euch sein", meinte Fronis Zimmergenossin Jane Wyatt, die einzige der Hofdamen, die offenbar schon ein bisschen Tschechisch gelernt hatte. Elizabeth verzog das Gesicht.

„Eigentlich wollte ich mich eine Weile mit meinen Damen vergnügen. Warum nur hat man diese Bürgerinnen zu mir vorgelassen?", sagte sie mit einem tiefen Seufzer, beugte sich aber über die Körbe und entfernte die Tücher, mit denen sie bedeckt waren.

Die Frauen lächelten erwartungsvoll, während die Königin hineingriff. Sie zog Gebäckstücke in der Form von Blumen heraus. Sie waren mit liebevoller Sorgfalt angefertigt worden, mit Sonnenblumenkernen und Leinsamen verziert und originell geschwungen. Froni bewunderte die Kunstfertigkeit der Bäckerinnen, die offensichtlich auf königliches Lob warteten.

Elizabeth ließ das erste Stück Gebäck in Form einer Rose wieder in den Korb fallen.

„Brot", sagte sie auf Französisch. „Man bringt mir gewöhnliches Brot, als sei ich eine Bettlerin, die es zum Überleben braucht. Wer in Gottes Namen hat diese Weiber in mein Gemach gelassen?"

Fronis Kehle wurde eng, denn sie kam nicht gegen das Gefühl an, dass ihre Königin gerade einen großen Fehler gemacht hatte. Auf die Gesichter der Bäckerinnen malte sich Enttäuschung und auch Wut.

Jane Wyatt trat vor und sprach ein paar tschechische Worte. Für gewöhnlich war sie eine unscheinbare Gestalt mit leiser Stimme, doch nun strahlte sie erstaunliche Autorität aus. Ihre Hände legten sich sanft auf die Arme der Bürgersfrauen, um sie Richtung Tür zu schieben.

Ihre letzten Worte konnte Froni zwar nicht verstehen, ahnte aber, dass es sich um einen Ausdruck von Dank handelte. Jane tat eben das, was Elizabeth versäumt hatte. Ob eine Frau wie diese kleine, wissbegierige Engländerin nicht letztendlich die bessere Gemahlin für Friedrich gewesen wäre als seine strahlend schöne Stuartprinzessin? Der Gedanke überraschte Froni, denn sie war bisher davon ausgegangen, ein Mann könne kein größeres Glück in seiner Ehe finden als der Pfälzer Kurfürst.

„Na endlich sind diese Glucken weg", meinte die Königin, als ihre Besucherinnen verschwunden waren. „Als ob ich in dieser Stadt nichts Besseres bekommen könnte als ein wenig Brot."

„Eure Hoheit, es erschien mir wie ein traditionelles Ritual", wandte Jane Wyatt ein. „Diese Frauen erwarteten, dass Ihr Euch dankbar zeigen würdet."

Die Königin fuhr so unwirsch herum, dass sie ein paar Tropfen Wein verschüttete.

„Ich bin jetzt die Königin von Prag und meine Untertanen haben mir nichts vorzuschreiben!"

Jane senkte den Kopf und schwieg, doch der Blick, den sie Froni gleich darauf zuwarf, drückte Unmut und Zweifel aus. Froni schluckte. Die Königin hatte sich falsch verhalten, das war auch ihr klar. Bisher war sie davon ausgegangen, dass Elizabeths Liebreiz reichte, damit sie überall zur Königin der Herzen wurde. Aber ganz so leicht würde es wohl nicht für sie werden.

Nachdem Elizabeth ihren Weinbecher geleert hatte, zog sie sich für eine Weile mit ihren Tieren zurück. Der König würde sie aufsuchen, sobald seine Besprechung beendet war, erzählte sie ihren Hofdamen. Das war ein Hinweis, dass sie für den Rest des Tages ungestört bleiben wollte. Froni empfand Erleichterung, ein paar Stunden für sich zu haben. Jane Wyatt, ihre Zimmergenossin, las zum Glück lieber Bücher und hing ihren eigenen Gedanken nach, als sie ständig in Klatsch und Tratsch zu verwickeln. So lockerte sie ihr Mieder, zog sich die Nadeln aus dem Haar, die schon seit dem frühen Morgen in ihre Kopfhaut stachen, schlüpfte aus den unbequemen Schuhen und streckte sich auf ihrem Bett aus. Die französische Mode, die Elizabeth auch bei ihren Hofdamen bevorzugte, war glücklicherweise recht bequem, da keine starren Halskrausen mehr bis zum Kinn reichten. Sie würde sich nicht einmal umkleiden müssen, bevor es zum Abendessen ging.

Zufrieden drückte sie Henry an sich. Sie genoss inzwischen jene Momente, die sie allein mit ihm verbringen konnte, als sei er nach der Trennung von ihrer Mutter ihre einzige Familie. Für gewöhnlich leckte er dabei ihr Gesicht und ihre Hände ab, wie um sie seiner Zuneigung zu versichern. Diesmal aber blieb er seltsam apathisch, zappelte, als sei ihre Umarmung ihm unangenehm. Nach einiger Zeit merkte sie, dass ein sehr unangenehmer Geruch von ihm ausging. Sie ließ den Hund auf den Boden gleiten, überlegte, ob er nicht einen Spaziergang auf dem Burghof brauchen würde. Sein Bauch wölbte sich noch mehr als sonst, er lief unruhig herum, nur um gleich darauf regungslos liegen zu bleiben.

„Ich glaube, dein Hund ist krank", stellte Jane Wyatt

fest, die in ihrer stillen Art sehr aufmerksam beobachtete.

„Wahrscheinlich bekommt ihm die Pastete nicht", überlegte Froni. Henry war überfressen, da er bei den endlosen Festlichkeiten dauernd gefüttert wurde. Elizabeths anderen Hunden musste es ebenso ergehen.

„Sein Rücken krümmt sich. Das ist kein gutes Zeichen", meinte die blasse Engländerin. „Der Hund meiner Mutter verhielt sich ähnlich und ist kurz darauf gestorben."

Froni begann schlagartig zu frösteln. Ihr wurde erst in diesem Augenblick bewusst, wie sehr sie an Elizabeths abgelegtem Tier hing.

„Er ist ja schon alt", fügte Jane Wyatt hinzu. „Schade wäre es trotzdem."

Panisch sprang Froni auf die Beine und rannte zu ihrem Hund. Sie streichelte seinen Kopf, was er sonst immer genoss, aber nun stieß er lediglich ein leises Winseln aus. Er stank inzwischen so sehr, dass Jane das Fenster öffnen musste, damit es im Zimmer auszuhalten war. Etwas stimmte nicht, überlegte Froni und hätte am liebsten vor Angst geschrien. Gleich darauf öffnete sich die Tür und ihre gemeinsame Zofe trat mit einem Tablett ein, auf dem Süßspeisen lagen. Elizabeth kümmerte sich darum, dass es ihren Damen an nichts mangelte. Doch Froni verspürte im Moment nicht den geringsten Appetit.

„Gibt es hier jemanden, der einem kranken Hund helfen könnte?", rief sie dem Mädchen zu, noch bevor das Tablett abgestellt worden war. Auf der Burg ihres Vaters hatte es einen Mann gegeben, der sich auf die Versorgung verletzter Pferde verstand und manchmal auch den Jagdhunden hatte helfen können.

Die Dienstmagd blickte von ihr zu Henry und wieder zurück.

„Hund sehr krank", murmelte sie leise, denn inzwischen lag er nur noch heftig schnaufend in der Ecke. Sie strich ihm sanft über den Kopf, eine liebevolle Geste, die Froni Vertrauen in das Mädchen fassen ließ. Bisher hatte sie die ihr zugeteilte Zofe kaum beachtet. Sie war ebenso blass und still wie Jane Wyatt, sprach zwar Deutsch, aber nur sehr gebrochen.

„Mein Vater hat Freund, der vielleicht helfen kann", sagte das Mädchen nun. „Ich kann fragen. Heute Abend, wenn Dienst beendet."

„So lange können wir nicht warten", beschloss Froni ohne einen Augenblick des Zögerns. „Wo wohnt dieser Freund?"

„Unten in Altstadt."

„Dann ist es nicht so weit", sagte Jane Wyatt. „Wenn ihr euch beeilt, könnt ihr den Hund hinbringen, bevor das Abendessen beginnt."

Froni lächelte die blasse Engländerin dankbar an, dann wickelte sie Henry fürsorglich in eine Decke, bevor sie ihn in seinen Korb legte. Er winselte nun deutlich lauter, schnaufte und stank weiterhin, als litte er an einer Pestilenz.

„Wir gehen gleich los", wies sie die Zofe an. „Ich kann dein Verschwinden erklären, mache dir keine Sorgen. Ich gebe dir Geld, wenn du mir jetzt hilfst. Den Freund deines Bruders werde ich natürlich auch bezahlen."

Das Mädchen sah trotzdem nicht wirklich glücklich aus, fügte sich aber. Froni wickelte sich rasch in einen Schal, den Jane ihr hinhielt, denn draußen war es inzwischen kühl geworden.

Sie durchquerten das Burggelände, hasteten die zahlreichen Stufen hinab und betraten die Brücke, um in den anderen Teil der Stadt zu gelangen. Froni nahm ihre Umgebung nur verschwommen war, zu groß war die Angst, irgendwann ein totes Tier in ihrem Korb vorzufinden. Henry hatte inzwischen angefangen, laute Klagelaute auszustoßen, was immerhin ein Lebenszeichen war. Auf der anderen Seite der Stadt verschwanden sie in einem Dickicht aus verwinkelten Gassen. Hier lebten vor allem Juden, teilte Yveta, die Zofe, hastig mit und lief noch ein bisschen schneller, als könne an jeder Ecke der Teufel lauern. Die Judenstadt wurde durch ein Tor von der Altstadt getrennt. Schließlich erreichten sie ein kleines, gelb angestrichenes Haus. Yveta stieß die Tür auf. Froni folgte, den Korb eng an ihre Brust gedrückt.

In der Stube saß ein älteres Paar mit mehreren jungen

Männern am Tisch. Sie verzehrten gerade einen Braten, unterhielten sich angeregt und blickten den Neuankömmlingen erstaunt entgegen. Yveta stieß einen Redefluss aus zischenden und knallenden Lauten aus. So klang die tschechische Sprache jedenfalls in Fronis Ohren. Der älteste Mann am Tisch blickte auf.

„Es ist uns eine Ehre. Eine Dame der Königin!", sagte er auf Deutsch und verbeugte sich vor Froni. Seine Frau lächelte, die jüngeren Männer sahen weniger begeistert aus. Immerhin konnte Froni Neugier in ihren Blicken erkennen, aber sie war mit sehr viel Misstrauen vermischt. „Mein Freund František kann Eurem Hund hoffentlich helfen", redete der Hausherr weiter und wies auf einen kleinen, schmächtigen Mann. František erhob sich auch sogleich, um einen Blick auf Henry zu werfen.

„Es tut mir leid, dass er so stinkt", murmelte Froni verlegen. František erwiderte nichts, trug den Korb nur schnell in ein Nebenzimmer und sie hastete ihm hinterher. Henry wurde in einer kleinen Kammer aus seinem Korb gehoben und der junge Mann tastete seinen Magen ab.

„Ihr Hund leidet unter Blähungen", stellte er schließlich fest. „Gebt ihm jeden Morgen einen Kräuteraufguss, den ich Euch mitgeben werde, und nur leichtes Futter wie etwa Huhn. Er sollte nicht mehr ständig fressen."

„Das heißt, er stirbt nicht?", hauchte Froni und spürte Tränen der Erleichterung in ihren Augen.

„Im Augenblick sieht es nicht danach aus. Aber er ist nicht mehr der Jüngste. Gott der Herr könnte ihn jeden Tag zu sich rufen. Immerhin hat er bei Euch ein angenehmes Leben führen dürfen."

Er neigte respektvoll den Kopf. Froni bedankte sich und tastete in ihrem Beutel nach Münzen. Sie fand noch drei von denen, die Elizabeth bei ihrem Einzug in Prag hatte prägen lassen, und überreichte sie dem jungen Mann ohne Zögern.

„Ihr wart mein Retter in der Not."

Er verzog keine Miene, steckte die Gabe aber ein. „Wir sollten wieder zu den anderen zurück", sagte er dann. „Yveta und ihre Mutter werden sich sicher geehrt fühlen, Euch als Gast zu haben."

Es klang nicht unbedingt so, als empfände er ihre Anwesenheit ebenfalls als eine Ehre, aber das schien Froni im Moment nicht wichtig. Sie würde sich an den Tisch setzen und ein wenig mit diesen Leuten plaudern, wie es nur eben ging. Das war sie ihnen schuldig.

In der Stube hatte Yveta nun neben ihrer Mutter Platz genommen. Ein Stück Braten lag auf ihrem Teller und jemand hatte einen Humpen Bier vor sie hingestellt. Bei Fronis Eintreten erhob sie sich schnell, fast ein wenig erschrocken.

„Ich wusste nicht, dass es so schnell gehen würde. Falls Ihr auf die Burg zurückwollt, dann ..."

„Schon gut, du kannst ruhig eine Weile mit deiner Familie plaudern", erwiderte Froni und blieb etwas ratlos stehen. Sie konnte sich schlecht unaufgefordert hinsetzen. Für einen Moment trat verlegenes Schweigen ein, dann erhob sich der Hausherr, um ihr einen Stuhl zurechtzurücken.

„Wir wären sehr erfreut, wenn Ihr uns noch etwas Gesellschaft leistet."

Im Hintergrund murmelte František, dass er inzwischen den ersten Kräuteraufguss für den Hund vorbereiten würde, und verschwand wieder. Froni stellte den Korb zu ihren Füßen ab. Zwar verbreitete Henry immer noch einen unangenehmen Geruch, aber der wurde von dem Bratenduft, der in der Stube lag, verdrängt. Sie hörte ihren Magen knurren, was sie leicht verlegen machte. Das eben noch sehr angeregte Gespräch der Leute wollte nach der Unterbrechung durch ihr Eintreten nicht mehr so recht in Gang kommen. Nur Yveta tuschelte kurz mit ihrer Mutter.

„Wollt Ihr etwas essen, Fräulein von Odenwald?", fragte sie anschließend höflich. Froni bejahte sogleich. Erst unmittelbar danach fiel ihr auf, wie ärmlich dieses Haus eingerichtet war, und sie schämte sich fast, den Leuten noch etwas von ihrem Braten zu nehmen. Aber jetzt abzulehnen, wäre sehr unhöflich gewesen.

Fleisch und Knödel waren nicht so raffiniert gewürzt

wie die von Elizabeth geliebten Speisen, aber sie weckten in Froni Erinnerungen an ihre Kindheit auf der Burg ihres Vaters, wo es ebenfalls einfaches, herzhaftes Essen gegeben hatte. Sie hätte diese Mahlzeit genießen können, wäre da nicht das Gefühl gewesen, ein Störenfried zu sein. So richtig wohl fühlten diese Leute sich nicht mehr, seit sie in ihrem Seidenkleid mit ihnen an Tisch saß. Yvetas Mutter trug ein Gewand aus dunklem Leinen, ihr Haar hatte sie unter einer sittsamen Haube verborgen, während Fronis Locken von verzierten Kämmen in Form gehalten wurden. Ihr wurde jetzt erst bewusst, wie sehr ihre Stellung als Hofdame der Königin sie von den meisten anderen Menschen abgrenzte.

„Lebt Ihr schon immer in Prag?", fragte sie schließlich in die Runde, damit endlich wieder ein Gespräch in Gang kam. Kurz schien es, als würde niemand ihr antworten. František war immer noch mit der Zubereitung des Suds beschäftigt, bei den anderen wusste sie nicht einmal, wie gut sie Deutsch sprachen. Yveta warf ihrem Vater einen auffordernden Blick zu, dann begann er zu reden.

„Erst seit ein paar Monaten. Wir stammen aus Mähren, aber unser Landesherr war katholisch und wollte uns nicht länger dulden. Mein ältester Sohn überzeugte mich, dass wir in Prag eine bessere Zukunft hätten und dort unter dem neuen König in Sicherheit leben könnten."

Froni lächelte.

„Es freut mich, dass Ihr hier Schutz gefunden habt."

„Meine Tochter hatte großes Glück, eine Stellung auf der Burg zu bekommen", redete der alte Mann weiter. „Es geht uns besser als den meisten Flüchtlingen hier. Viele Leute wurden wegen ihres Glaubens aus der alten Heimat vertrieben. Der neue Habsburger Kaiser kennt kein Erbarmen."

Froni nippte an ihrem Bier. Ihre Unsicherheit ließ nach. Als Elizabeths Hofdame musste sie in dieser Runde doch willkommen sein!

„Es ist erfreulich, dass all diese Leute in Prag aufgenommen wurden", meinte sie zufrieden.

Yvetas Vater nickte, sonst folgte keinerlei Reaktion. Wahrscheinlich sprachen diese Leute wirklich kein Deutsch, überlegte Froni. Sie begann sich mit dem Essen zu beeilen. Hoffentlich hätte František den Sud bald fertig und würde ihr zeigen, wie man einen Hund dazu brachte, seine Arznei zu trinken. Dann gab es für sie keinen Grund mehr, sich diesen Leuten länger aufzudrängen. Yveta flüsterte wieder mit ihrer Mutter, aber die Fortsetzung dieses Gespräches würde sie auf ihren nächsten freien Tag verschieben müssen.

„Ich danke Euch herzlich für Eure Gastfreundschaft", erklärte Froni, nachdem sie das letzte Stück Knödel geschluckt hatte. „Das Essen war vorzüglich."

Das wenigstens stimmte. Falls der Sud, den František Henry nun mit einem Trichter ins Maul flößte, die nötige Wirkung zeigte, hätte sich dieser Ausflug in die Stadt in vielerlei Hinsicht gelohnt. Henry ließ die Prozedur geduldig über sich ergehen, vielleicht ahnte er sogar, dass ihm hier jemand helfen wollte. Danach packte František ihn wieder in den Korb.

„Jeden Morgen zwei Löffel voll. Yveta kann das machen."

Die Zofe nickte folgsam. Froni verspürte einen Stich von Ärger, weil man ihr offenbar nicht zutraute, ihren eigenen Hund zu versorgen. Aber als königliche Hofdame hatte sie andere Aufgaben zu erfüllen.

So stand sie auf und nahm den Korb mit Hund an sich. Wenigstens selbst tragen wollte sie ihn. Dann bedankte sie sich nochmals bei dem jungen Mann und legte die letzte Münze, die sie noch in ihrem Beutel fand, auf den Tisch. Ein wenig kam es ihr vor, als würde sie Bettlern Almosen zuwerfen, aber František steckte ihre Gabe erfreut ein.

Yveta erhob sich ebenfalls, nahm schnell Abschied von ihrer Mutter und eilte zur Tür. Froni überlegte besorgt, ob Elizabeth in der Zwischenzeit vielleicht nach ihr hatte rufen lassen. Da Henry einst ihr Hund gewesen war, blieb zu hoffen, dass sie für den kurzen Ausflug um seiner Gesundheit willen Verständnis hätte. Im Grunde war Froni von dem Wohlwollen der Königin ebenso abhängig wie Yveta von dem ihren. Dieser Gedanke versöhnte sie mit ihrem Schicksal als hochmütiger Gast bei einfachen Leuten.

In dem Moment flog die Tür auf, gerade als Yveta sie öffnen wollte. Das Mädchen sprang einen Schritt zurück und rempelte dabei Froni an. Ihr Gesicht färbte sich sogleich dunkelrot.

„Es tut mir schrecklich leid", flüsterte sie. Bevor Froni hatte erwidern können, dass es nicht schlimm war, waren sie plötzlich von einer Schar munter plappernder Kinder umringt, die auf den Tisch zustürmten. Fronis höfisches Gewand machte keinerlei Eindruck auf sie, der verlockende Essensgeruch war wichtiger.

Staunend sah sie den Eindringlingen hinterher. Yvetas Familie schien in bescheidenen, aber ordentlichen Verhältnissen zu leben, ihr Haus war blitzsauber, die Kleidung frei von Flecken oder Rissen. Diese Kinder hingegen wirkten zerlumpt wie Bettler. Kein Wunder, dass sie sich so gierig aufs Essen stürzten.

Yvetas Mutter füllte ein paar Schüsseln mit Suppe. Der Braten war wohl nur der Familie vorbehalten. Sie redete lächelnd auf die Kinder ein, die ihr die Gabe schier aus den Händen rissen, doch ihr Gesicht wirkte dabei angespannt.

„Es ist sehr edelmütig von deiner Mutter, die Armen zu versorgen", flüsterte Froni Yveta zu. Vor allem, weil die Familie selbst nicht gerade wohlhabend schien. Sie überlegte, ob Elizabeth nicht davon überzeugt werden könnte, diese Wohltätigkeit zu unterstützen.

„Es ist wegen Františeks Freund Marek, der uns davon überzeugt hat, dass …" Bevor Yveta diesen Satz hatte beenden können, war durch die noch offene Tür ein junger Mann in die Stube getreten. Froni musterte kurz sein ernstes Gesicht, die dunkle Kleidung und das hellbraune, gelockte Haar unter der Kappe auf seinem Kopf. Diese klugen, von häufiger Lektüre fast schwermütig gewordenen Augen hatte sie schon einmal gesehen, doch wusste sie nicht mehr genau, wo es gewesen war. Der Mann erwiderte ihr neugieriges Starren völlig unverfroren, dann neigte er kurz den Kopf.

„Ihr wart die Dame, die Tomáš davor rettete, zertrampelt zu werden", stellte er anerkennend fest. Nun erinnerte Froni sich an den Moment, da sie in einem Triumphzug erstmals diese Stadt betreten hatte.

„Der Junge blieb einfach liegen, obwohl er doch sehen musste, dass die Pferde auf ihn treten würden", sagte sie.

Ihr Gegenüber nickte. „Er verhält sich manchmal seltsam. Ich glaube, er hat schlimme Dinge erlebt. Ihm fehlt der Glaube an eine gerechte Welt, deshalb wehrt er sich zu wenig."

Der junge Mann richtete seinen Blick auf die Kinderschar, die inzwischen die Suppe löffelte. Froni merkte, dass seine Art zu sprechen ihr gefiel. Er schien jedes Mal nachzudenken, bevor er etwas sagte, während die meisten Leute es ihrer Erfahrung nach umgekehrt machten.

„Woher kennt Ihr diese Kinder?", fragte sie mit echter Neugier.

„Es sind Flüchtlinge. Viele von ihnen Waisen, weil ihre Eltern unterwegs an Hunger oder einer Krankheit starben. Der Kampf des neuen Kaisers Ferdinand gegen den Protestantismus hat viel Elend mit sich gebracht."

Er sah betrübt aus. Froni unterdrückte den Wunsch, ihm über die Schulter zu streichen.

„Nun sind die Kinder ja in Sicherheit in einer protestantischen Stadt", sagte sie, um ihn aufzumuntern, aber seine Miene erhellte sich nicht.

„Wir werden sehen, wie es weitergeht", meinte er nur. Dann erst sah er Froni wirklich an. Seine Brauen wölbten sich staunend.

„Ihr seid in der Tat eine Hofdame. Was hat Euch hierher verschlagen?"

Bevor Froni antworten konnte, ergoss Yveta einen tschechischen Wortschwall über den jungen Mann. Sie klang aufgebracht.

„Marek ist manchmal schroff. Bitte nehmt ihn nicht ernst", teilte sie Froni gleich darauf mit. Marek hatte sich indessen den Kindern zugewandt, die auf der Bank zur Seite rückten, um ihm Platz zu machen. Yvetas Mutter servierte auch ihm eine Schüssel Suppe.

„Wir sollten jetzt gehen, sonst ist die Königin vielleicht verärgert", mahnte Yveta, als Froni sich nicht gleich in Bewegung setzte.

Damit hatte sie sicher recht, aber Froni konnte sich dennoch nicht aufraffen, den Heimweg anzutreten. Etwas fesselte sie plötzlich an diesen Ort.

„Welcher von diesen Jungen ist Tomáš?", fragte sie laut auf Deutsch. Marek drehte sich zu ihr um und wies auf ein Kind, das ganz außen auf der Bank saß. Froni ging auf den Jungen zu und lächelte ihn an. Er duckte sich, als habe er einen Hieb erhalten. Sein blasses Gesicht fiel fast in die Suppenschüssel.

„Ich hoffe, es geht dir gut, Tomáš", sagte sie langsam. Der Junge regte sich nicht, nur seine Schultern zuckten leicht.

„Er versteht leider kein Deutsch", erklärte Marek und übersetzte sogleich. Auch Yvetas Mutter mischte sich ein und redete energisch, während sie auf Froni wies. Offensichtlich erwarteten nun alle von Tomáš, seiner Retterin angemessene Dankbarkeit zu zeigen. Er schien sich in dieser Lage so unwohl zu fühlen, dass Froni wieder einmal merkte, wie störend ihre Anwesenheit in diesem Haus war.

„Was ich getan habe, hätte jede andere Hofdame auch getan", erklärte sie. „Natürlich sollte kein Kind sterben müssen, wenn das neue Herrscherpaar in seine Stadt einzieht."

Mit diesen Worten wollte sie sich entfernen, auch wenn sie ein klein wenig Unzufriedenheit verspürte. Sie hatte etwas erwartet, das nicht eingetreten war, konnte aber selbst nicht genau sagen, worum es ihr ging. Tomáš löffelte weiter seine Suppe, musterte sie nur scheu aus den Augenwinkeln. Sie hätte ihm gern über den Kopf gestreichelt, aber es wäre eine herablassende Geste gewesen wie das Kraulen eines Hundes.

„Ich habe Zweifel, ob alle Damen sich so verhalten hätten", mischte Marek sich plötzlich wieder ein. „Ein bettelndes Kind wäre für sie zu unwichtig, um deshalb irgendein Aufhebens zu machen."

Die Worte hatten hart, fast spöttisch geklungen. Froni verspürte einen Stich in der Brust.

„Ihr tut den meisten Damen unrecht. Wahrscheinlich

kennt Ihr keine einzige. Warum sollten sie es gelassen hinnehmen, wenn ihr Pferd ein wehrloses Kind zertrampelt?"

Marek musterte sie staunend, als hätte er nicht mit so einer heftigen Reaktion gerechnet. Yvetas Mutter stieß ein mahnendes Murren aus.

Die Zofe legte sanft ihre Hand auf Fronis Arm. „Wir sollten jetzt wirklich gehen." Sie versuchte, Froni sanft, aber bestimmt zur Tür zu schieben.

„Weil ein bettelndes Kind in den Augen dieser Damen kaum wichtiger ist als der Unrat auf den Straßen", erwiderte Marek nun. „Weil die Botschaft des Herrn, dass man mit den Schwachen und Armen Mitleid haben sollte, schon längst …"

Yvetas Vater fuhr nun auf Tschechisch dazwischen und brachte die zornige Tirade dadurch zu einem plötzlichen Ende. Froni war zu verwirrt, um Widerstand zu leisten, als sie wieder in die enge Gasse geschubst wurde. Yveta hielt Henrys Korb im Arm und hastete über das vom Regen spiegelglatt gewordene Kopfsteinpflaster.

„Wir müssen wirklich zurück. Ihr braucht ein neues Gewand, bevor das Abendessen aufgetragen wird."

Froni folgte, doch kam sie sich nun selbst vor wie ein Schoßhündchen, das herumgetragen wurde. Sie musste sich umkleiden und ihre Frisur richten, aber gleichzeitig schien es ihr völlig überflüssig, sich mit diesen Dingen zu beschäftigen. Ein Teil von ihr vermisste bereits die schlichte Vertrautheit, die in Yvetas Familie geherrscht hatte. Vor allem aber hätte sie sich gern weiter mit Marek gestritten, der dreister und ungewöhnlicher war als alle Männer, die sie jemals bei Hof getroffen hatte.

„Kümmert dieser František sich auch um die Waisenkinder?", fragte sie Yveta, während sie keuchend die Stufen zur Burg hochhasteten.

„Nein." Yveta blieb kurz stehen, um Luft zu schnappen. „František mag vor allem Tiere. Er ist furchtbar schüchtern. Als er selbst ein Kind war, haben die anderen ihn immer gehänselt. Ich glaube, deshalb mag er Kinder nicht besonders."

„Na ja, irgendwie ist das verständlich", erwiderte Froni. Es freute sie, dass ihre Zofe ihr allmählich mehr von ihrem Leben zu erzählen begann. „Aber ist auch er mit diesem Marek befreundet?"

„Sie sind beide in derselben Gemeinde", erklärte Yveta. „So lernten sie sich kennen. Aber František kümmert sich wirklich nur um kranke Tiere."

Es klang, als wolle sie von einem Verdacht ablenken, der unausgesprochen in der Luft lag.

„Und was macht Marek? Ich meine, außer die Waisenkinder zu versorgen?", bohrte Froni weiter nach. Sie hatten nun schon den Eingang zum Burggelände erreicht. Höflinge in teurer Kleidung flanierten an ihnen vorbei. Auf dem äußeren Burgplatz trat ein Gaukler mit gezähmten Affen auf. Ein Stück daneben debattierten ein paar Kleriker auf Tschechisch. Sie trugen dunkle Kleidung, so wie Marek, doch war sie aus edlerem Tuch.

„Marek liest gern religiöse Schriften", erklärte Yveta, während sie Henrys Korb an ein paar Damen in weiten Röcken vorbeimanövrierte. „Er ist ein kluger Kopf, hat sogar ein paar Jahre an der Prager Universität studiert. Aber er sagt manchmal Dinge, die nicht allen Leuten gefallen. Meine Familie hat damit nichts zu schaffen." Sie blieb kurz stehen und sah Froni eindringlich ins Gesicht.

„Ich werde sicher niemandem erzählen, wie jemand im Haus deines Vaters über vornehme Damen geredet hat", meinte Froni, obwohl es ihr schwer vorstellbar war, dass ihre Zofe sich deshalb ängstigte. Doch Yveta sah auf einmal sehr erleichtert aus.

„Ich danke Euch. Ich habe gleich gemerkt, dass Ihr nett seid. Der Hund hatte Glück, bei Euch zu landen."

Zum ersten Mal wirkte ihr Lächeln völlig ehrlich, als käme es aus tiefstem Herzen. Wahrscheinlich dachte sie, dass auch sie selbst Glück gehabt hatte. Jane Wyatt war ebenfalls keine unangenehme Herrin, Yveta hätte es weitaus schlimmer erwischen können.

Als Froni den Palast betreten hatte und die Stufen zu ihrem Zimmer erklomm, kreisten zahlreiche Fragen hartnäckig in ihrem Kopf.

„Welcher Gemeinde gehören František und Marek denn an?"

Yveta blieb so ruckartig stehen, dass ein anderer Lakai, der Getränke auf einem Brett balancierte, sie anrempelte. Er stieß etwas aus, das wie ein Fluch klang, dann hastete er weiter.

„Eine tschechische Kirche. Sie nennen sich die Böhmischen Brüder", antwortete Yveta. „Welches Gewand soll ich für Euch herrichten?"

Froni entschied sich spontan für roten Samt. Während die Zofe ihr Haar frisierte und Jane Wyatt sich um den etwas verstörten Henry kümmerte, überlegte sie, wie es ihr gelingen könnte, mehr über Marek und seine Gemeinde herauszufinden.

Von ihrem Fenster aus konnte sie auf die Stadt hinabsehen. Kuppeln, Dachschrägen, Türme und kleine Statuen formten eine unebene Fläche, die sie schon viele Male betrachtet hatte. Doch auf einmal war sie zu einem Ort geworden, der Geheimnisse barg und in den sie tiefer eindringen wollte.

6. Kapitel

Der Winter kam und ging, während auf der Prager Burg weiterhin rauschende Feste gefeiert wurden. Elizabeth gebar ihr viertes Kind, einen Jungen, der auf den Namen Ruprecht getauft wurde. Das Direktorium übergab ihr im Namen der Einwohner Prags eine mit Juwelen besetzte Kinderkrippe und Bethlen Gábor, der Wilde aus Siebenbürgen, erschien in einer prächtigen Pelzmütze, um an der Taufe teilzunehmen. Dadurch tat er auch kund, dass er weiterhin Friedrichs Verbündeter war. Außerdem erkannten die böhmischen Stände den ältesten Sohn des Königspaares als Nachfolger an, was Elizabeth überaus erfreute. Obwohl sie ihre Krone dem Wahlkönigtum zu verdanken hatte, missfiel es ihr vom Prinzip her.

Auch den neuen Säugling übergab man einer fürsorglichen Amme, denn seine Mutter musste bei Empfängen und Banketten auftreten, wie ihre Rolle als Königin es erforderte. Daher waren auch Froni und ihre Gefährtinnen ständig auf den Beinen. Das Prager Hofleben erwies sich als noch anstrengender als jenes in Heidelberg, denn nun galt es, wichtige politische Allianzen zu knüpfen. Die Niederlande hatten Friedrich ihre Unterstützung zugesagt und als Verbündete schienen sie zuverlässiger denn der raubeinige Bethlen Gábor aus Siebenbürgen, dessen derbe Manieren selbst Elizabeths Lächeln manchmal gefrieren ließen.

Froni hörte von Yveta, dass es zu Unruhen in der Stadt gekommen war, nachdem auf Drängen von Scultetus tatsächlich einige Heiligenbilder zerstört worden waren. Aus dem St.-Veits-Dom hatte man mehrere Kunstschätze entfernt und schließlich wurde sogar ein Bildnis der Gottesmutter vernichtet, das von einem berühmten Maler namens Lucas Cranach stammte. Dabei war Elizabeths erster Fehltritt, der unfreundliche Empfang der Frauen mit den Blumen aus Brot, gerade langsam in Vergessenheit geraten. Tatsächlich hatte es sich um eine uralte Tradition gehandelt, die auf eine sehr fromme Königin, ebenfalls Elisabeth genannt, zurückging. Sie hatte ihrem strengen Gemahl erzählt, sie trage Blumen nach draußen, um den Umstand zu verbergen, dass sich in ihrer Schürze Brot für die Armen befand. Als sie dennoch kontrolliert wurde, verwandelte das Brot sich dank Gottes Eingreifen für einen Moment in Blumen. Elizabeth war recht verärgert gewesen, als Jane Wyatt ihr diese Geschichte vortrug, nannte das Ritual des Brotschenkens albern und irgendwie papistisch. Dank ihrer Schönheit und ihrem Charme hatte sie schließlich die Gunst ihrer Untertanen wiedergewonnen. Jetzt aber schwankte der Thron, auf dem sie saß, noch heftiger.

„Das waren Götzenbilder, die vernichtet wurden, sonst nichts", erklärte sie ihren Hofdamen aber gelassen. „Die Böhmen sind Protestanten. Ich verstehe ihre Empörung nicht."

„Die Bewohner Prags sind stolz auf ihre Kunstwerke", wagte Froni einzuwenden, denn so hatte Yveta ihr die Stimmung in der Stadt geschildert.

Ihre Königin zuckte nur mit den Schultern.

„Wir werden ihnen andere Dinge geben, auf die sie stolz sein können. Einen frei gewählten protestantischen König. Ein elegantes Hofleben. Diese Burg kann weiterhin Zentrum der schönen Künste sein, auch ohne die letzten Spuren des Papismus." Sie streichelte versonnen die Kette aus blutroten Granaten an ihrem Hals. „Außerdem ist das nicht Friedrichs Schuld. Scultetus handelte ohne sein Einverständnis", fügte sie dann hinzu.

„In diesem Fall gehörte der Hofprediger für sein eigenmächtiges Handeln bestraft", dachte Froni, sprach dies aber vorsichtshalber nicht aus. Sie mochte den hageren, griesgrämigen Scultetus selbst nicht besonders, hatte jedoch schon mitbekommen, wie schwer es Friedrich fiel, sich der Meinung anderer Menschen aus seinem näheren Umfeld entgegenzustellen. Er gab lieber nach, als dass er Zorn und Feindseligkeit auf sich gezogen hätte. Elizabeth vermochte dem eher standzuhalten, zumal ihr Lächeln meist reichte, um Wogen zu glätten. Doch bei solchen religiösen Streitigkeiten sah sie keinen Grund, sich einzumischen.

„Es gibt Gerüchte, dass der König das Grab des heiligen Wenzel aufbrechen will, des Schutzpatrons unserer Stadt", erzählte Yveta, als sie ein paar Stunden später Fronis Haar frisierte und anschließend Henry seine Medizin verabreichte. Jane Wyatt lauschte angeregt. Sie hatte bei ihrer Ankunft in Heidelberg kein Wort Deutsch gesprochen wie alle anderen Hofdamen der englischen Königstochter. Doch die schmächtige Engländerin lernte schnell, weil sie bemüht war, möglichst viel mitzubekommen.

Elizabeth konnte immer noch kaum Deutsch, fiel Froni in diesem Moment ein. Weder sie noch Friedrich sprachen ein einziges Wort Tschechisch. In diesem Moment beschloss sie, die Sprache selbst baldmöglichst zu lernen. Die stille, unscheinbare Jane Wyatt machte ihr vor, wie man sich in einem fremden Land richtig verhielt. Man beobachtete, ohne sich einzumischen, und versuchte, so viel wie möglich aufzuschnappen.

„Aber aus welchem Grunde denn?", fragte sie nun ihre Zofe. „Unsere Königin hat großen Respekt vor anderen gekrönten Häuptern. Sie würde niemals deren Grab schänden lassen."

Yveta sah nicht wirklich überzeugt aus.

„Unser König Wenzel ist ein katholischer Heiliger. Die Königin hat schon die Schändung anderer Heiligtümer im Veitsdom geduldet. Die Prager lieben ihre Stadt und ihre Heiligen. Zudem sind die meisten Protestanten hier Utraquisten, die das Verehren von Heiligen nicht als sündhaft betrachten. Sie wollen die Schätze Prags vor dem Zugriff durch Fremde schützen."

Kaum waren diese Worte ausgesprochen, senkte sie verlegen den Blick. Sie hatte den König als Fremden bezeichnet, aber Froni verzieh es ihr. So falsch war die Einschätzung nicht, das neue Herrscherpaar lebte noch nicht lange genug in der Stadt, um wirklich heimisch geworden zu sein.

„Ich denke, mit der Zeit wird das Gerücht wieder verschwinden", meinte sie gleichmütig. „Es muss doch jeder merken, dass nichts dran ist."

„Vielleicht."

Yveta kraulte noch kurz Henrys ergrautes Haupt, bevor sie ihn auf Fronis Bett absetzte.

„Aber der junge König täte gut daran, in Zukunft unsere Schätze in Ruhe zu lassen. Vielleicht könntet Ihr mit seiner Gemahlin reden."

Sie warf Froni einen flehenden Blick zu.

„Ich werde es versuchen", versprach Froni und lächelte Yveta an, die bald darauf das Gemach verließ.

„Elizabeth denkt, es sind ihre Schätze", murmelte Jane Wyatt daraufhin in einem erstaunlich guten Deutsch. „Schließlich ist sie hier jetzt Königin."

Das stimmte. Froni empfand all diese Umstände als nicht sehr belastend, denn sie ging davon aus, dass sich alles bald von selbst regeln würde. Sie blies die Kerze aus, während Jane noch ihr Abendgebet murmelte. Dann vergrub sie ihren Kopf in Henrys Fell und schloss die Augen.

Das Leben in Prag gefiel ihr, obwohl sie sich manchmal um ihre Mutter sorgte. Sie mochte diese reiche Stadt mit ihren goldenen Kuppeln, verwinkelten Gassen und zahlreichen Kirchen. Sie mochte es auch weiterhin, Elizabeths Hofdame zu sein, zumal sie durch den vertrauteren Umgang mit Yveta auch mehr von dem Leben der Stadtbewohner mitbekam. Es ärgerte sie nur ein wenig, dass Yveta niemals über diese Gemeinde redete, der František und Marek angehörten. Jeden Mal, wenn Froni zaghaft zu fragen wagte, verschloss das Mädchen sich vor ihr.

Am nächsten Tag fand ein Fest auf der Moldau statt. Der gesamte Hofstaat, Mitglieder des Direktoriums und ein paar ausländische Gesandte waren geladen, um auf Booten den Fluss hinabzufahren und schließlich auf einer der kleinen Inseln bei Musik und Tanz zu speisen. Bereits nach dem Morgenmahl begannen die Vorbereitungen, um sich für das Fest angemessen herzurichten. Froni trug ein dunkelblaues Kleid mit besticktem Kragen. Entsprechend der von Elizabeth eingeführten Mode ließ es ihre Schultern frei. Jane Wyatt hatte sich für ein züchtigeres Modell entschieden, denn sie stellte ihren Körper nicht gern zur Schau, den sie für zu mager hielt. Froni wusste, dass ihre Königin es schätzte, wenn ihre Damen sich nach ihrem Vorbild richteten, und sah keinen Grund, sich dem zu verweigern. Mit einer Perlenkette um den Hals und Smaragden in den Ohren trat sie auf den inneren Burghof, wo sich alle für den Aufbruch versammelt hatten.

Die Sonne wärmte und ein frischer Wind wehte Wolken über den Himmel. Musikanten hatten sich eingefunden und begleiteten sie alle auf dem Weg hinab zum Fluss. Dort standen bereits einige der städtischen Würdenträger in dunklen Gewändern, da es allzu unhöflich gewesen wäre, sich der Einladung der Königin zu entziehen. Froni dachte, dass sie in ihren wollenen Mänteln und breiten Halskrausen schwitzen mussten. Im Vergleich zu ihnen erinnerte die königliche Gefolgschaft an Paradiesvögel und Froni meinte, ein paar missbilligende Blicke zu erkennen, die sich auf die entblößten Schultern und tiefen Ausschnitte der höfischen Damen richteten. Doch wagte keiner der Prager Herren, offene Ablehnung zu zeigen. Ihre eigenen Töchter und Frauen brachten sie allerdings niemals zu den höfischen Festen mit, fast, als hätten sie Angst, sie schlechtem Einfluss auszusetzen. Vielleicht lag es an Fronis wachsender Vertrautheit mit Yveta, dass sie nun mehr auf die Leute außerhalb des engeren Kreises um das Königspaar achtete. Elizabeth hatte lediglich einmal angemerkt, dass die Prager zwar eine sehr schöne Stadt, dafür aber bemerkenswert langweilige Stadträte hätten.

Unten am Ufer bestiegen sie die Boote. Froni kletterte mit Jane Wyatt in eines der kleineren, gleich darauf sprang einer der jungen Musikanten ihnen hinterher und stimmte auf seiner Laute eine melancholische Melodie an. Elizabeth und Friedrich hatten eine große Barke für sich allein, die mit Pfauenfedern und Blumen geschmückt war. Einige der Prager Ratsherren wurden eingeladen, ebenfalls mit einzusteigen, was sie mit steinernen Mienen taten. Die Musikanten begannen nun alle zusammen, ein französisches Liebeslied zu spielen, und eine Sängerin, die als Nymphe in blaue und grüne Seide gehüllt auf der königlichen Barke stand, sang den Text dazu. In ihrem weiß gepuderten Haar glänzten Muscheln und Korallen. Auf Elizabeths Wunsch hin hatten auch ihre Damen solchen Kopfschmuck anlegen müssen. Froni steckte die Nadeln immer wieder fest, da sie aus ihrem Haar zu rutschen drohten. Als sie sich weit genug von der königlichen Barke entfernt hatten, ließ sie den lästigen Kopfputz einfach ins Wasser gleiten, wohin er eigentlich gehörte. Insgesamt versprach der Bootsausflug eine gelungene Darbietung zu werden wie alle von Elizabeth sorgfältig vorbereiteten Veranstaltungen. Das Sonnenlicht trug dazu bei, dass auch die Gesichter der Ratsherren sich allmählich etwas entspannten. Marian Lacey warf einem von ihnen hinter ihrem vorgehaltenen Fächer immer wieder kokette Blicke zu, die er allmählich zu erwidern begann.

Am Ufer der Moldau hatten sich wieder etliche Stadtbewohner versammelt, um ihr neues Herrscherpaar zu bewundern. Elizabeth hatte auch dafür gesorgt, dass ihre zwei anwesenden Kinder hübsch ausstaffiert von den Ammen hochgehalten wurden, eine sehr wirksame Methode, die Herzen der Frauen zu erweichen. Trotzdem fiel Froni auf, dass etwas weniger gejubelt wurde als bei ihrem ersten Einzug in Prag, doch sahen alle neugierig zu, während der Hofstaat auf den blauen Fluten seine Pracht entfaltete. Auf Befehl des Königs paddelten ein paar Boote näher ans Ufer der Altstadt, um den Zuschauern Münzen zuzuwerfen. Sofort begannen sich zerlumpte Gestalten darum zu balgen.

Es strömten immer noch protestantische Flüchtlinge durch die Stadttore, die auf den offenen Plätzen der Stadt leben mussten, weil selbst die von Spendengeldern notdürftig errichteten Unterkünfte nicht reichten, sie alle zu beherbergen. Das Direktorium ließ sie regelmäßig mit Almosen versorgen, damit sie nicht verhungerten. Trotzdem war das Elend groß und auch einige Krankheiten waren ausgebrochen, wie Yveta immer wieder erzählte. Froni erinnerte sich an ihr Vorhaben, der Königin eine Unterstützung der Waisenkinder vorzuschlagen. Bisher hatte sie wegen der ständigen Festlichkeiten keine Gelegenheit dazu gefunden, aber vielleicht musste sie hartnäckiger sein.

„Sieh mal, was der König macht!", rief Jane Wyatt plötzlich viel lauter, als sie jemals gewesen war, und riss Froni dadurch aus ihren Überlegungen. Friedrich war aufgestanden und winkte den Pragern zu. Nun erklangen endlich auch ein paar Jubelrufe. Er war weiterhin ein sehr ansehnlicher junger Mann mit seinem dicht gewellten, dunklen Haar und dem schmalen, klugen Gesicht. Froni beobachtete fassungslos, wie er sein Wams und sein Hemd auszog, dann mit einem lauten Hurra in den Fluss sprang. Elizabeth schrie kurz auf, begann gleich darauf aber zu lachen. Auf ein Winken von ihr hin spielten die Musikanten weiter, während Friedrich in der Moldau herumschwamm. Froni beneidete ihn darum, denn der Wind hatte nachgelassen und sie schwitzte mittlerweile in ihren langen Röcken. Aber eine Frau konnte sich nicht einfach vor aller Augen entkleiden und in das kühle Nass springen. Das hätte nicht einmal Elizabeth gewagt.

Durch seinen ungewohnten Auftritt schien Friedrich die Sympathien der Prager endgültig gewonnen zu haben, denn die Stimmung entspannte sich deutlich, die Zuschauer klatschten und sangen ein paar Lieder. Die anwesenden Ratsherren des Direktoriums nippten inzwischen an Weinbechern, die sie von Bediensteten erhalten hatten. Marians Auserwählter, ein bärtiger Mann mit weiter Halskrause, nutzte die fröhliche Stimmung, um einfach in ihr Boot zu springen. Theodora Bryant sah aus, als hätte sie in einen sauren Apfel gebissen, denn der Mann hatte das Boot kurz gefährlich zum Schwanken gebracht. Nun versuchte er, beide Engländerinnen in ein Gespräch zu verwickeln, doch da sie nur wenig Deutsch und gar kein Tschechisch konnten, war das nicht einfach. Jane Wyatt hätte sich sicher besser geschlagen, aber die wurde von Männern nur wenig beachtet. Froni bat den jungen Diener, der ihr Boot ruderte, sie etwas näher ans Ufer zu bringen. Neugierig spähte sie in die Menschenmenge, wohl wissend, dass sie ein ganz bestimmtes Gesicht suchte.

„Warst du schon wieder einmal in der Stadt?", fragte

Jane Wyatt sie plötzlich. Froni verneinte. Sie hatte keinen Anlass mehr dazu gehabt.

„Schade. Ich würde mir Prag so gern einmal in Ruhe ansehen."

Froni staunte. Jane schien stets so bescheiden, dass man ihr kaum eigene Wünsche zutraute.

„Vielleicht können wir auf dem Rückweg schnell aus dem Boot springen und uns ein bisschen umschauen", schlug sie vor, ohne weiter zu überlegen. „Bei so vielen Leuten fallen wir hoffentlich nicht auf. Zum Abendmahl kommen wir auf die Burg zurück."

Sie rechnete nicht damit, dass Jane ihren Vorschlag annehmen würde, doch die Engländerin nickte mit freudig leuchtenden Augen.

„Ja. Wenn wir von der Insel zurückfahren, müssen wir dafür sorgen, dass unser Boot möglichst weit hinten ist", flüsterte sie Froni aufgeregt zu.

Das Fest auf der Insel war ein Erfolg, wie nicht anders zu erwarten. Froni tanzte mit mehreren Offizieren Friedrichs und beobachtete interessiert, wie Marian weitere hartnäckige Versuche unternahm, mit ihrem Ratsherrn ein Gespräch zu führen. Der großzügig eingeschenkte Wein schien ihrer beider Zungen zu lösen, denn sie lachten einige Male ausgelassen. Dieser Ratsherr sah tatsächlich weniger steif aus als die zwei anderen Mitglieder des Direktoriums, die ebenso wie der Hofprediger Scultetus etwas abseits standen und das Geschehen skeptisch beobachteten. Schließlich ließ Marians Verehrer sich sogar eine Laute reichen und stimmte auf ihr eine gefällige Melodie an.

„Das ist Christoph Harant", erzählte Jane Wyatt, die die meiste Zeit wie gewohnt schweigend beobachtete.

„Woher kennst du seinen Namen?", wollte Froni wissen und setzte sich zu ihr auf eine Bank.

„Weil er bekannt ist", wurde sie von Jane belehrt. „Er ist Offizier, zudem noch Komponist. Außerdem ist er ins Heilige Land gepilgert und hat ein Buch darüber geschrieben. Das war, bevor er zum Protestantismus konvertierte.

Außerdem ist er von Adel und besitzt eine eigene Burg. Und er ist Witwer."

Damit deutete sie wohl an, dass Marian Lacey keine schlechte Wahl treffen würde, wenn sie ernsthaftes Interesse in ihm wecken konnte. Er schien deutlich älter als sie, aber er machte einen klugen und umgänglichen Eindruck.

Froni dachte, dass sie keinen älteren Mann wollte. Aber gern einen klugen, so wie jenen, den sie bei Yvetas Familie gesehen hatte.

Der Sonnenschein wurde am Nachmittag langsam von Wolken verdrängt und die Königin schlug daher eine Rückkehr auf die Burg vor. Regen setzte ein, noch bevor alles zusammengepackt worden war, was sich für Froni und Jane als Vorteil erwies. Der Aufbruch war überstürzt, Dienstboten breiteten Decken über den Damen aus, damit ihre Roben nicht nasser wurden als notwendig. Froni schickte den Ruderer ihres Bootes zu der königlichen Barke, denn dort war mehr Hilfe nötig, um kostbare Stoffe trocken zu halten. Dann ergriff sie selbst die Ruder, um möglichst unauffällig zum Ufer der Altstadt zu gelangen. Jane reichte ihr eine Haube, die sie vorsichtshalber mitgenommen haben musste, und zog sich selbst eine über.

„Ich dachte mir schon, dass das gute Wetter nicht anhält", meinte sie. Jane schien immer an alles zu denken.

Sie legten ein Stück neben der Karlsbrücke an, banden ihr Boot fest und kletterten ans Ufer. Die Decken waren um ihre Schultern gewickelt, was half, die Stoffe ihrer Kleider etwas weniger auffällig zu machen.

„Wir sollten uns nicht zu weit vorwagen", meinte Jane plötzlich. „Vielleicht ist es gefährlich."

Froni warf einen Blick in die schmalen Gassen, wo es stank und brodelte und alles so unglaublich lebendig schien, wie sie es noch nie gesehen hatte. Als sie als Kind nach Heidelberg gekommen war, hatte sie diese Stadt als riesig empfunden. Im Vergleich zu Prag aber war sie überschaubar und provinziell. Manche der Stadthäuser waren so prachtvoll mit Statuen, Erkern und Malereien verziert, dass sie an Paläste erinnerten. Unmittelbar daneben befand sich auch Elend, durch die protestantischen Flüchtlinge hereingetragen, aber vielleicht war es auch schon vorher am Ort gewesen. Wie von einem magischen Zauber betört lief Froni los. Sie sah Männer in dunklen Mänteln und spitzen Hüten. Juden, hatte man ihr bei ihrem ersten Einzug in die Stadt erklärt. Es lebten sehr viele von ihnen hier, sie hatten ihr eigenes Viertel und galten als wohlhabende, gelehrte Bürger. Elizabeth hatte erwähnt, dass Friedrich mit dem Rabbi einige Übereinkünfte getroffen hatte, um den Frieden in der Stadt zu wahren.

„Wir dürfen uns nicht verlaufen und den Weg zurück zum Fluss vergessen", mahnte Jane in ihrem Rücken, folgte ihr aber.

Froni wandte sich zu ihrer Zimmergenossin und lächelte sie an, um ihr Mut zu machen.

„Es wird alles gut gehen. Ich hätte jetzt erst einmal Lust, irgendwo einen Humpen Bier zu trinken."

So wie früher in Heidelberg mit Karl in der Küche. Einen Moment lang vermisste sie den bodenständigen Hauptmann mit seinen bissigen, stets ins Schwarze treffenden Kommentaren. Jene höfische Welt, die Elizabeth überallhin mit sich brachte, war betörend, manchmal aber auch anstrengend und schwer zu durchschauen. Bei jedem Schritt drohten sich unbekannte Fallen aufzutun. Froni sehnte sich nach etwas, das sich packen und halten ließ und nicht nur schöner Schein war.

Die Abenteuerlust trieb sie tiefer in das undurchschaubare Geflecht von Gassen. Jane Wyatt hastete hinterher. Eine Kutsche raste vorbei und Schmutzwasser spritzte auf ihre Röcke. Froni sprang in einen Hauseingang, denn der Regen prasselte immer heftiger, anstatt nachzulassen.

„Willst du dich nach einer Gaststube umsehen?", fragte Jane mit unglücklich-steifem Gesicht. „Ich würde jetzt ehrlich gesagt lieber zurückgehen. Wir müssen vielleicht im Regen über die Brücke laufen, aber das ist nicht so schlimm. Henry braucht seine Medizin."

„Er stirbt nicht, wenn er sie erst in ein paar Stunden bekommt", erwiderte Froni unwirsch. „Und wir rudern mit dem Boot ans andere Ufer, sobald der Regen aufgehört hat."

Im Moment sah es nicht danach aus. Sie entdeckte den Eingang zu einem Wirtshaus unmittelbar gegenüber, an dessen Wand ein goldener Hahn prangte, und zog die zögerliche Jane hinter sich her.

Es war nicht üblich, dass Frauen allein in Wirtshäuser gingen. Aber Froni vertraute darauf, dass sie als höfische Dame erkannt und nicht belästigt werden würde, und wollte dem Regen entkommen.

„Hier trinken wir unser Bier und warten auf besseres Wetter", beschloss sie.

Sie hatten auf der Flussinsel schon ein paar Becher Wein bekommen, aber auch genug gegessen. Froni hastete in dem schlecht beleuchteten Kellergewölbe auf eine freie Bank zu. Zum Glück saßen hier noch nicht sehr viele Leute. Ein paar junge Männer in zerlumpter Kleidung spielten Karten. In der hintersten Ecke turtelte ein Liebespaar.

Sobald Froni und Jane Platz genommen hatten, erschien eine junge Frau, um nach ihren Wünschen zu fragen. Zu Fronis Erstaunen vermochte die Engländerin mühelos auf Tschechisch eine Bestellung aufzugeben.

„Yveta unterrichtet mich gelegentlich", meinte Jane daraufhin fast beschämt. „Alles ist viel einfacher, wenn man mit den Leuten reden kann."

Jane hatte mal wieder recht. Nur redete sie selbst ja kaum, hörte nur sehr aufmerksam zu.

„Es soll hier in der Stadt eine Statue des Königs Georg von Podiebrad geben", erzählte Jane weiter. „Er war der erste nicht katholische König. Ein Hussit."

Sie trank etwas von ihrem Bier. Ihre Wangen bekamen Farbe und sie schien sich wohler zu fühlen.

„Hat dir das auch Yveta erzählt?", fragte Froni.

Jane nickte.

Es tat ein bisschen weh, dass die Zofe ihr die schmächtige Engländerin offenbar vorzog, aber Froni beschloss, dem nicht unnötig viel Bedeutung beizumessen.

Das Bier löste Janes Zunge und sie hielt einen langen Vortrag über Jan Hus, der bereits hundert Jahre vor Luther und Calvin gewagt hatte, die Autorität der katholischen Kirche infrage zu stellen, und dafür auf dem Scheiterhaufen gestorben war.

„Aber nach seinem Tod hatte er noch mehr Anhänger unter den Böhmen und sie kämpften gegen die katholischen Machthaber", erzählte Jane mit roten Wangen. „Dieser Georg von Podiebrad war einer ihrer Anführer, der schließlich zum König gekrönt wurde. Man könnte fast sagen, dass der Protestantismus in Böhmen geboren wurde."

„Und jetzt würdest du gern seine Statue in der Stadt sehen", stellte Froni fest.

Jane nickte. Der Aufenthalt in dem Wirtshaus schien ihr Mut gemacht zu haben, denn sie redete nicht mehr von einer Rückkehr auf die Burg.

„Die Statue befindet sich an der Tynskirche auf dem Altstädter Ring", erzählte Jane. „Ja, da würde ich gern hingehen, um sie mir genauer anzusehen."

„Dann machen wir das, sobald wir unser Bier ausgetrunken haben", beschloss Froni und stieß mit ihrer englischen Freundin an. Wenn man die verhuschte Jane ein bisschen besser kannte, war sie eine weitaus angenehmere Gesprächspartnerin als die altkluge Theodora Bryant oder auch Marian Lacey, deren einziges Ziel darin bestand, männliche Aufmerksamkeit zu gewinnen.

Sie drückten der vollbusigen Schankwirtin ein paar Münzen in die Hand und traten wieder ins Freie. Tatsächlich hatte der Regen aufgehört, Sonnenstrahlen drängten sich durch dichte Wolken am Himmel und es waren deutlich mehr Menschen unterwegs als vorher. Immer wieder mussten Froni und Jane sich an Hauswände drängen, um breiten Karren oder größeren Gruppen auszuweichen.

„Ich glaube, ich kenne den Weg", beharrte die junge Engländerin und übernahm schließlich die Führung, auch wenn sie manchmal ziellos hin und her zu laufen schien. So erhielten sie jedenfalls Gelegenheit, mehr von der Stadt mitzubekommen. Neben Geistlichen in dunklen Gewändern und berittenen Adeligen sah Froni manchmal auch sehr bunt gekleidete einfache Leute, die Säcke schleppten oder

Karren mit Waren schoben. Sie starrte den bunt bestickten Blusen und den Haarkränzen der Frauen bewundernd hinterher, während Jane sie schließlich auf das Ziel hin lotste. Ein breiter Platz tat sich vor ihnen auf, fast gänzlich bedeckt von Verkaufsständen. Im Hintergrund ragten zwei Türme einer Kirche in den Himmel. Sie waren so spitz und schwarz, dass sie eine Teufelshaube hätten sein können.

„Das ist der große Platz der Altstadt. Hier ist auch das Rathaus mit dem Glockenspiel. Vielleicht können wir es uns auch einmal ansehen", dozierte Jane weiter. Froni nickte und ließ ihren Blick über den Platz schweifen. Ein Stück von dem Rathaus stand ein junger Mann auf einem Fass und redete lautstark. Seine Kleidung war dunkel, er hatte einen langen Bart und fuchtelte energisch mit den Händen herum, als wolle er Fliegen verjagen. Eine Menschentraube hatte sich vor ihm versammelt.

„Ich würde gern wissen, worüber er redet", meinte Jane und begann sich vorwärtszukämpfen, ohne auf Fronis Einverständnis zu warten. Froni folgte, um ihre Gefährtin nicht zu verlieren. Der Mann sprach Tschechisch, daher verstand sie kein Wort. Aus unklaren Gründen schien er wütend und seine Stimme peitschte auf die Menge ein, stachelte sie zu lauten Rufen auf.

„Ich glaube, da geht es um unseren Friedrich und um Elizabeth", rief Jane ihr ins Ohr.

Froni war beeindruckt, wie viel die Engländerin schon verstehen konnte. „Was sagt er denn?"

„Nichts Gutes, fürchte ich", redete Jane weiter. „Er meint, dass sie sich zu wenig um die Lage der Armen hier kümmern. Und er findet die Kleider unserer Königin unzüchtig. Yveta hat schon gesagt, dass manche Leute hier sich daran stören."

„Aber viele Männer können sich nicht an ihr sattsehen", verteidigte Froni ihre Herrin. „Was will der Redner eigentlich, außer schlechte Laune zu verbreiten?"

„Er will …" Jane zögerte einen Moment und hüpfte in die Höhe, um einen besseren Blick auf den Mann zu bekommen. „Er sagt etwas davon, dass die Böhmen ihr eigenes Schicksal bestimmen und auf Gott vertrauen müssen. Sonst droht ihnen Unheil."

„Das haben sie doch schon getan, als sie Friedrich zum König wählten", meinte Froni leicht verärgert. Wenn die Prager ihren neuen Herrschern in den Rücken fielen, war niemandem geholfen.

„Die Leute sind unzufrieden. Das sagte Yveta schon", meinte Jane. Während der junge Prediger sich weiter in Rage redete, kamen immer mehr aufgebrachte Rufe von seinem Publikum. Ein dicker Mann mit breitem Hut klatschte in die Hände. Zwei der bunt gekleideten Zuhörerinnen unmittelbar neben Froni tuschelten angeregt miteinander. Indessen verzogen sich die letzten Wolken und die Sonne strahlte ungehindert vom Himmel. Froni begann unter ihrer Decke zu schwitzen. Ohne weiter nachzudenken, ließ sie den kratzigen Wollstoff von ihren Schultern gleiten und genoss einen Windhauch, der durch die Menschenmenge glitt. Kurz darauf spürte sie eine Hand auf ihrem entblößten Nacken, die sie wie ein Stück Fleisch prüfend abtastete. Wütend trat sie nach hinten los und hörte einen Mann aufschreien. Sie konnte nur hoffen, den Richtigen getroffen zu haben.

Dann gab es plötzlich sehr viel Gebrüll. Froni wurde so heftig geschubst, dass sie gestürzt wäre, hätte die dichte Menschenmenge sie nicht aufgefangen. Jane hastete an ihre Seite und ergriff ihren Arm.

„Jetzt sollten wir verschwinden, denke ich", rief sie ihr zu und versuchte, sie aus der Menge zu zerren, die sie aber nun umstellt hatte.

Der Mann auf dem Fass brüllte noch etwas lauter. Froni wandte kurz den Kopf und stellte mit Befremden fest, dass sein ausgestreckter Finger in ihre Richtung zeigte. Die Leute um sie herum starrten sie ebenfalls alle an, und das auf nicht gerade freundliche Weise. Eine der Frauen, deren Blumenkranz auf dem Kopf sie gerade eben noch bewundert hatte, musterte Froni wie Geschmeiß, das auf dem Boden herumkroch.

„Zieh dir die Decke wieder über. Dein Kleid gefällt dem Prediger nicht", flüsterte Jane ihr heiser ins Ohr und hielt weiterhin ihren Arm umklammert. Dann mühte sie sich ab, um ein paar tschechische Worte zu sagen. Die Umstehenden verstanden sie offenbar. Die Blicke wurden ein klein wenig freundlicher, denn eine so zerbrechliche, blasse Gestalt wie Jane konnte schwer Hass auf sich ziehen. Froni verbarg ihre nackte Haut indessen wieder unter dem schweren Stoff der Decke. Hoffentlich war der Spuk nun vorbei. Die Prager hatten gerade keinen sehr guten Eindruck auf sie gemacht.

Leider brüllte der Prediger wieder los. Der Mann, nach dem Froni getreten hatte, packte indessen ihre Taille und schubste sie nochmals, diesmal deutlich grober, sodass die schützende Decke wieder zu Boden fiel. Die Frau mit dem Blumenkranz spuckte vor ihr aus. Jane rief mit panisch klingender Stimme unverständliche Worte. Ein paar Leute machten Anstalten, Froni zu Hilfe zu kommen, wurden aber von anderen, weniger wohlmeinenden Umstehenden abgedrängt. Der Prediger war nun von seinem Fass gesprungen und kam heftig gestikulierend auf Froni zu. In seinen Augen brannte ein dunkler Hass, der ihre Knie weich werden ließ.

„Wir müssen hier weg", rief Jane hinter ihr und unternahm einen weiteren Versuch, sich durch die Menge zu kämpfen. Dabei hielt sie Fronis Hand fest umklammert. Diesmal wurde es offensichtlich, dass man sie beide nicht entkommen lassen wollte. Obwohl ein paar Leute höflich zurückwichen, stellte sich gleich darauf wieder jemand ihnen in den Weg. Der unfreundliche Prediger kam immer näher.

„Wir werden den Vorfall unserem König melden. Übersetze das für ihn", forderte Froni Jane auf, die nur den Kopf schüttelte.

„Das kann er sich sicher selbst denken. Und der König ist im Moment nicht hier."

Es musste irgendeine Stadtwache geben, aber die mischte sich nicht ein. Vielleicht konnte sie in dem dichten Gedränge nicht sehen, was vor sich ging. Froni war fest entschlossen, um Hilfe zu rufen, falls der zornige Prediger ihr zu nahe kommen sollte. Sie holte Luft. Zu ihrem Entsetzen schnürte Angst ihr die Kehle zu, denn sie hatte sich noch niemals so allein und hilflos gefühlt. Sie hätte Karl heiraten und in der Pfalz bleiben sollen, anstatt Elizabeth in dieses Abenteuer zu folgen. Aber für solche Reue war es jetzt zu spät.

„Děvka!"

Sie konnte dieses Wort nicht verstehen, aber es klang, als hätte der Prediger ihr ins Gesicht gespien. Sein Blick ließ Froni erschauern, so viel Verachtung las sie darin. Was auch immer der Grund sein mochte, sie hatte diesen Mann über die Maße erzürnt und er schien nicht willens, sie in Frieden ziehen zu lassen. In Heidelberg hätte sie sich zu wehren gewusst, dachte sie. Aber hier in der Fremde war sie hilflos, als wäre sie stumm und auch noch halb blind.

Der Prediger stand nun so nahe vor ihr, dass sie ihn hätte berühren können. Er richtete einen ausgestreckten Zeigefinger auf sie und murmelte erneut Worte, die wie ein Fluch klangen. Froni spürte, wie der Schweiß über ihren Rücken perlte. Zwar glaubte sie immer noch nicht, dass der Mann ihr hier in aller Öffentlichkeit ein Leid zufügen würde, aber vor allen Leuten beschimpft zu werden, erwies sich als wesentlich schwerer zu ertragen, als sie es für möglich gehalten hätte.

Als sich wieder eine Hand auf ihre Schulter legte, schrie sie entsetzt auf. Jane trat ein paar Schritte zur Seite. Ihr machte die Menge widerstandslos Platz. Froni fühlte sich auf einmal wie der einsamste Mensch der Welt, verloren in einem Land, dessen Sprache sie nicht verstand.

Hinter ihr begann eine Männerstimme zu reden, die sie schon einmal gehört hatte. Fassungslos drehte sie sich um. Sie hatte es nicht glauben wollen, aber ebenjener Marek, nach dem sie immer wieder vergeblich Ausschau gehalten hatte, war nun plötzlich wie aus dem Boden gewachsen hinter ihr. Seine Worte waren offensichtlich an den Prediger gerichtet, den er zu kennen schien. Beide trugen ähnlich dunkle, durch ihre betonte Schlichtheit auffällige Kleidung. Man schien in dieser reichen, schönen Stadt Farben zu lieben, sodass der völlige Verzicht darauf einen Menschen stärker hervorstechen ließ als leuchtend bunte Stickereien.

Zwischen den zwei wie Raben gekleideten Männern begann eine Art Disput, in den die Umstehenden bald schon mit Feuereifer einstimmten. Marek ahmte die Gesten und das zornige Wettern des Predigers in so überzogener Weise nach, dass er einige der Zuhörer durch Lacher auf seine Seite zog. Die Frau mit Blumenkranz hob Fronis Decke auf und überreichte sie ihr wie eine Art Friedensangebot. Marek half ihr, sie wieder auf ihre Schultern zu legen, dann streckte er die Hände zum Himmel und rief wieder etwas, das ein paar Leute lachend losprusten ließ. Inzwischen zitterte Froni trotz der milden Temperaturen und empfand den kratzigen Wollstoff auf ihrer Haut als schützenden Segen.

„Lauft so unauffällig wie möglich weg!", flüsterte Marek ihr zu. „Ich werde versuchen, die Leute hier weiter abzulenken. Wartet im Judenviertel auf mich. Vor der Maiselsynagoge."

Froni wollte gerade einwenden, dass sie keine Ahnung hatte, wo sich dieses Gebäude befand, da sah sie Jane auch schon folgsam nicken. Sie wurde von der jungen Engländerin am Arm gepackt und weggezerrt. Nun hinderte sie niemand mehr am Fortgehen, denn die Leute lauschten gebannt dem Wortgefecht der zwei jungen Männer. Ihr fiel auf, dass Marek weitaus gelassener klang, während ihr Feind, der Prediger, noch aufgebrachter wetterte als vorher. Ausgelacht zu werden, vertrug er offenbar sehr schlecht.

„Weißt du wirklich, wo diese Synagoge ist?", wollte Froni wissen, als sie mit Jane wieder über den Platz eilte. In den engen, verwinkelten Gassen der Judenstadt versinken zu können, schien ihr auf einmal eine Erleichterung. Hier gab es überall Möglichkeiten, sich vor neugierigen Zuschauern zu verstecken.

„Ich glaube, ich finde sie, und wenn nicht, dann frage ich jemanden", erwiderte Jane mit ungewohntem Selbstvertrauen. „Mein Tschechisch ist besser, als ich dachte."

Sie fand die Synagoge tatsächlich unerwartet schnell. Es war ein wuchtiges, weiß getünchtes Gebäude mit ein paar Türmchen und vergoldeten Dächern. Im Vergleich zu den Kirchen, die Froni in Prag gesehen hatte, schien das jüdische

Gotteshaus bescheiden, aber an fast allen anderen Orten hätte es höchst eindrucksvoll gewirkt.

Viele Männer mit Schläfenlocken waren unterwegs. Frauen sah Froni nur wenige und wieder war sie froh über die Decke auf ihren nackten Schultern, auch wenn das Frösteln inzwischen aufgehört hatte. Elizabeths bevorzugte Kleidung passte zum Leben am Hof, aber sobald eine Frau diesen verlassen hatte, machte sie sich in so freizügiger Aufmachung zu einem Reh, das von gierigen Wölfen verfolgt wurde.

„Willst du hier wirklich auf unseren Retter warten?", fragte Jane nun mit leicht erschöpfter Stimme. „Wir müssen auf jeden Fall auf die Burg zurück, bevor es zu dämmern beginnt."

Damit hatte sie recht. Henry musste versorgt werden und außerdem hätte Elizabeth wahrscheinlich kein Verständnis für die Abenteuerlust ihrer Hofdamen. Sie selbst nahm sich als Königin gern Freiheiten heraus, aber deshalb musste sie dies nicht auch jenen gönnen, die unter ihr standen.

„Er ist sicher bald hier", beharrte Froni und versuchte, sich unauffällig an eine Häuserwand zu ducken. Von übermäßiger Beachtung hatte sie heute genug abbekommen. Aber sie brannte vor Neugier, welche Erklärung für diesen Vorfall Marek ihr geben würde.

Es dauerte etwas länger als erhofft. Jane hatte mit sanfter Stimme bereits mehrfach zum Aufbruch gedrängt und Froni fiel es immer schwerer, sie zum Warten zu bewegen. Als sie selbst schon einen Rückweg zur Burg erwog, tauchte Mareks hochgewachsene, dunkel gekleidete Gestalt endlich in der Menge auf. Er hätte auch Jude sein können, fiel Froni spontan ein. Es mochte an der Kleidung liegen, mit der er sehr demonstrativ jeder Eitelkeit entsagte. Oder den dunklen Locken über dem sehr ernsten, klugen Gesicht.

Er lächelte, als er der zwei jungen Frauen ansichtig wurde, was ihn weniger fromm wirken ließ.

„Es freut mich, dass die Damen so lange gewartet haben. Ich würde Euch gern ein paar Dinge erklären, damit Ihr keinen allzu schlechten Eindruck von unserer Stadt bekommt."

Er winkte sie zu einem freien Platz unter einer Ulme, wo es recht ruhig war.

„Dieser Mann auf dem Altstädter Ring war nicht gerade gastfreundlich", begann Marek zu erzählen. „Ich wollte nur erklären, warum."

„Es hing mit meinem Gewand zusammen", gab Froni unumwunden zu. „Er fand es anrüchig. Aber bei Hof wird solche Kleidung getragen und ich habe offen gesagt Gefallen an ihr gefunden. Es scheint mir nicht den Geboten des Herrn zu widersprechen, mich ebenso zu kleiden wie jene Königin, die den protestantischen Glauben retten will."

Falls Gott etwas gegen tiefe Ausschnitte und nackte Schultern hatte, so hätte er Elizabeth schon längst mit einem Blitz niedergestreckt haben müssen.

„Ich fürchte, nicht alle Protestanten sehen das so", mischte sich die neunmalkluge Jane ein. „Auch in England haben wir religiöse Gruppen mit sehr strengen Vorstellungen, es würde mich wundern, wenn es in Böhmen anders wäre."

Friedrich war Calvinist, doch fand er großen Gefallen an den Gewändern seiner Gemahlin. Sein streitsüchtiger Hofprediger tat es vielleicht nicht, doch hielt er vernünftigerweise den Mund.

„Ihr liegt richtig mit Eurer Vermutung", bestätigte Marek Janes Aussage. „Es gibt hier in der Tat fromme Kreise, in denen züchtige Kleidung erwünscht ist, gerade bei Frauen. Unsere neue Königin hat für einigen Aufruhr gesorgt, über den sie sehr herrschaftlich hinwegsieht. Keiner der Ratsherren, die an ihrem Hof verkehren, würde seiner Tochter oder Ehefrau gestatten, sich derart auszustaffieren."

Das hatte sich Froni auch schon gedacht.

„Unsere Königin ist es aus ihrer Heimat gewöhnt", wandte Jane ein. „Sie vermag nichts Übles darin zu sehen."

Und es wäre auch sehr schwer, sie von einer anderen Sichtweise zu überzeugen, überlegte Froni. Sie selbst hatte durch die heutige Erfahrung gelernt und würde sich in Zukunft besser überlegen, was sie für Ausflüge in die Stadt anzog. Aber Elizabeth wäre niemals bereit, sich den Moralvorstellungen einfacher Leute unterzuordnen.

„Ich behaupte nicht, dass an ihren Gewändern etwas Übles ist", gab Marek nach und hockte sich auf eine leere Kiste, die neben der Ulme stand. „Viele Prager sind stolz, dass wir nun wahrscheinlich die schönste Königin der Christenheit in unserer Burg sitzen haben. Warum sollte man ihre Pracht verhüllen? Aber es stößt Leute ein wenig vor den Kopf, dass unser König stets drei Schritte hinter seiner Gemahlin herläuft, als wäre er ihr Schoßhündchen."

Janes Gesicht nahm eine besorgte Miene an, aber Froni musste lachen, so treffend war die Beschreibung gewesen.

„Sie ist die Tochter eines Königs und er ist nur ein Kurfürst gewesen, bevor er die böhmische Krone annahm", räumte sie ein.

„Aber jetzt hat er eine Krone und sollte sich wie ein König benehmen", erwiderte Marek gelassen. „Auch wenn viele Männer verstehen können, warum er seine Elizabeth anbetet. Doch diese tiefe Liebe zu seiner Frau wird uns nicht retten, wenn der Zorn Habsburgs uns trifft."

Froni blieb das Lachen nun wieder im Halse stecken. Seit ihrer Ankunft in Prag war sie zu beschäftigt gewesen, um an die finstere Wolke zu denken, die aus der Ferne auf sie alle zuschwebte.

„Unser König berät sich mit seinen Ministern und sucht Verbündete gegen Habsburg", wandte Jane nun ein. „Er tut, was er kann."

Das stimmte. Aber auf einmal fragte sich Froni, ob Friedrich von dieser schwierigen politischen Lage nicht einfach überfordert war, wenn er doch nicht einmal vermochte, den Zank um ein zerstörtes Bild zu beenden.

„Wir wissen doch alle, dass in Wahrheit seine wunderschöne königliche Gemahlin die Entscheidungen trifft", merkte Marek ohne Zögern an. „Wer die beiden zusammen sieht, erkennt sofort, wer von ihnen die treibende Kraft ist. Ich will die Klugheit der Frauen nicht unterschätzen, aber was wird unsere schöne Königin tun, sobald Ferdinand von Habsburg vor den Toren der Stadt steht? Ihn in ihren prächtigsten Gewändern zu einem Bankett laden, damit er dort, von ihren Reizen betört, freiwillig auf die böhmische Krone verzichtet?"

Der beißende Spott in seiner Stimme ließ Froni empört auffahren.

„Elizabeth ist nicht so dumm, an so etwas zu glauben. Sie hat einen mächtigen Vater, der …"

„… uns bisher keinen einzigen Soldaten geschickt hat", beendete Marek ihren Satz mit finsterer Miene. Nun griff Froni wieder nach ihrer Decke, denn ihr war kalt geworden. Wie sehr hatte sie sich an das angenehme Leben in Prag gewöhnt! Die Erkenntnis, dass sie hier keineswegs ein sicheres Zuhause hatte, ließ sie frösteln.

„Der König tut sein Bestes, um sich auf eine mögliche Schlacht vorzubereiten", eiferte Jane sich indessen. „Er sucht Verbündete und hat Söldner abgeworben …"

„… die sich in den Wirtshäusern der Stadt betrinken und dort ihrem Zorn Luft machen, weil sie ihren Sold nur unregelmäßig bekommen, während bei Hofe rauschende Feste gefeiert werden. Auch die Flüchtlinge, die hier auf den Straßen betteln, sind nicht uneingeschränkt begeistert von den kostbaren Roben unserer Königin."

„Ein Herrscherpaar muss auch als solches auftreten", sagte Froni nun, denn Jane war in betretenes Schweigen verfallen. „Ich bin sicher, dass die Söldner ihren Sold schon noch bekommen werden. Und was die Notleidenden in der Stadt betrifft, so werde ich persönlich die Königin darum bitten, Euren Waisen eine Spende zukommen zu lassen."

Stolz, fast triumphierend sah sie Marek an. Sein Spott war ihr am Ende fast hochmütig vorgekommen.

„Das wäre in der Tat sehr großzügig." Er neigte kurz den Kopf und klang völlig ernst.

Fronis Laune besserte sich schlagartig, als hätte ein kräftiger Wind Wolken vom Himmel gefegt.

„Wenn Ihr wollt, kann ich Eure Waisen auch einmal besuchen und Euch die Gaben des Hofes bringen", plapperte sie weiter, ohne vorher nachzudenken. Sie ignorierte Janes überraschten Blick. Marek schwieg einen Moment, was Missmut und Zorn in ihr weckte. Es wäre maßlos hochmütig von ihm, ein solches Angebot abzulehnen.

„Wir werden uns geehrt fühlen", meinte er nach einer gefühlten Ewigkeit. „Kommt wieder in das Haus der Navratils und fragt dort nach mir."

Die Navratils mussten Yvetas Familie sein, deren Namen Froni noch nie zuvor gehört hatte. Aber warum sagte Marek ihr nicht einfach, wo sie ihn und seine Waisen finden konnte?

„Ich fürchte, nun muss ich los", redete er auch schon weiter. „Die Damen müssen sicher zur Burg zurück, bevor es zu dämmern beginnt. Soll ich Euch bis zur Karlsbrücke begleiten, damit Ihr keinen übereifrigen Predigern mehr in die Arme lauft?"

Jane schüttelte leicht den Kopf und machte den Mund auf, doch Froni kam ihr zuvor.

„Das wäre sehr aufmerksam von Euch."

Und so gingen sie zu dritt los. Der Sonnenschein war endgültig verschwunden, aber es fiel auch kein Regen mehr. Marek schritt eiliger voran, als ihr lieb war, denn sie hätte gern ein bisschen mehr mit ihm geredet. Warum trug er ähnliche Kleidung wie der unangenehme Prediger vom Altstädter Ring, obwohl er dessen verbissene Ansichten nicht teilte? Hatte er einen bestimmten Grund, seine Waisenkinder an einem unbekannten Ort zu verbergen? Wahrscheinlicher schien es, dass er sie der Einfachheit halber zu Yvetas Familie geschickt hatte, denn den Weg dorthin kannten sie schon.

Sie fand keine Gelegenheit, weiter in ihn zu dringen. Seine Beine waren lang und er bewegte sie schnell. Als sie das Tor erreicht hatten, das zur Brücke führte, sah er fast erleichtert aus.

„Auf der anderen Seite der Stadt ist der Weg zur Burg nicht mehr schwer zu finden."

Das stimmte. Man konnte die Burg bereits sehen, sie überragte die Neustadt wie eine Krone das Haupt eines Monarchen.

„Wir sind sehr dankbar für Eure Hilfe. Jetzt kommen wir allein zurecht", sagte Jane, bevor Froni sich hatte zu Wort melden können. Marek verneigte sich nochmals und lächelte sie beide an.

„Ich wäre für eine Spende der Königin überaus dankbar und es würde mich auch freuen, Euer Gesicht nochmals zu sehen, selbst wenn Ihr Eure Schultern in Zukunft bedeckt halten solltet", meinte er zu Froni, bevor er sich endgültig verabschiedet hatte. Sie blieb etwas ratlos zurück, denn wieder einmal hatte er höchst spöttisch geklungen. Waren diese Worte nun schmeichelhaft gemeint gewesen oder hörte sie nur, was sie hören wollte?

„Los, komm, wir müssen unser Boot holen", riss Jane sie aus diesen Gedanken. „Ich hoffe, die Königin wird uns wegen dieses Ausflugs nicht zürnen."

Daran hatte Froni noch gar nicht gedacht, denn es gab genug andere Fragen, die in ihrem Kopf kreisten. Das unerwartete Wiedersehen mit Marek hatte sie aufgewühlt, froh und gleichzeitig unzufrieden zurückgelassen. Sie wurde aus seinem Benehmen nicht schlau, merkte aber, dass sie sich nach seiner Aufmerksamkeit sehnte. Dieser Zustand missfiel ihr, denn sie fühlte sich an die langen Jahre erinnert, da die Sehnsucht nach Friedrichs Zuwendung sie in ein winselndes Häufchen Elend verwandeln konnte. Mit dieser Art von Verliebtheit hoffte sie endgültig abgeschlossen zu haben.

„Du hast dir den Dissenter wohl in den Kopf gesetzt, so wie Marian ihren Christoph Harant", meinte Jane, während sie sich auf den Weg zu ihrem Boot machten. Froni schluckte ihren Ärger, so schnell durchschaut worden zu sein, herunter, denn auf einmal war sie wieder höchst neugierig geworden.

„Was ist ein Dissenter?"

Jane teilte mit einigen Kirchengelehrten die unangenehme Eigenschaft, ständig mit unverständlichen Begriffen um sich zu werfen.

„Na einer, der einer freien Kirche angehört", erwiderte sie auch schon mit jener stolzen Miene, die sie immer dann aufsetzte, wenn sie einen Brocken ihres Wissens weitergeben konnte. „Einer dieser kleinen Gruppen, die ihre eigenen Ideen haben. Davon haben wir in England genug und sie ziehen immer wieder das Missfallen der Obrigkeit auf sich. Selbst protestantischen Herrschern sind ihre Ideen zu radikal."

Froni fühlte sich an Geschichten über aufständische Bauern und Wiedertäufer erinnert. Ihr wurde unwohl. Es gab genug Bedrohung von außen, Friedrich und Elizabeth brauchten nicht auch noch aufwieglerische Untertanen.

„Marek scheint mir vernünftig", widersprach Froni. Würde jemand mit Weitblick und der Fähigkeit, über absurdes Verhalten zu lachen, sich völlig gegen jede Ordnung auflehnen, wie man es diesen religiösen Gruppen nachsagte?

„Ein Dissident ist er wahrscheinlich trotzdem", beharrte Jane. „Zunächst einmal diese bewusst schlichte Kleidung. Dann sein ganzes Auftreten. Er kannte den Prediger auf dem Altstädter Ring, sonst hätte er ihm nicht so gut zu widersprechen gewusst. Also glaub mir, sich so einen Mann zu wünschen, das ist nicht klug. Außerdem ist er sicher nicht von Adel. Da hat Marian mit ihrem gelehrten Witwer eine klügere Wahl getroffen. Aber ich verstehe nichts von der Liebe, also will ich mich nicht einmischen."

Jane hatte ihr Boot entdeckt und sprang erstaunlich behände herein. Froni folgte, ergriff dann die Ruder.

„Erzähle mir ein bisschen mehr über diese Dissenter", forderte sie ihre Freundin auf. „Und mache dir keine Sorgen. Ich habe nicht die Absicht, mich mit einem von ihnen zu vermählen."

Wieder erhielt sie von Jane einen fassungslosen Blick. „Unsere Absichten sind dabei doch völlig unwichtig", wurde sie belehrt. „Unsere Familien entscheiden, wen wir heiraten. Oder aber der König an deren Stelle. Einem Dissenter werden Elizabeth und Friedrich dich nicht zur Frau geben."

Froni verstand nicht ganz, warum diese Aussage sie ärgerte. Für gewöhnlich fand sie Janes Vorträge lehrreich, denn im Gegensatz zu der überheblichen Theodora Bryant wusste die kleine Engländerin wirklich über vieles Bescheid. Jetzt aber wünschte sie sich, Jane hätte ihr nicht in Erinnerung gerufen, was sie selbst zu genau wusste. Bisher war ihre Verheiratung aber kein Thema gewesen und sie ging davon aus, dass Elizabeth auch in den nächsten Monaten zu sehr damit beschäftigt wäre, eine Union gegen den Habsburger Kaiser zu schmieden, um Ehemänner für ihre Hofdamen zu suchen.

Während Froni energisch die Ruder bewegte, um möglichst schnell ans andere Ufer zu gelangen, lauschte sie Janes Geschichten über Quäker und andere Puritaner. All diese Strenge und der völlige Verzicht auf die Annehmlichkeiten des Lebens schienen in völligem Widerspruch zum Lebensstil der englischen Königstochter zu stehen. Sie konnte sich auch nicht vorstellen, dass Marek zu solcher Verbissenheit neigte.

Aber in Wahrheit kannte sie ihn zu wenig, um das zu beurteilen. Daran wollte sie etwas ändern. Trotz all ihrer Bedenken, dass er ihr wichtiger werden konnte als angebracht, war der Wunsch nach einem Wiedersehen zu dringlich, um ihn zu verdrängen.

Zunächst einmal musste sie mit Elizabeth reden.

7. Kapitel

Elizabeth erklärte sich ohne große Schwierigkeiten bereit, Waisenkindern Almosen zu überlassen. Sie forderte sogar die anderen Hofdamen dazu auf, sich an diesem lobenswerten Vorhaben zu beteiligen, sodass Froni bald eine ganze Sammlung an Puppen, Holzspielzeug und Süßspeisen vorweisen konnte. Die Königin übergab den Damen außerdem alte Unterröcke und Nachthemden, um daraus Hemden und Kleider für die armen Kinder zu nähen. Mehrere Tage lang waren sie damit beschäftigt, während zu ihrer Unterhaltung Musik gespielt und Gedichte vorgetragen wurden. Schließlich wartete eine ganze Truhe voller milder Gaben darauf, ihren Empfängern überbracht zu werden. Froni fragte sich, ob die Waisen nicht eher Brot brauchten als neue Gewänder, aber Yveta schien über diese ganze Unternehmung tatsächlich erfreut.

„Es war sehr edelmütig von Euch, die Königin zu Spenden anzuregen", lobte sie Froni mit leuchtenden Augen, während sie den Stapel von fertigen Kleidern inspizierte. „Die Kinder werden sich freuen, auch einmal etwas Hübsches anziehen zu können."

Es klang völlig ehrlich und Froni wurde warm ums Herz.

„Soll ich die Sachen selbst zu meiner Familie bringen?", bot die Zofe sich auch schon an. „Wenn ich meinen Brüdern Bescheid gebe, kommen sie sicher, um mir beim Tragen zu helfen."

„Aber ich käme gerne mit!", rief Froni sogleich. Auf Janes sonst sehr ernstem Gesicht erschien ein schelmisches Lächeln.

„Vielleicht gibt euch die Königin eine Eskorte mit, damit die milden Gaben nicht unterwegs gestohlen werden", fügte die Engländerin hinzu. „Danach soll das Fräulein von Odenwald natürlich Bericht erstatten, wie die Almosen aufgenommen wurden."

„Ja, natürlich, das soll ich auch tun!", bestätigte Froni

diese Annahme, damit Yveta nichts Merkwürdiges an ihrem Verhalten fand. Die Zofe nahm die Entscheidung mit einem gleichmütigen Nicken hin, betonte nur nochmals, wie froh die Kinder wären.

An einem strahlend sonnigen Tag erschienen zwei von Yvetas Brüdern mit einem Eselkarren auf dem Burghof, auf den die Kiste geladen wurde. Froni hatte von der Königin ein paar Weisungen erhalten, dass sie die Kinder und ihre Betreuer an die Großzügigkeit der neuen, gottgewollten Herrscher erinnern sollte. Aus diesem Grunde wurde auch Jane mitgeschickt, deren Kenntnisse der tschechischen Sprache Elizabeth bereits zu Ohren gekommen sein mussten. Beide Damen hatten sich in schlichte Kleider gehüllt, die natürlich ihre Schultern bedeckten, und sogar feine Tücher über ihr Haar gelegt, um nicht unnötig aufzufallen. In dieser Aufmachung waren sie kaum von Yveta zu unterscheiden, befand Froni und verspürte Erleichterung.

Der Karren brachte sie schnell ans Ziel. Die Navratils hatten sich bereits in ihrer Stube versammelt, auch Marek war anwesend und neben ihm standen noch ein paar andere Männer in Schwarz, kleinere, schmächtigere Ausgaben seiner selbst. Waisenkinder konnte Froni keine entdecken.

Herr Navratil schenkte ihr einen Becher Wein ein, seine Frau hatte Gebäck aufgetischt, an dem Jane sich erfreut bediente.

„Wir sind Euch sehr dankbar für Eure Unterstützung", versicherte der alte Herr. Die anderen nickten zustimmend. „Es gibt viele Menschen in der Stadt, die jede Hilfe brauchen können."

„Könnte ich den Kindern ihre Geschenke selbst geben?", fragte Froni hartnäckig. Herr Navratil sah überrascht aus und beriet sich kurz mit seiner Familie.

„Warum nicht? Folgt mir!", bot Marek an, ohne auf das Ergebnis dieser Unterhaltung zu warten. Froni fragte Jane, ob sie mitkommen wollte. Die Engländerin nickte kurz. Yveta wies darauf hin, dass sie nachmittags an einer Thea-

terauffführung bei Hofe teilnehmen sollten, wurde aber ignoriert. Froni glaubte nicht, dass ihr Fehlen jemanden stören
würde.

Sie versanken erneut in den Gassen der Stadt, die Froni wie
ein Labyrinth vorkamen. Je länger man in ihnen herumlief,
desto unwahrscheinlicher schien es, jemals einen Weg aus
diesem Dickicht von Häusern und Kirchen zu finden. Es
ging durch ein Tor aus der Altstadt hinaus in den neuesten
Stadtteil. Dicht vor der äußeren Stadtmauer führte Marek sie
in eine Straße, die deutlich schmutziger schien als alle, die sie
bisher durchquert hatten. Der Karren musste schließlich abgestellt werden, weil er im Schlamm zu versinken drohte.
Marek und Yvetas Bruder trugen die Truhe auf eine Holz-
hütte zu, die etwas größer als die sie umgebenden Bauten
war, von denen die meisten keinen sehr stabilen Eindruck
machten. Menschen in Lumpen hockten vor ihnen herum,
streckten knochige, schmutzige Hände aus, um die Säume
von Fronis Gewand festzuhalten. Auf einmal kamen ihr die
Gaben in der Truhe schäbig vor, weil sie niemals für all diese Leute reichen würden.

„Sind das alles Flüchtlinge?", fragte sie Marek. Er
schüttelte den Kopf.

„Prag ist eine reiche Stadt, aber es hat hier schon immer auch arme Menschen gegeben. Mein Lehrer Jan Comenius, ein sehr kluger Mann, sagt, es liegt daran, dass wir die
Botschaft des Herrn vergessen haben. Unser Bischof hingegen, der jetzt im Direktorium sitzt, meint wohl, man müsse es nicht so genau nehmen."

Froni blieb staunend stehen, obwohl sie bis zu den
Knöcheln im Schlamm steckte. Jane hingegen hastete weiter.
Obwohl sie immer neugierig war, musste ihr der Schmutz
hier zu viel sein.

„Welcher Bischof ist denn der Eure? Seid Ihr Katholik?"

Sie wusste, dass es in Prag auch Katholiken gab. Viele
von ihnen unterstützten dennoch Friedrich und Elizabeth,
weil sie den Habsburger Kaiser zu dominant fanden. Ledig-

lich die Jesuiten hatte man verjagt.

„Nein, ich bin nicht katholisch", erwiderte Marek und holte Luft, um zu einer längeren Erklärung anzusetzen. „Meine Kirche wurde zur Zeit der Hussitenkriege von zwei Gelehrten namens Chelčický und Rokycany gegründet. Wir lehnen staatliche Autorität ab und auch die Gewalt. Dennoch haben wir einen Bischof. Seit die Jesuiten verjagt wurden und die Macht in protestantischen Händen liegt, ist unsere Gemeinde endlich anerkannt, vorher wurde sie verfolgt. Sogar das Klementinum, wo früher das Kollegium der Jesuiten war, durften wir nun beziehen. Ich fürchte nur, diese neue Machtposition könnte die Anführer unserer Gemeinde deren ursprüngliche Lehren vergessen lassen, so, wie es schon in vielen anderen Kirchen geschah. Mein Lehrer Jan Comenius jedenfalls würde Euch für Eure Bemühungen loben, denn Ihr habt unseren Waisen einen großen Gefallen getan."

Froni begann von innen zu glühen, als habe jemand in ihrem Körper eine Kerze angezündet.

„Man brachte mir bei, dass es Gott gefällt, wenn wir den Armen Gaben schenken", murmelte sie verlegen. „Leute von Adel haben Verpflichtungen gegenüber einfachen Menschen."

Marek wandte ihr den Kopf zu und sie erschrak, weil er plötzlich die Stirn gerunzelt hatte.

„Man hätte Euch vor allem lehren sollen, dass vor Gott alle Menschen gleich sind."

„Ja, natürlich", stammelte Froni, war aber auch ein wenig verärgert, weil sie diese Belehrung überheblich fand. Marek setzte sich in Bewegung und sie folgte ihm in das große Holzhaus hinein.

Dort befanden sich etwa dreißig Kinder. Sie saßen aufgereiht an Tischen, Jungen und Mädchen getrennt, doch alle waren über Schiefertafeln gebeugt. Sie begrüßten Marek freudig, manche sprangen auf und liefen auf ihn zu. Er strich über ein paar Haarschöpfe. Froni bemerkte ein dickes Buch, das auf dem verlassenen Lehrerpult lag. Zeichnungen waren darauf zu sehen, zudem auch ein bisschen Text.

„Unterrichtet Ihr diese Kinder?", fragte sie Marek. Er nickte.

„Ein paar meiner Glaubensbrüder helfen mir dabei. Es gibt auch Schwestern, die sich vor allem um die Mädchen kümmern. Sie sollen alle das Lesen und Schreiben lernen. Den Begabten versuchen wir noch mehr Bildung zu vermitteln, wenn eine Möglichkeit besteht. Oft brauchen die Eltern sie zum Arbeiten, leider auch zum Betteln."

Froni sah ihn staunend an. Sie hatte am Heidelberger Hof einiges gelernt, weil sie aufmerksam gewesen war und gierig Wissen aufgesaugt hatte, wo es sich ihr anbot. Aber warum machte jemand sich die Mühe, zerlumpten Kindern Kenntnisse zu schenken, die sie niemals würden brauchen können? Mädchen sollten ohnehin nicht mehr lernen, als einen Haushalt zu führen, hatte Fronis Vater bis kurz vor seinem Tod immer wiederholt. Sie hatte ihren eigenen Wissensdurst geflissentlich vor ihm verborgen. Im Grunde war sie stets davon ausgegangen, dass alle Männer diese Dinge so sahen. Elizabeth sprach mehrere Sprachen und konnte Gedichte zitieren, fiel ihr ein. Aber sie benutzte Bildung wie Geschmeide, das sie anlegte, um dadurch noch mehr zu glänzen. Was sollten die zerlumpten Mädchen hier damit anfangen?

Jane hatte indessen dafür gesorgt, dass die Truhe aufgemacht wurde, und holte ein paar der Kleidungsstücke heraus. Die Kinder kamen mit freudigen Rufen herbeigeeilt, rissen ihr die Stoffe aus der Hand und begutachteten die Ergebnisse der Mühen königlicher Hofdamen. Einige Mädchen wischten sich angesichts blitzsauberer Kittel und bestickter Tücher Freudentränen aus den Augen, die Jungen waren nicht ganz so beeindruckt, schwiegen aber andächtig, während Marek mit Janes Hilfe die Gaben verteilte. Er sorgte dafür, dass die zerlumptesten seiner Schützlinge als Allererste neue Kleidung bekamen, nachdem sie sich Gesicht und Hände in einem schnell bereitgestellten Eimer Wasser gewaschen hatten. Streitereien, die unter den Kindern deshalb ausbrachen, schlichtete er mit ruhigen, aber deutlichen Worten. Schließlich drückten die neuen Besitzer ihre Geschenke stolz an sich, wie um sie vor unerlaubtem Zugriff zu bewahren. Jane sah gerührt aus.

„Wir müssen ihnen auch noch die Botschaft der Königin ausrichten", mahnte sie Froni, nachdem die Kinder wieder an ihre Plätze zurückgegangen waren.

„Das kannst du doch besser. Du sprichst schon etwas Tschechisch", erwiderte Froni. In Wahrheit war es ihr peinlich, solch elenden Gestalten etwas über Elizabeths Großzügigkeit zu erzählen. An einem Ort wie diesem wurde ihr wieder bewusst, wie wenig das Hofleben mit dem Dasein der meisten Menschen gemein hatte.

„Dein Marek mag keine feinen Damen", merkte Jane sehr leise an. „Außer dir. Dich mag er, glaube ich. Also rede du mit ihm und bitte ihn zu übersetzen."

Froni war überrascht, aber auch erfreut, denn ebendas hatte sie eigentlich hören wollen.

„Ihre Königliche Hoheit will, dass alle Untertanen wissen, wie sehr ihr Wohl ihr am Herzen liegt", sagte sie zu Marek, dessen linke Augenbraue sich wölbte. „Sie möchte diesen Kindern dazu verhelfen, den rechten Weg zu Gott zu finden, indem sie vor dem Irrweg des Papismus bewahrt werden."

„Wir werden täglich Gebete sprechen, damit dieses Vorhaben gelingt", erwiderte er, ohne ihre Worte für die Kinder zu übersetzen. Froni verspürte einen Stich von Ärger angesichts dieser Missachtung, aber gleichzeitig verstand sie, dass ihre sorgfältig gewählten Worte für die meisten der Anwesenden wie leere Hüllen klangen. Denn ebendas waren sie auch. Elizabeth wollte ihre Prager Burg behalten, die Krone der Königin und ihren Titel. Zwar war sie überzeugt, dass ihr Glaube der einzig richtige war, aber das Los von ein paar Dutzend zerlumpter Kinder spielte für sie keine große Rolle.

„Was ist das für ein Buch?", fragte sie nun und wies auf das Lehrerpult, um taktvoll das Thema zu wechseln. Die vielen Zeichnungen hatten sie neugierig gemacht.

„Orbis pictus. Die sichtbare Welt", erzählte Marek nun deutlich freundlicher. „Jener Jan Comenius, von dem ich schon erzählte, hat es verfasst. Er studierte übrigens in Heidelberg, doch seine Ideen unterscheiden sich von denen vieler Gelehrter. Kinder sollen seines Erachtens anschaulich lernen, Bilder mit bestimmten Begriffen verbinden. Daher wird zum Beispiel die ganze Tierwelt aufgezeichnet, mit dem tschechischen und dem lateinischen Wort, damit die Kinder es sich besser einprägen können. Daneben stehen noch die Laute, die Tiere von sich geben. Der Hund bellt."

„Das stimmt nicht ganz. Meiner schnauft und hechelt vor allem", warf Froni ein und entlockte ihm ein Lachen. Dann winkte sie Jane heran, um ihr das Buch zu zeigen.

„So hätte ich auch gern gelernt", murmelte die Engländerin. „Ich hatte einen Hauslehrer, der mir alles vorsagte, und wenn ich es nicht gleich wiederholen konnte, gab es eine Kopfnuss."

Die Lehrer am Heidelberger Hof waren ähnlich vorgegangen, erinnerte Froni sich.

„Wir sind der Meinung, dass die Kinder Freude am Lernen empfinden sollen", erklärte Marek. „Sonst wäre es auch schwierig, sie in das Unterrichtszimmer zu locken. Sie haben keinen sofortigen Nutzen von den neuen Kenntnissen. Manche müssen den Schulbesuch sogar vor ihren Eltern verbergen, weil die dagegen sind."

Der Hofprediger Abraham Scultetus hätte wahrscheinlich eingewandt, dass es sündhaft war, wenn Kinder sich dem Willen ihrer Eltern widersetzten. Froni stellte fest, dass sie Marek mochte, weil er nicht so dachte.

„Wie heißt sie denn eigentlich, Eure Kirche?", wollte sie nun endlich wissen.

„Man nennt uns die Einheit der Brüder", erwiderte Marek aber ohne Zögern. „Natürlich gehören auch Schwestern zu uns. Wir wollen die reine Lehre Jesu leben, so, wie es in der Bibel steht."

Wollte das nicht jeder?, überlegte Froni. Selbst der Habsburger Kaiser war davon überzeugt, dass seine Art, Gott zu dienen, der einzig mögliche Weg ins Himmelreich war.

„Deshalb lebt Ihr bescheiden und helft den Armen",

mischte Jane sich plötzlich ein. „Meine Tante, die heimlich Quäkerin war, hielt es ebenso. Schwört Ihr Eide?"

„Einige von uns tun es, andere lehnen es ab", erwiderte Marek. „Wir sind uns nicht in allen Fragen einig."

„Und der Dienst an der Waffe?"

Jane hatte den Kopf schief gelegt und sah ihn neugierig an.

„Die meisten von uns lehnen ihn ab. Es widerspricht den Geboten des Herrn, andere Menschen zu töten."

„Aber manchmal geht es nicht anders!", rief Froni. „Wenn der Habsburger Kaiser mit seinem Heer vor den Toren der Stadt steht …"

„… wird es Söldner geben, die sich ihm entgegenstellen. Vorausgesetzt, sie haben ihren Sold erhalten. Sonst sieht es schlecht aus."

Wieder zog er die Brauen hoch, was ihn fast schelmisch wirken ließ.

„Aber wenn die Leute aus Überzeugung kämpfen würden, dann ginge es sogar ohne Sold", überlegte Froni laut. Jane nickte.

„Mein Vater sagte mir, dass es immer schwieriger wird, moderne Waffen zu bedienen", führte sie Fronis Gedanken fort. „Deshalb braucht eine Armee nun Söldner, die im Kriegsdienst ausgebildet sind."

„Aber man könnte auch jene ausbilden, die um der Sache willen kämpfen", beharrte Froni. Ihre eigene Idee gefiel ihr sehr gut. Vielleicht sollte sie mit der Königin darüber reden.

„Leuten, die eigene Gedanken haben, Waffen zu geben, kann gefährlich sein", wandte Marek plötzlich ein. „Unser Land wurde lange von religiösen Kriegen zerrissen. Wenn der neue König das in Zukunft vermeiden will, hätte ich sogar Verständnis dafür."

„Ihr meint die Hussitenkriege?", fragte Jane, noch bevor Froni etwas hatte einwenden können.

„Ich meine alle Arten von religiösen Kriegen. Wenn die Menschheit den Geboten Gottes folgen würde, wären sie überflüssig."

Das Problem war, dass Leute unterschiedliche Vorstellungen davon hatten, was Gott wirklich wollte, überlegte Froni. Sie hörte Jane Luft holen und ahnte, dass eine längere theologische Auseinandersetzung bevorstand. Da sie im Augenblick eine andere Thematik für viel dringlicher hielt, fuhr sie dazwischen.

„Derzeit ist es sehr wahrscheinlich, dass es einen Krieg geben wird. Es wäre doch eine gute Idee, wenn alle Männer, die frei ihren Glauben leben wollen, sich um die Verteidigung der Stadt bemühen. Man müsste sie nur bewaffnen."

Jane verzog das Gesicht, doch Marek musterte Froni weiterhin mit neugieriger Belustigung.

„Und was ist mit den Frauen, Fräulein von Odenwald? Meine Glaubensbrüder wollen den Mädchen ebenfalls Bildung vermitteln, warum also sollen nur die Jungen sich später auf Schlachtfeldern in Stücke hacken lassen? Würdet Ihr denn selbst zur Waffe greifen, um unsere schöne Stadt vor den Habsburgern zu verteidigen?"

Diese Frage überrumpelte Froni, denn bisher hatte niemand ihr je vorgeschlagen, ein Schwert in die Hand zu nehmen. Obwohl Mareks Überlegungen nachvollziehbar schienen, hatte er dabei einen spöttischen Tonfall angeschlagen, der sie zornig machte.

„Ich würde es tun! Ich würde kämpfen!", rief sie, ohne zu überlegen. Als sie Janes fassungslosen Gesichtsausdruck bemerkte, erschrak sie über ihre eigene Courage. Nach kurzem Überlegen fügte sie hinzu: „Aber ich täte es nicht gern. Es muss schrecklich sein, andere Menschen zu töten. Manchmal mag es jedoch unvermeidlich sein."

Mareks Blick war plötzlich ernster geworden, als hätten ihre Worte ihn auf unerwartete Weise berührt.

„Ihr mögt recht haben. Aber zunächst einmal haben wir Söldner, um diese Aufgabe zu erfüllen."

Froni überkam ein Gefühl der Verunsicherung. Ja, es gab Söldner. Aber was wäre, wenn sie ihre Pflicht nicht angemessen erfüllten? Der Hofklatsch hatte ihr zugetragen, dass es Friedrich tatsächlich an Geld mangelte. Eben aus diesem Grund waren etliche katholische Kultgegenstände eingeschmolzen worden. Aber Elizabeths Vater ließ ihr regelmäßig Zahlungen zukommen, mit denen sich ein Söldnerheer doch finanzieren ließ.

Es musste einfach so sein! Sie wollte nicht glauben, dass der Boden, auf dem sie alle standen, derart gefährlich schwankte.

„Ich denke, wir sollten langsam zurückgehen. Die Königin will sicher, dass wir ihr ausführlich Bericht erstatten", mahnte Jane.

Marek nickte und schritt auf das Lehrerpult zu. Die Kinder reagierten sogleich und setzten sich an ihre Bänke, anstatt weiter die königlichen Gaben zu begutachten. Froni kam es vor, als wandten alle ihr plötzlich den Rücken zu. Es tat weh. Sie wollte das Gespräch mit Marek fortsetzen, anstatt wieder an den Hof zurückzukehren.

Aber Jane hatte recht. Was junge Frauen wollten, war in dieser Welt nicht von Bedeutung, selbst wenn es sich um adelige Damen handelte. Sie folgte der Engländerin nach draußen, wo Yvetas Brüder sicher auf sie warteten, um sie heil zurückzubringen. Im allerletzten Moment wandte sie noch einmal den Kopf. Die Kinder hatten sich wieder über ihre Tafeln gebeugt, Marek las mit ruhiger Stimme aus dem Buch vor, sie ahmten ihn nach.

Etwas war in diesem Raum, das sie festhielt. Sie wollte ein Teil dieser Weitergabe von Wissen sein, weil eine solche Aufgabe ihr erfüllender schien als alles, was sie in ihrem Leben jemals getan hatte.

„Kann ich … später noch weitere Geschenke bringen? Vielleicht auch Bücher? Wenn Ihr wollt, könnte ich den Kindern etwas Deutsch beibringen", stammelte sie ohne ein klares Ziel vor Augen.

Hofdamen unterrichteten keine Bettlerkinder. Jane schien ebendies zu denken, denn sie sah Froni fassungslos an. Marek aber wirkte eher erfreut als entgeistert.

„Ihr seid uns jederzeit willkommen, Fräulein von Odenwald", erklärte er. Dann sagte er etwas auf Tschechisch zu den Kindern, die Froni gleich darauf folgsam anlächelten.

Wahrscheinlich hatte er weitere Geschenke in Aussicht gestellt, dachte sie. Sie wusste aber nicht, ob sie diese von Elizabeth tatsächlich erhalten würde. Die Verteidigung der Stadt war im Moment wichtiger als das Schicksal von Waisen. Vielleicht waren alles auch nur Worte gewesen, die man dahinsagte, um die höfische Wohltäterin angemessen zu verabschieden.

Der Gedanke schmerzte unerwartet stark. Sie sah, wie Marek noch einmal den Kopf wandte, um ihr zuzunicken, und glaubte, ein Versprechen in seinem Blick zu lesen. Wenn sie wiederkam, so würde sie mit Freude empfangen werden. Diese Erkenntnis machte es ihr leichter, sich von Jane fortführen zu lassen.

„Mein Vater und Großvater gehörten bereits zur Gemeinschaft der Brüder", erzählte Marek Froni drei Wochen später in dem kleinen Raum, wo der Unterricht vorbereitet wurde. Elizabeth hatte sich großzügiger gezeigt als erwartet. Gegen das Bestreben ihrer Hofdame, Waisenkindern weitere Almosen zu übergeben, hatte sie nichts einzuwenden. Es wurden sogar ein paar alte Bücher zur Verfügung gestellt, doch waren sie in englischer und französischer Sprache verfasst, was nicht einmal Marek verstehen konnte. Froni überlegte manchmal, ob sie ihm die Sprachen würde beibringen können, denn er schien klug genug, um schnell zu lernen. Aber sie wagte nie, das vorzuschlagen, denn er war mit so vielen wichtigen Aufgaben beschäftigt.

„Das heißt, Ihr seid in diesem Kreis aufgewachsen", stellte sie nun fest. Sie saßen gemeinsam am Tisch und vor ihr stand ein Krug mit Wasser, denn vor dem Unterricht verzichtete Marek auf Wein und Bier. Sie hatte tatsächlich die Aufgabe erhalten, sich um einige der Mädchen zu kümmern. An einem Nachmittag in der Woche brachte sie ihnen ein paar deutsche Begriffe bei, lernte im Umgang mit den Kindern aber auch etwas Tschechisch. Manchmal brachte sie Leckereien von der Burg mit, die von ihren Schülerinnen sorgfältig in Schürzen gewickelt wurden, um sie später mit der ganzen Familie zu teilen.

Es tat wohl, großzügig sein zu können. Fast wie Elizabeth, die nach Belieben Gunst verteilen, manchmal aber auch entziehen konnte.

„In unserem Dorf gehörten eigentlich alle dieser Kirche an", erzählte Marek weiter. „Abgesehen von ein paar Hitzköpfen, die immer noch meinten, man müsste den richtigen Glauben mit Feldzügen verbreiten wie einst die Hussitenkrieger. Aber wir haben gesehen, zu welchem sinnlosen Blutvergießen das führt. Eine Weile schien es, als könnten in unserem Land viele Konfessionen Seite an Seite existieren, ohne gewalttätige Ausbrüche. Aber dann kam dieser neue Habsburger Kaiser, der den Majestätsbrief seines Vorgängers einfach ignoriert."

Er hatte ohne Spott gesprochen, ein stetes Zeichen, dass ihm etwas sehr am Herzen lag.

„Aber die böhmischen Stände haben ihn doch gewählt!", wandte Froni ein. Die Frage, wie das möglich gewesen war, hatte sie sich schon oft gestellt, ohne jemals eine überzeugende Antwort zu erhalten.

Nun lachte Marek. Er hatte verschiedene Arten zu lachen – eine laute, die Zorn ausdrückte, oder ebenjene leise, feine, traurige, die er jetzt zeigte.

„Wir können uns in diesem Land niemals einig werden, jeder macht, was er will. Es gibt protestantische Gruppen wie die meine, die eine neue Gesellschaft wollen. Dann gibt es noch die Utraquisten, die sich nur in wenigen Dingen von den Katholiken unterscheiden. Sie wollen das Abendmahl in beiderlei Gestalt erteilen, auch mit dem Weinkelch, aber nichts an der Ordnung dieser Welt verändern. Daher gehören ihnen viele Adelige und reiche Bürger an. Sie haben Angst, dass Kirchen wie die meine zu viel Macht erlangen könnten und sie dann aus ihren schönen Stadthäusern verjagen. Deshalb halten sie die katholischen Habsburger für das kleinere Übel. Ferdinand hätte sich nur ein klein wenig toleranter zeigen, den Protestanten hierzulande ein paar Rechte zugestehen müssen. Dann wäre ihm dieser ganze Ärger erspart geblieben."

Friedrich und Elizabeth säßen dann noch als Kurfürstenpaar in Heidelberg, führte Froni das im Geiste weiter. Sie selbst wäre dort Hofdame oder hätte inzwischen Karl geheiratet, um sich und ihrer Mutter ein neues Heim zu geben.

„Ich bin dennoch froh, dass es so wurde, wie es ist", sagte sie. „Ich bin sehr gern in Prag."

Sie mochte die Burg und den dort von Elizabeth eingeführten aufwendigen Lebensstil. Noch besser aber gefiel es ihr hier in dieser Hütte, die als Schule der Armen diente. Vor allem dann, wenn sich Gelegenheit zu einem vertrauten Gespräch mit Marek Neruda fand. Er hatte ihr eine völlig neue Welt aufgezeigt, in der sie erstmals das Gefühl hatte, wirklich nützlich zu sein.

„Es freut mich ebenfalls, Euch hier zu haben", sagte Marek nun sehr schnell und füllte ihre Becher, wie um sich abzulenken. „Ihr habt viel für diese Schule getan. Ich hätte niemals damit gerechnet."

Sie hatte nichts weiter getan, als ab und an milde Gaben zu bringen, dachte Froni. Blut schoss ihr in die Wangen. Sie konnte nicht sagen, ob es aus Verlegenheit oder aus Freude geschah. Es schien eine Mischung von beidem.

„Ihr habt nicht damit gerechnet, dass eine Hofdame sich wohltätig zeigen kann?", fragte sie, um das verlegene Schweigen zu unterbrechen.

„Oh, ich wusste, dass sie Bettlern manchmal Münzen zuwirft."

Da war wieder der gewohnte Spott in seiner Stimme gewesen, was sie etwas beruhigte, weil die plötzliche Vertrautheit zwischen ihnen sie fast erschreckt hatte.

„Aber ich rechnete nicht damit, dass sie sich wirklich um das Schicksal von Waisen kümmern wird und sich bemüht, ihnen zu helfen", fügte er nun deutlich ernster hinzu. „Man kann auch wegen seiner Armut hochmütig und ungerecht werden. Das habe ich erst durch Euch gelernt."

Nun sah er ihr ins Gesicht und seine Augen wurden so ernst, dass sie den Blick niederschlagen musste. Die Angst vor einem unbekannten Gefühl schnürte ihr die Kehle zu. Sie hatte Friedrich angebetet, ohne jemals so zu empfinden. Auch ihre Freundschaft mit Karl war wie eine lauwarme

Suppe gewesen im Vergleich zu all den widersprüchlichen Empfindungen, die sie nun überwältigten. Manchmal fror sie, um gleich darauf wieder ein inneres Feuer zu spüren. Marek schien eine Nähe zu suchen, die sie bisher mit keinem Menschen verbunden hatte. Nur passte sie nicht. Er war ein Dissenter, ein unbedeutender Lehrer in einer Armenschule. Sie gehörte dem Hofstaat der Königin an. Seltsam war nur, dass sie sich hier neben ihm wesentlich wohler fühlte als während der zahlreichen Bankette und Tänze oben auf der Burg. Dort war sie nur ein Stück Verzierung, das sich nicht einmal wirklich ins allgemeine Bild fügte. Hier fühlte sie sich angenommen und geschätzt.

Nach ein paar tiefen Atemzügen erwiderte sie Mareks Blick, doch er wandte sich schnell ab und stand auf.

„Der Unterricht beginnt gleich nach dem Gebet. Wollt Ihr daran teilnehmen?"

Froni nickte. Sie würde neben ihm auf einer Bank sitzen, mit gefalteten Händen, und ihn nur aus den Augenwinkeln betrachten. Mehr stand ihnen beiden nicht zu, das wusste er ebenso wie sie.

Es erstaunte sie lediglich, dass sie wenig Schmerz empfand. Nur Freude, weil sie sich noch eine Weile in seiner Nähe würde aufhalten können. Keiner der Liebesromane, die mit Begeisterung bei Hofe gelesen wurden, hatte sie auf diesen widersprüchlichen Wirrwarr von Empfindungen vorbereitet.

8. Kapitel

„Kurz nachdem wir in Prag einzogen, begannen die Papisten Friedrich den Winterkönig zu nennen", erzählte Elizabeth, während sie ihre Äffin Anne mit Konfekt fütterte. „Sie dachten, wir würden aus der Stadt gejagt worden sein, bevor der Sommer beginnt. Aber nun ist schon ein Jahr vergangen und wir leben immer noch hier auf der Burg. Ferdinand leidet deshalb sicher an Koliken."

Sie lachte und ihre Hofdamen stimmten mit ein. Ende April hatte Friedrich ein letztes Ultimatum erhalten. Er sollte sich bis zu Beginn des Sommers freiwillig aus Prag zurückziehen, ansonsten würde er wie ein Usurpator verfolgt und bestraft werden. Auch wenn es keiner aussprach, wussten doch alle, dass der Kaiser dem aufsässigen Kurfürsten ganz offen mit der Todesstrafe drohte. Elizabeth behielt in dieser angespannten Lage eine gelassene, ja oft heitere Miene. Die Feiern auf der Burg fanden weiterhin statt, es wurde musiziert, getanzt und Theaterstücke wurden aufgeführt. Froni bewunderte ihre Königin für ihren Gleichmut, denn sie selbst schlief manchmal schlecht und wachte schweißgebadet nach Albträumen auf. Sie wünschte sich nichts weiter, als ihr Leben in Prag fortsetzen zu können, so, wie es bisher gewesen war. Je unsicherer ihre Lage hier wurde, desto mehr liebte sie die engen Gassen, zahllosen Kirchen und kunstvoll verzierten Gebäude. Bei jedem ihrer Ausflüge entdeckte sie neue Kleinode, die irgendwo an einem versteckten Platz oder am Ende einer schmalen Straße verborgen waren. Ihr Tschechisch wurde langsam besser, sie vermochte sich bereits durchzufragen, wenn sie sich verirrte. Elizabeth ließ ihr glücklicherweise viele Freiheiten, die sie in Heidelberg unter der Herrschaft von Friedrichs Mutter nie gehabt hätte. Vor allem aber konnte sie sich nicht vorstellen, auf ihre Arbeit in der Armenschule und die regelmäßigen Gespräche mit Marek zu verzichten. Inzwischen wusste sie, dass er ein paar Jahre an der Prager Universität hatte studieren können und einen jüngeren Bruder hatte, der ein Heißsporn war und mit dem Schwert für die protestantische Sache kämpfen wollte. Beide standen sich nahe, auch wenn sie in vieler Hinsicht unterschiedlicher Meinung waren. Er kannte die Geschichte ihrer Mutter, die nach einer unglücklichen Ehe als mittellose Witwe an den Heidelberger Hof gekommen war. Froni hatte das Gefühl, ihm so nahe zu sein, als hätten sie einander schon viele Jahre gekannt. Sie konnte jeden ihrer Gedanken aussprechen, ohne Angst vor Empörung oder Zurückweisung zu haben.

Sie wusste, was sich zwischen ihnen entwickelte. Die steten Gedanken an ihn, die fast quälende Sehnsucht, wenn sie ein paar Tage lang keine Gelegenheit fand, seine Schule aufzusuchen, und die rauschende Freude, sobald sie es endlich wieder tun konnte – all das entsprach allzu genau der Beschreibung in Elizabeths Liebesromanen. Nur war ihr Marek kein Prinz, kein zu Unrecht entmachteter Fürstensohn, sondern das erste Kind eines protestantischen Predigers aus einem kleinen Dorf in der Nähe Prags. Eine Verbindung zwischen ihnen wäre nicht einmal in der schönen Welt der Schäfer und Nymphen aus der heroisch-galanten Literatur möglich gewesen. In der von Gott geschaffenen Wirklichkeit gehörten sie nicht zusammen. Froni wusste es und sie ging davon aus, dass Marek es ebenfalls tat. Sie berührten einander nie, sprachen auch nicht von einer gemeinsamen Zukunft. Trotzdem bedeuteten die regelmäßigen Zusammentreffen ihr mehr als alle schönen Kleider und Schmuckstücke, die sie von ihrer Königin erhalten hatte. Ihr ganzes Leben schien heller, aufregender und erfüllter, seitdem sie Marek kannte.

Eines Tages würde sie sich von ihm trennen müssen. Aber noch war der Tag nicht gekommen und wenn Friedrichs Heer gute Arbeit leistete, lag er in ferner Zukunft. Verirrten ihre Gedanken sich in solch düstere Gefilde, so lenkte sie sich durch Lektüre oder Gespräche ab.

„Bekommen wir Hilfe aus England?", fragte Jane Wyatt plötzlich. Sie hielt zwar einen Stickrahmen in der Hand, hatte bisher aber keine einzige Nadel durch den Stoff gezogen. Als Elizabeths verärgerter Blick sie traf, sackte sie leicht zusammen, sah ihre Königin aber weiter abwartend an.

„Bisher nicht, aber wenn wir in Gefahr sind, wird mein Vater mich sicher nicht im Stich lassen", erklärte die Königin, kraulte dann den Kopf ihrer Äffin und beugte sich wieder über ihr Buch. Froni bemerkte aus den Augenwinkeln, wie Jane das Gesicht verzog. Ein Heer, das erst über den Ärmelkanal ins Herz Europas losgeschickt werden musste, käme ein bisschen spät, falls Ferdinands Streitkräfte schon vor den Toren Prags standen. Noch waren sie nicht hier. Aber sie wurden bereits zusammengestellt, wie Froni von Jane erfahren hatte. Ihre Zimmergenossin erzählte ihr jeden Abend, dass die Dinge nicht gut standen. Die anderen Fürsten der Protestantischen Union hätten beschlossen, sich neutral zu verhalten. Der mächtige bayerische König Maximilian unterstützte den Kaiser, denn er war ebenfalls Katholik und zudem waren ihm im Fall eines Sieges Friedrichs Ländereien versprochen worden. Selbst der sächsische Kurfürst, glücklicherweise Protestant, wollte Friedrich nicht helfen. Er hatte selbst auf die böhmische Krone gehofft und war verärgert, dass sie ihm verweigert worden war. All das erfuhr Jane, indem sie unauffällig blieb, möglichst schnell Sprachen lernte und aufmerksam lauschte. Theodora Bryant hingegen hielt sich selbst zwar für klug, klagte aber über ihre Dienstboten, die noch kein Englisch gelernt hätten, weshalb sie mit ihnen nicht gut kommunizieren konnte. Marian Lacey richtete ihre ganze Aufmerksamkeit auf ihren Verehrer Christoph Harant, der manchmal Elizabeths Feste besuchte. Sie hoffte vermutlich auf eine baldige Eheschließung, die ihr eine Zukunft in einem der schönen Prager Herrenhäuser ermöglichen würde.

Keine der Hofdamen außer Jane befasste sich mit Politik. Froni war dankbar, die kleine Engländerin kennengelernt zu haben, denn sie hatte von ihr einen neuen Blick auf die Welt übernommen. Von ihr und von Marek.

„Friedrich hat sich mit Christian von Anhalt seinem Heer angeschlossen und wird die Papisten von unseren Grenzen fernhalten", verkündete Elizabeth, bevor sie alle zum Mittagsmahl aufbrachen. Diese Botschaft war nicht direkt an Jane gerichtet gewesen, aber Froni merkte, wen ihre Königin dabei besonders im Auge hatte. Man konnte Elizabeth vieles vorwerfen, aber dumm war sie nicht. Froni erwog, Jane baldmöglichst zu warnen, denn sie lief Gefahr, in Ungnade zu fallen. In ihrer Wissbegier und Klugheit vergaß sie manchmal, auf die Befindlichkeiten ihrer Umwelt Rücksicht zu nehmen.

Als der Lakai erschien, um sie in den Speisesaal zu rufen, kam Froni im Korridor plötzlich eine völlig aufgelöste Yveta entgegengelaufen. Ihr Gesicht war leichenblass, die Augen von Tränen gerötet. Kurz fürchtete Froni, der Familie Navratil sei ein Unheil widerfahren, doch Yveta murmelte nur einen einzigen Namen: Henry.

Dem alten Hund war es in den letzten Tagen nicht besonders gut gegangen. Zwar litt er nicht mehr unter Koliken, doch er fraß kaum noch und lag meist nur teilnahmslos herum. Yveta flößte ihm regelmäßig Heiltränke ein, die František gebraut hatte. Henry sei wie ihr eigener Großvater, meinte sie immer wieder. Er brauche besondere Behandlung, sei manchmal etwas übellaunig, aber in diesem Zustand könnte er seine Umwelt noch lange auf Trab halten.

„Er stirbt", stammelte sie nun und Tränen liefen über ihre Wangen. „Es ging ganz plötzlich los, er schnappte nach Luft und jaulte, dann krümmte er sich zusammen und jetzt regt er sich nicht mehr."

Froni stockte der Atem. Seit vielen Monaten schlief Henry Nacht für Nacht wie ein weiches, warmes Kissen zu ihren Füßen, weckte sie morgens, indem er ihr Gesicht ableckte. Sie hatte nicht gewusst, wie eng die Bindung an ein Tier werden konnte. Nun kam es ihr vor, als würde sie einen nahen Verwandten verlieren.

„Ich komme nicht mit zum Essen. Bitte entschuldige mich bei der Königin", rief sie Jane zu und hastete Yveta hinterher. Sie stürmte in das kleine Gemach und sah Henry wie ein Bündel Elend in der Ecke kauern. Seine Augen waren geschlossen, Sabber lief aus seinem Maul, aber seine Brust hob und senkte sich, wenn auch sehr schwach.

„Er lebt noch!", rief sie erfreut und ergriff den Korb in

der Ecke. „Wir bringen ihn sofort zu diesem František. Der kann ihm sicher helfen."

Leider sah Yveta nicht überzeugt aus. „Henry ist schon alt. Vielleicht will er einfach in Ruhe sterben", murmelte sie.

Froni schüttelte energisch den Kopf. „František hat ihn schon einmal geheilt. Er schafft es sicher wieder."

Ohne auf Yvetas Einverständnis zu warten, wickelte sie Henry in eine Decke und legte ihn sanft in den Korb. Er stieß nur ein schwaches Winseln aus, bewegte kaum den Kopf und pfiff beim Atmen. Ihre Hände zitterten so stark, dass sie den Korb kaum verschließen konnte. Yveta half ihr schließlich.

„Ich weiß nicht, ob das viel Sinn hat", murmelte die Zofe, widersetzte sich aber nicht, als Froni den Korb aus dem Zimmer trug. Gemeinsam eilten sie aus der Burg hinaus und hinab zur Brücke.

Als sie im Haus der Navratils Henrys Korb wieder öffneten, hatte seine Atmung aufgehört. Froni stieß einen Schrei aus und legte eine Hand auf den kleinen, drallen Körper, um vielleicht doch noch eine Regung ertasten zu können. Aber er hatte sich in ein regloses, von Fell überzogenes Stück Fleisch verwandelt, dem jeder Lebenshauch entwichen war. Tränen blendeten Froni und die beruhigenden Stimmen der Familie Navratil drangen wie aus weiter Ferne in ihr Bewusstsein.

„Mein Vater kann den Hund irgendwo vergraben", murmelte Yveta sanft und hielt Froni einen Becher Wein hin.

„Nein!" Es fiel Froni schwer, dem Mädchen das Getränk nicht aus der Hand zu schlagen. „Henry soll nicht einfach irgendwo verscharrt werden wie Abfall. Ich will … ich will ein Grab für ihn in meiner Nähe", stammelte sie, bevor Schluchzer ihr die Sprache raubten.

Sie wusste nicht, wo sie den geeigneten Ort finden konnte. Auf der Burg lag unter ihrem Fenster ein Garten, aber er diente der Königin für Ballspiele und Tanzveranstaltungen. Dort konnte sie kein Grab anlegen.

„Ja, natürlich, wie Ihr wollt", murmelte Yveta so beruhigend, wie man mit Kindern oder störrischen Alten redete.

Froni drückte den leblosen Hundekörper an sich. Wenn sie ihn losließ, wäre das ein endgültiges Eingeständnis, dass er tot war.

„Ich muss jetzt weg. Sag Jane, dass ich zum Abendmahl zurück bin."

Yveta nickte kurz und ihre Lippen formten Worte, die Froni nicht mehr hören wollte. Sie hatte den Hundekörper wieder im Korb verstaut und lief einen Weg entlang, den sie inzwischen schon im Schlaf gefunden hätte.

Marek musste den Unterricht beendet haben. Aber mit etwas Glück saß er in der Schreibstube neben dem Schulzimmer, um sich auf den nächsten Tag vorzubereiten oder die Schriften seines Lehrers Comenius zu lesen. Vielleicht war nun kein geeigneter Moment, um ihn zu stören, aber Froni wusste nicht, wie sie ohne ihn den Rest des Tages überstehen konnte.

Das Schulzimmer war bereits leer und auch keiner von Mareks Glaubensgenossen hielt sich in der Nähe auf. Sie hastete auf die Tür zu, die ins kleine Nebengemach führte, und erschrak kurz, als sie zwei männliche Stimmen vernahm, die heftig miteinander debattierten. Eine davon war die Mareks, die zweite hatte sie noch nie gehört. Sie rief laut eine Begrüßung, um sich anzukündigen, dann trat sie ein.

Marek saß hinter einem Stapel von Büchern am Tisch. Ein Stück neben ihm stand ein etwas größerer junger Mann mit roten Wangen. Er trug eine weite Pluderhose und ein Hemd aus grobem Leinen, das an einigen Stellen zerrissen war. Seine Stiefel wiesen Schlammflecken auf und insgesamt wirkte er wie jemand, der sich draußen herumtrieb, statt über gelehrten Texten zu hocken. Die untere Hälfte seines Gesichts wurde von einem dichten Bart verdeckt, aber sie kannte die breite Stirn und die großen braunen Augen. Jede Nacht tauchten sie in ihrer Erinnerung auf.

„Das ist Euer Bruder", stellte sie fest. Marek nickte, stand auf und sprach ein paar Worte auf Tschechisch. Der

Bruder wandte sich ihr nun zu. Sie bemerkte, dass seinem Blick die besonnene Klugheit fehlte, die sie bei Marek zu schätzen gelernt hatte. Für die meisten Frauen wäre der jüngere auch der anziehendere gewesen, denn er verfügte über breite Schultern und einen stattlichen Wuchs.

Froni mochte ihn nicht. Seine stolze Haltung empfand sie als hochmütig, seine Stimme war vorhin unangenehm angriffslustig gewesen. Das Gefühl schien auf Gegenseitigkeit zu beruhen, denn als er sie ansah, lag deutliches Missfallen in seinem Blick, als liefe gerade ein lästiges Insekt über eine lang ersehnte Mahlzeit.

„Mein Hund ... Henry ... er ist gestorben", stieß Froni gequält hervor. „Es tut mir leid, wenn ich störe. Ich komme später wieder."

Mareks Bruder hatte ihr bewusst gemacht, wie lächerlich ihr Kummer den meisten Menschen erscheinen musste. Sie drückte den Korb an sich und wollte sich zum Gehen wenden. Irgendwo gab es in dieser dicht verwinkelten Stadt sicher einen Ort, wo sie sich eine Weile ungestört ihrem Schmerz würde hingeben können.

„Nun wartet doch! Es tut mir leid, dass Euch ein solches Unglück widerfahren ist", rief Marek in ihrem Rücken. Ihr wurde ein wenig leichter zumute. Sie war nicht allein auf dieser Welt.

Sie hörte ihn ein paar weitere Worte mit seinem Bruder wechseln.

„Das ist Jan", stellte er ihn schließlich vor. „Er ist drei Jahre jünger als ich und soeben aus unserem Heimatdorf in die Stadt gekommen."

Froni bemühte sich, Jan freundlich anzulächeln. Er musterte sie kurz, neigte den Kopf und sah dann wieder Marek an.

„Jan hat leider unerfreuliche Botschaften überbracht", meinte Marek. „Das Haus meiner Familie wurde niedergebrannt."

„Oh ... das ... das tut mir leid", murmelte Froni. Sie kam hierher, weil sie wegen eines toten Hundes weinte. Kein Wunder, dass Jan sie lächerlich fand. Aber sie spürte immer noch, wie sehr sie den Hund geliebt hatte. Selbst der Korb mit seinem toten Körper vermochte ihr noch ein wenig Wärme zu schenken, da er voller Erinnerungen an ihre glücklichen Zeiten mit Henry war.

„Ich hoffe, Euren Angehörigen ist nichts zugestoßen", fügte sie hinzu und meinte es völlig ernst. Marek seufzte.

„Meine Mutter ist schon seit einigen Jahren tot, meine Schwestern vermählt und leben in anderen Dörfern. Nur mein Vater und Jan hielten sich noch in meinem Geburtshaus auf und, ja, sie konnten beide aus dem brennenden Gebäude flüchten. Das ändert leider nichts daran, dass das ganze Dorf in Schutt und Asche liegt. Die Leute befinden sich auf dem Weg nach Prag, denn sie hoffen, hier Schutz zu finden. Jan ist ihnen vorausgeeilt, um sie anzukündigen."

Es gab schon so viele Flüchtlinge in der Stadt, dachte Froni. Aber wenn es um Mareks Familie ging, würde sie sich sogar bei Elizabeth dafür einsetzen, ihnen eine angemessene Unterkunft zu verschaffen. Daran konnten auch Jans feindselige Blicke nichts ändern.

„Wer hat das Dorf abgebrannt?", wollte sie nun wissen. Gleich darauf begriff sie, wie dumm diese Frage den zwei Männern scheinen musste.

„Die Truppen von Kaiser Ferdinand?", sprach sie die nächstliegende Vermutung aus. „Sind sie schon in Böhmen?"

„Nein. Es waren Söldner unseres neuen Königs, die meinten, sich ihr Geld auf andere Weise holen zu müssen, weil sie nicht bezahlt wurden", erwiderte Marek völlig gelassen. Froni zuckte zusammen. Jeder Vorwurf gegen Friedrich und Elizabeth traf auch sie, selbst wenn es nicht so gemeint war.

„Der König ist bei seinem Heer. Er hat sich sogar Gelder aus Heidelberg schicken lassen, damit hier alles in Ordnung kommt. Er tut, was er kann."

Marek nickte ernst.

„Manchmal ist das, was man kann, einfach nicht genug", fügte er leise hinzu, aber als Froni etwas darauf erwidern wollte, winkte er ab.

151

„Warum jetzt darüber streiten? Es ist, wie es ist. Setzt Euch, trinkt ein Glas mit uns und erzählt, was mit Eurem Hund geschah."

Er hatte nicht im Geringsten spöttisch geklungen, stellte Froni fest und unterdrückte den Impuls, ihm um den Hals zu fallen. Selten hatte sie einen so großzügigen Menschen getroffen, aber sie wusste nicht, wie sie ihm ihre Anerkennung zeigen sollte. Wieder fand eine tschechische Unterhaltung zwischen den zwei Brüdern statt. Sie verstand das Wort „pes" für Hund, hörte Jan schnauben und presste den Korb noch enger an sich, wie um sich vor der Verachtung des jungen Böhmen zu schützen.

Marek redete noch eine Weile weiter. Die Haltung seines Bruders entspannte sich ein wenig, er nahm auf dem freien Stuhl Platz und musterte Froni etwas eindringlicher.

„Als Jan und ich noch Kinder waren, zog er ein halb totes Kätzchen aus dem Teich in unserem Dorf", erzählte Marek, während er ein Glas Wasser für Froni füllte. „Es überlebte und wir nannten den Kater später Honsa, denn das ist Jans Spitzname. Ich habe ihn nun daran erinnert, wie traurig er war, als Honsa eines Tages, mehrere Jahre später, nicht mehr von einem seiner Streifzüge zurückkehrte und wir seinen Körper zerfetzt im Wald fanden. Manchmal muss man Menschen ihre eigene Schwäche deutlich machen, damit sie Verständnis für andere zeigen."

Froni lächelte. Das schien seine Art, Probleme zu lösen. Er vermied Streit, wo immer es nur ging, ja versuchte sogar, Feindseligkeit durch beruhigende Worte aus dem Weg zu räumen.

Jan saß ihr nun schweigend gegenüber, starrte sie aber weiterhin an. Sie hörte ihn ein paar Worte murmeln, die Marek sogleich übersetzte.

„Was wird unser deutscher König gegen den katholischen Kaiser tun? Denn früher oder später ist er hier, es ist nur eine Frage der Zeit. Unbezahlte Söldner sind nicht unbedingt die besten Kämpfer."

Froni wiederholte, dass Friedrich sich seinem Heer widmete. Er hatte zwar selbst keine militärische Erfahrung, aber gute Ratgeber wie Christian von Anhalt und den Grafen von Schlick. Die Katholiken würden verjagt werden, alles käme wieder ins Lot und das Heimatdorf der Nerudas konnte sicher wieder neu errichtet werden. Sie würde sich persönlich bei der Königin dafür einsetzen.

Es waren nicht nur leere Worte. Sie glaubte daran, weil jede andere Möglichkeit nicht zu ertragen gewesen wäre. Marek übersetzte. Zu ihrer Erleichterung schien Jan zufrieden, denn er leerte sein Wasserglas und schenkte Froni sogar ein schief geratenes Lächeln.

„Es tut meinem Bruder wirklich leid um Euren Hund", erzählte Marek, obwohl Jan nichts gesagt hatte. „Wisst Ihr denn schon, wo er begraben werden soll?"

Froni schüttelte den Kopf.

„Ich kenne die Stadt zu wenig."

Sie überlegte, dass sie vielleicht Elizabeth fragen sollte, denn ursprünglich war Henry ihr Hund gewesen. Allerdings hatte sie sich ihm in letzter Zeit kaum gewidmet.

„Ich würde die Bethlehemskapelle vorschlagen", sagte Marek mit einem sanft angedeuteten Schmunzeln. „Der Hund kam mit unserem protestantischen König, der uns vor einer erzwungenen Rekatholisierung bewahren soll. Welcher Ort wäre geeigneter als jener, wo einst der große Jan Hus predigte?"

Froni wurde ein wenig leichter zumute, denn diese Vorstellung schien auf seltsame Weise tröstlich. Henry würde an einem heiligen Ort seine ewige Ruhe finden.

„Gibt es denn dort … so etwas wie einen Friedhof?"

Marek schüttelte den Kopf.

„Ich kenne den Priester, der dort jetzt predigt. Wenn ich mit ihm rede, wird er es dulden, dass wir den Hund auf einer kleinen Grünfläche hinter der Kapelle begraben. Ich hoffe, Ihr seid damit einverstanden?"

Froni nickte. Ihre Arme, die den Korb fest umklammert hielten, lockerten sich ein wenig. Sie war bereit, Henry gehen zu lassen.

„Dann brechen wir am besten gleich auf, denn Ihr müsst sicher bald auf die Burg zurück."

Wieder unterhielten die Brüder sich eine Weile, dann stand Marek auf und schob Froni sanft aus der Tür.

„Ich zeige Euch den Weg."

Zwar fühlte sie sich wie ein kleines Kind behandelt, aber er war zu rücksichtsvoll, als dass sie darüber hätte zornig sein können. Gemeinsam hasteten sie durch die Gassen, bis das hell gestrichene, recht schlichte sakrale Gebäude vor ihnen auftauchte. Marek unterhielt sich mit ein paar Kirchendienern und bekam schließlich eine Schaufel in die Hand gedrückt. Er nahm Froni den Korb ab, trug ihn zu dem kleinen Garten hinter der Kapelle und begann zu graben.

Eine Weile später war Henrys Körper unter einer dicken, warmen Schicht von Erde vergraben. Froni empfand die Vorstellung, dass er an einem so heiligen Ort ruhte, tatsächlich als tröstlich. Die schwere Last von Schmerz wich allmählich von ihrer Brust. Henry hatte kein schlechtes Leben gehabt und es war auch recht lang gewesen. Nun war es an der Zeit, von ihm Abschied zu nehmen, denn es gab dringliche Angelegenheiten, mit denen sie sich befassen musste.

Auf dem Rückweg kam ihr die Stadt wieder heller und fröhlicher vor.

„Was wird Eure Familie nun machen?", fragte sie Marek. Sie wollte sich sogleich anbieten, ihnen eine Unterkunft zu besorgen, schwieg aber aus Rücksichtnahme. Er sollte sich nicht vorkommen wie ein Bettler, dem Almosen zugeworfen wurden.

„Wenn mein Vater hier ist, werde ich ihn bei den Navratils unterbringen. Dort habe ich eine kleine Kammer und er wird eine Matte bekommen. Die restlichen Leute werden sehen müssen, wo sie bleiben. Es sind zu viele Flüchtlinge in der Stadt."

Das stimmte. Dennoch beschloss Froni, sich für Mareks einstige Nachbarn einzusetzen. Sie würde es ihm aber nicht sagen, denn er sollte sich nicht zu Dankbarkeit verpflichtet fühlen.

„Und Jan? Euer Bruder? Wird er auch mit Euch in der Kammer leben?"

Es würde vielleicht eng werden, aber so erging es vielen Leuten. Zu ihrer Überraschung blieb Marek plötzlich stehen und runzelte die Stirn.

„Jan ist schwierig. Ich weiß nicht, was er machen wird."

„Was soll er denn hier anfangen, außer bei Euch einzuziehen? Hat er andere Freunde?", fragte Froni verwundert.

„Er kennt Leute, die ähnlich denken wie er. Sie sehen unsere Kirchen ständig in Gefahr und wollen sich selbst wehren. Aber mit Sicheln und Speeren lässt sich kein Krieg mehr gewinnen, wenn die Gegner über Musketen verfügen. Zudem riet unser Herr Jesus nicht zur Gewalt."

Froni sah ihn staunend an.

„Aber wie sollen wir Protestanten uns gegen die Katholiken wehren, wenn wir keine Waffe in die Hand nehmen, sie aber schon?"

Marek lachte auf.

„Jetzt klingt Ihr genau wie mein Bruder. Wenn alle Menschen der Lehre Jesu folgen würden, gäbe es keine Kriege."

Froni schluckte, denn diese Aussage war ungeheuerlich. Betrachtete man die Dinge auf diese Weise, wären sowohl Friedrich als auch der Habsburger Ferdinand keine aufrechten Christen. Hatte Jane deshalb erwähnt, dass die Dissenter den Herrschenden dieser Welt immer ein Dorn im Auge waren?

Sie hatten nun schon die Neustadt erreicht, wo die Armenschule stand. Es ging den großen Rossmarkt entlang bis hin zum Tor der äußeren Stadtmauer, wo sie abbiegen und ein paar schmutzige, namenlose Gassen würden entlanglaufen müssen. Unmittelbar hinter der Mauer erstreckten sich zahlreiche Weinberge, doch tröstete dies nicht über das Elend der Hütten hinweg.

„Ich mache mir Sorgen um Jan", sagte Marek plötzlich und blieb mitten auf der Straße stehen. „Er könnte aus Zorn etwas tun, das sein Seelenheil gefährdet und ihn zudem in Schwierigkeiten mit der Obrigkeit bringt. Er glaubt, dass wir uns selbst verteidigen müssen, denn dem Rest der Welt ist unser Schicksal gleich."

Genau in diesem Augenblick überkam Froni die Ahnung, dass Jan recht haben könnte. Ein paar protestantische Bauern waren nichts, über das sich Elizabeth und Friedrich große Gedanken machen würden. Die Zukunft der reformierten Kirchen lag ihnen am Herzen, aber sie würden sicher ein paar kleine Leute opfern, wenn es notwendig wäre.

„Wie sollte diese Selbstverteidigung denn aussehen?", fragte sie also. „Hat Euer Bruder genauere Vorstellungen davon?"

Sie ging davon aus, dass er sie nicht hatte. Marek bestätigte dies durch ein Nicken.

„Jan will vor allem kämpfen. Er braucht nur den richtigen Anführer, dann läuft er ihm hinterher. Menschen wie mein Bruder machen diese Welt nicht besser, weil sie schnell in die falsche Richtung rennen."

Vielleicht machten sie die Welt aber auch nicht schlechter, erwog Froni.

„Ihr vertraut also auf den neuen König?", bohrte sie genauer nach. Marek schüttelte ohne Zögern den Kopf.

„Ich vertraue auf Gott den Herrn. Mehr bleibt uns nicht übrig."

Dann ergriff er ihren Ellbogen und schob sie an die Hauswand, weil ihnen ein breiter Karren entgegenkam. Schlamm spritzte gegen Fronis Röcke. Sie lehnte spontan ihren Kopf an seine Schulter und erschrak, wie wohl ihr dabei zumute war.

„Ihr müsst sicher bald auf die Burg zurück", meinte Marek nach kurzem, verlegenem Schweigen. „Vielleicht sollte ich Euch einfach wieder zu den Navratils bringen, bevor ich in die Armenschule gehe."

Froni verspürte einen Stich, weil er von ihr zurückwich. Lieber wäre sie noch eine Weile neben ihm hergelaufen, selbst wenn die Gegend, wohin er sie führte, aus verwüsteter Ödnis bestanden hätte. Tränen der Enttäuschung schossen ihr in die Augen, dann wurde ihr bewusst, wie viele Händler und andere ehrbare Bürger ihr hier auf diesem Markt noch zusehen konnten. Sie fing sich wieder.

All das, wonach sie sich sehnte, war völlig unmöglich.

„Ja, ich muss zurück", sagte sie schnell. „Ich danke Euch für Euer Verständnis und Eure Hilfe."

Er neigte leicht den Kopf und Froni schien es, als wolle er sich bereits hier von ihr verabschieden. Den Weg zum Haus der Navratils hätte sie auch allein gefunden, es lag in der Nähe der Mauer zur Judenstadt und war daher nicht allzu weit entfernt. Spontan streckte sie die Hand aus und hielt Marek am Unterarm fest.

„Wenn Ihr Hilfe braucht ... für Eure Familie, dann müsst Ihr es nur sagen", stammelte sie, um ihrem Verhalten eine unverfängliche Erklärung zu geben.

Er antwortete nicht gleich, sah sie nur stumm an. Für einen Moment hörten sie den Lärm der Händler und ihrer feilschenden Kunden nicht mehr und rochen auch nicht den Gestank der Pferdeäpfel, weil die Welt nur aus ihnen beiden zu bestehen schien.

„Ihr seid sehr großzügig", sagte Marek schließlich. „Ich freue mich darauf, Euch bald wieder in unserer Armenschule zu sehen."

Dann ging er mit langen, schnellen Schritten auf das Tor zur Altstadt zu. Froni hastete hinterher. Es freute sie, dass er die Richtung zum Haus der Navratils eingeschlagen hatte, denn so blieben sie noch eine Weile zusammen. Doch redete Marek nicht mehr. Auf dem Altstädter Ring traten ein paar Gaukler auf, die sehr viele Leute angelockt hatten. Sie bemerkte, dass einer von ihnen einen langen roten Mantel und eine Feder am Hut trug, wie Friedrich es gern bei seinen Ausritten durch die Stadt getan hatte. Er stand auf einer Leiter vor einem Fass, warf den Mantel mit einer schwungvollen Geste in die neugierig gaffende Menge. Fassungslos bemerkte Froni, dass der Mann nun splitternackt war. Mit einem wilden Jauchzer sprang er in das Fass, Wasser spritzte hoch und der magere Kerl mit leicht gekrümmten Schultern warf den Frauen in seiner Nähe Kusshände zu. Grölendes Gelächter kam von den Zuschauern, eine stämmige Alte mit Kopftuch täuschte einen Ohnmachtsanfall vor, der für noch mehr Applaus sorgte. Ihr wurde flau im Magen, als sie begriff, wessen galant gewagtes Benehmen hier auf die Schippe genommen wurde. Hatten die Prager so wenig Respekt vor ihrem neuen König? Kurz erwog sie, dies Elizabeth mitzuteilen, entschied sich aber dagegen. Einem derart harmlosen, wenn auch derben Spaß sollte man vielleicht nicht zu viel Bedeutung beimessen.

Marek kommentierte die Darbietung nicht weiter, sondern tauchte in das Gewirr von Gassen ein. Sie folgte. Bereits vor der Haustür der Navratils verabschiedete er sich, weil angeblich sein Bruder auf ihn wartete. Es kam ihr fast vor, als wolle er vor der plötzlichen Nähe flüchten, die kurz zwischen ihnen aufgekommen war. Diesmal unterdrückte sie den Impuls, ihn zurückzuhalten. Sobald er hinter einer Ecke verschwunden war, brach Froni endgültig in Tränen aus, doch diesmal nicht mehr wegen eines toten Hundes.

Bisher hatte sie ihre Bekanntschaft mit Marek als Bereicherung empfunden, als eine willkommene Abwechslung zu dem angenehmen, manchmal aber auch anstrengenden Leben als Hofdame. Mit ihm konnte sie über Dinge reden, die in der höfischen Gesellschaft unpassend gewesen wären, und fand sinnvollere Aufgaben, als nur zu tanzen, zu singen und im Winter auf den Hügeln hinter der Burg Schlitten zu fahren. Sich zwischen zwei Welten zu bewegen, hatte ihr Leben aufregender gemacht. Nun überkam sie die Ahnung, dass sie eines Tages unter der ganzen Lage würde leiden können, weil der ihr von Geburt an vorgegebene Lebensweg sie von dem Menschen wegführte, der wichtiger geworden war als alle anderen vor ihm. Den ersten tiefen Schmerz hatte sie gerade eben verspürt. Er drohte, irgendwann weitaus quälender und zerstörender zu werden als aller Kummer, den ihre Schwärmerei für Friedrich ihr jemals verursacht hatte.

Sie wickelte sich ihren Schal um die Schultern, denn sie war in ihrem tief ausgeschnittenen höfischen Gewand losgelaufen. Dann betrat sie das Heim der Navratils und war erleichtert, deren freundliche, besorgte Gesichter zu sehen. Yveta fragte, was mit Henry geschehen war, und man schenkte ihr zur Beruhigung einen Krug Bier ein.

Froni wurde etwas wohler zumute. Sie wusste, dass sie Marek bei der nächsten Gelegenheit wieder aufsuchen würde. Man hätte sie einsperren müssen, um sie daran zu hindern.

Solange sie regelmäßig Zeit mit ihm verbringen konnte, war alles nicht so schlimm.

Der Rest des Sommers verging mit weiteren Festen, Tänzen und gelegentlichen Badeausflügen an den Ufern der Moldau. Die heitere Ausgelassenheit des Lebens auf der Burg wurde manchmal durch Nachrichten über Ferdinands inzwischen zusammengestelltes Heer getrübt, das sich auf dem Weg gen Prag befand. Maximilian von Bayern, ein Verbündeter des Kaisers, hatte die Pfalz überfallen, die Friedrich schutzlos zurückgelassen hatte. Louise Juliana, Friedrichs Mutter, war mit den in ihrer Obhut verbliebenen Enkelkindern nach Berlin geflohen. Nur ein paar Tausend freiwillige Kämpfer aus England stellten sich Maximilian noch in den Weg.

„Sicher Dissenter", meinte Jane mit stolzer Miene. „Sie haben Verständnis für die Belange der Böhmen."

Elizabeth kommentierte das nicht, auch sonst fragte niemand genauer nach. Egal, wer diese Engländer auch sein mochten, sie reichten nicht, um den Kaiser aufzuhalten. Die Königin schrieb regelmäßig Briefe an ihren Vater und flehte ihn um weitere Soldaten an. Sie würden sicher bald losgeschickt werden, versicherte sie ihrer Gefolgschaft und auch den Prager Ratsherren, die sie manchmal besorgt aufsuchten. Friedrich hielt sich weiterhin bei seinem Heer auf, um eine Strategie gegen den bevorstehenden Angriff zu entwickeln. Zunächst galt es, Böhmen, vor allem das reiche Prag, zu halten. Danach erst würde er sich um seine deutschen Ländereien kümmern.

Froni betete jeden Abend, dass ihre Mutter auf Karls Landsitz in Sicherheit wäre. Elizabeth bot ihr schließlich an, die alte Dame nach Prag kommen zu lassen, doch in der gegenwärtigen Lage schien das allzu gefährlich. Außerdem hatte ihre Mutter sich von Anfang an geweigert, in ihrem Alter noch in ein fremdes Land aufzubrechen.

Mit Marek konnte sie am besten über diese Sorgen reden, denn er wusste, wie es sich anfühlte, seine nächsten Verwandten in Gefahr zu wissen. Der Unterricht half ihr weitaus mehr als die höfischen Festlichkeiten, auf andere Gedanken zu kommen und nicht in Trübsal zu verfallen. Alle wussten, dass ihnen eine große Schlacht bevorstand, die über das Schicksal Böhmens, ja über das der deutschen Protestanten entscheiden würde.

Daher beteten sie alle, die vornehmen Leute bei Hofe ebenso wie die kleinen Bürger, sogar die Bettler und Flüchtlinge in den Elendsquartieren. Die ganze Stadt, die den neuen König vor fast einem Jahr mit Freude und Jubel begrüßt hatte, war in eine düstere Starre gefallen. Trotz der strahlenden Sonne wirkten die Gesichter auf den Straßen bedrückt, obwohl in den Wirtshäusern immer noch kräftig gezecht und gefeiert wurde. Wahrscheinlich fragten die Leute sich, wie lange sie es noch konnten.

„Friedrich wird den Kaiser auf jeden Fall daran hindern, in Prag einzufallen", versicherte Froni Marek immer wieder. Sie hatte dies von Elizabeth gehört. Dank der aus Heidelberg besorgten Gelder war es dem König gelungen, seine Söldner zufriedenzustellen. Graf von Schlick und Christian von Anhalt brachten die nötige militärische Erfahrung mit, um das Heer zu disziplinieren.

Es stand nicht schlecht um die Sache der Protestanten. Nicht so schlecht jedenfalls, wie einige Leute es nach Friedrichs Eintreffen in Prag prophezeit hatten.

Die Feste gingen weiter bis in den Herbst hinein. Elizabeth opferte einige ihrer Juwelen, um das immer noch murrende, Unruhe stiftende Söldnerheer bezahlen zu können. Einmal war Ernst von Mansfeld aus Pilsen, das er für Friedrich besetzt hielt, nach Prag gekommen und einige seiner Offiziere waren mit gezückten Schwertern auf ihn losgegangen, weil sie endlich ihr Geld erhalten wollten. Die königliche Leibgarde konnte die Kontrolle über die Meuterer gewinnen, aber der Vorfall sprach sich in Prag herum. Friedrich beschloss, dass auch in der Stadt lebende Juden und Katholiken für den Erhalt des Heeres aufkommen sollten, da es ebenfalls ihrem Schutz diente. Die Verordnung sorgte für Missfallen, aber man fügte sich. Dennoch blieb die Lage angespannt. In den Wirtshäusern der Stadt kam es immer häufiger zu Schlägereien, da die Soldaten Friedrichs oder auch Bethlen Gábors, der weiterhin die Gegend unsicher machte, sich dort betranken. Marek bemerkte mit düsterer Miene, dass viele der armen, in die Stadt geflüchteten Mädchen sich nun an die Soldaten verkauften, um irgendein Auskommen zu haben. Froni teilte dies Elizabeth mit, denn sie hoffte, die Königin würde noch mehr Spenden für diese Unglücklichen bereitstellen.

Aber sie tat es nur mit einem Schulterzucken ab.

„Solche Dinge sind zu Kriegszeiten unausweichlich. Zudem ließ die Moral in dieser Stadt von Anfang an zu wünschen übrig. Die ganzen Götzenbilder auf der alten Brücke! Eines davon stellt sogar einen nackt badenden Mann dar!"

Selbst die sonst so unerschütterliche Jane sah ihre Königin nun fassungslos an. Elizabeths Hinwendung zur Sittsamkeit kam ihnen allen wie ein plötzlicher, heftiger Fieberanfall vor. Elizabeth hatte sich über ihren Strickrahmen gebückt, wie um dem neugierigen Starren auszuweichen.

„Wir brauchen alles Geld für unser Heer", murmelte sie mit zusammengebissenen Zähnen. „Deshalb hat unser Hofprediger angeordnet, sämtliche Schätze aus den katholischen Kirchen zu holen. Wir sind hier, um den rechten Glauben durchzusetzen."

Die Hofdamen zeigten nickend Einverständnis, nur Jane atmete leicht pfeifend aus. Froni dachte, dass Friedrich und Elizabeth hier waren, weil die Böhmen ihnen die Krone verliehen hatten. Dieses rigide Vorgehen würde die Bewohner Prags noch weiter gegen ihre neuen Herrscher aufbringen. Aber man hatte hierzulande bereits einen unliebsamen König abgesetzt, ständig konnten auch die störrischen Böhmen nicht so fortfahren. Wahrscheinlich war ebendies

Friedrichs und Elizabeths Glück.

Der Versuch, den nackt Badenden von der Brücke zu entfernen, scheiterte am heftigen Widerstand der Bevölkerung. Aber im Veitsdom und der großen Jesuitenkirche wurden alle Bildnisse abgehängt und Scultetus ließ sogar Reliquien als Brennholz verwenden.

Zwei Tage später bewarfen mehrere zerlumpte Kinder Froni mit Steinen, als sie auf dem Weg zu Mareks Armenschule war. Sie hatte Glück, weil eine resolute Bürgerin einschritt und die Übeltäter lautstark zur Ordnung mahnte. Als Froni sich bei ihr in gebrochenem Tschechisch bedankte, erhielt sie aber nur einen verächtlichen Blick und wurde ohne Abschiedsworte stehen gelassen.

„Ihr müsst Euch noch schlichter kleiden", schlug Marek vor, nachdem sie recht aufgelöst bei ihm eingetroffen war. Dann holte er einen langen schwarzen Umhang aus einer Truhe in dem Studierzimmer und überreichte ihn ihr. „Niemand sollte Eure aufwendige Frisur bemerken. Zieht die Kapuze über, sobald Ihr allein unterwegs seid."

Froni nickte niedergeschlagen. Bei ihrem Einzug in Prag hatte sie die Stadt als weltoffen und lebenslustig empfunden.

„Es leben doch auch tschechische Adelige hier", wandte sie zaghaft ein. „Tragen deren Frauen auch ständig solche Umhänge auf der Straße?"

Er schüttelte den Kopf.

„Sie laufen normalerweise nicht allein in der Stadt herum. Falls doch, so sprechen sie tschechisch. Sobald jemand hört, dass Ihr Deutsche seid, sieht er eine Dame der neuen Königin in Euch."

Froni fröstelte.

„Ist der Hass denn schon so groß?"

Er vermied es, ihr eine Antwort zu geben, schenkte ihr stattdessen einen Becher Wein ein. Mit zitternden Händen nippte sie daran.

„Falls es dem König gelingt, das Heer des Kaisers abzuwehren, wird alles in Ordnung kommen", erklärte Marek dann mit völlig gefasster Stimme. „Die Prager lieben ihre Unabhängigkeit und werden ihm alle früheren Fehler verzeihen, wenn er sie vor dem Tyrannen rettet. Er hat dann genug Zeit zu lernen, wie er sich in Zukunft besser verhalten sollte. Werden wir hingegen von dem Habsburger erobert, wird Friedrichs Ungeschicklichkeit uns bald schon harmlos vorkommen."

Froni atmete tief durch, dann hörte das Beben ihres Körpers endlich auf.

„Wann, glaubt Ihr, ist es so weit?"

Marek zuckte mit den Schultern.

„Es könnte jeden Tag sein. Das Heer des Kaisers ist bereits unterwegs. Er wird sich nicht mit Verhandlungen zufriedengeben."

Eine unsichtbare Hand drückte Fronis Kehle zusammen. Sie musste sich am Tisch abstützen, aber zum Glück ging dieser Anfall recht schnell vorüber.

„Ich sehe nach meinen Schülerinnen", murmelte sie schnell und lief in eine der anliegenden Hütten, wo die für sie ausgesuchten Mädchen bereits warteten. Etliche der Flüchtlinge stammten aus österreichischen Ländereien und sprachen daher Deutsch. Sie bemühte sich nun, sieben böhmischen und mährischen Mädchen die deutsche Sprache beizubringen, übte gleichzeitig auch das Schreiben und Lesen mit ihnen. Das Zusammensein mit den Kindern gab ihr ein Gefühl von Normalität zurück.

Die Welt würde nicht untergehen. Es kam nur ein Heer, das vielleicht wieder abziehen konnte, wenn man sich irgendwie einig wurde.

Am siebten November des Jahres 1620 wurde Froni von einer aufgeregten Jane wachgerüttelt.

„Sie sind da! Die Katholischen stehen dicht vor Prag!"

Froni sprang auf und zog sich den Umhang über, den Marek ihr gegeben hatte. Zwar passte er nicht zu ihrer höfischen Garderobe, aber sie liebte es, den rauen Stoff auf ihrer Haut zu spüren. Fast kam es ihr vor, als sei Marek anwesend, um ihr Mut zuzusprechen. Bald schon wüssten sie, wie es mit ihnen allen weitergehen würde.

Gemeinsam mit Jane lief Froni auf den Korridor, wo sie etliche Bedienstete und ein paar andere Hofdamen vorfand. Stimmen schwirrten durcheinander. Ein Lakai bahnte sich den Weg und rief die Damen in die Allerheiligen-Kirche, wo Scultetus auf sie wartete. Froni seufzte leise. Der magere alte Frömmler war im Moment der letzte Mensch, den sie sehen wollte, aber da auch Jane sich folgsam in Bewegung setzte, konnte sie nicht zurückbleiben.

Sie knieten und beteten, bis der Morgen graute. Sogar Elizabeth war in ihrem Nachtgewand erschienen, nur in einen feinen Spitzenschal gehüllt. Die Ammen hatten ihre zwei Kinder gebracht, die manchmal zu greinen begannen, aber durch mahnende Stimmen wieder zur Ruhe gebracht wurden. Die angespannte Stimmung ließ schließlich auch Froni immer wieder in das Vaterunser einstimmen, ja sie lauschte sogar aufmerksam den Worten des Hofpredigers, der Gott den Herrn anflehte, diese Stadt vor dem Papismus zu bewahren, damit die letzten Spuren heidnischer Götzenverehrung ausgemerzt werden konnten.

In diesen Stunden war es gleich, dass sie Scultetus nicht mochte und in ihm den Hauptverantwortlichen für die Unbeliebtheit des Königspaares in der Stadt sah. Sie waren wie Schiffbrüchige in einem Boot auf hoher See. Gemeinsam flehten sie den allmächtigen Herrgott an, sie nicht ertrinken zu lassen.

Sobald die ersten Sonnenstrahlen durch die Fenster der Kapelle drangen, flog plötzlich die Tür auf. Friedrich stand vor ihnen, in ledernen Hosen und einem Hemd aus schlichtem Leinen. Sein Gesicht war müde, doch seine Augen leuchteten.

„Calme-toi, mon Astrée!", rief er Elizabeth zu, die sogleich aufsprang, ohne auf ein Einverständnis des Hofpredigers zu warten. Sie lief ihrem Gemahl entgegen, der sie vor aller Augen an sich drückte und ihr wunderschönes, kupferfarbenes Haar streichelte.

Jane sah Froni ratlos an.

„Heißt das, wir haben gewonnen?"

Ein Funke von Hoffnung flammte auf. Die Damen tuschelten aufgeregt, Scultetus verzog das Gesicht, wagte sich aber nicht einzumischen.

„Ein Gesandter des englischen Königs ist eingetroffen und kam ungehindert bis nach Prag", verkündete Friedrich nun laut. „Er will uns sicher erzählen, dass mein Schwiegervater Hilfe losgeschickt hat."

„Auf diese Botschaft haben wir schon gewartet, bevor wir nach Prag aufgebrochen sind", flüsterte Jane Froni ins Ohr. Auch Elizabeth sah nur mäßig begeistert aus.

„Ist das Heer des alten Lumpensammlers tatsächlich vor der Stadt?", wollte sie nur wissen.

Friedrich nickte. „Sie sind in unmittelbarer Nähe. Aber macht euch alle keine Sorgen." Er baute sich neben dem finster dreinblickenden Scultetus auf, bevor er weiterredete. „Christian von Anhalt ist ein großartiger Feldherr. Er hat einen uneinnehmbaren Standort für unser Heer gefunden, einen Berg hinter der Stadt. Von dort aus können wir Prag hervorragend verteidigen. Sobald der erste Angriff abgewehrt ist, müssen wir nur noch auf die Verstärkung aus England warten."

Er legte seine Hände um Elizabeths Mitte und hob sie schwungvoll hoch. Ein paar der Damen applaudierten. Marian Lacey wischte sich gerührt Tränen aus den Augen. Sie träumte wohl immer noch im Stillen von einem Mann, der ihr ebenso viel Liebe schenken würde.

Froni verstand diese Sehnsucht. Für sie selbst war eine Erfüllung dieses Traums in greifbare Nähe gerückt. Sie würde einen Weg finden, mit Marek vereint zu sein. Das schwor sie sich in diesem Moment, den Blick auf das Kreuz in der Kapelle gerichtet.

Aber zunächst einmal musste Prag gerettet werden.

„Legt Euch nun alle nieder, um noch etwas Schlaf zu finden", riet Friedrich den höfischen Damen. „Wir müssen morgen ein Bankett vorbereiten, um den englischen Botschafter angemessen zu ehren."

Er drückte Elizabeth an sich und schob sie aus der Kapelle. Allen war klar, wo er selbst die nächsten Stunden verbringen würde. Froni verspürte einen Stich von Neid, wurde von einer tiefen Sehnsucht nach etwas gequält, das sie noch nie kennengelernt hatte.

Jane legte ihr eine Hand auf den Arm.

„Lass uns auf unser Zimmer gehen und hoffen, dass er recht behält."

Froni sah die Engländerin ungläubig an. Die Möglichkeit, dass Friedrichs Zuversicht fehlgeleitet war, hatte sie bisher geflissentlich aus ihrem Bewusstsein verdrängt.

„Wenn Christian von Anhalt sagt, dass dieser Berg uneinnehmbar ist, dann wird es wohl auch so sein", entgegnete sie mit unnötiger Schärfe und folgte Jane in ihr Gemach zurück.

9. Kapitel

Nach einem kurzen, aber tiefen Schlaf wurden sie erneut geweckt, denn sie sollten an dem Bankett des englischen Gesandten teilnehmen. Froni zog schnell wieder ihr Kleid an und ließ sich von Yveta das Haar frisieren. Ihre Zofe hatte dunkle Ringe unter den Augen.

„Mach dir keine Sorgen, der König hat gesagt, dass wir bald Hilfe bekommen", versicherte Froni und tätschelte ihre Hand. Yveta nickte, aber ihr Gesicht erhellte sich nicht.

„Gibt es einen Ort, an den ihr fliehen könnt, falls die Stadt doch eingenommen wird?", fragte Jane indessen.

Yveta zuckte mit den Schultern.

„Das Umland ist nicht sicher. Überall ziehen Soldaten herum. Diese Ungarn von Bethlen Gábor sind schlimmer als ein Schwarm Heuschrecken, sie haben schon etliche Häuser geplündert. Wenn wir an ihnen vorbeikommen, können wir in unser Heimatdorf zurück. Auch dort müssten wir katholisch werden."

„Das Wichtigste wäre, am Leben zu bleiben", riet Jane zu Fronis Erstaunen. Yvetas Gesicht blieb unbewegt.

„Mein Vater will, dass wir den wahren Glauben leben."

„Das werdet ihr auch", mischte Froni sich entschlossen ein. „Bald schon sind die Katholischen abgezogen und es kehrt Ruhe in der Stadt ein."

Die Möglichkeit einer anderen Entwicklung verbannte sie aus ihrem Bewusstsein, denn es hätte sie zu sehr gelähmt, sich ein derartiges Unglück vorzustellen.

Yveta nickte.

„Ich würde gern heute Vormittag zu meiner Familie gehen, wenn es mir gestattet ist", sagte sie dann leise. „Wir möchten gemeinsam für einen guten Ausgang beten."

Froni und Jane stimmten fast gleichzeitig zu. Yveta lächelte endlich.

Dann hasteten die zwei Damen in den großen Wladislaw-Saal, wo der Empfang des Gesandten stattfinden sollte. Elizabeth hatte es wieder einmal geschafft, innerhalb kürzester Zeit alles angemessen herrichten zu lassen. Blumensträuße und eine feine Decke aus Spitze zierten den Tisch. Die Köche hatten wohl die ganze Nacht durcharbeiten müssen, um erlesene Speisen vorzubereiten.

Friedrich unterhielt sich angeregt mit einem älteren Herrn, der eine altmodisch-steife Halskrause trug. Sein Strahlen verblasste allmählich, aber er gestikulierte viel und wurde auch nicht stiller.

„Heute Morgen hat mein Gemahl die Ratsherren des Direktoriums darum gebeten, dass die böhmischen Stände uns mehr Geld für die Verteidigung der Stadt geben", erzählte Elizabeth ihren Hofdamen und ließ sich einen Becher Wein einschenken. „Angeblich haben sie zugestimmt. Daher brauchen wir uns alle keine Sorgen zu machen."

Sie lächelte ihre Damen an und schlug vor, sich den Rest des Tages im Garten vor der Burg zu vertreiben, denn es war angenehm warm draußen. Sie spazierten eine Weile herum, nahmen dann auf der Wiese ihr Mittagsmahl ein, wieder begleitet von Musik und Gesang. Froni lehnte sich an einen Baumstamm und schloss für einen Augenblick die Augen. Die Stimmung schien so völlig friedlich, dass die Möglichkeit einer bevorstehenden Schlacht fast unvorstellbar wurde. Bald schon würden die feindlichen Truppen abziehen, wie Friedrich gesagt hatte, und sie würde einen zweiten wunderbaren Sommer in dieser schönen Stadt verbringen können.

Mit der Erleichterung kehrte die Müdigkeit zurück. Ihre Augenlider fielen zu und erst als sie von Jane angestupst wurde, wachte sie wieder auf.

„Wir gehen jetzt wieder in die Burg, um den König zu verabschieden", flüsterte die Engländerin. „Er kehrt dann zu seinen Truppen zurück. Die Unterstützung aus England bekommen wir wohl nicht, denn er lächelt etwas weniger als heute Morgen."

Froni wurde ein wenig unwohl, aber sie verließ sich auf die bereits versprochene Hilfe des Direktoriums. Marian Lacey hatte erst gestern noch gemeint, dass man laut Christoph Harant alles tun würde, um Friedrich an der Macht zu halten. Er war zwar nicht mehr der beliebteste Herrscher, aber dem Habsburger Kaiser allemal vorzuziehen.

Das bedeutete wohl, dass Marian sich manchmal heimlich mit ihrem älteren Verehrer traf, überlegte Froni schmunzelnd, als sie wieder die Stufen hochstiegen. Marian wollte in Prag Wurzeln schlagen. So wie sie selbst auch.

Spontan beschloss sie, Marek aufzusuchen, sobald es möglich wäre. Auch er sollte die beruhigenden Nachrichten erfahren, die sich in der Stadt vielleicht noch nicht herumgesprochen hatten. So war sie überaus erleichtert, als Elizabeth verkündete, sich nach Friedrichs Fortgehen ein wenig hinlegen zu wollen.

„Wir sollten ausgeruht sein, wenn wir heute Abend den Abzug der feindlichen Truppen feiern", riet sie ihren Hofdamen, die sich ebenfalls in ihre Gemächer zurückzogen.

Sobald sie allein waren, eilte Jane zum Fenster und zog die Vorhänge zur Seite, um sich möglichst weit hinauszulehnen.

„Ich wünschte, man könnte etwas mehr sehen", klagte sie. „Dieser Berg, er heißt Bílá hora, also der Weiße Berg, weil dort viel Kalkgestein ist. Oben stehen unsere Truppen, unten sind die Katholischen. Sie okkupieren diesen Lustgarten, Stern genannt, wo wir damals ankamen und auch später manchmal mit der Königin spazieren gingen. Aber von hier aus sieht man nichts."

„Es gibt ja keine Schlacht, also auch nicht viel zu sehen", kommentierte Froni. Dann fügte sie hinzu, dass sie kurz nach unten in die Stadt laufen wollte. Jane seufzte leise.

„Gerade jetzt könnte es gefährlich sein. Die Stimmung ist sehr angespannt. Und falls feindliche Truppen in die Stadt eindringen …"

„Aber das werden sie doch nicht!", widersprach Froni. „Sieh nicht immer alles so schwarz."

Sie wies den Rat, Begleitschutz mitzunehmen, von sich. Die Wachen wurden alle auf der Burg gebraucht und sie wollte nicht das Missfallen der Königin auf sich ziehen, deren Genehmigung für den Ausflug sie auch nicht eingeholt hatte.

Inzwischen kannte sie Prag recht gut und in dem Umhang, den Marek ihr geschenkt hatte, konnte sie unbehelligt herumstreifen. So nutzte sie die von Elizabeth verordnete Ruhepause, um sich rasch davonzumachen.

Auf den Straßen wirkte so weit alles friedlich. Die Händler auf den Marktplätzen boten mit lautem Schreien ihre Waren an, Bürgerfrauen feilschten mit ihnen und ein paar Bäuerinnen versuchten, Käufer für Eier und Würste zu finden. Auch die Wirtshäuser wirkten gut besucht, denn es drangen laute Stimmen aus ihnen. Die ganze Stadt schien bemüht, das Bewusstsein einer möglichen Gefahr zu verdrängen, jetzt, da sie nur ein Stück hinter den Mauern stand. Erst als Froni sich Mareks Schule näherte, nahm sie Unruhe in der Bevölkerung wahr. Die Flüchtlinge saßen alle beieinander und beteten laut. Mütter hatten ihre Kinder an sich gedrückt, einige Männer unterhielten sich aufgebracht. Wahrscheinlich wussten diese Leute ganz genau, was ihnen bevorstand, sollte die Stadt fallen.

Aber das würde sie ja nicht.

Sie fand Marek in der Schreibstube gemeinsam mit seinem Bruder und ein paar anderen Männern in dunkler Kleidung und ernsten Gesichtern. Als alle sich zu ihr umgedreht hatten, bekam Froni das Gefühl zu stören.

„Ich … ich wollte nur sagen, dass der König uns versichert hat, es würde zu keiner Schlacht kommen", sagte sie auf Deutsch, denn sobald sie nervös wurde, war ihre Zunge zu ungelenk, um tschechische Worte zu formen.

Einer der Männer, der dickste und älteste, begann schallend zu lachen.

„Na, der muss es ja wissen. Er ist ja auch die ganze Zeit bei seinem Heer."

„Er ist wieder auf dem Weg dorthin. Er wollte nur kurz nach seiner Frau sehen", erwiderte Froni leicht pikiert.

„Ohne die er keine drei Schritte tun kann, wie wir von Anfang an alle gesehen haben", meinte der Dicke nun durchaus gutmütig. „Aber es war nett von Euch, uns Bescheid geben zu wollen, Fräulein. Wollt Ihr Euch nicht für eine Weile zu uns setzen, um Euch für den Rückweg zu stärken?"

Er hielt ihr einen Krug Bier hin. Marek lächelte, sein Bruder sah weiterhin finster drein. Die anderen zwei Männer schienen sich aber nicht an weiblicher Gesellschaft zu stören, sodass Froni erleichtert Platz nahm. Zwar wäre sie lieber allein mit Marek gewesen, aber es gefiel ihr auch, seine Gefährten besser kennenzulernen.

In dem Moment, da sie Platz genommen hatte, ertönte ein lautes Grollen, als sei plötzlich ein Gewitter ausgebrochen. Froni zuckte erschrocken zusammen und warf einen Blick in die Runde. Marek hatte die Stirn gerunzelt. Sein Bruder, der unmittelbar neben ihr saß, hatte die Rückenmuskeln angespannt, als wolle er jeden Moment aufspringen, um irgendetwas zu tun.

„Was war das?", flüsterte Froni, obwohl sie tief in ihrem Inneren bereits die Antwort ahnte.

„Kanonendonner, würde ich sagen", meinte der Dicke recht gelassen. „Von der Schlacht, die nicht stattfindet."

Froni wollte wütend erwidern, dass manchmal auch aus feierlichen Gründen geschossen werden konnte, da hörte sie weiteres Knallen und die ersten Schreie. Sie stammten von einer Frau, gleich darauf hörte man Männer laut fluchen und Schritte trommelten vor der Tür. Ein paar Kinder kreischten.

„Ich sehe nach, was los ist", sagte Marek und sprang auf. Während er zur Tür hastete, spürte Froni, wie ihre Eingeweide sich in einer unguten Ahnung zusammenzogen. Es donnerte wieder und wieder. Kurz fürchtete sie, dass irgendwo eine Mauer einstürzen musste.

„Jsou zde?", hörte sie Jan neben sich fragen. Seine Stimme klang eisig, aber völlig gefasst. Marek schloss erneut die Tür und neigte leicht den Kopf. Jan sprang auf und ergriff ein langes Messer, das in einer Zimmerecke lag. Er wollte damit hinauseilen, Marek stellte sich ihm in den Weg und auch die anderen Männer begannen, beruhigend auf den aufgebrachten Jan einzureden. Einer packte ihn an der Schulter, er schrie wütend, während er versuchte, sich loszureißen. Schließlich zog der Dicke ihm ein Holzscheit über den Kopf und der stürmische Jüngling sackte in die Knie. Marek eilte besorgt an seine Seite.

„Ihr habt ihn vielleicht schwer verletzt", rief Froni empört, doch der dicke Mann grinste nur.

„Keine Sorge, das wird er überleben. Wenn er den kaiserlichen Soldaten mit seinem Messer entgegengerannt wäre, dann wäre er bald mausetot gewesen."

Fronis Knie wurden weich.

„Sie sind also hier?", flüsterte sie tonlos und sah die versammelten Männer flehend an. Sie wollte, dass sie alle einfach mit dem Kopf schüttelten und über ihre dumme Frage lachten. Vielleicht würde sie auch bald die Augen öffnen, um festzustellen, dass sie in ihrem Gemach auf der Burg lag und schlecht geträumt hatte.

Aber nichts von alldem geschah. Marek, der seinen immer noch reglosen Bruder auf einem Teppich in der Zimmerecke platziert hatte, wandte sich langsam zu ihr um. Sein Gesicht war fahl geworden.

„Nein, nur die Soldaten des Königs sind bisher hier. Sie fliehen in Scharen in die Stadt, um nicht niedergemetzelt zu werden."

„Aber ... aber ..." Ein Teil von Fronis Verstand weigerte sich immer noch, das Offensichtliche erfassen zu wollen. Indessen hörte sie die Männer auf Tschechisch debattieren. Zwei von ihnen hasteten nach draußen, der Dicke wandte sich Froni zu.

„Ihr solltet wieder auf die Burg zurück, Fräulein. Dort seid Ihr am sichersten."

Nun überschlugen sich die Gedanken in Fronis Kopf. Sie erinnerte sich an die Kinder, die sie unterrichtet hatte, an die vielen Familien, die hier in schlichten Hütten hausten, ohne den Schutz steinerner Mauern. Ihre Füße waren wie mit dem Boden verwachsen, unwillig, all diese Leute einfach ihrem Schicksal zu überlassen.

„Ich bringe Euch zurück", sagte Marek und legte ihr wieder den Umhang um die Schultern. „Ihr solltet nicht allein durch die Stadt laufen, wenn sie voller Soldaten ist."

„Ich würde … ich würde gern irgendwie helfen", stammelte Froni. „Man muss die Stadttore schließen, damit die feindliche Armee nicht eindringen kann."

„Auf diese Idee werden die Prager Bürger schon von selbst kommen, keine Sorge", meinte der Dicke mit gutmütigem Spott. „Ich sehe jetzt zu, wie ich meine Familie irgendwo verstecke. Die Stadtmauern werden den Feind nicht lange aufhalten können."

Er hastete ebenfalls nach draußen. Marek warf einen kurzen Blick auf seinen Bruder, der sich immer noch nicht regte. Dann sah er wieder zu Froni.

„Wir haben nicht viel Zeit. Ihr müsst wieder auf die Burg und ich muss zusehen, wo ich meine Leute in Sicherheit bringe."

„Kommt mit!", schlug Froni spontan vor. „Ich werde all Eure Leute auf dem Hradschin unterbringen."

Sie wusste nicht genau, wie sie es bewerkstelligen würde, aber meistens hatte Elizabeth Vorschlägen, sich wohltätig zu zeigen, zugestimmt. Vielleicht konnte sie noch bei den Navratils haltmachen, damit auch Yveta und ihre Familie in Sicherheit gelangten.

Aber Marek schüttelte den Kopf.

„Ich kann die Kinder nicht im Stich lassen. Jan würde ohnehin niemals mitkommen und was soll mein alter Vater oben auf der Burg?"

Froni wollte eben zu einer Erwiderung ansetzen, da wurde sie von ihm ungeduldig zur Tür geschoben.

„Ihr müsst los! Sonst verschwindet das Königspaar noch ohne Euch!"

„Ihr meint, sie werden die Stadt verlassen?", stammelte Froni ratlos, während sie nach draußen gezogen wurde.

„Wenn sie nur einen Funken Verstand im Kopf haben, flüchten sie, bevor der Kaiser sie gefangen nehmen kann."

Froni fiel ein, dass Friedrich die Todesstrafe drohte. In diesem Augenblick begann ihr Herz zu rasen, aber gleichzeitig fühlte sie sich aufmerksamer und wacher als all die vergangenen Stunden dieses Tages. Marek hatte recht, sie musste fort.

Gemeinsam rannten sie los. In der Gasse herrschte Aufruhr, ein paar Frauen weinten und Männer versuchten, vor ihren Hütten aus Brettern Barrikaden zu errichten. Es waren vergebliche Mühen, ein kräftiger Stoß mit einer Lanze könnte sie zum Einsturz bringen, dachte Froni und hätte angesichts der Hilflosigkeit dieser Leute weinen können. Auf dem Pferdemarkt konnten sie sehen, wie das äußere Stadttor gerade verrammelt wurde, während von draußen Geschrei erklang. Es waren Deutsche, die laut brüllend dagegen protestierten, dass man sie aussperrte.

„Die Söldner des Königs. Gott stehe ihnen bei", rief Marek und zog Froni die breite Straße entlang. Der Pferdemarkt war stets belebt gewesen, doch nun kam es Froni vor, als renne die ganze Stadt dort herum. Ständig wurden sie angerempelt, zur Seite geschubst und sie wäre einmal fast zu Boden gefallen, wenn Marek sie nicht festgehalten hätte. Voll beladene Karren wurden herumgeschoben, wohl um Wertgegenstände irgendwo in Sicherheit zu bringen. Die Soldaten, denen die Flucht in die Stadt noch vor Schließung der Tore gelungen war, wurden von der aufgebrachten Menge als Feiglinge beschimpft und mit Unrat beworfen. Sie verteidigten sich mit Waffen und Fäusten, stürmten in die Wirtshäuser und schubsten jeden, der in ihrem Weg stand, grob zur Seite. Einige aber waren auch blutend am Boden liegen geblieben, wo die Menge sie achtlos niedertrampelte. Froni sah einen Mann zu ihren Füßen, aus dessen Bauch ein dunkelroter Blutstrom floss. Er wand sich stöhnend, versuchte, die Wunde mit seinen Händen zu bedecken, während immer wieder Füße nach ihm traten. Gemeinsam mit Marek schleppten sie ihn zu einem Hauseingang, wo er etwas geschützter war. Froni riss ein Stück ihres Unterrocks ab, das er auf seine Wunde pressen konnte. Seine Lippen bewegten sich, doch brachte er kein verständliches Wort hervor.

„Wenn er Glück hat, nimmt irgendein Wundarzt sich seiner an. Wir können nichts für ihn tun", sagte Marek und zerrte an Fronis Hand, bis sie ihm folgte.

Sie erreichten das Tor zur Altstadt, wo alles etwas ruhiger wirkte. Menschen standen auf den Gassen und unterhielten sich, die Wirtshäuser waren leer, stattdessen hastete man auf Kirchen und Kapellen zu, um Gottes Beistand anzuflehen.

„Die Navratils", rief Froni und wies auf das Haus von Yvetas Familie in der Nähe des Moldauufers.

„Wir haben keine Zeit", beharrte Marek.

„Aber meine Zofe will ich in Sicherheit bringen", beharrte Froni und riss sich von ihm los. Sie stürmte unangekündigt in die Stube, wo sie einst mit dem kranken Henry aufgetaucht war. Wieder waren etliche Leute am Tisch versammelt, doch diesmal beteten sie nur, anstatt zu speisen. Bei Fronis Eintreten hoben sie alle die Köpfe. Yveta sprang auf.

„Bitte vergebt mir, ich will bei meiner Familie bleiben!"

„Deine ganze Familie kann mit auf die Burg kommen", erwiderte Froni entschlossen. „Los, beeilt euch!"

Das Mädchen übersetzte aufgeregt und ein heftiges Wortgefecht entstand unter den Anwesenden. Auch Marek mischte sich ungeduldig ein. Schließlich wurde beschlossen, dass Yveta, ihre Mutter und ein etwa fünfjähriger Junge, der ihr Neffe sein musste, Froni begleiten würden. Die anderen wollten bei ihrer Gemeinde bleiben.

Sie rannten weiter, obwohl beladene Karren nun die engen Gassen blockierten. Die Juden hatten die Tore zu ihrem Viertel geschlossen, daher mussten sie am Fluss entlang zur Brücke eilen, die ebenfalls von Menschen überflutet war. Der Aufstieg zur Burg erwies sich als unerwartet einfach, denn auf der Kleinseite der Stadt herrschte noch weitgehend Ruhe. Es mochte daran liegen, dass dort vor allem Adelige und reiche Bürger wohnten, die sich in ihren steinernen Häusern verkrochen hatten.

Als sie das Eingangstor zur Burg erreicht hatten, musste Froni kurz mit dem Wachmann debattieren, der sie nicht gleich erkannt hatte. Schließlich wurden Yveta und ihre Familie hereingelassen. Froni wandte sich zu Marek, der störrisch stehen geblieben war.

„Drinnen seid Ihr besser geschützt", beharrte sie. „Auf

einer Flucht könntet Ihr mitkommen."

Sie wusste bereits, dass er ablehnen würde. Daher überraschte sein Kopfschütteln sie nicht. Aber sie fühlte sich nicht in der Lage, hinter die schützende Mauer zu schlüpfen und ihn einfach zurückzulassen.

„Dann nehmt mich mit!", rief sie. „Wir haben drei Menschen in Sicherheit gebracht und können uns jetzt um die anderen kümmern."

Er lächelte und seine Hände krallten sich in ihre Schultern. Zwar waren sie von Menschen umgeben, aber die hatten im Moment andere Sorgen, als auf ein heftig diskutierendes Paar zu achten.

„Du musst weg", sagte er nun leise und sanft. „Auch wenn du es nicht willst. Du bist Deutsche und eine Dame der Königin. Sobald die Katholischen hier sind, werden sie dich verhaften."

Sie schüttelte den Kopf, um seine Worte abzuwehren.

„Wie sollen sie herausfinden, wer ich bin, wenn ich mich bei euch verstecke?"

„Du könntest verraten werden. Von jemandem, der dich dafür hasst, was du bist. Oder weil er sich eine Belohnung erhofft. Es ist zu gefährlich."

Sie ahnte, dass er die Wahrheit sprach, doch wehrte sie diese Ahnung mit aller Kraft ab. Falls Marek in Prag zurückblieb und sie mit der Königin floh, würden ihre Lebenswege sich trennen wie Flussläufe, die auseinanderdrifteten.

„Es wird schon gut gehen", entgegnete sie störrisch. „Ich bin zu unbedeutend, als dass sich jemand an mich erinnert. Ihr alle solltet die Stadt verlassen, wenn die Katholischen kommen. Ich könnte mit euch fliehen."

Gleichzeitig begannen Zweifel an dieser Entscheidung ihr die Kehle zuzuschnüren. Ihre Mutter befand sich immer noch in Heidelberg. Wenn sie bei Marek und seinen Gefährten blieb, hätte sie kaum eine Möglichkeit mehr, sie jemals wiederzusehen. Auch Jane würde ihr fehlen. Und sogar die wunderschöne Königin mit ihrer Eitelkeit und ihrem Starrsinn, die ihrer aller Lebensmittelpunkt geworden war.

Marek senkte den Kopf. Sein Gesicht schien traurig und als er sie endlich wieder ansah, war sein Blick so warm wie eine Berührung.

„Du wolltest Yveta und ihrer Mutter helfen. Wenn du nicht auf der Burg bist, werden sie bei einer Flucht sicher zurückgelassen."

Sie nickte, obwohl sie wusste, dass es nicht nur um Yveta ging. Die Welt hatte unabänderliche Gesetze, die sie und Marek voneinander trennten. Sie hatte es immer gewusst, aber versucht, nicht allzu oft daran zu denken.

„Gut, ich gehe auf die Burg. Aber wir sehen uns wieder", sagte sie und streckte die Hände nach ihm aus, sobald er sie losgelassen hatte. Er ergriff sie, zog Froni kurz in seine Arme und drückte sie so heftig an sich, dass sie glaubte, ihre Knochen könnten brechen. Seine Lippen berührten kurz ihre Stirn.

„Wir sehen uns wieder, so Gott der Herr es erlaubt", sagte er leise. „Er möge eine schützende Hand über dich halten."

Dann schob er sie zum Eingangstor der Burg, versetzte ihr noch einen leichten Stoß, damit sie loslief. Sie taumelte an den Wächtern vorbei auf den äußeren Burghof, dann wandte sie sich nochmals um, damit sie einen letzten Blick auf Marek erhaschen konnte.

Man hatte bereits begonnen, das Tor zu schließen. Sie konnte noch einen letzten Zipfel seines schwarzen Mantels erkennen, als er die Stufen hinabeilte.

Eine Weile blickte sie ihm stumm hinterher, bis die Flügel des Tores den Rest der Welt ausgesperrt hatten. Die Stimmen um sie herum schienen wie aus weiter Ferne zu kommen. Erst als Yveta sie an den Schultern gepackt hatte und schüttelte, stürzte wieder die Wirklichkeit auf sie ein.

„Wir müssen sehen, was die Königin macht. Kommt mit!"

Froni ließ sich durch das Gebäude schieben, gefolgt von ihrer Zofe, deren Mutter und Neffen. Sie stürmten in ihr Gemach, wo Jane wieder einmal am Fenster lehnte, um nach draußen zu starren.

„Da bist du ja endlich wieder", wurde Froni recht gelassen von der Engländerin begrüßt. „Der König kehrte schon vor über einer Stunde zurück. Christian von Anhalt hat ihm am Stadttor mitgeteilt, dass es eine Schlacht gegeben hat, die unser Heer haushoch verloren hat. Jetzt haben sie die Stadttore geschlossen, aber die Leute des Kaisers werden sich nicht davon abhalten lassen."

Sie drehte sich um und kam einen Schritt auf Froni zu.

„Wir sitzen hier sozusagen in der Falle. Friedrich und seine Berater haben sich im großen Saal versammelt, um zu besprechen, was geschehen soll. Elizabeth liegt mit Kopfschmerzen danieder. Vorher hat sie ihren Gemahl aber noch daran erinnert, die Kronjuwelen in Sicherheit zu bringen."

Sie setzte sich auf einen Stuhl und schloss kurz die Augen.

„Es wird spannend werden", sagte sie leise. „Wir erleben aufregende Ereignisse mit."

Froni riet Yveta indessen, in der Küche Nahrung für ihre Familienmitglieder zu holen, denn sie wussten nicht, wie lange sie noch eine Aussicht auf regelmäßige Mahlzeiten hatten. Die drei verschwanden zusammen, während sie selbst ihren Umhang ablegte und sich kurz aufs Bett warf. Die Trennung von Marek saß wie ein Messer in ihrer Brust, aber im Augenblick war die Lage zu brisant, als dass sie sich ganz dem Kummer hätte hingeben können.

„Wann sehen wir die Königin?", fragte sie Jane, die mit den Schultern zuckte.

„Wenn beschlossen wurde, was jetzt geschehen soll", erwiderte die Engländerin und eilte wieder zum Fenster. „Ich würde so gern sehen, was vor den Stadttoren geschieht. Es ist wirklich ärgerlich, einfach nur herumsitzen zu müssen. In der Stadt herrscht jedenfalls völliges Chaos, das kann ich erkennen."

Froni atmete tief durch und griff nach der Karaffe Wein, die auf ihrem Tisch stand.

Sie wollte Prag nicht verlassen. Mit jedem Atemzug wurde ihr dies bewusster.

„Vielleicht können wir mithilfe des Heeres wenigstens

die Stadt halten", meinte sie zaghaft und sah Jane hoffnungsvoll an. Bisher hatten so ziemlich alle Vorhersagen der
Engländerin sich erfüllt.

„Nicht, wenn die Prager einen Großteil der fliehenden
Soldaten ausgesperrt haben", meinte Jane und trat wieder
von dem Fenster weg. „Wir müssen den Tatsachen ins Auge
sehen. Man mag den König in der Stadt nicht mehr besonders."

„Aber Marian sagte, dass ihr Christoph Harant sagte
…", wollte Froni widersprechen, wurde aber unterbrochen.

„Zu Friedenszeiten mag Friedrich das kleinere Übel
gewesen sein", erklärte Jane. „Aber jetzt herrscht Krieg. Sie
werden keine Risiken eingehen, um ihn zu schützen. Die
Bürger der Stadt sind uns nicht mehr wohlgesinnt."

Sie ließ sich wieder auf einen Stuhl fallen.

„Als ich damals mit Elizabeth aufbrach, rechnete ich
nicht damit, dass es so aufregend werden würde. Ist noch
etwas von dem Wein übrig?"

Froni schenkte ihr ein. Dann erschien Yveta mit einem
Tablett, auf dem Käse, Schinken und Brotscheiben lagen.
Ihre Mutter redete beruhigend auf den kleinen Jungen ein,
der sogleich von Jane herbeigewunken wurde.

„Zu Hause in England, da habe ich einen Bruder etwa
in deinem Alter", erzählte die Engländerin ihm auf Tschechisch. „Mit dem habe ich immer im Garten Versteck gespielt. Magst du es auch einmal versuchen? Ich wette, du
findest mich nicht!"

Der Junge sah sie mit staunenden Augen an, nickte
aber.

„Na los, irgendwie müssen wir uns alle die Zeit vertreiben! In die Gärten vor der Burg können wir wahrscheinlich
nicht mehr. Aber wir versuchen es im Hof", beschloss Jane
und eilte mit dem Jungen hinaus. Froni überlegte kurz, ihr
zu folgen, denn ein solches Spiel hätte in der Tat helfen
können, die Zeit des Wartens totzuschlagen. Aber Yveta
und vor allem ihre Mutter machten nicht den Eindruck, als
wollten sie hinter Fässern kauern, um ein kleines Kind in die
Irre zu führen. Ihre Gesichter waren angespannt, sie saßen

mit gesenktem Blick da, doch die alte Frau griff immer wieder verstohlen nach den ihr angebotenen Speisen.

„Stimmt es, was Jane sagte?", wandte Froni sich auf Deutsch an Yveta. „Werden die Prager ihren König ausliefern?"

Ein Teil von ihr wünschte fast, dass dem so wäre. In diesem Fall würde auch sie in der Stadt bleiben. Vielleicht käme es nicht so schlimm, man würde Friedrich letztendlich begnadigen, weil er der Gemahl der Tochter des englischen Königs war. Bis dahin konnte sie sich immer wieder mit Marek treffen und ihm klarmachen, dass sie bei ihm bleiben wollte. Sie würden gemeinsam in der Schule unterrichten und vielleicht sogar ihre Mutter zu sich holen. In der alten, zugigen Burg, wo Froni aufgewachsen war, hatte es kaum mehr Annehmlichkeiten gegeben als in Mareks bescheidenem Schulhaus. Nun, da ihr eine endgültige Trennung von ihm drohte, sah sie die Dinge mit erstaunlicher Klarheit. Aber sie konnte keine freie Entscheidung über ihr Leben mehr treffen, denn gemeinsam mit dem glücklosen Königspaar saß sie in einem Schiff, das in einen Sturm geraten war. Alle gemeinsam drohten sie zu ertrinken.

Als es zu dämmern begann, kehrte Jane mit dem Jungen zurück. Er hieß Jirka, erzählte sie und kraulte seinen Haarschopf, während sie nach den Resten des Schinkens griff und ihre Ausbeute mit ihm teilte. Froni wurde bewusst, wie sehr die Engländerin sich im Laufe des vergangenen Jahres verändert hatte. Bei ihrer Ankunft in Prag war sie noch ein sehr stilles, verhuschtes Wesen gewesen.

„Ich frage mich, ob wir noch ein Abendessen bekommen", meinte sie nun völlig gelassen. „Oder nur ein langes Gebet in der Kapelle mit dem Hofprediger. Ob Scultetus wohl bewusst ist, wie viel Schuld er selbst an dieser ganzen Misere trägt?"

Niemand beantwortete diese Frage und Jane schien auch nicht davon auszugehen. Yveta wurde nochmals losgeschickt, um ihnen eine weitere Karaffe Wein aus der Küche zu holen. Bis auf den kleinen Jirka tranken sie alle, bis eine wohlige Gleichgültigkeit sich ihrer bemächtigte. Yveta versuchte schließlich, ihnen ein paar tschechische Volkslieder beizubringen. Jane lernte wieder einmal mit rasanter Geschwindigkeit, aber Froni gab sich alle Mühe mitzuhalten. Schließlich fielen sie alle erschöpft in den Schlaf. Yveta und ihre Familie hatten ein paar Decken erhalten, auf denen sie sich ausstrecken konnten. Draußen klang es, als würden noch ein paar Kanonen abgefeuert werden. Fronis Augenlider fielen zu, wie von einer kräftigen Hand niedergedrückt. Sie wusste nicht, wie ihr Leben morgen aussehen würde, aber im Augenblick wollte sie einfach nur schlafen.

Es war noch dunkel, als ein Hämmern gegen ihre Tür sie weckte.

„Steht auf! Elizabeth erwartet uns!"

Marian Lacey hatte geschrien. Froni rieb ihre verschlafenen Augen, während Jane bereits im Begriff war, sich Wasser ins Gesicht zu schütten.

„So, jetzt erfahren wir wohl endlich, was die Herrschaften beschlossen haben", meinte die Engländerin und zog sich rasch ihr Kleid über. Sie schaffte es immer ohne die Hilfe einer Zofe, da sie auf allen Zierrat verzichtete. Diesmal folgte Froni ihrem Beispiel, denn das war nicht der Moment für Stickereien und Bänder. Sie verspürte ein unangenehmes Pochen an den Schläfen, während ihr wieder bewusst wurde, in welcher Lage sie sich alle befanden.

„Nicht fort. Nur nicht fort aus Prag", flehte sie leise, während sie mit Jane in den Korridor trat, wo sich die anderen Damen bereits versammelt hatten.

„Die Kutschen stehen bereit", wurden sie alle von Theodora Bryant begrüßt, deren Haar schlampig frisiert war und die einen prall gefüllten Sack an sich gedrückt hatte. Oben schaute noch die Spitze eines Unterrocks heraus. „Die Ammen holen gerade die Kinder der Königin."

Ein Stück hinter ihr stand Marian Lacey, ebenfalls unausgeschlafen und mit rot geweinten Augen.

„Es heißt, sie nehmen ein paar Mitglieder des Direktoriums mit. Jemand sollte Christoph benachrichtigen."

„Die meisten Böhmen werden in ihrer Heimat bleiben wollen", meinte Theodora gleichmütig.

Yveta flüsterte ihrer Mutter ein paar tschechische Worte ins Ohr und wollte sie in das verlassene Gemach zurückschieben, aber Froni ergriff die Hand ihrer Zofe.

„Diese Leute kommen mit. Ich habe es ihnen versprochen. Wenn wir in der Kutsche ein bisschen zusammenrücken, passen sie schon mit rein."

Theodora verzog das Gesicht, aber Jane nickte bekräftigend. Marian tupfte sich mit einem Taschentuch die Augen trocken. Dann war plötzlich die laute, aufdringliche Stimme des Hofpredigers zu hören, der sie alle zum Aufbruch mahnte. Theodora lief los und die anderen folgten. Mit Erleichterung stellte Froni fest, dass Yveta und ihre Familienmitglieder hinter ihr herhasteten. Im Burghof waren mehrere Kutschen bereitgestellt worden. Elizabeth hatte sich einen samtenen Umhang übergeworfen und stand mit stolzer, entschlossener Miene da, obwohl auch sie nun nicht den gewohnten gefälligen Anblick bot. Friedrich unterhielt sich aufgeregt mit Christian von Anhalt und ein paar bärtigen Herren, die Froni durchaus wie Ratsherren des Direktoriums vorkamen. Allein Marians Christoph war nicht darunter.

Hastig verteilten sich alle auf die Kutschen, während Lakaien das Gepäck auf Karren luden. Es herrschte eine fast unheimliche Stille, als sei allen bewusst, in welch unangenehmer Lage sie sich befanden. Elizabeth zögerte kurz vor dem Einsteigen, Lady Harrington und ihre Tochter mussten sie schubsen. Danach bestiegen die noch verbleibenden Damen eine weitere Kutsche, da die der Königin noch alle nach Prag mitgebrachten Schoßhunde sowie die Äffin Anne aufnehmen musste. Als Yveta, ihre Mutter und Jirka sich neben Froni auf den hölzernen Sitz gequetscht hatten, wurde die Tür zugeschlagen. Theodora verzog zwar leicht das Gesicht, schwieg aber, weil einfach die Zeit für eine längere Auseinandersetzung fehlte.

Das Tor zum äußeren Burghof war bereits geöffnet worden, da kam plötzlich ein Herr mit einem laut plärrenden

Bündel herbeigeeilt. Er hämmerte gegen die Tür der königlichen Kutsche, Lady Harrington steckte den Kopf heraus und stieß einen entsetzten Schrei aus.

„Oh my god! The young prince!"

Sie nahm das Bündel ohne Zögern an sich, sein Träger durfte auch einsteigen.

„Das dürfte der jüngste Königssohn Ruprecht gewesen sein", kommentierte Jane den Vorfall. „Wahrscheinlich ist seine Amme geflohen und unsere Königin hätte ihn einfach auf der Burg vergessen, weil sie die Kronjuwelen einpacken und ihre Tiere in die Kutsche holen musste. Der Kleine hat wohl schon gelernt, dass er kräftig plärren muss, damit jemand merkt, dass es ihn gibt."

Sie grinste. Niemand erwiderte etwas, denn sie hatten im Moment andere Sorgen als die offenbar völlig fehlenden mütterlichen Gefühle ihrer Königin.

Durch das äußere Burgtor rollten sie alle hinaus in die noch schlafende Stadt. Es war dämmerig und frostig kalt. Froni wickelte sich in eine Decke, die Yveta geistesgegenwärtig mitgenommen hatte. Ihr gegenüber schluchzte Marian leise, während Theodora eine hochmütige Miene aufgesetzt hatte. Jane drückte sich wieder einmal die Nase an der Scheibe platt. Die edlen Fassaden der Häuser reicher Bürger zogen draußen vorbei. Sie sahen einige Schatten die Straße entlanghuschen. Noch fehlte es der Stadt an Farbe und Leben. Froni erinnerte sich an ihrer aller prunkvollen Einzug vor über einem Jahr, das Jubeln, Lachen und Singen, mit dem sie begrüßt worden waren. Wehmut schnürte ihr die Kehle zu. Sie hatte sich noch niemals so lebendig gefühlt wie an diesem Ort, den sie nun verließ.

Wahrscheinlich für immer.

Es begann heftig zu schneien. Sie kamen unbehelligt bis zur Brücke, konnten Abschied von ihren zahlreichen Statuen nehmen, die im Morgenlicht wie einsame Geister wirkten. Das Judenviertel war immer noch versperrt, daher mussten sie durch die Altstadt fahren. Dort hielt die Enge der Gassen sie auf, manchmal blieb das Rad einer Kutsche im Gerümpel stecken, das vor den Häusern lag, und ein

Kutscher musste es fluchend entfernen.

Froni bemerkte, dass Yveta und ihre Familie leise zu beten begonnen hatten. Ihr Magen zog sich nervös zusammen. Noch hatten sie nicht alle Stadttore in die Freiheit durchquert. Draußen musste sich irgendwo das katholische Heer befinden, an dem sie auch würden vorbeikommen müssen. Ihre Schwermut wurde kurz von Angst verdrängt und zum ersten Mal wünschte sie sich tatsächlich, Prag bereits verlassen zu haben.

Eine Weile rollten sie weiter durch die schlafende Stadt, während der Himmel über ihnen langsam heller zu werden begann. Auf den etwas breiteren Straßen der Neustadt tauchten plötzlich Leute auf, wie aus Löchern gekrochen. Sie schrien und schwangen Stöcke, mit denen sie auf die Kutschen einhieben. Durchs Fenster erblickte Froni ein paar hasserfüllte Gesichter, die ihr tschechische Beschimpfungen entgegenschleuderten. Yvetas Mutter begann zu weinen. Jirka verkroch sich unter der Sitzbank, während Jane beruhigend auf ihn einredete.

Theodora sah verärgert aus.

Die Wachleute, die sie mitgenommen hatten, kamen nicht ganz gegen die Meute an. Schließlich setzten die Kutscher unerbittlich ihre Peitschen ein, um ihnen den Weg freizukämpfen. Gleichzeitig trieben sie die Pferde an, die nun auf das äußere Stadttor zuliefen. Es öffnete sich knarrend. Vor ihnen lag die weite Landschaft mit noch einigen Häusern, die aber allesamt zerstört und verlassen waren. Die Pferde wurden nun in einen Galopp gedrängt und rasten an Ruinen, Leichen und Trümmern vorbei. Froni bekam zum ersten Mal die Folgen der Schlacht zu sehen, die außerhalb der Stadt stattgefunden hatte. Sie verdrängte Jane von der Fensterscheibe und presste ihr Gesicht dagegen, um noch einen letzten Blick auf die Türme Prags werfen zu können. Erste Sonnenstrahlen ließen sie goldene Funken sprühen.

Eine kalte Hand griff nach Fronis Herz. Sie musste nun Abschied nehmen.

„Was wird aus den Leuten in der Stadt, wenn wir fort sind?", fragte sie, an niemand Bestimmten gewandt. Yveta schwieg mit blassem, verkrampftem Gesicht. Theodora hatte sich zurückgelehnt und die Augen geschlossen. Marian verkrampfte die Hände ineinander. Das Erstaunlichste aber war, dass nicht einmal Jane eine Antwort wusste.

Oder sie vielleicht nicht aussprechen wollte.

ZWEITES BUCH

10. Kapitel

„Sie haben ihn geköpft! In aller Öffentlichkeit. Auf dem Altstädter Ring!"

Marian Lacey hatte ihr Gesicht in den Händen vergraben und schluchzte hemmungslos. Theodora hielt ihr einen Becher Wein hin.

„Wir sollten froh sein, in Den Haag aufgenommen worden zu sein", erzählte Jane indessen. „Der Habsburger Kaiser geht gnadenloser vor, als es irgendjemand erwarten konnte."

Froni ließ ihre Stickerei sinken, denn im Dämmerlicht schmerzten ihre Augen. Seit sie von den Niederländern Asyl erhalten hatten, versuchte sie, sich nur noch irgendwie zu beschäftigen, um ihre Gedanken im Zaum zu halten. Sie wusste nicht, wie es ihrer Mutter ging, weil sie nicht in die Pfalz hatten zurückkehren können. Über Friedrich war die Reichsacht verhängt worden, er hatte alle Besitztümer verloren und allein die böhmischen Kronjuwelen ermöglichten ihm und seiner Gemahlin einen standesgemäßen Lebenswandel. Indessen trafen grauenhafte Nachrichten aus Prag ein. Sämtliche Mitglieder des Direktoriums, die sich nicht beizeiten in Sicherheit gebracht hatten, waren öffentlich exekutiert worden. Sieben Mitglieder der Gemeinde der Böhmischen Brüder hatten sich darunter befunden, aber auch ein Katholik. Die Hand des Grafen von Schlick, der den Aufstand ins Leben gerufen hatte, war auf einen Turm der Karlsbrücke genagelt worden. Marian weinte um ihren Christoph, während Elizabeth weiter unermüdlich Briefe an ihren Vater schrieb. Er solle den Protestanten Böhmens und auch Deutschlands zu Hilfe kommen. Doch abgesehen von ein paar wenigen Streitkräften, die bereits vor längerer Zeit eingetroffen waren, hatte er ihr bisher jede Unterstützung verweigert. Auch eine Einladung, sich mit ihrem Gemahl und den Kindern an seinen Hof zurückzuziehen, war bisher nicht eingetroffen. Marian und Theodora hatten darauf gehofft, wie sie immer wieder erwähnten. Sie sehnten sich danach, ihr misslungenes europäisches Abenteuer zu beenden und in den Schoß ihrer Familien zurückkehren zu können. Aber keine der Damen war bereit, ihre Königin einfach im Stich zu lassen, auch wenn das Leben in Den Haag nicht dem entsprach, was sie sich vielleicht einmal erträumt hatten.

Sie waren geduldet, aber nicht wirklich willkommen. Da nicht einmal die protestantischen Fürsten Friedrich offen unterstützen wollten, war er zu einer unliebsamen Person geworden. Elizabeth, die inzwischen ein weiteres Kind geboren hatte, trug ihr Schicksal mit störrischer Fröhlichkeit. Sie veranstaltete weiter Feste, wann immer es nur ging. Moritz von Oranien, dem holländischen Statthalter und ihrem einstigen Verehrer, wollte sie offenbar zeigen, wie wahrhaftes Hofleben aussehen sollte. Froni und ihre Gefährtinnen hatten weiterhin auf prächtige Gewänder zu achten, auch wenn ihre Herrin nur eine vertriebene Königin ohne eigenes Land war. Verstöße gegen die Etikette, ja offenes Zeigen von Trübsal wurden von Elizabeth streng getadelt. Manchmal fand Froni diese ganze Lage einfach nur ermüdend, als sei sie das Mitglied einer erfolglosen Schauspieltruppe, die trotzdem Abend für Abend auftrat.

„Ich denke, es ist Zeit fürs Abendessen", meinte Jane nun und sie erhoben sich alle gemeinsam. Froni hatte ihr schulterfreies Kleid angezogen und sich das Haar von Yveta zu einem hohen Turm frisieren lassen. Die Zofe sah zwar meistens betrübt aus, weil auch sie nichts von ihrer Familie gehört hatte, doch verrichtete sie ihre Aufgaben sorgfältig.

Es ging hinab in den Speisesaal des Hofes, wo Elizabeth und Friedrich bereits an einer langen Tafel saßen. Es waren neue Gäste eingetroffen, wie Froni überrascht feststellte. Ein paar junge Herren saßen neben der Königin und lauschten angeregt ihren Worten. Friedrich sah blass aus.

Der Verlust seiner Ländereien, selbst der Pfalz, die einst sein Erbe gewesen war, hatte ihm zugesetzt. Dunkle Ringe lagen unter seinen Augen und er vermochte sich nicht mehr so angeregt an der Unterhaltung zu beteiligen, wie es früher der Fall gewesen war. Gerade starrte er stumm zum Fenster hinaus, vor dem das Meer zu sehen war. Der Anblick der endlosen grauen Fläche schien ihn zu beruhigen. Auch Froni ging es manchmal so. Der Strand und das weite Wasser, das sich bis zum Horizont erstreckte, ständig die Farbschattierung wechselte, mal ruhig, mal aufgewühlt war, machte den größten Reiz dieser Stadt aus. Elizabeth beachtete dieses Schauspiel kaum. Vielleicht lag es daran, dass sie von einer Insel stammte, das Meer daher gewöhnt war.

„Wir haben endlich Unterstützung bekommen!", begrüßte die Königin nun mit heiterer Stimme ihre Damen. „Christian von Braunschweig, Bischof von Halberstadt, und seine Gefolgsmänner wollen die protestantische Sache nicht so einfach aufgeben wie viele andere Feiglinge, die in Deutschland auf einem Fürstenthron sitzen."

Damit meinte sie vor allem den sächsischen Kurfürsten, der sogar den Habsburger Kaiser unterstützt hatte, obwohl er selbst Lutheraner war. Laut Elizabeth war das nur aus kleinlichem Groll geschehen, weil die Böhmen nicht ihm die Krone angeboten hatten.

Christian von Braunschweig war ein großer, breitschultriger Mann mit wallendem Bart. Friedrich wirkte neben ihm wie ein schmächtiger Knabe. Es versetzte Froni einen Stich, als sie sah, wie unnötig nah der neue Verbündete an Elizabeth heranrückte, um mit ihr anzustoßen.

„Pour dieu et pour elle! La plus grande beauté des vrais chrétiens. La reine de nos cœurs!", verkündete er lautstark. Froni staunte, denn sie hätte es diesem etwas derb wirkenden Hünen nicht zugetraut, so fließend Französisch zu sprechen. Seine Gefolgsmänner applaudierten, nachdem er sie auffordernd angesehen hatte. Wahrscheinlich hatten sie kein Wort verstanden, aber die Stimmung musste für jeden begreiflich sein. Elizabeth strahlte und schenkte allen Anwesenden ihr hoheitsvolles Lächeln. Friedrichs Gesicht verfinsterte sich noch um ein paar Schattierungen.

„Und es gibt eine weitere gute Nachricht", redete Elizabeth indessen weiter. „Der holländische Statthalter will uns dabei unterstützen, unsere rechtmäßigen Ländereien zurückzuerobern. Er hat deshalb sogar einen Vertrag unterzeichnet."

Sie sah Friedrich an, dessen Lippen endlich auch ein leises Lächeln formten. Aber ein paar gute Nachrichten reichten nicht mehr, um ihn aus seiner Schwermut zu reißen. Der strahlende, siegesgewisse junge Mann, der vor fast zwei Jahren in Prag Einzug gehalten hatte, gehörte einem vergangenen Leben an. Jetzt war er ein Niemand geworden, über den überall Spottschriften kursierten, und mit diesem Schicksal vermochte er sich nicht zu versöhnen. Allein Elizabeth sah die Niederlage als Herausforderung. Zunächst hatte sie gezögert, die Krone wirklich anzunehmen, aber nun würde sie kämpfen, wie Froni in diesem Moment endgültig erkannte.

„Das heißt, wir können irgendwann in die Pfalz zurückkehren?", fragte sie hoffnungsvoll ihre Königin. Wenn sie wenigstens ihre Mutter wiedersehen konnte, wäre ihr Los leichter zu ertragen.

„Nicht nur das." Elizabeth musterte ihren kristallenen Weinbecher, der im Licht der Kerzen wie ein Diamant glänzte. „Natürlich auch nach Böhmen, dessen rechtmäßige Herrscher wir sind."

Wieder johlten die Anwesenden zustimmend. Froni wusste nicht, was sie von der neuen Lage halten sollte. Ihre Königin kokettierte völlig ungeniert wie ein Schankmädchen, doch schaffte sie es, dabei sehr majestätisch zu wirken. Eine Frau, die Männer so hervorragend zu lenken und zu manövrieren verstand, war Froni niemals begegnet, ja sie hätte sich nicht einmal vorstellen können, dass es so eine Frau gab, bevor die englische Königstochter in ihr Leben getreten war. Nun kam sie sich vor wie die Zuschauerin bei einem ungewöhnlichen Schauspiel, dessen Ausgang ungewiss war und das stets neue Wendungen nahm. Sie wäre gern nach Prag zurückgekehrt, doch vermochte sie nicht wirklich zu glauben, dass es allzu bald möglich wäre.

„Der Krieg ist also nicht vorbei", hörte sie Jane an ihrer Seite murmeln. „Wahrscheinlich geht er gerade erst so richtig los."

Mit einem Mal wurde Froni unwohl. Leider hatte Jane mit ihren Voraussagen bisher meistens recht gehabt. Aber die Hoffnung, Prag wiederzusehen, erhellte ihre Stimmung. Marek war zu unbedeutend, um hingerichtet zu werden. Wahrscheinlich lebte er noch irgendwo im Untergrund. Sie würde ihn finden, wenn sie nur eine Gelegenheit dazu bekam.

Lakaien servierten das Abendmahl. Der gesamte geflüchtete Hofstaat einschließlich Scultetus hatte sich inzwischen eingefunden, doch die Blicke der anwesenden Männer hingen ausschließlich an Elizabeth. Musikanten fehlten diesmal, denn die neue Lage erforderte eine gewisse Sparsamkeit. Dennoch war die Stimmung ausgelassen. Christian von Braunschweig nannte den Habsburger Kaiser einen vertrockneten Ast, der beim Anblick einer schönen Frau nur abfallen könnte. Alle seiner Ritter grölten.

Froni begann dieses Verhalten allmählich unangenehm zu finden. Marek hatte ihr einmal gesagt, dass der Habsburger Kaiser ein höchst ernsthafter, tief frommer Mensch war, der vielleicht nur bessere Ratgeber bräuchte, um zur Einsicht zu kommen. Die Böhmen hätten ihn als Herrscher angenommen, wäre ihnen nur freie Religionsausübung zugestanden worden. Während sie an einem Stück Hähnchenkeule nagte, überlegte sie, ob es vielleicht einen Weg gegeben hätte, den Konflikt auf friedliche Weise zu lösen.

„Du hast einen Verehrer", hörte sie plötzlich Marian murmeln und wurde von ihr angestupst. Vor Schreck hätte sie den abgenagten Knochen fast fallen gelassen.

Tatsächlich, da war einer von Christians Männern, der ständig in ihre Richtung starrte. Es mochte an dem schulterfreien Kleid liegen, das sie um der Königin willen angezogen hatte. Aber Marian kleidete sich ebenfalls freizügig. Der Mann, der sie auf fast unangenehme Weise angaffte, war ähnlich groß wie sein Herr, ein wahrer Felsen, der überrollen konnte, was immer sich ihm in den Weg stellte. Manchen Frauen hätte dies an einem Mann vielleicht gefallen, aber Froni vermisste in diesem Moment mit aller Heftigkeit die feinen, klugen Gesichtszüge des Schullehrers, der bereits ihr Herz erobert hatte.

„Stammt Ihr aus England oder aus Böhmen?", fragte der Mann sie nun. Seine Stimme war weniger unangenehm als sein Äußeres, aber das reichte nicht, um sie für ihn einzunehmen.

„Aus der Pfalz", erwiderte sie kühl und vermied es, ihren Gesprächspartner anzusehen. Ihr stand nicht der Sinn nach einer längeren Unterhaltung.

„Also hat der Kurfürst Euch mitgebracht und nicht die Königstochter", stellte der Mann fest. „Mir soll es recht sein. Fremdländische Frauen können schwierig sein. Ich spreche am liebsten deutsch."

Wahrscheinlich verstand er auch nichts anderes, dachte Froni.

„Deutsche Frauen können ebenso schwierig sein, wenn sie sich unwohl fühlen", erwiderte sie schnippisch, denn sie hatte seine Aussage anmaßend gefunden.

„Eine Frau braucht den richtigen Platz im Leben, dann ist sie auch zufrieden", kam es unbeirrt zurück. „Ich denke, wir werden schon zu einer Einigung kommen."

Er hob seinen Weinbecher, um mit ihr anzustoßen. Froni begriff nicht, was diese Geste genau zu bedeuten hatte, aber ihn abzuweisen, wäre allzu unhöflich gewesen. Sie konnte es sich nicht erlauben, die wenigen Anhänger ihrer Königin vor den Kopf zu stoßen. So zwang sie sich zu einem Lächeln. Es wurde kurz erwidert, dann stimmte der Mann wieder in die lautstarke Unterhaltung seiner Gefährten ein.

Froni war erleichtert, nicht mehr von ihm beachtet zu werden. Sie ließ ihren Blick zum Fenster wandern, um das Meer zu sehen. Vielleicht würde sie morgen wieder eine Gelegenheit finden, am Strand spazieren zu gehen.

Ihr Wunsch erfüllte sich anders als erwartet, denn die Königin selbst schlug einen Ausflug vor, um am Ufer der Stadt entlangzufahren. So wie vor über einem Jahr in Prag zogen sie alle gemeinsam los und verteilten sich auf bereitgestellte Boote. Ein paar Mitglieder des holländischen Hofes waren ebenfalls erschienen, doch ähnlich wie einst die Prager Ratsherren schienen sie das frivole Treiben der Königin mit etwas Skepsis zu betrachten. Der Statthalter Moritz von Oranien war ohnehin zu alt und kränklich, um sich an solchen Vergnügungen zu beteiligen.

Zu Fronis Überraschung wollte Elizabeth aber diesmal nicht bei Friedrich sitzen. Auch an der Gesellschaft Christians und seiner Ritter zeigte sie im Augenblick kein großes Interesse. Stattdessen winkte sie Froni und ihre Gefährtinnen zu sich, um mit ihnen in ein blumengeschmücktes Boot zu steigen, das anschließend die Uferpromenade entlangfuhr. Friedrich teilte sich ein Gefährt mit drei anderen Männern des Hofstaates. Er redete wenig, starrte nur wieder auf das Wasser hinaus. Der strahlende junge Mann, der es gewagt hatte, vor aller Augen unbekleidet in die Moldau zu springen, musste irgendwann nach der geschlagenen Schlacht gestorben sein, um nur eine Hülle zurückzulassen. Der schwermütige Ausdruck auf seinem schmalen Gesicht weckte wieder einen Funken der alten Zärtlichkeit in Froni. Sie hätte ihn gern in die Arme geschlossen und ihm versichert, dass er gemäß seinen Fähigkeiten getan hatte, was er konnte. Nur hatten diese Fähigkeiten nicht genügt, zumal das Glück sich gegen ihn gewandt hatte.

„Wenigstens ist das Wetter uns heute gewogen", hörte sie Elizabeth sagen, die mit ihrem Fächer gegen die Sommerhitze anging. Ein Baldachin sollte sie alle vor der Sonne schützen, aber Froni hatte nur einen Platz am anderen Ende des Bootes abbekommen. Es störte sie nicht weiter, denn schon als Kind war sie bei Sonnenschein über Wiesen und Felder gelaufen. Die Königin hingegen legte Wert auf vornehme Blässe.

„Die Stadt ist schön, aber ihr fehlt die Lebendigkeit von Prag", meinte Elizabeth nun wehmütig. Froni dachte, dass sie alle froh sein mussten, überhaupt noch irgendwo aufgenommen worden zu sein. Nachdem sie Prag verlassen hatten, waren sie einige Wochen lang auf der Flucht gewesen, von einem Ort zum anderen gezogen, da ein gestürzter König nirgendwo erwünscht war. Trotzdem musste sie Elizabeth innerlich zustimmen. Den Haag missfiel ihr nicht. Aber sie vermisste jene Stadt, die ihr innerhalb eines Jahres vertrauter geworden war als jede andere zuvor.

„Vielleicht kehren wir irgendwann zurück", meinte Theodora Bryant hoffnungsvoll. Die anderen schwiegen. Jane zog ein missmutiges Gesicht.

„Eben um diese Rückkehr an unseren angestammten Platz zu ermöglichen, meine Damen, brauche ich auch Euer aller Hilfe", begann Elizabeth nun deutlich fröhlicher. „Wir müssen Bündnisse eingehen und die Unterstützung möglichst vieler Landesfürsten gewinnen. Meine Kinder sind noch zu jung, um vermählt zu werden, zumal im Moment ungewiss ist, welches Erbe sie antreten können. Daher setze ich all meine Hoffnungen in Euch."

Marian sah verdattert aus. Jane runzelte die Stirn. Allein Theodora Bryant schien diese Aussage nicht befremdlich zu finden. Zu ihrer Rechten saß eine weitere Hofdame, die seit der Heidelberger Zeit zu Elizabeths Gefolgschaft gehörte, sich bisher aber von den Engländerinnen ferngehalten hatte. Nun war sie von der Königin selbst aufgefordert worden, sich mit in das Boot zu setzen. Sie hieß Amalia von Solms, war ein hübsches, dralles Mädchen von zurückhaltendem Wesen.

„Der holländische Statthalter ist nicht mehr gesund, aber er hat eine weit verzweigte Familie. Es wäre günstig, mit ihnen nähere Verbindungen einzugehen", redete Elizabeth indessen weiter. „Ich werde aus diesem Grund vorschlagen, dass regelmäßig Bälle und andere Festlichkeiten stattfinden. Dort werden die wichtigen Herren des Landes sich versammeln. Natürlich auch jene, die auf unserer Seite stehen."

Sie lehnte sich im Boot zurück und lächelte ihre Damen an.

„Ihr werdet natürlich so hübsch wie möglich sein. Ich

sorge dafür, dass es Euch allen nicht an der passenden Garderobe mangelt. Zum Glück sind wir nicht als Bettler aus Prag geflohen."

Sie tätschelte den Kopf ihrer Äffin Anne, die die Flucht ebenfalls heil überstanden hatte und im Moment entspannter wirkte als alle anderen weiblichen Wesen in diesem Boot.

„Wer wird die Nachfolge von Moritz von Oranien antreten?", fragte plötzlich die sonst sehr schweigsame Amalia auf Deutsch.

„Einer seiner Neffen, nehme ich an", erwiderte die Königin sogleich. „Er selbst hat keinen Nachkommen. Ich werde mich umhören."

Dann blickte sie zu den anderen Damen.

„Ich bin mir sicher, dass auch für Euch alle hier ein passender Ehemann zu finden sein wird. Wir müssen es nur geschickt anstellen."

Marian senkte den Blick. Wahrscheinlich hing sie Erinnerungen an Christoph Harant nach, der durchaus passend gewesen wäre, hätte das Schicksal ihm weniger übel mitgespielt. Theodora und Jane machten nur ausdruckslose Gesichter. Froni bekam ein Gefühl von Unbehagen. Sie beobachtete Anne, die zufrieden an einem Apfel nagte, und wünschte sich ein ähnlich sorgloses Dasein wie diese Äffin.

Nach der Bootsfahrt wurde noch im Rittersaal eine kleine Theateraufführung veranstaltet. Elizabeth liebte die Stücke Shakespeares und trat nun als Julia auf. Wider Erwarten fiel die Rolle des Romeo diesmal nicht Friedrich zu, sondern Christian von Braunschweig, der viel zu grobschlächtig dafür wirkte. Dennoch schlug er sich wacker, sein Englisch war erstaunlich gut, aber er fasste seine Julia bei der Balkonszene öfter und kräftiger an als sonst bei solchen Aufführungen üblich. Elizabeth ertrug das mit hoheitsvollem Frohsinn. Die übrigen Rollen wurden von ein paar Höflingen gespielt. Froni und die anderen Damen hatten bei der Ballszene mittanzen dürfen, saßen aber nun unter den Zuschauern.

Friedrich hatte sich bereits kurz nach Beginn der Darbietung zurückgezogen.

„Ziemlich viel Gewese um eine junge Liebe", sagte eine männliche Stimme dicht neben Froni. Sie wandte sich um und erkannte jenen Gefolgsmann Christians, den sie bereits in unguter Erinnerung hatte. Sein Atem roch nach Wein, seine Wangen schienen unnatürlich gerötet.

„Es ist eben eine Liebestragödie", erwiderte sie eisig und sah sich nach ihren Gefährtinnen um. Marian lauschte der Geschichte mit von Tränen verhangenem Blick, Theodora blieb kühler, aber hörte dennoch aufmerksam zu. Allein Jane schien nicht sehr beeindruckt. Sie konnte sich eher für Politik begeistern als für tragische Dramen.

„An der Stelle von diesem Romeo hätte ich das Mädchen einfach gepackt und wäre mit ihm fortgelaufen", redete der Mann weiter. Falls er merkte, dass sein Geplapper einige Zuhörer störte, war es ihm egal.

„Das hätte einen endgültigen, bitteren Krieg zwischen den zwei Familien ausgelöst", spekulierte Froni. In gewisser Hinsicht begann sie Freude an dem Gespräch zu gewinnen.

„Und? Ein echter Mann scheut den Krieg nicht. Christian fühlt sich auf einem Schlachtfeld auch viel wohler als bei einer so albernen Aufführung."

Froni schluckte. Sie mochte den Sprecher nicht und auch nicht seine Worte. Aber ein Theaterstück würde ihnen nicht helfen, die Herrschaft in Prag zurückzugewinnen. Sie beschloss, sich trotz allem nicht unfreundlich zu zeigen.

„Unsere Königin liebt das Theater", redete sie leise weiter.

„Ich weiß. Deshalb macht der tolle Christian auch mit. Sonst gibt er sich keine solche Mühe wegen einer Frau, er holt sich, was er will, und zieht weiter. Aber seine englische Cousine hat es ihm wirklich angetan. Für sie will er den Helden spielen, auch im echten Leben."

Froni nickte. Sie hatte schon von Jane gehört, dass Elizabeth und dieser wilde Haudegen verwandt waren. Doch die Art, wie Christian Elizabeth behandelte, war nicht wirklich brüderlich zu nennen.

„Denkt Ihr, er wird es schaffen, uns wieder nach Prag zu bringen?", fragte sie nun ehrlich interessiert. Ihr Gesprächspartner grinste. Seine Zähne waren gelb, aber gesund und kräftig. Vielen Frauen hätte er nicht schlecht gefallen.

„Er wird auf jeden Fall alles dafür tun und auch noch Spaß dabei haben. Seine Männer ebenso. Ich bin es langsam leid, ständig an diesem Hof herumzusitzen, Musik und alberne Gedichte zu hören. Es wird Zeit, dass wir endlich zu den Waffen greifen."

Das vor Schmerz verzerrte Gesicht des schwer verletzten Söldners auf dem Prager Pferdemarkt tauchte in Fronis Erinnerung auf. Sie zog das Theaterstück dem Krieg eindeutig vor. Aber sie brauchten Männer wie diesen, mit ihrer Liebe zum Kampf.

„Wenn Ihr Euch langweilt, kann ich Euch kurz die Anlage zeigen", schlug sie vor, denn sie hatten schon ein paar vorwurfsvolle Blicke von anderen Zuschauern erhalten. Froni hoffte, etwas genauer zu erfahren, was wirklich geplant war. Sie wollte einmal Janes Beispiel folgen, die an alle möglichen Informationen kam, indem sie immer aufmerksam lauschte.

„Mit Vergnügen, junge Dame. Mein Name ist Lorenz von Hohenheim."

Er stand auf. Froni tat es ebenso. Zwar mochte es als unpassendes Benehmen für eine Hofdame gelten, allein mit einem Mann herumzulaufen, aber sie wusste, dass Elizabeth es ihr nicht zum Vorwurf machen würde. Die Gebäude des Hofes von Den Haag lagen an einem künstlich angelegten See, auf dem einige Boote herumschwammen. Emsige Lakaien trugen Tabletts mit Getränken und Speisen zum Rittersaal, wo die Aufführung stattfand. Froni lotste ihren Begleiter zu einer Bank dicht neben dem Gewässer. Es dämmerte bereits. Schwäne schwammen vor ihnen dahin. Insgesamt war es ein angenehm lauer Abend.

„Seid Ihr schon einmal in Prag gewesen?", versuchte sie, nun eine harmlose Konversation zu beginnen.

„Nein. Aber ich werde Christian folgen, wohin es ihn auch verschlägt. Im Grunde ist eine Stadt wie jede andere."

Dem konnte Froni nicht ganz zustimmen, aber sie wollte kein Streitgespräch beginnen.

„Welche Angriffe sind denn geplant? Gibt es schon eine konkrete Strategie?"

Jane wäre beeindruckt, wenn Froni plötzlich mehr wüsste als sie. Andererseits hätte Friedrich Elizabeth sicher eingeweiht. Aber wurde er überhaupt in die Planungen noch mit einbezogen? Er hatte niemals großes Interesse an militärischen Dingen gezeigt. Nun versank er in völlige Apathie.

„Das braucht eine hübsche junge Frau nicht zu kümmern", meinte Lorenz resolut. „Wir werden das schon regeln. Christian wartet ungeduldig auf eine Gelegenheit, in den Krieg zu ziehen. Wir werden es den verdammten Papisten zeigen."

Froni nickte, obwohl sie keineswegs überzeugt und zudem verärgert war. Lorenz hatte wahrscheinlich keine Ahnung, was genau geplant war. Er machte insgesamt nicht den Eindruck, ein besonderer Denker zu sein.

„Wir Damen werden für Euch beten", sagte sie. Das würde sie tatsächlich tun, wenn auch nicht wirklich um Christian und seiner Männer willen.

„Darauf hoffe ich." Lorenz grinste wieder, diesmal auf eine Art, die sie fast als dreist empfand. „Vielleicht können wir ja alles regeln, bevor der Krieg losgeht. Ich hätte gern eine kleine Frau, die zu Hause auf mich wartet."

Er legte seinen Arm um ihre Schultern. Froni versuchte, ihn abzuwehren, aber er war kräftiger als sie und unerwartet hartnäckig.

„Schon gut, ich weiß, eine anständige Frau muss ein bisschen strampeln, bevor sie einen Mann an sich ranlässt", murmelte Lorenz mit einem weiteren Grinsen. „Aber am Ende folgen wir alle unserer Natur. Du willst doch sicher ein Zuhause und ein paar Kinder. Ich sorge dafür, dass du das bekommst. Also können wir uns einig werden."

Er musterte sie gutmütig, aber so völlig von sich überzeugt, dass Froni ihm am liebsten ins Gesicht gespuckt hätte.

„Ich bin nicht ganz so verzweifelt, wie Ihr meint, edler Herr", sagte sie stattdessen und schaffte es endlich, ihn mit einem energischen Schubs von sich zu stoßen. „Ich würde jetzt gern das Ende der Aufführung sehen."

„Ganz wie Ihr wünscht, Fräulein von Odenwald", meinte Lorenz, der weder verärgert noch enttäuscht schien. „Sehen wir also zu, wie das Liebespaar gemeinsam zu Grabe getragen wird. Zum Glück läuft es im richtigen Leben meistens ohne so viel Aufregung. Hat dieser Shakespeare nicht auch Stücke über Kriege geschrieben?"

„Ich denke schon, aber unsere Königin bevorzugt Liebesdramen", erwiderte Froni. Sie hörte Lorenz herzhaft lachen und mochte ihn fast dafür. Er hätte sich gerade eben nur weniger dreist verhalten sollen. Seite an Seite kehrten sie in den Rittersaal zurück. Froni setzte sich neben Jane, die gerade hinter vorgehaltener Hand ein Gähnen verbarg.

„Ich frage mich ja, wann die zwei unter der Erde liegen", flüsterte die Engländerin erschöpft. „Wenn sie nur ein bisschen nachgedacht hätten, wäre das Unglück sicher zu verhindern gewesen. Aber Liebe macht Menschen dumm, das hat Shakespeare gut erkannt."

Zwar zweifelte Froni, dass der englische Theaterautor es so gemeint hatte, wollte aber im Moment nicht widersprechen.

„Wo warst du die ganze Zeit?", fragte Marian indessen. „Du hast den Ratschlag der Königin, dass wir uns günstig vermählen müssen, ja sehr ernst genommen."

Froni schüttelte entschieden den Kopf, doch da nun die Szene begann, in der Julia aus ihrer Todesstarre erwachte, verfolgte sie lieber das Geschehen, als zu widersprechen.

Es war nicht wichtig. Der aufdringliche Lorenz würde sie vergessen, sobald er sich mit einem Schwert in der Hand ins Schlachtgetümmel stürzen konnte. Bald schon würde er eine andere Frau unaufgefordert an sich ziehen, die darüber vielleicht sogar erfreut wäre.

„Ich bin zu unbedeutend, um vermählt zu werden", stellte sie fest und war darüber sogar erleichtert. Sie würde einfach abwarten, bis eine Rückkehr nach Prag möglich war. Dann musste sie nach Marek suchen. Sie würden nicht so enden wie das Liebespaar auf der Bühne. Obwohl Christians Darstellung des liebeskranken Romeo nicht unbedingt überzeugend gewesen war, hatte die Geschichte sie dennoch berührt. Aber Jane hatte hoffentlich recht. Wenn zwei Liebende auch auf ihren Verstand hörten und nicht nur auf ihr Herz, musste es einen anderen Ausweg für sie geben.

„Es gibt eine Nachricht von dem Habsburger Tyrannen und Lumpensammler", erzählte Elizabeth zwei Wochen später und legte ihr Buch auf den kleinen Tisch in der Mitte des Zimmers. Am Hof von Den Haag hatten sie weniger Räumlichkeiten zur Verfügung als früher, daher mussten die Damen enger zusammenrücken. Anne, die Äffin, sprang fröhlich im Zimmer herum und brachte eine Vase zum Umsturz.

„Maximilian von Bayern wurde zum neuen Kurfürsten der Pfalz ernannt", sagte die Königin leise. „Man hat uns alles entrissen, was uns zusteht. Das ist nicht recht."

Sie wischte sich kurz die Augen trocken, streckte dann den Rücken.

„Noch ist nicht alles verloren. Zum Glück hält mein wackerer Cousin mir die Treue", fügte sie hinzu.

Froni musste an Friedrich denken, der nur noch ein Schatten seiner selbst schien. Wie glücklich er nach seiner Heirat mit der englischen Königstochter gewesen war! Vielleicht hätten sie in Heidelberg bleiben sollen, anstatt sich in das böhmische Abenteuer zu stürzen. Aber dann hätte sie selbst niemals Marek kennengelernt.

„Mit welchem Recht konnte ein Kurfürst einfach entmachtet werden?", fragte Jane.

Elizabeth seufzte.

„Es heißt, wir haben gegen geltendes Recht verstoßen, als wir die böhmische Krone annahmen. Aber das geltende Recht ist einfach nur der Wille des Habsburger Kaisers. Wenn wir jetzt nachgeben, hat er gewonnen."

„Er gewinnt erst dann, wenn er den Krieg gewinnt", stellte Jane fest. Niemand widersprach. Ihnen allen war klar, dass es einen Krieg geben würde.

„Gibt es denn eine Möglichkeit, sich mit dem Habsburger zu einigen?", fragte Marian nun. „Sie können Eurem Gemahl doch nicht einfach alles nehmen. Was meint denn

Seine Majestät, der englische König, dazu?"

Froni staunte, denn bisher hatte Marian sich kaum um politische Fragen gekümmert. Vielleicht hatte Christoph Harant sie in dieser Hinsicht beeinflusst.

„Mein Vater unterstützt uns nicht so sehr, wie es seine Pflicht wäre", klagte Elizabeth. „Sonst hätten wir Böhmen vielleicht nicht verloren."

Fast alle Hofdamen nickten zustimmend. Nur Jane sah nicht ganz überzeugt aus.

„Kam irgendein Friedensangebot?", wollte sie nur wissen.

Elizabeth lächelte spöttisch.

„Unser ältester Sohn Heinrich soll am Hof des Habsburger Kaisers als Katholik aufwachsen. Dann könnte er sein Erbe in der Pfalz antreten. Aber wir geben ihn nicht her!", erklärte die Königin entschlossen.

Niemand widersprach. Auch Froni schwieg, denn sie konnte Elizabeth verstehen. Ihr ältester Sohn zeigte sich als aufgewecktes, kluges Kind, in das seine Eltern viele Hoffnungen setzten. Zwar schien Elizabeth mehr Zuneigung für ihre Äffin zu empfinden als für die ganze Kinderschar, die sie inzwischen geboren hatte, aber ihr ganzer Stolz galt diesem einen Sohn.

„Christian von Braunschweig wird für uns kämpfen. Natürlich auch Mansfeld. In ein paar Monaten haben wir die Pfalz wieder und irgendwann auch Prag, da bin ich mir sicher", verkündete die Königin nun mit tiefster Überzeugung. Dann ergriff sie wieder ihr Buch, um die Lektüre fortzusetzen. Jane, die bei jeder Gelegenheit irgendetwas las, tat es ihr gleich. Marian stickte, so wie die anderen Damen. Froni versuchte, die Neuigkeiten in ihrem Kopf zu ordnen, während sie Fäden durch den Stoff zog.

Es würde weitere Kämpfe geben, wahrscheinlich den großen Krieg, vor dem Karl von Waldeck bereits gewarnt hatte. Aber er war unerlässlich, dieser Krieg. Sonst müssten alle Protestanten auf deutschem Boden ihrem Glauben entsagen, weil der Habsburger triumphierte. Vor allem waren die Kämpfe auch nötig, damit sie Marek wiedersehen konn-

te.

Zu ihrem Befremden stellte sie fest, dass ihr dies fast wichtiger war als ein Triumph des wahren Glaubens über papistischen Götzenkult.

Etwa eine Stunde später, kurz vor dem Mittagsmahl, gesellte sich Friedrich zu ihnen. Er trug immer noch sehr elegante, farbenfrohe Kleidung, wodurch sein Gesicht noch etwas fahler wirkte. Froni verspürte einen Stich. Der strahlende junge Kurfürst, der den ganzen englischen Hofstaat für sich hatte begeistern können und daher die begehrteste Prinzessin Europas nach Hause führte, hatte sich in einen schwermütigen Grübler verwandelt. Dieser Mann brauchte jemanden, der ihn tröstend in die Arme nahm und ihm Mut zusprach. Doch Elizabeth zog nur skeptisch die Augenbrauen hoch, als sei sie nicht mehr so angetan von ihm wie einst.

„Ist nun endlich ein Vorgehen beschlossen worden?", fragte sie. „Wann bricht Christian auf, um für uns zu kämpfen?"

„Sehr bald schon. Er kann es kaum erwarten."

Friedrich hatte weder stolz noch glücklich geklungen. Er sank in einen Stuhl neben seiner Gemahlin, die ihn sehr kurz ansah.

„Dann sollte man ihn ziehen lassen."

„Das wird man auch. Ich würde sogar sagen, dass Euer werter Cousin ohnehin tut, was ihm beliebt."

Elizabeth verzog das Gesicht, als hätte sie eine besonders dumme Äußerung gehört.

„Er will einer gerechten Sache dienen und lässt sich nicht durch Zauderer aufhalten, scheint es mir", erklärte sie mit einem vorwurfsvollen Blick auf ihren blassen Gemahl.

Friedrich nickte, als habe er die Anspielung verstanden.

„Ich bedauere, dass Euch unsere gegenwärtige Lage derart missfällt. Euer Cousin ist bereits bereit zum Angriff, aber es gibt noch eine Bitte, die er mir im Namen eines seiner Gefolgsmänner überbrachte."

„Und?", meinte die Königin nun in einem Tonfall, der deutlich machte, dass sie jedes Hinauszögern der Antwort für unverzeihlich halten würde.

„Ich würde es gern allein mit Euch besprechen, mon Astrée."

Friedrich streckte ihr mit einer Verbeugung seine Hand entgegen. Ihr Gesicht entspannte sich und sie nahm sein Angebot lächelnd an. Seite an Seite spazierten sie aus dem Raum, wieder jenes vollkommene Paar wie aus einem Liebesgedicht. Froni fand den Anblick erleichternd, obwohl sie befürchtete, dass er nicht von Dauer sein würde.

„Ich bin ja sehr gespannt, worum es jetzt geht", flüsterte Marian aufgeregt, als die Tür hinter dem Königspaar zugefallen war.

„Irgendeine Heiratsangelegenheit", meinte Amalia von Solms, die offensichtlich schon besser Englisch konnte, als sie sich anmerken ließ. „Vielleicht steht nun fest, wer in den Niederlanden nach Moritz von Oranien herrschen wird. Dieser Mann braucht eine passende Braut."

Froni empfand diese Aussage als erleichternd, denn ihr Magen hatte sich nervös zusammengezogen. Als Tochter eines kleinen Landadeligen kam sie für so eine Verbindung nicht infrage.

Als Elizabeth kurz darauf nach ihr rufen ließ, verspürte sie fast Übelkeit. Gleichzeitig aber wurde sie sich ihrer inneren Kraft bewusst, die in dem letzten Jahr gewachsen sein musste. Es würde einen Weg geben, den Kopf aus der Schlinge zu ziehen. Eben weil sie eine Person ohne besondere Wichtigkeit war, würde niemand ein großes Aufheben darum machen, wen sie zum Mann nahm.

„Ich habe gute Neuigkeiten für Euch, Fräulein von Odenwald", erzählte Elizabeth mit einem strahlenden Lächeln und wies auf einen Stuhl, damit Froni Platz nehmen durfte. „Ihr werdet Euch demnächst vermählen."

Es kam nicht als wirkliche Überraschung, daher konnte Froni gelassen reagieren.

„Es handelt sich um einen Ritter aus dem Gefolge Christians von Braunschweig, nicht wahr?"

„In der Tat. Ich sehe, er hat Euch schon den Hof gemacht."

So konnte man es auch nennen, dachte Froni.

„Es ist eine wirklich günstige Gelegenheit, das Heer meines Cousins für unsere Sache einzunehmen", redete Elizabeth weiter und reichte ihr selbst einen Becher Wein. Froni staunte, denn bisher hatte die englische Königstochter niemals jemanden bedient. Diese ganze Angelegenheit musste wichtiger sein, als sie angenommen hatte.

„Lorenz von Hohenheim ist ein Offizier, in den mein Cousin große Hoffnungen setzt", erzählte Elizabeth weiter. „Er versteht sich auf den Gebrauch traditioneller Waffen wie etwa das Schwert. Aber auch mit einer Muskete kann er hervorragend umgehen. Außerdem ist er der geborene Anführer, seine Männer würden ihm bis in die Hölle folgen, meinte Christian."

Froni fragte sich, ob all dies wirklich zuerst Friedrich erzählt worden war. Wahrscheinlicher schien es, dass Christian es mit seiner englischen Cousine schon vorher abgesprochen hatte.

„Der Ritter hat mir sein Anliegen bereits deutlich gemacht", sagte sie nun und versuchte, eine gefasste Miene aufzusetzen. „Aber ich glaube, ich habe ihm zu verstehen gegeben, dass eine Verbindung zwischen uns derzeit nicht möglich ist."

„Und warum sollte das so sein?"

Elizabeth hatte eher belustigt geklungen als ernsthaft verärgert, was Froni mutiger werden ließ.

„Ich bin noch nicht bereit für eine Ehe."

Das wäre sie erst, wenn sie Marek wiedergefunden hatte.

„Außerdem möchte ich gern baldmöglichst meine Mutter wiedersehen, die sich in Heidelberg befindet und krank ist. Wenn ich in das Haus eines anderen Mannes ziehe, ist das vielleicht nicht möglich."

„Natürlich ist es möglich", erwiderte Elizabeth ungeduldig. „Wir werden dank der Hilfe meines Cousins wieder das Heidelberger Schloss erhalten und dort sucht Ihr dann vor Ort nach Eurer Mutter, die hoffentlich noch am Leben ist."

Sie stand auf.

„Ich beglückwünsche Euch, Fräulein von Odenwald. Ihr habt als erste meiner Damen getan, worum ich ausdrücklich gebeten hatte. Euer Gemahl wird auf Lebenszeit in unseren Diensten stehen, denn als Eure Königin lasse ich Euch mit einer entsprechenden Mitgift ausstatten. Auf diese Weise werden Bündnisse geschmiedet."

Froni hatte das Gefühl, von einer feindlichen Armee in eine Ecke gedrängt worden zu sein. Ihr blieb nichts übrig, als sich mit aller Kraft zur Wehr zu setzen.

„Aber ... ich würde gern warten, bis ich meine Mutter gefunden habe. Sie sollte meiner Heirat zustimmen."

Es war die allererste Ausrede, die ihr in den Sinn gekommen war. So schlecht klang sie gar nicht, doch zwischen Elizabeths schön geschwungenen Brauen erschien eine Falte.

„Eure Mutter würde sicher zustimmen, wenn sie von der Neuigkeit wüsste. Daran besteht überhaupt kein Zweifel. Aber nun ist sie nicht hier. Ihr könnt ihr aber jederzeit eine Nachricht schicken."

Das war ein sehr naheliegender Vorschlag, doch Froni hatte eine Antwort bereit.

„In der gegenwärtigen Lage könnte es dauern, bis ein Bote in von feindlichen Armeen besetzte Gebiete durchdringt. Meine Mutter ist in keiner guten Verfassung mehr, sie hat meine letzten Briefe nicht beantwortet. Ich habe nur das Schreiben eines Arztes, der mir bestätigte, dass sie zu schwach ist, eine Feder zu führen, viel schläft und nur noch wenig begreift. Ich ... ich würde gern selbst mit ihr reden, damit sie so eine wichtige Neuigkeit wie meine Vermählung auch wirklich verstehen kann. Außerdem hätte ich sie auch gern bei meiner Hochzeit."

Es hatte insgesamt ganz überzeugend geklungen. Froni ahnte, dass sie ihre Mutter so bald nicht würde wiedersehen können. Ihr blieb nur die Hoffnung, dass Karl sich wie versprochen um sie kümmerte.

„Eure Mutter kann derzeit nicht an Eurer Hochzeitsfeier teilnehmen", stellte Elizabeth einfach nur fest. „Selbst wenn die politische Lage günstiger wäre, klingt es, als wäre sie einfach zu krank. Ihr könnt sie sicher demnächst einmal besuchen und ihr die frohe Nachricht überbringen. Sobald wir wieder in Heidelberg Einzug halten, wird Euer Gemahl erfolgreich Schlachten für uns geschlagen haben und Ihr genießt eine gute Stellung an meinem Hof. Eure Mutter wird hoffentlich in der Lage sein, diese erfreuliche Entwicklung zu begreifen."

Aller Protest blieb Froni im Hals stecken, denn sie hatte inzwischen begriffen, dass Elizabeth bereits für sie entschieden hatte. Sie saß tiefer in der Falle als zunächst angenommen.

„Dieser Mann ist mir … ich mag ihn nicht besonders", flüsterte sie und versuchte, ihre Tränen wegzublinzeln.

Elizabeth lachte leise.

„Das könnte sich mit der Zeit ändern. Das wirkliche Leben ist nicht wie eine jener Romanzen, die sich begnadete Dichter ausgedacht haben. Es ist viel weniger vorhersehbar."

Sie schwieg kurz und richtete ihren Blick auf das bestickte Tischtuch, als müsse sie über ihr eigenes Schicksal nachdenken.

„Lorenz von Hohenheim ist keine schlechte Wahl", sagte sie dann mit Nachdruck. „Er versteht sich auf den Kampf und das ist letztendlich wichtiger als galante Manieren."

„Ich empfinde ihn als grob und ungehobelt", protestierte Froni.

„Nun, dann ist es Eure Aufgabe als Ehefrau, ihm bessere Manieren beizubringen. Er wird auf jeden Fall in der Lage sein, Euch ein Dach über dem Kopf zu bieten. Männer wie er finden immer ein Auskommen, denn die Welt braucht mutige, entschlossene Kämpfer."

Wieder hatte eine gewisse Verärgerung in ihrer Stimme gelegen, als sei ihr erst jetzt bewusst geworden, wie wichtig ebenjene Eigenschaften waren, die sie an ihrem eigenen Mann vermisste.

„Die Welt mag sie brauchen, aber ich brauche sie nicht."

Die Worte waren Froni entwichen, bevor sie Zeit zum Denken gehabt hatte. Als sie sah, wie das Gesicht der Königin sich verhärtete, wurden ihre Knie weich. Sie hatte einen schweren Fehler begangen.

„Es kommt in dieser Welt aber nicht nur auf Eure Bedürfnisse an, Fräulein von Odenwald", erwiderte Elizabeth mit eisiger Stimme. „Wir alle dienen einer höheren Macht. Die Protestanten Deutschlands und Böhmens brauchen uns, um nicht dem Papismus und den Antichristen zum Opfer zu fallen. Daher werdet Ihr tun müssen, was notwendig ist."

Froni sackte zusammen. Sie fühlte sich erschöpft, völlig ausgelaugt. Ein anstrengenderes Gespräch hatte sie in ihrem Leben noch nicht geführt.

„Lorenz von Hohenheim wird auf jeden Fall in den Krieg ziehen", sagte sie nur. „Er liebt den Kampf. Ob ich ihn heirate oder nicht, macht keinen Unterschied."

„Nun, das sehe ich anders. Als Eure Königin ist es meine Pflicht, für das Wohl meiner Hofdamen zu sorgen. Diese Verbindung ist das Beste, was Euch geschehen kann. Ich würde Euch daher bitten, einsichtig zu sein. In einem Monat hoffe ich Eure Verlobung öffentlich machen zu können. Ansonsten besteht die Gefahr, dass Ihr an diesem Hof nicht mehr willkommen seid."

Froni musste sich am Tisch abstützen. Bisher hatte sie Elizabeth als eitle, selbstverliebte, aber im Grunde gutmütige Person betrachtet, doch nun zeigte sie eine unerbittliche Härte.

„Ihr selbst habt einen Gemahl, der Euch gefiel", flüsterte Froni in einem letzten Versuch, sich aufzulehnen. „Ich bitte nur um dasselbe Recht. Nichts weiter."

Nun seufzte die Königin, als sei sie durch diese Unterhaltung ebenfalls müde geworden.

„Ich hatte Glück, weil mein Herz ebenso entschied wie mein Vater. Aber nicht selten schmeckt eine zunächst verlockende Speise auf Dauer fade. Ebenso können auf den ersten Blick reizlose Gerichte einem auf der Zunge zergehen, wenn man mehr von ihnen kostet. Versucht, das Beste aus Eurer Lage zu machen, Fräulein von Odenwald. Denn eine andere Wahl habt Ihr nicht. Nun muss ich Euch zu Euren Gefährtinnen zurückschicken, denn mein Gemahl wartet auf mich."

Sie lächelte, so, wie sie stets gelächelt hatte, wenn sie vor Friedrichs Augen mit anderen Männern kokettierte oder ihre Kinder mit unverhohlener Erleichterung den Ammen überließ. Ihr Leben kreiste vor allem um die Bedürfnisse ihrer eigenen Person, doch bisher hatte Froni die Offensichtlichkeit, mit der die schöne Königstochter dies zur Schau stellte, fast rührend gefunden. Nun hatte sie das Gefühl, wie eine Schachfigur auf einem Brett herumgeschoben zu werden.

Dies war das Schicksal fast aller adeligen Frauen und sie hatte es stets gewusst. Irgendwann waren eigene Wünsche in ihr erwacht. Es musste in dem schlichten Schulgebäude der Böhmischen Brüder geschehen sein, dass sie angefangen hatte, von einem anderen Leben zu träumen, auf das sie jetzt nicht verzichten wollte.

Aber von der Königin, die sie mit der Zeit trotz all ihrer Fehler zu lieben gelernt hatte, würde sie keine Unterstützung bekommen.

Während sie wie betäubt den Rückweg in die Gemächer der Damen antrat, fiel ihr ein anderer Mensch ein, dem sie sich früher einmal sehr nahe gefühlt hatte. Es gab zwar wenig Aussicht auf seine Unterstützung, aber sie musste es wenigstens versuchen.

„Wie geht es dir, kleine Eule?"

Friedrich saß allein in seinem Gemach. Er hatte sein Hemd aufgeknöpft, die Stiefel ausgezogen und seine Füße auf einen Stuhl gelegt. Ein voller Weinkrug lag in seiner Hand.

„Gefällt es wenigstens dir in Den Haag ein bisschen? Meine liebe Frau liegt mir den ganzen Tag mit Klagen in den Ohren. Das Hofleben hier ist nicht elegant genug, die Holländer scheinen ihr ungehobelt und fade. Wir haben nicht genug Platz für die ständig neuen Kinder, die sie gebiert. Sie hätte gern ein weiteres Gebäude, wo sie den ganzen Nachwuchs unterbringt, denn plärrende Säuglinge sind ihr ein Graus."

Froni staunte, wie offen er aussprach, was sie die ganze Zeit geahnt hatte. Sonst wäre der kleine Ruprecht bei der Flucht aus Prag nicht um ein Haar vergessen worden. Viele Frauen wären für so häufige Schwangerschaften, schnelle Geburten und gesunden Nachwuchs dankbar gewesen, doch Elizabeth betrachtete all das eher als lästige Begleiterscheinung des Ehelebens.

„Vielleicht sollte man ein solches Haus bauen", schlug Froni vor. „Ich meine, dann hätten wir alle mehr Platz. Die Kinderfrauen kämen natürlich mit, auch die Hauslehrer. Und Ihre Hoheit, die Königin, würde ihre Kinder natürlich jederzeit besuchen können."

Wahrscheinlich würde Elizabeth das nur an manchen Festtagen tun, wenn jemand sie daran erinnerte. Es wäre aber durchaus von Vorteil, wenn mehr Räume frei würden. Sie lebte nun mit Jane Wyatt und Marian Lacey zusammen. Theodora Bryant sollte wieder nach England zu ihrer Familie fahren. Yveta und ihre Angehörigen bewohnten Dienstbotenkammern. Im Gegensatz zu den königlichen Damen klagten sie darüber nicht.

„Ich würde es ja bauen lassen", erwiderte Friedrich. „Aber ich brauche alle Gelder, die noch geblieben sind, um Söldner zu bezahlen. Sonst kann ich meinen Söhnen keinen winzigen Acker mehr als Erbe überlassen. Ich wäre ärmer als viele Bauern."

Im Grunde war er es jetzt schon, denn er hatte alle Ländereien verloren. Mit seinem verbliebenen Geld hätte er vielleicht einige Äcker erwerben können, aber ohne Schlösser und Prachtgärten.

Froni verspürte den Wunsch, seine Hand zu drücken. Wenn Friedrich niedergeschlagen gewesen war, hatte sie stets seine Trösterin sein wollen. Erst Elizabeths Auftauchen hatte ihr das Gefühl gegeben, wie ein kleiner Stern vom Strahlen der Sonne verdrängt zu werden.

„Ihr solltet Eurer Gemahlin all das erklären", schlug sie nach kurzem Überlegen vor. Als Friedrich mit der Hand winkte, ließ sie sich ihm gegenüber nieder. Sein Anblick erschreckte sie. Aus der Nähe betrachtet wirkte sein Gesicht noch eingefallener und blasser, als hätte er vor kurzer Zeit eine schwere Krankheit knapp überlebt.

„Ich wollte es richtig machen", sagte er, die Augen auf die Wand hinter Froni gerichtet. „Ich wollte meine Pflicht erfüllen, der protestantischen Sache dienen und meiner wunderbaren Frau den königlichen Rang schenken, der ihr gebührt. Es klang zunächst so einfach, aber dann ... dann war es, als würde jeder Schritt, den ich tat, nichts als weiteres Unheil anrichten. Meine Ratgeber waren unzufrieden mit mir, die Böhmen spotteten über mich und schließlich ließ sogar Gott mich im Stich und schenkte den Sieg einem papistischen Götzendiener."

Er verbarg das Gesicht in den Händen. Froni verspürte den Drang, über seine verkrampften Schultern zu streichen, als könne sie ihm dadurch etwas von seiner Last abnehmen.

„Es ist, wie es ist. Gottes Wege sind unergründlich", murmelte sie nur, denn inzwischen wusste sie, wo ihr Platz war.

„Noch ist nicht alles verloren", erwiderte Friedrich und richtete sich auf. „Meine Gattin tut, was sie kann. Sie ist mutiger als ich. So schändlich es auch klingt, ich muss es zugeben."

Froni nickte, denn jeder Widerspruch wäre sinnlos gewesen. Elizabeth neigte zur Selbstsucht und Eitelkeit, aber an Mut hatte es ihr nie gemangelt. Ihre Tändeleien mit Christian von Braunschweig mochten in erster Linie dem Ziel dienen, eine schlagkräftige Armee auf ihre Seite zu ziehen.

„Es ist mutig von Euch, dies einzugestehen", versicherte sie Friedrich. „Die meisten Männer könnten es nicht."

Sie glaubte wirklich an diese Worte. Im Grunde hatte sie Friedrich stets dafür geschätzt, dass er im Gegensatz zu ihrem Vater und ihren Brüdern einfühlsam sein konnte und auch Schwächen eingestand. Sie mochte Männer von dieser

Art. Jene, die laut und grobschlächtig wie Christian von Braunschweig waren, mochte sie nicht.

Jetzt sollte eben so ein Mann ihr Verlobter werden.

„Ich bin gekommen, weil ich Eure Hilfe brauche", begann sie nun ohne weitere Umschweife. Friedrich war sanftmütig und gutherzig. Er würde sie nicht im Stich lassen.

„Worum geht es, kleine Eule? Deine Mutter, die noch in Heidelberg ist? Wir könnten vielleicht etwas Geld für sie auftreiben, aber sie hierherbringen zu lassen, wäre in der gegenwärtigen Lage schwierig."

Das war Froni klar gewesen.

„Ich denke, meine Mutter ist gut aufgehoben, wo sie ist", erwiderte sie. „Aber ich … ich möchte weiter in den Diensten der Königin bleiben."

„Warum solltest du das nicht?", fragte Friedrich mit echtem Erstaunen. „Hast du sie auf irgendeine Art verärgert? Nimm es dir nicht zu sehr zu Herzen. Elizabeth hat ein lebhaftes Naturell, sie wird schnell zornig, aber sie vergisst die Vorfälle meist auch wieder."

Er schenkte ihr ein freundliches Lächeln, als wolle er ein Kind trösten, das wegen einer Nichtigkeit weinte. Froni atmete tief durch und raffte ihren ganzen Mut zusammen. Es ging nicht anders, sie musste ihr Anliegen ganz offen zur Sprache bringen.

„Es ist nicht nur das. Ich meine, ich habe sie wahrscheinlich verärgert, weil ich mich ihren Wünschen widersetzen will."

Friedrich sah noch verblüffter aus und Froni holte Luft, um fortzufahren.

„Ich soll einen Gefolgsmann von Christian von Braunschweig heiraten. Das möchte ich nicht, denn dieser Mann ist mir zuwider."

Sie war stolz, denn sie hatte klar und gefasst gesprochen. Friedrich, der einst ihr Vertrauter gewesen war, würde Verständnis zeigen. Sie weigerte sich, eine andere Möglichkeit in Erwägung zu ziehen, um nicht in helle Panik zu verfallen.

Friedrich runzelte die Stirn und starrte in seinen Weinbecher. Er stieß einen tiefen Seufzer aus, dann wandte er sich ihr wieder zu.

„Es tut mir leid für dich. Aber viele Menschen heiraten nicht aus Liebe wie in den Gedichten, die meine Frau so gerne liest. Vielleicht wirst du deine Meinung über ihn mit der Zeit ändern."

Eine unsichtbare Schnur hatte sich um Fronis Kehle gelegt und erschwerte ihr das Atmen.

„Ich glaube es nicht. Ich kann es mir nicht vorstellen. Wenn ich in diese Ehe gezwungen werde, so werde ich mein Leben lang unglücklich sein."

„Ach Froni!"

Friedrich hatte sich vorgebeugt und seine Hand auf die ihre gelegt, so, wie sie es noch vor einer Weile hatte tun wollen, um ihm Trost zu spenden.

„Manchmal glauben wir, dass alles immer so bleibt, wie wir es uns vorstellen. Und dann ändert es sich vollkommen. Ich dachte nicht, dass die wunderschöne englische Königstochter ausgerechnet mir zufällt. Und auch nicht, dass ich eines Tages so darunter leiden würde, nicht ihren Erwartungen zu entsprechen."

„Das tut mir sehr leid für Euch", meinte Froni, die allmählich ungeduldig zu werden begann. Hatte Friedrich schon immer nur über sich selbst geredet? Früher war ihr das nie aufgefallen.

„Aber wie ich schon sagte, meine Abneigung gegen Lorenz von Hohenheim sitzt sehr tief und ich kann mir nicht vorstellen, dass …"

„Er ist ein guter Soldat, sagt Elizabeth", unterbrach Friedrich, ohne sie anzusehen. „Solche brauchen wir dringend. Es gibt keinen Grund, warum eine junge Frau ihn zurückweisen sollte. Wir werden dafür sorgen, dass es dir in deiner Ehe an nichts mangelt."

„Aber …"

Nun kam es Froni vor, als würde sie von einem Erdrutsch überrollt. Eine Flucht schien nicht mehr möglich.

„Ich würde alles tun, um der protestantischen Sache zu helfen", redete sie verzweifelt weiter. „Aber bitte erspart mir diese Ehe. Ich kann die Vorstellung nicht ertragen."

Zu ihrem Entsetzen verspürte sie einen Tränenkloß in ihrer Kehle. Friedrich tätschelte weiter ihre Hand.

„Es tut mir leid, kleine Eule. Wirklich. Aber was soll ich denn tun? Wir brauchen jede Unterstützung."

Eine neue Idee keimte in Froni auf. Sie hatte noch keine klaren Konturen angenommen, schien wie ein Schatten am Horizont. Es klang nahezu unmöglich, aber wie ein bedrängtes Tier wollte sie keine Fluchtmöglichkeit ungenutzt lassen. Sie erinnerte sich, wie sie Marek einmal versichert hatte, sie wäre bereit, selbst für die protestantische Sache zu kämpfen. Am Ende war sie geflohen wie der ganze übrige Hofstaat. Die Leute, die in Prag zurückgeblieben waren, hatten allein die Folgen des missglückten Aufstandes tragen müssen. Aber vielleicht konnte der Zorn, der daraus gewachsen war, genutzt werden.

Sie ergriff selbst einen leeren Weinbecher, der noch auf dem Tisch stand, und schenkte sich aus der Karaffe ein.

„Ich könnte versuchen, Euch anderweitig Hilfe zu beschaffen", schlug sie vor, nachdem sie sich mit einem tiefen Schluck Mut angetrunken hatte. „Von Leuten, die ein echtes Interesse daran haben, dass Ihr Eure verlorenen Ländereien zurückbekommt."

Friedrich lachte kurz auf, aber dann begann er, sie nachdenklich zu mustern.

„Von wem redest du?"

„Protestantische Gruppen, die ich in Prag kennenlernte. Es handelt sich um einfache Leute, aber sie wollen die Habsburger aus ihren Ländereien vertreiben, um ihren Glauben frei leben zu können. Manche von ihnen sind kriegerisch, so wie einst die Hussiten."

Jedenfalls hatte Marek erwähnt, dass es noch weitere Rebellen wie seinen Bruder gab. Vielleicht würde er jetzt sogar selbst das Schwert ergreifen, nach allem, was seinen Landsleuten widerfahren war.

Friedrich saß weiterhin nur da und musterte sie wie eine eigenartige Erscheinung.

„Du hast ja allerhand Dinge angestellt, von denen wir

nichts wussten", sagte er schließlich schmunzelnd. „Das klingt nach den radikalen Puritanern, die meine Frau gern auf dem englischen Thron hätten, weil sie ihren Vater und Bruder nicht protestantisch genug finden."

Davon hatte Froni bisher nichts gewusst, aber sie hoffte, dass ihr Vorschlag dadurch ein bisschen überzeugender würde.

„Sie haben Euch bereits einmal auf den Thron gebracht. Mit der nötigen Unterstützung könnte es ihnen wieder gelingen", redete sie sogleich weiter. „Ihr hättet damals vor der unseligen Schlacht die einfache Bevölkerung bewaffnen können. Sie hätte Euch mit mehr Überzeugung unterstützt als bezahlte Söldner, die sich auf die andere Seite schlagen, sobald ihnen besserer Sold versprochen wird."

Es war bereits bekannt, dass auch einige Offiziere nach der desaströsen Schlacht am Weißen Berg bald zu der Armee der Habsburger übergelaufen waren.

Friedrich drehte seinen Weinbecher.

„Einige Mitglieder des Direktoriums schlugen dies vor", sagte er, den Blick auf die Wand hinter Froni gerichtet. „Aber Christian von Anhalt hielt es für keine gute Idee. Er meinte, diese radikalen Gruppen würden sich gegen jede Standesordnung auflehnen und könnten uns am Ende gefährlich werden. Es gab doch auch mit den Pragern immer wieder Ärger."

Was in erster Linie an Scultetus und seinem unüberlegten, rechthaberischen Auftreten gelegen hatte, dachte Froni verärgert. Vielleicht hätte alles anders kommen können, wenn Friedrich einmal auf jemand anderen gehört hätte als auf Christian von Anhalt.

„Jetzt geht es um Euren Landbesitz", stellte sie mit Nachdruck fest. „Ihr wollt zurückgewinnen, was man Euch genommen hat. Wie Ihr mit schwierigen Untertanen verfahrt, könnt Ihr später überlegen."

Sie legte gefasst die Hände in den Schoß, denn sie war zufrieden mit ihren Worten. War es Mareks Einfluss zu verdanken, dass sie gelernt hatte, zu überlegen und zu reden wie jene Männer, die Staatsangelegenheiten bestimmten?

Friedrich kraulte seinen immer noch dichten Haarschopf.

„Es klingt ja alles ganz überzeugend. Aber wenn ich es Christian vorschlagen würde, dann ..."

„Redet doch zuerst mit Eurer Gemahlin!", unterbrach Froni, obwohl ihr das eigentlich nicht zustand. Sie hatte schon begriffen, dass Friedrich kaum in der Lage war, eine Entscheidung ganz allein zu treffen. Elizabeth wäre von einer so ungewöhnlichen Idee hoffentlich leichter zu überzeugen, wenn sie doch Favoritin der radikalen englischen Protestanten war. Außerdem wusste sie, wie viel eine Frau bewirken konnte, wenn sie die richtigen Männer beeinflusste.

Friedrich hatte sich aufgerichtet.

„Nun gut, ich werde mit Elizabeth reden. Wenn sie zustimmt, können wir einen Boten schicken. Aber wer sollte es denn sein?"

Es belustigte Froni beinahe, dass er sich mit einer so wichtigen Frage ausgerechnet an sie wandte. Wahrscheinlich war er es zu sehr gewöhnt, auf andere Leute zu hören.

„Es müsste jemand sein, dem sie vertrauen", überlegte sie laut. „Der aber auch in Feindesland vordringen kann, ohne Verdacht zu erregen. Eine unauffällige Person, die sie kennen."

Sie stemmte ihre Arme gegen die Sitzfläche des Stuhles, um etwas größer zu wirken.

„Ich."

Kaum waren die Worte ausgesprochen, erstarrte sie vor Schreck. Sie konnte selbst nicht sagen, woher ihre Dreistigkeit auf einmal gekommen war, aber plötzlich hatten sich verschiedene Einzelteile zusammengefügt und ein völlig klares Ganzes ergeben wie ein Uhrwerk, das nur funktionieren konnte, wenn alles richtig aufgebaut war.

Friedrich saß wieder und sah sie an. Belustigung und Staunen wechselten sich auf seinem Gesicht ab, als wisse er selbst nicht, für welche Reaktion er sich entscheiden solle.

„Sie kennen mich", redete Froni weiter. Den Umstand, dass eigentlich nur Marek Neruda ihr so etwas wie Anerkennung gezeigt hatte, ließ sie vorsichtshalber unerwähnt. „Und eine Frau gerät nicht so schnell in Verdacht, im Dienst gegnerischer Mächte unterwegs zu sein."

Leider war es allgemein eher unüblich, dass Frauen überhaupt allein unterwegs waren. Ihr würden ganz andere Gefahren drohen, denn als Spionin verhaftet zu werden. Dennoch klammerte sie sich entschlossen an ihren Vorschlag, der sie zu Marek zurückbringen konnte.

„Ich bräuchte natürlich Begleitschutz", redete sie weiter. „Man könnte mich als junge Adelige oder auch als Bürgerliche ausgeben, die zu ihrer Familie in Böhmen unterwegs ist. Ich kann ein wenig Tschechisch. Meine Zofe Yveta würde mich begleiten, dadurch wird das glaubwürdiger. Natürlich würde ich mich Katholikin nennen. Solange ich nicht zum Opfer von Überfällen werde, droht mir kaum Gefahr."

Sie hatte den Rücken gestreckt und wartete gebannt auf Friedrichs Reaktion. Vermutlich würde es darauf hinauslaufen, dass er sich irgendwo Rat holen wollte. Sie musste ihn dann in die richtige Richtung lenken, weg von Christian von Anhalt, der sich glücklicherweise im Exil in Schweden befand. Nachdem die Union der deutschen protestantischen Fürsten sich aufgelöst hatte, gab es in Deutschland nichts mehr zu tun für ihn.

Friedrich war aufgestanden, um ihnen beiden neuen Wein einzuschenken.

„Du bist eine erstaunlich mutige Frau, Froni", sagte er mit unerwarteter Anerkennung. „Ich weiß aber nicht, ob ich dein Angebot annehmen kann. Wenn dir ein Unglück geschieht ..."

„Ich sagte doch schon, dass ich Begleitschutz bräuchte", beharrte Froni. „Ein paar bewaffnete Reiter, wie sie eine allein reisende Frau aus wohlhabender Familie bezahlen könnte. Die Mutter meiner Zofe könnte meine Anstandsdame spielen, wenn man sie entsprechend einkleidet. Vielleicht könnte ich noch ein Empfehlungsschreiben haben oder andere Papiere, falls ich unterwegs von jemandem kontrolliert werde."

Friedrich hatte die Stirn in Falten gelegt und begann,

im Raum auf und ab zu gehen.

„Im Grunde klingt es nicht schlecht. Wirklich nicht. Ich weiß zu schätzen, was du für mich zu tun bereit bist."

Sein Blick wurde warm. Froni verspürte einen Hauch der alten Zärtlichkeit, dann fiel ihr wieder ein, wie er sie in ihrer Notlage hatte abweisen wollen. Glücklicherweise schien Friedrich nicht zu erkennen, dass sie hier auch um ihre eigenen Interessen kämpfte. Sobald sie Marek gefunden hatte, würde sie ihn zu einer Eheschließung drängen. Danach konnte sie niemand mehr in das Bett von Lorenz von Hohenheim zwingen.

Aber all das durfte sie Friedrich nicht sagen. Allmählich begann sie zu begreifen, was Elizabeth wohl von Anfang an gespürt hatte. Männer wie er mussten geschickt in die gewünschte Richtung gelenkt werden.

„Ich tue es für Euch, für meine Königin und für die protestantische Sache", erwiderte sie mit Überzeugung. „Nun bitte ich, mich zurückziehen zu dürfen, um meine Zofe entsprechend vorzubereiten. Ich würde Euch bitten, keinem Eurer Ratgeber etwas von meinen Plänen mitzuteilen, denn sie könnten versuchen, mich daran zu hindern. Elizabeth mag es erfahren, aber vielleicht erst, wenn ich aufgebrochen bin, denn auch sie wird sich für mich verantwortlich fühlen. Es soll unser beider Geheimnis sein. So wie früher in Heidelberg das Versteck auf dem Baum."

Sie war aufgestanden und trat ein paar Schritte auf Friedrich zu, um ihm sanft mit der Hand über die eingefallene Wange zu streichen. Er lächelte, ergriff ihre Finger und drückte sie kurz zusammen.

„Ich danke dir, kleine Eule. Manchmal glaube ich, völlig allein zu sein. Es tut so gut zu wissen, dass es nicht stimmt."

Seine Worte hatten so traurig geklungen, dass Froni ihn am liebsten umarmt hätte. Hätte er ihr nicht selbst vor Kurzem jede Hilfe verweigert, wäre es wahrscheinlich geschehen. Doch nun verabschiedete sie sich einfach mit einem tiefen Knicks, bevor sie hastig aufbrach, um in den Dienstbotengemächern nach Yveta zu suchen.

11. Kapitel

Ein halbes Jahr verging, ohne dass Froni ihre Reise hätte antreten können. Glücklicherweise wurde auch ihre Verlobung noch nicht offiziell verkündet. Ob das Friedrichs Einfluss auf seine Gemahlin zu verdanken war, wusste sie nicht, denn sie zögerte, ihre Königin darauf anzusprechen. Lorenz von Hohenheim war mit seinem Dienstherrn beschäftigt und bedrängte sie daher nicht weiter. Sie ahnte aber, dass es nicht dabei bleiben würde, und wartete ungeduldig, dass Friedrich ihr eine Nachricht zukommen ließ. Fast hatte sie schon alle Hoffnung verloren und sich darauf eingestellt, dass er sein Versprechen bereits vergessen oder niemals ernst gemeint hatte. Eines Abends aber, als Elizabeth eines ihrer Bankette veranstaltete und Froni wegen einer schweren Erkältung nicht daran teilnahm, erhielt sie plötzlich die Aufforderung, Friedrich in seinem Gemach aufzusuchen. Trotz heftiger Kopfschmerzen machte sie sich sogleich auf den Weg und erfuhr, dass er tatsächlich alles in die Wege geleitet hatte. Seine Augen funkelten stolz, als er ihr davon berichtete. Ein wenig war es wie damals, als sie sich im Baum versteckt hatten, um ihre Geheimnisse zu teilen. Zwei Verschwörer gegen den vernünftigen, erwachsenen Rest der Welt.

Im März des Jahres 1622 erhielt Froni eine Kutsche, in der sie mit Yveta und deren Mutter Barbora Platz nehmen konnte, außerdem drei bewaffnete Reiter, die sie begleiten sollten. Ein Schreiben mit dem Siegel eines holländischen Händlers wies sie als seine deutsche Nichte aus, die nach Böhmen reisen sollte, um sich mit dem Sohn eines dort ansässigen Geschäftspartners zu vermählen. Ihre vermeintliche Mutter sollte als Katholikin gelten, die Böhmen aus einer Notlage heraus hatte verlassen müssen. Jetzt wollte die Tochter reumütig wieder in ihre Heimat zurück.

Aufgrund der Zerrissenheit, die nun die ganze ihr vertraute Welt erfasst hatte, schien Froni diese Geschichte glaubwürdig. Sie wollte sich nun Fräulein Navratilova nennen, ihre spärlichen Kenntnisse der tschechischen Sprache ließen sich dadurch erklären, dass sie in der Fremde aufgewachsen war. In Böhmen würde hoffentlich niemandem auffallen, dass sie kein Holländisch sprach. Im Grunde vertraute sie auf ihren Einfallsreichtum, der sie bereits einmal gerettet hatte. Geriet sie in eine schwierige Lage, würde sie sich irgendwie herausreden müssen.

Yvetas Mutter, die sich nun als die ihre ausgeben sollte, hatte neue Kleidung aus feinem Leinen erhalten, verziert mit einem feinen Spitzenkragen, den sich eine Bedienstete nicht hätte leisten können. Sie freute sich auf die bevorstehende Rückkehr nach Prag, wo sie ihren Ehemann wiedersehen wollte. Den kleinen Jirka ließ man zu seinem Schutz in Den Haag. Yveta kam in erster Linie um Fronis willen mit. Die drei Frauen bildeten eine angespannte, ängstliche Reisegruppe, die im frühen Morgengrauen die Sicherheit von Den Haag verließ. Froni wusste nicht, was sie nun erwartete, doch die Sehnsucht, nach Prag zurückzukehren, trieb sie voran.

Elizabeth sollte von ihrem Verschwinden erfahren, wenn sie bereits die Stadtmauern hinter sich gelassen hatten. Auf diese Weise konnte Christian von Braunschweig nicht verhindern, dass die Verlobte seines Gefolgsmannes sich davonmachte. All dies hatte sie mit Friedrich abgesprochen, der sie dabei unterstützte. Wie er Elizabeth das Verschwinden einer Hofdame erklären wollte, wusste Froni nicht. Im Augenblick hatte sie andere Sorgen. Nicht mehr als Teil eines ganzen Hofstaates unterwegs zu sein, war gleichzeitig ein befreiendes und beängstigendes Gefühl. Von all ihren Freundinnen bei Hofe hatte sie nur Jane Wyatt eingeweiht, die von der Neuigkeit hellauf begeistert gewesen war. Sie wollte unbedingt wissen, wie genau die derzeitige Lage in Prag sei, ob der Kaiser es tatsächlich geschafft hätte, sämtlichen Widerstand im Keim zu ersticken, oder es weitere Kämpfe geben könnte. Vielleicht war es möglich, die gegenwärtigen Konflikte als eine Art Schachspiel zu betrachten, wenn keine der darin verwickelten Figuren einem persönlich nahestand. Froni wurde bei dem Gedanken an die hingerichteten Anführer des Aufstandes immer noch unwohl, zumal sie die Tränen Marian Laceys gut in Erinnerung hatte.

Gab es Schlimmeres im Leben, als den Geliebten zu verlieren, ohne auch nur von ihm Abschied nehmen zu können? In ihrer gegenwärtigen Lage konnte Froni es sich nicht vorstellen.

Glücklicherweise wurden sie auf ihrer Reise nicht belästigt und auch kaum aufgehalten. Sie übernachteten in einfachen Herbergen, wo niemand ihnen Misstrauen entgegenbrachte. Froni genoss es, keinem höfischen Protokoll mehr unterworfen zu sein und frei über ihre Zeit bestimmen zu können. Sie durchquerte die Ländereien, die sie einst als Fliehende gesehen hatte, nun mit ruhiger Gelassenheit. Gelegentlich stießen sie auf verwüstete, abgebrannte Dörfer, die Opfer kriegerischer Konflikte gewesen sein mussten. Ansonsten hatte sich nicht viel verändert. Heidelberg mieden sie bewusst, um nicht wiedererkannt zu werden. Froni hoffte, dass ihre Mutter weiterhin gut versorgt war, denn von Karl hatte sie schon länger nichts mehr gehört. Vielleicht würde sie als Mareks Gemahlin nach Heidelberg reisen können, weil sie dann unbedeutend genug wäre, um nicht aufzufallen.

Oder aber Friedrich und Elizabeth wären dann wieder Herrscher über diese Stadt, die ihnen wirklich gehörte.

Drei Wochen waren vergangen, als die Mauern von Prag wieder vor ihnen auftauchten. Froni fühlte sich schmerzlich an ihren ersten Einzug vor über einem Jahr erinnert. Nun jubelte niemand mehr ihnen unterwegs zu, stattdessen hatten sie die Ruinen von einzelnen Häusern und ganzen Dörfern gesehen, die ihnen deutlich machten, wie sehr Böhmen unter dem Konflikt zwischen zwei Konfessionen gelitten hatte. Dennoch freute sie sich, das Zischen der tschechischen Sprache wieder hören zu können. Die Wangen von Yvetas Mutter Barbora Navratilova waren während der Reise voller geworden, nun strahlten auch ihre Augen, da sie der Heimat näher kam. Yveta hingegen sah angespannt aus.

„Ich hoffe, meine Familie ist noch am Leben", murmelte sie, als die Kutsche auf das Stadttor zurollte. Froni hielt den Brief, der sie als Tochter einfacher Händler auswies, fest umklammert. Die Wache am Tor würde hoffentlich nicht überprüfen, ob der darin erwähnte Verlobte tatsächlich existierte. Prag war eine bedeutende Stadt, in der Menschen aus aller Welt Handel trieben. Sobald sie das Tor durchquert hatten, würden sie sich auf die Suche nach den Navratils machen.

Und dann nach Marek und seinen Glaubensgenossen.

„Meine Güte, steht hier denn überhaupt noch etwas?", murmelte Yveta, während sie den Pferdemarkt entlangfuhren. Die Kontrolle am Stadttor war weniger streng ausgefallen als befürchtet. Man winkte drei allein reisende Frauen einfach durch. Dafür erwies das erste Wiedersehen mit Prag sich als erschütternd. Obwohl die Eroberung der Stadt nun schon anderthalb Jahre zurücklag, machte sie immer noch den Eindruck, von einem Feuerbrand verwüstet und anschließend von einer Pestilenz heimgesucht worden zu sein. Froni musterte die Trümmer, die ihnen den Weg versperrten, die mit Ruß bedeckten Wände von Häusern und Tierkadaver auf der Straße. Menschen liefen dazwischen herum wie bei einem Hindernislauf. Der Betrieb des Marktes war zwar wiederaufgenommen worden, doch von der bunten Geschäftigkeit aus früheren Zeiten konnte Froni nichts mehr erkennen. Nur wenige Händler standen herum, sprachen dafür häufiger deutsch als früher, und ihre Kundschaft fiel ebenfalls spärlich aus. An den Straßenecken kauerten zerlumpte Gestalten, die versuchten, schon halb verfaultes Obst oder zerschlissene Kleidung zu verkaufen. Manche boten auch Möbelstücke an, deren Zustand darauf schließen ließ, dass sie aus den Ruinen verbrannter Häuser geholt worden waren. Von den bunten Trachten der Marktfrauen konnte Froni fast keine mehr entdecken. Ein grauer Schleier schien sich über die Stadt gelegt zu haben, der all ihre Farben verdrängte. Soldaten mit Hellebarden und Musketen patrouillierten, brüllten die Bevölkerung manchmal an, doch zu Gewaltausbrüchen kam es glücklicherweise nicht. Trotzdem schwammen Tränen in Fronis Augen. Einst war Prag eine blühende, reiche, lebensfrohe Stadt gewesen. Nun glich sie einem Ort der Trauer und Verzagtheit. Selbst die Luft, die in das Innere der Kutsche drang, schien nach Angstschweiß zu riechen.

Das Tor zur Altstadt stand offen, doch zahlreiche Türen hatte man verbarrikadiert. Die Menschen liefen in geduckter Haltung durch die Straßen, redeten kaum miteinander. Manche Gassen wirkten wie ausgestorben und von den zahlreichen Wirtshäusern schienen viele geschlossen. In den noch offenen zechte man anscheinend ungehindert, doch drangen fast nur deutsche Stimmen nach draußen. Zudem vernahm Froni noch viele Sprachen, die sie nicht kannte. Der Habsburger Kaiser musste Söldner aus ganz Europa in die Stadt gebracht haben, doch die ursprünglichen Einwohner hatten sich entweder verkrochen oder die Flucht ergriffen.

Viele Gebäude waren niedergebrannt, aber es waren bereits Aufbauarbeiten im Gange. Mitunter fuhren auch prächtige Kutschen die Gassen entlang, elegant gekleidete Leute waren unterwegs und ein paar Geschäfte boten eine bunte Menge an Waren feil, die nicht auf Armut schließen ließen. Was dennoch blieb, war ein Gefühl der Niedergeschlagenheit, als sei die Luft in der Stadt plötzlich zu schwer geworden, um ihre Bewohner noch sorglos einherschreiten zu lassen. Allein die Stadtwache schien noch voller Tatendrang.

Als sie kurz am Brückenturm vorbeifuhren, stieß Yveta einen Schrei aus. Froni blickte ebenfalls aus dem Fenster und spürte, wie eine eisige Hand nach ihrem Herzen griff. Lange Stangen waren davor aufgestellt worden, auf denen menschliche Köpfe steckten. Sie mussten bereits lange verwest sein, nur blanke Schädel waren noch übrig, die aus leeren Augenhöhlen wie böse Geister auf die Vorbeiziehenden hinabzublicken schienen. Trotzdem glaubte Froni, den Gestank, der einst von ihnen ausgegangen sein musste, mit einem Windhauch in die Kutsche geweht zu bekommen. Sie musste sich eine Hand vor den Mund halten, um den Würgereiz zu unterdrücken. Einer dieser nicht mehr erkennbaren Toten musste Marians geliebter Christoph Harant gewesen sein.

Schließlich blieben sie vor dem Haus der Navratils stehen, das sich in der Nähe des Jesuitenkollegs befand. Froni bemerkte, dass Barbora ihre Hände im Schoß verkrampft hatte und den Blick gesenkt hielt, als hätte sie Angst vor dem Anblick, der sich ihr bieten könnte.

„Es sieht alles aus wie vorher", sagte sie daher laut. „Nicht einmal Ruß an den Wänden. Die Soldaten haben hier nicht geplündert."

Ihre eigene Stimmung hellte sich auf, aber Barbora Navratilova wischte sich die Augen trocken.

„Gott der Herr hat uns verlassen", murmelte sie auf Tschechisch. Yveta legte einen Arm um die Schultern ihrer Mutter.

„Wir müssen nachsehen, wer noch lebt", sagte sie und öffnete energisch die Tür der Kutsche, um als Erste herauszuspringen. Froni folgte, dann erst kam die alte Frau. Mit einem flauen Gefühl im Magen standen sie alle vor der Eingangstür, die sie früher häufig und ohne besondere Bedenken durchquert hatten.

Sie klopften an. Zunächst blieb es still, nur Yvetas Mutter murmelte weiter leise Gebetssprüche. Dann, als sie bereits erwogen, sich bei den Nachbarn umzuhören, wurde knarrend aufgemacht.

„Was wünscht Ihr?"

Froni brauchte eine Weile, bis ihr aufging, dass der unbekannte Mann auf Deutsch gesprochen hatte. Es war allerdings deutlich herauszuhören, dass seine Muttersprache Slawisch war.

Der Mann musste um die vierzig sein, hatte ein breites Gesicht und trug eine schwarze Mütze, die er tief in die Stirn gezogen hatte.

„Pane Hrabale! Co tady děláte?", rief Yveta sogleich. Kurz entglitten dem Mann seine Gesichtszüge, dann riss er sich zusammen und straffte den Rücken.

„Dies ist jetzt mein Haus", erwiderte er in seinem fremd klingenden Deutsch. „Ich habe es rechtmäßig erworben."

Yveta starrte ihn fassungslos an.

„Wo sind die Navratils und ihre Freunde hingegangen?", fragte Froni indessen.

Er zuckte mit den Schultern.

„Keine Ahnung. Sie wollten nicht konvertieren, deshalb haben sie das Haus verloren. Ich habe es gekauft."

Seine bisher noch hängenden Schultern schienen etwas breiter zu werden, wie um einen unausgesprochenen Angriff abzuwehren. Yveta tuschelte kurz mit ihrer Mutter, die ein Schluchzen ausstieß. Froni fiel wieder ein, unter welchem Vorwand sie hier unterwegs waren, und sie schob beide Frauen entschieden zur Seite.

„Wir danken Euch, dass Ihr meiner Zofe gesagt habt, warum ihre Familie hier nicht mehr lebt. Aber Ihr wisst nicht zufällig, wohin diese störrischen Protestanten geflohen sind?"

Wieder ein Schulterzucken.

„Was kümmert es mich? Das gottlose Pack hat nichts als Elend über diese Stadt gebracht. Sie sollen bleiben, wo auch immer sie jetzt sind."

Das Zufallen der Tür war wie ein Fausthieb in ihre Gesichter. Froni taumelte einen Schritt rückwärts, wurde von Yveta gestützt, damit sie nicht umfiel.

Eine üble Ahnung erschwerte ihr das Atmen. Sie hatte damit gerechnet, bald schon Marek in der Schule aufsuchen zu können. Aber wahrscheinlich war auch er nicht mehr dort. Vielleicht stand die Schule nicht einmal mehr. Wie viel Unglück war über ihr vertraute Menschen gekommen, während sie in Den Haag Theateraufführungen veranstaltet hatten?

„Ich werde mich in der Nachbarschaft umhören", sagte Yveta entschlossen. „Irgendjemand muss wissen, wohin meine Familie geflohen ist."

Sie begann, an weiteren Haustüren zu klopfen. Manchmal schien sie vertraute Gesichter wiederzusehen und es entwickelten sich Gespräche. Froni sorgte indessen dafür, dass Barbora sich im Hintergrund hielt, um in ihrer neuen Rolle als Witwe eines katholischen Bürgers unerkannt zu bleiben.

„Es heißt, sie haben sich in einen Vorort zurückgezogen, nachdem man ihnen das Haus weggenommen hat", erzählte Yveta schließlich niedergeschlagen. „Wir haben schon einmal alles aufgeben müssen, um nach Prag zu kommen. Jetzt sind wir wohl wieder bettelarm."

Froni legte einen Arm um ihre Schulter.

„Wir gehen alle zusammen nach Den Haag und dort könnt ihr unbehelligt als Protestanten leben. Aber zuerst müssen wir unseren Auftrag hier erfüllen. Als Erstes suchen wir uns eine Herberge, dann gehen wir zu deiner Familie. Morgen machen wir uns auf die Suche nach den Böhmischen Brüdern."

Yveta nickte und ließ sich widerstandslos fortziehen. Auch Barbora folgte auf dem Weg zur Kutsche. Sie wiesen den Kutscher an, sie in eine Herberge in der Nähe des Altstädter Rings zu bringen, wo sie zu dritt ein Zimmer bezogen. Froni beschloss, dass sie alle erst einmal ihre Mägen füllen mussten, bevor sie sich auf die Suche nach ihren alten Vertrauten machten.

Yveta hatte mit Froni ein Stück Schweinebraten verzehrt und einen Humpen Bier getrunken. Barbora hingegen schien kaum in der Lage, einen Bissen herunterzubringen. Sie schnitt ihren Knödel in kleine Scheiben, die sie zögernd zum Mund führte, um an ihnen sehr lange herumzukauen. In der Gaststube saßen mehrere Söldner, deren Sprache französisch klang. Ein paar Freudenmädchen tauchten auf, um für ihre Unterhaltung zu sorgen, doch sonst wagte sich niemand herein. Froni vermisste die unbeschwerte Stimmung, die früher in diesen Wirtshäusern geherrscht hatte. Prag war nicht mehr die Stadt, in die sie sich alle vor über einem Jahr verliebt hatten. Doch darauf kam es nicht an. Sie wollte vor allem Marek finden und die Angst, welches Schicksal ihn vielleicht ereilt hatte, nahm ihr die Lust, mehr als nur das Allernötigste zu essen, damit sie bei Kräften blieb.

Sie mussten wieder das Tor zur Neustadt durchqueren und sich in die Richtung bewegen, wo der Hügel Vyšehrad außerhalb der Stadtmauern emporragte. Vor einem halb verfallenen Haus neben einer niedergebrannten Ruine blieben sie stehen.

„Einige der Nachbarn meinten, Leute, die nicht konvertieren wollen, haben sich hier versteckt", murmelte Yveta als Erklärung. „Nicht jeder weiß, wohin er sonst gehen soll. Für die einfachen Bauern ist es ohnehin nicht möglich auszuwandern. Manche warten auch noch auf Angehörige, die seit der Einnahme der Stadt verschollen sind."

Obwohl die Sonne schien, bemerkte Froni Gänsehaut auf ihren Armen. In der Sicherheit Den Haags waren die Geschichten über Plünderung und Hinrichtungen leichter zu ertragen gewesen als hier, da sie die unmittelbaren Folgen vor sich sehen konnte.

Sie atmeten alle drei tief durch, dann gingen sie auf das Haus zu. Ihre bewaffneten Wachen hatten sie aufgefordert, im Hintergrund zu bleiben, damit sie niemanden verunsicherten. Yveta klopfte gegen die moderige Holztür. Im Hintergrund bellte ein Hund. Schatten huschten am Ende der Gasse davon, als hätte das Auftauchen dreier nicht völlig zerlumpter Frauen sie in helle Angst versetzt.

Ansonsten blieb es still.

„Prosím, otevřete!", rief Yveta. „Přicházíme v míru."

Sie versicherte, dass sie in Frieden kamen.

Jemand hustete. Stimmen erklangen. Dann wurde die Tür aufgeschoben. Sie saß bereits schief in den Angeln, daher erforderte es einige Mühe, sie aufzubekommen.

Eien faltige, zahnlose Frau in einem zerlumpten Kittel fiel Yveta um den Hals. Es wurde weitergeplappert, Barbora kam herbei und küsste den fast haarlosen Schädel der Alten. Froni gab alle Versuche, Yvetas Mutter als die ihre auszugeben, endgültig auf. Sie sah zu, wie ihre zwei Gefährtinnen ins Innere des Hauses gezogen wurden, und stolperte hinterher. Yveta ergriff im allerletzten Moment ihre Hand, damit sie nicht ausgesperrt wurde.

Es gab nur einen Raum, der nach billigen Talgkerzen stank. Etliche Menschen saßen um einen großen Tisch herum und löffelten eine Suppe aus Holzschüsseln. Im Hintergrund befand sich ein großer Kessel, in dem das Gebräu gekocht worden war. Ein paar Männer hockten in einer Ecke und spielten Karten. Säuglinge greinten, das beruhigende Geflüster von deren Müttern erklang. Die Unterkunft der Flüchtlinge, die Marek versorgt hatte, war ähnlich überfüllt gewesen. Doch dort waren Menschen an ihrem Ziel gewesen, während sie hier darauf warteten, endgültig vertrieben zu werden. Ihre Gesichter waren düster, die meisten schwiegen. Ab und an entstanden Gespräche, die sich wie Streitereien anhörten. Zwei junge Frauen schrien einander kurz an, bis eine davon aufsprang und schluchzend in eine andere Ecke des Raumes rannte.

Yveta und ihre Mutter wurden ebenfalls auf die Bank geschoben. Froni, die man bisher kaum beachtet hatte, nahm auf dem Rand Platz und musste ihre Füße gegen den Boden stemmen, um nicht abzurutschen. Sie war erleichtert, dass sie sehr schlichte Reisekleidung angezogen hatte, denn sonst wäre ihr noch mehr Misstrauen entgegengeschlagen. So erntete sie zwar ein paar neugierige Blicke, wurde aber sonst kaum beachtet. Man hielt sie wahrscheinlich für eine Bürgerstochter, die ebenfalls die Stadt verlassen musste.

Die Navratil-Frauen waren einigen Leuten um den Hals gefallen. Barbora weinte wieder. Die hier versammelten Menschen glichen allesamt Elendsgestalten, auch wenn einige von ihnen noch Kleider trugen, die auf einstigen Wohlstand schließen ließen.

„Die Tore der Stadt wurden geschlossen, nachdem die feindliche Armee einmarschiert war", flüsterte Yveta Froni schließlich zu. „Niemand konnte der Plünderung entkommen. Die Häuser wurden gnadenlos ausgeraubt, vor allem die der Wohlhabenden. Nur wer beweisen konnte, stets gläubiger Katholik gewesen zu sein, hatte Aussicht auf Schonung. Aber nicht einmal das half allen. Die Lutheraner werden jetzt geduldet, weil der König von Sachsen den Habsburger unterstützt hat. Sonst dürfen in Prag keine Protestanten mehr leben."

Froni musterte die eingefallenen, müden Gesichter jener, die noch hier waren.

„Wir können einige von ihnen auch mit nach Den Haag nehmen", flüsterte sie ihrer Zofe zu. Sie wusste nicht, wie sie diesen Plan genau umsetzen sollte, war aber fest entschlossen, es zu tun. „Was ist eigentlich aus deinem Vater und deinen Geschwistern geworden?"

Yveta seufzte.

„Sie haben bereits die Stadt verlassen. Vielleicht versucht mein Vater, sich nach Den Haag durchzuschlagen, weil er davon ausgeht, dass ich dort bin. Ich kann nur hoffen, ihn dort wiederzufinden."

Sie sah so niedergeschlagen aus, dass Froni tröstend ihre Hand ergriff. Indessen gingen die tschechischen Gespräche weiter und Froni bekam einen Becher Bier, den sie langsam trank. Sie begann ungeduldig zu werden. Yveta und ihre Mutter plauderten hier mit alten Bekannten, aber mit ihren Nachforschungen kamen sie kaum vorwärts. Es widerstrebte ihr aber, die zwei Frauen zum Aufbruch zu drängen, denn sie schienen so glücklich, wieder vertraute Gesichter um sich zu haben.

Nur befand sich kein Gesicht darunter, das Froni ebenfalls bekannt vorgekommen wäre.

Sie sah sich weiter im Raum um. Von den Flüchtlingen, die Marek betreut hatte, mussten doch wenigstens einige hier Unterschlupf gefunden haben. Ein ausgemergelter Junge kam langsam auf sie zu und sie drückte ihm einen der Taler in die Hand, die sie als Reisegeld erhalten hatte.

„Jednota bratrská?", fragte Froni ihn leise nach den Böhmischen Brüdern. Er riss erschrocken die Augen auf, nagte eine Weile an seiner Unterlippe, doch nachdem er einen weiteren Taler erhalten hatte, begann er heiser zu flüstern. Froni schubste Yveta an, die sogleich ihr Gespräch unterbrach und sich zu dem Jungen beugte.

„Sie verstecken sich außerhalb der Stadt in einem Dorf", übersetzte sie dann leise. „Er will uns hinbringen. Morgen. Aber ich glaube, er will noch mehr Geld für seine Familie."

„Das bekommt er. Er soll zur Herberge kommen, sobald er kann. Wir warten dort auf ihn."

Yveta nickte und gab die Botschaft an den Jungen weiter. Dann wandte sie sich wieder den anderen Leuten zu und Froni trank in Ruhe ihr Bier.

Sie wurde ruhiger, da sie sich dem Ziel einen Schritt näher fühlte.

Am nächsten Tag frühstückten sie in der Herberge. Zum ersten Mal seit ihrem Aufbruch aus Den Haag verspürte Froni wieder Appetit, griff freudig nach dem angebotenen Schinken und den gebratenen Eiern. Yveta und Barbora waren ebenfalls hungrig, aber sie hatten Schatten unter den Augen, die auf Schlafmangel schließen ließen. Wahrscheinlich machten sie sich Sorgen um den Verbleib der restlichen Familie.

Froni war zwar angespannt, aber gefasst. Sie ging davon aus, heute herauszufinden, was Mareks Schicksal gewesen war. Er mochte verletzt sein, vielleicht würde sie auch von seinem Tod erfahren. Es bestand ebenso die Möglichkeit, dass er zwar wohlauf wäre, aber keinen Umgang mehr mit ihr wünschte. Nach über einem Jahr der hoffnungslosen Sehnsucht empfand sie es dennoch als Erleichterung, bald Klarheit zu haben.

Der Junge ließ sich Zeit. Yveta und ihre Mutter beteten eine Weile zusammen, dann las Froni ihnen aus einem Gedichtband vor, den sie von Elizabeth erhalten hatte. Er war auf Deutsch und enthielt die Werke von Hans Sachs, daher musste die Zofe für ihre Mutter übersetzen. Sie überlegten bereits, ob sie nicht ein Mittagsmahl bestellen sollten, da klopfte es endlich an der Tür.

Nun sah der Junge etwas sauberer aus, als hätte er sich für den Ausflug neue Kleidung ausgeliehen. Die ihm zugewiesene Aufgabe hatte ihm ein Gefühl der Wichtigkeit verliehen, denn er redete selbstbewusster als am vergangenen Tag und schien den Umstand, dass er drei Frauen herumführen konnte, regelrecht zu genießen. Erst als die uniformierte Stadtwache auf der Straße an ihnen vorbeiging, zuckte er wieder kurz zusammen, um dann noch entschlossener weiterzulaufen.

Sie kamen ohne Schwierigkeiten aus der Stadt heraus, liefen dann durch einen Vorort, der aus Weinbergen, Feldern und einzelnen Häusern bestand. Die Luft war frischer, Froni konnte leichter atmen, obwohl Aufregung ihr den Magen zuschnürte. Nach einem Fußmarsch von etwa einer Stunde wurden sie auf eine Scheune zugeführt, die völlig leer wirkte, bis der Junge dreimal gegen die Tür geklopft und ein für sie unverständliches Wort gerufen hatte.

Dann tauchte plötzlich der Dicke auf, den sie zuletzt vor ihrer Flucht aus Prag gesehen hatte. Er war schmaler geworden, aber die fülligen Backen waren geblieben. Froni wusste nicht sogleich, ob er sie erkannte, dann hörte sie wieder sein spöttisches Lachen.

„Sieh an, die königliche Dame! Wir dachten, Ihr hättet Euch alle davongemacht. War für Euch kein Platz mehr in der Kutsche?"

„Doch. Aber ich bin freiwillig wiedergekommen", erwiderte Froni mit neu erwachtem Selbstvertrauen. „Ich möchte mit Marek Neruda sprechen.

„Na das nenne ich mal ein treues Weib!"

Der Spott in seiner Stimme erleichterte Froni, denn wäre Marek ein Unheil geschehen, hätte er mit mehr Ernst reagiert. Sie verschränkte die Arme vor der Brust und hörte in ihrem Rücken Yveta mit ihrer Mutter tuscheln. Ihr Körper fühlte sich vor Aufregung wie betäubt an, aber sie vermochte mit völliger Klarheit zu denken. Sie würde mit Marek zunächst die politische Lage und die Aussicht auf einen organisierten Widerstand besprechen müssen, denn deshalb war sie hierhergeschickt worden.

Alles andere hatte Zeit.

Eine Ewigkeit schien zu vergehen, nachdem der Dicke in der Scheune verschwunden war. Sie hörte Männerstimmen, vermochte aber nicht die Mareks zu erkennen. Ungeduldig wippte sie mit dem Fuß.

Dann ging die Tür wieder auf, der Dicke trat heraus, gefolgt von einer ganzen Gruppe schwarz gekleideter Männer. Froni stieß einen leisen Freudenschrei aus, als sie Mareks ernstes, kluges Gesicht darunter erkannte. Auch er war deutlich magerer geworden und seine Hautfarbe glich altem Pergament. Sie musste sich zusammenreißen, um ihm nicht gleich entgegenzustürmen.

Die Männer bauten sich um die drei Frauen auf. Marek musterte Froni kurz und sie meinte, so etwas wie Freude in seinen Augen aufblitzen zu sehen. Dann aber senkte er sogleich den Blick.

„Ihr seid also im Auftrag des Winterkönigs hier", stellte der Dicke nun fest. Froni nickte. Sie war gezwungen, hier die Führung zu übernehmen, denn die Wachmänner hatten sie in der Herberge gelassen.

„Ich möchte die Vertreter der Böhmischen Brüder sprechen", erklärte Froni. „Und auch all jene, die noch der protestantischen Sache dienen."

„All jene, die das tun, haben das Land bereits verlassen", erwiderte der Dicke sogleich. „Wir haben verloren. Der junge Mann, dem wir die Wenzelskrone aufsetzten, hat versagt und uns anschließend im Stich gelassen. Dieses Land ist nun wieder katholisch."

Er baute sich mit verschränkten Armen vor Froni auf.

„Kehrt zurück nach Den Haag, edle Dame. Dort wartet Eure Königin auf Euch. Sagt Ihr, sie soll das Geld ihres Vaters nutzen, um weiter Feste zu feiern und schöne Kleider zu tragen. Das sind ihre großen Talente. Andere hat sie nicht."

Die Männer im Hintergrund lachten auf. Froni musste schlucken. Dieses Urteil über Elizabeth klang hart, doch auch treffend. Aber die Königin glaubte auch von Herzen an die protestantische Sache, sonst hätte sie keinen unbedeutenden Kurfürsten zum Gemahl gewählt. Hinter ihrer Gefallsucht und Oberflächlichkeit verbarg sich ein eiserner Wille, der sie alle Ziele energisch verfolgen ließ.

„Wie ist Euer Name?", fragte sie den rundlichen Mann.

„Jakub Jelinek. Zu Euren Diensten."

Er verbeugte sich auf übertrieben ehrerbietige Weise. Wieder lachten die anderen Männer. Froni versuchte, Mareks Blick zu erhaschen, aber er gab ihr keine Gelegenheit dazu.

„So hört mir zu, Herr Jelinek", sagte sie langsam und deutlich. „Wir haben eine gefährliche Reise auf uns genommen, um zu Euch zu gelangen, obwohl wir nur drei wehrlose Frauen sind. Haben wir nicht einen etwas freundlicheren Empfang verdient?"

So hätte Elizabeth sich verhalten, überlegte sie. Empörung gezeigt anstatt Verständnis. Manchmal wirkte das, denn der Dicke räusperte sich verlegen.

„Wir bedauern, Euch keinen besseren Empfang bieten zu können", sagte er schließlich. „Aber es ist großes Elend über uns gekommen. Wir müssen uns verstecken, um noch unseren Glauben leben zu können. Diese Hütte ist kein Ort für eine Dame wie Euch. Kehrt daher in Eure Herberge zurück und verlasst die Stadt, bevor Ihr in Schwierigkeiten geraten könnt, und überlasst uns unserem Schicksal, denn es ist hart genug."

Er neigte den Kopf, winkte dann seinen Gefährten zu. Froni musste zusehen, wie sie sich alle nacheinander von ihr abwandten und in die Scheune zurückkehrten. Auch Marek bildete dabei keine Ausnahme, ja er sah sie nicht einmal mehr an, bevor er in dem baufälligen Gebäude verschwand.

Herr Jelinek zog sich als Letzter ohne weitere Abschiedsworte zurück. Froni fröstelte und spürte, wie der Junge an ihrem Ärmel zupfte.

„Er hat uns hierhergebracht und möchte daher seine Belohnung", übersetzte Yveta seine Worte. Froni zog die Geldmünzen aus ihrem Beutel, denn es wäre nicht recht gewesen, sie ihm zu verweigern. Den Weg zurück in die Stadt würden sie auch alleine finden.

„Lass uns gehen", flüsterte die Zofe ihr bald darauf ins Ohr. „Wir können hier nichts ausrichten. Die Lage ist aussichtsloser als erwartet."

„Aber sie haben uns doch nicht einmal angehört!", begehrte Froni auf. Gleichzeitig wurde ihr bewusst, dass die Erfolgsaussichten von Anfang an nicht besonders groß gewesen waren. Drei Frauen allein, unterwegs im Namen eines abgesetzten Königs, würden von kaum jemandem ernst genommen werden. Hatte Friedrich diesem Unternehmen nur zugestimmt, weil er allgemein alles tat, wozu andere Menschen ihm rieten? Oder hatte ihm schlichtweg die Kraft gefehlt, sich ihrem Drängen entgegenzustellen? Zweifel keimten in ihr auf und sie überlegte, ob diese ganze Reise nicht von Anfang an ein schwerer Fehler gewesen war.

„Gut, kehren wir zurück", stimmte sie zu und begann, zusammen mit ihren Gefährtinnen auf die Mauern Prags zuzugehen. Sie konnten morgen schon abreisen. Im Grunde hatten sie Glück gehabt, weil sie bisher unversehrt geblieben waren.

Sie würde nach Den Haag zurückkehren und jenes Leben führen müssen, das ihr als Hofdame vorgegeben war. Falls sie der Ehe mit Lorenz von Hohenheim entkam, würde bald schon ein anderer Ehemann für sie ausgesucht werden. Die Vorstellung weckte weder Empörung noch Angst in ihr, denn nun, da Marek sie abgewiesen hatte, wurde sie von einer seltsamen Gleichgültigkeit befallen. Fast, als sei ein Teil von ihr gestorben.

Am Nachmittag wagten sie noch einen kurzen Spaziergang durch Prag, aber der Anblick zerstörter Gebäude und niedergeschlagener Menschen war auf Dauer schwer zu ertragen. Allein die Neuankömmlinge, die vom Habsburger Kaiser mit den eingezogenen Besitztümern belohnt worden waren, verbreiteten eine Stimmung der Zufriedenheit. Aber Froni vermochte ihnen ihr Herz nicht zu öffnen, denn sie kamen ihr wie gierige Räuber vor. Als sie wieder auf dem Rückweg in die Herberge waren, hatte sie bereits beschlossen, am nächsten Morgen den Rückweg anzutreten. Sie würde Friedrich ohne irgendeinen Erfolg gegenübertreten müssen. Oder sollte sie sich stattdessen auf die Suche nach ihrer Mutter in der Pfalz machen? Karl von Waldeck zu heiraten, schien ihr immer noch die bessere Wahl, als zu einer Schachfigur in Elizabeths politischen Spielen zu werden.

Aber zu ihrem Erstaunen stellte sie fest, dass sie sich dem glücklosen Königspaar verbunden fühlte. Ihr Platz war am Hof von Den Haag.

„Wir sollten unsere Habseligkeiten zusammenpacken, bevor wir schlafen gehen", teilte sie Yveta und Barbora mit. „Wir kehren nach Holland zurück."

Die Zofe unterhielt sich kurz auf Tschechisch mit ihrer Mutter, dann wandte sie sich wieder an Froni.

„Bitte vergebt uns, aber wir müssen nach unseren Verwandten suchen."

„Aber das könnt ihr doch nicht allein und mittellos machen! Dein Vater wird versuchen, sich nach Den Haag durchzuschlagen, wenn er etwas Verstand im Kopf hat. Dort solltet ihr beide auf ihn warten."

Froni war vor dem Eingang der Herberge stehen geblieben und hatte die Hände in die Hüften gestemmt.

„Ich weiß, Ihr habt wahrscheinlich recht", gab Yveta leise zu. „Aber es scheint mir so verkehrt, meine Landsleute und Glaubensbrüder erneut im Stich zu lassen, weil in der Fremde ein sicheres Leben auf mich wartet."

„Dann nehmen wir möglichst viele von ihnen mit", erwiderte Froni energisch und zog Yveta hinter sich her. Sie würden noch einen leckeren Braten bestellen und ein paar Humpen Bier trinken, um dann endgültig Abschied von einer Stadt zu nehmen, die einst wunderschön gewesen war, sich aber jetzt in eine traurige Ruine verwandelt hatte.

Der Gastwirt kam ihnen mit grimmiger Miene entgegen und ergoss einen Wortschwall über Yveta, die sich mit knappen Sätzen zu verteidigen versuchte. Anschließend wandte sie sich Froni zu.

„Da scheint jemand auf uns zu warten, der ihm nicht gefällt. Er sagt, dass er unseretwegen keinen Ärger bekommen will. Ich glaube, Herr Jelinek ist hier. Er ist als Mitglied der Böhmischen Brüder bekannt."

Fronis Gefühle waren angesichts des unerwarteten Besuchs gemischt. Sie hatte sich bereits damit abgefunden, dieses erfolglose Unternehmen abschließen zu können, nun taten sich vielleicht neue Möglichkeiten, aber auch schwierige Aufgaben auf. Dennoch verspürte sie einen Triumph darüber, dass der dicke Dissenter sie ernst genug nahm, um noch einmal mit ihr reden zu wollen.

„Sag ihm, dass der Herr ein Verwandter ist und wir auf unserem Zimmer mit ihm reden wollen", wies sie Yveta an und eilte nach oben. Sie würde das Gespräch hinter sich bringen, dann weitersehen. Im Grunde hatte sie nichts zu verlieren.

Sie hatten alle auf ihren Betten Platz genommen und mit dem Packen begonnen, als die Tür aufging. Yveta wandte sich dem Neuankömmling als Erste zu und stieß einen überraschten Ruf aus.

„Pane Neruda!"

Froni fiel ihr Umhang, den sie in die Reisetasche hatte stopfen wollen, fast aus der Hand. Ihr Magen verkrampfte sich nervös, aber sie verspürte auch unbändige Freude, Marek vor sich zu sehen. Er trug dieselbe dunkle Kleidung wie vor Kurzem, doch konnte sie nun besser erkennen, wie schmutzig und zerschlissen sie inzwischen war. Sein Gesicht wirkte weiterhin bedrückt, aber sie sah seine Augen bei ihrem Anblick freudig aufleuchten.

„Ich muss mit Euch reden, Fräulein von Odenwald. Würdet Ihr einen Spaziergang mit mir machen?"

Froni nickte, ohne weiter zu überlegen. In Den Haag hätte sie bei so einem Ausflug Yveta und deren Mutter mitgenommen, um nicht in Verruf zu geraten. Aber hier wusste niemand, wer sie wirklich war. Sie verspürte ein fast berauschendes Gefühl von Freiheit.

„Lasst uns gehen!", rief sie und legte den zwei Frauen ein paar Münzen hin, damit sie sich ein Abendessen würden leisten können. Dann warf sie sich einen Schal um die Schultern und trat mit Marek nach draußen.

Es waren immer noch viele Bettler unterwegs, aber weniger Gaukler und Schausteller als früher. Sie gingen langsam zum Altstädter Ring, wo ein paar Händler Bier und Würste verkauften. Vor der Tyn-Kirche ließen sie sich auf einer Bank nieder.

„Die Statue des Georg von Podiebrad soll nun ausgetauscht werden", erzählte Marek. „Gegen eine katholische Heiligenfigur, nehme ich an."

Es waren die ersten Worte, die er seit ihrem gemeinsamen Aufbruch gesprochen hatte. Sie klangen so bitter, dass Froni fröstelte.

„Hat der Junge dir erzählt, wo wir wohnen?", fragte sie nur. Er nickte.

„Warum bist du zurückgekommen? In Den Haag ist es sicher besser", sagte er anstelle einer Antwort.

„Es ist in Den Haag für Protestanten sicher besser, aber unser König gehört auf den Hradschin und nicht nach Holland", erwiderte sie entschlossen. Es schien ihr Erklärung genug. Marek zog staunend eine Augenbraue hoch.

„Er hat sich davongemacht, als es brenzlig wurde, der König. Nun ist er ein Herrscher ohne Land. Willst du noch etwas essen oder trinken?"

Froni ließ sich ein Stück Braten bringen, an dem sie langsam herumnagte. Ein voller Magen mochte sie beruhigen, aber sie verspürte kaum Hunger, sodass die Aufnahme von Nahrung eine quälend langsame Angelegenheit wurde. Marek trank nur in Ruhe sein Bier. Peinliche Stille war eingetreten und Froni beschloss, dass sie die wirklich wichtigen Dinge ansprechen musste, bevor es zu dämmern begann.

„Ich bin hier, weil … weil … also, der gestürzte König braucht jede Unterstützung, die er bekommen kann."

Sie sah Marek hoffnungsvoll an, aber er starrte nur auf die Steinpflaster unter seinen Füßen.

„Er sollte es mit Friedensverhandlungen versuchen. Sonst geschehen noch weitere Katastrophen."

Diesem Rat würde Friedrich vielleicht folgen, aber niemals Elizabeth.

„Das Königspaar will seine rechtmäßigen Ländereien zurück. Für deine Leute wäre es doch auch besser, wenn ...“

„Für uns wäre es ganz sicher nicht besser, wenn noch weitere Armeen über die Stadt herfallen!“, unterbrach er aufgebracht. „Unser Direktorium wollte das katholische Joch abschütteln, doch die Folge ist, dass wir jetzt noch weniger Rechte haben als vorher. Niemand will, dass die Lage sich noch verschlechtert.“

Froni zog trotzig die Schultern zurück. Diese Verzagtheit missfiel ihr.

„Ich glaube nicht, dass dein Bruder es so sieht“, meinte sie. Zwar hatte sie den störrischen, feindseligen Jan nicht besonders ins Herz geschlossen, aber im Augenblick war er genau das, was sie brauchte. „Versteckt er sich auch bei euch in dieser Scheune?“, wollte sie daher wissen.

Marek schüttelte den Kopf.

„Er hat sich aufs Land zurückgezogen, wo auch seine Gesinnungsgenossen Unterschlupf gefunden haben. Ich bin geblieben, um den Leuten zu helfen, die nicht fliehen konnten.“

Froni meinte, eine unausgesprochene Anklage aus diesen Worten herauszuhören.

„Wer konnte denn nicht fliehen? Protestanten dürfen das Land verlassen, hat man uns gesagt. Es ist ihre Entscheidung.“

Sie richtete sich auf und sah ihn abwartend an. Sein Lachen klang bitter in ihren Ohren.

„Der Habsburger Kaiser hat das Siegel des Majestätsbriefes, der uns Religionsfreiheit versprach, zerrissen. Ja, wir können fortgehen, wenn wir nicht schon verhaftet oder hingerichtet wurden. Aber was ist mit den Menschen, die verletzt oder krank sind? Mit denen, die an einem Ort bleiben müssen, weil sie woanders nicht ihr täglich Brot verdienen können? Weißt du, was aus den Kindern wurde, die du früher unterrichtet hast?“

Froni schüttelte schuldbewusst den Kopf. Die Ereignisse am Hof in Den Haag hatten ihre Aufmerksamkeit zu sehr in Anspruch genommen, als dass sie allzu viele Gedanken an die Zurückgebliebenen hätte verschwenden können.

„Viele von ihnen haben Väter oder Mütter verloren, als die Armee die Stadt plünderte. Frauen, manchmal auch halbwüchsige Mädchen, wurden geschändet. Tomáš, den du damals bei deinem Einzug in Prag gerettet hast, starb am Wundfieber, da ein paar Soldaten wie wild auf ihn einstachen. Wie üblich versuchte er nicht einmal zu fliehen, kauerte nur hilflos auf dem Boden. Ständig gab es neue Verhaftungen, Vermögen wurde eingezogen und an Neuankömmlinge vergeben."

„Davon habe ich schon gehört!", rief Froni, stampfte mit dem Fuß auf und verschränkte die Arme vor der Brust, um Bilder des Grauens abzuwehren.

„Aber ist es nicht an der Zeit, etwas an dieser Lage zu ändern?", sagte sie schließlich. „Noch ist die protestantische Sache nicht verloren. Friedrich und Elizabeth haben neue Anhänger gefunden. Wenn sie noch Unterstützung hierzulande bekämen …"

Marek stand ruckartig auf und stellte sich vor sie hin, als wolle er sie von dem Rest der Leute auf dem Marktplatz abschirmen.

„Sei vorsichtig, was du sagst, denn hier könnten überall Spione sein", flüsterte er. Froni zuckte erschrocken zusammen. Sie hatte unbedacht gehandelt.

„Lasst uns noch einen kurzen Spaziergang machen, Fräulein von Odenwald", sagte Marek dann deutlich lauter und streckte ihr seine Hand entgegen. „Ich werde Euch zeigen, wie der vom Kaiser mit der Verwaltung betraute Graf von Wallenstein die zerstörten Gebäude möglichst schnell wiederaufbauen will."

Sie nahm sein Angebot an und ließ sich fortführen. Er brachte sie in die Judenstadt, vielleicht in der Hoffnung, dass dort weniger aufmerksam beobachtet würde. Friedrich hatte sich durch seine ständigen Kredite bei den Juden nicht gerade beliebt gemacht, daher mochten sie über den Machtwechsel sogar erfreut sein.

„Es gibt nicht genug Widerstandsgeist in Prag", sagte Marek schließlich, als sie vor dem großen Friedhof standen. „Es ist eine Stadt der Händler und Handwerker. Die meisten sind bereits konvertiert, um wenigstens einen Teil ihres Besitzes behalten zu können. Der Kaiser hat uns sehr deutlich gezeigt, welche Folgen jede andere Verhaltensweise hat."

Froni schloss seufzend die Augen und lehnte sich gegen das uralte Gemäuer. Dieser Teil der Stadt vermittelte ihr auf einmal ein Gefühl von Beständigkeit. Das Judentum wäre längst untergegangen, wenn alle Juden sich dem Druck der katholischen Kirche gebeugt hätten.

„Aber es gibt doch noch Protestanten, die ihren Glauben nicht aufgeben wollen", beharrte sie. „Wir müssen sie finden und zum Widerstand ermuntern. Auf diese Weise ist auch jenen geholfen, die nicht fliehen können."

Marek schüttelte lächelnd den Kopf.

„Niemand wird es mehr wagen. Die Welt hat uns im Stich gelassen."

„Nein, das hat sie nicht! In Den Haag gruppiert sich der Widerstand. Der Kampf geht weiter!"

Sie sah sich gleich darauf erschrocken um. Ein paar der vorbeiziehenden jüdischen Einwohner warfen ihr misstrauische Blicke zu, gingen aber weiter. Marek führte sie in eine Ecke bei einem Hauseingang.

„Die meisten Leute hier haben ihn bereits satt, den Kampf. Sie wollen in Frieden ihr Leben weiterführen", meinte er nur. „Aber es gibt auch ein paar, die anders denken. Meinen Bruder zum Beispiel, wie du richtig erkannt hast. Vielleicht …"

Er verstummte kurz, sah sich ebenfalls um und runzelte die Stirn.

„Ich kann dich hinbringen, wenn du willst", flüsterte er schließlich. „Jan hat nie viel von dir und deinen Herrschern gehalten, aber vielleicht ändert er seine Meinung, wenn sie uns neue Unterstützung versprechen."

Froni hätte vor Freude aufschreien können. Sie wusste tief in ihrem Inneren, dass sie nicht nur um Elizabeths und Friedrichs willen glücklich über dieses Angebot war. Wenn

Marek sie irgendwohin brachte, wäre sie noch eine Weile in seiner Nähe. Diese Zeit konnte sie nutzen, um wieder mit ihm vertraut zu werden. Was danach geschehen sollte, wusste sie nicht, aber sie beschloss, sich Schritt für Schritt vorwärtszubewegen. Ihr fehlte ein klares Ziel vor Augen, doch sah sie Umrisse eines Bildes, auf dem sie mit Marek vereint war und die protestantische Seite gewann. Aus diesem Grund war sie nach Prag zurückgekehrt.

Marek schien für ihren Eifer nicht empfänglich.

„Ich bringe dich zu den letzten Anhängern der kämpferischen Hussiten, wenn du es unbedingt willst. Wie du weißt, glaube ich selbst nicht an Gewalt. Ihre Folgen habe ich sehr deutlich zu sehen bekommen."

„Was du gesehen hast, war die Tyrannei der Papisten, der wir uns entgegenstellen müssen! Sonst hört sie niemals auf!"

Froni bemerkte mit Erschrecken, dass sie geschrien hatte. Ein älterer Herr in schwarzem Umhang, der an ihnen vorbeischlurfte, schüttelte so heftig den Kopf, dass seine Schläfenlocken flogen.

„Wegen Leuten wie Euch haben wir genug gelitten, junge Frau", murrte er, bevor er rasch um die Ecke verschwand. Froni sah ihm fassungslos nach. Sie verspürte Ärger, aber auch ein unklares Gefühl von Schuld.

„Den Juden dürfte der Konflikt zwischen Protestanten und Katholiken egal sein", stellte Marek fest. „Sie werden nur immer wieder geschröpft, um Kriege zu bezahlen."

„Aber das ist doch nur, weil … weil …"

Auf einmal wollte Froni kein rechter Grund mehr einfallen. Die Juden hielten an ihrem falschen Glauben fest, hätte Scultetus gesagt. Aber sie wusste inzwischen, dass Leute wie Friedrichs Hofprediger der Welt meist mehr Ärger als Nutzen brachten. Der Habsburger Kaiser meinte auch, dass die Anhänger Calvins den falschen Glauben hatten. Und diese hielten ihn wiederum für einen papistischen Götzendiener.

Ihr wurde leicht schwindelig, als sei die Welt aus den Fugen geraten und fahre um sie herum im Kreis.

Marek legte eine Hand auf ihren Arm.

„Du willst der protestantischen Seite helfen und das ist mutig von dir. Ich selbst glaube nicht an Gewalt, aber ich kann es annehmen, dass nicht jeder so denkt. Daher werde ich dich zu Jan bringen, denn er dürfte jetzt für jede Unterstützung dankbar sein. Vielleicht ist es Gottes Wille, dass ihr zwei zusammenkommt."

Diese Worte versetzten Froni einen Stich, doch wollte sie sich den Grund dafür nicht eingestehen. Gottes Wille hatte sie zu Marek geführt, doch nun klang es, als wolle er sie seinem Bruder überlassen. Mit gemischten Gefühlen nahm sie den Arm an, den er ihr hinhielt.

„Ich bringe dich zu deiner Herberge zurück, bevor es dunkel wird", sagte er leise. „Überlege dir bis morgen, ob du nicht lieber nach Den Haag zurückkehren willst. Ich werde am Vormittag noch einmal vorbeikommen, um deine Entscheidung zu hören."

Froni fühlte sich wie eine Puppe, die von fremden Fäden bewegt wurde.

„Und was ist mit dir? Würdest du mit mir nach Den Haag kommen?"

Sie erschrak selbst, wie dreist sie gewesen war, doch Marek schien nicht verärgert, nur bedrückt.

„Ich kann nicht fort. Viele sind bereits geflohen, selbst Comenius. Jemand muss sich um die Leute kümmern, die noch hier sind. Sie brauchen Trost und Beistand. Ich bin unbedeutend genug, um es tun zu können."

„Es ist nur eine Frage der Zeit, bis du trotzdem verhaftet wirst", entgegnete Froni sogleich. Am liebsten hätte sie ihn am Arm gepackt und mit sich nach Den Haag gezerrt. Aber sie ahnte, dass er nicht mit ihr käme, ganz gleich, wie sehr sie drängte und bettelte. Der Schmerz über diese Erkenntnis traf sie mit unerwarteter Heftigkeit, als hätte sie plötzlich einen Tritt in den Magen erhalten. Schon während ihrer Schwärmerei für Friedrich hatte sie gelernt, wie sehr Liebe wehtun konnte. War sie nun in eine ähnlich verhängnisvolle Abhängigkeit geraten, die sie um jeden Moment der Aufmerksamkeit betteln ließ wie einen Straßenhund um abgenagte Knochen? Vielleicht wäre es besser gewesen, Karl von Waldeck zu heiraten, mit dem sie nichts weiter verband als freundschaftliche Zuneigung.

Auf dem Weg zu ihrer Herberge schwiegen sie beide. Es dämmerte bereits, als sie sich vor dem Hauseingang verabschiedeten. Froni erinnerte sich, wie Marek vor dem Tor zur Prager Burg die Arme um sie geschlungen hatte, bevor sie aus der Stadt hatte fliehen müssen. Nun tat er nichts dergleichen, neigte nur zum Abschied den Kopf und verschwand gleich darauf in der Menschenmenge.

Sie war zornig, gleichzeitig tieftraurig. In diesem Augenblick wäre sie bereit gewesen, ihn zum Teufel zu schicken, wäre dies eine annehmbare Möglichkeit gewesen.

Oben in ihrem Gemach angelangt, beruhigte sie sich allmählich. Sie war in Friedrichs Auftrag hier und musste sich dementsprechend verhalten. Die protestantische Sache musste Vorrang haben, ihre eigene Gefühlswelt war im Vergleich dazu unwichtig.

„Wir reisen morgen weiter, um die letzten noch kämpferischen böhmischen Protestanten zu treffen", teilte sie Yveta und deren Mutter mit. „Marek Neruda bringt uns hin."

Damit war die Angelegenheit geklärt. Sie stellte erleichtert fest, dass noch eine halb volle Karaffe Wein auf dem Tisch stand, und füllte ihren Becher großzügig, um besser schlafen zu können.

12. Kapitel

Sie brachen schon im Morgengrauen auf, zu dritt auf einem klapprigen Wagen, der von einem Maultier gezogen wurde. Yveta und ihre Mutter sahen glücklich aus, die Heimat noch nicht gleich verlassen zu müssen. Sie plauderten unterwegs angeregt mit Marek, dessen Gesicht sich aufhellte, je lebhafter das Gespräch zu werden begann. Froni konnte ein paar Worte aufschnappen. Es musste um alte Zeiten gehen, Feste, die auf Dörfern gefeiert worden waren, und gemeinsame Bekannte. Alle drei schwelgten sie in Erinnerungen an eine Welt, die der Habsburger Kaiser zu vernichten suchte. Froni kam sich plötzlich ausgeschlossen vor, was nicht nur an ihren beschränkten Sprachkenntnissen lag. Während ihrer Zeit in Prag hatte sie manchmal ebenso ausgelassen mit Marek plaudern können, seine Augen zum Leuchten gebracht und ihm ein Lachen entlockt, das so ganz und gar nicht zu seiner sonst ernsten Miene passte. Jetzt schien eine unsichtbare Mauer zwischen ihnen zu stehen, denn er fühlte sich in Yvetas und Barboras Gegenwart offenbar wohler.

Der Wagen holperte einen Tag lang über staubige, unebene Straßen. Sie zogen an niedergebrannten Dörfern vorbei, Bettler streckten ihnen knochige Hände entgegen und Froni gab einen Teil des Reisegeldes her, weil es ihr nicht möglich war, all dieses Elend tatenlos hinzunehmen. Wieder musste sie daran denken, wie reich und gelassen Böhmen noch vor über einem Jahr gewirkt hatte, als sie mit Friedrich und Elizabeth gen Prag gezogen war.

Jetzt war das Land verwüstet und verarmt. Es wurde Zeit, sich zur Wehr zu setzen, beschloss sie, und fühlte sich in ihrem Plan bestärkt. Mithilfe der Holländer und auch des tollen Braunschweigers könnte Böhmen wieder protestantisch werden und in seinem alten Glanz erblühen. Aus diesem Grund war sie hierher zurückgekehrt.

Sie übernachteten in einer Scheune an Waldrand, nachdem ein paar Bauern ihnen gegen ein paar Münzen Eier, Schinken und Brot überlassen hatten. Danach ging es noch ein paar Stunden lang weiter. Ihr Ziel waren ein paar Hütten auf einer Lichtung, die von den Bäumen schützend umarmt wurde. Mehrere junge Männer liefen dort herum, debattierten miteinander, versuchten aber auch, etwas von dem Wald zu roden, da sie wohl Felder für ihr Überleben anlegen mussten.

Marek sprang als Erster vom Karren, so schwungvoll, dass sein Umhang flog.

„Honso!", rief er laut. Einer der Jünglinge, die gerade mit einer Axt wenig erfolgreiche Versuche unternahmen, einen dicken Baumstamm zu durchtrennen, wandte sich um. Das Werkzeug fiel ihm aus der Hand und er kam mit langen Schritten auf die Neuankömmlinge zu. Bevor Froni Jans etwas schmaleres und nicht ganz so vergeistigtes Gesicht erkannt hatte, lagen die Brüder sich bereits in den Armen. In Prag hatte ihr Verhältnis zueinander nicht gerade herzlich gewirkt, aber eine längere Trennung konnte wohl Wunder wirken, um familiäre Gefühle erblühen zu lassen. Nachdem sie einander auf die Wangen geküsst hatten, wies Marek auf die drei Frauen in seiner Begleitung. Jans Miene nahm wieder den verbissenen Ausdruck an, den sie in Prag an ihm gesehen hatte, und er runzelte die Stirn. Froni ahnte, dass er über ihr Auftauchen nicht gerade begeistert war, aber damit hatte sie auch nicht gerechnet. Sie würde mit Engelszungen reden müssen, denn eine Frau wurde als Überbringerin politischer Botschaften nicht unbedingt ernst genommen.

Yveta half ihrer Mutter aus dem Karren, Froni kümmerte sich unterdessen um ihre Reisetaschen. Marek begrüßte nacheinander all die versammelten Männer, während im Hintergrund auch langsam Frauen und Kinder aus den Hütten traten. Sie trugen alle schlichte, dunkle Kleidung, sahen aber nicht so elend aus wie einige der Gestalten, die Froni und ihre Gefährten unterwegs gesehen hatten.

„Man heißt uns willkommen und wird bald ein Mittagsmahl für uns vorbereiten", teilte Marek ihr bald darauf mit. „Eine Unterkunft für dich und deine Gefährtinnen wird sich sicher auch bald finden lassen."

Es klang alles völlig normal, als hätte es dieses Dorf

schon immer gegeben. Vielleicht wäre es am besten, diese Leute einfach in Frieden zu lassen, erwog Froni kurz. Sie könnten in dem Wald erst einmal sicher vor Verfolgungen sein und die Lage würde sich mit der Zeit hoffentlich beruhigen. Aber sie hatte einen Auftrag, den sie ausführen musste.

Mareks Bruder Jan würdigte sie kaum eines Blickes, aber einige der anderen Leute hier schienen neugierig. Als ihnen in der größten Hütte Bier, Wurst und Käse serviert wurde, fühlte sie sich regelrecht von Fragen überschüttet. Marek und Yveta kamen mit dem Übersetzen kaum hinterher. Die Mitglieder der untergetauchten Gemeinde wollten wissen, wie es den Protestanten andernorts erging, ob viele Leute nach Holland geflohen seien und ob dort ein sorgloses Leben für ihre Glaubensgenossen möglich wäre.

„Auf Dauer werden wir hier nicht bleiben können", teilte ein alter Mann mit Vollbart, der hier offenbar den Vorsitz hatte, schließlich mit. „Es ist nur eine Frage der Zeit, bis man uns entdeckt."

Froni ahnte, dass dies der richtige Augenblick war, um ihr Anliegen vorzutragen.

„Es hat keinen Sinn, immer wieder nur zu fliehen. Wir Protestanten müssen um unsere Rechte kämpfen."

Marek übersetzte, wenn auch ohne große Begeisterung. Stimmen wallten hoch, teilweise erklang Gelächter und Froni bemerkte zu ihrem Entsetzen, dass sie rot anzulaufen begann. Sie war es nicht gewöhnt, im Mittelpunkt der allgemeinen Aufmerksamkeit zu stehen.

Mareks Bruder Jan hatte nun angefangen, sie eindringlich zu mustern, wie er es noch nie zuvor getan hatte. Ihr schien es, als sei sie für ihn erst jetzt zu einem Menschen geworden, während sie vorher nur ein lebloses, hübsches Schmuckstück gewesen war.

„Wir sollen also nochmals diesen jungen Mann unterstützen, der auf dem Hradschin ausschweifende Feste feierte und nackt in der Moldau schwamm, während unsere Feinde ihre Kräfte sammelten? Der sich feige davonmachte, als wir geschlagen waren, anstatt uns beizustehen?", meldete sich nun der Dorfälteste in einem holprigen Deutsch zu Wort. Froni spürte wieder, wie ihr das Blut in den Kopf schoss. Mit einem so heftigen Angriff hatte sie nicht gerechnet.

„Unser König hat Fehler gemacht", räumte sie ein. „Er war jung und unerfahren, daher von der schwierigen Lage überfordert. Aber das Schicksal der Protestanten dieser Welt liegt ihm am Herzen. Seiner Gemahlin geht es ebenso. Sie werden alles in ihrer Macht tun, um euch zu unterstützen. Es gibt inzwischen auch andere Heeresführer, die ihnen Hilfe versprochen haben."

Der tolle Christian vor allem. In seiner haltlosen Schwärmerei für Elizabeth wirkte er nicht unbedingt wie ein zuverlässiger Bündnispartner. Kaum besser als Bethlen Gábor, der ähnlich ungestüm und unberechenbar gewesen war. Aber sie vertraute auf Elizabeths Fähigkeiten, ihre Verehrer zielgerichtet zu lenken. Mit der Zeit würden es vielleicht noch mehr werden, denn die englische Königstochter verstand ihre Reize geschickt einzusetzen.

„Und was erwartet er nun, der König?"

Jan hatte gesprochen. Sein Deutsch war besser als angenommen, wahrscheinlich hatte er es früher aus schlichter Sturheit nicht angewendet.

„Was sollen wir für ihn tun?", fuhr er fort. „Unser Leben und unseren letzten Besitz aufs Spiel setzen, wie es die Mitglieder des Direktoriums taten? Ihre Köpfe verrotten derzeit am Brückenturm."

„Das habe ich selbst gesehen!", erwiderte Froni aufgebracht. Die Erinnerung an diesen Anblick bereitete ihr immer noch Albträume.

„Aber es geht darum, diese zu Unrecht gemordeten Menschen zu rächen. Soll ihr Tod denn umsonst gewesen sein?"

Nun hatte sie sich in Fahrt geredet. Ihre Wangen glühten und sie verspürte keine Angst mehr, vor allen Leuten ihre Stimme zu erheben.

Einige der Versammelten begannen, sie nun aufmerksam anzusehen. Der Dorfälteste hatte skeptisch die Stirn gerunzelt, aber er lauschte unbeirrt. Jan nagte an seiner Unterlippe. Marek starrte auf seinen Teller, ohne sich einzumischen. Sie hätte gern gewusst, was er dachte, rechnete aber nicht damit, es jemals zu erfahren.

„Und wie sollen wir sie rächen?", fragte Jan nun deutlich ruhiger. „Die Bürger Prags haben sich bereits vom rechten Glauben abgewandt und beten papistische Götzenbilder an, um ihren Besitz nicht zu verlieren. Unsere Landsleute haben einander verraten, um eine Belohnung zu bekommen oder wenigstens vor Strafe verschont zu werden. Dieses Volk ist elend und feige!"

Er schlug mit der Faust auf den Tisch. Marek stieß einen Seufzer aus, der Dorfälteste schüttelte den Kopf.

„Vielleicht braucht das Volk nur eine Ermunterung. Jemanden, der ihm die Hoffnung zum Widerstand gibt", mischte Froni sich wieder ein. So wenig sie Jan früher gemocht hatte, jetzt schien er genau der Mann, den sie brauchte.

„Sobald wieder eine Armee für die protestantische Sache kämpft, wird der Widerstandsgeist erneut erwachen", setzte sie noch hinzu. „Dagegen können auch die bequemen Bürger Prags nichts unternehmen, obwohl sie ihren Besitz hüten wollen."

Der letzte Satz schien Jan zu gefallen, denn ein fast schadenfrohes Funkeln blitzte in seinen Augen auf. Yveta begann, mit ihrer Mutter zu tuscheln. Marek musterte Froni erstaunt, wenn auch nicht unbedingt glücklich.

„Die Stadt hat bereits einmal geblutet", sagte er leise auf Deutsch. Es war an niemand Bestimmten gerichtet, aber Froni hörte den Vorwurf in seinen Worten allzu deutlich.

„Wer sich duckt, der wird immer nur getreten!", entgegnete sie mit Nachdruck. Nun nickte der Dorfälteste, was ihr ein Gefühl von Triumph schenkte. Jan hatte begonnen, sich mit den anderen jungen Männern am Tisch zu unterhalten.

„Du hast es geschafft", flüsterte Marek ihr ins Ohr. „Der Funke ist entfacht. Sie werden auf deinen Vorschlag eingehen."

Zu ihrem Erstaunen verspürte Froni eher Sorge als

Freude. Vielleicht lag es an dem Blick, den Marek ihr zugeworfen hatte. Sie konnte Anerkennung darin lesen, aber auch Missfallen.

„Was genau erhofft der junge König sich von uns?", fragte der Dorfälteste schließlich. „Sollen wir für ihn abgeschlachtet werden, während er in der Sicherheit von Den Haag sitzt?"

Auf einmal waren alle Blicke ausnahmslos auf Froni gerichtet. Sie spürte, wie ihr der Schweiß aus den Poren trat. Sie hatte sich viele Worte zurechtgelegt, wie sie die Böhmischen Brüder für ihr Vorhaben begeistern konnte, aber keinen konkreten Plan für den Widerstand gefasst.

„Das … was wird noch entschieden werden", sagte sie schnell. „Unser König verhandelt gerade mit seinen Bündnispartnern."

Deren Aufgabe war es letztendlich auch, die Gegenwehr zu organisieren.

„Na dann sehen wir mal, was dabei herauskommt", entgegnete der Dorfälteste und spießte ein Stück Braten auf sein Messer, das er gleich darauf in den Mund schob. Das Thema schien für ihn erledigt, aber die jungen Männer unterhielten sich weiterhin angeregt.

„Allein können wir nicht gegen den Kaiser vorgehen", teilte Jan Froni schließlich mit. „Wir schaffen es gerade mal, uns hier sicher zu verstecken."

Seine Augen funkelten vor Zorn und sie spürte, wie sehr er sich eine Änderung dieser Lage erhoffte.

„Ich werde dem König mitteilen, dass ihr bereit seid, für ihn zu kämpfen. Dann schickt er euch jemanden, der euch mitteilen kann, wie vorzugehen ist. Alles sollte natürlich gut geplant sein. Ihr braucht Waffen und auch Unterweisung in … in zeitgemäßer Kriegsführung."

Die Zeiten, da Bauern sich erfolgreich gegen Herrscher aufgelehnt hatten, schienen vorüber, nun, da es Musketen und Kanonen gab. Sie ging wenigstens davon aus. Außerdem wäre es natürlich von Vorteil, wenn alle widerständischen Gruppen sich untereinander absprachen, anstatt unabhängig voneinander loszuschlagen. Zwar hatte sie nicht die geringste Ahnung, wie Kriege wirklich geführt wurden, aber sie begann langsam den Reiz der Sache zu verstehen. Es war wie das Herumschieben von Figuren auf einem Schachbrett. Man musste versuchen, die Gedanken des Gegners zu lesen, seine nächsten Schritte zu erahnen, um eine noch gewieftere Gegenstrategie zu entwickeln.

Hier Unterstützung für Friedrich zu gewinnen, war ein guter Zug gewesen. Wie es weitergehen würde, konnte sie selbst nicht mehr mitbestimmen. Auf einmal fand sie es fast bedauerlich.

„Wir hätten gern eine Möglichkeit, selbst mit dem König zu reden", verkündete Jan plötzlich und sah ihr herausfordernd in die Augen. „Er soll nicht einfach über uns bestimmen können, wenn er unsere Unterstützung will."

Der Dorfälteste grinste süffisant, als könne er ahnen, dass Froni nun in eine unangenehme Lage geraten war. Sie hatte nicht mit solchen Forderungen gerechnet.

„Er hat völlig recht", flüsterte Yveta ihr ins Ohr. „Die einfachen Leute wollen auch einmal ernst genommen werden."

Das klang verständlich. Froni suchte angestrengt nach einer Lösung und als sie endlich die richtige Idee gefunden hatte, hätte sie vor Freude auflachen können.

„Ihr müsst mich begleiten!"

Ihre Worte waren an Jan gerichtet, aber gleichzeitig sah sie Marek an.

„Ich bringe Euch nach Den Haag zum König und seinen Ratgebern. Ihr könnt Euch persönlich mit ihm unterhalten und erfahren, wie seine Pläne aussehen, um seine Ländereien zurückzugewinnen."

Sie spürte, wie Yveta und Barbora sie erstaunt musterten, und zog die Schultern zurück. Im Grunde konnte sie selbst nicht an das glauben, was sie gerade versprochen hatte, aber es klang durchaus überzeugend. Friedrich konnte jede Hilfe gebrauchen und wäre vielleicht bereit, Jan Neruda anzuhören. Elizabeth fände es aufregend, ein paar heimliche Aufwiegler zu unterstützen.

„Ich werde einen Weg finden, Euch dem König vorzustellen", redete sie weiter. Sobald sie in Den Haag war, würde sie eine Möglichkeit suchen müssen, ihr Versprechen zu halten. Sie traute sich das plötzlich zu, denn die Reise allein mit zwei Gefährtinnen zu meistern, hatte sie mutig gemacht.

„Nun gut, dann besprechen wir in den nächsten Tagen, wer Euch begleiten soll", entschied Jan nach angeregtem Wortwechsel mit den anderen Männern. Marek hatte geschwiegen, wie Froni aufgefallen war. Der Dorfälteste ebenfalls, weil er seinen Braten für wichtiger hielt. Yveta jedoch mischte sich in die Unterhaltung ein, was von Vorteil sein mochte, denn immerhin war sie in Den Haag gewesen.

Bevor Froni sich mit ihren Gefährtinnen in eine Hütte zum Schlafen zurückziehen konnte, war beschlossen worden, dass Jan und noch zwei andere Männer mit ihr nach Holland reisen sollten. Sie würden sich unterwegs ebenfalls als Katholiken und Mitglieder ihrer Familie ausgeben. Froni nahm diese Entscheidung nickend hin.

Aus den Augenwinkeln beobachtete sie Marek, der in seinen Bierkrug starrte. Wie sehr sie darauf hoffte, dass er sich sogleich anbot, seinen Bruder zu begleiten! Sie musste an die Theaterstücke Shakespeares denken, die Elizabeth so liebte. Häufig ging es darin um die Verwirrungen der Liebe, den Wunsch einzelner Menschen, dass ihre Gefühle vom Auserwählten erwidert würden, was so oft nicht geschah. Nur fand der englische Poet meist eine Lösung für all diese Probleme.

Sie hätte einen Zaubertrank gebraucht oder auch eine gute Fee. Leider stand ihr im wirklichen Leben nichts von beidem zur Verfügung. So verzehrte sie schicksalsergeben noch ein paar Scheiben Brot, da ihr für Üppigeres der nötige Hunger fehlte, und leerte ihren Humpen Bier.

Hoffentlich würde sie danach wenigstens schlafen können. Ihr Wiedersehen mit Marek, auf das sie so viele Hoffnungen gerichtet hatte, drohte zu der größten Enttäuschung ihres Lebens zu werden.

Sie konnte nun nach Den Haag zurückkehren, wo eine standesgemäße Ehe auf sie wartete. Die Vorstellung ließ sie tatsächlich müde werden, als hätte ein schweres Fieber ihren

Körper im Griff.

Zu dritt fanden sie in einer Scheune Unterschlupf, wo die Frauen schnell ein paar Strohsäcke und von Motten zerfressene Decken bereitgestellt hatten. Froni schüttete sich aus einem Eimer kaltes Wasser ins Gesicht, obwohl die Nächte bereits herbstlich kühl zu werden begannen. Sie empfand das eisige Nass wie eine kräftige, aber wohltuende Ohrfeige, die sie ins wirkliche Leben zurückholte. Nach ihrer Flucht aus Prag hatte sie unwirklichen Träumereien nachgehangen, vielleicht inspiriert von Elizabeths romantischen Liebesgeschichten.

Marek war sie gleichgültig. Er hatte seinen Glauben und wollte Leuten helfen, die vom Rest der Welt vergessen worden waren. Für sie gab es keinen Platz in diesem Gefüge. Sie gehörte nach Den Haag zu dem glücklosen Herrscherpaar, für dessen Interessen sie hier kämpfen musste.

Es klang alles völlig überzeugend, aber ein Teil von ihr schien nicht in der Lage, das Offensichtliche anzunehmen. Sie fühlte sich elender als jemals zuvor in ihrem Leben, obwohl sie wusste, dass es weitaus härtere Schicksale gab als das ihre.

„Dieser Jan ist ein aufrechter Kämpfer", hörte sie Yveta flüstern, als sie sich auf die Säcke gelegt hatten. „Ich wünschte mir, wir hätten mehr von dieser Art in unserem Land."

„Er könnte auch sehr viel Unglück über euch bringen", erwiderte Froni und steckte den Kopf unter die Decke. Sie wollte schlafen, nicht hören, wie ihre Zofe für einen Mann schwärmte, den sie selbst wenig einnehmend fand.

Zum Glück begann Barbora bald zu schnarchen und auch Yveta wurde still. Ein paar Stimmen waren in der kleinen Siedlung noch zu hören, doch schließlich versanken sie in der nächtlichen Finsternis. Froni wälzte sich auf ihrem Sack hin und her. Ein Stachel saß in ihrem Herzen und ließ sie nicht zur Ruhe kommen. Als es endlich zu dämmern begann, fühlte sie sich wie zerschlagen, war aber froh über die ersten Lichtstrahlen, die auch ihr Gemüt ein wenig aufhellten.

Es klopfte leise an der Tür. Ihre zwei Gefährtinnen schliefen noch tief und fest, daher stand Froni auf, um einen Spaltbreit zu öffnen.

Ihr Herz blieb fast stehen, als sie Marek erblickte.

„Könnt Ihr für einen Augenblick mitkommen? Ich möchte Euch eine alte Bekannte vorstellen."

Es klang sehr förmlich und so kalt, dass Froni zu frösteln begann. Trotzdem wickelte sie sich in ihre Decke und folgte ihm, denn sie war wirklich neugierig geworden.

Er führte sie über den Dorfplatz in eine kleine, baufällig wirkende Hütte. Nur Kinder waren darin zu sehen, die eng aneinandergedrängt auf dem Boden lagen. Bei Fronis Anblick richteten sie sich auf und rieben ihre verschlafenen Augen. Marek sprach ein paar tschechische Worte, die beruhigend klangen. Dann rief er den Namen Lenka.

Froni kannte das blonde Mädchen, denn sie hatte ihm in Prag Deutschunterricht gegeben. Lenka war schon damals still und schmächtig gewesen, doch nun sah das kindliche Gesicht grau aus wie bei einer alten Frau. Eine tiefe Narbe entstellte die rechte Wange, reichte bis zu dem Auge, dessen Lid dauerhaft geschlossen war. Das Haar schien schütter geworden zu sein, als hätte jemand es büschelweise ausgerissen. Folgsam sprang Lenka auf und begrüßte ihre einstige Lehrerin mit einem Knicks. Froni schloss sie in die Arme, konnte die Knochen unter der Haut spüren. Es war, als hielte sie einen verletzten, ängstlichen Vogel in den Händen.

„Wie geht es dir?", fragte sie leise auf Deutsch. Lenkas Stimme war ein Flüstern, aber sie versicherte, dass alles mit ihr in Ordnung sei.

„Nur meine Eltern tot. Gottes Wille."

Es klang tapfer und gleichzeitig so traurig, dass Froni Tränen in die Augen schossen.

„Wir gehen jetzt besser und lassen die Kinder noch ein bisschen schlafen", schlug Marek schließlich vor. Froni nickte und folgte ihm wieder auf den kleinen Dorfplatz.

„Warum sollte ich Lenka denn jetzt sehen?", fragte sie dann. Es freute sie, das Mädchen noch am Leben zu wissen, auch wenn sein Zustand nicht gerade erfreulich war. Aber Marek hätte sie ihr auch im Laufe des Tages vorstellen können, anstatt sie im Morgengrauen zu wecken.

„Ich wollte, dass du erkennst, was aus ihr geworden ist", erwiderte er. „Auch über sie fielen die Soldaten der katholischen Seite her. Sie hat ein Auge verloren, ihre Unschuld, ihre Eltern und vor allem ihre Lebensfreude. Ich brachte sie hierher, weil ich hoffte, in der Ruhe des Waldes würde sie wieder ausgeglichener werden. Aber sie sieht immer noch aus wie ein verschrecktes Reh. Was ihr angetan wurde, wird sie wohl niemals in ihrem Leben vergessen können."

„Auch sie sollte gerächt werden!", rief Froni aufgebracht. Marek seufzte tief.

„Es ist der Krieg, der solches Unrecht geschehen lässt. Du willst, dass er fortgesetzt wird."

„Ich will, dass der protestantische Glaube nicht von papistischer Herrschsucht im Staub zertreten wird! Dass Unrecht nicht über Gerechtigkeit triumphiert. Was ist daran verkehrt?"

Marek räusperte sich und senkte den Blick.

„Ich verstehe deinen Zorn. Auch ich wünsche mir, dass meine Glaubensbrüder nicht aus ihrer Heimat vertrieben werden. Doch Gewalt wird nur neue Gewalt nach sich ziehen. Das hat bereits unser Herr Jesus erkannt, der niemals eine Waffe zur Hand genommen hätte, selbst wenn ihm Unrecht geschah."

Froni unterdrückte mühsam ein zorniges Schnauben. Ihr allererster Gedanke war, dass Jesus auch als Opfer gestorben war, dann wurde ihr bewusst, wie ketzerisch eine solche Sichtweise der Dinge war.

„Der richtige Glaube wurde schon immer auch mit Waffengewalt verteidigt", sagte sie nach einigem Überlegen. „Seitdem die christliche Kirche besteht."

„Seitdem sie von korrupten papistischen Machthabern gelenkt wird, die die wahre Lehre Jesu verraten haben", korrigierte Marek sie sogleich.

Froni empfand ihn langsam als unausstehlichen Besserwisser.

„Es sind nicht alle Protestanten dieser Welt deiner Meinung. Dein Bruder will sich nicht wie ein Lamm abschlachten lassen. Das Schicksal von Lenka und ihren Eltern hätte durch genügend Gegenwehr verhindert werden können. Alles, was du kannst, ist sie durch Gebete und schöne Worte trösten. Wir haben gerade gesehen, wie viel das nützt."

Schwungvoll drehte sie sich auf dem Absatz um und eilte zu Yveta und Barbora zurück. Nun liefen ihr Tränen über die Wangen, die sie hastig wegwischte. Es hatte wehgetan, Lenka in diesem elenden Zustand zu sehen, doch zu erkennen, dass Marek sie nur zu sich gerufen hatte, um ihr einen Vortrag über seine Glaubensgrundsätze zu halten, schien fast noch unerträglicher. Sie stolperte über die Türschwelle, taumelte ein paar Schritte vorwärts und ließ sich auf den Strohsack fallen.

„Wo warst du denn?", hörte sie Yveta fragen.

„In einer Hütte voller Kinder, die nach der Einnahme Prags zu Waisen wurden", erwiderte Froni. „Es war schrecklich. Eine meiner Schülerinnen wurde geschändet, obwohl sie noch ein Kind ist."

Yveta seufzte.

„So ist es nicht nur ihr ergangen. Du hast mich, meine Mutter und Jirka gerettet. Mehr Leute mitzunehmen, war nicht möglich."

„Es wäre sicher möglich gewesen, wenn Friedrich und Elizabeth sich dafür eingesetzt hätten", dachte Froni. Einige Mitglieder des Direktoriums waren mitgekommen, aber Bürger und gar das einfache Volk zählten zu wenig. Yveta war stets großzügig in ihrer Beurteilung von Menschen.

„Der ganze Krieg und die Plünderung der Stadt hätten vielleicht vermieden werden können", erklärte ihr Froni nun. „Dann wären Lenkas Eltern noch am Leben und in ihrem Heimatdorf."

„Aber die Dinge verliefen nun einmal anders. Du kannst nichts dafür, also mache dir keine Vorwürfe." Yveta hatte sich aufgerichtet und strich ihr tröstend über die Schulter. „Wir könnten diese Lenka ja mit uns nach Den Haag nehmen", schlug sie gleich darauf vor. „Vielleicht auch ein paar andere der Opfer, vor allem Kinder. So wird der frühere böhmische König daran erinnert, dass diese Leute seine Hilfe brauchen."

Froni hätte ihre einstige Zofe am liebsten umarmt. Es klang so treu und herzensgut, Friedrich an seine Pflichten gegenüber den einstigen Untertanen erinnern zu wollen. Sie hatte Zweifel, ob es viel nützen würde, aber wahrscheinlich würde man den Kindern ermöglichen, am Hof des Winterkönigs zu bleiben. Dort wären sie in Sicherheit. Es bestand eine gewisse Hoffnung, dass der Anblick eines so verstörten Kindes wie Lenka tatsächlich das Herz des Königspaares rühren könnte, was Lenka eine lebenslange Rente einbringen würde. Doch hinter all diesen Überlegungen, die Yvetas Vorschlag in ein hervorragendes Licht rückten, verbarg sich eine Hoffnung, die ihre Welt plötzlich zum Leuchten brachte, als sei nach einem langen Regen endlich die Sonne aufgegangen.

Marek würde die Kinder nicht allein ziehen lassen wollen, weil sie ihm zu sehr am Herzen lagen. Sie konnte ihm vorschlagen, sie nach Den Haag zu begleiten, und es bestand eine gewisse Hoffnung, dass er annehmen würde.

13. Kapitel

Eine Woche später waren sie zum Aufbruch bereit. Fronis Plan war mit solcher Leichtigkeit aufgegangen, dass sie sich fragte, ob Gott der Herr nicht seine Hand im Spiel hatte. Marek war sogleich bereit, sie alle nach Den Haag zu begleiten, auch wenn von den Kindern nur Lenka mitkam. Die anderen hofften immer noch, ihre Verwandtschaft in Böhmen irgendwann wiederzufinden, aber das völlig verstörte, verwaiste Mädchen sollte in Sicherheit gebracht werden. Außerdem hatte Froni das Gefühl, dass Marek das Treiben seines Bruders im Auge behalten wollte. Der Vater der beiden lebte ebenfalls in dem Dorf und hatte ihn vielleicht gebeten, den jüngeren Bruder vor Unheil zu bewahren. Mit ihr selbst hatte es also nichts zu tun, aber sie war trotzdem glücklich, Marek mitnehmen zu können.

Jan hatte sich inzwischen mit seinen Freunden abgesprochen. Sie schienen nun eine etwas genauere Vorstellung davon zu haben, auf welche Weise sie den Widerstand unterstützen konnten. Im Volk gab es noch genug kampfbereite Männer, die nur auf den richtigen Anführer warteten, teilte Jan Froni kurz vor der Abreise mit.

Sie fragte sich, ob Christian von Braunschweig als solcher Anführer taugen würde. Letztendlich mussten die Böhmen das entscheiden, wenn sich ihnen die Gelegenheit bot. Jan Neruda strahlte jedenfalls genug Entschlossenheit und Mut aus, um Friedrich zu überzeugen, dass er in seinem verlorenen Königreich noch Anhänger hatte. Allein darauf kam es an.

Fronis Tarnung, die Verwandte eines katholischen Händlers aus Holland zu sein, sollte aufrechterhalten bleiben. Nun würde sie sich als vermählt ausgeben, was sie vor Zudringlichkeit schützen konnte. Marek erklärte sich nach einigem Zögern bereit, den Ehemann zu spielen, der seine junge Frau nun in ihre Heimat begleitete. Auf wundersame Weise gelang es den Bewohnern des Dorfes, Kleidung aus Samt und Leinen für ihn aufzutreiben, was zu dieser neuen

Rolle passte. Jan wurde den bewaffneten Begleitern zugeteilt, Lenka galt als Yvetas Tochter. Sonst kam niemand mit, da alle in der Siedlung gebraucht wurden. Insgesamt wirkten sie wie eine ganz alltägliche Reisegruppe. Wenigstens hoffte Froni das.

Als Erstes wollten sie Heidelberg aufsuchen, denn Froni hoffte auf ein Wiedersehen mit ihrer Mutter. Es konnte die letzte Gelegenheit sein, da die alte Dame schon lange bei schwacher Gesundheit gewesen war. Sollte der Konflikt zwischen Protestanten und Katholiken andauern, hätte sie bald keine Möglichkeit mehr, die Pfalz zu besuchen. Jedenfalls nicht, solange dieses Fürstentum Maximilian von Bayern gehörte.

Froni saß mit Yveta, Barbora und Lenka in der Kutsche. Sie lauschte zufrieden dem tschechischen Gerede, denn all diese Leute würden dank ihrem Eingreifen in Sicherheit gebracht werden. Gleichzeitig freute sie sich auf die Rückkehr zu jenen Orten, die einst ihr Zuhause gewesen waren.

Sie wusste, dass Friedrichs Mutter Heidelberg bereits verlassen hatte und mit den bei ihr verbliebenen Enkeln zu ihrer Tochter nach Berlin gezogen war. Dennoch war die Stadt noch unter protestantischer Führung, während der Rest der Pfalz bereits von den Katholiken erobert worden war. Die Spanier, die als erste Angreifer gekommen waren, hatten sich allerdings bereits zurückgezogen. Die Lage schien unklar, sie konnten nur hoffen, unbehelligt an ihr Ziel zu gelangen.

Teilweise machten die Ortschaften, die sie durchquerten, einen völlig unversehrten Eindruck, was Fronis Stimmung erhellte. Böhmen war von den Katholiken verwüstet worden, aber die deutschen Ländereien hatte man verschont. Als sie sich Heidelberg zu nähern begannen, wurde diese Illusion langsam zerstört. Auch hier gab es abgebrannte Häuser, Tierkadaver am Straßenrand und ein Übermaß an Elendsgestalten, die am Straßenrand bettelnd ihre Hände ausstreckten.

„Wie viele Familien wohl inzwischen ihr Zuhause verloren haben?", flüsterte Yveta leise. Froni fröstelte kurz und wich Mareks Blick aus.

„Sie werden ihr Zuhause wiederbekommen, wenn die Pfalz wieder protestantisch ist", beharrte sie dann. Im Notfall würde sie versuchen, auf Elizabeth einzuwirken. Manchmal zeigte die Königin sich wohltätig, vor allem, wenn sie dabei allgemein beachtet wurde und schön anzusehen war.

„Es passt ganz und gar nicht zu meiner katholischen Gemahlin, an die Sache der Protestanten zu glauben", verkündete Marek spöttisch. Widerwillig musste Froni lachen.

„Sie wird sich sicher bessern, wenn sie von ihrem Gemahl ermahnt wird", erwiderte sie. „Vor allem, wenn er ihr mit gutem Beispiel vorangeht."

Nun lächelte auch Marek. Froni entspannte sich ein wenig. Sie genoss es weiterhin, die Tage in seiner Nähe verbringen zu können. Da sie als Ehepaar galten, teilten sie sich regelmäßig Räume in Herbergen, doch schliefen auch die anderen Mitglieder der Reisegruppe darin. Persönliche Gespräche waren daher so weit nicht möglich gewesen. Marek schien Gelegenheiten, da er allein mit ihr wäre, insgesamt zu meiden. Froni kämpfte gegen ihren Drang an, ihm stets zu folgen, damit sie dennoch irgendwann unter vier Augen wären. So hatte Henry sich ihr gegenüber benommen und sie wollte nicht Mareks Schoßhündchen sein.

Mitunter war es schwer. Sie ahnte, dass die Zeit mit ihm nicht von Dauer sein würde, und hätte gern jeden Augenblick davon ausgenutzt. Ihre Vorstellungen von der Zukunft danach waren insgesamt wenig erfreulich. Aber sich wie eine Klette an ihn zu klammern, ließ ihr Stolz nicht zu. Marek war meistens freundlich und unverbindlich, schwer zu erfassen und kaum einzuschätzen.

Die Erinnerungen an jene Vertrautheit, die vor der Schlacht am Weißen Berg zwischen ihnen geherrscht hatte, schmerzte zu sehr, als dass Froni in ihr hätte versinken wollen. Vielleicht täte sie es später irgendwann, wenn sie einen Ehemann hätte, der ihr zuwider war, und keine Möglichkeit mehr, ihm zu entkommen.

Noch war es nicht so weit.

Nun machten sie in einem kleinen Dorf halt, das in unmittelbarer Nähe von Heidelberg lag. Der Wirt erzählte ihnen, dass Tilly, Heerführer der katholischen Seite, die Stadt nun belagerte.

„Es ist leider sehr gefährlich einzureisen", sagte er, als er ihnen ein Abendessen und das übliche Bier brachte. „Ich würde abraten. Die meisten Einwohner haben Heidelberg verlassen, als es noch möglich war."

Froni spürte, wie ihre Kehle eng wurde. Die ganze Zeit machte sie sich Gedanken, wie Marek wohl nun zu ihr stand. Dabei war das Schicksal ihrer Mutter und aller anderen Leute, die sie zurückgelassen hatte, nun bedeutender.

„Kennt Ihr vielleicht einen Herrn Karl von Waldeck?", fragte sie den Wirt sogleich. „Hält er sich noch in Heidelberg auf?"

Sie machte sich keine großen Hoffnungen, Auskunft zu bekommen, aber einen Versuch war es wert.

„Aber sicher, den kenne ich."

Ihr wurde leichter zumute, als der Wirt sich an ihre Seite setzte.

„Er machte manchmal hier halt, wenn er sein Landgut aufsuchen wollte. Ein netter Kerl. Aber Protestant, und das soll man ja nun nicht mehr sein."

Er grinste schelmisch und stupste Froni unter dem Tisch unnötig vertraulich an. Sie lächelte zurück, um ihn nicht zu verärgern.

„Das heißt, er ist also noch in Heidelberg?"

Sie wünschte es sich für ihn, weil er dann seinem Glauben nicht hätte abschwören müssen. Aber im Grunde war Karl sein Landbesitz immer wichtiger gewesen.

„Nein, soviel ich weiß, verließ er die Stadt, bevor die Belagerung begann", erzählte der Wirt auch schon. „Er wollte auf seinen Ländereien nach dem Rechten sehen und ich könnte mir vorstellen, dass er dort noch ist. Tilly kam ihm in die Quere, machte einen Rückweg unmöglich."

Fronis Herz tat einen freudigen Sprung. Sie hätte sich

gern wieder mit Karl unterhalten, der zwar keine so tiefen Gefühle in ihr hatte wecken können wie Marek, aber auch kein abstoßender Ehemann gewesen wäre wie jener, den Elizabeth nun für sie ausgesucht hatte.

„Wo befindet sich dieses Landgut?", fragte sie ungeduldig. Die Reise nach Heidelberg würde sie für ein paar Tage verschieben, denn Karl konnte ihr sicher Auskunft geben, wie es ihrer Mutter ging.

Sie teilte ihren Gefährten den geänderten Plan mit und stieß auf keinen Widerstand, sodass sie sich bei dem Wirt nach dem genauen Weg erkundigen konnte.

Wenn sie damals Karls Antrag angenommen hätte, wäre sein Landgut nun ihr Zuhause, dachte Froni, während die Kutsche weiterrollte. Die Gegend, die sie durchquerten, machte einen unversehrten Eindruck. Auf den Feldern wuchs die Ente heran, Bauern trugen ihre Waren zum Markt und gelegentlich begegneten sie Gruppen bewaffneter Männer, von denen ihnen aber keine Gefahr zu drohen schien.

„Offenbar haben sich alle freiwillig bekehren lassen. So wie in Prag", kommentierte Marek diesen Anblick. Es klang weder spöttisch noch aufgebracht.

„Ich bin mir sicher, dass es hier noch heimlichen protestantischen Widerstand gibt", widersprach Froni.

„Vielleicht sind die Leute auch froh, dass sie noch am Leben sind", kam es tonlos von ihm zurück. Froni holte Luft, denn sie ahnte einen leisen Vorwurf in diesen Worten.

„Die überzeugten Protestanten sind wahrscheinlich abgewandert", mischte Yveta sich plötzlich ein, als wolle sie einen Streit verhindern, der in der Luft lag. „Nach Holland. So wie wir."

Froni überlegte, ob einfache Leute sich so eine Reise erlauben konnten. Wahrscheinlich waren die überzeugten Protestanten irgendwo verborgen, so wie auch Mareks Glaubensgenossen in Böhmen.

„Es ist unsere heilige Pflicht, auch diese Leute aus den Fängen des Papismus zu befreien!", mischte Jan sich plötzlich ein. Da sein Pferd lahmte, hatte er mit ihnen in der Kutsche Platz genommen. Froni lächelte ihn an. Zwar mochte sie seine verbissene Miene immer noch nicht leiden, aber er kam ihr in letzter Zeit wiederholt unverhofft zu Hilfe.

„Vielleicht sollten wir ihnen das Recht einräumen, selbst zu entscheiden, ob sie nicht lieber Katholiken sein wollen", entgegnete Marek gleichmütig. Jan schnaubte. Ein tschechischer Wortschwall kam einer Gewehrsalve gleich aus seinem Mund geschossen, doch Yveta fuhr dazwischen, um den Frieden zu wahren. Es gelang ihr tatsächlich, beide Brüder zum Schweigen zu bringen. Jan schenkte ihr sogar ein verstohlenes Lächeln, das auf seinem Gesicht sehr ungewohnt, fast fehl am Platz wirkte.

„Ich denke, wir sind bald da", fügte Froni auf Deutsch hinzu. Wie auf Befehl blickten alle zu den Fenstern der Kutsche.

„Hrad!", rief Lenka aufgeregt das tschechische Wort für „Burg". Ihr noch verbliebenes Auge leuchtete vor Freude. Froni öffnete ungeduldig die Tür der Kutsche, die nun zum Stillstand gekommen war.

Karls Landsitz war tatsächlich bescheiden, in dieser Hinsicht hatte er nicht untertrieben. Die Burg sah aus, als sei sie noch zur Zeit der Kreuzzüge errichtet worden, und niemand hatte sich die Mühe gemacht, eingestürzte Teile der Mauer neu zu errichten. Allerdings hatte Fronis erstes Zuhause nicht viel besser ausgesehen. Sie hoffte, dass ihre Mutter nicht unter allzu vielen Unannehmlichkeiten litt, falls sie sich dort befand. Immerhin sahen die meisten Fenster verglast aus und sie hoffte, dass es in den Wohnräumen auch Kamine gab.

An dem Eingangstor saß ein einsamer Wachmann, der mit zwei Dorfjungen Karten spielte. Beim Anblick der Neuankömmlinge setzte er sich langsam in Bewegung.

„Ich bin Marek Neruda, Kaufmann aus Prag, und dies ist meine Gemahlin", meldete Marek sich zu Wort, bevor Froni etwas hatte sagen können. „Wir befinden uns auf der Durchreise und meine Frau wollte ihre einstige Dienstherrin aufsuchen. Sie war vor ihrer Heirat Zofe der Edelfrau von Odenwald, die der Herr von Waldeck bei sich aufgenommen haben soll."

Froni war dankbar für seine Geistesgegenwart, denn sie hätte vor Aufregung fast ihre Tarnung vergessen. Nun, da die Pfalz unter katholischer Herrschaft stand, wusste sie nicht mehr, wem sie noch trauen konnte.

Der Torwächter kratzte sich am Kopf.

„Die alte Dame ist wirklich hier. Ich sage Bescheid."

Dann verschwand er im Inneren des Geländes, ohne jemanden hereinzubitten. Froni und ihre Begleiter blieben ratlos draußen stehen. Eine Ewigkeit schien zu vergehen, leichter Nieselregen setzte ein und Froni hörte ihren Magen knurren. Die Zeit für das Mittagsmahl war bereits vorbei, aber sie war zu ungeduldig gewesen, um in einer Gastwirtschaft haltzumachen.

„Will man uns hier nicht?", fragte Lenka ratlos. „Haben wir den falschen Glauben?"

Bevor Froni das Mädchen daran erinnern konnte, dass sie als Katholiken unterwegs waren, begann Yveta auf Tschechisch zu reden. Gleich darauf ging endlich wieder das Tor auf.

„Der Herr wird Euch empfangen. Es geht ihm heute recht gut", knurrte der Wärter. Froni überlegte, was damit wohl gemeint war, aber sie wurden hereingewunken, sodass sie nicht nachfragen konnte. Eine breite, energisch aussehende Frau mit einer weißen Haube kam ihnen entgegen.

„Ich bin Grete, die Haushälterin. Der Herr von Waldeck weiß zwar nicht, wer Ihr seid, aber er will Euch sehen."

Froni ging davon aus, dass alles geklärt wäre, sobald Karl ihrer ansichtig wurde.

„Die alte Frau von Odenwald ist wohlauf?", fragte sie beunruhigt. Grete nickte.

„Es geht ihr wie immer. Sie redet oft von ihrer Tochter. Diese junge Dame, in die unser Herr verliebt gewesen sein muss, sonst hätte er ihre Mutter nicht bei sich aufgenommen."

Froni spürte, wie ihr das Blut in die Wangen stieg. Wäre es nicht besser, der Haushälterin einfach zu sagen, wer sie war?

„Nun wird das feine Fräulein sicher nicht mehr kommen", redete Grete weiter, nachdem sie den Hof durchquert hatten und Stufen hochstiegen. „Es ist in Den Haag, bei dem jungen Träumer, der uns alle ins Unglück stürzte. Aber was soll's, unseren Herrn würde sie sowieso nicht mehr wollen, in seinem Zustand."

„Ist er krank?", fragte Froni mit einem flauen Gefühl im Magen. Sie hatte den Eindruck, irgendeine Schuld auf sich geladen zu haben, ohne den genauen Grund dafür zu kennen.

„So krank, wie der Krieg die Mannsbilder macht", erwiderte Grete und öffnete dann eine Tür im ersten Stock.

Es gab tatsächlich einen Kamin. Ein Feuer prasselte darin, denn trotz des recht milden Wetters sorgte das uralte Gemäuer für feuchte Kälte. In der Ecke des spärlich eingerichteten Raumes stand ein Sessel, in dem eine schmächtige Gestalt kauerte. Ihr Kopf war zur Seite gerollt, die Augen schienen geschlossen und Speichel floss aus dem halb geöffneten Mund. Kurz fragte sich Froni, ob diese Elendsgestalt ihre kranke Mutter war, aber es lugten keine Frauenröcke unter der Decke hervor, die jemand über den Knien des Invaliden ausgebreitet hatte. Bei genauerem Hinsehen erkannte sie den schmutzig grauen Bart, der auf der unteren Gesichtshälfte wucherte.

„Ihr habt Besuch, Herr von Waldeck!", verkündete Grete lautstark und übertrieben fröhlich. Ein seltsamer Laut erklang, fast wie das Greinen eines Säuglings.

„Er kann nicht mehr sehr deutlich reden", flüsterte Grete Marek und Froni zu. „Aber wenn man nahe vor ihm steht, versteht man ihn. Ich bitte Euch, zeigt nicht zu deutlich, wie schlimm Ihr seinen Zustand findet. Mannsbilder können es nicht ertragen, als schwach zu gelten."

Froni dachte an den schelmischen Spötter, der Karl einst gewesen war. Sie hatte ihn weder als schwach empfunden noch als jemanden, der keine Schwächen zugeben wollte.

Mit einem unguten Gefühl trat sie vorwärts und musste gleich darauf einen Schreckensruf unterdrücken. Karl hatte zwar kein Auge verloren wie die kleine Lenka, aber eine tiefe, wulstige Narbe teilte sein Gesicht in zwei Hälften. Ein Stück Nase fehlte, die Wunde an dieser Stelle eiterte noch. Schlimmer als alle Entstellungen aber waren sein stumpfer Blick und die gekrümmte Haltung eines Greises, der alle Neugier auf die Welt verloren hatte.

„Froni... Fronicka von Odenwald!", murmelte er und Speichel begann über sein Kinn zu fließen. Froni bekämpfte den Impuls, ihn sauber zu wischen.

Hinter ihr räusperte sich die Haushälterin.

„Das ist nur die ehemalige Zofe der Mutter Eurer Fronicka", verkündete sie langsam und deutlich, als spräche sie mit einem Kind. Karls Augen weiteten sich. Er blickte verwirrt und hilflos in die Gesichter aller Anwesenden.

„Wir werden ihm alles erklären, keine Sorge", sagte Froni schnell zu der Haushälterin. „Könnt Ihr uns eine Karaffe Wein bringen? Dann können wir uns besser unterhalten."

Grete warf ihr einen eindeutig misstrauischen Blick zu, entfernte sich aber ohne Widerspruch. Froni atmete erleichtert auf, als die Tür hinter ihr zugefallen war.

„Was ist Euch zugestoßen?", fragte sie freiheraus und hockte sich vor Karl auf den Boden. Ohne Zögern ergriff sie seine Hand.

„Sie griffen mein Zuhause an", kam es haspelnd aus seinem Mund.

„Wer? Die Katholiken? Waren es die Bayern oder die Spanier?"

Karl wiegte unruhig den Kopf hin und her.

„Ich habe sie nicht gebeten, sich vorzustellen."

Das klang endlich ein wenig nach dem Mann, den sie einst gekannt und gemocht hatte. Froni atmete erleichtert auf.

„Ihr wolltet Euren Besitz verteidigen und wurdet dabei verwundet?", hörte sie Marek im Hintergrund fragen. Karls Kopf neigte sich zustimmend.

„Ich habe ... nicht viele Männer. Ein paar Wächter. Aber wir wollten die Frauen und Kinder hier schützen."

„Das ist Euch sicher gelungen", erwiderte Froni schnell. „Die Dörfer sehen unversehrt aus."

Karls Kopf sackte leicht nach vorn. Er schwieg, aber hinter ihnen ging die Tür wieder auf.

„Sie brannten nichts nieder, weil wir ihnen freiwillig alles gaben", verkündete Grete missmutig. „Das hatte er uns befohlen, noch bevor sie hier ankamen. Also keinen Widerstand zu leisten. Die Mädchen holten sie sich trotzdem und die kräftigen jungen Männer nahmen sie auch mit, weil sie immer Futter für ihre Kanonen brauchen. Nur die Häuser, die stehen noch."

Mit einem zornigen Brummen stellte sie eine volle Karaffe Wein auf einen Tisch dicht neben Karl.

„Becher kommen gleich."

Sie ging ohne einen weiteren Kommentar wieder hinaus.

„Die Weinfässer haben sie nicht gefunden", flüsterte Karl mit einem heiseren Lachen. „Die waren ganz hinten im Keller und die Soldaten waren zu sehr damit beschäftigt, alles kurz und klein zu schlagen."

Froni drückte seine Finger zusammen.

„Meiner Mutter ist kein Leid geschehen, hoffe ich?"

„Weniger als den jüngeren Frauen", erzählte Karl. „Aber sie warfen sie aus dem Bett und traten nach ihr. Zum Glück waren sie es bald leid. Es gab aufregendere Dinge zu tun."

Tränen schossen Froni in die Augen.

„Was sind das nur für widerwärtige Menschen!", rief sie an niemand Bestimmten gewandt.

„Soldaten des katholischen Kaisers", verkündete Jans laute Stimme. „Söldner des Teufels. Eine Plage für alle wahren Christen!"

Marek rief ihm wütend etwas auf Tschechisch zu und Jan verzog das Gesicht. Sie alle vergaßen immer wieder ihre Tarnung als Katholiken, doch zum Glück waren keine unerwünschten Zuhörer im Raum.

„Ich muss sehen, wie es meiner Mutter geht!", beschloss Froni und stand wieder auf, ohne Karls Hand dabei loszulassen.

„Grete bringt Euch nach oben. Ihr lebt jetzt in Den Haag, habe ich gehört. Gefällt es Euch dort?"

Ein Hustenanfall erschütterte gleich darauf den ausgemergelten Körper, als hätte der Versuch, eine normale Unterhaltung zu führen, Karl zu sehr angestrengt.

„Es ist nicht schlecht dort, aber in Heidelberg gefiel es mir besser", erwiderte Froni wahrheitsgemäß. Sie verschwieg aus Rücksichtnahme, dass Prag ihr noch lieber gewesen war. „Unser wunderschönes, galantes Herrscherpaar hat sich wenig verändert. Elizabeth veranstaltet immer noch rauschende Feste. Nur Friedrich ist etwas schwermütig geworden."

„So viele Frauen schwärmten einst für ihn, aber nun hat er alles verloren", stellte Karl fest und schaffte es, sich selbst den Mund mit dem Handrücken abzuwischen. Froni bemerkte mit Erschrecken, dass ihm drei Finger fehlten.

„Er hat noch seine Gemahlin und seine Kinder", stellte sie fest. Allerdings hatte Elizabeth in den letzten Wochen mehr Zeit mit Christian von Braunschweig verbracht und für den gemeinsamen Nachwuchs konnte keiner der Eheleute sich besonders begeistern.

„Ihr wolltet ihn auch, ich weiß. Jetzt wäret Ihr enttäuscht. Aber was soll's, ich wäre eine ähnliche Enttäuschung gewesen."

Karl lachte, sie konnte das vertraute spöttische Blitzen in seinen Augen sehen, wodurch der Anblick seines zerschlagenen Körpers noch schmerzhafter wurde.

„Nein, das wäret Ihr nicht gewesen. Ein Mann, der sein Heim verteidigt, macht jede Frau stolz."

Sie drückte noch einmal seine Finger, bevor sie sich zum Gehen wandte. Tränen liefen über ihre Wangen und sie wischte sie schnell weg.

„Der Edelmann stand Euch sehr nahe?", vernahm sie Mareks fragende Stimme in ihrem Rücken, während sie der resoluten Haushälterin hinterhereilten.

„Ich kenne ihn aus Heidelberg. Dort habe ich seinen Verstand zu schätzen gelernt und auch seinen Humor", erwiderte sie wahrheitsgemäß. Bildete sie es sich nur ein oder war Mareks Gesicht ein klein wenig finsterer geworden?

„Es war auf jeden Fall eine kluge Entscheidung von Euch, dem König zu folgen, anstatt Euer Leben hier in einer baufälligen Burg zu verbringen", redete Marek weiter. Froni blieb so abrupt stehen, dass er fast gegen sie gestoßen wäre.

„Als ich das entschied, wusste ich nicht, wie die Dinge sich entwickeln würden!", erwiderte sie aufgebracht. „Ich habe Karl von Waldeck nicht abgewiesen, weil seine Burg in keinem guten Zustand ist. Und auch nicht, weil ich voraussah, dass die katholischen Söldner ihn zu einem Invaliden machen würden, nur weil er ihnen seinen Besitz nicht kampflos überlassen wollte."

Sie musste sehr laut gesprochen haben, denn alle Anwesenden starrten sie erstaunt an.

„Er tat gut daran, gegen das Papistenpack zu kämpfen", murrte Jan überflüssigerweise. Yveta seufzte und lächelte ihn nachsichtig an.

„Der Herr wollte eben nicht klein beigeben, weil er ein Mann ist", meinte Grete nur. „Und jetzt ist er hilflos wie ein Greis. Sie müssen auch immer so dickköpfig sein, die Mannsbilder."

Es hatte unerwartet zärtlich geklungen. Froni musterte die rüstige Haushälterin aus den Augenwinkeln. Mit ihren breiten roten Backen und schmalen Augen war sie wahrscheinlich auch als junges Mädchen kein Weib gewesen, nach dem Männer sich umdrehten. Aber vielleicht hatte Karl ihren wahren Wert übersehen, so wie Froni den seinen, als sie ihn nur als einen mangelnden Ersatz für Friedrich betrachtet hatte.

Liebe trübte das Urteilsvermögen, stellte manche Menschen auf Podeste, sodass andere neben ihnen klein und unscheinbar wurden. Genau das machte Liebe vielleicht so einzigartig, eben weil doch jeder davon träumte, auf so einem Podest zu stehen.

„Ich bin mir sicher, Ihr sorgt gut für den Herrn von Waldeck. Keine könnte es besser machen als Ihr", meinte sie zu Grete, die zwar nichts erwiderte, aber dennoch Zufriedenheit ausstrahlte.

Karl war auf jeden Fall gut aufgehoben, auch wenn sie ihm einen anderen Lebensabend gewünscht hatte. Nun musste sie sehen, wie es um ihre Mutter stand.

Der Raum, den sie nun betraten, war etwas kleiner, aber ebenfalls beheizt. Ein Bett und eine Truhe standen darin. Froni eilte auf die Gestalt zu, die mit dem Gesicht zur Wand zu schlafen schien und sich trotz des Rufens nicht regte.

Auch ihre Mutter hatte sich verändert. Das Haar war noch spärlicher geworden, vermochte den Schädel kaum noch zu bedecken, sodass Flecken von Kopfhaut durchschimmerten. Der Atem kam rasselnd aus ihrer Brust, bei der ersten Berührung regte sie sich nicht.

„Mutter, wie geht es Euch?", fragte Froni laut, legte eine Hand auf die magere Schulter und schüttelte sie leicht.

„Sie schläft sehr viel", mischte Grete sich ein. „Manchmal isst sie, das ist gut. Ich rede mit ihr, aber ich weiß nicht, ob sie mich immer versteht."

Nun drehte die alte Frau sich freiwillig um. Ihr Gesicht schien wie mit Asche beschmiert, die Lippen waren nur noch dünne Stricke. Aber in den Augen flackerte ein Funken von Leben.

„Froni. Wie schön! Hast du deinen Mann mitgebracht?"

„Nein ... ja doch. Hier ist er!"

Froni wies auf Marek. Sie sollten vielleicht besser ihrer Tarnung treu bleiben. Außerdem wünschte die Mutter, dass sie in diesen unruhigen Zeiten im Hafen der Ehe Sicherheit fand, und daher musste ein Schwiegersohn vorgewiesen werden.

„Mein Name ist Marek Neruda und ich habe die Ehre, mit Fronicka vermählt zu sein", willigte Marek sogleich in das Spiel ein. Die Augen der alten Frau leuchteten erfreut auf. Im Hintergrund stieß Grete ein Murren aus. Froni begriff, dass sie nun endgültig enttarnt waren, aber die Lage hatte keine andere Möglichkeit zugelassen. Grete würde ihnen hoffentlich keinen Ärger machen.

„Ich bin so froh. Ich hoffe, es geht euch gut in Den

Haag", flüsterte die alte Frau.

Bevor Marek etwas sagen konnte, hatte Froni diese Aussage bestätigt.

„Ihr solltet mit uns kommen", fügte sie dann hinzu. „Ihr könnt wieder im Haushalt der Königin leben. Hier ist es nicht sicher."

Friedrich wollte seine Ländereien zurückerobern, was wahrscheinlich zu neuen Kämpfen führen würde. Karl wäre keinesfalls in der Lage, einen weiteren Angriff feindlicher Armeen abzuwehren.

Plötzlich wünschte Froni sich, dass es nicht dazu käme. Um Karls willen, der Frieden brauchte, um von seinen Verletzungen einigermaßen zu genesen. Und auch wegen ihrer Mutter, die zu schwach für eine längere Reise schien und daher in der Pfalz bleiben musste.

„Wir können sie nicht nach Den Haag bringen", flüsterte Marek ihr auch schon ins Ohr. „Es wäre zu gefährlich."

Das sah Froni ein und war fast erleichtert, als ihre Mutter das Angebot ablehnte.

„Ich bleibe hier, Kindchen, ich will in kein fremdes Land mehr reisen. Die Leute sorgen gut für mich. Komm irgendwann wieder zu uns, zeige mir meine Enkel."

Froni versprach es, doch als sie den Raum verließ, wurde ihr bewusst, dass sie ihre Mutter vielleicht zum letzten Mal gesehen hatte. Eine weitere Reise in die Pfalz wäre schwer möglich, falls dort gekämpft wurde. Sie ahnte, dass die alte Frau nicht mehr lange zu leben hätte. Eine Mischung aus Trauer und Schuldgefühlen drückte auf ihre Schultern, sie musste sich unterwegs am Geländer abstützen, um aufrecht gehen zu können.

„Es tut mir leid", hörte sie Marek sagen, der unmittelbar neben ihr stand.

„Was tut Euch leid? Dass die Haushälterin nun weiß, wer ich wirklich bin? Was macht es für einen Unterschied?"

Sie waren als Bürgerliche unterwegs und nun wusste man, dass Froni dem Adel angehörte. In Anbetracht der Umstände schien es ihr keine besonders aufregende Neuigkeit, zumal ihre Familie bettelarm und unbedeutend war.

Zu ihrem Erstaunen berührte Marek kurz ihren Unterarm.

„Es tut mir leid, dass Eure Mutter zu krank ist, um mit uns zu kommen, und dass der Herr dieser Burg, der Euch einst nahestand, nun ein Krüppel ist. Der Besuch hier muss schwer für Euch sein."

Nun war er wieder der rücksichtsvolle, einfühlsame, kluge Mann, den sie damals in Prag kennengelernt hatte. Warum hatte er sich seit ihrem Wiedersehen so abweisend und kalt gezeigt? Sie zürnte mit sich selbst, weil sie nichts weiter als Freude über seine neue Freundlichkeit empfinden konnte und ihm am liebsten um den Hals gefallen wäre. Sie war in einem Auftrag unterwegs, nicht, um einem Mann schöne Augen zu machen, der ihr bald schon wieder die kalte Schulter zeigen konnte.

„Ich sehe, was die katholischen Truppen hier angerichtet haben", erwiderte sie. „Es wird Zeit, dass Mansfeld und Christian von Braunschweig all das Leid rächen."

Mit diesen Worten rückte sie ihre eigene Welt wieder zurecht. Ihr war wohler zumute, als sie den kleinen Raum neben der Küche erreicht hatten, wo Grete ihnen allen ein Mahl bringen ließ.

Am frühen Nachmittag bestiegen sie alle wieder ihre Kutsche, um die Reise fortzusetzen. Froni hatte noch einmal von ihrer Mutter Abschied genommen. Sie hoffte, dass die alte Frau hier in Frieden würde sterben können. Die erneute Trennung von Karl setzte ihr mehr zu, als sie erwartet hatte, und als sie über die staubige Straße zu holpern begannen, musste sie immer wieder ihre Augen trocken wischen.

„Er sagte einmal zu mir, dass er den Rest seines Lebens gern damit zubringen würde, sich um seine Ländereien zu kümmern", murmelte sie. „Nun sitzt er den ganzen Tag in einem Stuhl und kann allein nicht einmal seine Burg verlassen. Ohne seine Haushälterin wäre er völlig hilflos."

„Es geht ihm immer noch besser als vielen anderen", erwiderte Marek. „Der Krieg fordert in allen Kreisen seine

Opfer, aber die wohlhabenden haben wenigstens Haushälterinnen und ein Dach über dem Kopf."

„All das wäre nicht geschehen, wenn der elende Habsburger uns Protestanten in Ruhe gelassen hätte!", rief Froni aufgebracht. Sie verstand nicht, wie er Karls Schicksal so gleichmütig hinnehmen konnte.

„Oder wenn Friedrich und seine schöne Engländerin nicht die Krone angenommen hätten, die wir ihnen anboten", sagte Marek. „Wenn wir Böhmen uns nicht aufgelehnt und die Staatsdiener des Kaisers aus einem Fenster geworfen hätten. Es ist immer schwer zu sagen, womit genau eine Entwicklung ihren Anfang genommen hat."

Froni schloss erschöpft die Augen. Ihr Kopf schmerzte und sie begann Mareks Gerede als altklug zu empfinden.

„Das Elend wird erst ein Ende haben, wenn die Papisten aus unseren Ländereien vertrieben sind!", verkündete Jan schließlich. Lenka sah verwirrt aus, aber Yveta nickte zustimmend. Ihre Mutter Barbora war eingeschlafen, bekam daher nichts von der Unterhaltung mit.

Froni beneidete sie darum. Die ganze Welt schien aus den Fugen geraten zu sein und einen Schuldigen dafür zu finden, wurde immer schwerer.

14. Kapitel

Sie waren eine Weile die Straße gen Norden entlanggefahren, als ihnen plötzlich eine Menschenflut entgegengerannt kam, wie um ihnen den Weg zu versperren. Es waren Familien, aber auch einzelne Fliehende, Reiter, Leute auf Karren oder Fußgänger, allesamt panisch, als säße ihnen der Teufel im Nacken. Der Kutscher brachte ihr Gefährt zum Stillstand, um niemanden zu überrollen.

„Was ist da los?", fragte Froni verwirrt und als ihr niemand Antwort geben konnte, öffnete sie die Tür einen Spaltbreit, um nach draußen zu blicken.

„Wovor flieht ihr?", rief sie einem jungen Mann zu, der seine kleine Tochter auf den Schultern trug und gleichzeitig ein etwas größeres Kind hinter sich herzerrte.

„Soldaten haben uns überfallen!", schrie er. „Sie brennen unser Dorf nieder. Kehrt um, fahrt nicht nach Mingolsheim!"

Dann rannte er weiter, ohne sich noch mal umzudrehen.

Froni schloss die Kutschentür und teilte ihren Mitreisenden mit, was sie erfahren hatte. Lenka, die in den letzten Tagen aufgeblüht war, sah plötzlich wieder blass aus wie ein Leintuch und kauerte sich in einer Ecke der Kutsche zusammen. Yveta zog sie an sich, um sie zu beruhigen, doch das Mädchen blieb steif in ihren Armen.

„Wir sollten den Kutscher anweisen, den Rückweg anzutreten", meinte Marek. „Da scheint ein Kampf stattzufinden."

Jan schnaubte.

„Wahrscheinlich werden wieder Protestanten abgeschlachtet, aber wir sollen fliehen! Ich laufe zu Fuß hin, wenn es sein muss."

Er packte das Schwert, das er zum Schutz der Reisegruppe erhalten hatte, und richtete sich auf. Yveta murmelte auf Tschechisch beruhigende Worte, was ihn tatsächlich innehalten ließ.

„Vielleicht sollten wir ein paar unserer Männer losschicken, um nachzusehen, was dort vor sich geht", schlug Froni nach kurzem Überlegen vor. Zu ihrer Erleichterung nickte Marek. Jan riss nun endgültig die Tür der Kutsche auf.

„Ich gehe und frage, wer noch mitkommen will."

Bevor sein Bruder etwas erwidern konnte, war er verschwunden. Der Kutscher manövrierte ihr Gefährt indessen an den Straßenrand, wo sie hinter ein paar Bäumen Schutz fanden. Die Schar der Fliehenden wurde dünner, sie vernahmen Kanonendonner und Brandgeruch biss in ihre Nasen. Lenka kauerte sich wimmernd zusammen, auch Yveta war blass geworden und Barbora murmelte leise Gebete.

„Wir hätten Jan nicht ziehen lassen sollen", sagte Marek seufzend.

„Aber er wollte doch gehen!", rief Froni. „Er stellt sich dem Kampf. Ich möchte auch wissen, was dort vor sich geht."

Sie öffnete erneut die Kutschentür, doch bei der Vorstellung, allein auf ein Schlachtfeld zu laufen, verließ sie auf einmal der Mut. Zu ihrem Erstaunen ergriff Marek ihre Hand.

„Bleibt hier! Ich sehe selbst nach, was los ist."

Er sprang an Froni vorbei, bevor sie ihn hatte aufhalten können. Als er verschwunden war, wich ihre Neugier plötzlich blanker Angst. Was würden sie tun, wenn er nicht zurückkäme? Jan und ihre Eskorte hatten wenigstens Waffen getragen, aber Marek verweigerte das stets aufgrund seiner religiösen Überzeugung.

„Es geht wahrscheinlich um Heidelberg", sagte Yveta nach einer Weile. „Tilly belagert es doch und der einstige böhmische König wollte Truppen schicken, um ihn zu vertreiben. Die dürften jetzt eingetroffen sein."

„Das heißt, Heidelberg wird gerettet!", rief Froni und sah ihre verbliebenen Gefährtinnen ratlos an, da niemand außer ihr sich zu freuen schien. Yveta versuchte weiterhin nur, die verschreckte Lenka zu trösten.

„Wir sollten beten, dass die protestantische Seite gewinnt!", drängte Froni. Nun faltete Yveta folgsam ihre Hände, Barbora folgte ihrem Beispiel, nur Lenka wimmerte leise weiter. Als sie drei Vaterunser gesprochen hatten, kehrte Marek endlich zurück. Sein Gesicht war aschfahl.

„So, wie es aussieht, haben Mansfelds Truppen das Dorf überfallen. Jetzt kämpfen sie ein Stück weiter weg auf einem Hügel gegen die Katholischen unter Tillys Führung."

„Wie steht es um sie?", fragte Froni atemlos.

„Das Letzte, was ich hörte, war, dass diesmal die Katholiken fliehen. Aber den Leuten in Mingolsheim dürfte das gleich sein. Sie haben Tote zu begraben und müssen ihre abgebrannten Häuser neu aufbauen. Es bleiben Waisen und geschändete Frauen zurück, wie überall, wo eine Armee einfiel."

„Mansfelds Leute haben das getan?", fragte Froni. „Aber warum? Sie kamen als Befreier!"

Marek schnaubte und packte sie am Arm.

„Willst du mitkommen und dir alles ansehen?"

Sein Griff war so grob, dass sie die Lippen zusammenpressen musste, um nicht aufzuschreien.

„Vielleicht sollten wir nachsehen, ob wir jemandem helfen können", schlug Yveta leise vor, als wolle sie den Frieden wahren. Froni nickte und Marek widersprach nicht. Sie kletterten alle aus der Kutsche, nur Barbora und Lenka blieben in der Obhut des Kutschers zurück.

Marek hielt Fronis Hand weiter fest, als sie an den letzten Fliehenden vorbeirannten. Nun taumelten ihnen hustende, humpelnde Menschen entgegen. Ihre Gesichter waren mit Ruß beschmiert, sie bluteten und mussten teilweise von Angehörigen gestützt werden. Eine ältere Frau sackte ein Stück neben Froni in die Knie. Sie hatte eine große getigerte Katze gegen ihre Brust gepresst, deren Kopf rot vor Blut war. Erst bei genauerem Hinsehen erkannte Froni, dass nicht das Tier verletzt war, sondern der Frau ein halbes Ohr fehlte. Sie riss sich von Marek los, um der Alten wieder auf die Beine zu helfen.

„Du kannst dich in unserer Kutsche ausruhen", schlug sie vor, denn auf irgendeine Weise wollte sie helfen. „Dort ist eine Frau, die dich verbinden kann."

Sie wies auf das Gefährt hinter den Bäumen und vertraute auf Barboras Mitgefühl gegenüber einer Verletzten. Die alte Frau warf ihr einen dankbaren Blick zu und stolperte Richtung Kutsche weiter.

„Ob es wirklich eine gute Idee ist, in den Ort zu laufen?", murmelte Yveta, aber Froni schob sie entschieden vorwärts.

„Die Soldaten sind doch schon weg. Wir müssen nachsehen, ob jemand Hilfe braucht."

Marek lief vor ihnen her, vermutlich machte er sich Sorgen um Jan. Froni ging davon aus, dass mit dem Sieg der protestantischen Seite das größte Unheil abgewandt wäre, und hastete ihm nach. Yveta hielt sich vorsichtig im Hintergrund.

Das Dorf brannte lichterloh. Flammen fraßen sich von Haus zu Haus, Leute schrien, Trümmer versperrten ihnen den Weg. Froni wäre fast über eine tote Kuh gestolpert, wurde aber von Yveta aufgefangen.

„Ihr wartet besser am Dorfrand. Ich suche Jan", rief Marek ihnen zu. Froni blieb murrend stehen. Sie hasste es, zurückbleiben zu müssen, ahnte aber, dass es vernünftiger war.

Der Brandgeruch trieb ihr Tränen in die Augen. Sie hörte Klagen und Wimmern. Yveta stieß einen Schrei aus, rannte dann los und schloss ein blutendes Mädchen in die Arme, das mit völlig zerfetztem Kleid auf dem Boden lag. Froni eilte hinzu.

„Soldaten müssen die Arme geschändet haben. So wie damals Lenka", flüsterte Yveta und strich tröstend über die schmutzigen Wangen. Das Mädchen sah tatsächlich kaum älter aus als Lenka, doch seine Brust hob und senkte sich nicht mehr. Die Augen hatten einen starren Blick, die Lippen waren leicht geöffnet. Speichel floss über das Kinn.

„Sie ist doch nicht tot, oder?", murmelte Froni.

Statt eine Antwort zu geben, schloss Yveta die Lider des Mädchens. „Gott der Herr sei ihrer Seele gnädig", hauchte sie und sprach ein tschechisches Vaterunser. Dann stand sie auf.

Froni hatte den Eindruck, dass ihre Glieder erfroren waren, denn sie vermochte sich nicht zu rühren. Um sie herum fraßen Flammen sich weiter in die Gebäude, doch der Wind war gnädig und trieb sie von ihr fort. Langsam sah Froni sich um, entdeckte weitere leblose Leiber von Tieren, aber auch Menschen, vor allem Kindern. Sie waren blutig, teilweise aufgerissen. Eingeweide quollen aus ihnen heraus. Am liebsten wäre Froni fortgerannt, aber es gelang ihr nicht.

„Was ist mit dir?"

Marek stand plötzlich neben ihr und schüttelte ihren Arm.

„Ich … ich weiß nicht. Ich dachte nicht, dass es so schrecklich wäre. Haben Mansfelds Leute das getan?"

„Sie waren diejenigen, die über das Dorf herfielen", erwiderte er.

„Aber die Pfalz war protestantisch", rief Froni entsetzt. „Die Leute konvertierten nur, weil man sie dazu zwang."

Das Schütteln wurde heftiger, als sei er auf einmal vor Wut entbrannt.

„Meinst du wirklich, sie kümmerten sich um Fragen der Religion, als sie über die Leute hier herfielen?"

Froni beugte sich vorwärts. Die Suppe, die sie am Morgen gegessen hatte, kam als grüngelbe Brühe aus ihrer Kehle hoch und wurde ausgespuckt. Yveta strich ihr beruhigend über den Rücken, während Marek sich rücksichtsvoll abwandte.

„So sehen Schlachten aus", sagte er nur. Froni wischte sich den Mund sauber und ballte die Hände zu Fäusten.

„Und was schlägst du vor? Dass wir alle Länder widerstandslos dem Habsburger Kaiser überlassen? Damit die Menschen unter Zwang wieder katholisch werden, entsprechend seinen Wünschen?"

Er seufzte tief und sah plötzlich ratlos aus.

„Ich suche jetzt erst einmal meinen Bruder", murmelte er und machte sich wieder davon.

Yveta ging indessen los und begutachtete die am Boden liegenden Leiber, strich über verschmutzte Gesichter und legte manchmal ihre Hand auf die Stelle, wo sich das Herz befinden musste.

„Ich glaube, hier ist ein Kind, das noch lebt!", rief sie Froni zu, die sich sogleich in Bewegung setzte. Vor Yveta lag ein etwa fünfjähriger Junge, dessen Unterleib rot vor Blut war. Seine Augenlider aber hatten zu flackern begonnen, als Yveta mit ihm sprach, und Froni schrie einen leisen Freudenschrei aus.

„Wir müssen ihn in die Kutsche tragen! Im nächsten Ort finden wir vielleicht einen Medikus."

Yveta sah sie skeptisch an. „Er hat sicher Familie in diesem Ort", überlegte sie laut. „Aber du hast recht, er braucht ärztliche Hilfe, die seine Eltern sich wahrscheinlich nicht leisten können. Hilf mir, ihn hochzuheben!"

Froni ergriff die Beine des Jungen. Er schrie auf, als sie ihn vom Boden entfernten, hustete und spuckte Blut. Doch seine Augen blieben offen, sein Blick hastete unruhig herum und er versuchte sogar, ein paar Worte zu sprechen.

„Ein Medikus kann ihm sicher helfen!", rief Froni, wie um sich selbst zu überzeugen. Sie schleppten den Jungen zur Kutsche. Als sie endlich am Ziel waren, schmerzten Fronis Arme und sie war erleichtert, ihre Last auf dem Boden abzulegen. Yveta öffnete die Kutschentür. Barbora beugte sich heraus und ergoss einen tschechischen Wortschwall über ihre Tochter. Die getigerte Katze lag nun in ihren Armen. Beim Anblick des verletzten Jungen legte Barbora das Tier in die Kutsche zurück und sprang ins Freie. Sie beugte sich zu dem Kind, griff nach ihrem Unterrock und riss ein paar Streifen davon ab.

„Meine Mutter hat schon in unserem Heimatort Menschen verarztet", flüsterte Yveta Froni zu. „Sie wird seine Wunden verbinden. Mehr kann auch ein Medikus nicht tun."

Sie halfen beide der alten Frau, die Aufgabe zu vollenden. Dann wurde dem Jungen etwas Bier eingeflößt, das sie in einer Flasche mitgenommen hatten. Schließlich brachten sie ihn in die Kutsche.

Die Alte aus Mingolsheim saß mit ihrer Katze drin. Auch um ihren Kopf war ein Verband gewickelt, das Ohr blutete nicht mehr. Die Katze hatte sich in den letzten Winkel zurückgezogen und betrachtete das Geschehen mit kreisrunden, bernsteinfarbenen Augen.

„Ihr Name ist Klara und das Tier heißt Kasimir", übersetzte Yveta die Worte ihrer Mutter. „Klara ist Witwe und ihr einziger Sohn wurde in die Armee verschleppt. Von den Spaniern, hat sie gesagt, aber ganz sicher ist sie sich nicht, denn Soldaten sind eben Soldaten. Alles, was sie noch hat, ist der Kater."

Froni staunte, wie viel Barbora mit ihren bescheidenen Deutschkenntnissen herausgefunden hatte. Die zwei älteren Frauen schienen einander zu mögen, daher überließ Klara Barbora auch nach einer Weile den verschreckten Kater. Er machte sich auf ihrem Schoß breit, nachdem der verletzte Junge auf die gegenüberliegende Bank gebettet worden war.

„Wir nehmen sie alle nach Den Haag mit", beschloss Froni, denn hier hatte sie letztendlich zu entscheiden. Es würde eng werden in der Kutsche, aber Marek könnte im Notfall auf ein Pferd steigen. Sie selbst auch.

„Zunächst einmal müssen unsere Männer zurückkommen, sonst können wir nicht weiter", erwiderte Yveta. Froni murrte unzufrieden, sah aber ein, dass sie warten mussten. Die Angst, dass einer von ihnen, Marek vor allem, sich nicht mehr blicken ließ, machte sie nach einiger Zeit unruhig. Sie teilte sich den letzten Rest an Bier mit den anderen Frauen, sah, wie Barbora dem Jungen über die Stirn strich, und hörte sie tschechische Lieder singen. Lenka schloss derweil Freundschaft mit der Katze. Hinter ihnen donnerten noch manchmal Kanonen, aber die Schreie waren seltener geworden.

Mit Gottes Hilfe würden diesmal die Protestanten einen Sieg erringen, dachte sie und ihr wurde leichter zumute.

Es dämmerte bereits, als Marek endlich eintraf. Er brachte Jan mit und auch zwei der Wachleute. Die anderen drei fehlten.

„Sie haben sich Mansfeld angeschlossen", sagte er.

„Die Schlacht brachte ihr Blut in Wallung. Jan wollte auch mitkommen, aber ich konnte ihn davon überzeugen, dass die Damen seinen Schutz brauchen."

Yvetas Wangen färbten sich rosa, als sie Jan ansah. Auch Froni atmete erleichtert auf.

„Hier sind zwei Verletzte, die mit uns kommen", teilte sie den Männern mit. Sie mochte nur eine Frau sein, aber da sie im Auftrag des Winterkönigs unterwegs war, konnte sie auch Entscheidungen treffen. Marek nickte nur, sah dann Klara und den Jungen an. Jan schnaubte unzufrieden im Hintergrund.

„Die Leute in diesem Dorf waren Papisten."

„Deshalb sind sie trotzdem Gottes Kinder", erwiderte Marek leise. Er betastete die Stirn des Jungen, dessen Augen nun wieder geschlossen waren.

„Ich glaube, er hat Fieber."

Froni hätte aufschreien können. Sie hatte in Mingolsheim genug Tote gesehen und wollte nicht, dass auch noch dieses Kind starb. Lenka, die nun den Kater in ihren Armen hielt, schlich zaghaft heran und berührte die Hand des Jungen. Sie rief ihm etwas zu, das er ebenso wenig verstehen konnte wie Froni, aber der Klang ihrer Stimme schien seinen Atem etwas zu beruhigen.

„Wir müssen für ihn beten", beschloss Yveta. Niemand widersprach, sie setzten sich alle zusammen und Barbora sagte ein paar tschechische Worte zur Andacht. Sogar Klara, die sicher kein Tschechisch sprach und zudem Katholikin sein musste, sah gebannt in ihre Richtung. Bis zum Morgengrauen saßen sie da, beteten und versuchten, dem Jungen etwas Nahrung und Flüssigkeit einzuflößen. Die ersten Schlucke Bier hatte er noch getrunken, aber nun wandte er angewidert das Gesicht ab. Allein Lenka schaffte es, ihm ein paar Brotstücke in den Mund zu legen, die er aber wieder ausspuckte. Als der Morgen graute, bebte sein Körper vor Fieber und er schien nichts mehr wahrzunehmen. Froni sprang aus der Kutsche und bat einen ihrer bewaffneten Reiter, sie mit auf sein Pferd zu nehmen.

„Wir müssen in den nächsten Ort reiten und einen

Medikus holen!", rief sie ihm ungeduldig zu. Er verzog das Gesicht und sah sich nach Jan um. „Wenn er jetzt sagt, dass der Junge nur ein Papist ist, ohrfeige ich ihn", beschloss Froni. Aber Jan hatte keine Gelegenheit, sich irgendwie zu äußern, denn Marek tauchte sogleich hinter ihm auf.

„Froni, es hat keinen Sinn", sagte er sanft und streckte seine Hände nach ihr aus.

„Doch! Ich will es versuchen. Manchmal kann ein Medikus Wunder bewirken", beharrte sie trotzig. Ihr Reisegeld ging zwar langsam zur Neige, zumal sie jetzt mehr Leute durchfüttern musste, aber zur Not würden sie auch unter freiem Himmel schlafen. Nur der Junge sollte leben.

„Ihm kann niemand mehr helfen", flüsterte Marek sanft. „Gott der Herr hat ihn zu sich gerufen."

Sie schrie auf und hob die Hände, um nach ihm zu schlagen. Als Yveta mahnend ihren Namen rief, sackte sie zusammen, als sei etwas in ihr zerbrochen. Sie spürte, dass Marek sie auffing, während ihr Tränen über die Wangen liefen.

„Seine Seele ist sicher im Himmelreich", flüsterte er. „Zwar folgte er der papistischen Lehre, aber er war ein unschuldiges Kind. Gott der Herr wird es ihm nicht vorwerfen."

Jan räusperte sich im Hintergrund, doch Yveta hatte lautstark zugestimmt, bevor er selbst etwas sagen konnte.

Sie begruben den Jungen ein Stück hinter den Bäumen, die ihre Kutsche verbergen sollten. Marek sprach ein Gebet, die anderen standen nur mit gefalteten Händen da. Froni empfand die Zeremonie als beruhigend, ihre Verkrampfung löste sich und sie vermochte ein paar Tränen zu vergießen, was sie erleichterte.

„Er hatte Glück", hörte sie Lenka an ihrer Seite flüstern und wandte sich staunend um.

„Er starb nicht allein in den Trümmern. Wir waren bei ihm. Jetzt wird er betrauert. Als Prag überfallen wurde, sind so viele gestorben, die man einfach vergessen hat."

Froni strich ihr tröstend über den Kopf.

„Wir müssen weiter", teilte sie ihren Reisegenossen schließlich mit. „Wir sollten baldmöglichst Den Haag erreichen."

Sie wollte sich auf ihre Aufgabe konzentrieren. Die vielen ermordeten Protestanten sollten gerächt werden.

Sie zogen weiter nordwärts. In der Kutsche war es nun enger, aber Barbora und Klara verstanden sich hervorragend und redeten beide gleichzeitig in ihrer jeweiligen Sprache, ohne deshalb zornig aufeinander zu werden. Lenka hatte den Kater ins Herz geschlossen, ging während der gelegentlichen Ruhepausen mit ihm spazieren und passte stets auf, dass er nicht davonlief. In Herbergen zu essen, konnten sie sich nicht mehr leisten, da sie zu viele waren. Stattdessen kauften sie in Dörfern Proviant für die Reise ein.

Manchmal stießen sie auf Ortschaften, die niedergebrannt waren. Ausgemergelte Gestalten bettelten um Almosen, doch Froni wusste, dass sie ihre Taler nun behalten musste, um für ihre Schutzbefohlenen zu sorgen. Ein Großteil des Landes aber schien zum Glück unversehrt. Sie freute sich darüber, ohne auf die Konfession der Leute zu achten. Sie waren nach Berlin unterwegs, wo Friedrichs Mutter bei seiner Schwester lebte. Dort wollte Froni ein Schreiben vorzeigen, das der Winterkönig ihr gegeben hatte, und hoffte auf zusätzliche finanzielle Unterstützung.

Nachts, wenn sie zwischen Yveta und Lenka auf dem nackten Gras schlief, wurde ihr manchmal bewusst, dass sie die Reise unternommen hatte, um den Krieg voranzutreiben. Dann wurde ihre Kehle eng, der Anblick von Karls zerstörtem Körper und der Leichen von Mingolsheim schob sich unter ihre Augenlider, um ihren Schlaf zu zerstören.

Im Morgengrauen aber lichtete sich auch die Finsternis, die auf ihrem Gemüt lastete. Sie wollte der protestantischen Seite einen Gefallen tun, wie es ihre Aufgabe war. Sie handelte im Namen Gottes.

Zwei Wochen lang verlief ihre Reise ohne besondere Zwischenfälle. Dann wurden sie eines Nachts plötzlich von lauten Männerstimmen geweckt. Sie befanden sich in Sachsen, waren an Leipzig vorbeigezogen. Da es ein protestantisches Land war, traten sie auch als Protestanten auf, was sie von der Last befreite, sich ständig verstellen zu müssen. Froni wiegte sich in völliger Sicherheit, hatte ihrer ganzen Reisegruppe eine warme Brühe in einer Schenke bezahlt, weil das Wetter abgekühlt war. Sie übernachteten ein Stück hinter Leipzig, Froni und die anderen Frauen kauerten eng aneinandergedrängt in der Kutsche und teilten sich eine einzige Wolldecke. Alle anderen hatten sie den Männern überlassen, die draußen Wache hielten.

Yveta, die als Erste das Gebrüll gehört hatte, rüttelte Froni wach. Sie vernahmen, wie Marek sich draußen mit leiser, aber dennoch fester Stimme wieder einmal als böhmischer Händler ausgab, der mit Ehefrau und anderer Verwandtschaft nach Den Haag unterwegs war.

„Ihr kommt also aus Prag und seid Protestanten", wiederholte eine Brummstimme mit sächsischem Zungenschlag. Marek stimmte zu. Froni, die klare Missbilligung aus den Worten herausgehört hatte, begann fieberhaft zu überlegen, ob sie irgendetwas falsch gemacht hatten. Vielleicht hatte die Tarnung als Katholiken zu sehr auf sie abgefärbt, dass sie nun deswegen in Misskredit geraten konnten. Ihr Kopf schmerzte, weil sie einen steifen Nacken hatte. Außerdem fand sie diesen ständigen Wechsel zwischen den Konfessionen allmählich verwirrend. Im Grunde machte es keinen großen Unterschied, sie mussten sich nicht anders kleiden. Wurden sie vielleicht gerade daher verdächtig, weil es allzu schwer war, die Anhänger einer Konfession von der anderen zu unterscheiden?

In dem Wunsch, Marek zu Hilfe zu kommen, öffnete sie die Kutschentür. Draußen fiel Nieselregen und ein frischer Wind wehte ihr ins Gesicht. Marek stand vor einem rundlichen Mann mit Lederstiefeln und Federhut, an dessen Gürtel ein Rapier hing. Hinter ihm hatte sich eine ziemlich zerlumpt aussehende Truppe versammelt, die leider einige Musketen mit sich führte.

Neben Marek hatten Jan und die anderen Wachleute

sich aufgebaut. Sie waren im Gegensatz zu ihren Gegnern nüchtern, aber zahlenmäßig hoffnungslos unterlegen. Außerdem hatten sie keine Schusswaffen, lediglich Degen.

„Ihr behauptet also, Lutheraner zu sein, wie unser Kurfürst. Aber ich glaube, Ihr lügt. Die Böhmen sind jetzt wieder unter katholischer Herrschaft", verkündete der Anführer der Truppe soeben.

Froni hastete auf ihn zu.

„Bitte, urteilt nicht zu Unrecht über uns!", rief sie hastig. „Ich komme aus Heidelberg und befand mich in der Gefolgschaft des Winterkönigs. In Prag lernte ich meinen Gemahl kennen. Er ist natürlich kein Katholik, sonst hätte ich ihn niemals genommen!"

Um Eintracht bemüht, lächelte sie die Männer an. Einige grinsten auf anzügliche Weise zurück. Sie konnte Narben in ihren Gesichtern erkennen, die von zahlreichen Raufereien zeugten. Ein paar Zähne fehlten, die noch verbliebenen waren gelbe Stummel. Ein unangenehmer Geruch ging von den Kerlen aus, den der Wind in ihre Richtung blies.

„Wer seid Ihr?", fragte sie und straffte die Schultern.

Das Gelächter schwoll an, verstummte erst wieder, als der Anführer der Truppe die Hand gehoben hatte.

„Hauptmann Johann vom Winkel, ergebener Diener des sächsischen Kurfürsten. Soll ich meine Männer der Dame auch noch persönlich vorstellen? Sie würden gern Eure Bekanntschaft machen, auch aus der Nähe."

Nun wurde unverhohlen gegrölt. Froni sah, wie Marek sich schützend vor sie stellte.

„Du hättest in der Kutsche bleiben sollen", flüsterte er ihr zu. Froni hatte das Gefühl, wie ein kleines Kind ausgescholten zu werden.

„Du hast ihnen doch selbst gesagt, dass du eine Frau dabeihast", widersprach sie aufgebracht. Jan knurrte etwas auf Tschechisch und ihr wurde klar, dass sie besser schweigen und sich im Hintergrund halten sollte.

„Wisst Ihr, was ich glaube?", verkündete Johann vom Winkel nach einer Weile. „Ihr seid Anhänger des böhmischen Aufwieglers Jan Hus, die unsere von Gott geschaffene

Ordnung der Welt auf den Kopf stellen wollen. Deshalb weiß Euer Weib sich auch nicht zu benehmen. Der katholische Kaiser hat Euch aus Böhmen vertrieben, daher wollt Ihr nach Den Haag."

Fronis Knie wurden weich. Wie konnte dieser angetrunkene Grobian in seinen wirren Mutmaßungen der Wahrheit so erschreckend nahekommen?

„Wir sind in der Tat Anhänger der reformierten Kirche", erwiderte Marek ganz ruhig. „So wie Euer Kurfürst. Wir haben hier unser Nachtlager aufgeschlagen und werden morgen schon weiterziehen. Böse Absichten hegen wir nicht, daher bitte ich Euch, meine Gemahlin weiter in Frieden schlafen zu lassen, denn sie ist von der Reise erschöpft."

Er lächelte Froni an und sie lächelte zurück. Sie benahmen sich wie ein miteinander vertrautes Ehepaar und trotz der unerfreulichen Lage machte ihr Herz deshalb einen freudigen Sprung.

„Unser Kurfürst hat dem Kaiser Neutralität versprochen und sich dafür eingesetzt, dass er die böhmische Krone behalten kann, wie es dem Gesetz des Reiches entspricht", sagte Johann vom Winkel sogleich. „Aufwiegler wie Euch, Anhänger des Ketzers Jan Hus, kann er in seinen Ländereien sicher nicht gebrauchen."

„Wir bedauern, dass Ihr uns als solche betrachtet. Aber wie ich schon sagte, werden wir Eure Ländereien verlassen haben, bevor der nächste Tag zur Neige geht", erwiderte Marek völlig gefasst, neigte dann den Kopf und wandte sich ab. Jan und ihre anderen Männer blieben allerdings stehen, hielten ihre Degen umklammert.

„Als ergebener Diener des sächsischen Kurfürsten sehe ich mich verpflichtet, Euch in Haft zu nehmen", verkündete Johann vom Winkel und hob die Hand, um seinen Leuten das Zeichen zum Angriff zu geben. Marek wirbelte erneut herum und wollte noch etwas sagen, da war der Kampf schon losgegangen. Jan und die drei ihnen noch verbliebenen bewaffneten Reiter stellten sich den Sachsen entschlossen entgegen, hieben mit ihren Degen auf sie ein. Jan schaffte es, gleich drei der Angreifer zurückzudrängen, wie Froni aus den Augenwinkeln bemerkte. Marek hatte sie sogleich am Arm gepackt und zerrte sie nun Richtung Kutsche.

„Los, geh wieder rein. Bleib bei den anderen Frauen. Wenn es brenzlig wird, solltet ihr einfach losfahren."

Der Kutscher war ebenfalls aus seinem Dämmerschlaf erwacht, doch hatte er die Pferde losgebunden, die auf der Wiese grasten. Nun hätte er sie wieder anspannen müssen, was er im Kampfgetümmel wohl nicht wagte, zumal schon ein paar Schüsse aus Musketen abgefeuert worden waren.

„Geh rein!", wiederholte Marek. Froni gehorchte und kroch ins Innere der Kutsche. Yveta hatte Lenka an sich gedrückt, die vor Angst zitterte. Barbora und Klara falteten die Hände zum Gebet. Sogar der Kater war unruhig geworden. Froni konnte ihn im letzten Moment daran hindern, aus der Kutsche zu huschen.

Schreie, Schüsse und Krachen drangen auf sie ein. Kater Kasimir maunzte aufgebracht.

„Haben wir den falschen Glauben?", flüsterte Lenka. Ihr noch verbliebenes Auge war weit aufgerissen. Froni verstand nicht, warum es in einem lutherischen Land plötzlich falsch sein konnte, protestantisch zu sein.

„Ich glaube, wir sind einfach an die falschen Leute geraten", antwortete sie daher nur.

„Von denen gibt es zu viele auf der Welt", seufzte Klara. „Verrückte Männer, die alles kaputt hauen wollen."

„Wollen sie uns umbringen?", fragte Lenka heiser. „In Prag haben sie viele Leute getötet. Hier sind nur wir."

Froni überlegte, dass sie mit den Frauen zunächst andere Dinge anstellen würden, wagte es Lenka aber nicht zu sagen. Das Mädchen hatte es schon einmal mitmachen müssen, eine zweite Schändung würde sie wahrscheinlich nicht überleben. Sie rückte entschlossen vor Lenka, um sie mit allen Mitteln verteidigen zu können. Allerdings wusste sie, dass sie niemals gegen eine Horde bewaffneter Männer ankäme.

Sie hörten den Kutscher vor Schmerz aufjaulen. Das Brüllen der Männer war so nahe, dass Froni der Angstschweiß ausbrach und sie fürchten musste, ihre Blase könnte sich mitten in der Kutsche entleeren.

„Lasst unsere Frauen in Frieden!", hörte sie Marek laut und ruhig sagen. „Wenn Ihr es wünscht, begleiten wir Euch freiwillig nach Leipzig, auch wenn keinerlei Anlass zu unserer Verhaftung besteht."

„Wir wollen lieber deine Weiber, Bürschchen", brüllte einer der Angreifer. „Wenn ihr alle im Kerker hockt, nützt ihr keinem mehr etwas."

Jemand rüttelte energisch an der Kutschentür. Jan brüllte draußen zornige Worte. Erneute Schmerzensschreie erklangen. Kater Kasimir hatte sich in die hinterste Ecke der Kutsche verkrochen und Lenka drängte sich an ihn.

„Als Diener des Kurfürsten habt Ihr kein Recht, über wehrlose Leute herzufallen", sagte Marek mit Nachdruck.

Johann vom Winkel lachte laut.

„Unser Sold ist mies. Wir können uns keine Huren leisten und müssen daher nehmen, was wir bekommen."

Plötzlich wusste Froni, was sie vielleicht retten könnte. Es war gewagt, aber immerhin einen Versuch wert.

„Wir haben Geld!", rief sie laut. „Ihr könnt es haben, wenn Ihr uns in Frieden weiterziehen lasst."

„Das Geld werden sie sowieso nehmen, wenn sie über uns hergefallen sind", murmelte Yveta tonlos. Froni ergriff dennoch den Beutel mit den ihr noch verbliebenen Talern und riss entschlossen die Kutschentür auf.

Marek stand so dicht davor, dass sie ihn anstieß. Er taumelte ein paar Schritte vorwärts. Sein Hemd war zerrissen und Blut floss über seinen Bauch. Ein Stück neben ihm drosch Jan weiterhin mit dem Degen auf die Angreifer ein. Einer ihrer Wachleute lag bereits reglos auf dem Boden, der zweite wehrte sich noch.

Fronis Auftauchen ließ die Männer für einen Moment innehalten, was sie zu ihrem Vorteil nutzte.

„Ich gebe Euch das Geld und Ihr zieht ab", rief sie Johann vom Winkel zu. „So bekommt Ihr auch keinen Ärger."

Wieder war seine Antwort ein herzhaftes Lachen.

„Ich mache mir aus Angst vor dir gleich in die Hose, Mädchen!"

„Das solltet Ihr auch, denn ich bin im Dienste der englischen Königstochter unterwegs und soll eine wichtige Nachricht des bayerischen Königs überbringen. Wenn Ihr mich aufhaltet, macht Ihr euch unnötig Feinde."

Unter dem wilden Grölen ihrer Zuhörer zog sie ein Schreiben mit Friedrichs Siegel aus der Tasche, das eigentlich für seine Mutter bestimmt war. Johann vom Winkel sah nicht aus wie ein Mann, der lesen konnte, aber vielleicht etwas Achtung oder wenigstens Angst vor denen hatte, die es beherrschten. Er blieb tatsächlich verdattert stehen und starrte sie an, als könne er sich keinen Reim auf sie machen.

„Hast du das irgendwo gestohlen, Mädchen?"

„Nein, denn ich bin eine Dame der Königin von Böhmen und habe mich nur als Bürgerliche getarnt. Es würde Euch nicht gut bekommen, mir auch nur ein Haar zu krümmen."

Sie hatte sich bemüht, so hochmütig wie möglich zu klingen, auch wenn ihr vor Angst die Knie schlotterten. Tatsächlich gab es nichts und niemanden, der sie noch schützen konnte, außer vielleicht den bereits sehr erschöpften Jan mit seiner Waffe. Falls Johann vom Winkel und seine Bande sie jetzt abschlachteten, würden ihre Leichen einfach am Straßenrand verrotten, ohne dass jemand überhaupt erfuhr, wer sie waren.

„Los, lass uns die Weiber aus der Kutsche holen. Die eine, die dauernd redet, ist nicht übel!", rief einer der Söldner, die anderen stimmten lautstark zu, doch Johann vom Winkel brüllte sie an, ihre Mäuler zu halten.

„Gib mir deinen Beutel, Mädchen!", rief er Froni zu. Sie schwang den Arm und warf ihm ihr letztes Reisegeld zu. Nun konnten sie in keinen Herbergen mehr haltmachen, hätten nicht einmal mehr etwas zu essen, aber erst einmal wären sie am Leben.

Der Hauptmann fing ihre Gabe auf, warf einen prüfenden Blick hinein und wies seine Männer an zu verschwinden.

„Ihr bekommt hübschere Weiber in Leipzig und außerdem können wir alle zechen bis zum Umfallen!", rief er ihnen zu und winkte zum Aufbruch. Froni blinzelte ein paar Mal, bevor sie wirklich glauben konnte, dass die Angreifer verschwunden waren. Zwei ihrer Wachleute lagen tot auf dem Gras, der dritte blutete wie ein geschlachtetes Tier, weil sein Arm von einer scharfen Klinge aufgeschlitzt worden war. Jan hatte scheinbar nur ein paar Schrammen abbekommen, was für sein Geschick im Umgang mit dem Degen sprach. Dennoch hielt er sich nur mühsam auf den Beinen, sein Gesicht war von einer dicken Schicht aus Schmutz und Schweiß bedeckt und sein Hemd hatte etliche Risse. Marek war in die Knie gegangen. Auch er hatte eine Schnittwunde, mitten auf der Brust, und ein roter Strom floss über den Rest seines Körpers.

„Wir müssen unsere Männer verbinden!", rief Froni den Frauen in der Kutsche zu. Yveta, Barbora und Klara kamen sogleich herausgesprungen, Lenka folgte erst nach einigem Zögern. Sie machten sich daran, Stofffetzen von ihren Röcken abzureißen, um Verbände zu gewinnen. Der Kutscher lief indessen zu einem Bach in der Nähe, weil sie alle Wasser zum Waschen brauchten.

Den Mann mit dem verletzten Arm schleppten sie in die Kutsche und flößten ihm etwas von dem Bier ein, das ihnen noch verblieben war. Froni bot sich an, eine Weile auf seinem Pferd zu reiten, damit es genug Platz für alle gab. Jan brauchte nur einen Schwall kalten Wassers in seinem Gesicht, um wieder auf die Beine zu kommen.

„Wir hatten Glück. Gott der Herr war auf unserer Seite", murmelte er. „Besser wäre es gewesen, wenn alle gekämpft hätten, anstatt nur kluge Worte von sich zu geben."

Kurz war Froni verwirrt, ob ihr selbst etwas zum Vorwurf gemacht wurde. Dann erst bemerkte sie den abfälligen Blick, den Jan gerade seinem älteren Bruder zuwarf. Marek sah zurück, ohne das Gesicht zu verziehen. Fast trotzig straffte er die Schultern.

„Jan hätte sein Leben für uns gegeben", flüsterte Yveta gerührt. Sie überreichte ihm noch einen Becher von dem Wasser, das der Kutscher in einem Eimer mitgebracht hatte. Er trank gierig, ließ sich von ihr zärtlich das Gesicht abwischen. Klara und Barbora kümmerten sich um den Wachmann in der Kutsche. Froni beschloss, zu Marek zu gehen. Er hatte nur sie.

Seine Stirn auf die Knie gelegt, kauerte er vor der Tür der Kutsche und blickte nicht auf, als sie ihm näher kam.

„Soll ich dir Wasser bringen?", fragte sie zögernd. Er schien sie nicht wahrzunehmen. Mit einem Seufzer setzte Froni sich an seine Seite.

„Wir hatten tatsächlich Gottes Hilfe oder den Segen des Schicksals", stellte sie fest. „Wir hätten alle tot sein können. Ich danke dir, dass du versucht hast, die Männer zu beruhigen."

Langsam hob er den Kopf.

„Ich habe nicht gekämpft. Nicht so wie mein Bruder."

„Das hätte auch nichts genützt", erwiderte Froni sogleich. „Sie waren in der Überzahl. Du hast versucht zu verhandeln und das war am vernünftigsten."

„Ich weiß nicht, ob du wirklich daran glaubst", sagte er leise. „Yveta hat erkannt, was mein Bruder für sie getan hat. Er wäre gestorben, um sie zu retten."

„Und wem hätte sein Tod genützt? Danach wären sie über uns hergefallen."

„Ich hätte es verhindern können. Gemeinsam mit Jan", flüsterte er, ohne ihr ins Gesicht zu sehen.

„Vielleicht ja, vielleicht nein. Es ist uns zum Glück nichts geschehen. Nur drohen wir zu verhungern, bevor wir in Berlin ankommen."

Marek hob leicht den Kopf.

„Dafür wird sich eine Lösung finden lassen. Vielleicht können wir etwas verkaufen."

Er stand auf und wandte sich an Yveta, die aus der Kutsche gestiegen war.

„Haben wir noch Vorräte?", fragte er.

„Etwas Brot und Bier", erwiderte sie auffallend kühl. „Vielleicht können wir unterwegs ein paar Äpfel aufsammeln. Oder aber ihr Männer erlegt Wild. Dazu müsstet ihr aber bereit sein, eine Waffe in die Hand zu nehmen."

Sie sah ihm herausfordernd ins Gesicht.

„Ich habe kein Problem damit, ein Tier zu töten, wenn es uns am Leben erhält", erklärte Marek. „Nur das Morden von Menschen verbietet mir mein Glaube."

Yveta seufzte leise.

„Ja, deshalb mussten in Prag so viele Menschen sterben und unschuldige Mädchen wie Lenka geschändet werden", sagte sie. „Weil unsere Männer nicht in der Lage waren, ihre Familien zu verteidigen."

Sie warf Marek einen finsteren Blick zu und ging dann wieder in die Kutsche. Froni sah, wie er gequält das Gesicht verzog. Zum ersten Mal erlebte sie ihn als unsicher und hilflos, was den Wunsch in ihr weckte, ihm tröstend über die Schulter zu streichen.

„Ich verstehe dein Verhalten", erklärte sie ihm. „Du bist deinem Glauben gefolgt und hast versucht zu helfen, wie es für dich möglich war."

Was nutzte zudem eine Waffe in der Hand eines Mannes, der nicht mit ihr umzugehen gelernt hatte?, überlegte sie. Wenn Marek jede Anwendung von Gewalt ablehnte, konnte er eine Muskete oder einen Degen wahrscheinlich nicht besser einsetzen als sie selbst.

„Du bist sehr großzügig und verständnisvoll, Fronicka", erwiderte er. „Ich danke dir dafür. Die meisten Frauen wären es in dieser Lage wohl nicht."

Froni spürte, wie ihr das Blut in die Wangen schoss. Er hatte recht, was Yveta betraf, aber die hatte eine Schwäche für Jan entwickelt und stellte sich daher auf dessen Seite.

„Ich versuche einfach nur, deinen Blick auf die Welt nachzuvollziehen", erklärte sie. „Ich weiß nicht, ob ich mich ebenso verhalten würde, aber ich überlasse es dir, für dich selbst zu entscheiden."

Sie wusste, dass sie gekämpft hätte wie Jan, wenn sie eine Waffe gehabt und gewusst hätte, wie mit ihr umzugehen war. Aber Marek war anders. Sie konnte mit seiner konsequenten Ablehnung von Gewalt leben, aber nicht mit der Zurückhaltung, die er ihr nun zeigte.

„Eine Frau wie du ist ein Segen für jeden Mann", sagte er plötzlich. Nun stockte ihr der Atem und sie war sich sicher, dass ihr Gesicht dunkelrot anlaufen musste. Sie hob die Arme, legte sie auf seine Schultern, denn das schien ihr die selbstverständlichste Geste der Welt. Kurz kamen ihre Gesichter einander näher. Froni schloss die Augen. Sie hatte Küsse unter Mann und Frau bisher nur aus der Ferne betrachtet. Die Vorstellung, so etwas nun selbst erleben zu können, schien ihr wie ein unglaubhafter, aber wunderschöner Traum. Ein paar Atemzüge lang wartete sie sehnsüchtig, dann vernahm sie plötzlich Jans Stimme.

„Mein tapferer Bruder sollte mich in den nächsten Ort begleiten", verkündete er laut. „Wir müssen zusehen, wie wir zu Geld kommen. Ich kann meine Stiefel verkaufen und einfachere Schuhe tragen. Und er wird auf seinen Mantel verzichten müssen. Die Frauen haben uns gerettet, daher müssen wir ihnen etwas zu essen besorgen."

Er nickte Yveta zu, die ihn anlächelte. Marek räusperte sich. Als Froni versuchte, seinen Blick zu erhaschen, wich er ihr aus.

„Dann gehen wir mal!", sagte er zu seinem Bruder. Sein Hemd war blutig, aber er schien fest auf den Beinen zu stehen. Jan ging los, nachdem er ein paar tschechische Worte mit Yveta gewechselt hatte.

Als Marek verschwunden war, ohne sie auch nur noch einmal anzusehen, schossen Froni Tränen in die Augen. Sie hastete ins Innere der Kutsche, um sich bei der Versorgung des verletzten Wachmannes nützlich zu machen. Lenka kauerte in einer Ecke, immer noch mit dem Kater im Arm. Barbora verband indessen die Wunden des Mannes und Klara schimpfte lautstark auf „diese Horde von Banditen", von der sie völlig ohne Grund angegriffen worden waren.

Froni dachte schwermütig an das Geld, das sie nun nicht mehr besaßen. Der Rest der Reise drohte sich sehr schwierig und höchst unangenehm zu gestalten, zumal sie nach dem letzten Erlebnis kein besonderes Verlangen verspürte, weiter im Freien zu nächtigen.

Aber all das hätte sie ertragen können, wenn Marek ihr nur weiter jene Wärme und Zuneigung geschenkt hätte, die sie kurz wieder bei ihm verspürt hatte. Aber es musste nur eine vorübergehende Laune gewesen sein. Sobald sie Den Haag erreicht hätten, würden sie wieder getrennte Wege einschlagen, weil er es nicht anders wollte.

Je eher sie sich an diesen Gedanken gewöhnte, desto leichter wäre es für sie.

15. Kapitel

Jan und Marek kamen tatsächlich mit ein paar Münzen, einem Sack voller Birnen und zwei Laiben Brot zurück. Jan besaß keine Stiefel mehr und lief in ledernen Sandalen, wie Marek sie sonst trug. Dennoch staunte Froni, wie viel sie mitbrachten, denn Jans Schuhwerk war schon zerschlissen und schmutzig gewesen.

„Mein Bruder hat einige religiöse Schriften verkauft, die er mit sich trug", erzählte Jan, sobald sie alle wieder in der Kutsche saßen. „Deutsche Übersetzungen der Werke von Hus und anderen unserer Gelehrten. Teilweise hat er sie selbst angefertigt."

Nun sah sogar Yveta kurz beeindruckt aus. Froni, die überlegte, wo sie die neuen Vorräte unterbringen sollten, musterte die zwei Brüder staunend.

„Ich wusste nicht, dass du solche Schriften mitgenommen hast", sagte sie zu Marek. „Wer hat sie dir denn abgekauft?"

„Ein Priester. Er gab mir nicht genauere Auskunft, weshalb er sie wollte, aber ich war bereits mit ihm ins Gespräch gekommen, als wir zum ersten Mal in Leipzig haltmachten. Ich ahnte, dass sein Glaube dem meiner Väter ähnelte. Daher bot ich ihm die Werke an, als ich ihn wiedertraf. Er führte uns zu seiner Schwester, von der wir all die Vorräte erhalten haben. Vielleicht wollte er auch einfach nur helfen."

Froni überlegte, dass Mareks Texte doch einiges wert gewesen sein mussten. Klara allerdings war empört hochgeschossen.

„Wir können Schwierigkeiten bekommen", rief sie. „Diese freien Kirchen sind nicht überall gern gesehen. Warum sonst hätten die Banditen uns vorhin überfallen!"

Ihr Gesichtsausdruck machte deutlich, dass sie nicht allzu viel von Mareks Handel hielt. Auch Yvetas Miene verfinsterte sich. Froni überlegte, wie sehr es Marek geschmerzt haben musste, sich von diesen Schriften zu trennen, in denen sein Glaube niedergeschrieben war.

„Wir brechen sofort auf und sehen zu, dass wir baldmöglichst nach Berlin kommen", beschloss sie. „Sobald wir
Sachsen verlassen haben, wird uns niemand mehr verfolgen."

Im Grunde glaubte sie nicht, dass sie wegen Mareks
Texten in ernsthafter Gefahr schwebten. Wenn den falschen
Leuten aufgefallen wäre, welche Schriften er mit sich führte,
hätte man ihn schon in Leipzig festgenommen. Aber die
ganze Reise war ein gefährliches Unternehmen, wie ihr zunehmend bewusst wurde. Es schien in der ihr bekannten
Welt weder Recht noch Ordnung zu geben, wenn Dörfer
einfach niedergebrannt wurden und man nach Gutdünken
Menschen verschleppte.

Ob es wohl schon immer so gewesen war, ohne dass
sie es wusste? Das Leben auf der Burg ihres Vaters war zwar
einfach gewesen, aber sie hatte sich in Sicherheit gefühlt.
Später auf dem Heidelberger Schloss hatte niemand ernsthaft damit gerechnet, zum Opfer von Banditen oder feindlichen Soldaten zu werden. Fronis größte Sorge hatte darin
bestanden, durch Tollpatschigkeit das Missfallen der Kurfürstin zu wecken. War die Welt aus den Fugen geraten, weil
Friedrich sich gegen den Habsburger Kaiser aufgelehnt hatte? Ein kompliziertes, ohnehin schon lange schwankendes
Gefüge drohte endgültig einzustürzen und sie wollte sich
nicht ausmalen, was das für Folgen haben konnte.

Im Moment wusste sie nur, dass sie baldmöglichst nach
Berlin gelangen mussten. Ohne fürstlichen Schutz waren sie
auf den Straßen Freiwild, denn Jan und der verbliebene
Wachmann reichten nicht als bewaffnete Eskorte. Je eher
dieses Abenteuer zu Ende ging, desto besser wäre es für
Lenka und auch die anderen Frauen, die mit ihr reisten. Nur
sie selbst hatte Angst vor der Rückkehr nach Den Haag,
aber es würde ihr nichts anderes übrig bleiben, als sich den
Tatsachen zu stellen.

Sie kamen besser zurecht als befürchtet. Barbora und Klara
schienen sich beide im Sammeln von Früchten, Pilzen und

Beeren bestens auszukennen und brachten von ihren Aus-
flügen in Wäldern genug mit, um den schlimmsten Hunger
zu stillen. Marek erlegte ab und an einen Hasen mit einer
Steinschleuder, die er selbst baute. Wie er Froni einmal am
Lagerfeuer erklärte, hatte er das bereits als kleiner Junge in
seinem Heimatdorf gelernt. Da der verletzte Wachmann
immer noch geschwächt war, blieb Jan nachts meistens als
Einziger wach vor der Tür ihrer Kutsche sitzen. Alle anderen verzogen sich nach drinnen, denn es begann nach Einbruch der Dunkelheit kalt zu werden und oft setzte Regen
ein. Sie lagen fast aufeinandergestapelt in dem Gefährt und
es war nicht leicht, in der Enge Schlaf zu finden.

Froni stieg tagsüber freiwillig auf das übrig gebliebene
Pferd. Sie genoss es, unterwegs frische Luft einzuatmen und
sich nicht an andere Körper drängen zu müssen. Marek ritt
meistens in ihrer Nähe, doch sprach er kaum mit ihr, was
ihre Freude über die Reise ein wenig trübte. Gleichzeitig
machte er den bevorstehenden Abschied dadurch leichter.
Froni war sich inzwischen sicher, dass er nichts weiter in ihr
sah als eine manchmal erheiternde, oft aber auch lästige Gefährtin, auf deren Gegenwart er ohne große Trauer würde
verzichten können.

Sie trug ihr Schicksal mit Fassung, denn sie wusste,
dass es in der Welt nun größere Sorgen gab als ihr blutendes
Herz. Nur wenn sie sah, wie Jan inzwischen ganz unverhohlen mit Yveta schäkerte, überkam sie eine so tiefe Schwermut, dass sie sich abwenden musste. Lenka schien ihren
Kummer zu spüren, denn sie schlich sich während der Ruhepausen immer wieder an sie heran und bot ihr an, Kater
Kasimir zu streicheln.

„Ein Tier ist niemals wirklich böse", flüsterte sie einmal. „Nicht so wie Menschen."

Froni schloss das Mädchen in die Arme, während Kasimir sich mit einem beleidigten Maunzen verzog.

Sie musste Lenka und die anderen sicher nach Den
Haag bringen. Ihr eigener Kummer war belanglos im Vergleich zu dem, was dieses Mädchen bereits erlitten hatte.

Als sie in Berlin ankamen, regnete es in Strömen und sie drohten auf den Straßen im Schlamm zu versinken. Froni war klar, dass sie unmöglich im Freien würden nächtigen können, daher versuchte sie, so schnell wie möglich zu der alten Kurfürstin vorgelassen zu werden. Die Wächter am Eingangstor zum Berliner Schloss winkten ab und lachten laut, als sie behauptete, im Auftrag des einstigen Pfälzer Kurfürsten unterwegs zu sein.

„Ein edles Fräulein, das bei der überstürzten Flucht aus Prag verloren ging", rief einer von ihnen und musterte sie anzüglich. „Ich schenke dir ein Pferd, wenn du ein bisschen nett zu mir bist. So kommst du schneller nach Holland."

„Dort werde ich mithilfe der Kurfürstin auch hinkommen, denn sie kennt mich", erwiderte Froni eisig. Dann überreichte sie den Brief, den sie bereits Johann vom Winkel gezeigt hatte. Der Anführer der Wachleute runzelte die Stirn, als er Friedrichs Siegel erkannte.

„Ich werde Euer Schreiben überbringen. Kommt morgen um dieselbe Zeit wieder", wies er Froni an. Sie wollte protestieren, sah aber ein, dass es keinen Sinn hätte. Schon weil Friedrich selbst inzwischen unwichtig war, wurde sie auch als unwichtige Person betrachtet.

Schließlich fanden sie alle zusammen eine billige Herberge, wo man bereit war, mit der Bezahlung bis zur Abreise zu warten. Froni holte ihr einziges Kleid mit Spitzenkragen aus der Reisetasche und ließ sich von Yveta das Haar frisieren. Danach lief sie los, begleitet von Marek und Jan, die ihr als Schutz dienen sollten. Unterwegs bekam ihr Rock einiges von dem Straßenschmutz ab, aber daran ließ sich nichts ändern. Sie rechnete damit, erst einmal in einen Wartesaal geführt zu werden, wo der Berliner Kurfürst Gäste empfing. Aber ein schweigsamer Lakai brachte sie sogleich in das Gemach von Louise Juliana, Friedrichs Mutter.

Die ehemalige Herrin des Heidelberger Schlosses war stark gealtert, wie Froni sogleich auffiel. Ihr Haar war nun schlohweiß, tiefe Falten hatten sich um ihre Mundwinkel gegraben, was ihr einen grimmigen Gesichtsausdruck verlieh. Entgegen der französischen Mode, die ihre Schwiegertochter bevorzugte, trug sie weiterhin eine hohe, steife Halskrause, aus der ihr Kopf herauszuwachsen schien.

„Ich hatte nicht mit Eurem Besuch gerechnet, Fräulein von Odenwald", begrüßte sie Froni durchaus freundlich. Im Grunde freundlicher als jemals zuvor, denn in Heidelberg hatte sie kaum je mit ihr gesprochen.

„Euer Sohn schickt mich", erwiderte Froni mit einer tiefen Reverenz. Jan und Marek beugten ebenfalls die Knie, was sie erleichterte. Sie wusste inzwischen, dass Mareks Kirche keine weltlichen Autoritäten anerkannte, und war ihm dankbar, weil er auf provozierendes Verhalten verzichtete.

„Ich war im Auftrag Eures Sohnes in Böhmen", erzählte Froni. „Ich wollte versuchen, dort neue Unterstützung für ihn zu gewinnen. Es gibt genug Leute, die noch bereit wären, für ihre Glaubensfreiheit zu kämpfen. Diese Botschaft möchte ich überbringen, so schnell es nur geht."

Es schien ihr nicht passend, die alte Dame gleich um Geld zu bitten. Louise Juliana seufzte leise, musterte dann abwechselnd Marek und Jan.

„Ihr meint solch ungestüme Kerle wie diese zwei hier? Ist das die Unterstützung für meinen Sohn?"

Als Froni nickte, lächelte sie.

„Die beiden sollten sich besser um ihre Felder und ihre Familien kümmern, anstatt sich in militärische Abenteuer zu stürzen. Bereits mein Sohn beging den Fehler, seine Heimat im Stich zu lassen. Nun ächzen alle Pfälzer unter dem Joch der Katholiken."

„Mansfeld hat bereits eine Schlacht gegen sie gewonnen", erzählte Froni. „Wenn er genug Männer hat, die ihn unterstützen, stehen sicher noch weitere Erfolge bevor. Eure Schwiegertochter hat einen Cousin, der ihr treu ergeben ist und eine Armee für sie zusammenstellen möchte."

„Christian von Braunschweig", entgegnete die Kurfürstin. „Ja, von dem habe ich gehört. Er gilt als wild und unberechenbar, ähnlich wie dieser Bethlen Gábor. Ich bin froh, dass wenigstens zwei meiner Enkelkinder hier bei mir in Sicherheit leben. Seit mein Sohn die englische Königstochter geheiratet hat, gleicht sein Leben einer Schiffsreise auf stürmischer See."

Sie setzte sich und forderte Froni auf, ihrem Beispiel zu folgen. Nach einigem Zögern wagten auch Marek und Jan, auf zwei Stühlen Platz zu nehmen. Ein Lakai trug ein Tablett mit Wein und Gebäck herein.

„Euer Sohn könnte die Pfalz zurückgewinnen", redete Froni weiter. „Vielleicht sogar Böhmen. Falls der Habsburger Kaiser seinen Willen durchsetzt, sind wir Protestanten gezwungen, ins Ausland zu fliehen. Wer das nicht kann, muss konvertieren."

Wieder kam ein tiefer Seufzer von der Kurfürstin. Froni erkannte, dass sie einer alten, schwermütigen Frau gegenübersaß. Unterstützung für Friedrichs Anliegen würde sie hier nicht finden. Aber vielleicht bekäme sie etwas Geld für die Weiterreise, denn das brauchte sie im Augenblick dringend.

„Mein Schwiegersohn zögerte bereits, mich aufzunehmen", sagte Louise Juliana leise. „Er hatte Angst vor dem Zorn des Kaisers. Nur wegen der zwei Kinder, die ich mit mir führte, gab er schließlich nach, als meine Tochter ihn darum anflehte. Wenn alle sich kleinmachen und ducken, wie soll es da Widerstand geben?"

„Es wird ihn geben!", erklärte Froni mit Nachdruck. „Es ist nur eine Frage der Zeit. Eure Enkel werden ihr Leben nicht im Exil verbringen müssen."

Jan musterte sie anerkennend und nickte. Marek saß schon eine ganze Weile mit gerunzelter Stirn da, schwieg aber, wofür Froni ihm im Stillen dankte.

„Es wird sich zeigen, ob mein Sohn und seine ehrgeizige Schwiegertochter noch wenigstens einen Teil ihrer Ländereien zurückgewinnen können", erklärte die alte Kurfürstin leise. „Mir scheint, dass Elizabeth nicht einmal mehr bei ihrem Vater willkommen ist. Sonst wäre sie schon längst gen London gesegelt. Aber meine letzte Aufgabe im Leben ist es, mich um das Wohl der zwei Enkel zu kümmern, die bei mir geblieben sind."

Sie stellte ihren Weinbecher auf dem Tisch ab und beugte sich vor.

„Meine Enkeltochter ist erst vier Jahre alt. Ich hätte gern eine zuverlässige, liebenswürdige Hofdame, die sich um sie kümmert, damit sie beizeiten ihrem Stand angemessenes Benehmen lernt. Mein Schwiegersohn ist leider sehr zögerlich, mir Bedienstete zu überlassen."

Sie musterte Froni eindringlich, bevor sie fortfuhr.

„Ich würde meine Enkelin in Eure Obhut geben, Fräulein von Odenwald. Ihr könnt dem Mädchen etwas von seiner Heimat und seinen Eltern erzählen, denn ich weiß nicht, ob sie beides jemals wiedersehen wird. Wenn ich meinem Schwiegersohn diesen Vorschlag unterbreite, wird er sich schon bereit zeigen, Euch eine entsprechende Entlohnung zu geben. Ihr könntet hier in Berlin in Sicherheit leben, bis sich ein geeigneter Gemahl für Euch gefunden hat."

Wieder lächelte sie, diesmal auf mütterlich-zufriedene Weise. Froni begriff, dass dies als sehr großzügiges Angebot gedacht war. Sie könnte auf die gefährliche Weiterreise nach Den Haag verzichten, hätte ein Auskommen und Leben, das ihrer Herkunft entsprach. Der Ehe mit einem Mann, der ihr zuwider war, wäre sie auch erst einmal entkommen. Bis die Kurfürstin einen anderen für sie gefunden hatte, könnte noch viel Zeit vergehen.

Jan räusperte sich.

„Wir könnten auch allein nach Holland weiterreisen und dem König unser Angebot unterbreiten", schlug er vor. Alle Anwesenden sahen ihn überrascht an. Selbst Froni hatte nicht damit gerechnet, dass er in Gesellschaft einer Kurfürstin den Mut aufbringen würde, unaufgefordert zu reden.

„Ich danke Euch für Euer großzügiges Angebot, Euer Gnaden", erwiderte sie demütig an die alte Dame gewandt. „Doch muss ich es erst mit jenen Menschen besprechen, die sich in meiner Obhut befinden und die ich sicher nach Den Haag bringen wollte."

„Es ließe sich gewiss auch eine Unterkunft in Berlin für diese Leute finden", versicherte die alte Kurfürstin. Froni kam es vor, als würde sie gegen eine Wand gedrängt. Louise Juliana wollte über ihren Kopf hinweg entscheiden, weil sie sich für ihre einstige Hofdame verantwortlich fühlte.

„Ich bitte Euch, mir einen Tag Zeit zu geben, bevor ich Euer Angebot annehme", sagte sie ergeben. „Ich fühle mich Eurem Sohn verpflichtet, möchte ihn daher nicht enttäuschen."

Marek räusperte sich, als wolle er nun auch etwas sagen, aber Fronis flehender Blick ließ ihn schweigen. Louise Juliana nickte zögernd, auch wenn eine Falte sich zwischen ihre Brauen gegraben hatte. Widerspruch von Rangniederen gefiel ihr ganz offensichtlich nicht.

Froni musste einige Male schlucken, bevor sie den Mut fand, um die Bezahlung der Herberge zu bitten. Sie erklärte rasch, dass sie ihr Reisegeld bei einem Überfall verloren hätte.

„Es ist über die Maßen gefährlich für eine junge Dame, allein zu reisen", sagte die Kurfürstin missbilligend. „Ich frage mich, was mein Sohn sich dabei dachte, Euch loszuschicken."

Froni beantwortete diese Frage nicht, bedankte sich nur ehrerbietig für die Münzen, die ihr überreicht wurden. Von Jan und Marek begleitet, verließ sie das Berliner Schloss mit dem Versprechen, am nächsten Tag nochmals zu erscheinen.

„Warum in Gottes Namen bleibst du nicht hier in Berlin?", fragte Marek, sobald er eine Gelegenheit gefunden hatte, allein mit ihr zu reden. Sie befanden sich bereits in der Herberge, Jan war nach unten gegangen, um einen Humpen Bier zu trinken, während Froni und er vor dem Eingang zu dem gemeinsamen Zimmer standen.

„Warum sollte ich? Ich habe eine Aufgabe zu erfüllen."

Sie verschränkte die Arme vor der Brust und lehnte sich gegen die Tür.

„Glaubst du denn wirklich, ein paar Verrückte wie mein Bruder können etwas am Sieg des Habsburger Kaisers ändern?", fragte Marek müde. „Dein wunderbarer König hat sein Königreich verloren. Für mich klingt es, als würde seine Gemahlin ihn nur zu weiteren Dummheiten anstiften wollen. Es wäre schon deshalb besser für dich hierzubleiben.

Mit Lenka, Yveta und den zwei älteren Frauen. Ich begleite Jan nach Den Haag, wenn es dein Wunsch ist. Dann kann ich zurückkommen und dir sagen, wie unser Angebot von deinem König aufgenommen wurde."

Auf einmal klang es alles nicht so übel, zumal ihr der Schreck des Überfalls kurz hinter Leipzig noch in den Knochen saß. Gerade für Lenka wäre es wichtig, an einem sicheren Ort wieder Vertrauen in die Menschheit zu gewinnen. Und sie selbst sehnte sich durchaus nach einem Gemach in einem fürstlichen Schloss, wo sie im Trockenen und Warmen schlafen konnte, anstatt sich in einer zugigen Kutsche an andere Menschen zu drängen und am nächsten Tag mit schmerzenden Gliedern aufzuwachen.

„Würdest du denn auch wirklich wiederkommen?", fragte sie. Ihr wurde klar, dass das Warten auf ihn ihr nicht leichtfallen würde.

„Natürlich", versicherte Marek. „Jan und ich könnten noch einmal in Berlin haltmachen, bevor wir zu unserer Gemeinde in Böhmen zurückkehren."

Diese Worte waren wie ein Schwall kalten Wassers in Fronis Gesicht. Es klang alles so beiläufig. So kalt. Er würde ihr noch eine kurze Botschaft überbringen, dann für immer fortgehen. Dabei hatte es ihr gefallen, dass er sich ganz offensichtlich um ihre Sicherheit sorgte.

„Dann also kannst du bald schon aufbrechen und mich hier meinem Schicksal überlassen", zischte sie ihn an. „Die alte Kurfürstin wird einen passenden Gemahl für mich finden, mach dir keine Sorgen."

Das Staunen in seinem Blick war völlig ehrlich. Er wich einen Schritt zurück.

„Was soll ich denn sonst tun, Fräulein von Odenwald?", sagte er nach kurzem Überlegen. „Euch bitten, mit mir zu kommen? In eine Hütte im Wald, wo meine Gemeinde sich nun verstecken muss, immer in Gefahr, entdeckt und vertrieben zu werden? Wie würde Euch das gefallen?"

„Vielleicht gefiele es mir", erwiderte sie trotzig. Als sie diese Worte ausgesprochen hatte, überkam sie plötzlich

Angst. Sie dachte an das kleine, mühselig errichtete Dorf hinter einem Wall aus Bäumen, der es auf Dauer nicht abschirmen würde. An Lenka, der die Unschuld und Kindheit geraubt worden waren, weil man es nicht geschafft hatte, Prag erfolgreich zu verteidigen. War es nicht besser für sie alle im Berliner Schloss? Was alles käme auf die Welt noch zu, wenn Friedrich und Elizabeth darauf bestanden, ihren Krieg fortzusetzen?

„Vielleicht könnten wir gemeinsam einen Ort suchen, wo wir in Frieden leben können", schlug sie schließlich vor. So offen hatte sie ihre Wünsche ihm gegenüber noch niemals ausgesprochen und kurz fürchtete sie, auf Ablehnung und Unverständnis zu stoßen. Doch seine Augen wurden plötzlich wieder warm, so wie damals vor der Flucht aus Prag. Froni sah zu ihm hoch in der Hoffnung, wieder umarmt zu werden. Aber er trat ruckartig einen Schritt zurück.

„Ich weiß nicht, ob es einen solchen Ort irgendwo geben wird, denn auf einmal reden alle ständig vom Krieg", meinte er völlig ruhig. „Aber selbst wenn, könnte ich dir dort nicht das Leben ermöglichen, an das du gewöhnt bist. Daher wäre es am vernünftigsten, wenn wir bald voneinander Abschied nehmen."

Seine Schultern sackten leicht nach unten und er weigerte sich, ihr weiter in die Augen zu sehen. Froni verschränkte die Arme vor der Brust, wie um sich zu schützen. Sie fror. Vor allem aber hatte sie den übermächtigen Wunsch, sein stets so kluges, gefasstes Gesicht mit ihren Fingernägeln zu zerkratzen.

„Mir scheint, dein Bruder Jan hat durchaus recht. Du bist ein hoffnungsloser Feigling. Dank deiner Gelehrsamkeit kannst du dich hinter schönen Worten verstecken, aber irgendwann durchschauen die Leute dich."

Sie gab ihm keine Gelegenheit, etwas zu erwidern, sondern verschwand in ihrem Gemach. Irgendwann würde er dort ebenfalls eintreten, denn getrennte Räume konnten sie sich nicht leisten. Aber sie ging davon aus, dass es nicht gleich geschehen würde. Daher erstattete sie Yveta und den anderen rasch Bericht, wie ihre Unterhaltung mit der alten

Kurfürstin verlaufen war. Sie erhielt von ihnen ein Stück Fladenbrot und einen Becher Wein, die vom Mittagessen noch übrig waren.

„Ist alles in Ordnung?", fragte ihre einstige Zofe, als Froni etwas von dem Wein verschüttete, weil ihre Hände vor Aufregung zitterten.

„Aber ja, natürlich", versicherte sie schnell. In Wahrheit fühlte sie sich, als sei jedes einzelne ihrer Glieder abgestorben. Wie würde sie Marek jemals wieder gegenübertreten können, nachdem sie Worte wie das Pulver einer Muskete auf ihn abgefeuert hatte, die empfindlichsten Stellen im Visier?

Mit einem flauen Gefühl im Magen ließ sie sich auf ihr Bett fallen und wartete. Als es draußen zu dämmern begann, waren Jan und Marek immer noch nicht erschienen.

„Unsere Männer scheinen sich unten in der Wirtschaft einen anzutrinken", kommentierte Yveta diesen Umstand. „Das haben wir nun davon, dass die Kurfürstin ihnen Geld gegeben hat."

Mit einem breiten Grinsen setzte sie sich neben Froni.

„Wie wollen wir uns nun die Zeit vertreiben? Hat irgendjemand Hunger?"

Froni schüttelte stumm den Kopf. Ihr war nicht nach essen zumute. Unter anderen Umständen hätte sie die zwei älteren Frauen und vor allem Lenka auch nach ihrer Meinung gefragt, aber nun war ihr Verstand wie betäubt. Unruhig knetete sie ihre Finger. Der Streit mit Marek fühlte sich wie eine Wunde an, die unaufhörlich blutete und schmerzte.

„Seid Ihr traurig?", flüsterte Lenka ihr zu und hielt den Kater hoch. „Dann krault Kasimir. Das mache ich immer, wenn ich traurig bin. Wenn er schnurrt, geht es mir besser."

Froni streckte die Hand aus und strich über das zottelige Katzenfell. Tatsächlich wurde ihr wohler zumute. Der Kater aber schien weniger begeistert, denn statt zu schnurren, sprang er maunzend auf den Boden und verzog sich in eine Ecke.

„Wenn doch Jane Wyatt hier wäre", dachte Froni sehnsüchtig. Sie würde wahrscheinlich darauf drängen, sich unten zu den Männern zu gesellen, um zu erfahren, was sie planten. Aber vielleicht war genau dies der richtige Weg.

„Ich würde vorschlagen, wir gehen doch noch etwas essen", sagte Froni laut und stand auf. „Wer möchte nach unten in die Gaststube gehen?"

Klara und Barbora winkten ab. Das Mittagsmahl sei üppig gewesen, meinten sie, und reiche ihnen bis zum nächsten Morgen. Lenka hatte sich wieder an Kasimir gekuschelt und reagierte nicht. Yveta aber erhob sich sofort.

„Wir sollten nach den Männern sehen. Wenn sie zu viel zechen, sind sie am morgigen Tag zu nichts zu gebrauchen."

Mit energischen Schritten ging sie Richtung Tür. Froni hastete hinterher. Sie war froh, Marek nicht allein gegenübertreten zu müssen.

Unten war es laut und stickig. Männerstimmen brüllten durcheinander, jemand lockte quietschende, schiefe Laute aus einer Fiedel und die Wirtin brüllte sich heiser, als sie nach weiteren Bestellungen fragte. Froni und Yveta brauchten eine Weile, um ihre Männer zu finden, denn die Beleuchtung war nicht besonders gut. Schließlich erblickten sie Jan, der mit fuchtelnden Händen auf die zwei anderen Wachmänner einredete.

„In Holland schließen wir uns alle dem protestantischen Heer an. Wir bekommen Sold und kämpfen für eine gerechte Sache. Daheim, bei meinen Leuten, da wird immer nur die Hilfe Gottes angefleht. Aber ich sage euch, Gott erwartet, dass wir ihn gegen seine Feinde verteidigen."

„Meine Güte, was für ein Heißsporn", flüsterte Yveta Froni zu. Trotz ihrer spöttischen Miene schien sie beeindruckt. Die Männer ihrer Familie waren alle fromm und friedlich gewesen. Jans Kampfeslust musste sie ebenso faszinieren wie erschrecken.

Marek hockte seinem Bruder gegenüber und starrte schweigend in seinen Bierkrug. Von der laut gebrüllten Unterhaltung bekam er offenbar nicht viel mit, seine Augen schienen glasig. „Er ist betrunken", dachte Froni. Sie hatte ihn noch nie in diesem Zustand gesehen.

Während Yveta Jan lachend anstupste, um Platz auf der

Bank zu bekommen, trat sie zu Marek.

„Darf ich mich setzen? Wir hatten Hunger und würden gern noch etwas essen."

Sie hätte gern sanft und leise gesprochen, aber der Lärm im Raum ließ das nicht zu. So schmerzte ihre Kehle, nachdem sie ihm ins Ohr geschrien hatte. Er hob langsam den Kopf. Sie konnte erkennen, dass seine Augen gerötet waren, was an der schlechten Luft im Raum liegen musste.

„Wie Ihr wünscht. Die Hammelkeule ist sehr knusprig. Mein Bruder und seine neuen Freunde haben sie gegessen."

Er rückte zur Seite, ohne sie anzusehen.

„Mir reicht eine Suppe. Ich habe nicht viel Hunger. Aber gibt es noch etwas Wein?"

Marek schob einen Becher in ihre Richtung und füllte ihn. Sie nahm einen tiefen Schluck.

„Ich habe mich entschieden mitzukommen", teilte sie ihm mit. Der Entschluss war ganz plötzlich in ihr gewachsen, aber er schien richtig. „Ich bleibe nicht in Berlin."

Sein Kopf senkte sich gleich, als wolle er den letzten Rest von Wein in seinem Becher mit der Nase berühren.

„Wie Ihr wünscht. Ich habe kein Recht, Euch Vorschriften zu machen."

Froni bekämpfte den Drang, unter dem Tisch nach ihm zu treten.

„Dann ist ja alles geregelt", sagte sie nur, holte dann Luft. Sie wollte diese Mauer aus unnötigem Geröll zwischen ihnen beiden aus dem Weg schaffen.

„Es tut mir leid, dass ich Euch einen Feigling genannt habe", zwang sie sich zuzugeben. „Ihr hattet gute Gründe für Euer Verhalten und es stand mir nicht zu, Euch derart zu kränken."

Sie hoffte auf Frieden. Wenn sie in Den Haag voneinander Abschied nahmen, sollten wenigstens nicht Groll und Bitterkeit zurückbleiben.

„Ihr hattet recht", sagte er nur. „In den nächsten Jahren dürften Männer wie ich als Feiglinge gelten. Nun entschuldigt mich bitte, denn ich bin sehr erschöpft."

Ohne weitere Erklärungen stand er auf und verließ die

Gaststube. Froni war dankbar, dass die Kerzen den engen, überfüllten Raum nur schwach beleuchteten, denn so merkte es niemand, dass ihre Augen von Tränen überflutet wurden.

Sie nippte einmal an dem Weinbecher, dann nochmals, schließlich leerte sie ihn in einem Zug. Ihr wurde leicht schwindelig, daher stopfte sie sich etwas Brotfladen in den Mund. Sie hatte noch keine Gelegenheit gefunden, bei der überlasteten Wirtin ihre Suppe zu bestellen, und beschloss nun, darauf zu verzichten. Die Missstimmung zwischen Marek und ihr raubte ihr jegliches Verlangen nach Nahrung.

„Ich bin müde und lege mich jetzt schlafen", brüllte sie Yveta und die drei Männer an. Kaum jemand beachtete sie, denn die Kerle waren mit der Planung ihrer Zukunft als protestantische Söldner beschäftigt. Yveta nagte an einem Hühnerschenkel, den Jan irgendwie für sie aufgetrieben hatte. Ihre ganze Aufmerksamkeit galt ihrem kriegerischen Helden, daher beachtete sie Froni nicht. Immerhin wäre sie hier unten in Sicherheit, denn Jan würde jedem, der es wagte, sie zu belästigen, eine Klinge in die Brust rammen.

Froni lächelte alle entschuldigend an, stand auf und hastete nach draußen. Sie brauchte frische Luft, sonst drohte sie sich zu übergeben. Vor dem Eingang zur Herberge befand sich ein kleiner Platz mit einem Baum, unter dem ein paar Bettler kauerten. Froni drückte sich an die Hauswand, in der Hoffnung, unbeobachtet zu bleiben. Es regnete in Strömen, was ihr ein Segen schien, denn die Luft war wie reingewaschen und es befanden sich nur wenige Leute draußen. Noch drei Atemzüge, dann würde sie nach drinnen gehen, beschloss sie.

„Was in Gottes Namen machst du hier?", vernahm sie plötzlich Mareks Stimme und fuhr erschrocken zusammen. Ohne weiter nachzufragen, legte er seinen Mantel um ihre Schultern und schob sie in die Herberge hinein.

„Wenn du nicht von irgendwelchen Betrunkenen belästigt wirst, wirst du patschnass und holst dir ein Fieber", schimpfte er unterdessen. Froni fühlte sich wie ein kleines Kind behandelt, aber dennoch war sie glücklich, ihn so in

Sorge um ihr Wohlergehen zu sehen. Außerdem verzichtete er endlich wieder auf die förmliche Anrede.

„Du hast auch draußen gestanden", widersprach sie spöttisch, während sie gemeinsam die Stufen hochstiegen.

„Ich muss mich wenigstens nicht fürchten, verschleppt und geschändet zu werden. Froni, glaube mir, die Zeiten werden härter werden, wenn bald überall Krieg herrscht."

„Noch herrscht nicht überall Krieg. Es gibt auch Leute wie dich, die ihn nicht wollen."

Plötzlich begriff sie, dass sein Weg wirklich der bessere war. Männer wie Jan mochten glauben, Gottes Werk zu tun, aber letztendlich würden sie Tod und Zerstörung bringen. Aber konnte man dies nur dadurch verhindern, dass man sich kampflos geschlagen gab?

„Es gibt Männer wie mich, die keine Waffe in die Hand nehmen dürfen, weil ihr Glaube es ihnen untersagt", erwiderte er und blieb wieder im Gang ein Stück vor ihrer Zimmertür stehen. Froni lehnte sich gegen die Wand. Sie genoss die Möglichkeit, für eine Weile allein mit ihm zu sein.

„Wenn alle so denken würden wie du, dann gäbe es keinen Krieg. Niemand hätte Lenka geschändet. Karl wäre kein Krüppel und die Leute aus Mingolsheim hätten ihre Häuser noch. All das wäre besser", erklärte sie in dem Bestreben, ihn zu ermutigen.

„Ich ließ meinen Bruder allein, als die Banditen uns angriffen. Zwar stellte ich mich vor die Kutsche, aber ich tat nichts, um unsere Gegner abzuwehren", fuhr er fort, als erleichtere es ihn, über diese Dinge zu reden. „Hättest du ihnen nicht das Geld gegeben, wären wir verloren gewesen."

„Das stimmt. Aber auch Jan vermochte sie nicht zu verjagen. Du hättest mit einer Waffe nicht viel ausrichten können, denn sie waren in der Überzahl. Also quäle dich nicht. Ich sagte doch schon, dass ich es verstehe."

Er legte eine Hand auf ihre Schulter. An seinen glasigen Augen konnte sie sehen, dass er immer noch angetrunken war und nach Halt zu suchen schien.

„Ich danke dir, dass du zu mir hältst. Es hat mich auch gefreut, dass du aus Den Haag zurückgekommen bist. Aber was kann ich dir bieten, Froni? Mein Leben lang bin ich den Lehren meiner Gemeinde gefolgt, habe die Bibel gelesen und versucht, Gottes Werk zu tun. Willst du wirklich ein so einfaches, frommes Dasein?"

Auf einmal glaubte sie, Hoffnung in seinen Augen zu sehen. Den Wunsch, angenommen zu werden. Nach alledem hatte sie sich seit ihrem Wiedersehen gesehnt, doch nun, da es ihr endlich geschenkt wurde, erwachte auf einmal ihr Verstand. Zum allerersten Mal fragte sie sich, ob sie wirklich den Rest ihres Lebens unter seinen Leuten verbringen wollte, ganz ohne schöne Kleider, Bankette und köstliches Essen. Die angenehmen Seiten des höfischen Lebens bei Elizabeth würden ihr fehlen.

„Du zögerst. Ich habe es vorausgesehen."

Er seufzte und stützte sich an der Wand ab, bevor er fortfuhr.

„Gott hat uns an verschiedene Stellen in dieser Welt geschickt. Dort sollten wir auch bleiben und deshalb können wir nicht zusammenkommen. Lass uns einfach vernünftig sein."

Kurz flammten wieder Wut und Empörung in ihr auf, doch der traurige, kluge Blick seiner Augen brachte beides wieder zum Erlöschen.

„Ich hoffe, wir können in Frieden auseinandergehen", sagte Froni leise und reichte ihm die Hand, um ihn in die Kammer zu führen, wo bereits die Reisegefährten auf sie warteten.

Barbora, Klara und Lenka schliefen schon, die anderen waren wohl noch in der Gaststube. Froni schlüpfte rasch aus ihrem Kleid, während Marek sich abgewandt hatte wie immer. Dann legte sie sich zu den anderen Frauen. Er schlief auf dem Boden, ebenso wie die restlichen Männer. Sie drehte sich zur Wand und war froh über die Dunkelheit, denn niemand konnte sehen, dass ihr Tränen über die Wangen liefen.

Sie wollte sich nicht wirklich von Marek trennen, wusste aber auch nicht, wohin sie mit ihm gehen könnte. So lag sie bis zum Morgengrauen wach, schob Gedanken in ihrem

Kopf herum, ohne sie in ein sinnvolles Gefüge ordnen zu können.

16. Kapitel

Nachdem Froni von der alten Kurfürstin Abschied genommen hatte, verließen sie Berlin. Louise Juliana hatte ihr großzügigerweise noch etwas mehr Reisegeld mitgegeben und außerdem eine kleine Eskorte von zwei bewaffneten Reitern, die sie ihrem Schwiegersohn mit einigen Bitten abgerungen hatte. Froni sollte nun auch mehrere Schreiben an Friedrich von seinen Kindern und seiner Mutter überbringen, was ihrer Reise eine größere Bedeutung gab. Dank dieser Unterstützung kamen Froni und ihre Gefährten nun schnell und ohne große Schwierigkeiten voran. Das Wetter meinte es gut mit ihnen, denn der Regen wich bald Sonnenschein und ein angenehmer Wind schützte sie vor allzu großer Hitze.

Die Männer schienen alle miteinander auszukommen, auch wenn sie nicht viel redeten. Allein Jan erzählte nach einigen Humpen Bier gern davon, wie er die papistischen Götzenanbeter das Fürchten lehren würde, sobald er eine Gelegenheit dazu erhielt. Die anderen lauschten meistens schweigend, musterten ihn teils anerkennend, manchmal aber auch gelangweilt. Allein Marek schien nicht glücklich über die Pläne seines Bruders, sprach das aber nicht aus. Tagsüber saßen nun alle Männer hoch zu Ross, weil sie wieder genug Pferde hatten und es in der Kutsche eng war. Die Frauen blieben unter sich, nur in Gegenwart des Katers, und bei ihnen wurde fast ununterbrochen geredet. Gerade Klara und Barbora tauschten sich über die Eigenheiten ihrer verstorbenen Ehemänner aus. Da Klara den ihren schon lange vor dem Angriff auf den Heimatort verloren hatte, schien sie die Erinnerung an ihn nicht mehr schmerzhaft zu finden, sondern ließ sich ausgiebig über seine Vorliebe für guten Wein und fetten Braten aus.

„Und dann ermahnte er unseren Sohn immer, sich von den Kriegstreibern fernzuhalten, die ihn nur drängen würden, sich für irgendeinen Fürsten abschlachten zu lassen. Aber am Ende nützten all diese Warnungen nichts, die haben meinen Jungen einfach mitgenommen, ohne zu fragen, ob er es wollte."

Manchmal wurden ihre Augen feucht, wenn sie davon sprach, und Barbora hielt ihr sofort eine Scheibe Schinken oder einen Becher Kräuterschnaps entgegen, um sie aufzuheitern.

„Vielleicht kann er ja entkommen, dein Junge. Du wirst sehen, in ein paar Monaten steht er wieder vor deiner Tür."

Das war fraglich, dachte Froni. Ebenso unwahrscheinlich war es, dass Klara nach Mingolsheim zurückkehren würde, wo offenbar niemand mehr auf sie wartete. Die alte Frau hatte alle Angehörigen verloren und schien daher überaus dankbar, von ihren Reisegefährtinnen als Teil der Gemeinschaft angenommen zu sein. Der Umstand, dass sie wohl Katholikin war, wurde von niemandem angesprochen und eigentlich dachte auch niemand mehr daran.

Dank dem Einfluss von Klara konnte Barbora sich inzwischen sehr gut auf Deutsch verständigen, während die alte Frau aus Mingolsheim ein paar tschechische Wörter aufgeschnappt hatte, die sie ihren Gefährtinnen manchmal zuwarf. „Chleb" für Brot, „pivo" für Bier und „blbec" für jeden Mann, dem sie unterwegs begegneten und der ihnen dümmlich schien. Sie löste dadurch bei ihren Gefährtinnen manchmal Lacher aus, sogar bei Lenka, die dann mit bemerkenswerter Geduld versuchte, ihre Aussprache zu verbessern. Der Kater wurde häufig herumgereicht und dank der Taler, die sie von der Kurfürstin erhalten hatten, konnten sie ihm auch immer wieder Stücke von Wurst, Fisch oder Fleisch zustecken.

„Bis wir in Den Haag sind, ist er so rund, dass er nicht mehr laufen kann und wir ihn rollen müssen", kommentierte Yveta diesen Umstand, als sie an üppig sprießenden Weizenfeldern vorbeizogen. Je näher sie Holland kamen, desto friedlicher und unversehrter schien die Welt. Die kriegerischen Auseinandersetzungen hatten sich bisher auf Böhmen und die Pfalz beschränkt. „Mit etwas Glück könnte es so bleiben", dachte Froni. Sie nahm selbst etwas von dem Schinken, den sie vor einigen Stunden in einem Dorf erworben hatten, biss daran und ließ sich von Yveta einen Brot-fladen reichen. Dann lehnte sie sich aus dem Fenster der Kutsche.

„Erreichen wir vor Einbruch der Dunkelheit noch einen größeren Ort? Dort finden wir leichter eine Herber-ge."

Nun, da sie über genug Geld verfügten, waren die Nächte im Freien endgültig überflüssig geworden.

Marek trieb sein Pferd näher an sie heran.

„Soest, denke ich. Das hat Ullrich, einer der Berliner Reiter, gesagt. Die Kurfürstin hat ihm sogar eine Landkarte mitgegeben, damit wir uns nicht verirren. Offenbar schien sie uns allen nicht besonders viel zuzutrauen."

Er schmunzelte Froni zu und sie spürte, wie ihr warm wurde. Nach der letzten Aussprache in Berlin standen sie einander wieder näher, fast so wie einst, während ihres Auf-enthalts in Prag. Oft fiel es ihr schwer, ihn nicht einfach zu berühren oder sich an ihn zu lehnen, wenn sie müde wurde und er ebenfalls in der Kutsche saß. Umso schmerzhafter traf sie dann immer wieder die Erkenntnis, dass sie es nicht durfte. Noch ein paar Wochen würden sie wohl zusammen reisen und sich dabei als Mann und Frau ausgeben können, aber danach stand eine endgültige Trennung bevor.

Sie zwang sich, dieses Wissen zu verdrängen, um statt-dessen die Reise zu genießen, die nun so unverhofft ange-nehm geworden war. Auf sie wartete zunächst ein weiteres gemeinsames Abendessen in einer Herberge, die nicht die billigste sein musste. Sie würde dem Geschnatter von Barbo-ra und Klara lauschen, ebenso wie Jans Gerede über seine zukünftigen Heldentaten, bei dem Yveta andächtig lauschte, nur manchmal mit einem spitzen Lächeln um die Lippen. Vor allem aber würde sie neben Marek sitzen können, auch wenn sie inzwischen nur das Allernötigste miteinander rede-ten. Jedes längere Gespräch hätte sie wieder auf gefährliches Gelände führen können, in dem sie versinken würden wie in einem Moor.

Soest also. Ein weiterer Ort, in dem sie eine Nacht ver-bringen konnten, um ihn dann gleich hinter sich zu lassen.

Sie stellte fest, dass ihr das Reisen gefiel. Es hätte noch Wochen und Monate so weitergehen können. Fast wünschte sie sich, dass ein Rad der Kutsche bräche oder sonst irgendetwas geschah, das sie wenigstens für ein paar Tage aufhalten würde. Aber sie kamen völlig unbehelligt bis an ihr nächstes Ziel.

Soest war eine kleine, gemütlich wirkende Stadt, deren Fassade im Sonnenuntergang wie mit Goldstaub bestreut wirkte. Froni spähte durch das Fenster der Kutsche, um sich nach einer einladend wirkenden Herberge umzusehen. Umso erschütternder war dann plötzlich ein Anblick, der ihr inzwischen unangenehm vertraut geworden war. Abgebrannte Häuser, von Rauch geschwärzte Fassaden und Trümmer, die den Weg versperrten. In Prag waren diese Spuren der Zerstörung noch über ein Jahr nach der Eroberung sichtbar gewesen. Hier waren es nur ein paar Gebäude, die Flammen zum Opfer gefallen waren, aber in dem insgesamt hübschen Städtchen wirkten sie wie Leichen auf einem eleganten Bankett. Ansonsten herrschte unbeirrte Geschäftigkeit. Händler priesen schreiend ihre Waren an, beladene Karren schoben sich durch die Straßen, ein paar Damen in samtenen Röcken sprangen zur Seite, um nicht vom Straßenschmutz getroffen zu werden, und zerlumpte Bettler krochen sofort an sie heran, in der Hoffnung auf Almosen. Froni entdeckte ein Gasthaus, auf dessen Schild ein goldener Hahn prangte, und rief dem Kutscher zu, dass er anhalten sollte. Es mochte die teuerste Unterkunft des Ortes sein, aber ihr stand nicht mehr der Sinn nach Sparsamkeit.

Yveta schob die Tür der Kutsche auf und Jan war sofort zur Stelle, um ihr hinauszuhelfen. Froni ließ den anderen Frauen auch noch den Vortritt, dann drückte sie Kasimir in Lenkas Arme und schob das Mädchen vor sich her. Sobald sie auf dem Straßenpflaster stand, bemerkte sie Marek, der ein wachsames Auge auf sie geworfen hatte.

„Es sieht aus, als sei dieser Ort vor kurzer Zeit überfallen worden", bemerkte er. „Das gefällt mir nicht. Ich dachte, wir hätten den Krieg hinter uns gelassen."

„Der Krieg ist uns gefolgt. Oder vorausgeeilt", mischte Klara sich überraschenderweise ein. „Überall gibt es Männer, die glauben, so zu Ruhm und Geld zu kommen. Mein Jakob, Gott hab ihn selig, hat all dieses Unheil vorausgesehen."

Froni fiel ein, dass Karl ebenfalls vor einem großen Krieg gewarnt hatte. Ob er wohl auch geahnt hatte, dass dieser Krieg seinen ersehnten friedlichen Lebensabend zerstören würde, indem er ihn zum Krüppel machte?

„Wir können in der Herberge fragen, was hier vorgefallen ist", beschloss sie. Die Männer berieten sich kurz, dann schlugen sie den Weg zum Gasthaus ein. Froni folgte. Sie wollte weiter ihre Rolle als Mareks Ehefrau spielen, auch wenn das jetzt nicht mehr wirklich notwendig war. So war sie sicherer, redete sie sich ein, wusste aber, dass sie in Wahrheit vorgab zu sein, was sie gern wäre, und deshalb solchen Gefallen an der Verstellung fand.

Marek wechselte ein paar Worte mit einem kleinen, kugelrunden Mann, dem die Herberge offenbar gehörte. Freie Zimmer gab es genug, teilte man ihnen sogleich mit. Der Wirt strahlte über das ganze Gesicht, als er merkte, wie viele Leute noch mit ihnen gekommen waren.

„Meine Frau kann Euch noch ein köstliches Mal kochen, bevor Ihr schlafen geht", bot er sogleich an. „Die Pferde bringen wir bei meinem Bruder unter, der hat einen Stall am Stadtrand."

Ohne auf Zustimmung zu warten, pfiff er nach einem Jungen, der sich der Reittiere annehmen sollte. Seine Frau brachte indessen eine Schüssel Milch für Kasimir.

„Eine Katze, die mit feinen Leuten unterwegs ist, will sicher keine Mäuse fangen", erklärte sie mit einem übertrieben höflichen Lächeln. Lenka sah verwirrt aus, aber Yveta bedankte sich und knickste.

„Ihr kommt aus Böhmen?", fragte die Wirtin. Sie musste es an Mareks und Yvetas Aussprache bemerkt haben. Froni fiel ein, dass sie schon einmal angegriffen worden waren, weil man sie mit den Prager Aufständischen in Verbindung brachte.

„Ich war einst Hofdame der böhmischen Königin, aber nun habe ich einen Händler geheiratet, der natürlich katholisch ist", sagte sie schnell. „Dennoch will ich meiner einstigen Dienstherrin in Den Haag noch einmal die Aufwartung machen, bevor wir in die Heimat meines Gemahls zurückkehren."

Sie konnte nur hoffen, einigermaßen überzeugend gelogen zu haben. Allmählich war die ganze Lage so verworren, dass sie bei jedem Schritt befürchten musste, über Fallstricke zu stolpern.

Der Wirt und seine Frau wechselten Blicke. Ihr Lächeln verschwand.

„Ihr seid also Katholiken?"

Froni war davon ausgegangen, dass Westfalen katholisch war oder zumindest auf der Seite des Habsburger Kaisers stand. Ihr wurde leicht schwindelig.

„Wir sind … also mein Gemahl …"

„Ich wurde im protestantischen Glauben erzogen, aber fand den Weg zurück in den Schoß der Mutter Kirche", unterbrach Marek. Als ihr Ehemann sollte eigentlich er das Wort führen, was sie immer wieder vergaß.

„Nun, es soll mir recht sein", murrte der Wirt schließlich. Dann sah er Froni nochmals an. „Ihr habt dieser wunderschönen englischen Königstochter gedient, sagt Ihr? Es wäre gut, wenn Ihr es im Ernstfall auch beweisen könntet."

Froni schwirrte der Kopf.

„Sie wird mich sicher erkennen, wenn sie mich sieht."

Das täte Elizabeth mit Sicherheit, doch könnte sie über Fronis überstürztes Verschwinden verärgert sein, zumal es nicht mit ihr abgesprochen gewesen war.

„Na dann." Der Wirt wechselte wieder Blicke mit seiner Frau.

„Wir wollen Euch glauben, denn Ihr habt das Auftreten einer Dame von Stand", räumte die Wirtin ein. „Falls die Soldaten dieser … Königin uns erneut ihre Klingen an die Gurgel halten sollten, so habt bitte die Großzügigkeit, ein gutes Wort für uns einzulegen."

Ihre Miene drückte nichts weiter als Ablehnung aus.

Kasimir wurde die Milchschüssel wieder entrissen, obwohl er sie noch nicht leer geschleckt hatte.

„Was hat denn der Kater nun falsch gemacht? Haben Tiere auch einen Glauben?", fragte Lenka mit ehrlich verwirrtem Gesicht auf Tschechisch. Statt einer Antwort strich Yveta ihr tröstend über den Kopf.

„Ihr seid überfallen worden?", wollte Froni nun wissen. Sie war davon ausgegangen, dass marodierende Söldner des Kaisers in Soest ein paar Gebäude angezündet hatten oder es aus einem anderen Grund eine Feuersbrunst gegeben hatte.

Die Wirtin biss sich auf die Lippen, wandte sich kurz an eine blasse Küchenmagd und wies diese an, eine Karaffe Wein zu bringen.

„Ganz Westfalen sucht dieser Verrückte heim", murrte indessen ihr Ehemann. „Warum, das weiß der liebe Gott allein. Wir haben diesem abgesetzten böhmischen König und seiner Gemahlin doch nichts getan!"

„Friedrich überfällt hier deutsche Städte?"

Froni schüttelte ungläubig den Kopf. Es gab keinen Grund dazu, Friedrich hatte die katholischen deutschen Fürsten niemals als seine Feinde bezeichnet, nur die Rechte der Protestanten verteidigen wollen.

„Nicht er, sondern der tolle Christian, der Halberstädter", rief die Wirtin. „Er ist in diese englische Schneekönigin verliebt, sagt er. Ihren Handschuh hat er stets bei sich, wie ein Ritter aus einem dieser albernen Bücher, die ich meiner Tochter niemals zu lesen geben würde, weil sie davon nur irre wird."

Sie riss der Küchenmagd die Karaffe aus der Hand und stellte sie mit einem Knall auf den Tisch.

„Ihr könnt schon einmal etwas trinken, bevor das Essen kommt.

Aber die Bezahlung brauche ich im Voraus. In diesen Zeiten kann man niemandem mehr trauen."

Froni klaubte etliche Münzen aus ihrem Beutel und legte sie vor die Wirtin. Die Summe hätte für mindestens eine Woche gereicht, das wusste sie, aber sie wollte diese verbitterte Frau mit ihrem Schicksal vertrösten.

Die Wirtin warf ihr einen ungläubigen Blick zu, dann steckte sie das Geld schnell ein.

„Also, Christian von Braunschweig, Bischof von Halberstadt, schickte uns Briefe", erzählte sie nun freiwillig. „Sie waren in roter Tinte geschrieben und manche Leute sagten, es sei Blut. Wir sollten ihm unsere Ersparnisse und Schätze für sein Heer überlassen, dann würde er die Stadt verschonen. Zunächst weigerten die Bürger von Soest sich, auf diese Weise erpresst zu werden. Dann fiel er mit seinen Männern über uns her, brannte etliche Häuser und auch Kirchen nieder. Wir gaben ihm, was er wollte, um Frieden von ihm zu haben. Aber er kehrte trotzdem zurück, um noch mehr zu verwüsten."

Sie legte eine kurze Pause ein und wischte sich die Augen trocken. Das bisher verbissen-strenge Gesicht zuckte.

„Er brannte weitere Häuser nieder, raubte unsere jungen Männer für sein Heer und verschleppte auch etliche Mädchen, die seine Söldner bei Laune halten sollen. Jetzt ist er weg, dem Herrn sei es gedankt, aber wir wissen nicht, wann er wiederkommt."

Sie setzte sich auf die Bank und verbarg ihre Augen mit den Händen. Der Wirt strich ihr kurz über den Rücken.

„Die haben unseren Küchenjungen mitgenommen", redete er an ihrer Stelle weiter. „Das war der Sohn von Margrets Schwester, also unser Neffe. Jetzt muss er ihre Kanonen füttern, der Kleine. Dabei konnte der nicht einmal ein Huhn schlachten, ohne dabei unglücklich auszusehen. Was ist das nur für ein Fieber, das die Welt befallen hat?"

Mit einem tiefen Seufzer ließ er sich neben seine Frau fallen.

„Wir sind ja froh, dass Ihr hier seid", fuhr er nach kurzer Pause fort. „Egal ob Protestanten oder Katholiken. Denn wie soll die feine Dame denn der englischen Königin gedient haben, wenn sie doch Katholikin sein will? Irgendwas an dem, was Ihr alle sagt, ist nicht ganz richtig, aber mir soll's recht sein."

Er schenkte seiner Frau und sich ebenfalls Wein ein.

Die Küchenmagd brachte ein paar Scheiben Brot. Der Wirt kaute langsam daran, seine Frau hatte offenbar keinen Appetit. Froni knurrte zwar der Magen, aber sie wagte es nicht, nach dem Essen zu greifen. Auf unerklärliche Weise fühlte sie sich schuldig an dem Unheil, das die Wirtsleute befallen hatte.

Jan stopfte sich die Brotscheibe ungeniert in den Mund. Yveta zögerte, aber dann griff sie zu und gab auch Lenka etwas davon ab. Allein Marek saß ebenfalls mit betrübter Miene da.

„Wir kommen aus Prag und gaben uns als Katholiken aus, um unbehelligt reisen zu können", gestand er schließlich. „Falls Ihr keine Protestanten in Eurer Herberge wollt, so haben wir nun Verständnis und sehen uns nach einer anderen Bleibe um."

Jan murrte unzufrieden, bis Yveta ihn anstupste. Lenka sah verwirrt von einem zum anderen. Barbora und Klara hatten wieder ein Gespräch über die Eigenheiten ihrer verstorbenen Ehemänner begonnen, sodass sie kaum etwas von der Unterhaltung um sie herum mitbekamen.

„Ach was. Jetzt seid Ihr mal alle hier und dann könnt Ihr auch bleiben", meinte der Wirt schulterzuckend. „Derzeit hocken die Leute in Westfalen lieber in ihren Häusern, statt zu reisen, denn sie wollen keinen Söldnern in die Arme laufen. Wenn es so weitergeht, können wir die Herberge schließen. Und wer kauft sie uns ab?"

Er zog ein so unglückliches Gesicht, dass Froni spontan noch ein paar Münzen auf den Tisch legte.

„Wohin ist Christian von Braunschweig gezogen?", fragte sie dann. Eigentlich wollte sie es vermeiden, ihm zu begegnen. Gleichzeitig hätte sie gern gewusst, aus welchem Grund er über wehrlose Orte herfiel. Auf welche Weise war dadurch der Sache der Protestanten gedient?

„Er hat sein Hauptlager in Paderborn aufgeschlagen", erzählte nun die Wirtin, die sich gefasst hatte und aufrecht dasaß. „Von dort aus verwüstet er die Region. Wir alle verfluchen seinen Namen, bevor wir schlafen gehen. Sing ihr doch das Lied vor, Hannes."

Sie warf ihrem Mann einen auffordernden Blick zu. Er zuckte noch mal mit den Schultern, runzelte nachdenklich die Stirn, begann aber schließlich, mit heiserer Stimme zu deklamieren:

„Horch, Kind, horch,
wie der Sturmwind weht
und rüttelt am Erker. –
Wenn der Braunschweiger draußen steht,
der fasst uns noch stärker.
Lerne beten, Kind,
und falten fein die Händ',
dass noch Gott den tollen Christian
von uns wend'."

Marek starrte seinen jüngeren Bruder nun unverwandt an, als erwarte er irgendeine Reaktion. Jans Miene blieb undurchschaubar. Er schien stets nur zu hören, was seinen Vorstellungen entsprach, alles andere prallte an ihm ab wie an einer dicken Mauer.

Die Küchenmagd brachte eine große Schüssel mit Gemüsesuppe und verteilte hölzerne Teller. Die Wirtin erhob sich und eilte in die Küche. Sie murmelte eine Entschuldigung, die niemand so recht verstand. Yveta bediente zunächst Lenka, dann sich selbst. Anschließend riss Jan ihr fast den Schöpflöffel aus der Hand, denn er war hungrig. Die zwei alten Frauen plapperten immer noch miteinander. Froni beneidete sie fast um diese Fähigkeit, die Umgebung völlig auszublenden. Sie selbst fühlte sich völlig erschüttert von dem, was sie gerade gehört hatte. Mansfeld hatte Mingolsheim niedergebrannt und unschuldige Menschen getötet, aber das war geschehen, weil der katholische Tilly Heidelberg belagerte. So hatte sie versucht, es zu sehen. Für das Verhalten des tollen Christian gab es keine passende Entschuldigung.

„Ich glaube nicht, dass der Pfalzgraf und seine Gemahlin mit dem Vorgehen des Halberstädters einverstanden sind", sagte sie laut und blickte die anderen Leute am Tisch an. „Christian von Braunschweig sollte ihre Ländereien zurückerobern, die ihnen zu Unrecht entrissen wurden, nicht irgendwelche Städte und Dörfer verwüsten, deren Einwohner ihm nichts getan haben."

Niemand widersprach, aber sie erhielt auch keine Zustimmung von Jan oder Yveta. Froni überlegte, dass sie so bald wie möglich zu Elizabeth und Friedrich zurückkehren musste. Vielleicht wussten beide nicht, was hier vor sich ging, weil Christian ihnen falsche Informationen zukommen ließ. Elizabeth wäre sicher in der Lage, den wild gewordenen Verehrer in seine Schranken zu weisen.

„Uns Protestanten wurde immer wieder großes Unrecht zugefügt", sagte Jan plötzlich, nachdem er seine Suppenschüssel mit bemerkenswerter Geschwindigkeit leer gelöffelt hatte. „Es begann mit der Verbrennung unseres Meisters Jan Hus und hat seitdem kein Ende gefunden. Wir müssen uns wehren, denn die Katholiken wollen uns die Luft zum Atmen nehmen und ihren Götzenkult der ganzen Christenheit aufzwingen. Christian von Braunschweig mag grausam sein, doch hat er gute Gründe dafür."

Er wischte seinen Teller mit einer Brotscheibe aus. Marek schlug mit der Faust auf den Tisch.

„Du meinst, aus dem friedliebenden Neffen der Wirtsleute einen Mörder im Namen Gottes zu machen, sei ein Vorgehen, das unser Erlöser für richtig gehalten hätte?"

Er hatte auf Tschechisch gesprochen. Der Wirt und Klara verstanden ihn daher nicht, doch Yveta horchte auf, ebenso wie Barbora.

„In Prag haben die Katholischen schlimmere Dinge getan, als nur junge Männer zum Kriegsdienst zu zwingen", wandte Yveta ein.

„Und ein Unrecht rechtfertigt das andere? Hat dich das dein Vater gelehrt? Oder einer unserer Priester?"

Froni kam nicht gegen den Eindruck an, dass Marek wieder einmal wie ein sehr selbstgefälliger, altkluger Schulmeister klang.

„Yveta wollte nur erklären, warum dein Bruder so handelt, wie er es tut", flüsterte sie ihm zu. Er musterte sie verärgert, sagte aber nichts mehr, sondern begann langsam seine Suppe zu löffeln. Die Wirtin erschien bald darauf mit kaltem Braten und Speckscheiben, stellte alles stumm auf dem Tisch ab und verschwand dann mit der Küchenmagd. Froni griff gierig zu, denn das Essen schmeckte köstlich. Gleichzeitig ging ihr das Leid der Wirtsleute im Kopf herum. Jemand musste Elizabeth und Friedrich unbedingt davon in Kenntnis setzen, was hier in ihrem Namen geschah. Als deutscher Kurfürst würde Friedrich sicher nicht wollen, dass unschuldige Bürger bestohlen und misshandelt wurden. Elizabeth könnte den tollen Christian zurechtweisen und damit wären die Bürger von Soest wieder in Sicherheit. Allerdings musste sie sich selbst davon überzeugen, dass die Wirtsleute wirklich die Wahrheit sagten.

„Wir sollten gen Paderborn fahren", flüsterte sie Marek zu. „Christian von Braunschweig kennt mich als Hofdame seiner angebeteten Königin. Er wird mir kein Leid zufügen. Ich möchte selbst sehen, ob er so schlimme Dinge tut, um anschließend Bericht erstatten zu können."

Friedrich wäre sicher empört, wenn unschuldige Menschen gequält wurden. Nur war sie sich nicht sicher, ob er viel würde ausrichten können. Elizabeth hingegen beeinflusste ihre Gefolgsmänner. Froni hoffte, dass die Königin zu Mitgefühl mit den Bewohnern von Soest bewegt werden könnte, denn sie war zwar eitel und selbstsüchtig, aber niemals grundlos grausam gewesen.

„Dann also Paderborn", sagte Marek nur und sie war ihm dankbar dafür, dass er ihre Entscheidung hinnahm, ohne sie belehren zu wollen. Er flüsterte Jan etwas zu, der kauend nickte. Yveta legte ihren Arm schützend um Lenkas Schulter. Froni begriff, dass es für das kleine Mädchen die Hölle sein müsste, wieder Söldnern zu begegnen. Aber sie konnte Lenka vor Paderborn an einem sicheren Ort zurücklassen, beschloss sie.

„Braucht Ihr noch etwas?", rief die Wirtin, als sie ihren Kopf wieder in den Raum gesteckt hatte.

„Nur etwas warmes Wasser auf unserem Zimmer", erwiderte Froni, nachdem niemand sonst Wünsche geäußert hatte. „Und sagt uns bitte, wie Euer Neffe hieß, der entführt wurde. Wir werden versuchen, ihn zurückzubringen."

Sie hörte Marek murren. Yveta sah einfach nur überrascht aus.

„Julius hieß er. Julius Ebertseder. Dreizehn Jahre ist er erst alt, blass und hat Sommersprossen."

Wieder musste die Wirtin sich die Augen trocken wischen.

„Wenn er noch lebt, dann bringt ihn bitte wieder. Meine Schwester hat ihn mir anvertraut, als sie auf dem Totenbett lag. Wenn ich daran denke, dass er bei der nächsten Schlacht einfach niedergestochen werden kann, macht mich das völlig krank. Es ist, als würde ich das Andenken meiner Schwester verraten."

„Ich werde tun, was ich kann", versprach Froni. Sie nahm noch einen Schluck Wein und hatte den Eindruck, dass ihr Kopf sich drehte.

„Paderborn", sagte sie zu Marek. „Dort müssen wir hin. Ich will diesen Jungen finden."

Da Lenka an einem Fieber erkrankte und zu schwach für die Weiterreise war, verließen sie Soest erst eine Woche später. Sie hatten den Wirtsleuten einige Vorräte abgekauft, denn Froni war bestrebt, einen guten Eindruck zu hinterlassen. Sie würden nach Paderborn gelangen können, ohne in irgendeiner Gaststube essen zu müssen, aber vor einer Übernachtung im Freien warnten die Wirtsleute, denn es zogen weiterhin marodierende Söldner in Westfalen herum.

„Es wäre besser, gleich nach Holland zu fahren", teilte Marek ihr mit, bevor sie die Kutsche bestieg. „Aber ich überlasse dir die Entscheidung, denn du bist eine königliche Hofdame."

Froni versteinerte kurz und warf ihm einen verärgerten Blick zu.

„Ist es so schwer verständlich, dass ich den Leuten helfen will, ihren Neffen wiederzufinden?"

Er schüttelte den Kopf.

„Nein. Es ist edelmütig. Aber unsinnig. Du änderst nichts an dem großen Unheil, indem du einen einzigen Jungen rettest."

„Heißt es nicht in der Bibel, dass … dass man für den Herrn tut, was man für den geringsten seiner Brüder getan hat?", erwiderte Froni schnippisch. Ein passenderes Bibelzitat war ihr nicht eingefallen, aber Marek sah tatsächlich kurz beeindruckt aus.

„Nun ja, du magst recht haben. Also auf nach Paderborn", meinte er nur, bevor er auf sein Pferd stieg.

Nun, da sie durch Westfalen fuhren, bemerkten sie wieder verwüstete Dörfer und niedergebrannte Gebäude. Manche Ortschaften sahen wie ausgestorben aus, als hätte dort eine Seuche gewütet. Froni wurde zunehmend unwohl, sie war dankbar, dass die anderen Frauen in der Kutsche unbeirrt plapperten und manchmal Lieder sangen, als wollten sie sich gegenseitig aufheitern.

Paderborn tauchte zwei Tage später vor ihnen auf. Vor den Toren der Stadt trieben sich etliche Bettler herum, zerlumpte Huren boten ihre Dienste an und Verkaufsstände mit Essen waren aufgebaut worden. Ein Händler, bei dem sie sich alle Becher mit Gewürzwein besorgten, teilte ihnen mit, dass der tolle Halberstädter gerade die Stadt Geseke belagert habe, aber erfolglos zurückgekehrt sei.

„Einmal ist er verjagt worden, der Teufelskerl", meinte er mit einer Mischung aus Erstaunen und Erleichterung. „Seine Laune hat das nicht wirklich gehoben, fürchte ich. Was wollt ihr von ihm? In seine Dienste treten?"

„Ich bin im Auftrag des Winterkönigs und seiner englischen Gemahlin unterwegs", erklärte Froni nun. Es schien ihr an der Zeit, alle Verstellung aufzugeben, denn Christian von Braunschweig würde sie ohnehin erkennen. „Ich war eine Hofdame von Elizabeth Stuart."

Dem Händler blieb der Mund offen stehen, dann begann er laut zu lachen.

„Für Damen hat der tolle Christian immer Verwendung, da macht Euch keine Sorgen, Fräulein!", verkündete er laut. Froni nahm missbilligend den Weinbecher an sich und legte ihren Arm schützend um Lenka. Sie hatten keinen Ort gefunden, an dem das Mädchen sicher wäre. Aber in einem protestantischen Lager konnte ihr nicht wirklich etwas geschehen, zumal Froni sie unter ihren Schutz stellen würde. Sie hatte immer noch die Briefe bei sich, die sie als Vertraute der Kurfürstin und seiner Gemahlin auswiesen, daher fühlte sie sich in Sicherheit.

Paderborn hatte unter dem Einmarsch des Söldnerheeres offensichtlich gelitten, denn auch hier gab es zerstörte Gebäude, herumliegende Trümmer und mehr bettelnde Elendsgestalten, als Froni es aus Friedenszeiten kannte. Dennoch schienen andere Leute mit den Männern des Halberstädters gute Geschäfte zu machen. Hurenhäuser gab es an fast jeder Straßenecke, gut besuchte Wirtshäuser sowie Händler, die Musketen und Degen anboten, die sie vielleicht auf Schlachtfeldern den Toten oder schwer Verwundeten abgenommen hatten. Froni überlegte, dass die andauernden Kampfhandlungen das Land zu verändern begannen, auch zum Nutzen einiger Leute.

Sie fragten sich durch, um zum Lager Christians von Braunschweig zu gelangen, und erfuhren, dass er ein großes Gebäude in der Nähe des Rathauses bezogen hatte. Marek bestand darauf, dass er und Jan Froni dorthin begleiten würden und auch an ihrer Seite wären, wenn sie mit der Wache am Eingangstor sprach.

„Eine Frau allein, die zum Heerführer will, könnte den falschen Eindruck erwecken", meinte er. Obwohl Froni diese Bevormundung nicht mochte, musste sie einsehen, dass er wohl recht hatte. Zwei Männer an ihrer Seite, der eine mit einem Degen bewaffnet, waren jedenfalls ein besserer Schutz vor Belästigungen, als wenn sie völlig allein gegangen wäre.

Am Ende erwies sich aber alles als sehr einfach. Sobald der Name Elizabeth Stuarts gefallen war, traten die Wachleute widerstandslos zur Seite und gewährten ihr Eintritt.

„Wenn es um diese Dame geht, dürften selbst zerlumpte Bettler zu unserem Herrn vorgelassen werden", rief der Riese mit Brustharnisch, der hier offenbar das Sagen hatte, fröhlich und seine Gefährten lachten. Froni wurde von einem der Männer ein Stockwerk höher geführt und sofort hereingelassen, nachdem er sie angekündigt hatte.

„Die entlaufene Hofdame also!", begrüßte Christian von Braunschweig sie laut, als hätte ein vermisster Hofhund wieder den Heimweg gefunden. Froni knickste, ihre Gefährten verbeugten sich.

„Meine werte Cousine wird auf jeden Fall erleichtert sein, dass Ihr noch am Leben seid", redete der Halberstädter auch schon weiter. Er saß hinter einem großen Tisch und hatte Landkarten vor sich ausgebreitet. Ein paar weitere Männer, die ihn offenbar bei seinen Kriegsplanungen beraten hatten, zogen sich nach Fronis Auftauchen zurück.

„Ich bin im Auftrag des Königs aufgebrochen", wandte Froni ein. „Dabei ging ich davon aus, dass er seine Gemahlin in Kenntnis setzen würde, warum ich Den Haag verlassen habe."

„Ach, der gute Friedrich."

Christian lehnte sich auf seinem Stuhl zurück und streckte seine langen Beine aus. Er war ein hochgewachsener, kräftiger Mann, der jeden Raum mit seiner Gegenwart fast gänzlich ausfüllte.

„Friedrich tut immer, was andere ihm raten. Eine Weile ist er damit ganz gut gefahren, aber dann brachte Christian von Anhalt ihn in die Bredouille und machte sich anschließend davon. Mich dauert meine Cousine, denn sie hätte einen fähigeren Ehemann verdient."

So dachten wohl inzwischen viele Leute, manchmal auch Elizabeth selbst. Dennoch verspürte Froni den Drang, Friedrich zu verteidigen.

„Die Ehe zwischen ihnen schien mir stets sehr glücklich."

„Aber ja, er versteht sich darauf, dem Weibsvolk zu gefallen, der Winterkönig."

Christians Lachen donnerte durch den Raum. Froni hätte es nicht überrascht, wenn ein paar Möbelstücke gewackelt hätten. Manche Menschen konnten durch ein Niesen mehr Aufmerksamkeit auf sich ziehen als andere durch eine lange, vielleicht sogar recht kluge Rede.

„Frauen sind leider nicht immer weise bei der Vergabe

ihrer Herzen", sagte der Halberstädter. „Meine wunderschöne Cousine hat jemanden verdient, der für sie kämpft, anstatt wie ein geprügelter Hund zu fliehen, sobald ein paar Kanonen donnern."

Ganz so war es nicht gewesen, dachte Froni wütend. Friedrich hatte getan, was er konnte, doch war es nicht ausreichend gewesen. Hätte Christian von Braunschweig Prag zu halten vermocht, nur weil er deutlich lauter, ungehobelter und wilder war? Sie hatte ihre Zweifel daran, doch sah sie Jan begeistert nicken. Marek besaß immerhin genug Verstand, den Mund zu halten.

„Ich wurde von Friedrich losgeschickt, um Hilfe für das abgesetzte Königspaar zu finden", setzte sie ihre Geschichte nun fort, denn sie konnte sich eine Auseinandersetzung mit Christian nicht erlauben. Stattdessen musste sie die Tatsache, dass er Elizabeths glühender Verehrer war, zu ihrem Vorteil nutzen.

„Nun kann ich meiner Königin gute Neuigkeiten überbringen", fuhr sie daher fort. „Es gibt in Böhmen noch genug Leute, die bereit wären, für sie zu kämpfen."

Christian zuckte gleichmütig mit den Schultern.

„Es finden sich immer Männer, die kämpfen, wenn man sie angemessen bezahlt und ihnen noch mehr Beute in Aussicht stellt. Der Degen und die Muskete sind das beste Handwerkszeug für jeden Mann, der nicht auf Feldern schuften oder über Büchern brüten will."

Er stand auf und kam mit langen Schritten auf Froni zu.

„Aber nun seid Ihr hier und ich werde dafür sorgen, dass Ihr sicher zu Eurer Königin zurückkommt. Meine Wachleute werden Euch zu einer Herberge bringen, wo Ihr gut untergebracht seid. Später gebe ich Euch eine Eskorte nach Den Haag."

Froni bedankte sich und knickste nochmals. Zwar hätte sie die Hilfe des Halberstädters nicht mehr zwingend gebraucht, aber sie erkannte dennoch die Vorteile daran.

„Ich bin mit einigen Leuten unterwegs, die ich aus Böhmen mitgebracht habe", teilte sie ihm mit. „Wir bräuchten größere Räumlichkeiten, weil ..."

„Sollt Ihr haben, sollt Ihr haben. Es wird Zeit, dass Ihr zu meiner Cousine zurückkehrt. Schlachtfelder sind kein Ort für Damen, sie sollten in Sicherheit warten, bis ihre Männer als Helden zurückkehren."

Froni staunte, mit wie viel Überzeugung eine so schlichte Weltsicht vorgetragen werden konnte. Mareks Gesicht blieb weiterhin unbewegt. Jans Augen leuchteten begeistert.

„Wenn Ihr gestattet, würde ich gern in Eure Dienste treten, edler Herr!", rief er Christian von Braunschweig zu. „Ich stamme aus Böhmen, bin aufrechter Protestant und möchte für meine Leute kämpfen."

„In meinen Diensten kämpfst du, gegen wen zu kämpfen ich dir befehle", erwiderte der Halberstädter ungerührt. „Aber du siehst aus, als hättest du das Zeug, auf dem Schlachtfeld zu bestehen. Melde dich bei meinem General, mein Wachmann führt dich hin."

Jan neigte zustimmend den Kopf. Nun sah Christian Marek abwartend an, der seinem Blick jedoch standhielt, ohne ein Wort zu sagen.

„Na ja, jemand muss das edle Fräulein nach Den Haag begleiten", meinte der Halberstädter spöttisch. „Manche Männer sind Wölfe, andere Schoßhündchen."

Froni war Marek dankbar, dass er auch diese Kränkung ohne Aufbegehren hinnahm. Sie wollte sich schon zum Gehen wenden, dann fiel ihr wieder ein, warum sie eigentlich nach Paderborn gekommen war.

„Ihr habt einen Jungen als Söldner in Euren Diensten, der ... der von seiner Familie in Soest dringend gebraucht wird", wandte sie sich nochmals an den Halberstädter. „Es wäre daher sehr edelmütig von Euch, ihn gehen zu lassen. Ich würde meiner Königin erzählen, was für ein herausragender Feldherr Ihr seid, der zu Erbarmen und Großmut fähig ist."

Mit laut klopfendem Herzen sah sie Christian von Braunschweig an. Sie wusste nicht, ob die Schmeichelei wirksam sein würde, denn in ihren eigenen Ohren hatte es übertrieben geklungen. Er griff nach einem Krug auf seinem Tisch und nahm einen tiefen Zug, bevor er sich mit dem Handrücken den Mund abwischte.

„Ich kann nicht jeden meiner Söldner heimschicken, weil seine Mutter seinetwegen ein paar Tränen vergießt. Dann hätte ich bald schon kein Heer mehr."

„Aber Ihr könntet einmal eine Ausnahme machen", bettelte Froni. „Der Junge ist noch kein richtiger Mann, er kann auf dem Schlachtfeld sicher nicht viel ausrichten."

„Um das Kriegshandwerk zu lernen, wird er schon alt genug sein, sonst hätten meine Männer ihn nicht mitgenommen", erwiderte Christian gleichmütig.

„Ich bitte Euch, um der Barmherzigkeit willen", drängte Froni unbeirrt weiter. Sie begann seine Sturheit allmählich anstrengend und ärgerlich zu finden. „Eure Cousine wird Euch in ihre Gebete einschließen, wenn ich ihr davon erzähle. Sie ist doch selbst schon mehrfache Mutter, daher kann sie den Schmerz anderer Frauen verstehen, die ihre Söhne verloren haben."

Nun fürchtete sie einen Augenblick lang, Christian könne in sein schepperndes Lachen ausbrechen. Elizabeth hatte einen ihrer Söhne um ein Haar auf der Prager Burg vergessen, die Kronjuwelen aber sorgsam eingepackt. Doch der Halberstädter lief ein paar Schritte im Raum auf und ab, blieb dann abrupt stehen. Mit einem verwirrten Blick rieb er sich die Stirn, wie um Ordnung in seine Gedanken zu bringen.

„Na gut, Ihr habt wohl recht. Meine Cousine hat mehrere Kinder geboren und ihr Herz ist aus Gold, wie es sich für eine edle Frau gehört."

Froni musste sich nun zusammenreißen, denn ihre Mundwinkel zuckten. Christian hatte Elizabeth auf einen Altar gestellt, wie die Katholiken es mit ihren Madonnenfiguren machten. Er kannte seine Angebetete nicht, hatte wahrscheinlich nie versucht, sie wirklich zu durchschauen, sondern nur gesehen, was er sehen wollte. Das Kriegshandwerk schien die einzige Beschäftigung, die ihm wirklich zusagte. Deshalb brauchte er diesen Krieg für seine Existenz.

„Ihr kennt den Namen des Jungen?", fragte Christian nun und sie nickte.

„Gut, dann lasst Euch den Weg zu einer Herberge weisen. Heute im Laufe des Tages wird einer meiner Männer Euch abholen und Ihr könnt zusammen mit ihm nach dem Jungen suchen."

Mit einem breiten Lächeln und einem Wink seiner kräftigen Hand wurden Froni und ihre Begleiter entlassen.

Die Herberge, in die sie geführt wurden, stellte alle anderen bisher besuchten weit in den Schatten. Es gab erstmals einen getrennten Raum für die Domestiken, ein breites, weiches Bett mit Baldachin und das Versprechen, Froni ihre Mahlzeiten auf das Zimmer zu bringen, damit sie nicht unten mit dem gemeinen Volk in der Gaststube essen musste. Yveta und Lenka bezogen zusammen mit ihr das schöne Gemach, auf Fronis Wunsch folgten auch Barbora und Klara. Die Männer allerdings mussten mit dem Nebenraum vorliebnehmen. Nun, da sie ihre wahre Identität preisgegeben hatte, konnte sie nicht mehr vorgeben, Mareks Gemahlin zu sein, sondern musste auf ihren Ruf achten.

Die Frauen verzehrten alle zusammen ein üppiges Mahl und legten sich danach für eine Weile hin, denn die Reise war anstrengend gewesen. Froni ging davon aus, dass nun alles in Ordnung käme. Sie würden sicher und ohne besondere Strapazen nach Den Haag zurückkommen. Daran, wie ihr Leben dort weitergehen sollte, wollte sie im Augenblick nicht denken.

Kurz vor der Abenddämmerung klopfte es an ihrer Tür.

„Ich glaube, die kommen, um dich wegen des Jungen abzuholen", murmelte eine gähnende Yveta, die neben ihr auf dem weichen Bett gelegen hatte. „Du hast doch gesagt, dass du zu ihm geführt werden wirst."

Es gab auch ein paar Dinge, die Froni ihr von dem Gespräch mit Christian nicht erzählt hatte. So hatte sie nicht erwähnt, dass Jan sich dem Söldnerheer des Halberstädters anschließen wollte, denn das hätte Yveta zu viel Kummer bereitet. Früher oder später würde ihre Zofe davon erfahren, aber eigentlich war es Jans Aufgabe, ihr seine Entscheidung mitzuteilen.

„Ich sehe selbst nach, wer es ist", rief sie ihrer Zofe zu und schlüpfte rasch in ein paar Holzpantoffeln, bevor sie zu der Tür eilte.

„Bedecke dich! Da steht wahrscheinlich ein Mann!", rief Yveta und warf ihr ein Baumwolltuch zu, das sie als Bettdecke benutzt hatte. Froni, die im Unterkleid dastand, legte es gehorsam um ihre Schultern, bevor sie dem Unbekannten aufmachte. Sie rechnete mit einem unbedeutenden Söldner, der ihr als Schutz dienen sollte, wenn sie den kleinen Julius im Heereslager suchte. Als Adelige wäre sie für ihn ohnehin eine Person, die es zu respektieren galt, ganz gleich, wie sie gekleidet war. Sicherheitshalber setzte sie eine hochmütige Miene auf, bevor sie Christians Abgesandten ansah.

Dann versteinerte sie vor Schreck.

„Sieh an, meine flüchtige Braut ist zurückgekehrt!"

Lorenz von Hohenheim schien etwas breiter um die Schultern geworden zu sein, sein Bart wucherte bis auf seine Brust hinab und er hatte ein paar graue Haare an den Schläfen bekommen. Sein aufgeblähtes Gesicht gefiel ihr nicht, aber das hatte es noch nie getan.

„Ich bin im Auftrag des böhmischen Königs aufgebrochen", wiederholte sie unbeirrt ihre Geschichte. „Was führt Euch zu mir?"

Auf einmal wünschte sie sich Jan herbei. Von all den bewaffneten Männern, die sie begleiteten, war er der fähigste Kämpfer. Marek konnte nichts als reden und für kluge Worte wäre Lorenz wahrscheinlich ebenso taub wie sein Feldherr.

„Mein Befehlshaber schickt mich, um nach Euch zu sehen", erklärte Lorenz von Hohenheim gelassen. „Ihr habt Eure Ablehnung gegen mich zwar deutlich gemacht, aber als Soldat muss ich Befehlen folgen. Daher bin ich jetzt hier."

Froni trat widerwillig einen Schritt zurück, um ihn eintreten zu lassen. Christian hätte keine schlechtere Wahl treffen können, aber das musste sie nun hinnehmen. Sobald sie Julius gefunden hätten, würden sie Paderborn und damit auch Lorenz verlassen.

„Es sieht aus, als hättet Ihr einen ganzen Hofstaat an Gefolgsdamen mitgebracht", bemerkte Lorenz spöttisch, nachdem er den anderen Frauen zugenickt hatte. Yveta schenkte ihm ein gezwungenes Lächeln, ihre Mutter Barbora knickste ehrerbietig, aber Klara streckte stolz das Kinn hoch, stellte sich gleichzeitig schützend vor Lenka, die bei Lorenz' Anblick leichenblass geworden war.

„Es handelt sich um Protestantinnen, die ich vor der Willkür der katholischen Soldaten schützen möchte", erklärte Froni. Dass Klara eigentlich Katholikin war, brauchte er ja nicht zu wissen.

„Tja, Ihr scheint ein großes Herz zu haben für wehrlose Weiber, Waisen und verlauste Katzen." Er warf Kasimir, der sich bei Lenka verkrochen hatte, ein abfälliges Grinsen zu. „Das ist eine löbliche, gottgefällige Eigenschaft bei einer Frau", fuhr er fort, bevor Froni wütend schnauben konnte. „Ich will Euch daher nicht für Euer unbedachtes Verhalten rügen, denn mein Dienstherr hat es Euch bereits verziehen. Lasst uns einfach aufbrechen, um diesen kleinen Hosenscheißer zu suchen, den Ihr unter Eure Fittiche nehmen wollt."

Er drehte sich zur Tür um. Froni murmelte, dass sie sich erst ankleiden musste, was er mit einem nachsichtigen Seufzer hinnahm. „Dann warte ich mal besser vor der Tür."

Sobald er den Raum verlassen hatte, fiel Froni das Atmen wieder leichter.

„Was für ein eingebildeter Widerling!", rief sie, um ihrem Zorn Luft zu machen. Yveta schüttelte den Kopf.

„Er ist eben ein bisschen raubeinig wie viele Kerle. Du darfst nicht immer so empfindlich sein. Und bedenke bitte, dass er draußen vor der Tür wahrscheinlich hören kann, was du sagst. Soll ich mitkommen, damit du nicht in Versuchung gerätst, ihm die Augen auszukratzen?"

Froni nickte dankbar, denn sie wollte nicht als einziges

weibliches Wesen mit Lorenz unterwegs sein. Rasch schlüpfte sie in ihr Kleid und setzte eine Haube auf, um im Soldatenlager kein unnötiges Aufsehen zu erregen. Dann ergriff sie Yvetas Hand und trat nach draußen.

„Na, das ging schneller, als ich dachte", meinte Lorenz und hastete die Stufen hinab. Froni folgte. Unten vor der Herberge warteten noch ein paar weitere Soldaten, die sich schützend um Froni und Yveta stellten, während sie losgingen.

Das Heereslager lag außerhalb der Stadtmauern und bestand vor allem aus Zelten, um die herum etliche Männer an Lagerfeuern hockten. Sie tranken, grölten, spielten Karten- und Würfelspiele. Bunt gekleidete Huren trieben sich unter ihnen herum, entblößten schamlos ihre Beine und Brüste, um Aufmerksamkeit zu erregen. Froni sah sich verwirrt nach Yveta um, die aber recht gelassen wirkte.

„In Prag habe ich tagtäglich ähnliche Dinge gesehen. Du warst oben auf der Burg davon abgeschirmt", meinte die Zofe. Es klang ein wenig, als sei es ein Mangel gewesen, königliche Hofdame zu sein. Froni straffte die Schultern, um weniger verzärtelt zu wirken. Sie würde den Schlamm auf dem Boden ebenso hinnehmen wie die Unflätigkeiten, die ihr zugerufen wurden. Allzu viele waren es ohnehin nicht, denn Lorenz baute sich drohend vor jedem Mann auf, der Froni auch nur einen unzüchtigen Blick zuwarf.

Erstmals war sie froh, ihn bei sich zu haben.

Er nahm ihr auch die Mühe ab, nach Julius Ebertseder zu fragen, indem er selbst die anwesenden Offiziere ansprach. Eine Weile wurden sie von einem Zelt zum anderen geschickt. Froni hörte die Schreie eines Mannes, dem ein Bein amputiert werden musste, sah ein Mädchen in Lenkas Alter mit zerrissener Kleidung weinend auf dem Boden liegen, während ein Stück weiter zwei grell geschminkte Huren sich um die Gunst der Söldner prügelten. Sie sehnte sich danach, diesen Ort baldmöglichst wieder verlassen zu können.

„Dort hinten bei den neuen Rekruten soll Euer Julius sein", teilte Lorenz ihr schließlich mit und wies auf ein halb verfallenes hölzernes Gebäude, das wohl einst eine Scheune gewesen war. Dort kauerten etliche halbwüchsige Jungen auf dem Boden. Ihre Gesichter wiesen Schrammen und Ausschlag auf, die kindlichen Körper waren ausgemergelt und stanken zum Gotterbarmen, sobald man ihnen näher kam.

„Bauernburschen, die wir im Laufe unserer Feldzüge angeworben haben", meinte Lorenz. „Nicht alle haben das Zeug, gute Soldaten zu werden, aber wir geben uns Mühe mit ihnen. Das Kriegshandwerk ist allemal besser als das Füttern von Schweinen."

Er lachte auf eine unangenehme Weise, die Froni an Christian erinnerte. Diese völlig eingeschüchterten Jungen sahen kaum weniger elend aus als die geschändete, weinende Hure von vorhin. Bei Lorenz' Anblick duckten sich die meisten von ihnen, als erwarteten sie Hiebe.

„Wir suchen einen Julius Ebertseder!", verkündete er laut. „Ist er hier oder weiß einer von euch Hurensöhnen, wo er steckt? Wer es mir sagt, bekommt eine Belohnung."

Bei diesem Versprechen kam Leben in die eingeschüchterten Gestalten, sie tuschelten miteinander und schließlich stand ein Rothaariger mit vielen Sommersprossen auf.

„Er wurde vom Feldwebel unter Arrest gestellt, Herr Hauptmann! Ich kann Euch hinführen, wenn Ihr wollt."

„Das soll Er dann mal tun", erwiderte Lorenz durchaus gutmütig und schob dem Jungen gleich einen Taler zu. Die anderen Jungs machten enttäuschte Gesichter, der Rothaarige lief freudig los. Froni setzte sich gemeinsam mit Lorenz und seinen Männern in Bewegung.

Die Arrestzelle war eine weitere, wesentlich kleinere Hütte ohne Fenster. Lorenz riss energisch die Tür auf, ohne irgendjemanden um Erlaubnis zu fragen. Nun wehte ihnen eine noch heftigere Wolke von Gestank entgegen, wie von einem Abort. Froni sehnte sich nach einem jener Riechfläschchen, die Elizabeth stets bei sich getragen hatte. Zu ihrer Erleichterung konnte sie sehen, wie sogar die abgebrühte Yveta gequält das Gesicht verzog. Lorenz trat jedoch ohne Zögern ein und kam mit einem völlig abgemagerten Jungen heraus, den er wie eine junge Katze am Nacken gepackt hatte.

„Du kannst zu deiner Mutter zurück. Danke Gott dem Herrn!", meinte er, während er sein Opfer vor Fronis Füßen auf den Boden plumpsen ließ.

Der Junge stöhnte auf. Sein linkes Auge war zuge-schwollen, er hatte einen eitrigen Ausschlag auf beiden Wangen und seine Gesichtsfarbe war grünlich fahl.

„Ich glaube, der ist krank", flüsterte Yveta.

„Schon möglich, aber jetzt werden zarte Frauenhände ihn wieder gesund pflegen", erwiderte Lorenz. „Kann Er gehen oder braucht Er Hilfe?"

Julius versuchte, etwas zu sagen, aber es kam nur ein Hustenanfall aus seinem Mund.

„Ich kann ihn tragen, Herr Hauptmann!", bot der Rot-haarige sich an. Lorenz nickte, der Rothaarige packte Julius und warf ihn sich über die Schulter wie einen nassen Sack.

„Dann können wir jetzt zur Herberge zurück", meinte Lorenz. „Es ging alles erfreulich schnell."

„Warum wurde Julius unter Arrest gestellt?", flüsterte Froni unterwegs dem Rothaarigen zu.

„Ach, er machte ständig Ärger. Der Feldwebel mochte ihn nicht, hielt ihn für einen Weichling und ein Muttersöhn-chen", erwiderte der Junge.

„Dann ist es ja kein großer Verlust, wenn der Junge unser Regiment verlässt", kommentierte Lorenz diese Aus-sage. „Aus ihm wäre kein guter Soldat geworden."

„Er hatte auch niemals den Wunsch, Soldat zu sein. Er wurde dazu gezwungen", mischte Froni sich ein. Der elende Zustand von Julius hatte sie noch wütender gemacht. Aus welchem Grund musste man ein krankes Kind noch in eine stinkende, dunkle, dreckige Hütte sperren?

„Manche Leute begreifen erst unter Zwang, was gut für sie ist", erwiderte Lorenz und lächelte sie auf eine Weise an, die den Wunsch in ihr weckte, ihm ins Gesicht zu schlagen. „Aber dieser Junge taugt nicht zum Soldaten, wenn er schon während der Ausbildung so zusammenbricht. Daher werden unserem Heeresführer nur unnötige Ausgaben erspart, wenn er diesen nutzlosen Rekruten wieder loswird."

„Ja. Er spart sich die Ausgaben für einen Grabstein!"", rief Froni. Sie bemerkte Yvetas mahnenden Blick und fragte sich, warum sie nicht den Mund hatte halten können. Lorenz brach in herzhaftes Gelächter aus.

„Eine kleine Kanalratte wie der hätte keinen Grabstein bekommen."

Bevor Froni etwas erwidern konnte, drückte Yveta ihr Handgelenk.

„Sei einfach still und lass ihn reden", murmelte sie auf Tschechisch. Froni gehorchte, obwohl es ihr nicht leichtfiel. Julius wurde in die Herberge gebracht und der Fürsorge von Klara und Barbora übergeben, die gleich losliefen, um warmes Wasser zu besorgen.

„Der Kleine hat Fieber und braucht etwas mehr Fleisch auf den Knochen", kommentierte Yvetas Mutter bald darauf seinen Zustand.

„Um diese Dinge könnt Ihr Euch alle nach Belieben kümmern", verkündete Lorenz, der weiterhin im Raum stand. Froni fragte sich, wo Jan, Marek und ihre anderen Gefolgsmänner abgeblieben waren. Reichte die Gegenwart von ein paar Söldnern, um sie vollständig einzuschüchtern?

„Ich danke Euch für Eure Unterstützung", sagte sie an Lorenz gewandt. „Wir sind nun in der Tat in der Lage, den Jungen selbst zu versorgen. Er braucht Ruhe und Schlaf, daher werden wir die Kerzen löschen, sobald er etwas gegessen hat."

Barbora hatte sich angeboten, ihm Essen von der Wirtin bringen zu lassen. Lorenz und seine Hünen, die unten warteten, wurden nicht mehr gebraucht, was er nun hoffentlich verstehen würde. Aber er machte keine Anstalten hinauszugehen.

„Wann meint Ihr Paderborn verlassen zu können?", fragte er durchaus respektvoll. „Morgen schon? Oder wollt Ihr dem Hosenscheißer noch etwas Ruhe gönnen?"

„Darüber entscheiden wir morgen, wenn wir sehen, wie es ihm geht", beantwortete Froni seine Frage. Sie hoffte, er würde die unausgesprochene Aufforderung verstehen und nun endlich zu seinem Regiment zurückkehren. Aber er zögerte.

„Ich muss wissen, wann ich Euch wieder abholen soll, Fräulein von Odenwald."

„Abholen?"

Sie fürchtete, dass ihr der Mund offen stehen geblieben war, presste daher die Lippen streng aufeinander und dachte kurz nach.

„Ich möchte mich natürlich von Eurem Heeresführer verabschieden und mich bedanken, dass er bereit war, mir Julius zu überlassen", sagte sie schließlich. „Falls er mir eine Eskorte nach Den Haag zur Verfügung stellen möchte, so …"

„Eure Eskorte bin ich, Fräulein von Odenwald", unterbrach Lorenz und vollführte eine übertriebene Verbeugung. Seine Augen blitzten spöttisch. „Mir ist klar, dass Eure Begeisterung darüber sich in Grenzen hält. Aber wir sollten einander langsam besser kennenlernen. Eure Kratzbürstigkeit ist mitunter anstrengend, doch zumindest langweilt Ihr mich nicht."

Froni musste sich an einem Stuhl abstützen, denn ihr war leicht schwindelig geworden.

„Ich denke, ich kann auch ohne Eskorte reisen. Es gibt bereits ein paar Männer, die mich unterwegs beschützen", sagte sie schließlich mit so viel Nachdruck, wie sie nur aufbringen konnte.

„Christian von Braunschweig, Bischof von Halberstadt, hat beschlossen, dass ich Eure Eskorte sein soll, und daher werdet Ihr mich als Eskorte haben", meinte Lorenz nur. „Ich bin Soldat und gehorche. Ihr seid eine Frau und solltet langsam lernen, es auch zu tun. Ich gebe Euch einen Tag Zeit, den Hosenscheißer wieder auf die Beine zu bringen. Dann reisen wir Richtung Den Haag."

Diesmal fiel seine Verbeugung knapper, aber auch ernsthafter aus. Dann verließ er den Raum ohne weitere Worte.

„Gib mir eine Muskete und ich erschieße ihn", sagte Froni zu Yveta, die leise auflachte.

„Ich fürchte, er könnte sich sehr gut wehren. Aber er

hat recht. Wenn Christian von Braunschweig beschlossen hat, dass wir mit diesem seiner Offiziere nach Den Haag reisen, so bleibt uns nichts anderes übrig. Oder willst du hier gewaltsam festgehalten werden?"

„Mit welchem Recht könnte er …?"

Yveta machte eine ungeduldige Handbewegung.

„Das Recht ist stets auf der Seite des Stärkeren. Das haben diese Schlachten mich gelehrt. Wie willst du dich gegen ein ganzes Heer Männer behaupten?"

Das wusste Froni nicht, doch missfiel es ihr, sich fügen zu müssen. Aber sobald sie wieder unter dem Schutz von Elizabeth und Friedrich stand, wäre es damit hoffentlich vorbei. Sie hoffte, das Herz des Königspaares erweichen zu können, wenn sie von den Grausamkeiten erzählte, deren Zeugin sie unterwegs geworden war. Lorenz sollte weiter für die protestantische Sache Schlachten schlagen, eine Ehefrau brauchte er dazu nicht. Froni wusste nicht, wie ihr eigenes Leben aussehen sollte. Vielleicht könnte sie eines Tages mit Elizabeth nach England fahren. Je weiter weg Lorenz von Hohenheim war, desto wohler würde sie sich fühlen.

„Geh du bitte zu unseren Männern, die sich in ihrem Gemach verkrochen haben", schlug sie Yveta vor. „Sag ihnen, wir müssen nach Soest zurück, um Julius zu seiner Familie zu bringen. Morgen, möglichst noch vor Sonnenaufgang."

Danach ließ sie sich mit einem Seufzer aufs Bett fallen. Julius würde der hastige Aufbruch nicht guttun, aber er musste ihn überleben. Sie ging davon aus, dass sie unbehelligt an der Wache am Stadttor vorbeikäme, wenn sie sich wieder als gewöhnliche Bürgerliche ausgab. Bisher stand sie nicht unter Bewachung. Sie mussten sich nur schnell davonmachen, dann würde Christian von Braunschweig seinen Plan, ihr Lorenz als Eskorte zu geben, hoffentlich einfach vergessen. Über alles andere würde sie nachdenken, wenn der richtige Zeitpunkt gekommen war.

Yveta kehrte wenig später zurück.

„Sie haben zugestimmt", meinte sie nur, schüttete sich dann etwas Wasser ins Gesicht und legte sich neben Froni aufs Bett. Die anderen Frauen und auch der kleine Julius schliefen schon.

„Das heißt, wir schleichen uns so früh wie möglich aus der Herberge", stellte Froni fest. Ihr wurde leichter zumute, nun, da sie hoffen konnte, Lorenz einfach abzuschütteln.

„Jan will aber nach Paderborn zurückkommen", sagte Yveta tonlos. „Er wird sich dem Regiment des Halberstädters anschließen. Das ist sein fester Entschluss."

Sie wandte Froni den Rücken zu und zog sich die Decke über den Kopf.

„Es war zu erwarten, dass er in den Krieg ziehen wird. Er sieht das als seine Bestimmung", meinte Froni in dem verzweifelten Versuch, ihre Zofe zu trösten. „Immerhin kommt er noch mit uns nach Soest."

Taktvollerweise wollte sie Yveta nicht daran erinnern, wie sehr ihr Jans Bereitschaft, für die Sache der Protestanten zu kämpfen, bisher imponiert hatte.

„Er kommt mit uns nach Soest, weil sein Bruder Marek ihn dazu überredet hat", erklang Yvetas Stimme. „Sonst wäre er gleich in Paderborn geblieben. Ich dachte, ich wäre ihm wichtig. Aber diesen verfluchten Krieg zieht er mir vor."

Kurz erbebte Yvetas Körper in einem Schluchzen. Froni strich ihr tröstend über die Schulter.

„Dieser ganze Glaubenskampf scheint allen Männern wichtiger zu sein als irgendeine Frau", stellte sie fest. „Außer Friedrich vielleicht. Der tat, was er konnte, um seiner englischen Königstochter zu gefallen. Jetzt hat er alles verloren und sie kokettiert mit anderen Männern, die für sie kämpfen wollen."

Die meisten Männer schienen Friedrich für sein Verhalten zu verachten. Nur Marek hatte sich niemals abfällig über ihn geäußert, einer der Gründe, warum sie ihn mochte.

Aber auch für Marek würde sie niemals wichtiger sein als sein Glaube. Das hatte sie inzwischen eingesehen. Eine Weile streichelte sie noch Yvetas Rücken und spürte erleichtert, wie ihre Zofe sich langsam entspannte. Sie würden es beide überleben, dass ihre Sehnsüchte sich nicht erfüllten, und ihr Leben auf irgendeine andere Weise weiterführen.

„Los, wir müssen aufstehen! Sonst kommen wir nicht rechtzeitig weg!"

Froni öffnete widerwillig die Augen und erkannte im
Dämmerlicht, das durchs Fenster hereinfloss, die Umrisse
von Yvetas Gesicht. Dann zwang sie sich, schnell aus dem
Bett zu springen, obwohl sie gern noch eine Weile geschla-
fen hätte. Barbora, Klara und Yveta standen bereits auf-
bruchsbereit da. Julius hatte man eine Decke um die schmalen Schultern gelegt. Er war immer noch nicht in der Lage,
allein zu gehen, aber die zwei alten Frauen stützten ihn, damit er auf die Beine kam.

„Seid ihr so weit?", hörte sie Marek vor der Tür fragen.
Froni war schnell in ihr Kleid geschlüpft, setzte nun ihre
Haube auf und schlüpfte in ein Paar Holzschuhe. So glich
sie einer gewöhnlichen Bürgersfrau, ihr einziges schönes
Kleid, das sie auf die Reise mitgenommen hatte, lag bereits
in einem Bündel am Fuße des Bettes. Sonst hatte sie kaum
Gepäck. Sie würden sich einfach nach draußen schleichen,
denn von den Wirtsleuten Abschied zu nehmen, schien ihr
zu riskant. Je schneller sie Paderborn hinter sich gelassen
hatten, desto besser wäre es. Den Kutscher hatte sie bereits
benachrichtigen lassen, das Gefährt bereitzuhalten.

Im blassen Licht des Morgengrauens bestiegen sie die Kutsche. Julius wurde auf eine der Bänke gelegt, ihm gegenüber
drängten sich die Frauen aneinander. Nun würden alle Männer reiten müssen, aber Pferde hatten sie genug. In ruhigem
Tempo durchquerten sie die noch schlafende Stadt. Aus den
Wirthäusern und Bordellen drangen Schreie, denn dort kehrte offenbar nie wirklich Ruhe ein. Aber niemand hielt Froni
und ihre Gefährten auf, auch das Stadttor wurde auf ihren
Wunsch hin geöffnet, als Marek vorgab, die Stadt aus ge-
schäftlichen Gründen zu so früher Stunde verlassen zu müssen. Als sie wieder an weiten Feldern vorbeirollten, atmete
Froni erleichtert auf. Es gab ihr stets ein Gefühl von Be-
klemmung, sich in der Nähe von Lorenz von Hohenheim zu
befinden, fast, als drücke eine unsichtbare Kraft ihre Brust
zusammen. Sie konnte nicht einmal sagen, woran es genau

lag, denn er war nicht wirklich schlimmer als viele andere Männer auch.

Nur hatte keiner dieser anderen Männer bisher den Wunsch geäußert, sie zur Frau zu nehmen.

Als endlich die Sonne aufgegangen war, machten sie auf einer Wiese halt. In der Nähe befand sich ein kleines Dorf, wo Klara und Barbora ihnen ein Morgenmahl besorgten. Dann setzten sich alle auf das noch taufrische Gras, um ihren Hunger zu stillen. Froni ging davon aus, dass ihr Verschwinden erst im Laufe des Vormittags auffallen würde. Bis dahin hätten sie schon eine längere Strecke zurückgelegt und es gab keinen Grund, warum Christian von Braunschweig ihre Verfolgung anordnen sollte. Die umliegenden Städte zu plündern und zu tyrannisieren, war für ihn sicher eine ansprechendere Beschäftigung.

Zum Glück versprach es ein angenehmer, sonniger Maitag zu werden. Froni legte eine dicke Scheibe Käse auf ihre Brotscheibe, erhielt dazu einen Becher frischer Milch von Barbora. Sogar Julius lächelte, als Klara ihn zu füttern begann. Es war erstaunlich, wie schön das Leben manchmal noch sein konnte, obwohl überall Tod und Elend wüteten, als habe die Menschheit eine eigenartige Seuche befallen, die ihr Denken verwirrte.

„Vielleicht wäre es besser, Julius gleich mit nach Den Haag zu nehmen", schlug Marek vor, der sich neben sie gesetzt hatte. „Dort ist er vor den ganzen Anwerbern für irgendwelche Regimenter erst einmal sicher. Ich fürchte, die nächsten Jahre könnten für junge Männer, die sich nicht zum Kriegsdienst berufen fühlen, ungemütlich werden."

„Meinst du denn, für junge Frauen ist es besser?", fragte Froni leicht bissig.

„Nein, denn man wird versuchen, sie zu Trosshuren zu machen", gab Marek zu. „Niemand wird in Zukunft sicher sein, gerade einfache Leute nicht. Wenn du den jungen Julius als Lakai unter den Schutz der böhmischen Königin stellst, kann ihm aber niemand etwas anhaben. Auch Lenka wäre an einem Fürstenhof am besten aufgehoben."

Froni nickte. Im Grunde gefiel es ihr, dass er sich solche Sorgen um wehrlose Kinder machte. Aber manchmal wünschte sie sich, dass er auch ein paar mehr Gedanken an ihrer beider Zukunft verschwenden würde.

„Ich weiß nicht einmal, was aus mir selbst wird, wenn ich wieder in Den Haag bin", antwortete sie daher. Marek blickte erstaunt auf.

„Elizabeth wird für deine Zukunft sorgen", meinte er. „Sie wird einen Ehemann für dich finden, der dir ein Leben ermöglicht, das deiner Herkunft entspricht. Wenn du Julius und Lenka in deinen Haushalt aufnimmst, dann …"

„Ich weiß nicht, ob dieser wundervolle Gemahl, den die Königin für mich aussuchen wird, meinen Wünschen irgendeine Bedeutung beimisst. Wer in meinen Haushalt mitkommt, habe ich wahrscheinlich nicht selbst zu bestimmen. Aber daran denkst du natürlich nicht. Dein Bruder hat nur den Krieg im Kopf und du deinen Gott und seine Gebote, die es unbedingt zu befolgen gilt. Was zählen da schon zwei dumme Frauen!"

Als sie seinen fassungslosen Gesichtsausdruck bemerkte, verspürte sie den Wunsch, ihm den Rest ihrer Milch entgegenzuschütten.

„Es tut mir sehr leid, wenn du es so empfindest", meinte er versöhnlich, was sie noch wütender machte. Jan saß ein Stück weiter weg und redete mit Yveta, die wieder einmal zu vernünftig schien, um ihm Vorwürfe zu machen. Der Rest ihrer Reisetruppe war damit beschäftigt, etwas von den Essensvorräten abzubekommen, sodass sie von dem Gespräch zwischen Marek und Froni nichts mitbekam.

Das war gut so, befand Froni. Sie wusste, dass sie sich nun ungerecht verhielt, aber sie konnte nicht umhin, ihrer ganzen Unzufriedenheit Luft zu machen.

„Worte, nichts als schöne Worte!", rief sie Marek zu. „Reden kannst du wunderbar, aber was hast du bisher getan, um irgendjemandem von uns wirklich zu helfen? Deine Klugheit lehrt dich wohl nichts anderes, als dich aus allem herauszuhalten."

„Ich fürchte, du bis heute sehr schlecht gelaunt", erwiderte er eisig. „Vielleicht sollten wir weiterreden, wenn du den Schlaf von heute Nacht nachgeholt hast."

„Ja, vielleicht. Ich brauche wohl ein bisschen Ruhe!"

Froni sprang auf die Beine und lief auf ein Gebüsch in der Nähe zu. Sie wollte ihre Blase leeren, aber gleichzeitig sehnte sie sich tatsächlich nach ein paar Momenten der Einsamkeit. Scheinbar grundlos hatte sie mit Worten auf Marek eingedroschen, weil es sie zornig machte, wie sein Bruder sich Yveta gegenüber verhalten hatte, wie Männer sich wohl allgemein zu Frauen verhielten. Sie wurden nach Belieben herumgereicht wie Gegenstände, die man eben in einer Ecke stehen ließ, sobald sich die Möglichkeit einer wichtigeren Beschäftigung aufgetan hatte.

Hinter ein paar Büschen entdeckte Froni einen kleinen Bach und schüttete sich Wasser ins Gesicht. Das kalte Nass beruhigte sie, sie atmete tief durch und merkte zu ihrem Erstaunen, dass ihr Tränen in den Augen schwammen. Bisher war es ihr immer gelungen hinzunehmen, was sich nicht ändern ließ, aber nun versank sie im Selbstmitleid wie in einem Sumpf, aus dem sie sich nicht herauskämpfen konnte. Entschlossen schöpfte sie nochmals Wasser in ihre Handflächen. Als todunglückliches, verweintes Wesen wollte sie ihren Reisegefährten nicht gegenübertreten.

„Ist in Paderborn irgendetwas vorgefallen?", hörte sie Marek plötzlich fragen und zuckte zusammen, sodass Wasser durch ihre Finger rann und ihr Kleid benetzte.

„Nichts, außer dass ich meinem Verlobten wiederbegegnet bin", erwiderte sie dann. Zum Glück hatte der Schreck über sein unangekündigtes Auftauchen ausgereicht, um ihr überreiztes Gemüt zur Räson zu bringen.

„Deinem Verlobten?" Marek setzte sich neben sie und wusch sich ebenfalls die Hände im Bach. „Das war nicht Christian von Braunschweig, nehme ich an", redete er weiter, als sie nichts gesagt hatte.

Nun schüttelte Froni den Kopf.

„Nur einer seiner Offiziere. Aber eine bessere Wahl ist er auch nicht. Ich will ihn nicht zum Mann."

Marek schwieg eine Weile, aber diesmal machte sie das nicht zornig. Sie war einfach froh, ihn jetzt bei sich zu wissen.

„Kannst du nicht mit der Königin reden? Es muss doch irgendeinen anderen Bräutigam für dich geben."

„Vielleicht gibt es ihn. Vielleicht nicht. Ich weiß nicht, ob ein anderer mir wirklich lieber wäre. Diese ganze Vorstellung von einer Ehe, bei der ich als Belohnung für treue Dienste und Pfand für weitere Loyalität überreicht werde, gefällt mir nicht."

So klar hatte sie es noch niemals ausgesprochen, ja ihr war nicht einmal bewusst gewesen, was sie an ihrer ganzen Lage so sehr störte. Noch bevor sie durch Elizabeth mit Liebesgeschichten vertraut geworden war, hatte sie sich nach einer Verbindung gesehnt, die nicht ausschließlich von politischem Kalkül und Standesdenken bestimmt wurde. Wahrscheinlich war sie als junge Frau nicht allein mit diesem Wunsch. Nur war er unerfüllbar, wie ihr zunehmend bewusst wurde. Die Welt hatte für sie ein anderes Schicksal vorgesehen, in dem ihre persönlichen Wünsche keine Rolle spielten.

Deshalb waren ihr die Tränen gekommen, aber erst Mareks Gegenwart hatte geholfen, Klarheit in ihre Gedanken zu bringen. Er schien aber nicht zu wissen, wie wichtig er ihr war. Stumm saß er da, starrte weiterhin unbeirrt auf das Wasser zu ihrer beider Füßen.

„Es ist allgemein üblich, dass junge Frauen sich irgendwann vermählen", sagte er schließlich. „Die meisten wünschen es sich auch, weil sie eine Familie haben wollen. Natürlich gibt es Ausnahmen. In unserer Glaubensgemeinschaft wurde es geduldet, wenn Frauen unverheiratet bleiben wollten. An Fürstenhöfen mag es anders aussehen. Wenn du Katholikin wärest, könntest du natürlich in ein Kloster und …"

„Ich bin aber nicht katholisch und Nonne sein will ich auch nicht!", unterbrach Froni. „Warum tust du so, als hättest du keine Ahnung, was ich wirklich möchte? Es ist feige von dir und …"

Als er endlich ihre Hand ergriff, verstummte sie schlagartig. Es kam ihr wie ein Traum vor, sie rechnete jeden Moment damit aufzuwachen. Nun sah er ihr endlich ins Gesicht. Seine Augen waren ernst wie meist, gleichzeitig traurig.

„Was willst du denn wirklich, Fronicka von Odenwald?", wiederholte er jene Frage, die er ihr schon einmal gestellt hatte. „Die Frau eines einfachen Schullehrers sein, dabei aber schöne Gewänder tragen und auf Banketten tanzen?"

„Auf die Bankette könnte ich verzichten", antwortete sie nach kurzem Überlegen. „Auf die Kleider letztendlich auch. Ein paar habe ich ja schon. Die lassen sich im Notfall immer wieder flicken. Mit etwas Glück reichen sie mir bis an mein Lebensende."

Sie lächelte ihn an, denn es schien, als würde die Mauer zwischen ihnen plötzlich bröckeln. Mareks Augen leuchteten auf und alle Schwermut schwand aus seinem Blick. Als sein Gesicht sich langsam dem ihren näherte, schlang sie ihm spontan die Arme um den Hals. Wie viele Wochen und Monate hatte sie auf diesen ersten Kuss gewartet! Nun fühlte sich alles völlig selbstverständlich an, als hätten ihre Körper schon viel zu lange gespürt, dass sie zusammengehörten, ohne sich ihre Bedürfnisse erfüllen zu können.

„Ebendas möchte ich niemals mit einem anderen Mann machen müssen", flüsterte Froni, als Marek sie losgelassen hatte. „Nur mit dir, da fühlt es sich richtig an."

Er ergriff nochmals ihre Hand, tätschelte ruhig ihre Finger und starrte erneut auf das Wasser.

„Es wird nicht einfach werden", sagte er schließlich. „Aber wir könnten Jan allein nach Den Haag schicken. Er wird dem Winterkönig eine Nachricht überbringen und dann zu dem Regiment von Christian von Braunschweig gehen. Du sollst selbst bestimmen, wie viel das Königspaar von deinem Schicksal erfährt. Ich denke nicht, dass sie zu diesen unruhigen Zeiten nach dir suchen lassen. Aber bedenke bitte, worauf du dich wirklich einlässt. Wenn du jetzt beschließt, nicht mehr an den Fürstenhof zurückzukehren, ist dir dieser Weg auf immer verbaut. Du wirst die Frau

eines einfachen Mannes sein, weit fern von königlichen Pa-
lästen und auch ohne den Schutz zahlreicher Wachleute.
Wenn du damals in Prag hättest bleiben müssen, anstatt mit
der Königin zu fliehen …"

„Dann hätte es mir vielleicht so übel ergehen können
wie Lenka", gab sie zu. „Oder auch nicht, denn nicht alle
Frauen wurden geschändet. Außerdem war die Flucht mit
Elizabeth auch nicht ohne Gefahren. Ich bin die Tochter
eines einfachen Ritters aus der Pfalz. In der Burg, wo ich
aufwuchs, gab es nur einen einzigen Kamin und viele Risse
im Gemäuer. So manches Bürgerhaus ist komfortabler. Also
erzähle mir nichts von den Härten des einfachen Lebens. Es
gibt keinen Grund, warum ich nicht …"

„Es gibt sehr wohl einen Grund, ma chère!"

Die unerwartete, aber durchaus vertraute Stimme ließ
Froni zusammenfahren. Sie brauchte sich nicht umzudrehen, um zu wissen, wer da gesprochen hatte. Lorenz von
Hohenheim packte sie unsanft an der Schulter und riss sie in
die Höhe.

„Der Grund ist, dass Ihre Hoheiten, der König und die
Königin von Böhmen, ein anderes Schicksal für Euch bestimmt haben. Und auch für mich. Ich brauche die Mitgift,
die mir mit Euch als Braut versprochen wurde, und Ihr sollt-
tet langsam lernen, Euch zu fügen."

Er hatte völlig ruhig gesprochen, nur mit einem spöttischen Blitzen in den Augen. Seine Hand verharrte aber wie
eine eiserne Klammer an ihrer Schulter. Froni unterdrückte
den Impuls, schreiend um sich zu schlagen, denn dadurch
hätte sie sich nur lächerlich gemacht.

Marek war indessen von Lorenz' Gefolgsmännern umstellt worden. Da er keine Waffe bei sich trug, wurde ihm
auch nichts abgenommen. Im Grunde fügten sie ihm kein
Leid zu, nicht einmal einen Hieb bekam er ab. Doch Froni
wusste, dass er für sie wieder unerreichbar zu werden begann, und musste mühsam ihr Schluchzen bekämpfen.

„Den Bücherwurm und Schwätzer lassen wir einfach in
Frieden", schlug Lorenz vor. „Er hat noch nie eine Waffe in
der Hand gehalten, kann nur über Frieden und Gottes Liebe

schwafeln. Das soll er gern weiterhin tun, während ich meine Braut nach Hause bringe."

Er warf Froni wie einen Sack über seine Schulter. Nun kochte endgültig Zorn in ihr hoch, sie trat um sich und biss ihn in den Oberarm. Leider trug er eine lederne Jacke, die ihn vor diesem Angriff schützte.

„Ich werde der Königin erzählen, wie dreist Ihr mich behandelt", schrie sie ihm ins Ohr. Er lachte herzhaft.

„Sie wird mir sogar das Recht einräumen, Euch den Hintern zu versohlen, weil Ihr Euch ohne ihre Erlaubnis davongemacht habt. Aber darauf verzichte ich gnädig. Ich mag Eure Aufsässigkeit, mein Fräulein. Wir werden uns sicher gut vertragen."

Er klopfte ihr sanft, fast gutmütig auf jene Körperstelle, die er eben hatte versohlen wollen. Froni versetzte ihm einen weiteren Tritt und fand es wohltuend, ihn kurz aufstöhnen zu hören.

„Zwischen uns ist nichts vorgefallen, was man ihr zum Vorwurf machen könnte. Wir haben uns lediglich darüber unterhalten, dass sie Euch nicht zum Mann will", hörte sie Marek in ihrem Rücken sagen. Seine Worte schmerzten fast mehr als der harte Griff, mit dem Lorenz ihre Beine umklammert hielt, damit sie ihn nicht weiter treten konnte. Marek schien von ihr Abschied zu nehmen, einsichtig und vernünftig, wie er eben war. Sie verabscheute ihn dafür, hätte ihm am liebsten ebenfalls Schmerz zugefügt. Ein letzter Rest von Stolz hinderte sie daran, in Tränen auszubrechen. Glücklicherweise stellte Lorenz sie wieder auf dem Boden ab, bevor sie ihre Reisegefährten erreicht hatten. Auch dort standen nun seine Männer herum, hatten Jan, der ihnen wohl als Einziger Widerstand geleistet hatte, den Degen abgenommen. Yveta warf ihnen tschechische Schimpfwörter an den Kopf, die sie mit einem Achselzucken hinnahmen. Die zwei anderen Frauen versuchten indessen, Lenka und vor allem Julius zu beruhigen, der beim Anblick der Mitglieder seines einstigen Regiments grün im Gesicht geworden war. Die anderen Männer von Fronis Eskorte mussten sich sogleich ergeben haben, denn anders als Jan hatten sie keinen einzigen Kratzer abbekommen und unterhielten sich recht gelassen mit den Soldaten des Halberstädters.

Froni konnte immer besser verstehen, warum Yveta Jan bewunderte. Alle anderen Männer hatten sie einfach im Stich gelassen, allen voran Marek, der nun hinter Lorenz' Recken herlief wie ein folgsames Hündchen.

„Wir geleiten jetzt meine Braut nach Paderborn zurück", teilte Lorenz den Versammelten mit. „Ihr kleiner Ausflug ist hiermit beendet. Am Nachmittag brechen wir nochmals auf, um sie heil und sicher nach Den Haag zu ihrer Königin zu bringen. All ihre Gefolgsleute können uns natürlich begleiten. Ich denke, unsere Hochzeit findet in den nächsten Wochen statt, denn meine Braut kommt nur auf dumme Gedanken, wenn sie zu lange allein ist."

Er hob Froni auf sein Pferd, bevor er sich hinter ihr selbst in den Sattel schwang. Die anderen Frauen stiegen mit Julius wieder in die Kutsche. Froni sah sich nicht um, ob Marek ihnen ebenfalls folgte. Sie hatte ihn verloren, weil er bereit war, sie ohne Widerstand aufzugeben. Diese Erkenntnis schmeckte bitter auf ihrer Zunge. Sie schloss die Augen und hätte am liebsten auch das Atmen eingestellt, um den Schweiß ihres zukünftigen Gemahls nicht riechen zu müssen.

17. Kapitel

Froni fühlte sich wie eine Marionette, deren Fäden von fremden Händen gezogen wurden. Das letzte bisschen Rest an eigener Entscheidungsfreiheit hatte sie nun eingebüßt, denn Lorenz wollte zwar nicht unnötig grausam sein, sie aber unter seiner Kontrolle behalten. Nach der Rückkehr nach Paderborn wurden sie alle wieder in der Herberge untergebracht. Falls die Wirtsleute die ganze Lage ungewöhnlich fanden, äußerten sie sich nicht dazu. Froni erhielt einen Zuber mit heißem Wasser, in dem sie ausgiebig badete, um die Berührungen ihres Verlobten abzuwaschen.

„Ihm scheint an der Heirat mit dir zu liegen", meinte Yveta, während sie ihr den Rücken schrubbte.

„Offenbar hat unser Königspaar ihm eine Mitgift versprochen, wenn er mich ehelicht. Sie wollen sich seiner Dienste als Offizier versichern."

„Was bedeutet, dass er ein fähiger Mann mit einer aussichtsreichen Zukunft ist", kommentierte ihre Zofe diesen Umstand. Froni ergriff den Schwamm und warf ihn nach ihr.

„Versuche nicht, mir das alles schönzureden! Ich will ihn nicht."

Sie schloss die Augen und tauchte den Kopf unter Wasser. Am liebsten wäre sie so verharrt, anstatt sich anzukleiden und die Kutsche nach Den Haag zu besteigen. Aber Yveta zog sie an den Haaren in die Höhe.

„Es wird schon alles nicht so schlimm werden. Du fährst zurück zu deiner Königin. Er wird es nicht wagen, dich unterwegs schlecht zu behandeln."

Das täte Lorenz von Hohenheim wohl wirklich nicht, doch reichte sein selbstgefälliges Benehmen aus, damit sie selbst der Wunsch überkam, nach ihm zu treten. Sie wollte lieber einen friedliebenden Mann, der sich um andere Menschen sorgte, anstatt Musketen auf sie abzufeuern. Gefunden hatte sie diesen Mann bereits, doch wies er sie immer wieder zurück, gab sie auf, anstatt um sie zu kämpfen.

Sie musste Marek vergessen, beschloss sie, als sie aus dem Zuber stieg. Barbora und Klara steckten nun Julius hinein, der weiterhin wie ein lebloses Bündel in ihren Armen hing. Immerhin hatte Lorenz sich bereit gezeigt, auch den Jungen nach Den Haag zu bringen. Froni begann zu ahnen, dass sie all den Leuten, die unter ihrem Schutz standen, keinen Gefallen tun würde, wenn sie ihren zukünftigen Ehemann gegen sich aufbrachte.

„Bring mir mein Kleid mit dem Spitzenkragen", rief sie Yveta zu. „Und dann frisieren wir mein Haar. Ich sollte wieder aussehen wie eine Adelige, wenn ich in Den Haag ankomme."

Die Kutsche rollte am späten Nachmittag aus Paderborn heraus. Nun verfügte Froni über eine Eskorte von etwa zehn bewaffneten Männern, außerdem einen zusätzlichen Karren für all ihre Habseligkeiten, sodass sie alle mehr Platz hatten. Julius wirkte etwas ruhiger, denn er hatte wohl begriffen, dass niemand ihn mehr in den Kriegsdienst zwingen wollte. Lenka fütterte ihren Kater mit Wurst, die sie von der Wirtin erhalten hatte. Auch die anderen Frauen machten einen recht zufriedenen Eindruck, denn ihnen stand die Rückkehr an einen Fürstenhof in einem Land bevor, das noch nicht vom Krieg verwüstet war. Manchmal ließ Froni sich von der allgemeinen guten Laune anstecken, lachte über Barboras Geschichten über die Eigenheiten ihres Mannes, der ständig sein Werkzeug an den unmöglichsten Orten vergessen hatte und mitunter Schuhe trug, die nicht zusammenpassten. Es war wie eine vergnügliche Reise, nur fürchtete sie sich vor dem Moment, da sie ihr Ziel erreichen würde.

Jan befand sich unter den berittenen Gefolgsmännern, denn er hatte sich schließlich freiwillig in den Dienst von Lorenz von Hohenheim begeben. Auch die anderen Söldner, die Froni bisher begleitet hatten, waren mit von der Partie. Nur Marek fehlte. Er musste in Paderborn geblieben sein, plante vermutlich eine Rückkehr zu seiner Gemeinde in Böhmen. Inzwischen hatte Froni begriffen, dass es vernünftig von ihm gewesen war, sich nicht gegen das Einschreiten der Söldner aufzulehnen. Wenn bei ihrem Verlobten der Verdacht aufgekommen wäre, dass sie Mareks Geliebte sei, hätte er sie sicher viel härter angepackt. Sie hätte sogar als Leichnam am Ufer des Baches enden können, ohne dass ein Offizier des Halberstädters deshalb belangt würde. Aber für Mareks plötzliches Verschwinden ohne irgendeine Erklärung gab es keine Entschuldigung. Sie ahnte, dass er ihnen beiden vielleicht den Schmerz über einen endgültigen Abschied hatte ersparen wollen, vermochte es aber nicht hinzunehmen, dass auch hier über ihren Kopf hinweg entschieden worden war. Ihr kam es vor, als hätte sie eine tiefe Wunde an ihrem Körper, die von dem Stoff ihres schönen Kleides verborgen wurde. Manchmal vermochte sie sich zu benehmen, als sei sie völlig gesund, dann setzte plötzlich wieder heftiger Schmerz ein, der sie in die Knie zu zwingen drohte.

Yveta kommentierte Mareks Verschwinden nicht weiter, sondern versuchte, Froni ihre Zukunft als Frau von Hohenheim schmackhaft zu machen. Ein fähiger Offizier bekäme guten Sold und könnte auch einiges an Beute nach Hause bringen.

„Viele Liebesheiraten gehen nicht gut aus", teilte sie Froni mit. „In unserem Dorf in Mähren gab es ein Mädchen, das mit dem schönsten Burschen durchbrannte. Der heiratete sie auch, aber er hat später alles Geld versoffen und sie ständig betrogen."

„Das könnte ein Offizier ebenso tun", meinte Froni trocken.

„Bei einem Ehemann, den du nicht liebst, tut dir ein solches Verhalten weniger weh", entgegnete Yveta.

Froni musste über den Pragmatismus ihrer Zofe lachen.

Die meiste Zeit versuchte sie, sich einzureden, dass vielleicht wirklich alles nicht so schlimm käme. Sie würde wie viele Frauen ihres Standes eine passende Ehe eingehen, ihr eigenes Zuhause haben und einen Gemahl, der vermutlich selten daheim wäre. Das hätte durchaus Vorteile, denn sie könnte den Haushalt eigenständig verwalten. Von den gelegentlichen Besuchen ihres Gemahls würde sie wohl irgendwann schwanger werden und selbst die Erziehung der Kinder überwachen, während der Vater seine Schlachten ausfocht.

Irgendwann wäre sie wohl Witwe. Lorenz war deutlich älter als sie und das Kriegswesen galt nicht zu Unrecht als gefährliches Gewerbe. Es erschreckte sie, wie tröstend ihr diese Aussicht schien. Ein Teil von ihr begehrte immer noch gegen diese ganze Lage auf, denn sie wollte keinen Mann heiraten, dessen Tod sie wahrscheinlich herbeisehnen würde.

Nur hatte sie keine Möglichkeit, selbst über ihr Leben zu bestimmen. Daher beteiligte sie sich weiter an dem Geplapper in der Kutsche, lernte tschechische Lieder, die Yveta und Barbora vorsangen. Sie freute sich auf ihr Abendessen, das nun sicher in einer guten Herberge stattfinden würde. Sie würde mehrere Becher Wein leeren, um besser schlafen zu können. Wahrscheinlich würde der Rest ihres Lebens so aussehen, dass sie nur noch versuchte, irgendwie durch einen Tag zu kommen, bis der nächste begann.

Sie machten in einem kleinen Ort halt, den die Söldner des Halberstädters wohl verschont hatten, weil ihnen freiwillig die geforderten Besitztümer überreicht worden waren. Die Begrüßung durch die Wirtsleute fiel dementsprechend kühl aus, doch wurde großzügig aufgetischt. Lorenz und seine Männer brüllten den ganzen Abend lang, zumindest kam es Froni so vor. Yveta schien sich nicht daran zu stören, was vielleicht daran lag, dass Jan sich an der lauten Unterhaltung beteiligte. Sein Deutsch war noch etwas holprig, aber das störte niemanden. Zwei der anderen Söldner klangen ebenfalls wie Ausländer, Spanier oder Franzosen vermutlich. Das Kriegswesen galt als einträgliches Gewerbe für junge Männer aus der ganzen Welt, daher hatte der Krieg in deutschen Landen auch etliche von ihnen angelockt.

Froni erinnerte sich an Mareks ruhige, besonnene Stimme. Er war niemals unnötig laut geworden und jedes seiner Worte schien mit Bedacht gewählt. So wenigstens erschien es ihr nun, da sie ihn für immer verloren hatte. Sie ahnte, dass er in ihrer Vorstellung allmählich zu einem vollkommenen Menschen zu werden drohte, dessen einziges Vergehen darin bestanden hatte, sie letztendlich im Stich zu lassen.

Trotz ihres verzweifelten Bemühens, der Unterhaltung zwischen Barbora und Klara zu lauschen, schossen ihr Tränen in die Augen. Sie spürte, wie Yveta über ihren Unterarm strich.

„Liebeskummer vergeht mit der Zeit. Das sagt meine Mutter immer. Du musst in die Zukunft blicken."

Ebendieser Blick zwang Froni, einen weiteren tiefen Schluck aus ihrem Weinglas zu nehmen. Da sie wenig gegessen hatte, begann sich in ihrem Kopf bereits alles zu drehen. Kurz überlegte sie, sich noch ein paar Scheiben Brot in den Mund zu stopfen, doch allein die Vorstellung von weiterem Essen löste Übelkeit bei ihr aus.

Sie schloss die Augen und lehnte sich zurück. Barbora und Karla hatten angefangen, ein Lied zu singen. Es klang nach einem Gemisch aus Deutsch und Tschechisch, das keinen rechten Sinn geben wollte. Trotzdem hoben die zwei Frauenstimmen ihre Laune, denn sie übertönten das Gebrüll der Männer. Froni füllte ihr Weinglas erneut. Die Trunkenheit tat ihr wohl, sie fühlte sich plötzlich so leicht und frei wie ein Vogel, der jeden Moment durch die Luft davonschweben konnte. Ihre Lippen formten ein Lächeln. Vielleicht war alles nicht so schlimm, wie es schien. Sie konnte einen Ausweg finden. Lorenz machte nicht den Eindruck, in sie verliebt zu sein. Sobald man ihm eine andere Braut mit Mitgift anbot, würde er ebenso willig zugreifen. Ebendas konnte eine Möglichkeit sein, ihren Kopf im letzten Moment aus der Schlinge zu ziehen. Sie musste nur dafür sorgen, dass Lorenz sie nicht mehr wollte, und dann gäbe es auch keine Hochzeit.

Sie würde in die Pfalz zurückgehen, zu ihrer Mutter, Karl und der Haushälterin, die ihn liebte. Dort konnte sie in Ruhe überlegen, was sie noch mit ihrem Leben anfangen sollte. Diese Aussicht ließ sie erleichtert aufatmen. Sie nahm noch ein paar Schlucke, stellte das Glas dann ab. Gerade in ihrer gegenwärtigen Lage wollte sie nicht die Kontrolle über ihr Verhalten verlieren.

„Ich lege mich schlafen. Ich bin müde, aber ihr könnt noch sitzen bleiben, denn ich komme auch allein zurecht", teilte sie den anderen Leuten am Tisch mit. Niemand schenkte ihr besondere Beachtung, nur Yveta lächelte tröstend.

„Geh ruhig vor. Ich komme auch bald."

Froni musste sich kurz am Tisch abstützen, aber dann fand sie ihr Gleichgewicht. Yveta summte inzwischen wieder bei dem Gesang ihrer Mutter mit. Julius und Lenka waren bereits zu Bett gegangen, allen anderen stand nicht der Sinn danach. Froni hielt sich am Geländer fest, um ihr Gemach zu erreichen. Zum Glück hatte man dort einen Krug mit Wasser abgestellt. Sie trank ein paar Becher davon, begann dann, ihr Haar durchzubürsten. Es tat wohl, eine Weile allein zu sein. Selbst Yvetas ständige Gegenwart kam ihr nun anstrengend vor.

Bevor sie aus ihrem Kleid schlüpfen konnte, klopfte es an der Tür. Sie überlegte, ob die Wirtin vielleicht noch einen frischen Nachttopf bringen wollte, und öffnete ohne Zögern.

Als sie Lorenz von Hohenheim erblickte, trat sie erschrocken einen Schritt zurück. Er lächelte auf eine durchaus versöhnliche Weise.

„Ich wollte Euch nicht erschrecken, nur sehen, wie es Euch geht. Ihr scheint kein besonderes Vergnügen an meiner Gegenwart zu finden. Vielleicht sollten wir einander besser kennenlernen."

„Das ist unüblich unter Verlobten unseres Standes", erwiderte Froni kühl. „Sollten wir tatsächlich vermählt werden, könntet Ihr immer noch versuchen, mich von Euren Qualitäten zu überzeugen. Nur würde ich mir an Eurer Stelle keine großen Hoffnungen machen."

Es kam ihr vor, als hätte sie auf ihn eingeschlagen, doch er verzog keine Miene.

„Warum macht Ihr es uns beiden so schwer?", meinte er nur mit einem tiefen Seufzer und trat unaufgefordert ein. „Ich bin keine schlechte Partie. Die meisten Frauen in Eurer Lage würden das einsehen."

„Dann bin ich eben anders als die meisten", gab Froni zurück. Er grinste, während er auf einem Stuhl Platz nahm.

„Ihr versteht zu antworten, das muss man Euch lassen. Das gefällt mir an Euch. Warum wollt Ihr unbedingt diesen Bücherwurm, der noch niemals einen Degen in der Hand hielt und deshalb nicht in der Lage sein wird, seine Frau und seine Kinder im Ernstfall zu verteidigen?"

Froni musste sich ebenfalls setzen, denn ihre Knie waren weich geworden. Lorenz war nicht ganz so dumm, wie sie angenommen hatte.

„Es ist eben so, dass ich den Bücherwurm will", gestand sie in dem Bemühen, eine ernsthafte Unterhaltung zu beginnen. „Ihr habt recht, es gibt genug Frauen, die Euch gern zum Mann hätten. Sucht Euch eine davon aus und uns beiden bleibt viel Leid erspart."

Flehend sah sie ihn an. Noch immer war eine friedliche Übereinkunft möglich. Er würde sie zu Elizabeth zurückbringen und dort könnte man ihn mit einer anderen Hofdame verloben, die der Verbindung weniger abgeneigt war als Froni.

„Man hat aber nun schon Euch für mich ausgesucht", erwiderte Lorenz zu ihrer Enttäuschung. „Ich muss sagen, dass mir Eure Widerspenstigkeit gefällt. Ich mag Menschen mit Kampfgeist. So wie meinen Regimentsführer."

Er griff in seine Tasche und zog zu Fronis Erstaunen eine silberne Münze heraus.

„Seht her, das hat Christian von Braunschweig prägen lassen. Den Pfaffentaler, mit seiner Hand, die den Degen hält. Auf der Rückseite steht: ‚Gottes Freund, der Pfaffen Feind.' Ein schlichter Spruch, um den Sinn unseres Kampfes auszudrücken, würde ich sagen."

„Ich würde sagen, es klingt sehr einseitig. Die katholischen Familien, deren Häuser von Euren Söldnern niedergebrannt werden, empfinden Euren Anführer sicher nicht als Gottes Freund."

Froni sah keinen Sinn darin, sich umgänglich und gefällig zu zeigen. Lorenz zu vergraulen, war die einzige Möglichkeit, die sie noch hatte.

Doch er lachte nur.

„Ist es Euer Bücherwurm, der Euch das eingeredet hat? Dass man auf alle Rücksicht nehmen, Verständnis zeigen und vergeben soll? So denken die Schwachen und die Verlierer in dieser Welt. Gott ist auf der Seite der Sieger."

„So mag Eure Auslegung der Heiligen Schrift aussehen", erwiderte Froni. „Aber im Gegensatz zu Euch hat der Bücherwurm sie auch gelesen."

Sie konnte sogleich erkennen, dass sie nun zu weit gegangen war. Ein paar Muskeln zuckten in Lorenz' Gesicht und seine Augen schienen sich zu verdunkeln.

„Ich bin Soldat, kein Pfaffe. Deshalb überlasse ich das Lesen der religiösen Schriften jenen, die sich darauf verstehen. Euch Frauen steht es ohnehin nicht zu, also solltet ihr auch nicht darüber urteilen, was Gottes Wille ist."

Froni biss sich auf die Lippen. Marek hatte ihr einmal erzählt, dass es zu Zeiten der Hussitenkriege tatsächlich predigende Frauen gegeben hatte. Man war sich uneins gewesen, ob dieses Verhalten geduldet werden sollte, doch laut Jan Hus war die Frau dem Manne spirituell gleichgestellt.

Mit Lorenz von Hohenheim konnte sie über solche Dinge nicht reden.

„Ich bin es gewohnt, meine eigenen Entscheidungen zu treffen", sagte sie nach kurzem Überlegen. „Der Bücherwurm, wie Ihr ihn nennt, hat mir das beigebracht."

Lorenz runzelte die Stirn.

„Ihr hattet mehr Umgang mit ihm, als es den Anschein hatte."

„Ich hatte sehr viel Umgang mit ihm."

Das entsprach der Wahrheit, aber sie ging davon aus, dass Lorenz ihre Aussage anders auslegen würde. Kurz hielt sie den Atem an, denn ihr war klar, dass sie gefährliches Gelände zu betreten begann. Wenn Lorenz den Verdacht bekam, dass sie nicht mehr jungfräulich sei, würde er von der geplanten Heirat Abstand nehmen, sie aber auch vor aller Welt bloßstellen. Eine andere standesgemäße Heirat wäre dann nicht mehr möglich und Marek, den sie wirklich wollte, hatte sie im Stich gelassen.

Dennoch gab es keinen anderen Ausweg. Um Lorenz nicht heiraten zu müssen, musste sie ihm klarmachen, dass sie nicht die Richtige für ihn war.

„Der Bücherwurm und ich, wir sind … wir waren bereits heimlich verlobt", begann sie zögernd. „Er zeigte mir, wie schön es für eine Frau sein kann, zu einem Mann zu gehören."

Auch das stimmte, sollte von Lorenz aber anders verstanden werden, als es wirklich gewesen war. Sie sah, wie ein Krampf durch seinen Körper fuhr.

„Also war er Euer Liebhaber. Wollt Ihr mir das gestehen?"

Instinktiv verschränkte Froni die Arme vor der Brust. Ihr Magen schmerzte in der Ahnung eines großen Übels, das auf sie zurollte wie ein Erdrutsch.

„Ich sehe keinen Grund, irgendetwas zu gestehen. Noch seid Ihr nicht mein Gemahl und ich bin Euch keine Auskunft schuldig."

Lorenz sprang auf und kam mit langen Schritten auf sie zu. Sie duckte sich, blieb aber sitzen. Als er sich über sie gebeugt hatte, fiel ihr das Atmen schwer.

„Ich kann mich auch selbst überzeugen, ob meine Braut noch unberührt ist", sagte Lorenz und packte ihren Haarschopf, um sie in die Höhe zu ziehen. Sie schrie auf, ging aber nicht davon aus, von jemandem unten in der Wirtsstube gehört zu werden.

„Ich fordere Euch auf, mein Gemach zu verlassen, Herr von Hohenheim", sagte sie so hoheitsvoll wie nur möglich. Er musste wissen, dass er nun die Grenzen des Anstands überschritt. Aber galten diese Grenzen noch zu einer Zeit, da Söldner wahllos Dörfer niederbrannten und Frauen schändeten?

„Ich fordere Euch auf einzusehen, dass Ihr bald meine Gemahlin sein werdet", erwiderte er mit dem gewohnten

Spott. „Ich schwöre Euch, ich werde Euch auch dann noch nehmen, wenn Ihr keine Jungfrau mehr seid. Nur gibt es ja keinen Grund mehr, warum wir mit dem Vergnügen warten sollten."

Wieder hob er Froni hoch wie einen Sack, diesmal, um sie aufs Bett zu werfen. Sie rief nun deutlich lauter nach Yveta und Barbora, doch ertönte von unten noch lauterer Gesang. Irgendwoher mussten Musiker aufgetaucht sein, um die schiefen Stimmlagen ein bisschen zu glätten. Froni hob ihre Hände und versuchte, Lorenz das Gesicht zu zerkratzen. Aus der Nähe konnte sie deutlich sehen, wie groß seine Poren waren, und erblickte rote Äderchen an seiner Nase. Obwohl sie wusste, dass solch kleine Makel sie an Marek nicht gestört hätten, wurde der unerwünschte Verlobte dadurch für sie noch abstoßender. Sie spürte, wie er mit harten, zielstrebigen Bewegungen versuchte, ihre Röcke hochzuschieben. „Er macht das nicht zum ersten Mal", schoss es ihr durch den Kopf. Er hatte bei den Überfällen auf Städte und Dörfer sicher schon viele Frauen geschändet. Der einzige Unterschied bestand darin, dass er Froni später heiraten wollte, während er an all ihre Vorgängerinnen keine Gedanken mehr verschwendet hatte, nachdem seine Bedürfnisse befriedigt waren.

Ebendiese Vorstellung versetzte sie in einen rasenden Zustand des Zorns. Sie begann zu treten, zu zappeln und zu beißen. Es gelang ihr, ihn für einen Moment gequält aufschreien zu lassen. Der Druck seiner Hände ließ kurz nach, sie konnte sich ihm entwinden und auf die Beine springen. Stolpernd und keuchend hastete sie aus dem Zimmer und stellte zu ihrer Erleichterung fest, dass der Schlüssel noch in dem Beutel steckte, den sie an ihrem Rock befestigt hatte. Mit zitternden Händen versperrte sie die Tür, hinter der bereits Lorenz' Fluchen und Poltern zu hören war. Sie ging zwar davon aus, dass er sie bald schon aufbrechen würde, doch hatte sie so wenigstens einen kleinen Vorsprung. Schnaufend hielt sie sich nochmals am Geländer fest, um sicher nach unten zu gelangen. Sie konnte in die Gaststube laufen und Lorenz von Hohenheim dort vor allen Leuten anklagen, doch ahnte sie, dass sie damit nichts erreichen würde. Sie war allein herumgereist wie eine Vagantin, hatte die unterschiedlichsten Leute in ihrer Begleitung geduldet, Angehörige radikaler Freikirchen ebenso wie Katholiken. Eine Frau, die gegen so viele Regeln verstieß, würde kaum als keusch gelten und verdiente daher keine respektvolle Behandlung, selbst wenn sie dem Adel angehörte.

Unten im Korridor rückte sie schnell ihre Röcke zurecht und verschnürte sorgsam ihr Mieder, um auf der Straße nicht den Eindruck eines Freudenmädchens zu machen. Glücklicherweise war dies nur ein kleiner Ort, keine Stadt wie Paderborn, wo es vor Söldnern wimmelte. Sie sah sich nicht in Gefahr, ständig belästigt zu werden.

Nachdem sie eine Weile ziellos herumgerannt war, blieb sie schließlich stehen und lehnte sich an die Wand einer Hütte. Sie musste irgendwie nach Den Haag gelangen, ohne dass Lorenz von Hohenheim sie begleitete. In deutschen Landen war eine Frau allein nicht mehr sicher, wahrscheinlich war sie es nirgendwo auf der Welt. Aber einen anderen Begleitschutz als den verhassten Verlobten hatte sie nicht. Seufzend hockte sie sich auf eine umgekippte Kiste. Sie würde an ihr Ziel kommen, selbst wenn sie zu Fuß laufen musste, sagte sie sich leise vor. Vielleicht sollte sie irgendwo passende Verkleidung als einfache Bäuerin auftreiben, denn darin fiele sie weniger auf. In ihrem Beutel steckten noch ein paar Taler, die sie eine Weile über Wasser halten konnten, vorausgesetzt, niemand raubte sie unterwegs aus.

Die Aussichtslosigkeit ihrer Lage fiel auf sie nieder wie eine einstürzende Mauer. Es gab keine Möglichkeit für eine Frau, allein zu reisen, wenn sie nicht ihr Leben aufs Spiel setzen wollte. Sie musste zurück in die Herberge, sich an Yveta und die anderen Frauen halten, denn Lorenz würde es kaum wagen, sie vor anderer Leute Augen wie eine Kriegsbeute zu schänden.

Sie hoffte wenigstens, dass es so wäre, und stand wieder auf, um den Rückweg anzutreten. Der Ort lag in tiefem Schlaf und als sie eine Gestalt auf sich zukommen sah, wusste sie nicht, ob es sich um Lorenz oder einen Geist handelte. Sie versteinerte vor Schreck, sah sich nur verzweifelt nach einer Fluchtmöglichkeit um. Es gab einen Weg, der direkt in den nahe gelegenen Wald führte, der nächste zu den Feldern der ansässigen Bauern. Dort überall wäre sie schutzlos. Vielleicht sollte sie um Hilfe schreien und gegen die sorgsam verschlossenen Türen des Ortes klopfen. Aber die Zeiten, da man nachts für Hilfesuchende aufmachte, gehörten wahrscheinlich der Vergangenheit an.

Wie eine wehrlose Maus blieb sie stehen, während der Unbekannte näher kam. Lorenz konnte es nicht sein, denn der war deutlich stämmiger und hatte zudem recht angetrunken gewirkt. Dieser Mann hingegen schritt aufrecht und zielstrebig einher. Die Umrisse des Gesichts kamen ihr vertraut vor, aber sie wollte nicht wirklich glauben, was sie sah. Die Enttäuschung wäre zu schmerzhaft gewesen.

„Warum in Gottes Namen rennst du allein im Dunkeln durch diesen Ort?", fragte Marek aber auch schon. „Am Anfang hast du den Eindruck gemacht, völlig von Sinnen zu sein."

„Und wo kommst du denn auf einmal her?", gab sie zurück. Sie sah keinen Grund, seine Fragen gleich zu beantworten, denn er war ihr mehr an Erklärungen schuldig.

„Ich bin euch gefolgt. Ich wollte sicherstellen, dass du heil nach Den Haag gelangst, ohne dir weitere Schwierigkeiten zu bereiten."

Froni unterdrückte mühsam ein spöttisches Lachen.

„Ich war gerade in ziemlichen Schwierigkeiten. Mein Verlobter will mich weiterhin zu seiner Frau. Dummerweise kann ich ihn aber nicht leiden."

„Das allein ist in adeligen Kreisen nicht unbedingt ein Grund, auf eine Ehe zu verzichten", konterte Marek unbeirrt.

„Ich will so eine Ehe aber nicht. Lorenz von Hohenheim ist ein verrohter Mensch. Das hat der Kampf aus ihm gemacht und wenn der Krieg weiter anhält, wird es noch schlimmer werden."

Sie verschränkte die Arme vor der Brust. Marek seufz-

te.

„Ich verstehe dich. Aber was willst du tun?"

„Zunächst einmal will ich tatsächlich nach Den Haag, aber ohne meinen Verlobten. Ich bin es den Leuten, die unter meinem Schutz stehen, schuldig, sie in Sicherheit zu bringen."

Julius konnte seiner Familie in Soest später eine Nachricht zukommen lassen. Yveta würde eine Anstellung bei Hof finden, dadurch auch ihre Mutter und Lenka ernähren. Selbst für Klara würde sich ein Auskommen finden lassen, wenn sie nicht unnötig deutlich darauf aufmerksam machte, Katholikin zu sein.

„Aber wie soll das gehen?", meinte Marek nach kurzem Überlegen. „All deine Schutzbefohlenen sitzen bei deinem Verlobten in der Herberge. Ganz davon abgesehen, dass ein bewaffneter Begleitschutz in der gegenwärtigen Lage fast unerlässlich ist. Wir können nicht einfach zusammen loslaufen. Ich fürchte, wir kämen nicht weit."

In diesem Moment vermochte Froni endlich ein etwas helleres Bild der Wirklichkeit zu sehen.

„Meinen Verlobten habe ich eingesperrt", teilte sie Marek mit. „Wenn wir uns beeilen, findet sich vielleicht eine Möglichkeit, wie wir die anderen Leute holen und ohne ihn abreisen können."

Ohne auf seine verdatterte Miene zu achten, packte sie ihn am Arm und zog ihn hinter sich her. Atemlos hasteten sie durch das schlafende Dorf und hatten bereits fast die Herberge erreicht, als plötzlich ein weiterer nächtlicher Herumtreiber auftauchte. Diesmal erkannte Froni ihn schon aus einiger Entfernung, wusste aber, dass es keinen Sinn hätte, vor ihm fliehen zu wollen. Selbst in angetrunkenem Zustand vermochte Lorenz von Hohenheim sie alle beide einzuholen und zu überwältigen. Sie blieb aufrecht stehen und wartete, bis er dicht vor ihr angekommen war. Sollte er tatsächlich auf sie losgehen, würde sie um Hilfe schreien, in der Hoffnung, dass auch tatsächlich jemand käme.

„Sieh an, der Bücherwurm ist wieder unter uns. Er hat mehr Mumm in den Knochen, als ich ihm zugetraut hätte", spöttelte Lorenz. „Aber trotzdem kann er mir meine Braut nicht so einfach wegnehmen. Ich rate ihm, sich sogleich zu verziehen, denn Leute seiner Gemeinde mögen bekanntlich keine Gewaltanwendung."

Er packte Froni am Arm, um sie mit sich zu zerren. Kurz wallte die Wut noch einmal in ihr auf, verpuffte aber wieder. Sie wusste, dass sie nun verloren hatte.

„Ich komme mit Euch nach Den Haag", versprach sie Lorenz. „Aber verschont meinen Begleiter und haltet Euch an die Regeln des Anstandes, bis wir vermählt sind."

Er versetzte ihr einen schnellen, aber heftigen Hieb auf den Hinterkopf.

„Ich bin kein Mann, dem sein Weib vorschreibt, was er zu tun hat. Merkt Euch das für die Zukunft."

Dann zerrte er sie grob weiter. Froni verzichtete darauf, sich nochmals nach Marek umzusehen. Sie hatte ihn wieder verloren, doch tröstete sie der Gedanke, dass er nicht willens gewesen war, sie einfach aufzugeben. Nun würde sie versuchen müssen, sich Lorenz vom Leib zu halten, und Elizabeth um Schutz anflehen, sobald sie wieder in Den Haag war.

Allerdings war sie dabei schon einmal gescheitert.

„So behandelt ein ehrbarer Mann seine Braut nicht!", hörte sie Marek in ihrem Rücken rufen. Lange hatte sie sich eine solche Entschlossenheit von ihm gewünscht, nun verfluchte sie ihn dafür. Niemandem war geholfen, wenn Lorenz ihn nun verprügelte oder ihm gar eine Klinge in die Brust bohrte.

Tatsächlich ließ ihr Verlobter sie kurz los, um wütend herumzufahren.

„Er soll sein Mundwerk kontrollieren, denn die Zeiten, da alle vor Gott gleich sind, haben wir noch nicht. Deshalb …"

Weiter kam Lorenz nicht, denn ein breiter Ast wurde ihm energisch ins Gesicht geschleudert. Marek musste ihn schon die ganze Zeit bei sich getragen haben, was Froni aber nicht aufgefallen war. Ihr Verlobter schrie auf und taumelte kurz. Seine Knie gaben nach, was wohl auch an dem Wein liegen musste, den er im Laufe des Abends getrunken hatte. Froni packte ihrerseits einen großen Stein, der auf dem Boden lag, und hieb damit auf seinen Schädel, einmal, zweimal, bis er endlich am Boden lag. Dann hob sie den Stein erneut.

„Hör auf, wir wollen ihn nicht umbringen", mahnte Marek sie sanft und ergriff ihr Handgelenk.

„Es wäre besser, wenn …", begann sie zornig, doch Mareks mahnender Blick machte ihr klar, dass sie ihrem Drang, diesen Mann unschädlich zu machen, nicht ganz nachgeben durfte.

„Gott der Herr mag Gewalt verabscheuen, aber manchmal gibt es keinen anderen Weg, sich gegen Sünder zu wehren", meinte Froni nach ein paar tiefen Atemzügen. Es überraschte sie, Marek kurz schmunzeln zu sehen.

„Das ist eine sehr eigenwillige Auslegung von Gottes Geboten. Aber wir reden besser später in Ruhe darüber. Zunächst müssen wir entscheiden, was mit deinem unerwünschten Verlobten geschehen soll."

Froni atmete tief durch. Ihre Hände zitterten vor Aufregung. Sie konnte es immer noch kaum glauben, der Gefahr so unerwartet entronnen zu sein. Sie hatten den Recken außer Gefecht gesetzt, aber sie ging davon aus, dass er sehr bald schon wieder zu sich kommen würde. Die Vorstellung, ihm tatsächlich den Schädel zu zertrümmern, kreuzte kurz durch ihre Gedankenwelt. Es wäre unwahrscheinlich, dass man sie oder Marek verdächtigen würde. Dennoch schob sie die Möglichkeit einer solchen Lösung entschlossen von sich.

„Dort drüben steht eine Hütte, wo wahrscheinlich etwas gelagert wird", sagte Marek nun. „Ich würde vorschlagen, wir schaffen deinen Verlobten dorthin, damit er nicht zu schnell entdeckt wird. Wenn er aufwacht, wird er einen ziemlichen Brummschädel haben. Vielleicht haben wir ja Glück und er erinnert sich an nichts."

So viel Hoffnung hegte Froni nicht, aber sie folgte seinem Vorschlag, denn es widerstrebte ihr, Lorenz einfach auf der Straße liegen zu lassen. Wenn sie Glück hatten, würde es vielleicht doch eine Weile dauern, bis er wieder zu Bewusstsein kam, und das verschaffte ihnen ein bisschen Vorsprung.

Gemeinsam packten sie Lorenz an Händen und Füßen, um ihn zu tragen. Er war so schwer, dass Froni befürchtete, ihr Kreuz würde unterwegs brechen, doch schließlich hatten sie ihn auf ein Strohlager gebettet und sogar mit schmutzigen Säcken zugedeckt, denn die Nacht war kühl. Dann machten sie sich auf den Weg zur Herberge.

„Glaubst du, die Männer deines Verlobten haben ihn hinausgehen sehen?", fragte Marek.

Froni schüttelte den Kopf.

„Sonst wären sie mitgekommen. Er wollte wahrscheinlich nicht zugeben, dass ich ihm davongelaufen bin."

Diesen Umstand mussten sie ausnutzen. Lorenz' Gefolgschaft saß wahrscheinlich immer noch zechend in der Wirtsstube und kam in den Genuss von Yvetas Gesangsdarbietungen. Sie musste sich einfach hereinschleichen und ihren Freunden klarmachen, dass sie unauffällig verschwinden mussten. Es klang schwierig, aber machbar.

„Warte hier auf mich", wies sie Marek an, als sie vor der Eingangstür standen. Wenn Jan oder Yveta ihn plötzlich hereinkommen sahen, wären sie so überrascht, dass sie verraten könnten, wer er war.

„Hast du einen Wagen?", fragte sie noch schnell. Er schüttelte den Kopf.

„Nur ein Pferd. Das konnte ich in Paderborn auftreiben. Ihr müsst eure Kutsche nehmen."

Damit hatte er wohl recht, doch wären sie in dieser Kutsche auch leicht zu verfolgen.

„Wir werden einen Umweg nach Den Haag einschlagen müssen", überlegte Froni laut. „Und uns vielleicht ein paar Tage irgendwo in den Wäldern verstecken. Sonst hat mein Verlobter uns bald eingeholt."

Er nickte, riet ihr dann, sich zu beeilen. Froni hastete in die Herberge zurück, atmete noch einmal tief durch, bevor sie die Gaststube betrat.

Einige von Lorenz' Gefolgsmännern hatten bereits ihre Köpfe auf den Tisch gelegt und schnarchten wahrscheinlich, doch konnte man es nicht hören. Drei Musiker mit Fiedeln spielten immer noch auf, obwohl Yveta und ihre Mutter das

Singen bereits aufgegeben hatten. Fronis Zofe saß nun dicht neben Jan, beide schienen in ein ernsthaftes Gespräch vertieft. Froni seufzte innerlich. Sie wusste nicht, ob sie Mareks Bruder wirklich in die neuesten Ereignisse einweihen sollte. Er hatte sich Lorenz zwar zunächst als Einziger entgegengestellt, war aber sehr schnell sein Gefolgsmann geworden, als er begriffen hatte, worum es ging. Jan wollte als Protestant gegen die Katholiken kämpfen. Eine junge Frau, die ihrem unerwünschten Verlobten zu entkommen versuchte, wäre für ihn zu unwichtig, um Verständnis für sie aufzubringen.

Sie lächelte dennoch und kam auf ihre Zofe zu.

„Ich dachte, du schläfst schon", meinte Yveta überrascht. „Dein Verlobter ist übrigens auch schon zu Bett gegangen."

Lorenz schlief tatsächlich, aber nicht dort, wo Yveta ihn vermutete.

„Ich kam nicht zur Ruhe. Ihr seid ziemlich laut hier unten", erklärte Froni und setzte sich zu ihrer Zofe.

„Wärest du bereit, mir nach oben zu folgen? Ich muss dringend etwas mit euch allen besprechen. Nimm deine Mutter und Klara mit. Es geht … es geht um die Vorbereitung meiner Hochzeit."

Etwas Besseres war Froni auf die Schnelle nicht eingefallen und die Lüge wirkte. Yvetas Augen leuchteten auf, sie liebte die Vorstellung von Hochzeiten. Kurz flüsterte sie Jan etwas zu, dann erhob sie sich.

„Gut, dann gehen wir. Meine Mutter ist ohnehin schon müde."

Froni atmete erleichtert auf, denn bisher war alles sehr einfach gewesen. Nun würde sie ihre energische, aber auch gefühlvolle Zofe überzeugen müssen, sie auf einem weiteren gefährlichen Abenteuer zu begleiten.

„Niedergeschlagen! Ihr habt ihn einfach außer Gefecht gesetzt?"

Yveta beschrieb diesen Umstand so lautstark, dass ihre Mutter ihr mahnend auf die Schulter klopfte.

„Es ging nicht anders", versuchte Froni sich zu rechtfertigen. „Er … er hat versucht, mich zu schänden. Das lag sicher daran, dass er betrunken war, aber …"

„Und Marek, ein Schüler von Chelčický und Comenius, wurde gewalttätig, um dich zu verteidigen?"

Yveta starrte völlig ungläubig. Klara hatte inzwischen Lenka geweckt und schnell angekleidet. Julius konnte mittlerweile selbst aufstehen und sich die Stiefel zuschnüren.

„Ihr habt einen Offizier des Bischofs von Halberstadt niedergeschlagen?", fragte nun auch er ungläubig. Froni hatte den Eindruck, in die Ecke gedrängt zu werden.

„Ich hatte Gründe dafür", beharrte sie. Einem Jungen in seinem Alter wollte sie die Umstände nicht genauer erklären. Er schien jedoch zu verstehen, denn sein Blick wurde plötzlich noch ernster als gewöhnlich. Insgesamt wirkte Julius wie jemand, der zu früh erwachsen geworden war und unter dem Ballast an Erfahrung zusammenzubrechen drohte.

„Ich wünschte, es gäbe mehr Frauen wie Euch", sagte er respektvoll. Froni unterdrückte den Wunsch, ihn zu umarmen.

„Marek Neruda liebt dich!", rief die ebenfalls etwas angetrunkene Yveta aus. „Er hat das Gebot gebrochen, stets auf Gewalt zu verzichten. Wegen dir!" Sie drückte Froni stürmisch an sich. „Ich bin so glücklich für dich! Ich weiß, du hast es dir gewünscht, und nun hat sich dein Traum erfüllt."

Barbora zog ihre Tochter mit einem weiteren Murren von Froni weg.

„Wir müssen aufbrechen", sagte die alte Frau Navratilova. „Bevor Lorenz von Hohenheim zu sich gekommen ist, müssen wir diesen Ort verlassen haben."

Dann machte sie sich daran, Klara zu helfen, die schon im Begriff war, ihrer aller spärliche Habseligkeiten einzupacken.

„Wir fahren ohne die Söldner weiter", versicherte Yveta indessen Lenka, deren Gesicht sich erhellte.

„Julius ist sicher auch sehr froh darüber", sagte das Mädchen mit todernster Miene und zog dann rasch seine

Schuhe an.

„Jemand muss dem Kutscher Bescheid geben", verkündete Yveta. „Der sitzt noch unten und ist wahrscheinlich stockbetrunken. Aber er sollte uns wenigstens in den nächsten Wald fahren, wo wir uns verstecken können, bis der Tag anbricht."

„Was ist mit den anderen Männern?", fragte Barbora. „Es wäre nicht schlecht, wenn wir Begleitschutz hätten. Aber ich weiß nicht, ob sie sich einem Offizier gegenüber nicht zu Loyalität verpflichtet fühlen."

Eben in dieser Hinsicht hegte Froni auch Zweifel. Sie beschloss, ohne jeden Begleitschutz aufzubrechen, denn so würde ihr Verschwinden aus der Herberge weniger auffallen. Anschließend wären sie völlig auf sich allein gestellt und würden während des Rests der Reise auf allen Komfort verzichten müssen, aber es ging nicht anders. Sie mussten sich als einfache Leute ausgeben, bei denen es nichts zu holen gab. Sobald sie sich in einem Wald befanden, sollte sie schnell ihr Kleid wechseln. Es würde vielleicht eine Woche dauern, bis sie Den Haag erreicht hätten. Sobald sie auf holländischem Territorium wären, hätten sie das Kriegsgebiet hinter sich gelassen und müssten daher weniger unerwartete Überfälle fürchten.

„Was ist mit Jan?", meinte sie nun zu Yveta. „Willst du ihn einweihen oder nicht? Ich überlasse es dir."

Ihre Zofe runzelte die Stirn und biss sich auf die Lippen.

„Ich weiß es nicht", meinte sie nach kurzem Überlegen. „Ich weiß nicht, ob er mich so liebt wie sein Bruder dich. Ich kann ihm nicht völlig vertrauen."

Sie sah unglücklich aus, aber Froni wollte ihr zum Trost keine Märchen erzählen. Jan mochte eine Schwäche für die hübsche Yveta haben, aber in erster Linie sah er sich als Krieger Gottes.

„Vielleicht sollte Marek mit ihm reden", schlug sie nach kurzem Überlegen vor. „Er ist immerhin sein Bruder und den wird er nicht so einfach verraten."

Aber selbst darin war Froni sich nicht sicher. Auch auf

Yvetas Gesicht konnte sie Zweifel erkennen.

„Ich versuche es selbst", beschloss ihre Zofe nach kurzem Überlegen. „Ich gehe wieder nach unten zu ihm, denn wir besprachen gerade, wie es mit uns weitergehen könnte. Aber ihr macht euch inzwischen auf den Weg. Meine Mutter gibt dem Kutscher Bescheid, er mag sie und wird ihr keinen Wunsch abschlagen. Ich werde eine Weile warten, bevor ich mit Jan rede. Ihr fahrt währenddessen an den Rand des Ortes und versteckt die Kutsche irgendwo. Marek soll auf der Hauptstraße warten, bis der erste Hahn kräht. Falls ich bis dann nicht mit Jan gekommen bin, fahrt ohne mich los."

Froni schüttelte den Kopf.

„Und was wird aus dir? Wenn Jan uns nicht helfen wird, wird mein Verlobter seinen Zorn wahrscheinlich an dir auslassen. Er weiß, dass wir einander nahestehen."

„Dieses Risiko nehme ich auf mich", erwiderte Yveta. „Ich könnte auch gleich mit euch kommen, aber mir liegt an Jan. Gehe ich jetzt, dann sehe ich ihn niemals wieder. Ich hoffe darauf, dass er mich verteidigen wird, wenn ich in Schwierigkeiten gerate."

Selbst wenn Jan es wollte, würde er gegen einen adeligen Hauptmann nicht viel ausrichten können, überlegte Froni. Aber Yveta hatte ihre Entscheidung getroffen und ihr fehlte die Zeit für eine längere Auseinandersetzung.

„Na gut. Wir müssen los. Wir werden auf dich warten. Falls Jan uns nicht helfen will, versuche bitte, ohne ihn zu kommen."

Sie drückte Yveta noch einmal kurz an sich, nahm dann Abschied.

Es gelang ihnen tatsächlich, sich aus der Herberge zu schleichen. Die Wirtsleute schliefen bereits, hatten den Gästen noch ein paar Karaffen Wein auf den Tisch gestellt, um sie bei Laune zu halten. Die Musiker spielten immer noch unermüdlich, auch wenn ihnen kaum noch jemand zuhörte. Glücklicherweise hatten Lorenz' Gefolgsmänner sich ebenfalls in den Schlaf getrunken, lagen auf den Bänken und Tischen wie hingeworfen. Niemand hegte irgendeinen Verdacht, dass die Frauen der Reisegesellschaft sich mitten in der Nacht einfach davonmachen könnten.

Marek schloss die Tür hinter ihnen sorgfältig, dann schlichen sie alle in die Kutsche. Die Pferde schnaubten, wieherten einige Male, aber in dem kleinen Ort gab es genug Vieh, damit diese Geräusche als gewöhnliche nächtliche Laute untergingen. So trabten die Tiere langsam Richtung Waldrand. Froni hatte Lenka an sich gedrückt.

„Wann kommt Yveta?", fragte das Mädchen leise und sah sie mit großen Augen an. Barbora hatte die Hände gefaltet, ihre Lippen formten Gebete. Froni empfand in diesem Moment keine Angst, dass sie aufgehalten werden könnten. Diese Gefahr drohte ihnen in den nächsten Tagen, wenn sie sich unvorsichtig verhielten, aber im Augenblick schien alles sicher. Nur wollte sie ihre Zofe nicht bei einem Haufen von Söldnern zurücklassen, die sie für das Fehlverhalten ihrer Herrin verantwortlich machen würden.

Sobald die Kutsche in das Dunkel des Waldes eingetaucht war, stellte der Kutscher sie hinter ein paar Bäumen ab. Marek kletterte hinaus, um sich am Dorfrand zu postieren. Froni folgte nach kurzem Zögern.

„Wenn Lorenz von Hohenheim uns erwischt, wird er mit mir als Beute zufrieden sein", kommentierte sie ihre Entscheidung. „Dann haben die anderen wenigstens noch eine Chance zu entkommen."

Zu ihrer Erleichterung widersprach Marek nicht, sondern nahm ihre Begleitung stillschweigend hin. Sie blieben vor ein paar Feldern stehen, die Umrisse der Häuser des Dorfes lagen noch im Nachtgrau des langsam anbrechenden Tages. Grillen zirpten, ein paar Katzen miauten, aber der Hahn ließ sich Zeit mit seinem ersten Krähen.

„Ich danke dir, dass du mir geholfen hast", meinte Froni nach einer Weile der Stille. Er erwiderte nichts, ergriff nur ihre Hand.

„Es gab verschiedene Ansichten zur Frage der Gewaltanwendung unter den Vätern meiner Kirche", sagte er leicht verlegen. „Manche meinten, sie sei mitunter notwendig, wenn auch stets verabscheuungswürdig."

„Ja, so sehe ich es auch", erwiderte Froni und hielt weiter seine Hand fest. „Aber ich weiß, dass du andere Vorstellungen hattest."

„Es wird in dieser Welt immer schwerer werden, an solchen Vorstellungen festzuhalten. Zu viele Menschen brauchen Schutz. Ich konnte dich nicht diesem Wüterich überlassen."

Er legte seinen Arm um ihre Schultern. Froni schloss für einen Moment die Augen. Wie lange hatte sie darauf gewartet, solche Worte von ihm zu hören!

„Was wirst du tun, wenn du mich nach Den Haag gebracht hast?", wagte sie leise zu fragen. Er wandte ihr kurz den Kopf zu.

„Ich werde zusehen, dass alle Schutzbefohlenen gut versorgt sind. Danach kehre ich wahrscheinlich zu meinen Leuten zurück."

„Aber in Böhmen werdet ihr jetzt verfolgt werden!", widersprach Froni aufgebracht und gleichzeitig bemüht, ihre Enttäuschung zu verbergen. „In Holland wärest du sicher. Es ist ein protestantisches Land."

„Das ist Sachsen auch. Trotzdem wurden wir dort angegriffen. Freikirchen wie die meine sind bei traditionellen Lutheranern nicht immer gern gesehen."

„Aber in einem protestantischen Land könntest du dich unauffällig verhalten und den Armen helfen und ..."

„Böhmen ist meine Heimat. Ich gehöre zur Gemeinschaft der Brüder, seit ich denken kann. Ein Leben an einem anderen Ort kann ich mir nicht vorstellen. Aber ich werde nicht fortgehen, solange du nicht in Sicherheit bist."

Froni fragte sich, wie diese Sicherheit aussehen sollte. Elizabeth würde einen Gemahl für sie finden. Vielleicht nicht Lorenz von Hohenheim, der sie wahrscheinlich nicht mehr wollen würde. Unter Umständen würde sie mit einem unbedeutenderen Mann vorliebnehmen müssen. Es wäre ihr gleich. Alles wäre ihr gleich, wenn sie Marek nicht haben konnte. Ebendieser Fall konnte immer noch eintreten.

„Ich ... ich frage mich, ob du dir vielleicht vorstellen könntest, dass ..."

Sie verstummte, weil der Mut sie plötzlich verließ. Gab es in Elizabeths Fundus an Liebesgeschichten eine einzige, in der die Frau einem Mann als Erste ihre Gefühle erklärte?

Es wollte ihr einfach nicht einfallen. Falls doch, hatte sicher dieser Shakespeare es geschrieben.

„Was soll ich mir vorstellen?"

Wieder sah Marek sie an. Der Ernst seiner Augen machte ihr für einen Augenblick fast Angst. Sie merkte, dass sie selbst nicht wusste, welche Antwort sie ihm geben sollte. Auch wenn sie im Moment wie eine Herumtreiberin am Waldrand stand, war sie einst eine höfische Dame gewesen und konnte es wieder werden, falls Elizabeth ihr verzieh. Welche Zukunft hätte sie mit einem frommen Schullehrer? Sie versuchte angestrengt, ein annehmbares Bild heraufzubeschwören.

Da krähte der Hahn.

„Sie kommt nicht", flüsterte Marek. „Yveta konnte Jan nicht überzeugen."

Froni unterdrückte einen Fluch. Sie hatte sich geweigert, eine solche Möglichkeit wirklich in Betracht zu ziehen.

„Wir müssen in die Herberge zurück und Yveta holen!", sagte sie. Marek schüttelte den Kopf.

„Dann kannst du nicht mehr fort. Selbst wenn dein Verlobter noch nicht zu sich gekommen ist, wird Jan dich nicht gehen lassen. Er überschätzt die Wichtigkeit weltlicher Autorität, sobald diese protestantisch ist, und vergisst, dass das Wort Gottes ..."

„Wir können Yveta doch nicht so einfach zurücklassen!", unterbrach Froni, denn ihr stand nicht der Sinn nach religiösen Belehrungen. „Lorenz ist unberechenbar, wenn er wütend wird. Das habe ich heute selbst erfahren dürfen."

Ohne seine Antwort abzuwarten, lief sie los. Sie kam keine drei Schritte weit, denn Marek packte sie am Arm, um sie rückwärtszuziehen.

„Nach dem, was geschehen ist, kannst du nicht zurück. Lorenz von Hohenheim wird vor Zorn toben, wenn ihm alles wieder einfällt. Er könnte deinen Leichnam einfach irgendwo verschwinden lassen. Niemand wird es wagen, ihn vor dem böhmischen Königspaar anzuklagen."

„Aber Yveta …"

„… hat selbst beschlossen zu bleiben. Warte auf sie, wenn du in Den Haag bist. Vielleicht wird sie dir folgen können."

Froni versuchte noch einen Moment, sich loszureißen, dann sickerten seine Worte allmählich in ihren Verstand und lähmten ihre Bewegungen.

„Wir warten!", beharrte sie. „Wenigstens bis Sonnenaufgang. Ich lasse Yveta nicht so einfach zurück."

Marek stieß einen tiefen Seufzer aus.

„Na gut. Wie du meinst. Aber denke auch an Lenka und Julius. Gerade die Kinder sollten möglichst bald in ein friedliches Land gebracht werden."

Das leuchtete Froni ein. Sie überlegte kurz, wandte sich dann nochmals zu ihm um.

„Falls Lorenz mich sucht, werde ich mich gleich ergeben. Dann können die anderen schnell davonfahren. Er wird sie nicht aufhalten, denn sie sind ihm nicht wichtig."

„Na gut."

Marek trat einen Schritt auf sie zu und legte wieder den Arm um ihre Schultern. Sie staunte, wie glücklich sie das machte, obwohl er immer noch von keiner gemeinsamen Zukunft sprach.

„Ich werde bei dir warten", sagte Marek leise. „Ich habe den Herrn Offizier mit einem Ast außer Gefecht gesetzt, also wird er auch mich in die Finger bekommen wollen. Unsere übrigen Reisegefährten sind ihm nicht so wichtig, da hast du recht. Sie können dann allein nach Holland reisen. Ich werde es dem Kutscher erklären, dann komme ich zurück."

Froni nickte und ließ ihn gehen.

„Verstecke dich, damit man dich nicht gleich sieht", rief er noch, bevor er sich umgedreht hatte. Sie gehorchte, ohne weiter nachzudenken, hockte sich auf einen gefällten Baumstamm hinter Büschen. Sie konnte noch in den Ort hineinspähen, ging aber davon aus, dass niemand der Bewohner sie würde entdecken können.

370

Falls die Kutsche ohne sie losfuhr, würden deren Insassen in Den Haag wahrscheinlich nicht von dem böhmischen Königspaar empfangen werden, überlegte sie. Dennoch war Holland ein gutes Ziel, denn dort herrschte noch Frieden. Sie hoffte, dass all ihre Gefährten trotzdem irgendwie zurechtkämen. Im Grunde wusste sie ja nicht einmal, was in Den Haag aus ihr selbst werden sollte.

Der Ort wachte langsam auf. Die ersten Bewohner kamen aus ihren Hütten, Bauern meistens, die Vieh füttern und Wasser holen wollten. Froni beobachtete aufmerksam die Ereignisse, denn im Notfall gab es noch die Möglichkeit einer hastigen Flucht. Noch schien keine Unruhe ausgebrochen zu sein. Die Leute in der Herberge würden erst einmal ihren Rausch ausschlafen müssen, bevor sie merkten, wer alles plötzlich fehlte. Lorenz lag immer noch in der Hütte. Falls er nicht von selbst aufstand, würde man ihn früher oder später finden. Danach würde bald schon eine gründliche Suche nach ihr beginnen, denn sie wäre sicher die Erste, derer er habhaft werden wollte.

Sie sackte in sich zusammen und begann leise zu beten. Sie wünschte sich einen ruhigen Ort, wo sie weiter würde leben können, vertraute Menschen um sich herum und ein Dasein ohne Angst vor marodierenden Söldnern. All das wäre schwer zu verwirklichen, wenn es mit der christlichen Welt so weiterging wie im letzten Jahr. Im Augenblick musste sie darauf hoffen, ihre eigene Haut retten zu können, ohne dabei Yveta zurückzulassen.

Hinter ihr knacksten Zweige und sie zuckte erschrocken zusammen. Doch es war nur Marek, der sie beruhigend in die Arme schloss. Sie legte ihren Kopf an seine Schulter und dachte für einen Moment, dass alles gut werden konnte, wenn sie nur zusammenblieben.

„Ich habe dem Kutscher alles erklärt. Er fährt weiter, sobald es hell wird. Hier zu bleiben, wäre für alle zu gefährlich."

„Und wir?", fragte Froni schicksalsergeben.

„Wir sollten mitkommen, solange es noch geht. Dieser Krieg hat schon viele Opfer gefordert und ich fürchte, es werden noch mehr. Deine Zofe könnte eines davon sein. In Friedenszeiten säße sie noch in Sicherheit in ihrem Heimatort."

„Das täten wir zu Friedenszeiten doch alle", erwiderte Froni und musste plötzlich lachen. „Wir beide wären uns niemals begegnet, wenn Friedrich vernünftig genug gewesen wäre, die böhmische Krone abzulehnen. Ich hätte Heidelberg nicht verlassen."

„So gesehen hatte dieser Krieg dann auch sein Gutes", meinte Marek. „Ich bin froh, dass ich dich getroffen habe."

Wieder legte Froni den Kopf an seine Schulter. Für einen Augenblick war sie einfach nur glücklich, ohne sich irgendwelche Sorgen um die Zukunft zu machen. Sie spürte, dass er nochmals ihren Haarschopf küsste, so wie damals, bevor sie in Prag voneinander Abschied genommen hatten. Sie hätte sich gewünscht, dass dieser Zustand noch eine Weile anhielt, doch plötzlich kamen zwei Leute auf sie zugerannt. Voran lief eine junge Frau, deren braunes Haar im frischen Morgenwind wehte, und sie zog einen hochgewachsenen Mann hinter sich her.

„Ich glaube, das sind Yveta und Jan!", rief sie aufgeregt. Ohne weiter nachzudenken, wollte sie den beiden entgegenrennen, doch Marek hielt sie zurück.

„Vielleicht werden sie verfolgt. Wir sollten uns nicht gleich zeigen", flüsterte er ihr zu. Widerwillig blieb Froni stehen, bis sie Yvetas Gesicht deutlich erkennen konnte. Ihre Zofe sah sich ratlos um und debattierte mit Jan, der seinen Degen einsatzbereit in der Hand hielt. An seinem Gürtel hing noch ein zweiter, als wolle er mit beiden Händen kämpfen können.

„Es sieht aus, als ob die uns suchen", meinte sie zu Marek, der nickte.

„Ich gehe zu ihnen. Bleib du hier. Falls es eine Falle sein sollte, dann warte nicht auf mich. Lauf zur Kutsche und dränge alle, gleich aufzubrechen."

Fronis Finger bohrten sich in seinen Arm, aber schließlich ließ sie ihn los. Es gab keine andere Möglichkeit. Sie sah, wie Marek auf ihre Gefährten zuging. Yvetas Gesicht erhellte sich, Jan zog eine angespannte Miene und begann sogleich ein Gespräch auf Tschechisch. Er hielt Marek den zweiten Degen hin und redete laut auf ihn ein. Yveta versuchte zu vermitteln und beide Männer in die Sicherheit des Waldes zu ziehen, aber sie waren zu sehr in ihren Streit vertieft. Da sah Froni, wie zwei weitere Gestalten aus dem Ort angerannt kamen. Sie hob die Hände, um ihre Freunde zu warnen, aber niemand achtete auf sie.

„Kommt her! Versteckt euch!", schrie sie nun aus Leibeskräften, richtete sich auf und winkte nochmals. Jetzt schien Marek aufmerksam zu werden und drehte sich um. Die zwei Männer hatten ihn und die anderen aber bereits bemerkt und beschleunigten ihre Schritte. Jan schubste Yveta in Richtung des Waldes, sie leistete kurz Widerstand, lief dann aber los. Froni kam ihr entgegen, schloss sie in die Arme und zog sie hinter das Gebüsch.

„Will Jan uns helfen?", fragte sie nur. Yveta nickte.

„Ich musste lange auf ihn einreden, aber schließlich konnte ich ihn überzeugen", erwiderte die Zofe. „Nur, fürchte ich, hat es zu lange gedauert. Diese zwei Kerle gehören zur Gefolgschaft deines werten Verlobten."

Froni wurde kalt.

„Hat man Lorenz schon gefunden?"

„Soviel ich weiß nicht. Alle denken, dass er in seinem Bett schnarcht. Aber es wird bald passieren, denn langsam wachen die Leute in der Herberge auf. Wir müssen so bald wie möglich losfahren."

Leider standen Marek und Jan immer noch da und unterhielten sich mit den zwei Söldnern. Zunächst schien das Gespräch friedlich zu verlaufen, doch als einer von Lorenz' Gefolgsmännern Richtung Wald aufbrechen wollte, stellte Jan sich ihm in den Weg. Die Stimmen wurden lauter. Marek versuchte zu vermitteln, wurde aber nicht beachtet, weil Jan inzwischen in einen richtigen Streit verwickelt war.

„Die Frauen können hinfahren, wo sie wollen!", rief er in seinem inzwischen sehr guten Deutsch. „Ihr braucht sie nicht zu bewachen."

„Wir wollen wissen, wo die Verlobte unseres Hauptmanns ist!", brüllte nun einer seiner Gegner. Fronis Magen zog sich zusammen.

„Ich sollte mich zeigen", flüsterte sie Yveta zu, die den Kopf schüttelte.

„Sie werden dich gewaltsam zurückbringen."

Froni hörte nicht auf sie, denn die Lage drohte zu eskalieren. Inzwischen waren auch einige der Bauern hellhörig geworden und beobachteten das Geschehen. Sie stand auf und winkte mit den Armen.

„Ich bin hier und möchte einen kleinen Ausflug machen. In ein paar Stunden sind wir zurück", sagte sie, denn eine bessere Erklärung für ihr Verschwinden mitsamt der Kutsche wollte ihr nicht einfallen. Beide Männer kamen nun auf sie zu. Jan und Marek folgten. Sie trat ein paar Schritte zurück ins Dickicht des Waldes. Was auch immer jetzt geschah, es war besser, wenn niemand aus dem Ort es sehen konnte.

„Verzeiht unser Eingreifen, Fräulein von Odenwald", meinte der erste Söldner und verneigte sich durchaus respektvoll vor ihr. „Wir haben Euer Verschwinden bemerkt. Auch Eure Kutsche war fort. Wir wollten nach Euch sehen."

„Das war sehr lobenswert", erwiderte Froni. „Aber nun kehrt in die Herberge zurück. Ich werde zum Mittagsmahl ebenfalls da sein."

Die zwei Männer sahen sich unschlüssig an. Der Ältere, der bereits mit ihr gesprochen hatte, räusperte sich, redete dann weiter.

„Mit allem gebotenen Respekt, wir können Euch nicht gehen lassen, ohne dass unser Hauptmann es erlaubt."

„Warum? Bin ich seine Gefangene?"

Froni sah den Mann mit jener Empörung an, die Elizabeth in einer solchen Lage gezeigt hätte. Sein Gesichtsausdruck machte überaus deutlich, dass er lieber in eine Wirtshausschlägerei verwickelt gewesen wäre, als sich mit den Launen widerborstiger Damen auseinandersetzen zu müssen.

„Er ist für Euer Wohlergehen verantwortlich", sagte

der Mann schließlich und richtete sich auf, als sei er sehr stolz, die angemessenen Worte gefunden zu haben.

„Aber er hat dem Ausflug doch schon zugestimmt!", hörte Froni plötzlich Yveta sagen. „Gestern Abend, da redete er noch kurz mit meiner Herrin. Sie sagte, dass sie sich gern ein wenig die Gegend ansehen wollte, bevor wir weiterführen. Er meinte, sie solle allein losfahren, nur mit ihrem persönlichen Gefolge, denn er und seine Männer wären sicher zu erschöpft von dem Gelage am Abend."

Sie lächelte den Mann an. Er räusperte sich verlegen, seine Gesichtshaut färbte sich dunkler und für einen Moment schien es Froni, dass Yvetas Geschick im Umgang mit dem anderen Geschlecht ihre Probleme gelöst hätte. Dann meldete sich der andere Söldner zu Wort.

„Ich schlage vor, Ihr wartet hier mit dem Fräulein, während ich unseren Hauptmann aufsuche. Er wird mir verzeihen, wenn ich ihn wecke. Schließlich geht es um seine Braut."

Fronis Knie wurden butterweich. Sie streckte den Arm aus, um sich an Yveta festzuhalten, deren Gesicht ebenfalls angespannt wirkte. Sie waren verloren. Sobald der Söldner Lorenz von Hohenheim nicht in seinem Gemach vorfand, würde man sie nicht gehen lassen, bis der Hauptmann aufgetaucht war.

„Gut, dann gehe nachsehen", sagte Jan plötzlich. „Wir verstehen die Notwendigkeit. Unsere Dame wird sicher niemandem grollen."

Froni verspürte einen Stich des Zorns, denn es lag bei ihr, ob sie grollte oder nicht. Zudem staunte sie, denn sie hatte Jan eher als wortkargen, mitunter streitsüchtigen Mann in Erinnerung. Konflikte geschickt zu lösen, war ihr bisher nicht als eine seiner Stärken aufgefallen. Auch Marek sah überrascht aus, schwieg aber. Der zweite Söldner entfernte sich, der erste blieb stehen.

„Nichts für ungut unter Kameraden", sagte er zu Jan. „Wir müssen alle unsere Pflicht erfüllen."

„So ist es", erwiderte Jan knapp.

Eine Weile schwiegen sie alle. Froni fragte sich, was

dieses alberne Schauspiel sollte. Sie würden bald alle unter Arrest gestellt und nach Paderborn zurückgebracht werden. Ihr gegenüber wäre Christian von Braunschweig vielleicht noch gnädig, weil sie eine Hofdame seiner Angebeteten war. Marek durfte auf keine milde Behandlung hoffen, er war ein Mann und würde als Aufwiegler bestraft werden. Auch ihre übrigen Gefährten konnte sie nicht mehr beschützen. Am liebsten wäre sie losgelaufen, um den Kutscher zu einem sofortigen Aufbruch zu drängen. Vielleicht würde man sich nicht die Mühe machen, ein paar unbedeutende Bedienstete zu verfolgen. Als sie gerade nach einer möglichst glaubwürdigen Begründung suchte, sich für einen Augenblick entfernen zu können, hörte sie Jan plötzlich wieder reden.

„Es ist in der Tat so, dass ein Mann manchmal Dinge tun muss, die ihm widerstreben. Ich bedaure es, Kamerad. Wäret Ihr in meiner Lage, könntet Ihr mich verstehen."

Während ihn alle verdattert ansahen, schwang er plötzlich den Degen, um dem letzten noch anwesenden Söldner die Klinge an die Kehle zu setzen.

„Leg deine Waffe weg!", rief er ihm dabei zu. „Dann geschieht kein Unheil."

Obwohl sein Gegenüber völlig überrumpelt sein musste, reagierte er schnell, wie ein Mann, dem Gefahren vertraut waren. Er sprang einen Schritt zurück, hob die eigene Waffe und zwei stählerne Klingen trafen aufeinander.

„Komm weg hier, schnell!", rief Yveta und zog Froni in die Sicherheit der Bäume. Marek blieb stehen, betrachtete das Geschehen mit weit aufgerissenen Augen. Jan verstand sich aufs Fechten, wie Froni bereits aufgefallen war, aber sein Gegner war ihm gewachsen. Sie tänzelten umeinander herum, warteten auf einen günstigen Moment, um unerwartet wieder zuzuschlagen. Vor Anspannung wurde Froni fast übel. Sie hatte keine echte Angst um Jan, der gut in der Lage schien, sich zu verteidigen. Aber wenn der Kampf zu lange andauerte, käme bald der zweite Söldner mit Verstärkung zurück.

„Wir müssen etwas tun!", rief sie Marek auf Tschechisch zu, aber der stand nur reglos da. War es wirklich der

Wille Gottes, dass er den Kampf um ihrer aller Wohlergehen seinem Bruder überließ?

„Lauf zur Kutsche!", flüsterte sie Yveta zu. „Dann fahrt alle los. Lorenz wird zufrieden sein, wenn er mich in die Finger bekommt."

Aber Yveta blieb stehen, schüttelte nur stur den Kopf. Dann ergriff Marek plötzlich den zweiten Degen, den Jan ihm vor einer Weile aufgedrängt hatte. Er schwang ihn wie vorher den Ast, ohne jedes Geschick, aber voller Entschlossenheit. Die Klinge schlitzte den Rücken des Söldners auf, der vor Schmerz aufschrie, bevor er in die Knie sackte. Gleich darauf hieb Jan ihm den Degen aus der Hand und Marek packte einen Ast, den er gegen die Schläfe des wehrlosen Mannes schlug. Blut sprudelte nun auch über das Gesicht des Verletzten und raubte ihm die Sicht.

Froni musste sich eine Hand vor den Mund pressen, denn ihr Magen rebellierte. Yveta stieß einen tiefen Seufzer aus.

„Dein Auserwählter ist kein hoffnungsloser Fall", hauchte sie Froni ins Ohr.

Der Söldner lag nun auf dem Boden, atmete und stöhnte aber noch. Marek kniete sich sogleich an seine Seite.

„Wir sollten ihn verbinden!", rief er seinem Bruder zu. „Ich will nicht, dass er verblutet."

„Das wird er schon nicht. Ich habe schwerer verwundete Kerle gesehen, die wieder auf die Beine kamen", erwiderte Jan. „Wir haben keine Zeit. Bald ist die Verstärkung hier und er kann ihnen alles erzählen. Du bist sicher nicht bereit, ihn zu töten."

Marek schüttelte stumm den Kopf und Froni war trotz allem froh darum. Menschen seiner Art mochten in nächster Zeit selten werden, aber eben darum war es wichtig, dass er sich nicht völlig änderte.

Indessen hatte Yveta einen Streifen von ihrem Unterrock abgerissen.

„Das legen wir ihm unter den Rücken und sorgen dafür, dass er brav liegen bleibt", teilte sie den Männern mit. „Dann müssen wir alle im Eilschritt zur Kutsche laufen und zusehen, dass wir uns irgendwo verstecken."

„Wir fahren am besten sofort nach Soest und bringen Julius zu seiner Familie", sagte Marek sehr laut und deutlich. Froni setzte zum Widerspruch an, aber sein mahnender Blick ließ sie innehalten. Er wies mit der Hand so unauffällig wie möglich auf den blutenden Söldner, dem Jan gerade mit seinem Gürtel die Beine zusammenband, während Yveta Stofffetzen unter seinen Rücken schob. Er schlug immer wieder um sich, bevor der Schmerz ihn lähmte. Einmal schaffte er es sogar, Yveta unter lautem Fluchen zu Boden zu werfen.

„Ich will dir nur helfen, Dummkopf! Wir könnten dir auch einfach die Kehle durchschneiden, damit du Ruhe gibst", zeterte die Zofe und kam erst wieder näher, als Jan sich schützend neben ihr aufgebaut hatte.

„Der Hauptmann wird euch kriegen, verfluchtes Pack! Da könnt ihr euch verkriechen, wo ihr wollt!", keuchte der Söldner und versuchte vergeblich, wieder auf die Beine zu kommen.

„Seinen Degen nehmen wir mit", beschloss Jan. Yveta ergriff unaufgefordert die Waffe. Eine Muskete hatte der Söldner glücklicherweise nicht bei sich gehabt, sonst wären sie ihm niemals beigekommen.

„Also auf nach Soest!", rief Marek nochmals laut. Diesmal war es Jan, der etwas einwenden wollte, aber Yveta schob ihn energisch vorwärts.

„Wir besprechen alles, wenn wir in der Kutsche sitzen."

Bald darauf hatten sie ihr Ziel erreicht. Jan schwang sich auf das Pferd, das eigentlich Marek gehörte, und nahm Yveta mit in den Sattel, damit in der Kutsche mehr Platz war. Froni drängte sich neben Barbora und Klara auf die Bank. Lenka sah sie alle mit einem riesengroßen Eulenauge an.

„Wo seid ihr so lange gewesen? Und wo fahren wir jetzt hin?"

Die zweite Frage stellte Froni sich auch.

„Auf jeden Fall nicht nach Soest", meinte Marek grinsend. „Ich hoffe, mein Plan geht auf und der Mann setzt deinen Verlobten auf eine falsche Fährte."

Froni schloss seufzend die Augen. Es wäre zu schön, wenn all ihre Gegner so einfältig wären! Aber sie hatte Lorenz von Hohenheim nicht als klugen Menschen erlebt, Christian von Braunschweig ebenso wenig. Auf dem Schlachtfeld bedurfte es anderer Eigenschaften, um seine Feinde niederzumähen, doch letztendlich würden nur die klugen Kämpfer wirklich vom Krieg profitieren.

Jener Wallenstein, der nun in Böhmen an die Macht gekommen war, mochte einer davon sein.

„Gleich Richtung Holland aufzubrechen, wäre vielleicht auch nicht klug", meinte sie. Ihre Hände zitterten vor Aufregung und auf einmal kam sie sich vor wie eine Maus, hinter der gleich mehrere Katzen herliefen. Welches Loch in dieser Welt mochte noch sicher sein?

„Wir fahren tiefer in den Wald hinein", schlug Marek vor. „Dann suchen wir einen Ort, wo wir uns ein paar Tage lang verstecken können. Indessen wird dein vor Zorn tobender Verlobter irgendwohin abgezogen sein. Vielleicht wieder nach Paderborn, um Verstärkung zu holen. Diesen Vorsprung nutzen wir und reisen so schnell wie möglich nach Den Haag. Du musst vor ihm dort eintreffen, damit er das Königspaar nicht gegen dich einnehmen kann."

Froni nickte müde. In Wahrheit hatte sie das Gefühl, in einem Dickicht zu stecken, aus dem es keinen Ausweg gab.

Plötzlich ergriff Marek ihre Hand.

„Mein Bruder und ich, wir bringen dich in Sicherheit. Deine Gefährten auch", versprach er. Sie wollte daran glauben, auch wenn es im Moment nicht besonders günstig aussah. Vor allem war sie glücklich, dass Marek ihretwegen nicht nur eine Waffe in die Hand genommen, sondern auch gelogen hatte, als er von einer Reise nach Soest sprach. Sollte ihre Flucht misslingen, so wusste sie wenigstens, dass sie ihm alles andere als gleichgültig war.

Sie kamen nicht so schnell voran, wie sie es sich gewünscht hätten, denn der Weg war uneben, von Baumwurzeln überwuchert, und einmal blieb das Rad in einem Loch stecken. Da sie nur drei Männer dabeihatten, mussten auch Yveta und Froni mithelfen, ihr Gefährt wieder hinauszuhieven. Julius kränkelte noch, den zwei älteren Frauen wollte man es nicht zumuten, sich derart anzustrengen. Als sie es endlich geschafft hatten, die Kutsche wieder fahrtüchtig zu machen, steckte Froni bis zu den Waden im Schlamm, da es hier in der Nacht geregnet haben musste. Ihre Hände waren blutig gekratzt, ihr Rücken tat weh, aber sie fühlte sich, als hätte sie selbstständig einen Feind in die Flucht geschlagen.

„Los, wir müssen schnell weiter!", rief Jan und diesmal gehorchte sie, ohne seinen Tonfall anmaßend zu finden. Es ging noch tiefer in das Dickicht des Waldes hinein, denn einer größeren Straße wagten sie nicht zu folgen und an jedem Ort, wo sich andere Menschen aufhielten, konnten sie verraten werden. Schließlich tauchte eine halb verfallene Hütte am Rande einer Lichtung auf, die so gut hinter Bäumen verborgen war, dass man sie nur entdeckte, wenn man unmittelbar davorstand.

„Ich denke, da drin müssen wir eine Weile bleiben", stellte Marek fest. „Es hat keinen Sinn, weiter herumzufahren. Wir kennen den Weg nicht und bewegen uns vielleicht sogar im Kreis."

Sie verbargen die Kutsche hinter der Hütte, banden die Pferde gleich daneben fest, nachdem sie eine Weile hatten grasen dürfen. An einem Bach konnten sie sich kurz erfrischen, aber Froni verspürte ein quälendes Hungergefühl in ihrem Magen. Sie wagte nicht zu klagen, doch die angespannten Gesichter ihrer Gefährten machten deutlich, dass sie sich ebenfalls nicht wohlfühlten.

„Meine Tochter, Klara und ich sehen uns am besten um, ob man hier Beeren oder Pilze sammeln kann", beschloss Barbora, nachdem sie die enge, verschmutzte Hütte inspiziert hatten. Die zwei erwähnten Gefährtinnen nickten sogleich, als wäre es eine Erleichterung, nicht untätig sein zu müssen. Froni hätte sich ihnen gern angeschlossen, aber sie sehnte sich nach einer Möglichkeit, mit Marek allein sein zu können.

„Ich komme mit, um auf euch aufzupassen", sagte Jan.

Yveta schmunzelte. „Natürlich. Jemand muss all die Bären und Wölfe verjagen, die uns hier auflauern könnten." Sie sah dennoch zufrieden aus, dass Jan ihren Beschützer spielen wollte. Zusammen mit ihm gingen die Frauen davon.

Julius hatte man in eine Decke gewickelt und in einer Ecke der Hütte niedergelegt. Er sah immer noch sehr blass aus, obwohl er nicht mehr fieberte. Sobald es ruhiger geworden war, fielen ihm die Augen zu. Der Kutscher saß dicht neben ihm und schnarchte bereits. Froni lächelte Marek verlegen an.

„Ich danke dir, dass du mir geholfen hast."

Sie standen beide an die Wand gelehnt nebeneinander. Zunächst hatte es Froni widerstrebt, sich auf den feuchten Boden zu setzen, aber nun sank sie in die Knie. Sie fühlte sich völlig erschöpft.

„Das war selbstverständlich", erwiderte Marek etwas verlegen, während er neben ihr Platz nahm. „Es ist die Aufgabe eines jeden Christenmenschen ..."

„Könntest du für einen Moment aufhören, über Glaubensfragen zu reden?!"

Froni hatte so scharf gesprochen, dass sogar Julius kurz aufblickte, dann aber wieder vor sich hinzudämmern begann.

„In diesem ganzen Krieg geht es um Glaubensfragen", erwiderte Marek.

„Das ist nur ein Vorwand. In Wahrheit geht es um Macht", widersprach Froni trotzig. „Und wenn du mir jetzt erzählen willst, du hättest aus reiner Nächstenliebe zunächst meinen Verlobten und dann einen seiner Söldner niedergeschlagen, dann ..."

„... dann wäre ich ein elender Heuchler", unterbrach Marek und begann zu lachen. Sie stimmte mit ein und dadurch wurde ihr wohler zumute. Ihre Finger verschränkten sich ganz selbstverständlich ineinander.

„Ich habe mir immer eine Frau gewünscht, mit der ich mich so gut verstehe", gestand Marek. „Aber als ich sie fand, war sie aus einem anderen Land und dann auch noch von

Adel."

„Ich wollte immer einen Mann, der klug und ruhig ist, anstatt ständig betrunken um sich zu schlagen. Ich fand ihn, aber er liebte seinen Gott mehr als mich."

Das Staunen auf Mareks Gesicht schien völlig ehrlich.

„Meine Liebe zu Gott würde mich nicht daran hindern, meine Gemahlin zu lieben. Aber wie kann ich eine Frau höheren Standes heiraten?"

„Indem du mit ihr vor einen Priester trittst, der euch beide traut." Froni packte seinen Arm, wie um ihn zu schütteln. „Oder muss sie vor dir noch auf die Knie fallen und dir ihre Liebe erklären, damit du endlich begreifst, dass sie keinen anderen will außer dir?"

Mareks Gesicht wurde ernst. Seine Augen leuchteten freudig, aber er umarmte sie nicht, wie sie es sich erhofft hatte.

„Ich muss dich nach Den Haag bringen, wo du sicher bist. In der gegenwärtigen Lage kann ich dir kaum Schutz bieten, geschweige denn ein Auskommen."

„Du bist klug!", rief Froni aufgebracht. „Wer könnte es besser schaffen, sich durchzuschlagen? Aber wenn du mich einfach auf freundliche Weise abweisen willst, dann …"

„Jetzt rede keinen Unsinn!"

Er packte sie an den Schultern und zog sie an sich. Froni gab ohne jeden Widerstand nach, denn sie hatte zu lange davon geträumt, wieder von ihm geküsst zu werden. Nun fühlte es sich völlig selbstverständlich an, als sei es nur eine Frage der Zeit gewesen. Sie drängte sich näher an seinen Körper und umarmte ihn. Ebenso sollte es sein, wenn eine Frau mit einem Mann zusammenkam, doch leider befanden sie sich nicht allein in der Hütte. Julius begann zu hüsteln und Marek ließ Froni wieder los.

„Wir reden darüber, wenn wir in Den Haag sind", meinte er, ohne sie anzusehen. Aber seine Hand hielt weiter die ihre fest, bis ihre Gefährten mit einem Korb voller Pilze zurückkamen.

18. Kapitel

Die restliche Reise nach Den Haag verlief wider Erwarten völlig friedlich. Sie gaben sich als einfache Leute aus, Marek trat wieder als Fronis Ehemann auf und Jan nannte Yveta seine Gemahlin, was beiden jungen Frauen Respektabilität verlieh und einen gewissen Schutz vor Zudringlichkeiten bot. Marek behielt den Degen stets bei sich und ließ sich von seinem Bruder sogar Unterricht geben, wie man damit umging. Froni kommentierte das nicht weiter, aber sie wusste, dass es vor allem zu ihrem Schutz geschah. So durchquerten sie ohne größere Schwierigkeiten weitere Orte und gelangten schließlich nach Holland. Da Froni die restlichen von Friedrichs Mutter erhaltenen Münzen mitgenommen hatte, konnten sie sich unterwegs Essen kaufen und in einfachen Herbergen schlafen, wenn das Wetter keine Übernachtung im Freien zuließ. Marek blieb so oft wie möglich an Fronis Seite, hielt manchmal ihre Hand und küsste sie, wenn sie allein waren. Aufgrund der Umstände geschah das aber nur selten. Des Nachts teilten sich alle Reisenden ein Zimmer, wobei die Frauen auf einer Seite schliefen, die Männer auf der anderen. Froni freute sich darauf, wieder zu ihrer Königin zu gelangen. Sie hatte das höfische Leben und ihre Gefährtinnen am Hofe mehr vermisst als erwartet. Nur die Angst vor dem, was nach ihrer Rückkehr aus ihr werden konnte, raubte ihr manchmal den Schlaf. Sie legte sich Worte zurecht, wie sie ihr Verhalten vor Friedrich und Elizabeth würde verteidigen können, aber in Wahrheit wusste sie nicht, was auf sie zukäme.

Als Ehefrau für Lorenz von Hohenheim kam sie vermutlich nicht mehr infrage. Sie konnte ihn anklagen, weil er sie hatte schänden wollen, doch ob man ihr Glauben schenken würde, vermochte sie nicht abzusehen. Sehr wahrscheinlich würde ihr ganzes Verhalten zu ihren Ungunsten ausgelegt werden. Vielleicht konnte sich noch ein anderer Gemahl für sie finden, vielleicht würde sie in Schimpf und Schande davongejagt werden. Sie konnte dann versuchen, wieder zu ihrer Mutter in die Pfalz zurückzukommen, doch diese Aussicht trug wenig dazu bei, ihre Stimmung aufzuhellen.

An dem Tag, da sie Den Haag erreichten, schien die Sonne und das Meer war eine klare blaue Fläche vor ihren Augen. Froni staunte, wie vertraut diese wohlhabende, gesittete Stadt ihr bereits war. Alles schien hier friedlich und sicher, Bürger in Kleidung aus Samt und kostbarem Tuch spazierten unbeirrt herum und keines der Gebäude wies Spuren von Angriffen oder Plünderungen auf. Hier war der Krieg noch nicht eingedrungen, um Menschen furchtsam und unberechenbar werden zu lassen. Die Kutsche konnte ungehindert zum Sitz der holländischen Regierung gelangen, wo Froni sich den Wächtern vorstellte. Sie wurde zum Glück noch erkannt, erfuhr aber, dass Friedrich und Elizabeth nun ihren eigenen Wohnsitz erhalten hatten.

„Das klingt, als hätten sie sich auf einen längeren Aufenthalt eingerichtet", meinte Yveta, nachdem sie zu der angegebenen Adresse aufgebrochen waren. Es war ein schlichtes, aber großes Haus nicht weit vom Parlamentssitz entfernt, das nun auch böhmischer Hof genannt wurde. Froni klopfte in Jans und Mareks Begleitung an die Eingangstür. Ihr Magen war ein Ball aus Aufregung, aber im Grunde war sie froh, endlich am Ziel zu sein. Ihr Leben hatte zu lange diesem unglückseligen Königspaar gehört, als dass sie sich einfach hätte abwenden können.

Ein Lakai ließ sie herein und führte sie in ein nächsthöheres Stockwerk. Dort sollten sie alle in einem prächtig eingerichteten Empfangszimmer warten, bis die böhmische Königin nach ihnen rufen ließ. Zu Fronis Erleichterung wurde eine Karaffe Wein gebracht, um ihnen die Zeit zu vertreiben. Sie musterten die Gemälde von Jagdszenen an der Wand und die Schnitzereien an den Möbeln. Auf Jan und Marek musste all diese Pracht befremdlich wirken, ein Zeichen fürstlicher Verschwendungssucht, die in ihrer Gemeinde als sündhaft galt.

Zu ihrem Erstaunen stellte Froni fest, dass sie diese Denkweise zum Teil selbst übernommen hatte. Was einst selbstverständlich geworden war, schien wieder so verstörend wie nach ihrer ersten Begegnung mit Elizabeths erlesenem Geschmack.

„Es freut mich, dass die Königin wieder ein angemessenes Zuhause gefunden hat", teilte sie ihren Gefährten schließlich mit. „Zunächst klagte sie ständig über das Leben in Den Haag."

Jan zog ein unzufriedenes Gesicht, schwieg aber. Marek zuckte mit den Schultern.

„Manche Leute hätten mehr Grund zur Klage. Und du weißt nicht einmal, ob sie jetzt zufriedener ist", wagte er dann einzuwenden.

Froni holte Luft, um ihre Königin zu verteidigen, da ging plötzlich die Tür auf.

„Ich kann es nicht glauben! Du bist wirklich wieder da!"

Jane Wyatt hatte auf Englisch gesprochen, während sie auf Froni zulief.

„Du warst plötzlich weg und eigentlich wusste keiner so genau, warum. Ich ahnte es natürlich, denn du hattest mir von deiner geplanten Reise erzählt, auch wenn du dich nicht von mir verabschiedet hast. Der König erklärte dein Verschwinden Elizabeth, aber die wurde danach furchtbar wütend und warf ihm vor, sich gegen ihre Verbündeten zu stellen. Ich habe mir vor allem Sorgen gemacht, dass dir ein Unheil geschieht und du niemals mehr zurückkommst."

Ohne auf ihre Umgebung zu achten, fiel Jane Froni um den Hals. Die Engländerin hatte sich kaum verändert, sie war immer noch blass, klein, rothaarig und hatte viele Sommersprossen im Gesicht. Mit Puder ging sie zu sparsam um, als dass dieser Makel hätte verdeckt werden können. Dennoch staunte Froni, wie sauber und fein bestickt der Kragen an Janes Kleid war, wie sanft ihre Röcke raschelten, wenn sie sich bewegte. Selbst eine so uneitle Person wie die Engländerin konnte sich dem Einfluss des Hoflebens nicht ganz entziehen. All diese Pracht war wunderschön, aber unnötig. Angesichts des Elends, das die Welt derzeit heimsuchte, schien sie fast schamlos.

„Ich bin herumgereist. Ich war noch einmal in Prag", erzählte Froni. Jane riss ungläubig die Augen auf.

„Du hast dich tatsächlich zurückgewagt? Ich wäre so gern mitgekommen, aber ich wurde ja nicht dazu aufgefordert."

Es klang nicht wirklich vorwurfsvoll, eher wie eine Feststellung von Tatsachen. Jane hatte stets dazu geneigt, einfach zu sagen, was sie dachte.

„Da ist ja dein Dissenter", meinte sie nun an Marek gewandt und begrüßte ihn auf Tschechisch. Er erwiderte den Gruß mit einem Nicken und lächelte Jane an.

„Ich hoffe, Ihr habt Euch in Holland gut eingelebt."

„Aber ja. Ich lebe mich überall gut ein", erwiderte die Engländerin. „Doch es gibt hier kaum noch Feste und auch wenig Hofklatsch. Jedenfalls langweilt sich unsere Königin, die mehr Aufregung gewöhnt ist. Amalia von Solms wurde mit dem Nachfolger Wilhelms von Oranien verlobt, aber mehr gibt es nicht zu berichten. Wenigstens hat unsere Königin ihre Kinder nun an einem anderen Ort, in Leiden, unterbringen können. Seitdem ist ihre Laune deutlich besser geworden."

Froni stimmte in Janes Grinsen mit ein. Es tat fast wohl zu hören, wie wenig Elizabeth sich verändert hatte.

„Wie geht es Friedrich?", wollte sie dann wissen.

„Er neigt weiterhin zur Schwermut. Aber das würden wohl viele Männer in seiner Lage. Dennoch gibt er die Hoffnung nicht auf. Vielleicht wird auch noch der schwedische König in diesen Krieg eingreifen. Dann ist die Sache der Protestanten nicht ganz verloren."

Jane setzte sich neben Froni auf das Sofa. Jan musterte die Engländerin mit unverhohlener Neugier, aber sie beachtete ihn kaum.

„Deinetwegen schien unser König unter schlechtem Gewissen zu leiden", erzählte sie Froni, nun wieder auf Deutsch. „Elizabeth warf ihm vor, dich aus Unachtsamkeit großen Gefahren ausgesetzt zu haben, und das schien er ihr dann auch zu glauben."

Friedrich hatte stets schnell geglaubt, was andere sagten. Dennoch verspürte Froni Freude, ihm so wichtig gewesen zu sein, dass er sich um sie sorgte.

„Ich hoffe, er erfährt bald, dass ich unversehrt zurückgekehrt bin."

„Also der Lakai hat euch schon angekündigt, sonst wäre ich ja nicht hier", plauderte Jane unbeirrt weiter. „Unser Königspaar speist gerade zusammen, danach werden sie sicher nach euch sehen."

Sie schenkte sich selbst etwas von dem Wein ein und lächelte die Neuankömmlinge auf eine fast verschmitzte Art an.

„Ich wusste stets, dass in Fronicka von Odenwald mehr steckt als nur eine junge Dame, die sich möglichst vorteilhaft vermählen will", flüsterte sie Froni auf Englisch zu. „Amalia von Solms zum Beispiel war im Vergleich zu dir furchtbar langweilig, auch wenn unsere Königin sich jetzt natürlich freut, durch sie ihre Allianz mit Wilhelm von Oranien zu verstärken. Ich gönne dir deine Abenteuer. Hoffentlich gehen sie jetzt nicht zu Ende."

Ebendies hoffte Froni auch. Gleichzeitig wurde ihr klar, wie sehr sie Jane vermisst hatte. Mit ihrer oft verschlossenen, mitunter aber altklugen und fast dreisten Art hatte ihr die Engländerin nähergestanden als jede andere Hofdame. Allein in Yveta hatte sie in den letzten Wochen eine vertrautere Freundin gefunden.

„Was wird jetzt aus dir?", fragte sie. „Wirst du nach England zurückgeschickt?"

Jane zuckte mit den Schultern.

„Das weiß doch keiner hier so genau, was aus ihm wird. Unsere Königin sehnt sich nach ihrer Heimat, aber ihr Bruder hat Angst, sie aufzunehmen. Immerhin ist sie die Gattin des Mannes, der das Gleichgewicht in Europa in die Schräglage brachte."

Sie grinste, als hätte sie an ihrer Beschreibung der politischen Konflikte selbst großen Gefallen gefunden.

„Also mich wird man wohl irgendwann verloben", fuhr sie fort. „Natürlich nicht so günstig wie Amalia von Solms, aber das ist auch richtig so. Der Mann, den sie für mich aussuchen werden, ist in vieler Hinsicht zu bedauern. Aber wir alle müssen das uns von Gott bestimmte Los auf uns nehmen. Da wird es ihm nicht anders gehen als mir."

Rasch und so unauffällig wie möglich drückte sie Fronis Hand.

„Mach du es besser. Such dir dein eigenes Glück. Immerhin hast du jemanden gefunden, mit dem es möglich sein könnte", flüsterte Jane nun so leise, dass wirklich niemand außer Froni es hören konnte.

„Und was wünschst du dir denn wirklich? Die Aussicht auf eine Ehe scheint dich nicht zu begeistern", fragte Froni ihre Freundin. Zu ihrem Erstaunen senkte Jane plötzlich den Blick, als sei es ihr unangenehm, darüber zu reden.

„Das willst du nicht wissen. Meine Antwort würde dir nicht gefallen. Und wie du weißt, verstehe ich mich nicht auf gefällige Lügen", antwortete sie schnell, presste nochmals Fronis Finger zusammen, rückte dann aber ein Stück von ihr weg, als wolle sie eine unsichtbare Mauer zwischen ihnen errichten. Froni überkam die Ahnung von etwas, wofür sie keine Worte hatte. Marek musterte die Engländerin nachdenklich.

„Ich wünsche euch beiden Glück. Von ganzem Herzen", verkündete Jane, als wolle sie sich gegen unausgesprochene Anschuldigungen verteidigen. Froni wechselte einen ratlosen Blick mit Marek. Auch er schien etwas zu ahnen, das er besser nicht in Worte fasste. Jan starrte indessen missmutig zur Tür.

„Wie lange werden die edlen Herrscher uns noch warten lassen?", fragte er. Bevor Froni ihn hatte beruhigen können, erschien nochmals der Lakai und rief nach Fronicka von Odenwald.

„Ihre Majestät, die Königin, wünscht Euch zu sprechen", richtete er ihr auf Deutsch aus. Froni sah sich nach ihren Begleitern um.

„Sie wünscht Euch allein zu sprechen", fügte der Lakai hinzu.

Froni wurde unwohl, aber Marek lächelte sie ermutigend an. Sie erhob sich, um dem Lakai zu folgen.

Es ging in ein höheres Stockwerk. Der Gang war mit weichen Teppichen ausgelegt, an den Wänden hingen Gemälde mit unbekannten Gesichtern. Andere Dienstboten eilten herum, aber Elizabeths kriegerische Verehrer mussten sich nun allesamt auf dem Schlachtfeld befinden. Daher war das Hofleben deutlich ruhiger geworden.

Der Lakai drückte die Türklinke zu einem Raum herunter und kündigte Froni an. Sie konnte Elizabeths helle, melodische Stimme vernehmen, was sie ein wenig beruhigte. Als wirklich bösartigen Menschen hatte sie ihre Königin nie erlebt.

Mit niedergeschlagenem Blick trat Froni ein und sank in eine tiefe Reverenz. Der Lakai zog sich ehrerbietig zurück.

Elizabeth Stuart, einstige Königin Böhmens, war weiterhin eine eindrucksvolle Erscheinung. Ihr Körper hatte nach mehreren Schwangerschaften etwas an Fülle gewonnen, aber ihr Gesicht wirkte immer noch ebenmäßig schön, das Haar hatte einen golden schimmernden rötlichen Ton und ihr blaues, mit Spitze und mit glitzernden Brokatschleifen verziertes Gewand erinnerte an einen mondhellen Nachthimmel voller Sterne. Nun fühlte Froni sich beeindruckt, so wie nach ihrer ersten Begegnung mit Friedrichs Gemahlin. Ihre Königin verstand sich darauf, aus schlichter Eitelkeit solche Pracht zu entfalten, dass es wie eine Lobpreisung der Schöpfung Gottes wirkte.

„Sieh an, meine abtrünnige Hofdame ist zurückgekehrt", sagte Elizabeth. Sie lächelte Froni an, aber ihre Augen blieben kalt.

„Ich bedauere, mich ohne Euer Einverständnis entfernt zu haben", erwiderte Froni schnell. „Doch hatte ich die Zustimmung Seiner Majestät, des Königs. Er beauftragte mich, in Böhmen …"

„Er ließ sich von Euch überreden, Euch in ein Abenteuer aufbrechen zu lassen, weil die für Euch arrangierte Verlobung Euch missfiel", unterbrach Elizabeth. Ihre Stimme hatte eher amüsiert als verärgert geklungen. Dennoch fröstelte Froni.

„Ich bin zurückgekommen, wie es meiner Pflicht entsprach", erwiderte sie mit gesenktem Blick.

„Ja, natürlich. Wo hättet Ihr auch hingehen sollen? Auf Dauer ist es ungemütlich, in einer klapprigen Kutsche zu wohnen."

Elizabeth trat ein paar Schritte auf sie zu. Das Rascheln ihrer Röcke war eine liebliche Melodie. Ein betörend süßer Duft ging von ihr aus. Dies war die Frau, für die Christian von Braunschweig Dörfer niederbrannte und sich dabei wie ein Ritter im Dienst seiner angebeteten Dame fühlte. Nun, da Froni Elizabeth sah anstatt der verkohlten, schwelenden Ruinen, wirkte all dies wieder richtig und ehrenhaft.

„Aber ich nehme es Euch nicht übel", redete die Königin weiter. „Lorenz von Hohenheim war keine so besonders gute Wahl, das sehe ich jetzt ein. Es gibt inzwischen ganz andere Möglichkeiten für eine junge Frau aus meinem Gefolge. Wir müssen unsere Allianz mit den Holländern verstärken und dann habe ich noch Hoffnungen, was den schwedischen König betrifft. Es ist schön, dass Ihr unversehrt zurückgekehrt seid. Ich hoffe, Euch ist kein … Leid geschehen."

Froni begriff sofort, worauf Elizabeth anspielte. Nach dem Verlust ihrer Jungfernschaft wäre sie keine so begehrenswerte Braut mehr gewesen. Sie schüttelte den Kopf, um ihre Königin zu beruhigen. Den Angriff ihres einstigen Verlobten zu erwähnen, schien ihr nun überflüssig.

Elizabeth lächelte nochmals und diesmal leuchteten auch ihre Augen. Froni verspürte Erleichterung. Hatte Lorenz geahnt, dass die aussichtsreiche Verbindung mit ihr nicht mehr sicher war, und deshalb versucht, sie zu schänden? Danach hätte sie dankbar sein müssen, wenn er sie noch zur Frau nahm.

„Ihr seid sehr großmütig, Euer Gnaden", versicherte sie. Elizabeths Lächeln wurde noch ein wenig herzlicher.

„Ihr habt weiterhin einen Platz an meinem Hof. Jane Wyatt wird gern ihr Gemach mit Euch teilen, so wie damals in Prag."

Sie setzte sich auf ein Sofa und winkte Froni zu sich.

„Unser gegenwärtiges Heim ist etwas kleiner. Deshalb musste ich die Kinder fortschicken. Ich hoffe dennoch, bald wieder Feste veranstalten zu können. Erinnert Ihr Euch noch an die Bootsfahrten auf der Moldau? Meine Güte, wie sehr ich Prag vermisse!"

Elizabeth seufzte wehmütig. Froni setzte sich an ihre Seite. Alles schien so einfach. Sie konnte wieder Teil des Hoflebens werden, ihre Königin unterhalten und auf Banketten tanzen, sobald sich eine Möglichkeit dazu ergab. Eine Verlobung schien nicht mehr unmittelbar bevorzustehen und wenn sie sich geschickt anstellte, hätte sie Elizabeths ganze Gunst wiedergewonnen, bevor Lorenz sie anschwärzen konnte. Ihre innere Anspannung ließ nach. So aussichtslos wie befürchtet war ihre Lage nicht.

„Ihr werdet neue Gewänder brauchen, Fräulein von Odenwald", teilte Elizabeth ihr mit und musterte missbilligend die dunkeln Flecken auf dem einzigen schönen Kleid, das Froni noch besaß. „Mein Schneider kommt diese Woche. Er wird Maß an Euch nehmen."

Froni nickte, denn ihr Einverständnis wurde ohnehin vorausgesetzt. Zu ihrem Erstaunen erfreute die Aussicht auf eine neue Garderobe sie nicht wirklich. Sie hatte Angst vor dem Moment, da sie von Marek würde Abschied nehmen müssen. Aber er rückte mit jedem Atemzug näher.

„Ihr seid sehr großzügig, Euer Gnaden", sagte sie, um etwas Zeit zu gewinnen. „Ich habe einige Gefährten auf meiner Reise gefunden, allesamt verfolgte Protestanten. Könnten sie an Eurem Hof ein Auskommen finden?"

Zwar war Klara Katholikin, aber das musste niemand wissen.

„Ich denke, das lässt sich einrichten", erwiderte Elizabeth. „Ich werde es mit Friedrich besprechen und auch mit Moritz von Oranien. Wollt Ihr Euch jetzt nicht ein wenig ausruhen? Eure Reise muss sehr anstrengend gewesen sein."

Froni begriff, dass ihre Königin für den Rest des Tages noch andere Verpflichtungen hatte.

„Wie geht es Anne?", erkundigte sie sich nach der Äffin.

„Es geht ihr gut, sie hatte nur leider eine Magenver-
stimmung, die mein Medikus zum Glück beheben konnte."

Elizabeth schien wirklich erleichtert.

„Sind Eure Kinder ebenfalls wohlauf?", fragte Froni
und unterdrückte dabei ein Schmunzeln. Es hätte sie überrascht, wenn ihre Königin hierüber ebenso gut informiert
wäre wie bezüglich ihrer Tiere.

„Mein ältester Sohn bereitet mir große Freude", sagte
Elizabeth nun zu ihrem Erstaunen. „Er ist aufgeweckt und
klug. Ich hoffe, dass er eines Tages die Ländereien seines
Vaters zurückgewinnt."

Daher also war er plötzlich von Bedeutung. Froni fand
es fast beruhigend, wie wenig Elizabeths unverhohlener
Egoismus sich verändert hatte. Die schöne Königin würde
selbst die schwersten Schicksalsschläge überstehen können,
weil ihre Liebe zu sich selbst davon ungetrübt blieb.

„Ich danke Euch für Eure Großzügigkeit", versicherte
sie erneut. „Nun bitte ich um die Erlaubnis, mich zurückzuziehen."

Elizabeth nickte mit einem gnädigen Lächeln und erhob sich ebenfalls.

„Aber gewiss. Ich habe noch andere Gäste, die auf
einen Empfang warten."

Froni knickste erneut und ging hinaus. Der Lakai hatte
die Anweisung erhalten, sie in ihre neuen Gemächer zu führen, aber sie wollte zunächst nach Marek und Jan sehen. Mit
raschen Schritten eilte sie in den Raum zurück, wo beide
Männer auf sie warteten.

Jane sprang bei ihrem Anblick sogleich auf.

„Und? Wie hat unsere Königin dich aufgenommen?",
fragte sie auf Englisch.

„Sehr gnädig und verständnisvoll. Sie hat über mein
Vergehen hinweggesehen", antwortete Froni auf Deutsch,
damit auch die Männer es verstehen konnten. Jan murrte
ungeduldig, Marek sah ehrlich erleichtert aus.

„Dann bleibst du also jetzt hier?"

Froni musste schlucken. Die Antwort steckte wie ein
Ball aus Nadeln in ihrer Kehle fest.

„Ihr könnt auch bleiben", rief sie dann bemüht fröhlich. „Ihr alle. Yveta und ihre Mutter, Lenka, Julius, sogar Klara. Man wird euch in diesem Haushalt eine Arbeit geben und ihr bekommt einen guten Lohn, denn knauserig ist unser Königspaar nie gewesen."

„Ich weiß nicht, was ich hier sollte", meinte Jan sofort. „Ich möchte dem König mitteilen, dass es in Böhmen noch genug Leute gibt, die für ihn kämpfen würden. Danach gehe ich zu dem Regiment in Paderborn."

„Wo man dich für den Angriff auf Fronickas Verlobten zur Verantwortung ziehen wird", mischte Marek sich ein. „Wirklich, Honsa, manchmal frage ich mich, was du mit deinem Verstand gemacht hast. Ist er bei den ganzen Kampfübungen verloren gegangen?"

Sie hatten nun tschechisch geredet. Janes munteres Lachen machte deutlich, dass sie jedes Wort verstanden hatte.

„Man wird mir vergeben, Herr Schullehrer", erwiderte Jan. „Ein guter Heeresführer weiß, wie viel ein tüchtiger Soldat wert ist. Das stand wahrscheinlich nicht in deinen klugen Büchern."

Jane kicherte nochmals. Froni sah Jan ratlos an. Männer seiner Art waren ihr stets völlig fremd gewesen.

„Meine Zofe Yveta liebt Euch", sagte sie nun freiheraus. „Hat das für Euch keinerlei Bedeutung?"

Das Staunen in seinem Blick schien völlig ehrlich.

„Ich habe meine Pflichten zu erfüllen. Ich bin Soldat. Eine Frau, die mich liebt, muss das verstehen. Wenn ich genug Sold gespart habe, um mir ein eigenes Haus zu leisten, kann ich mich vielleicht vermählen."

Froni dachte nur, dass Yveta zu bedauern war. Aber ging es ihr selbst denn so viel besser?

„Wenn Gott der Herr dich nicht beschützt, bist du tot, bevor du dein erstes Kind in den Armen halten konntest", meinte Marek. Jan zuckte mit den Schultern.

„All dies liegt in Gottes Hand."

Froni richtete ihren Blick nun auf Marek.

„Ich könnte die Königin fragen, ob bei Hofe nicht ein Lehrer gebraucht wird. Ich meine ... für das einfache Volk.

Es wäre sicher im Sinne unserer Herrscher, wenn ihre Bediensteten eine religiöse Unterweisung bekommen."

Sie war selbst nicht wirklich überzeugt von dieser Vorstellung, wollte Marek aber nicht gehen lassen. Er musterte sie lange. Sein Blick war ernst.

„Dann frage", meinte er schließlich. „Ich würde bleiben, wenn es dem Allgemeinwohl dient."

Sie atmete tief durch und fühlte sich glücklich. Sein Wunsch war es nie gewesen, an einem Königshof zu leben. Es würde nur ihretwegen geschehen.

„So kannst du bis an dein Lebensende die Stiefel der Herrscher lecken, die unser Land im Stich ließen", spöttelte Jan.

„Und du kannst dich im Dienst eines blutrünstigen Irren abschlachten lassen", erwiderte Marek. „Warum kannst du nicht verstehen, dass unser Herrgott den Krieg und das Blutvergießen hasst?"

„Während die zwei jungen Herren hier ihre Meinungsverschiedenheit aushandeln, zeige ich dir unser Gemach", schlug Jane vor und ergriff Fronis Arm. Gemeinsam gingen sie hinaus.

Als es dämmerte, hatte Froni bereits ein Zimmer im Haus bezogen. Yveta half ihr, die spärlichen Habseligkeiten dort zu verteilen. Lenka sah sich neugierig um, während Klara und Barbora die Einrichtung beredeten. Schnell kamen sie zu der Übereinkunft, dass die Möbel umgestellt werden sollten, konnten sich aber auf kein genaues Arrangement einigen. Yveta räumte indessen Fronis Kleider in eine Truhe.

„Bis der Schneider mit seiner Arbeit fertig ist, wirst du sie brauchen", kommentierte sie ihre Tätigkeit. Froni seufzte leise. Während der Reise war Yveta ihr näher gewesen als jede andere Freundin zuvor. Nun wären sie wieder durch die Schranken des unterschiedlichen Standes getrennt.

„Du kannst hier wieder als meine Zofe arbeiten", schlug sie vor. „Das wäre sicher eine gut bezahlte Anstellung. Auf diese Weise kannst du deine Mutter und auch Lenka ernähren."

Yveta schwieg einen Moment, dann schüttelte sie den Kopf.

„Ich habe bereits mit Jan gesprochen. Wir gehen gemeinsam nach Paderborn, wo er sich dem Regiment des Halberstädters anschließt."

Froni brauchte eine Weile, bis sie die richtigen Worte gefunden hatte, um ihre Fassungslosigkeit auszudrücken.

„Was willst du in einem Söldnerheer? Dort ziehen Frauen als Trosshuren herum."

Yveta seufzte leise.

„Ich wusste, dass du so reden würdest. Aber ich habe meine Entscheidung getroffen. Jan ist in der Lage, eine Frau zu beschützen."

„Gegen ein ganzes Regiment?", fragte Froni spöttisch. Yveta verzog das Gesicht.

„Ich weiß, du magst ihn nicht. Ihr seid euch nie besonders nahe gewesen. Aber als Gemahlin eines Söldners werde ich Schutz genießen. Vor allem, wenn es sich um einen so guten Kämpfer wie Jan handelt."

Sie setzte sich auf das frisch bezogene Bett, was ihr als Zofe eigentlich nicht zustand.

„Wir Protestanten brauchen Leute wie ihn", erklärte sie mit Nachdruck. „Männer, die viele Bücher gelesen haben und deshalb schöne Worte sprechen können, werden uns vor der Machtgier und Herrschsucht der Katholiken nicht retten können."

„Die Frage ist, ob sie sich wesentlich besser benehmen werden als die Katholiken", antwortete Froni. „Du hast selbst gesehen, was dieses Regiment, dem dein Jan sich anschließen will, in Städten wie Soest gemacht hat."

„Krieg ist eben grausam! Anders geht es nicht."

Froni baute sich vor Yveta auf. Damals auf der Prager Burg hatten sie niemals so offen miteinander geredet. Die gemeinsame Reise hatte sie beide verändert.

„Eben deshalb ist es besser, wenn es keinen Krieg gibt, sondern beide Seiten sich friedlich einigen."

Die Zofe zog erschöpft ihre Brauen hoch.

„Du redest wie dein Bücherwurm. Worte, schöne Worte. Die hatte mein Vater auch, aber geholfen haben sie uns nicht. Wir mussten aus unserem Heimatort fliehen, später aus Prag. Was mit Lenka geschehen ist, brauche ich dir nicht zu sagen."

„Und jetzt schließt du dich Männern an, die Frauen schänden!"

„Ich schließe mich Männern an, die eine Frau beschützen können."

Yveta war aufgesprungen. Sie standen sich Stirn an Stirn gegenüber. Im Hintergrund stieß Barbora ein mahnendes Murren aus.

„Mädchen, Mädchen. Ihr werdet euch bald prügeln wie die Kerle, denen ihr hier nach dem Mund redet. Vertragt euch doch wieder."

Froni gab seufzend nach und setzte sich nun selbst aufs Bett. Yveta folgte ihrem Beispiel.

„Wir haben eben unterschiedliche Vorstellungen davon, wie der protestantische Glaube verteidigt werden soll", gab sie zu. „Aber ich habe meine Entscheidung getroffen. Ich hoffe, dass meine Mutter und Lenka in Den Haag bleiben können, denn sie würden in einem Soldatenlager nicht gut zurechtkommen."

„Ich werde dafür sorgen, dass sie eine Anstellung bekommen", versprach Froni. „Und ich erzähle Friedrich auch, dass es in Böhmen aufrechte Krieger gibt wie deinen Jan, die ihn gern unterstützen würden."

Damit hätte sie ihre Pflicht dem aufrechten Krieger Gottes gegenüber erfüllt. Sie mochte Jan weiterhin nicht, auch wenn sie sein Denken durchaus nachvollziehen konnte.

„Ich danke dir", gab Yveta zu. „Du bist viel großzügiger gewesen als die meisten Frauen deines Standes. Aber nun muss ich meinen eigenen Weg gehen."

Froni nickte, obwohl sie ihre Zofe am liebsten gewaltsam festgehalten hätte. Sie erahnte kein glückliches Schicksal für Yveta, deren Entscheidung eindeutig feststand.

Sie trat zur Tür und rief noch einmal nach dem Lakaien.

„Ich glaube, Seine Majestät, der böhmische König,

wünschte mich noch zu sehen."

19. Kapitel

„Ich bin froh, dass du wieder bei uns bist, Froni."

Friedrich saß in einem kleinen, aber prächtig möblierten Gemach. Vor ihm stand ein Krug Wein, den er bereits fast geleert hatte.

„Ich habe meine Aufgabe erfüllt, so, wie sie mir aufgetragen wurde", erwiderte Froni und nahm ihm gegenüber Platz. „Es gibt in Böhmen noch kampfbereite Menschen, so wie zur Zeit der Hussiten. Sie warten nur auf Waffen und den richtigen Anführer."

Das galt wenigstens für Jan und der war sicher kein Einzelfall. Sie war aufgebrochen, um diese Leute zu suchen, doch nun schien Friedrich ihre Erkenntnisse nicht besonders aufregend zu finden. Sein Haar war schütter geworden, sein Gesicht war aufgequollen wie oft bei Leuten, die gern dem Wein zusprachen. Seine Augen hatte der Schlafmangel kleiner werden lassen.

„Sie gibt nicht auf, meine schöne Gemahlin", erzählte er mit einem trüben Blick in den Weinkrug. „Zunächst wollte sie die böhmische Krone nicht unbedingt und wäre in Heidelberg zufrieden gewesen. Aber ich hörte auf Christian von Anhalt, der mich an meine Pflichten als protestantischer Fürst erinnerte. Jetzt hat er sich von mir abgewandt, weil unser Unternehmen scheiterte. Aber Elizabeth, die hat sich in Prag verliebt und möchte wieder in den Königspalast auf dem Hradschin ziehen. Ständig redet sie davon, wie sehr sie sich in Den Haag langweilt und dass ihr die schönen Feste auf der Moldau fehlen. Ich habe auf jede erdenkliche Weise versucht, sie glücklich zu machen. Aber mein ganzes Leben ist ein einziges Scheitern."

Sein Kopf sank langsam auf den Tisch. Froni sah seine Schultern beben. Ihre Kehle wurde eng, während die Sehnsucht, ihm Trost zu spenden, sich, einem starken Fieber gleich, in ihr ausbreitete. Wie sehr hatte sie es früher mit Freude erfüllt, wenn Friedrich sich ihr anvertraute! Ganz war die Verbundenheit mit ihm noch nicht verschwunden.

Sie hob ihre Hände und legte sie zögernd auf seinen Nacken.

„Du hast getan, was du konntest. Die Umstände waren gegen dich", sagte sie sanft. Friedrich seufzte leise. Sein Körper schien sich unter ihrer Berührung etwas zu entspannen, weshalb sie fortfuhr, ihn sanft zu massieren.

„Ich bin mir sicher, dass deine Frau dich liebt", redete Froni weiter. „Sie setzt ihre Reize nur ein, um Verbündete zu gewinnen. Das ist klug von ihr. Vielleicht hat sie damit am Ende Erfolg."

„Aber dann wird noch offensichtlicher, dass sie mich nicht braucht", erwiderte Friedrich und richtete sich auf. Froni wollte ihre Hände zurückziehen, aber er ergriff ihre Finger und hielt sie fest.

„Sie hat mich nie wirklich gebraucht", fuhr er fort. „Eine Frau wie sie, die kommt wunderbar allein zurecht. Ich dachte, ich könnte sie für mich gewinnen, indem ich Witz und Geist zeigte, aber das allein reicht nicht in dieser Welt. Elizabeth hat einen Mann verdient, der ihr eine Krone aufs Haupt setzt. Ich habe es versucht und versagt."

Froni wollte wieder tröstende Worte sprechen, aber er kam ihr zuvor.

„Vielleicht habe ich die falsche Frau gewählt. Christian von Anhalt blendete mich mit den Versprechungen, dass ich der Anführer der protestantischen Welt sein könnte. Aber dazu tauge ich nicht. Ich hätte ein Mädchen nehmen sollen, das mich so wollte, wie ich einfach bin. Ohne große Erwartungen und Hoffnungen auf Ruhm und Ansehen. Weil sie mich schon lange kannte."

Er zog Froni an sich heran und drückte ihre Handflächen gegen seine Brust. Sie konnte das sanfte Pulsieren seines Herzens fühlen. Es hatte eine Zeit gegeben, da wäre sie vor Glück in Tränen ausgebrochen, nur weil er solche Worte zu ihr sprach. Jetzt empfand sie Aufregung, eine gewisse Befriedigung, aber auch Unbehagen. Ihr erster Impuls war es, ihre Hände wegzuziehen. Aber das stand ihr nicht zu.

„Du bist mir immer eine gute Freundin gewesen, kleine Eule", redete Friedrich weiter. „Ich konnte dir auch meine

Schwächen zeigen, ohne mich dafür schämen zu müssen. So eine Frau ist selten. Sehr selten."

Er zog sie an sich. Fronis Herz schlug nun Kapriolen, ihr Magen war wie zugeschnürt und ihr Atem raste. Sie war froh, dass sie ihn auf einmal so glücklich machen konnte, gleichzeitig wollte sie fliehen. Die ganze Lage kam ihr vor wie ein tiefes, unbekanntes Gewässer, in dem sie unter Umständen ertrinken konnte. Seit der Zeit, da sie sich nichts anderes gewünscht hatte, als Friedrichs Geliebte sein zu können, war zu vieles anders geworden.

Er vergrub nun seinen Kopf an ihrer Brust, sie strich sanft über sein Haar und hoffte, er würde sie bald gehen lassen.

„Froni, Froni, ich bin so froh, dass du wieder hier bist", murmelte er leise. Sie wiegte ihn, denn er schien alle erdenkliche Zuwendung zu brauchen. Es fühlte sich fast an, wie ein Kind zu trösten. Seine Arme umschlangen nun ihre Taille, er drückte sie an sich und sie verspürte Unbehagen. Ein wenig war es wie mit Lorenz von Hohenheim, dessen Berührungen sie bedrängt hatten. Friedrich blieb zurückhaltender, aber sie konnte spüren, dass sein Wunsch von ähnlicher Art war.

Als die Tür hinter ihr aufging, empfand sie Erleichterung. Wahrscheinlich wäre es einer der Bediensteten, der Essen brachte, und würde Friedrich ablenken.

„Tu es occupé, mon cher?", hörte sie stattdessen Elizabeth fragen und versteinerte vor Schreck. Friedrich ließ sie auf der Stelle los, sie spürte, wie ihre Wangen zu glühen begannen, und hastete nach einem raschen Knicks hinaus. Im Gang stieß sie fast mit dem Lakaien zusammen, der tatsächlich eine Erfrischung für das Königspaar brachte. Sie murmelte eine Entschuldigung, während sie zur Seite sprang und dann weiterrannte. Zum Glück riefen weder Friedrich noch Elizabeth nach ihr. Sobald sie wieder ihr Gemach erreicht hatte, warf sie sich aufs Bett. Am liebsten hätte sie sich eine Decke über den Kopf gezogen, um die Welt nicht mehr sehen zu können. Ein unklares Gefühl von Schuld drückte sie nieder, obwohl sie nicht wusste, was sie falsch gemacht hat-

te.

„Geht es dir nicht gut?", hörte sie Lenka sanft fragen. Die Berührung des Mädchens an ihrer Hand war wie ein Windhauch.

„Ich … ich habe mich nur erschreckt", sagte Froni schnell. Ihr fiel ein, wie verstört Lenka weiterhin in die Welt blickte. Ganz gleich, was geschehen war, sie musste dem Mädchen ein Gefühl der Sicherheit vermitteln.

„Es war nichts Schlimmes. Nur ein Mann, der sich seltsam verhielt."

Lenkas noch verbliebenes, dunkles Auge drückte erstaunliches Verständnis aus.

„Du musst vorsichtig sein. Mit dem seltsamen Verhalten fängt es an."

Froni lachte und richtete sich auf.

„Es war nur eine vorübergehende Verwirrung. Bald schon wird er wieder anders sein."

„Vielleicht. Vielleicht nicht. Sei vorsichtig", mahnte Lenka sanft. Froni strich ihr beruhigend über den Kopf. Dann nahm sie einen Schluck Wasser aus dem Krug in der Zimmerecke, was sie etwas beruhigte.

„Wo sind Yveta und die anderen?", fragte sie. Julius lag schlafend auf einer Matte in der Zimmerecke.

„Man hat sie in die Küche gerufen, um zu essen. Ich konnte auch mitkommen, aber ich hatte keinen Hunger."

Lenka musterte sie weiterhin eindringlich. Ihr Blick wirkte zu alt für ein Kind und drückte Sorge aus.

„Wir können hierbleiben, nicht wahr? Das hat Barbora gesagt. Aber vielleicht ist es nicht für alle sicher. Nicht für dich."

„Mir droht keinerlei Gefahr."

Lenkas Angst hatte Froni wieder zur Vernunft gerufen. Sie trat zum Spiegel, um ihr Haar zu ordnen, da klopfte es an der Tür.

„Ihre Majestät, die Königin, hat Euch etwas überbringen lassen", verkündete ein übel gelaunter Lakai an der Tür. Mit einem nervösen Stechen im Magen machte Froni ihm auf.

„Ihr könnt dieses Gewand zum Abendmahl tragen", sagte er und warf eine prächtige Robe aus Samt und Brokat auf das Bett, um sich von der Last zu befreien. „Ein Schreiben für Euch habe ich auch."

Er drückte ihr ein Stück Papier in die Hand und verschwand gleich darauf. Froni sank erschöpft auf das Bett, unmittelbar neben der Robe, die es fast ganz bedeckte. Sie entfaltete das Schreiben und las ein paar hastig hingekritzelte Zeilen.

„Alles, was meinen Gemahl erfreut, erfüllt auch mich mit Glück."

Darunter stand in schwungvoller Schrift Elizabeths Name. Froni starrte fassungslos auf die Nachricht, zunächst unfähig, ihren Sinn zu begreifen. Sie sah wieder das Kleid an, das ihr geschenkt worden war. Es hatte einen tiefen Ausschnitt und ließ die Schultern frei, jene Mode, mit der Elizabeth einst die frommen Prager schockiert hatte. Während ihrer Reise, über zwei Monate lang, hatte Froni nun selbst wieder züchtigere Gewänder getragen. Nun fürchtete sie, sich mit bloßen Schultern nackt zu fühlen.

Doch Elizabeth hatte ihr dieses Kleid geschickt, damit sie Friedrich gefallen konnte. Das war die klare, unmissverständliche Botschaft des Geschenks. Froni blickte von dem Kleid zu Lenka und dann wieder zurück.

Sie wollte all dies nicht. Selbst die Aufgabe, verführerisch aussehen zu müssen, flößte ihr Unbehagen ein. Wahrscheinlich wollte Elizabeth, dass sie dabei half, Friedrich aus seiner Schwermut zu befreien, indem sie mit ihm kokettierte, wie die Königin es mit Christian von Braunschweig tat. Sie seufzte und rieb sich die Schläfen. Ihr widerstrebte die ganze Lage, in der sie sich befand. Aber wenn sie Marek und ihren Schützlingen eine Stellung am Hof von Den Haag garantieren wollte, durfte sie die Königin nicht noch weiter verärgern.

„Kannst du mir beim Ankleiden helfen?", fragte sie Lenka. Sie wollte nicht warten, bis die anderen Frauen zurückkamen. Das Mädchen sah verwirrt aus, nickte aber. Froni legte das neue Gewand an, Lenka schnürte die Bänder zu und bürstete ihr Haar nochmals durch, bevor sie es mit Nadeln hochsteckte.

„Du siehst schön aus", meinte sie. „Das kann gefährlich sein für eine Frau."

Froni schüttelte den Kopf.

„Ich bin hier sicher, keine Sorge. Wir werden in Den Haag ein gutes Leben haben. Du und Julius, ihr bekommt von nun an immer genug zu essen und habt ein Dach über dem Kopf."

Lenka lächelte schwach.

„Es ist gut, wenn es auch dir gut geht."

„Das wird es schon."

Rasch strich Froni dem Mädchen über den Kopf. Sie fragte sich, ob der Lakai nochmals kommen würde, um sie zum Abendessen zu rufen. Schritte trippelten vor der Tür, sie ging auf und Yveta kam mit den zwei älteren Frauen herein.

„Da bist du ja wieder. Ist alles gut gelaufen?", fragte sie Froni. Dann musterte sie erstaunt ihre Aufmachung.

„Du bist also wirklich wieder bei Hof aufgenommen worden?"

Froni bejahte.

„Wo sind Jan und Marek?", wollte sie dann wissen.

„Sie essen unten mit den anderen Männern des Hauses. Jan hat eine anregende Unterhaltung begonnen."

Mit einem feinen Lächeln setzte Yveta sich auf den einzigen Stuhl im Raum.

„Er versucht, weitere Streiter für die protestantische Sache zu gewinnen", erzählte sie mit Stolz. „Der Kampf ist ehrbarer als der Dienst an einem Fürstenhof."

„Vielleicht", erwiderte Froni ausweichend. „Aber hier bei Hofe leben die Männer wahrscheinlich länger."

Bevor Yveta antworten konnte, klopfte es an der Tür und der Lakai rief nach Fronicka von Odenwald.

„Ich muss jetzt selbst aufbrechen, denn ich speise mit dem Königspaar", erklärte sie, stand auf und ging hinaus.

Es ging wieder einen prächtig eingerichteten Gang entlang in einen großen Speisesaal. Friedrich saß am Kopfende neben seiner Gemahlin. Die Kinder fehlten allesamt, sie hatten ein anderes Zuhause gefunden. Sie entdeckte Jane Wyatt und andere vertraute Gesichter. Einige der Damen waren verschwunden. Theodora Bryant hatte man zu ihrer Familie nach England zurückgeschickt, die sie ihrem Rang entsprechend vermählen wollte. Marian Lacey trauerte immer noch um ihren hingerichteten Prager Geliebten. Sie trug ein dunkles Gewand und ihr Gesicht hatte in kurzer Zeit erstaunlich viele Falten bekommen. Sie schien sich auf ein Leben als unverheiratete Frau eingerichtet zu haben. Ansonsten waren noch ein paar deutsche und holländische Damen versammelt. Männer fehlten, sie mussten sich zu Elizabeths Ehren aufs Schlachtfeld gewagt haben. Friedrich fügte sich ganz selbstverständlich in diese Umgebung, aber die Zeiten, da er mit Leichtigkeit Bewunderung geweckt hatte, schienen lange zurückzuliegen. Er war ein müder, trauriger Mann geworden. Auf Elizabeths Gesicht bemerkte Froni ein paar harte, fast verbissene Züge. Die englische Königstochter würde niemals aufgeben und mit dem Leben im holländischen Exil zufrieden sein.

Die Stimmung war angespannt und bedrückt. Die Hofdamen plauderten leise miteinander, Elizabeth richtete manchmal das Wort an ihren Gemahl, doch er antwortete einsilbig. Trotzdem schien die Verbundenheit zwischen ihnen ungebrochen, denn sie berührten einander immer wieder unauffällig und Friedrich füllte unaufgefordert Elizabeths Weinbecher, sobald er leer war.

„Hätte man diesen charmanten, gut aussehenden, schwachen Mann nicht dazu verdammt, die Protestanten Deutschlands anzuführen, wäre aus ihm wohl ein ganz umgänglicher, zufriedener Ehemann geworden", dachte Froni. Wieder verspürte sie Mitleid. Friedrich hatte sich nicht selbst dazu entschieden, ein Schuhwerk zu tragen, das zu groß für ihn war und in dem er nur stolpern konnte.

Sie lächelte ihn an. Bisher war er ihrem Blick ausgewichen, doch nun strahlten seine Augen kurz.

„Ihr könnt meinem Gemahl heute Abend noch beim

404

Verfassen eines Schreibens helfen", sagte Elizabeth an Froni gewandt. Ein paar der Hofdamen sahen überrascht aus. Die hübscheste von ihnen, ein sehr junges blondes Mädchen, blickte verärgert drein.

„Hat Seine Majestät denn keinen Sekretär?", fragte Froni verwirrt. Die Königin musterte sie streng.

„Bei manchen Aufgaben ist die feine Hand einer Frau geeigneter. Ich wünsche mir, dass Ihr Eure Pflicht nach bestem Können erfüllt, Fronicka von Odenwald."

Ihre Lippen wurden schmal, eine Falte erschien zwischen ihren Brauen. Froni begriff, dass sie nicht widersprechen durfte. Der köstlich gewürzte Fisch verursachte ihr plötzlich Übelkeit und sie sehnte sich nach den schlichten Herbergen zurück, wo sie nur Gemüsesuppen und trockenes Brot vorgesetzt bekommen hatte.

„Das werde ich selbstverständlich tun, Euer Gnaden", erwiderte sie mit gesenktem Kopf. Die Augen des hübschen blonden Mädchens ihr gegenüber sprühten Gift. Ganz also hatte Friedrich seinen Reiz auf das weibliche Geschlecht nicht verloren. Froni nahm einen weiteren tiefen Schluck aus ihrem Weinbecher. Ihr war unwohl und sie verspürte keinerlei Appetit mehr.

Friedrich war nicht grob wie ihr einstiger Verlobter. Er würde niemals versuchen, eine Frau zu schänden, ganz gleich, wie betrunken er sein mochte. Zumindest konnte sie sich das nicht vorstellen. Kummer und Unzufriedenheit aber mochten einen Menschen bis zur Unkenntlichkeit verändern. Zudem gab es andere Möglichkeiten, eine Frau zu etwas zu zwingen, als schlichte Gewalt.

Ihre Kehle fühlte sich an, als würde eine kräftige Hand sie zudrücken. Das Atmen fiel ihr schwer.

„Ich bitte um Vergebung, aber ich muss mich für einen Moment entfernen", flüsterte sie und hastete nach draußen, ohne die Erlaubnis ihrer Königin abzuwarten. Im Gang setzte sie sich auf ein Kanapee, um etwas Ruhe zu finden. Die Dinge hatten sich völlig anders entwickelt als erwartet. Lorenz von Hohenheim stellte offenbar keine Gefahr mehr dar, da er die Erwartungen des Königspaares nicht erfüllt hatte. Stattdessen konnte ihr einstiger Traum, Friedrichs Geliebte zu sein, nun Wirklichkeit werden. Plötzlich schien er jedoch nur noch hässlich und abgeschmackt, schlimmer noch als eine Ehe aus politischen oder finanziellen Gründen.

„Ist alles in Ordnung mit dir?"

Mareks Stimme kam wie aus weiter Ferne, aber Froni wurde sofort leichter zumute. Sie war nicht allein, sie hatte ihren Platz in der Welt.

„Ja. Mir geht es gut", stieß sie mit gepresster Stimme hervor. Ihr Herz schlug schneller.

„Lenka meinte, ich sollte nach dir sehen. Du hast verängstigt gewirkt, als man nach dir rief."

„Das hat sie sich eingebildet", sagte Froni schnell, staunte gleichzeitig über Lenkas Beobachtungsgabe.

„Ich werde heute spät zurückkommen", fuhr sie dann fort. „Es gibt noch Aufgaben, die ich erfüllen muss."

Sie konnte selbst die Lüge in ihrer Stimme hören. Marek sah sie verwirrt an.

„Und das ist, was du willst?"

„Ich lebe an einem Fürstenhof!", erwiderte Froni scharf. „Es ist nicht wichtig, was ich will. Andere entscheiden über mich."

Marek runzelte die Stirn.

„Und damit bist du zufrieden?"

„Nein!" Sie sprang wütend auf. „Zufrieden bin ich nicht, aber wen kümmert das schon? Yveta und Jan haben ihren Krieg, du hast deinen Glauben und die anderen sind froh, dass sie ein Zuhause gefunden haben. Auf mich kommt es dabei nicht an. Deshalb gehe ich jetzt in den Speisesaal zurück."

Sie ging los, schaffte in der Tat ein paar Schritte, dann riss Marek sie zurück.

„Mir ist es nicht unwichtig, wie es dir geht."

Er hielt sie mit beiden Armen fest und drückte sie an sich. Fronis Bitterkeit ließ schlagartig nach, sie schloss die Augen und legte ihren Kopf an seine Schulter.

„Ich will hier nicht bleiben", stellte sie fest. „Friedrich und Elizabeth haben ihre eigenen Kämpfe auszufechten, miteinander und auch gegen ihre Feinde. Sie werden niemals entzweit werden, aber jeden ausnutzen, der ihnen zu nahe kommt."

Als diese Worte ausgesprochen waren, fühlte sie sich plötzlich leichter. Ein Leben in Den Haag hatte Sicherheit und Annehmlichkeiten versprochen, aber nun wusste sie, dass sie einen anderen Weg gehen wollte.

Marek seufzte. Auch er sah erleichtert aus.

„Das macht die Sache einfacher. Ich fühle mich hier ebenfalls unwohl. Sogar Lenka sieht verstört aus. Nur Klara und Barbora haben sich noch über nichts beklagt."

Froni lachte.

„Die zwei alten Frauen wären überall zufrieden, solange sie gemeinsam tratschen können. Yveta hat ja schon beschlossen, mit Jan wegzugehen. Also müssen wir uns noch entscheiden."

Marek lehnte sich neben ihr an die Wand.

„Willst du jetzt gleich gehen? Wir packen schnell unsere Sachen, nehmen Lenka und Julius und brechen auf."

Sie überlegte kurz, dann schüttelte sie den Kopf.

„Wir müssen allen unseren Freunden Zeit geben zu überlegen, was sie tun wollen. Falls jemand hier bei Hofe bleiben möchte, mache ich das durch meine Flucht wahrscheinlich unmöglich. Sobald ich in Ungnade gefallen bin, sind auch meine Begleiter unerwünscht."

Entschlossen straffte sie die Schultern.

„Ich muss zurück in den Speisesaal. Wenn ich zu lange wegbleibe, wirkt es merkwürdig. Ich … ich werde mit Friedrich reden und ihn nochmals um sein Einverständnis bitten, damit ich mich entfernen kann. Das ist die einzige Möglichkeit."

Sie rechnete nicht damit, bei Elizabeth auf Verständnis zu stoßen. Deren unbeirrte Eigenliebe machte es unmöglich, dass sie in anderen Menschen mehr sah als nur Figuren, die sie nach Belieben herumschieben konnte. Friedrich war schwächer als seine Frau, aber ebendiese Schwäche machte ihn auch etwas verständnisvoller im Umgang mit anderen. Sie musste an die Verbundenheit, die einst zwischen ihnen geherrscht hatte, appellieren, nach jenem gefallsüchtigen, aber auch freundlichen jungen Mann suchen, den sie damals in Heidelberg gekannt hatte.

„Lenka machte sich Sorgen, dass du in Gefahr sein könntest", wandte Marek ein.

„Lenka sieht jeden in Gefahr. Zu diesen Zeiten hat sie damit wahrscheinlich sogar recht. Aber ich werde zurechtkommen, glaub mir. Ich kenne Friedrich fast wie einen Bruder."

Sie wandte sich um.

„Warte in unserem Gemach auf mich. Du kannst inzwischen mit den anderen reden. Ich werde Friedrich bitten, meine Gefolgschaft hierbleiben zu lassen, wenn sie es möchte."

Marek strich noch einmal über ihren Arm.

„Pass auf dich auf", ermahnte er sie, dann ließ er sie gehen. Froni erreichte schnell den Speisesaal. Ihr war nun wohler zumute, denn sie hatte eine Entscheidung getroffen.

Drinnen wurde nun eine Nachspeise aus kandierten Früchten aufgetragen. Ein paar der Damen blickten auf, als Froni eintrat. Elizabeth warf ihr einen tadelnden Blick zu.

„Ihr wart lange fort, Fräulein von Odenwald."

„Ich hatte mir an dem Fisch leider den Magen verdorben. Aber nun geht es mir besser."

Schnell setzte Froni sich hin und griff nach einem Apfel. Zwar war sie weiterhin nicht hungrig, aber Nahrung flößte ihr keinen Widerwillen mehr ein.

„Ich hoffe, Ihr seid in der Lage, meinen Gemahl zu unterstützen", flötete Elizabeth. Froni zwang sich zu lächeln.

„Macht Euch keine Sorgen. Ich fühle mich hervorragend", erwiderte Froni. Sie bemerkte Jane Wyatts erstaunten Blick.

Friedrich lächelte.

„Fronicka hatte schon immer eine unerschütterliche Gesundheit", erklärte er. Elizabeth gab sich zufrieden. Froni erwiderte sein Lächeln, denn trotz allem schien er plötzlich ihr Verbündeter. Sie sah keinen Grund, Angst vor ihm zu haben.

Etwa eine Stunde später zog das Königspaar sich zurück und die Damen verteilten sich auf ihre Gemächer. Froni wartete im Speisesaal, bis der Lakai sie erneut aufforderte, ihm zu folgen. Es ging in das Gemach, wo sie Friedrich schon einmal besucht hatte. Er saß wieder vor einem gefüllten Weinkrug, der diesmal noch fast voll war, doch musste er im Laufe des Tages schon sehr viel getrunken haben. Seine Stimme leierte, als er Froni begrüßte.

„Es ist wirklich schön, dich wieder hier zu haben. Du bringst so viele Erinnerungen zurück. Weißt du noch, wie wir uns damals im Baum versteckt haben, kleine Eule?"

Froni nickte. Sie wusste es noch, aber es schien ihr nicht mehr wichtig. Eigentlich war sie davon ausgegangen, dass Friedrich es bereits vergessen hatte, als er Elizabeth traf.

„Hast du noch den Anhänger, den ich dir damals geschenkt habe?"

Seine Augen waren glasig. Auf einmal schien er ihr nur noch ein alternder, erschöpfter Mann, dessen inneres Feuer erloschen war. Spontan strich sie über seinen Kopf.

„Ich glaube, ich habe ihn in Heidelberg gelassen, als wir nach Prag aufbrachen", sagte sie. „Du warst verheiratet und ich war dir nicht mehr wichtig."

Sie hatte ganz ruhig gesprochen, ohne jeden vorwurfsvollen Unterton. Inzwischen war sie froh, niemals Friedrichs Mätresse geworden zu sein.

„Ich habe mich von dir abgewandt, das stimmt."

Mit halb geschlossenen Augen lehnte er sich auf seinem Stuhl zurück.

„Elizabeth ist wie die Sonne. Wenn sie leuchtet, werden alle Sterne unsichtbar. Aber sie kann einen verbrennen."

Er zerwühlte nun selbst sein Haar, schenkte ihnen beiden dann mit zitternden Händen Wein ein.

„Sie hat einen besseren Mann verdient als mich. Sie hatte einen Bruder, den sie sehr liebte. Weißt du das?"

Froni schüttelte den Kopf. Die Familienverhältnisse

des englischen Königshauses waren ihr nie besonders wichtig erschienen.

„Er starb, kurz bevor wir heirateten", redete Friedrich weiter. „Sie litt sehr darunter. Immer ist sie der Liebling von Männern gewesen, die ihr die Welt zu Füßen legen wollten. Aber ich habe keine Welt für sie. Ich habe sogar die Pfalz verloren."

Nun vergrub er das Gesicht in den Händen und sein Körper begann vor Schluchzern zu beben. Froni legte wieder die Hände auf seine Schultern, um ihn zu beruhigen. Ein kleiner Teil ihres Herzens gehörte immer noch ihm und daran würde sich wohl auch nichts ändern. Aber sie hatte sich für einen anderen Mann entschieden.

„Friedrich, bitte lass mich gehen", sagte sie sanft. Er versteinerte kurz, entfernte dann die Hände von seinem Gesicht.

„Aber wohin willst du denn, Froni? Wer wird für dich sorgen, wenn du unseren Hof verlässt?"

Sie nahm ihm gegenüber Platz, verzichtete aber auf den Wein, denn er hätte sie nur wirr im Kopf gemacht.

„Es gibt einen Mann, mit dem ich mich vermählen möchte. Er ist nicht von Adel, sondern ein Lehrer und Prediger. Ich werde an seiner Seite ein bescheidenes Leben führen, aber es ist mein Wille, dies zu tun."

Friedrich schien wacher als noch kurz vorher. Er sah sie ungläubig an.

„Du selbst bist von Adel. Dir steht ein entsprechender Ehemann zu, auch wenn deine Familie dir keine Mitgift geben kann. Elizabeth und ich werden …"

„Ich will keinen anderen Mann als den, für den ich mich entschieden habe", unterbrach Froni. Früher hätte sie nie gewagt, so dreist zu ihm zu sein.

„Du bist verliebt, kleine Eule." Friedrich lachte sanft, als rede er mit einem Kind. „Ich war auch verliebt, als ich meine Frau traf. Aber die Liebe, Froni, sie bringt zunächst Glück, dann sehr viel Kummer und Schmerz. Das kann man schon bei den Dichtern nachlesen."

Wieder zog er ein so unglückliches Gesicht, dass Froni

410

nach seiner Hand griff.

„Ich will meine eigenen Erfahrungen machen, anstatt das Leben aus Büchern herauszulesen. Ich bitte dich, gestatte mir zu gehen. Aber lass meine Gefolgschaft bleiben, wenn sie es will."

Sie drückte seine Finger zusammen und streichelte sie. Er erwiderte ihre Liebkosungen.

„Froni, Froni, du warst schon immer ein bisschen verrückt. Das habe ich an dir geschätzt."

Er zog sie an sich und diesmal leistete sie keinen Widerstand, denn er flößte ihr nicht mehr Angst ein. Friedrich war lange wie ein Bruder für sie gewesen, dann ein bisschen mehr als nur das. Ihre Lippen trafen einander. Es schien auf einmal selbstverständlich, ihn zu küssen. Froni verspürte keine Leidenschaft, nur tiefe Ruhe und Zärtlichkeit. Noch einmal streichelte sie sein Haar.

„Leb wohl, Friedrich", sagte sie dann leise. „Ich wünsche dir, dass du deine Frau irgendwann zufriedenstellen kannst. Denn eigentlich willst du doch keine andere außer ihr."

Er widersprach nicht. Sein Kopf sackte langsam auf die Tischkante, während Froni leise die Tür hinter sich schloss.

Sie schlich durch den Gang, wo man bereits alle Kerzen gelöscht hatte. Aus einem Gemach, in dem Elizabeth sich wohl gerade befand, waren noch Gesang und Musik zu hören. Ansonsten schlief dieses Haus bereits. Sie musste sich am Treppengeländer entlangtasten, um nicht zu stolpern, doch fand sie ihr Zimmer ohne besondere Mühe. Eine Kerze brannte in der hintersten Ecke, obwohl einige Leute schon in ihren Betten lagen. Marek saß auf dem Stuhl, neben ihm hockte Lenka auf dem Boden. In ihrem Schoß lag ein zusammengerolltes Bündel.

„Sie möchte als Einzige mit uns kommen", erklärte Marek leise. „Julius will lieber hierbleiben, denn in Holland herrscht so weit kein Krieg, in den er gejagt werden könnte. Aber Lenka möchte zurück zu der frommen Gemeinschaft, in der sie aufgewachsen ist."

„Zurück nach Böhmen?"

Froni sah sich ratlos im Raum um. Sie wollte keinen Lärm machen und dadurch jemanden wecken. Daher ließ sie sich neben Lenka auf dem Boden nieder.

„Böhmen ist nicht sicher", erwiderte Marek. „Ich kann Lenka nicht dieser Gefahr aussetzen, dich ebenso wenig. Wir müssen einen Ort finden, wo wir in Frieden leben können."

„Holland, aber nicht diese Stadt", schlug Froni vor. Im Grunde gefiel ihr die ruhige, fleißige Art der Einwohner dieses Landes.

„Wir wären hier völlig allein", wandte er ein. „Wir beherrschen beide die Landessprache nicht. Ich wäre gern an einem Ort, wo ich mich gleich nützlich machen kann. Vor allem als Lehrer."

„Dann kommen nur Deutschland oder Böhmen infrage."

Froni sah ihn ratlos an. Sollten sie den ganzen Weg wieder zurückfahren, quer durch von Scharmützeln verwüstetes Gelände?

„Ich würde gern nach meinem Lehrmeister Jan Comenius suchen", sagte Marek. „Auch er muss sich nun verstecken, aber es gibt sicher einen Ort, wo er mit seinen Glaubensbrüdern untergekommen ist."

Froni wippte ungeduldig mit dem Fuß.

„Damit setzt du Lenka und mich einer noch größeren Gefahr aus. Wie sollen wir nach deinem Lehrmeister suchen? In jedem kleinen Ort, der inzwischen von Katholiken beherrscht wird?"

Er runzelte nachdenklich die Stirn, nickte dann.

„Ja, du hast recht. Es geht nicht nur um mich und meine Vorstellungen."

Froni hätte ihn umarmen können. Seinem Bruder ging es allein darum, obwohl er Yveta sicher liebte.

„Wir suchen einfach einen Ort, wo ein Lehrer gebraucht wird", schlug er vor. „Es könnte auch in Holland sein. Ich lerne Sprachen meistens schnell, daher werde ich hier bald zurechtkommen. Ich brauche nur eine Schule, an

412

der ich unterrichten kann. Vielleicht kannst du wieder mithelfen, so wie damals in Prag. Lenka sollte auf jeden Fall gut ausgebildet werden, das ist wichtig, auch für Mädchen."

Froni rutschte näher an ihn heran und legte ihren Kopf in seinen Schoß.

„Brechen wir auf. Von Jane habe ich mich bereits verabschiedet und Yveta hat ihren eigenen Weg gewählt." Sie stand auf, ohne auf eine Antwort von ihm zu warten. „Wir müssen wirklich los. Friedrich weiß von meinem Entschluss und ist eingeschlafen. Sobald Elizabeth davon gehört hat, werden wir vielleicht aufgehalten."

Mit sorgfältiger Bedachtsamkeit steckte Froni ein paar ihrer Kleidungsstücke in einen Sack, den sie auch bisher als Transportmittel benutzt hatte. Sie würde das feine Kleid, das sie gerade trug, anbehalten, denn es ließe sich sicher gut verkaufen. Ansonsten nahm sie mit, was sie besaß. Viel war es nicht, doch befanden sich auch einige Geschenke darunter, die Elizabeth ihr aus Großzügigkeit gemacht hatte. Sie wusste, dass sie die eitle, schöne Königstochter niemals vergessen würde, daher würden diese Kleidungsstücke immer kostbare Erinnerungen bleiben. Bis zu ihrem Tod wollte sie sich nicht von ihnen trennen, wenn es möglich war.

„Gehen wir", sagte sie schließlich zu Marek. Er ergriff ihre Hand und gemeinsam stiegen sie die dunkle Treppe hinab. Lenka folgte huschend wie ein Mäuschen.

„Ich habe bereits zwei Pferde für uns aufgetrieben", sagte Marek. „Sie sind alt und eher lahm, aber sie werden uns aus der Stadt tragen. Wird man nach dir suchen?"

Froni schüttelte den Kopf.

„Ich glaube, dazu bin ich zu unwichtig. Ich habe nur meine Mutter, die noch in der Pfalz geblieben ist und keine Wünsche mehr äußern kann. Vielleicht wird Friedrich mich vermissen, aber er ist nicht nachtragend."

Sie überlegte, dass sie ihre Mutter irgendwann wieder würde besuchen wollen, doch im Augenblick war es zu gefährlich, in deutschen Landen herumzureisen. Alles, wonach sie sich sehnte, waren ein Ort der Sicherheit, ein Zuhause und ein Leben mit Marek.

Als letzte Hürde erwies sich die Eingangstür des Hauses, denn sie war von innen verriegelt. Marek öffnete sie vorsichtig, es knarrte und quietschte, aber niemand wachte davon auf. Es musste an dem Frieden in der Stadt liegen, dachte Froni. In fast allen anderen Orten, die sie auf dem Weg hierher durchquert hatten, war der Schlaf der Menschen unruhiger geworden. Sie machten sich auch keine Sorgen, weil die Tür nun unverschlossen bleiben würde. Was die Zukunft von Klara, Barbora und Julius betraf, so konnte sie nur hoffen, dass Friedrich sein Wort halten und sie alle in seinem Haushalt beschäftigen würde. Falls nicht, so würden sie in einer wohlhabenden Stadt wie dieser schon ein anderes Auskommen finden. Von Yveta hätte sie sich gern verabschiedet, aber vielleicht würde es irgendwann ein Wiedersehen geben.

Jane Wyatt konnte sie nur einen Ehemann wünschen, der ihre Eigenheiten schätzen oder wenigstens hinnehmen würde. Ein weiteres Zusammentreffen mit der klugen Engländerin schien unwahrscheinlich, ihrer beider Lebenswege wären fortan zu verschieden.

Die Pferde waren ein Stück neben dem Haus an einen Baum gebunden. Marek hatte sie ohne Schwierigkeiten aus dem Stall holen können, weil sie ohnehin für den Schlachter aussortiert worden waren. Nun würden sie noch etwas länger leben dürfen, dachte Froni, als Marek ihr beim Aufsteigen half. Im Grunde erwies Marek sich auch hier als mildtätig, indem er diese Tiere rettete. Sie lächelte ihn liebevoll an, was er aber im Dunkeln nicht sehen konnte.

Marek hob Lenka zu sich in den Sattel, brachte dann seinen Grauschimmel in einen gemütlichen Trab. Fronis braune Stute folgte unaufgefordert. Sie durchquerten mehrere Gassen, verließen dann Den Haag und fanden schließlich eine einfache Herberge, als die Umrisse der Stadt hinter ihnen bereits im nächtlichen Dunkel versunken waren.

Marek band die Pferde an einem Zaun fest, dann traten sie alle ein. Wieder gaben sie sich als Ehepaar aus. Lenka wurde nun ihre Tochter genannt, was sie erstaunlich glücklich machte. Sie bekamen ein kleines Zimmer, ohne im Voraus bezahlen zu müssen. Froni ging davon aus, dass es an ihrem Gewand lag. Sie hatte noch etwas von dem Reisegeld in ihrem Beutel, was für die Herberge reichen sollte. Sobald sie weit genug von Den Haag fort waren, würde sie sich nach einem Käufer für das Kleid umsehen müssen. Es war möglich, dass Elizabeth sie nun für eine Diebin halten würde, da dieses schöne Stück nur eine Leihgabe gewesen war. Aber die Königstochter hatte kaum ein Gewand zweimal getragen und konnte sich unmöglich alle prächtigen Roben merken, die schon für sie angefertigt worden waren. Froni vertraute auf ihr Glück. Wegen eines Kleides würde Elizabeth keine Hetzjagd veranstalten.

In dem Zimmer, wo sie den Rest der Nacht verbringen sollten, gab es nur eine Pritsche für Lenka und ein schmales Bett für deren vermeintliche Eltern. Froni wusch sich schnell das Gesicht, legte dann vorsichtig das teure Gewand ab und schlüpfte in ihrem Unterkleid unter die Decke, um sich nicht völlig nackt zu fühlen. Bald schon spürte sie Mareks Körper neben sich. Die einzige Kerze war gelöscht worden, Lenka hatte einen tiefen Schlaf, seit sie sich wieder sicher fühlte. Froni wagte es, ihre Hand langsam unter Mareks Hemd zu schieben und nach nackter Haut zu suchen. Sie wusste wenig über diese Dinge, aber nun fühlte es sich richtig an, mehr Nähe einzufordern.

„Wir sind noch nicht vermählt", flüsterte er heiser, ergriff aber ihre Hand und presste sie an seine Brust.

„Das werden wir bald sein. Lass den Herrgott einmal Nachsicht üben", erwiderte Froni und rollte sich auf ihn. Ihr Unterrock wurde zur Seite geschoben, sie spürte seine Finger auf ihrem Körper und schloss die Augen. Alles würde sich finden. Für ein paar Stunden wollte sie nicht daran denken, dass die Welt in Tod und Feuer zu versinken drohte und es schwer sein könnte, noch einen sicheren Wohnort zu finden. Sie musste für den Moment leben und auf Gott vertrauen, der es ihr immerhin ermöglicht hatte, einen Mann zu finden, an dessen Seite sie bleiben wollte, bis sie eine ergraute Frau geworden war. Damit war ihr mehr Glück vergönnt, als ihre Mutter je erfahren hatte, ja vielleicht auch mehr als der wunderschönen englischen Königstochter, der noch vor ein paar Jahren die ganze Welt zu Füßen gelegen hatte.

Nachwort

Für gewöhnlich wird der Prager Fenstersturz vom 23. Mai 1618 als Beginn des Dreißigjährigen Krieges betrachtet, doch war das zunächst nur ein lokaler Konflikt, bei dem die böhmischen Protestanten ihre Ablehnung katholischer Dominanz zum Ausdruck brachten. Eine internationale Ebene erreichte er erst, als Friedrich von der Pfalz (1596–1632) die böhmische Krone annahm und sich später weigerte, sie dem Habsburger Kaiser Ferdinand zu überlassen, der allerdings vorher rechtmäßig zum böhmischen König gewählt worden war.

Böhmen war zu diesem Zeitpunkt ein weitgehend protestantisches Land. Die überwiegende Mehrheit stellten die Utraquisten dar – eine gemäßigte Gruppe –, die sich nur wenig von den Katholiken unterschieden. Sie bestanden auf dem Einsatz des Weinkelchs bei der Kommunion, duldeten jedoch die Heiligenverehrung. Daneben gab es noch die Taboriten, Nachfahren der radikalen, kriegerischen Hussiten, deren Auslegung des Christentums fast kommunistische Züge aufwies. Die Böhmischen Brüder, eine im 15. Jahrhundert entstandene Freikirche, teilten deren Ablehnung von weltlicher Autorität, verweigerten sich aber dem Kriegsdienst. Solche radikalen, am Urchristentum orientierten Gedanken waren den utraquistischen Bürgern und Adeligen suspekt. Sie sahen in dem Habsburger Kaiser das kleinere Übel, weshalb er zunächst die Königswürde erhielt. Erst nachdem Ferdinand deutlich gemacht hatte, wie ernst es ihm mit einer völligen Rekatholisierung seiner Ländereien war, kippte die Stimmung in Böhmen zu seinen Ungunsten.

Der böhmische Aufstand stand von vornherein unter keinem guten Stern. Die deutschen protestantischen Fürstentümer wollten sich aus dem Konflikt heraushalten. Auch der englische König verweigerte der Idee, dass ein Volk seinen Herrscher einfach absetzte und sich einen neuen suchte, seine Unterstützung. Dazu war seine eigene Position in England zu unsicher.

Wahrscheinlich nahm Friedrich die Krone aus Gewissensgründen an. Er war dazu erzogen worden, Anführer der deutschen Protestanten zu sein, auch wenn es ihm an dem nötigen Durchsetzungsvermögen mangelte, um dieser Rolle gerecht zu werden. Sein Leben lang richtete er sich meistens nach den Ratschlägen anderer. Seiner Frau Elizabeth Stuart wird häufig die Schuld für seine unselige Entscheidung, nach Prag zu ziehen, zugeschoben. Es gibt dafür aber keine echten Beweise, denn zunächst hielt sie sich aus politischen Entscheidungen heraus.

Elizabeth Stuart (1596–1662) war wohl die begehrteste Braut an europäischen Fürstenhöfen der damaligen Zeit. Sie schien unter einem Glücksstern geboren, galt als wunderschön, charmant und kultiviert. Als überzeugte Protestantin wollte sie keinen katholischen Gemahl. Ihre Ehe mit Friedrich war zwar aus politischen Gründen geschlossen worden, doch verliebten sich die zwei jungen Leute sehr bald ineinander. Sie galten als Traumpaar ihrer Zeit und Elizabeth erhielt lange vor Lady Diana den Titel „Königin der Herzen".

Nach der Vertreibung aus Prag war es mit Elizabeths Glückssträhne im Leben vorbei. Obwohl sie Den Haag nicht mochte, musste sie dort viele Jahre ausharren. Erst 1661 war es ihr möglich, nach England zurückzukehren. Sie war stets von Geldsorgen geplagt, da sie einen ausschweifenden Lebensstil mochte, hatte aber eine große Menge männlicher Verehrer, die sich für sie einsetzten. Dennoch blieben ihr Schicksalsschläge nicht erspart. Ihr ältester Sohn, in den sie große Hoffnungen gesetzt hatte, ertrank bereits 1629. Drei Jahre später starb ihr Gemahl Friedrich an einem Fieber. Auch ihr glühender Verehrer Christian von Braunschweig-Wolfenbüttel war bereits 1626 gefallen. Ihre letzten Hoffnungen galten dem Schwedenkönig Gustav Adolf, der 1629 ins Kriegsgeschehen eingriff, um der protestantischen Seite zu helfen, aber schon 1632 starb.

Elizabeth selbst gab sich nie geschlagen und nannte sich bis zu ihrem Tod Königin Böhmens. Zu ihren insgesamt dreizehn Kindern hatte sie ein recht distanziertes Verhältnis, dafür liebte sie Schoßhunde, Affen und andere Tiere. Nach dem Frieden von Westfalen bekam ihr ältester noch lebender Sohn einen Teil der Ländereien seines Vaters zurück, doch Böhmen sollte fortan katholisch bleiben.

Für das Land war die Schlacht am Weißen Berg (08.11.1620) eine nationale Katastrophe, die eine wirtschaftlich blühende und politisch unabhängige Region für die nächsten zweihundert Jahre ins Abseits drängte. Die Böhmischen Brüder mussten sich großenteils ins Exil zurückziehen und verschwanden in der Bedeutungslosigkeit. Es gibt aber heute noch in Böhmen, Mähren und auch in Texas kleine Gemeinden.

Jan Comenius (1592–1670) war der wohl bedeutendste Vertreter dieser Gemeinde. Mit seinem Werk „Orbis pictus" begründete er die moderne Pädagogik. Die erste noch erhaltene Ausgabe des Buches stammt aus dem Jahr 1653. Dass es zu der Zeit, in der mein Roman spielt, bereits vollendet war, scheint eher unwahrscheinlich, aber ich wollte es in meine Geschichte aufnehmen. Es zeigt die helle, fortschrittliche, humane Seite jener Epoche, die leider auch für ihre Grausamkeit bekannt ist. Die übrigen Schriften von Jan Comenius drücken den Wunsch nach einer friedlichen, toleranten Welt aus. Tragischerweise entstanden sie zu einer Zeit, da die christliche Welt Mitteleuropas in einen langen, blutigen Krieg gestürzt werden sollte.

Lightning Source UK Ltd.
Milton Keynes UK
UKHW020902050419
340546UK00010B/758/P